三七年夏至

The Summer of 1937

I

未再 著

江苏凤凰文艺出版社
JIANGSU PHOENIX LITERATURE AND ART PUBLISHING, LTD

图书在版编目（CIP）数据

三七年夏至：全2册 / 未再著．— 南京：江苏凤凰文艺出版社，2017.3

ISBN 978-7-5399-9980-7

Ⅰ．①三… Ⅱ．①未… Ⅲ．①长篇小说－中国－当代 Ⅳ．①I247.5

中国版本图书馆 CIP 数据核字（2017）第035339号

书　　名	三七年夏至
作　　者	未　再
出版统筹	刘运东
选题策划	肖　恋
责任编辑	丁小卉　姚　丽
文字编辑	李改华
封面设计	程　然
封面插画	不语氏
责任监制	刘　巍　江伟明
出版发行	凤凰出版传媒集团 凤凰出版传媒股份有限公司 江苏凤凰文艺出版社
集团地址	南京市湖南路1号A楼，邮编：210009
集团网址	http://www.ppm.cn
出版社地址	南京市中央路165号，邮编：210009
出版社网址	http://www.jswenyi.com
经　　销	江苏省新华发行集团有限公司
印　　刷	三河市南阳印刷有限公司
开　　本	680 × 970毫米　1/16
字　　数	605千字
印　　张	35.25
版　　次	2017年3月第1版，2017年3月第1次印刷
标准书号	ISBN 978-7-5399-9980-7
定　　价	49.80元

题记：

我们谁都不能忘记，那段烽火岁月中，民族所受的耻辱、先烈牺牲的高贵，以及更多用脊梁活着的中国人的尊严。

第一章 何所依

1932 年的上海早晨，似乎还在睡，又似乎已经醒了。

霞光渐渐从烟波浩渺的黄浦江与天相交之处露出来，模模糊糊一线，状如要击破笼罩着江天惘然迷雾的利箭，但因为后继无力，深深扎入散不开的浓雾里，湮没了下去。天空终究一寸寸亮了起来，从黄浦江一路亮到苏州河。南北两岸的人都醒了过来，霞光终于露出了头，止不住地均匀铺洒下来。

南边多是红瓦老虎天窗与霞光接头，齐整料峭，朝一个地方耸立。远看，就像暗堡似的鸽子笼。近看，原来是霞飞路上规整得一丝不苟的石库门。

住在这里的人们，大多过着摩登都市里的敦实生活。男士们有体面的工作和社会身份，每天按时拿着公文包上下班；女士中有独立的摩登人儿，不甘于在男人身后，自给自足，也有安于一所小石库操持着一个家庭日常的老派人儿。

这里还有一些人，总在霞光初露之际带着不安醒来，焦躁彷徨地打开老虎天窗，发现原来安全地睡完了这一夜。但是明天呢？他们看得出那渐渐散开的霞光像支利箭，早晚会射过来。

但是不管怎么说，新的一天开始了。弄堂里嘈杂起来，先动作起来的是给这里的体面人家做用人的苏北女人。她们必须努力勤恳，才能在如今看起来平安的每一天有一处容身的方寸间，有一碗安心的果腹食。

这些苏北人，都是在“九·一八事变”以后，蜂拥到这十里洋场的。

她们没有来到上海滩时，轻信了乡间流传的“上海遍地是金子”这句话。她们原本虽然是向往的，但也是犹豫的。谁愿意离乡背井呢？可是谁又知道猝不及防地，日本人的飞机大炮就开过来了，把她们逼来了这里。她们才知道，传闻终究只是传闻，这堂堂皇皇的上海滩，有宽宽的马路，什么南京路、爱多亚路、霞飞路，条条名字嘀溜响当，座座招牌霓彩璀璨，看久了都会头晕，晕了以后才发现，原来来到上海滩，自己连个容身之所都没有，又怎么可能有金子捡呢？

她们初见上海滩的兴奋很快就被逃难的惶惶取代，走在宽宽的大马路上都心虚腿软。这里的马路终日有扫街夫清洁打扫，弄得比家里的客堂间还要干净，铺个席子就能在温暖的大太阳底下美美睡上一觉。可是逃难的人哪里敢呢？她们只要一抖席子，立刻就有穿制服的印度人来赶人。他们挥舞着警棍，敲在脊背上，就是一条深深的红印子。

于是，她们又被赶得七零八散。运气好一点的，被收容在南边的石库门里，运气差一点的被赶到苏州河的北边。

朝阳高起来，霞光铺洒到了北边——闸北大片空地上黑黝黝的蚕茧似的“滚地龙”——上海人一般会捏着鼻子叫这名儿。

这里终年潮湿并散发腐败气味的小窝棚，是把几根毛竹用火烘弯成弓形，插入泥地里当作架子，盖上芦席搭成的。这种窝棚没有窗，挂个草帘当门，只能弓着背进进出出，里面除了睡觉的铺盖便没有别的东西了。

但总算是个落脚的地方。

这里的人们大多是无暇学习新派的，生存才是他们最大的动力和压力。男人们大多去码头做扛包工，或是做人力车夫，都是卖力气的活儿。女人们也必须有活儿干，胆子大手又巧的编织草鞋，然后挂着满身草鞋，去南京路附近人多的地方售卖；只安于住家方圆内的便聚集在某一处石库门弄堂口，拿着针线给人缝缝补补，做“缝穷婆”。

世道虽然艰难，但有一席安身地，能平静度日，他们就很满足。

上海滩也有无处安身的人。他们大多是老人和孩子，卖不了力气，只能被无情弃留在大上海最阴湿的角落里讨生活。他们在繁华的角落里、石库门弄堂的转弯抹角处，那些避开人的地方，用捡来的竹竿和麻绳搭一个小小的担架，腾空搁在那些能避雨的檐廊下，乞来一些破棉袄旧棉絮，铺在上头，简陋地做一个避身地。

小云的“小天地”是这大上海中千千万万个无家可归的孩子中的一个。她的“小天地”搭在四马路会乐里一条弄堂的转弯处。这个地方人烟稀少，是小雁找了很久，认定是个很妥帖的地方才安置小云的。

睡在这“小天地”里的小云正在发烧，身上裹着旧的棉衣、破的棉被，满身黏满棉絮，却仍然处处漏风，在这水露似的清晨，冻得抖抖索索。她小小的脸颊烧得红彤彤，嘴唇干得白乎乎，几乎开裂。一阵穿堂风吹过来，小云又一阵本能地抽搐，紧紧皱着眉头，好像随着冷风恍然之间渡过几个噩梦，只能徒劳无力地喃喃呼唤着“小雁，小雁”。

小雁这时候正在会乐里一个石库门的天井里升煤炉，腾腾而起通天的烟，熏得她直打喷嚏。

她在给这石库门的唐倌人熬菜粥。把小铜锅放在火旺的煤球炉上，注了水，然后将青菜、塌菜、鸡毛菜的碎丁子与大米一起放在锅内煮。唐倌人喜欢在菜粥里加个蛋，才来四天的小雁就记得在粥将沸之时敲个鸡蛋进去，用筷子往粥里滑两下。她手上动作麻利，心里却盘算着怎么把这锅丰富的菜粥盘剥下来一点给小云带去。

幽蓝的火苗随着扇子上下蹿动。她小小的心里也上着火，担心着睡不实的人儿，不由得下了重手用蒲扇掀起一阵腾腾火焰。火焰逼迫着人，小雁赶紧用扇子挡着眼前的烟火。

她怕这烟火。

那天，长春的初秋已经萧瑟得像深秋了。她的家起了大火，远远的就像火龙的舌头，发出迫人的酷热，酷热一波一波烧尽整片整片的民宅。

她被爹紧紧抱在怀里，奔进断壁残垣又绫罗锦绣的“上海绸布店”。这里的料子是给女人们做旗袍的，如今被人从矮柜子里扯了出来。矮柜子用来躲人。

那些拿刺刀的，像进了村的黄鼠狼似的日本兵，在街上扫荡。每个人脸上都有兴奋到了极致，就像见到肉骨头的狗似的神情。

他们父女凝神屏息躲进了柜子。当一切终于平静下来，已经不知道过了几个日夜。小雁早已经麻木地忘记了饥饿和干渴。她跟着爹一起爬出了柜子，一具光洁又污秽的女尸被散乱的绫罗半裹着。饥饿干渴着的小雁，在柜子旁吐了一地。

后来爹爹带着她经历千辛万险终于逃到了那艘逃难船上。船被挤得满满当当，满眼皆是愁眉苦脸的人。爹告诉她，这船将要去上海，上海有房子有金条，但这些都不重要，重要的是上海没有鬼子。

不像这里。就在他们的难民船上空，日本人像灰色蝙蝠一样可怕的轰炸机不时隆隆开过。船上的难民都本能地蹲下来，抱着头，也抱着全副家当。她的爹爹只抱着她，将她护在自己身下。

日本轰炸机阴魂不散，盘旋着，呼啸着，卑鄙地吓唬着这船上已经流离失所的中国难民。船上静得出奇，无人叫，也无人胡乱奔跑，屏息静气，任由日本轰炸机吓唬。

他们的家都在东北，几天前发生了震惊世界的“九・一八事变”，他们不知道军政界的头脑们如何焦头烂额，他们只知道自己的家一夜间就没了，很多亲人失散了，很多亲人亡故了。因为日本人像豺狼一样扑进来，把他们平凡的生活撕碎了。

自此以后，他们看到那上唇两撇小胡子，绿豆小眼珠子里发出绿莹莹的像坟场幽冥的光的日本人，就会攥紧拳头，咬牙切齿，恨不能狠狠咬下一块肉来。然而，幸存的人仍要生存，只能带着有限的家当往南逃。他们最好的目的地是上海，拼死也要闯过去。

一路跟阎罗王对抗的逃亡，终究逃脱不了如影随形的死亡恐吓。日本轰炸机扬扬得意地磨灭着这些人生的希望。

终于有一个粗犷的东北汉子忍受不住了，站起来指着天空，大声喝骂：“小鬼子，你爷爷我就算化成了灰都要索你祖宗十八代的命！”

小雁问爹：“日本鬼子的十八代祖宗不是早就成鬼子了吗？还有命可以给这个大叔索吗？”被自己的爹喝了一声“闭嘴”。

炸弹是顷刻间下来的，落在船的四周。船上的人恐慌起来，大声尖叫着寻求生机。但那只是一小会儿，船便被炸开了，小雁的意识也飞了。

周围一切都是混沌的，小雁再醒过来的时候依然在船上，但似乎是另一艘。周围陌生的人群里，没有爹。

这是另一艘满载难民开往上海的船，经过原先遭遇日军轰炸机袭击的难民船时，他们发现竟还有个小女孩抓着一块小木板，漂在水面上。孩子没有死，只是变成了无依无靠的孤儿。

这艘船最后平安靠在了上海的十六铺码头。

小雁病恹恹地、迷惘地望着这码头，和码头外如云的人潮，就是没有爹。她糊糊涂涂不认路，只能到处乱走。为什么上海这样大？这脚下的青石板路好像总也走不完，而肚子已经开始饿了。

小雁一路上看到不少小乞丐，有年纪比她大的，也有比她小的，他们都跪在地上，极力做出可怜巴巴的表情，伸着手向行人哀求乞讨。小雁甩甩头，她有一点傲气，不愿意像他们那样跪下来，求取路人的施舍。于是，她就默默地站在路边，只是用她那渴望的双眼注视着来往的人们。

她的收获比那些跪地哀求的小乞丐少得多，路过的人看到这个衣衫褴褛但是面目清秀的小姑娘，往往只是同情地瞥一眼，有些怜贫爱幼的，才会主动分她一点残羹冷炙，运气好一些时，还会给她一两个铜板。小雁会好好安排这一两个铜板，往往分成好多天买包子吃。

上海人的包子小小的，还有一面是焦的，时间长了，她听懂上海人叫这种包子“生煎”。生煎，生煎，为什么要叫生煎？她每天饿着肚子，衣不蔽体，漫无目的地在寒冷的街头徘徊，才叫活生生的煎熬。谁可以把她从这种煎熬里解救出来？

有一天，小雁饿得脚下打飘，一个倒栽葱，仰倒在路边。

她望着上方湛蓝的、白云朵朵的明亮天空，澄澈得没有任何污点，心想，这个爹常说的大上海，也就这片天空真的好看。

当她醒过来时，眼睛上方看到的是小云那黑溜溜圆滚滚的大眼睛。那眼睛好像充满无限生气，雀跃地、欣慰地迎接她的醒来。

她欢悦地叫：“爹，这个姐姐醒了！”然后喜滋滋地从简陋的矮几上端出一碗放着腐乳的泡饭，喂小雁吃。

小雁饿了好多天，一碗泡饭吃得狼吞虎咽。但小云并不见怪，待她吃完后，还摸出一条雪白的小手绢给她擦嘴。小雁羞涩地接过手绢，看着这个小自己两三岁的小女孩，小大人似的熨帖人心，她的眼湿润了，说：“妹妹，你对我真好，我也要对你好！”

小云晃晃两条大辫子，羞涩地笑，笑起来有梨窝。

她是被小云和小云的爹救回了这个黑黝黝蚕茧似的滚地龙。

滚地龙里因为多了小雁，小云的爹只好睡在外面。那个有着和小云一样漂亮眼睛的南方男人说：“不要紧，再去找些毛竹和芦席又可以扎一个滚地龙了。”

这个柔弱的南方男人白天要去做码头扛包工，每天回来累得直不起腰。小云会搬个小凳子，坐在他背后，扬起小拳头认真地给父亲捶背，口里还唱着新学的市井儿歌来解闷。

“笃笃笃，卖糖粥，三斤胡桃四斤壳。”是娇柔的南方小女孩脆嫩嫩的嗓音。

糖粥啊！多么奢侈的盼望！

上午，小云带小雁去附近的小学帮着校工扫地，酬劳是一天四个铜板。校工怜爱她们，允许她们在扫地的间歇站在教室窗前听老师讲课。

学校叫作“民醒小学”，校门外有个画报栏，美术老师画了张贴画贴在那里，画的是一群弯腰提刺刀的日本人，狗头缩颈地冲进已经被轰炸成废墟的城镇。讲古诗的老师在讲台上念的是岳飞的《满江红》。

靖康耻，犹未雪；

臣子恨，何时灭！

驾长车踏破，贺兰山缺。

壮志饥餐胡虏肉，

笑谈渴饮匈奴血。

老师是个老夫子，念这词念得白胡子一撅一撅，满眼都含着老泪。

小云对小雁解释：“你的家乡长春被日本人占领了，这就是靖康耻。”

小雁知道这些都是小云那个文弱的父亲教给她的。

可是，靖康耻，犹未雪，隆隆炮火继续轰进上海滩。她们前一刻还趴在教室的窗沿上听老师讲课，下一刻就听到刺耳的警报声。

小雁的心倏地抽紧，她懵懂地觉悟了，原来在爹口里的这个上海滩，也逃不开魔鬼的爪牙。

几乎是下意识，小雁拉紧了小云的手，仓皇地奔逃。她上一次惨痛的记忆指挥着她，让她拽紧小云躲入苏州河桥沿下的河道内。河水冰寒刺骨，但是都顾不上了，她们把自己沉在河里，在冰寒之中互相抱着对方，用尽全身的气力，求着一线生机。

炮火渐渐消歇，终于暂时停滞下来。小雁再一次死里逃生。她和小云手托着手，湿漉漉地回到闸北的滚地龙，那里只剩深深的坑，燃着白烟，没有一个人。

“爹——”

焦灼的小云四处找寻着、等待着，一天两天，到了第七天，她抵受不住含泪晕厥在小雁的怀里。

一片硝烟过后，上海仍然静静伫立在黄浦江边，上海滩上又多了一些孤苦无依的孩子。

小雁开始了她第二次的流浪。这一次她还要背着小云，沿街乞讨时，她磨灭了最初的傲气，弯曲了膝盖，跪在路边，不停地向来往的路人磕头，磕得额头都起了纹。她没有停下来，她知道她需要很多食物，还有衣物。因为小云病着，不经饿，也不经冷。

唐倌人从四马路会乐里的弄堂里，摇摇欲坠走出来时，一眼就看到了不停磕头的小雁。

唐倌人是浙江人，细挑的柳叶眉，懒洋洋的细长目，从脸面到脚踝一色白岑岑的。所以她的大名唤作“唐白仙”，把名号做成圆牌子挂在会乐里上空，很是生辉。

她站在小雁跟前，一手叉着水蛇腰，一手扇着檀香扇，片刻工夫就把小雁打量清楚了。小雁的小瓜子脸隐在蓬乱肮脏的发下，小眼珠子雾蒙蒙的，好像能把人的魂吸进去。她左眼下有一颗小小的泪痣，让这张小脸带上了可怜兮兮的媚态。

一个十三四岁的女孩哪里会有媚态？唐倌人以为是自己的错觉。

实则正巧，她缺一个小孩服侍，身边只有两个年纪老迈的仆媪，在身价气势上就比不上其他长三了。虽是战乱年代，但要买个资质好的小孩子花费可不会少，唐倌人为了自己的体面正做这个打算。

这下碰到小雁，她觉着眼前这个秀丽的女孩子很合适，且模样还不错，更重要的是这笔交易不要钱。但小雁拖着一个病入膏肓的小云。

唐倌人不开慈善馆，她对小雁说：“我可以收留你，给你饭吃，也允许你留一口饭给你家小妹妹吃。但我这儿要待客人的，客人都怕触霉头，沾不得病人气。”

小雁记下来，也懂了。

唐倌人石库门里的一位李阿婆指点小雁：“你找几根竹竿，再问人要些旧的棉衣棉裤棉被，给你这小姐妹在后弄堂口那壁角里找个地儿吧！”

小雁是个伶俐的孩子，在这战乱之中养成了挣扎着生存的伶俐。她从这弄堂里每个长三的石库门里收破旧的棉被棉衣棉裤，整了些许，给小云在弄堂口搭了这个小天地。

小雁烧好了菜粥，由李阿婆拿去服侍唐倌人。她趁着无人，偷偷用小搪瓷碗留下一小碗，匆忙跑去后弄堂口。

小云半梦半醒，被小雁摇醒。她迷迷糊糊地叫“爹”，醒了会儿，看清楚是小雁。

小雁用搪瓷小调羹舀起碗里的菜粥，仔细喂给小云。小云小心喝着，知道这是好东西，一口都不愿浪费，也不让嘴角剩下残渣。

吃完粥，小雁陪着小云。她不是很情愿回到唐倌人那暖风熏人的石库门。她明白唐倌人在石库门里的营生，也知道她此刻必定在睡房里伺候家里开米厂的周小开。她一回想就阵阵恶心。但那个周小开出手很阔绰，昨天给送茶的小雁一块大洋打赏

当时，小雁瞪着那饱满而灿烂的大洋怔了好一会儿。唐倌人笑她没见过世面："快去谢过周少爷，乡下孩子没见过大洋？"

小雁俯身谢过周小开，将银洋紧紧攥在手里，离去时远远听到周小开说："你哪里得来那么标致的一个小姑娘？长大可要抢你风头的。"

唐倌人懒懒道："毛都没长齐的丫头，你都能看上？吓，你周小开的口味可真稀奇啊！"

小雁不由自主地感到一阵毛骨悚然。

小云正把头歪在小雁的肩膀上，瞪着屋檐上累积的陈年黑垢，弱声虚气地说："小雁，我们绍兴的屋檐子和上海的很像。"

小云和她爹从绍兴逃来上海，有着和上海相似的乡音乡语。小云一口软糯的南方口音尤其好听，不像她，一口板直的东北官话。最近唐倌人要李阿婆教她说上海话，她的舌头都转不溜，总生硬着，但对着唐倌人讲话时，已经尽量学习着她的吴侬软语了。

她只有对着小云时，不用这样的口音讨好伪装。她说道："我们长春的屋子都是很高大很宽敞的，上海的屋子又小又挤，阴森森的，我怕鬼。"

小云扑哧一笑。她一直爱笑，也爱说笑："我要是死了，也变成小鬼，跟在你身边，别人要欺负你，我就帮你吓唬他，于是在这个上海滩就再也不会有人欺负我们小雁了。"

这笑话不好笑。小雁抱着身子一日差似一日倒全不放在心上的小云，听她拣好笑的讲出来安慰自己。

小云的爹也是一样，虽每天扛包扛得苦哈哈的，回来以后一定笑眯眯地对两个女孩说："今天在南京路看到一个黑人，墨黑墨黑的，你们要是不乖啊，全都要被黑人抓过去。"

两个小姑娘装作吓得哇哇乱叫，小云的爹才转入正题："黑人还拿着一本书，人家也是爱学习的。你们啊，也要好好学习，学好文化啊！"

那是一对乐观的父女，是她至亲的人。小雁眼圈红了，紧紧搂着小云："你别说这

些丧气话，我有一块大洋，我带你去看病。你要好起来，还说要带我逛上海呢！我都没有去过南京路呢！南京路就在四马路旁边。”

小云靠着小雁：“上海啊，有那么大。”她用手抱了一个圆，“我一个人带着你是逛不完的。”然后她侧过头看小雁，“小雁，你还是想飞回家吧！”

小雁点点头。

小云忽然又唱起了儿歌：“小燕子，穿花衣，年年春天来这里。我问燕子你为啥来，燕子说，这里的春天最美丽。”

小雁说：“大上海一点也不美丽！”

小云哀伤道：“爹说过，哪里的日子都不好过！”

小雁却坚定地说：“小云，我要让你住好屋子，睡木板床，吃大米饭。”

小云又想到自己失踪的父亲，鼻子一酸，眼泪扑簌簌就掉下来：“我只想我爹回来，我什么都不要！”

小雁把小云搂得更紧，两个孩子把泪流在一处。哭了一阵，小云咬着牙，说：“我好恨日本人！”

“我也恨日本人！”小雁握着小云的手渐渐紧了，她问，“壮志饥餐胡虏肉，笑谈渴饮匈奴血。是不是就是说我们要报仇雪恨？”

小云停住抽泣，她的年纪太小，她的父亲也未教她这《满江红》中最杀戮血腥的句子，她只能呆呆看着小雁，看她那雾蒙蒙的眼睛里透出似懂非懂的仇恨之火，烧得无休无止。

两个孩子，互相依偎着。

这一年，上海人都不知道过了今日，明朝又将如何，索性照旧过日子。照旧过日子的人，照旧着自己过日子的算计。

李阿婆向小雁建议：“你这个小姐妹不能再拖下去了。浙江那里新来一个文戏班子，住在新闸路那里，他们戏班子里有个台柱子新认的干娘是唐倌人的麻将搭子。前几天来打牌时说班主的独子出水痘，请来的毛脚道士说要娶个童养媳去冲喜才能大好。而且这童养媳啊得班主两口子亲自花钱买个生人儿，还得是他们原籍的。”

小雁听得认认真真。

李阿婆继续说：“那班主原籍是绍兴，我就插话了，‘真是巧啊，我们唐倌人新招的小丫头有个小姐妹就是绍兴来的，还是个没有爷娘的孤儿。’”

小雁懂了："李阿婆，您是要我把小云给他们家做童养媳？"

李阿婆一拍大腿："对啊！你不是得了周小开一块大洋吗？明天我们把你的小姐妹送去仁济医馆打针，等她病好了，正好给她找这个好归宿。她现在生着病，人家嫌晦气也是不会要的。"

小雁想，这对小云来说确实是最好的一个归宿。她再追问："他们家有大屋子、木板床吗？"

李阿婆笑道："这戏班子原来在绍兴唱出名过，很有些积蓄，在新闸路那里可有整栋石库门独居呢！不单单住着自己一家人，还有琴师、学徒，你说有没有家底？"

小雁盘算着，道："那是最好了。"也就放心同意了。

唐倌人听了李阿婆的汇报倒也赞成，只说："这事情做成了，倒是我们的一桩福祉。"便叫了黄包车送小云去看病。

许是小云小小年纪到处流浪，狠打海摔的，抵抗力老早就练得坚强，也或许是求生意志太强烈，身体十分配合治疗。在医院里打了针，吃了药，吊了几天点滴，便退了烧，只是脚底下仍是飘飘浮浮的，走起路来头重脚轻。

但李阿婆已经等不及了，小云出院那天，她便领着戏班子的班主和班主太太到唐倌人的石库门里看人。

小雁扶着小云，两个人站在天井里面，散落的阳光斜斜洒在她们的肩头上，带来了久违的温暖。

小雁小声指导小云："做得体面一些，李阿婆说他们是好人家，跟着他们你就再也不用做小瘪三了。"

小云点头，早在医院时，小雁就把这宗事的来龙去脉给她讲了又讲，怕她不肯似的。其实小云心底也清楚，这是摆在自己面前不得不选择的一条路。

十一二岁的女孩，带着半点天真和半点被这个世道逼出的认命般的顺从，怯生生地望向她未知命运的归宿。

戏班班主姓杜，他的太太被大家唤作庆姑。杜班主瘦瘦的，戴着副秀才眼镜，脸面凹陷进去，饱经风霜的样子，像个落魄的老秀才，这倒是跟小云的爹有些神似。

庆姑梳着髻，一脸爽净，只额头有些细细的纹路，看出些年纪。一身青色的短衣长裤，脚底一双带绊的黑布鞋。她慈爱地笑着对小云招招手。

小云怯怯地回头看小雁，被小雁猛力往前推了一把。她不得不跨出那一步，走到庆姑跟前，叫了一声："太太。"

庆姑握嘴笑，慈善的面容上竟是如释重负之色，说："哪里来的这样尊贵，还叫我太太。"又拉着小云的手，仔细端详她的品格容貌，心里很满意，"真是个好模样。"就再问，"叫什么名儿？"

小云乖巧地答："小云。"

庆姑越看越爱，转头对杜班主说："你瞧瞧，这孩子比归凤那丫头都要标致几分呢！"

杜班主笑了笑，饱经风霜之下，笑也似苦笑："这也是我们家展风的福气。"然后向唐倌人拱手，"姑娘费心了。"

唐倌人正嗑瓜子，听这话，停住手，摇起了扇子，客气几句："哪里哪里？这小姑娘到处流浪怪可怜的，现下好了，到了杜班主家可有好日子过了。算是孩子从观音菩萨那里修来的福分吧！"

杜班主并不想在这长三堂子内多待，见妻子一眼相中小云，便从随身的包裹里拿出一卷被红纸包住的大洋，递给唐倌人："我们可否今天就带这孩子走？"

唐倌人示意李阿婆收下，李阿婆急吼吼地撕开红纸看，心里默点了一遍，刚刚好十块。十块大洋，够上海的普通四口之家过一个月，也够买一个无依无靠的流浪儿。

唐倌人便不留客了："这当然可以，往后小姑娘就是你们家的人了。"

杜班主抱拳告别，出门去叫黄包车。庆姑欢喜地牵着小云的手："今晚跟我回家？"

小云点点头，再转头看小雁，她也笑着，眼里含了泪，朝小云点点头。

唐倌人招招手，把小雁叫到跟前来，伸手抓了红纸包里的五个大洋出来，塞到小雁手里："这是你的，可不要全部被人贪了去。"

说得旁边的李阿婆脸上红一阵白一阵，嗫嚅道："倌人这是说啥话，这钱还是要用来服侍倌人的。"

小雁缩手，不想要小云的卖身钱。唐倌人哪里容她拒绝，硬是塞进了她的手里："这钱我是不会要的，你自己留好，以后自然有用处。"

小雁听了，便捧好这五块大洋。

唐倌人起身，打个哈欠对李阿婆说："我去睡午觉了，这钱你老人家还是留着吧！"

杜班主招来黄包车，唤庆姑和小云上车。小云一步三回头依依不舍地看着小雁，在这不得不分离的时刻，她的泪像断了线的珠子一样滚落下来。

"小雁。"她叫。

小雁抓住大洋，飞奔到小云面前，拿出三个，塞进她手里："你三个，我两个，以后我们再见面的时候，就用这大洋做记号。"

小云用力点头，握牢三个大洋——她自己的卖身钱。

庆姑已经在催促小云上车了。小雁推搡小云到黄包车前，道："以后我们还会再见的，不要哭哭啼啼。"

小云被杜班主抱上车，她朝小雁拼命挥着手。小雁也朝她拼命挥手，用刚刚学会的第一句上海话，叫道："再会！小云，再会！"

小云看着小雁拼命挥舞的小手，想，这样大的上海，她们就要天各一方了，真的还有机会再会吗？

小云第一次看见的像样的上海房子，是一座三上三下砖木结构的连体石库门，但它不像四马路的石库门那样崭新体面。从外面看上去，砖色是灰白的，铁门上还锈迹斑斑。其实这座石库门新建不过两三年。

闸北靠公共租界这一带的石库门都是这样简陋的速成品。这一处的地皮因兵荒马乱而相对便宜，上海滩上牟利的眼光觑出商机：那被日本人逼逐着离开家园的涌进大上海的中国难民们，最需要一个遮风挡雨的屋檐。他们会带上毕生家当，在五光十色的大上海，用大把银洋换取一个栖身的屋檐。所以用最廉价的建筑材料造出的最紧凑的连体石库门，更多的还是卖给逃难到上海的中下层难民。这样的房子住久了，砖色会褪，地板会摇，四角阴冷潮湿，屋顶有时还会漏水。但对于已经将温饱的要求降到最低限度的人们来说，足够好了。

小云也觉得足够好了，她悄悄将这座她即将在此生活的石库门好好打量了一番，才小心翼翼地跨进去。

一进门，是前天井。两个女孩子正站在天井中间，翘着兰花手，绕出一个腕花，灵活的眼珠子随着腕花上下翻飞，神情跟着手腕的动作而变换，忽而妩媚，忽而凝思，忽而娇嗔。一个稍大些的比另一个小的做得更好，脸上的神色随着指尖走，端的是千变万化，精彩纷呈。

两个女孩猛见杜班主和庆姑回来，小的略停了一停，大的却不停，继续手里的动作。

杜班主见这情形并不言语，只抚须静看。庆姑对小云说："你瞧瞧，两个姐姐好看不好看？"

小云睁大好奇的眼睛，长睫毛扇了一扇，手下意识地跟着也摆了个兰花指，很新奇，她微笑着说："还是姐姐们摆得好看。"

庆姑见这孩子不怕生，是副爽直个性的样子，更加欢喜，爱怜地摸摸小云的脸。

两个女孩子做完整套手法，才并立叫了声："班主，娘"。

她们叫庆姑"娘"，"娘"音又读得奇怪，发"酿"的音，小云又好奇，扭头看庆姑。

大女孩很随意地从庆姑手里牵过小云，笑："这就是我们展风新的小媳妇吧！啧啧啧，生生脆的好相貌。"

这大女孩有一张鹅蛋脸，凤眼柳眉的，比会乐里的唐倌人还多几分艳丽。那一双水葱手扣着小云的下巴左瞅右看，动作暗藏了点粗暴，长长的指甲磕在小云的下巴窝里，刺得她生疼。她听这女孩唤她"展风新的小媳妇"，心里奇怪，为何偏偏加个"新"？她心里起了老大的疑团。

庆姑介绍："这是我们这里的头肩筱凤鸣，往后叫大师姐。"

"大师姐。"小云跟着叫。

筱凤鸣"咯咯"笑："真是乖，你公爹婆婆对你可满意得紧，那么快就喜新厌旧了呀！"

杜班主闻言立刻紧锁眉头，庆姑的脸也跟着拉了下来，不再多理她，只管继续介绍："这是我们这里学戏的姊妹，就比你大一岁，叫归凤。"

归凤梳着短短的学生头，文气的小脸无甚表情，只向小云点点头，算是招呼了。小云见这几乎同龄的女孩态度冷淡，也只好点点头。

"折腾了大半天，赶紧进去吃中饭吧！"杜班主道，领头往里头的客堂间去，并不给筱凤鸣一个正眼。

庆姑拉起小云的手："吃中饭吧！"

筱凤鸣神情讪讪的，暗自着恼，一咬牙炫耀道："大华银行的山田副董约了我去罗威饭店吃西餐呢！"说罢屁股一扭，径自从客堂间的楼梯上楼去了，一双高跟鞋踩得木头楼板"咚咚"响。

杜班主从怀里捞出烟斗，重重敲在桌板上。小云见他样子凶，悄悄往庆姑身后挪着，一眼瞥见正直直瞅着她的归凤。

"走，我们先去见见展风。"庆姑又拉起小云。

小云第一次见到杜展风，是在这石库门三楼有老虎天窗的东厢房里。

当时正值正午，阳光从老虎天窗里洒下来，洒在床上懒洋洋的男孩身上。据说正在发水痘的男孩踢开被子，摊开手脚，享受着阳光的沐浴。他冷不防见庆姑进来，怕露了馅，正慌张地整理睡相。

“我的小祖宗！”庆姑急得上前给儿子掖好被子，把他裹成了粽子。

小云顺眼瞧过去，男孩浓眉大眼，脸面黝黑中透着红润，理个小平头，虎头虎脑的。身子骨并不像听说的那样弱，倒比大病初愈的自己还要硬朗些。

男孩很别扭，很不舒服，左扭右扭，非要挣脱出手臂，还撸起袖子，直伸到母亲面前嚷嚷：“妈，我都好了。”小云看见那瘦瘦干干、黝黑的膀子上有浅浅的痘痕。

庆姑不准他示强，将他的臂膀再度塞进被窝，道：“刚从鬼门关转一圈回来，你娘可再经不起你的吓了。”又照例介绍小云，“这是新来咱们家的云妹妹。”

男孩很别扭，带着气道：“妈，你怎么真信那种算命先生的话？归凤——”

庆姑厉声喝止：“别瞎说，这全是为你好！”

男孩撇嘴，多半觉着没面子，又本不是闲人，见小云孤零零站一边，身子瘦似柳枝，可怜样的，只好先和和气气打招呼：“你叫我展风哥吧！”

小云差一点露怯，被男孩友好地招呼了声，就礼貌地笑着应和：“展风哥哥。”

展风瞧着小云和善，自己反而不好意思起来，又把手伸出来，搔搔脑袋，忍着不对她笑。

小云被安置在石库门二楼的厢房里，和归凤等几个女孩住一起。

这栋小石库门里，原来竟住了十来个人。杜班主夫妇是和展风睡一屋的，三楼的西厢房由筱凤鸣独占一间。二楼东西两间厢房互相打通，排着通铺，拉好床帘，睡了七八个女孩子。

女孩子们都欺生，各管各地梳头、脱衣，互相嬉笑，没有一个主动招呼小云。小云无措伫立，不承想在比滚地龙宽敞数倍的地方更显伶仃了。

只归凤暗暗地瞅小云一眼，又一眼，她见四周的姐妹们不作声，也就没有先作声。这些女孩，打小就出来走江湖，冷暖自知，更有小刁钻。一个个虽手里做着事儿，眼角却觑着那新来的，暗存幸灾乐祸。

庆姑抱了床棉被过来，她本就是要为小云撑腰，见不得小云委屈，问一声：“你们谁和小云睡？”

女孩们停下手里的活儿，没人立刻自告奋勇。小云眼睛低垂，看着地板，有红色裂纹的地方，走在上面会“嘎吱嘎吱”响。这地方虽好，骨子里却透出阴凉。

一只小手拽了拽小云的衣袖，小云抬起眼睛，是归凤。原本委屈的泪已经盈睫了，被归凤那文弱的笑扫了下去。

庆姑很满意，道：“还是归凤懂事体贴些！”她将小云的被窝安置在归凤旁边，转身叮嘱几句便离开了。

待庆姑走得远了，女孩中年纪最大的叫筱秋月的，尖声细语道：“怪道班主和娘日常都夸你，你还真贤淑过头，被人休了还装好人！”

归凤听了这话瑟缩了一下，坐进角落里，没有说话。

还有跟着一起落井下石的：“她现在是班主家的新少奶奶，展风未来的媳妇，能和我们比？来归凤，就你会做滥好人，想要往后当头肩呢！”

归凤还是不作声。

小云虽不太懂她们话里的意思，可见归凤窝在一旁楚楚可怜的样子，心中气恼，想要争辩。但那些女孩一个个挨次睡进了通铺，连归凤也径自钻进了被窝，对归云只说一句：“快睡吧！”

她又一个人被丢在了床下。

深夜，小云心里存着屈，望着映在窗帘上的净白月光，想起在滚地龙的日子。那个时候夜风狠，从滚地龙四处的缝隙中直直灌进来，冻得她直抖，紧靠在爹的胸前。后来滚地龙里多了小雁，两个人互相拥抱取暖。

那样，倒也是踏实的。

现在，这石库门里，厚厚的墙和厚厚的棉被，夜风是肆虐不进来了。但夜黑魆魆的，暗沉得把心底的悲伤都勾上来了。

爹，还生死未卜。如果活着，他在哪里？有没饿着？有没冻着？如果死了，如果死了，想着便不敢再想下去。在烧糊涂的时候，她却也是安心，想这样也好，或许能和爹相聚了。

小雁，伴了自己那么久的小雁，虽是被自己救回来的，却一直照顾着自己。如今，也不在眼前了，好像苦难中的依靠顿时消失了。

想着想着，小云脸上爬上了泪。她捂着嘴，不敢出声。但心底悲伤涌出，抑制不住，她只好悄悄爬出被窝，趿上鞋，蹑手蹑脚地下了楼梯，轻轻悄悄地，不让楼梯嘎吱嘎吱响。

一楼的客堂间除了灶庇间、卫生间，还有一间亭子间和后厢房，后厢房也是女孩们的通铺，亭子间住着戏班子的几个琴师。

人虽多，但厅堂还是显得冷。

客堂间的饭桌旁有人，点着小煤油灯。昏暗的夜里，荧荧的灯火随着窗框缝里漏进来的夜风左右摇摆。墙壁上，长长的人影也在动。小云吓了一跳，那人也吓了一跳。

那人竟是杜班主，他一定睛，瞧见来人，心里就明白了，朝小云招招手："别怕，过来。"

夜晚摇曳的微光下，杜班主严肃得像庙堂里的判官，让小云不敢不过去。杜班主对着跟前的小云放低了声音："来了就好好过，吃的穿的，不会少。做好本分，没人能欺负你。"

小云一边听着一边收回了泪。

"乖巧的、长进的，自然能挣个好前途。其他计较太多，没好处。"杜班主继续道。

话是有道理的话，可是和厅堂一样透着冷意。小云不敢不暖和自己，搓着手臂，半懂不懂，但她想她必须要懂，就顺从地点了点头。

杜班主无奈地笑了笑。他原是不大会笑的人，笑起来眉毛扭曲，更像哭。他是吃惯苦的，不善言辞，又从来威严，儿子见了都怕得像耗子见着猫。他也不太会安慰小女孩子，只惯常命令着，讲那些儿子厌弃的世故大道理。

小云却望着杜班主出了神。她想念自己的父亲，温雅善谈，将自己当掌珠。她一想又想哭了，且忍住了。眼前，光影重叠，是杜班主？还是爹？

她还是想哭，忙垂下头。一双粗糙的大手，抚在了她的发顶，厅堂的冷好像散了点。

庆姑待小云有种暧昧的好，买了新衣裳新裙子，把她打扮得像个女学生。小云麻利地编了辫子，两条粗粗的麻花，荡在身后，扎了蓝头绳。

庆姑要她同展风多相处，催促小云："同他们玩去吧！"

小云就跑去弄堂里。

展风是孩子王，正纠集男孩玩耍，有左右两个"将军"，小云听到展风叫他们"徐五福"和"陆明"。徐五福和陆明在展风的指挥下围着归凤，教她滚铁圈。这种游戏男孩在行，归凤总是滚几步就倒。

徐五福叫："归凤，你怎么那么笨？"

展风赏给徐五福一个"毛栗子"，徐五福就不甘愿地去捡滚在一边的铁圈。

铁圈被小云捡了。她驻步不前，又犹豫又害怕，终是暗暗鼓了气才上前：“给你，展风哥哥。”又申请，“我给你们捡铁圈？”

展风见她又眼热又渴盼又可怜的模样，颇感烦恼。他回头看看归凤，似要等归凤的意思。归凤低下头，又是不作声。

陆明看不过去：“干吗不带她一起玩？”

小云巴巴望着归凤。归凤的心，原本就是棉花做的，硬不起来，反自疚，更无言，就拉了拉小云的小手。

展风松一口气，手一挥：“一道白相！”俨然这个小世界的主宰，现在同意把他的友爱均分下来。

小世界的主宰终究也要服从大世界。

那边，杜班主叫：“野小子野到哪里去了？快过来拔台基，要拜师了。”待展风跑了过来，扬手要打，展风“刺溜”一下躲到庆姑身后，庆姑揪着他去排队。

戏班子里的人齐齐站到天井中，小云和归凤也恭恭敬敬按年龄排到最末去。小云扫一眼，独不见筱凤鸣。

杜班主点起香，请出明皇相，扯出班旗，上书“庆禧班”三个大字。

众人井然有序地参拜。庆姑把小云领了上来。

前一晚，庆姑把小云带到后天井，问：“你可会唱戏？”

小云眨眨眼睛：“我会唱小曲。”

“唱一支听听。”

小云清了清嗓子：“小燕子，穿花衣，年年春天来这里……”

庆姑琢磨了，满意了，说：“嗓音松脆，还能练练，明朝开始我教你唱戏。”

这是决定，并非征询。

庆姑也是不得已。生活有太多不得已。浙江迢迢赶来上海的戏班子，尚找不到待见的戏台邀长约，每天在这里唱一场又到那里唱一场，游来游去，只能挣口粮。

先前展风的病折腾了小半积蓄，是去了西医那儿看的。他们还是不放心，毕竟宝贝独苗，就请算命先生来批八字，说是要讨合八字的童养媳冲喜。但展风已经有了童养媳，就是天生有一副好嗓子的来归凤。算命先生坚持己见，非说旧的不好，新的妙。杜班主起初并不肯，说这做法不合道义，但拗不过妻子对儿子的溺爱，省不得大洋还是讨来新的童养媳。

好像一出闹腾的游戏，归凤在还没有正式成为展风的妻子的时候，就被硬生生抹了名分。新来的，也没有福分做少奶奶，终须得有点付出，带点进益。譬如加入戏班子唱戏。

好在小云的嗓子高亢清亮，也端得上台面。世故一些想，这孩子也不算白花了钱买来。庆姑的心放了下来。

小云知道自己没有选择也不能有选择。她不用再风餐露宿，不用再四处流浪，不用再卑微乞讨，心里的感激是难喻的。她须知恩图报，而唯一能报的也就是上台唱个戏，不吃干饭，努力给戏班子出点绵薄之力。爹也曾经教导："行走世上，就得要讲究情义二字。"杜家赠予她的情义，她紧紧记牢。

杜班主的声音庄严地穿过袅袅香烟，带着命运的判决，又带着命运的安抚。

小云跪下了。

"杜归云，年十二岁。情愿投在张庆姑名下为徒。言明四方生理，但凭师父做主，师父授业解惑，修行但看自身。他日台上争春，师父台下添光。祖师爷前立此为据！"

没有学习年限，没有包银归属，因那都是终身属于杜家的。一切底线都不需要。她还有了一个属于杜家的名字——杜归云。全部都是心甘情愿，从此便是一段新的人生。

改了名的归云，或许应了算命先生的话，命格是旺的。庆姑常常这么说，因为不久之后，庆禧班在四川路上的凤平戏院顺利驻场。

日子似乎在慢慢变好，世道也渐渐稳定。

每晚六至九点，戏院门口挂好大幅海报，是上了白娘子装的筱凤鸣。美工师傅绘出的脸颊雪白，勾引人的红晕，媚惑来往行人，要一声紧一声地唤人进去一睹为快。

每天夜里的西厢红楼碧玉簪，婀娜婉转得要酥到这些流落在上海的江浙人的心坎上，筱凤鸣的风流婉转也酥到男人们的骨头里。凤平戏院，真的是让筱凤鸣这只凤凰独独占了鳌头，旁人全都要相形见绌。

归云是小学徒，没有资格上场，就算是天生一副好嗓子的归凤，也不过是给黛玉试莽玉的紫鹃，给祝英台挑行李的吟心。都是不经眼的小角色，哪个是头肩，哪个才能利落地占尽舞台的风光！

杜班主和庆姑监场时对着满台贴着筱凤鸣名字的花篮银盾又喜又愁。

庆姑对只能在后台看行头的归云说："筱凤鸣的天赋真是没说的，怕这些师姐妹中唯有归凤以后可以比肩。"

归云就听着，她也是个倔强的人儿。她每日喊嗓压腿，也是拼命地练，唯恐落后了去。但杜班主一旁听听，摇摇头。她的心就凉半截。

杜班主琢磨好了，这孩子天分有限，他不为难她，又想戏班子是家传行当，少不得将来给儿子媳妇，就收了归云在身边额外教些旁的。

在上海漂泊的戏班子学都市的风行，也是被生活迫着，务必要人尽其才。当戏班子人手不够使的时候，杜班主自己都须亲自去顶场。他如今便给归云加了这门课程，还将戏园色色讲得清楚。

归云是懂的，也用心学，杜班主颇欣慰，感念她的听话，讲的教的就更多了。戏园子的姐妹看在眼里，明的不敢说什么，暗里有的讨归云的好，也有碎嘴的。只有筱凤鸣明说了：“班主这是未雨绸缪呢！儿子不顶用，拿媳妇当接班人养？把谁踩脚底下呢？”

杜班主冷冷笑：“我在一日，这戏班子就得按我的规矩来，姑娘切莫多言！”惹得筱凤鸣摔碗骂娘。

展风告诉归云，庆禧班原是筱凤鸣的爹娘同杜班主一起创立的，杜班主以前是琴师，筱凤鸣的娘却是一位不折不扣的角儿，也曾红遍江浙。只是夫妇两人英年早逝，杜班主就挑起班主的大任。筱凤鸣为这戏班子的一亩三分地产业没少明的暗的和杜班主争吵，毛刺拔不掉，现今更有愈演愈烈之势。

“她还跟日本人搞不清爽。”展风恨恨地说。

归云虽不大懂，也知道不是好话。尤其说到日本人，她深处的记忆抹不去，想起亲爹，又要暗伤。

展风看出来，问：“你是不是又想你爹了？”

归云默不作声，半晌，又说：“我还想小雁。”

展风的豪气冒头，就说：“我陪你去找他们。”

归云执拗的心，对旧的往事不死心，只想着要找时间去蕃瓜弄和会乐里再瞧瞧，就趁杜班主和庆姑给学徒们放假的礼拜天偷偷溜了去。展风倒也没说顽话，非要陪她一块去。

两个孩子就先去了闸北蕃瓜弄。这里的滚地龙早已换了一批新的竹茅屋，也换了一批新面孔。

归云彷徨地望去。

这个地方，熟悉又陌生。这座城市的生命力竟是那么强，灾难过后，人们仍能迅速地继续生机勃勃地生活。

只是悲剧沉在人们心底，不能掩埋。有人再也找不到自己的亲人，心底豁开口子，淌了血，带着不可名状的痛和恨。

他们又去四马路找小雁。

唐倌人隔壁长三的小丫头告诉她，她走后没有几个月，周小开就在租界买了洋房，把这里的老老小小都接过去了。她再细问到底搬去了哪里，总也问不出所以然。

归云想，小雁，应该也是跟着去的。就这样，她们也不能见到了。不过几月工夫，她过去的生活痕迹被抹得干干净净。

见归云闷闷不乐，展风就做主领她沿四马路到黄浦江边的外滩闲逛解闷。

这里的建筑，丝毫不带中国影子，统统是法式、美式、英式的，居高临下。在遮着阳光的钢筋水泥之下，心底最后一丝阳光也没了。

归云第一天来上海就见过这里的高楼。她拉着爹的手，惶惶惑惑走到万国建筑群中，抬头伸长了脖子，难以置信地看着高楼。

“乖乖，竟然那么高呀？”她啧啧惊叹，仰着头，想要数清这楼有几层，小身子往后倾，倾着倾着一下撞上身后的人。身后是个高高的、有着冰冷的蓝眼睛和金头发的洋人，一身深色西服把整个人遮得似座山，正嫌恶地瞥她，还挥挥手里的绅士棍，像挥一只苍蝇。

爹把她紧紧护在身后。

为什么在中国人的地方，却要被外国人歧视？

“你看那狮子！”展风做出猴精的脸，引她注意，指着汇丰银行大厦门前的铜狮子，“呵！真威风！”

归云不看，那铜狮子在第一次来到外滩的时候就看过，耀武扬威的，让自己显得更渺小：“那是洋人的玩意儿，有什么好看的！”

展风的存心讨好没奏效，没了主意，又争着归云一口气，嘟囔：“呵！比归凤脾气还大，真难伺候！”

归云板着的小脸松下来，告诫自己不能同展风发脾气。因听他说起归凤，她又问：“他们说我抢了归凤的位子，是什么意思？”

展风为难了，不晓得怎样答，只一个劲儿说：“你们都是我的小妹妹，我待你们一样好，不分高低！”他是听不动娘说的那种易弦的话，心念里只有把一碗水端平才够义气。

女孩耷拉了脸，不算很懂。

男孩也耷拉了脸，想，关云长、赵子龙也怪难做的，讲义气是一件顾得了东就顾不了西的事儿。好在现在大家都和气了，他算成全了自己的一片心意。

大人总拿孩子不懂的事来为难孩子，孩子单纯的心却不懂那么多。

两人拐进弄堂，展风眼尖：“你瞧。”

弄堂口避风处当街跪着一个衣衫褴褛的女孩，是告地状的。面前的青石板上写了几行字，归云认得。

“各界先生、闺阁女士，善为救急，援助川资，免我母女，流落申江，衔环结草，恩德永记！”

原来她的老母病重垂危，女孩只得将母亲安置在石库门的屋檐下，用破被单裹着，但还是蔽不了体。这情这景，在大上海街头巷尾并不少见，故大多路人只瞻顾一眼，又自顾自行路了。也有心好的，丢一两个铜板下来。女孩捡了，再磕头，额头都青了。

归云瞧得眼酸，展风一见状起了义气，忙掏口袋，有四个铜板，全部塞到女孩手里，想想还不够，问归云：“哎，你还有没有铜板？”

归云的贴身小口袋里有小雁和她分手时塞的三个大洋，她掂了很久，犹豫着：这是将来相见的凭证，能不能丢得？

展风见她的态度，知道是有的，就嚷：“有就赶紧掏出来啊！你瞧人家多可怜啊！”

归云咬住嘴唇，不作声，也不走，站在原地发愣。

这时候走来一个穿中山装、戴学生帽的男孩，比他们大一二岁的光景，个子顶高，就在归云身后，他走上前蹲下，塞给女孩一张十元的银元券。

女孩惊住了，何曾受过这样阔气的施舍？她要大拜，男孩不肯受，托住她说道：“这位大姐，老人的病这样耽搁不好，赶紧去医院吧！”

他又站了起来，身板很直，一转，学生帽一抬，对着归云露出俊秀清朗的面目，眼神却很傲气。他望到了归云，心底在惊讶，纳罕她的辫子怎生那样长。

归云以为那是挑衅，不服气，也不服输，瞬间有了别的主意。那是江湖义气，也是感同身受，为落难的女孩子，也为自己在男孩面前不输阵仗。

她往当口一站，声音脆亮：“为口饭，落个难。谁没个三穷四急？小姑娘今天在这里为这个姐姐请个愿，请各位好心人帮帮忙！”

这下有人愿意看热闹了，都明白她要献艺，还立马叫了好。男孩本来急着走，看她这架势，有点兴趣，也不走了，眼睛清清地，就盯着长辫子小姑娘瞧。

归云摆一个起势，落落挽起一个扶锄的姿势，沉好气，稳住神，丹田起音：

花落花飞飞满天，

红消香断有谁怜，

一年三百六十天

风刀霜剑严相逼

明媚鲜妍有几时

一朝漂泊难寻觅

……

原来是林黛玉的《葬花》，当季流行的绍兴文戏的段子。看客都爱听，围上来的人更多了。

孩子音传在大上海钢筋水泥楼下的弄堂里，行人竟听出了些悲风，是“一年三百六十天，风刀霜剑严相逼”的哭音。云手过去，人群之中，女孩自伤自哀，有苦有泪，悲风也就吹到人群里。有人被感染，告地状的女孩哭了，心软的太太们也哭了，投铜板给女孩的人就多了。

归云背不下整阕词，唱一半，生生滞住，怯怯望人。展风带头鼓掌喝彩，带动大人。

她的胆子也就大了，一鼓作气将三个大洋拿出来要塞给女孩，却被人推了回去，是那中山装男孩：“嘿，刚才给这姐姐的，够去医馆了。”

归云瞪他，他干什么阻着她?

男孩笑了：“光天化日的，怀璧其罪。懂不懂？”

他说得太文绉绉，他的手还握着她的手。

男孩皱皱眉，眉毛浓得神气，是一副剑眉星目呢！他凑近对归云小声讲：“她们这样弱小，身上得了那么多钱，被人偷了抢了怎么办？”

归云恍然大悟，这男孩真是好心思。

男孩扶起告地状的女孩，说：“我送你们去医院。”

女孩感激之至，朝归云鞠躬，归云涨红了脸，反倒不好意思起来。男孩眼瞅着她笑，把手里的什么东西收回了小书包，与女孩一起将病重的老人扶起来。女孩又再三感谢她同展风，展风嘻嘻笑，直挠头。归云也不语，他两个都是小孩子，反显得那男孩大方得体和机灵了。

走的时候，男孩又回头望望归云。她还有气呢，冲他噘嘴，她可没输他。

男孩见眼前女孩此刻倔强的模样实在可爱，微一抬头，正迎着阳光的脸挂上灿烂的笑，剑眉一展，冲她摆个手，竟在和她道别。

归云愣住。男孩得了胜，又转身，同女孩母女走远了。

人散了，展风又活跃了。他先道歉："我就知道你不是那样的人，我竟那样看你，真该死！"

归云看着手里握的三个大洋，说："我又没做什么。"

展风瞧见新鲜的，凑近说："那个人会画画。"

画画？归云一脸狐疑。

"刚才我看到他在画你呢，就是那个翘兰花指的模样。"展风故意做了姿态，太难，又扭捏，实在不成样子。他干脆就地翻几个跟斗，也是伶俐的身手，自班主父亲那边学来的本事。他做了义举，着实兴奋，把归云当成个知音，什么都说了："爹妈老叫我唱什么梁山伯、贾宝玉的，我可不喜欢这种娘们戏，太没有意思啦！好啦，现在你和归凤都会唱戏，爹妈再也不会逼我啦！"

"那你想做什么？戏班子里的当然要唱戏。"

展风伸手挥舞了一下拳头："大男人当然要去当兵，打日本人。"

"当兵固然好，但你要去了，娘死也不会放你走。"

展风不去愁往后，拍胸脯："我可不管那么多！"

归云跟着他走，不好扫他的兴。一路又是许多风景，和从前真不一样了，只有路过的民醒小学还挂着那幅纪念"九·一八"的图。

她多想上学，就像在绍兴老家的时候，坐在明亮的学堂里，严肃的先生教他们念三字经。每一刻的回忆都是珍贵的。

她真羡慕那个男孩，背着书包，拿着笔和簿子。这些都成了她最奢侈的向往。

第二章 栀子香

晨光微露的石库门朝北的后天井里，总晒不到阳光，成日里都是暗暗的，那里种着几株月季，在阴影里，暗沉沉的，是还不能出头的红。

天井里的女孩们正在喊嗓，在阴影里向上，积极地对着太阳微露的方向，要露出自己的峥嵘。

日升日落，斗转星移，幕起了，有新角儿在长，就像新开的月季，阴影也遮不住的鲜妍明媚。

归云绞一枝最鲜艳的月季，插在归凤的鬓角。归凤天生的桃花面，敷着粉，含了苞。掩盖一段心事，所以更见风流。

归云对她说："娘说要让我上场试试声了，你可要多担待我！"

归凤对镜敛妆容，眉眼皆是叹："归云，你的八字比我好，一定会很好的。"

归云心底也叹，这话她听得不少，归凤最大的心事，她是明白的。归凤这般认八字，也认命，她总觉得唱得再出彩，也是输给归云的。

只有归云才是展风的福星，这是庆姑说的。庆姑还说："你是这群孩子里唱得最好的，我指着你出头。”

归凤从来都深信庆姑的话。她在舞台上开始崭露头角，渐显锋芒，甚至有盖过筱凤鸣之势。但心底的那点憾还存着，冷着，只好在那一场一场风花雪月的戏里倾诉自己的情怀。

对手戏都是女孩子陪衬唱。

也会轮到归云做她的配角。

归云的扮相不赖，绾着头，描吊梢眉，一身英气勃勃不让须眉。她在天井里踱了几个方步，凝眉，叹气：“娘子她怎么还不来呀？唉！”

展风叫好，鼓掌。他们自小甚是谈得来，念书抓麻雀儿，都在一块儿。归云性子明快，又顺展风的意，就如班主夫妇的期许一般感情浓如蜜。

这些都看在归凤眼里。她只能做温柔娘子，走出来，藏好心事，从不倾诉，只在戏里说。一曲《盘妻》，色色掩盖。只因戏外人不懂。

归云的一切都是很好很好的，只是——归凤后来才了悟，世上没有万全的人和事，归云第一次上台就出了状况。

她受不住戏台上的直筒灯，当头一照，人就晕出了虚汗，就这样出乎任何人意料地怯了场，那之后便再也无法登场。这免不了就落下口实，教戏班子里的姐妹碎嘴了去，尤以筱凤鸣为甚。

杜班主此时便显出了他的一番先见之明，对庆姑说：“我瞧她也不全能吃这口饭，好歹学些旁门左道，也是能用的。”

庆姑不住叹气：“这几年都算白搭，这么俊俏的一个生！你看着办吧！”又说，“算了算了，能做家事就成，过个一两年赶快同展风成亲是正经。”

归云惶惶惑惑，只觉得自己没用。她向杜班主解释：“小时候和爹逃难，在大夜里躲进草丛，日本兵拿手电一路照过来，刺到眼睛里，就怕这亮光。”

杜班主并没有责备她，只说：“三百六十个行当，咱们这儿未必需要上台才成。同我学籂场也是行的，我看你跟着展风学了些算术，账本也能看得。”

说罢，他吸一口烟，近些年他人老了，精神头减了。筱凤鸣明目张胆拉了姐妹私接堂会，他是快管不住了，儿子的心又根本不在这个行当上。

在杜班主的私愿里，本也不想让儿子做这样的下九流，时不时对展风耳提面命道：“你既然不想入这行，就给我安分念好书，将来可进得大公司做职员固然不错，做个账房先生也是好的。”

他放展风去念书，就是为了儿子能在另一个更扬眉吐气的行当里出人头地。但他又太了解儿子的性子，每日勒令儿子来戏院做完功课才准家去。

展风心里虽不情愿，但也不敢怠慢，只好垂头耷脑地听话。

归凤和归云都是得了班主的令的，面上是陪着展风，实里在监工。不过归云做得更好些，她会拜展风做小老师，从他那儿再学些课堂上的东西。

展风乐得出风头，教了归云几回又疑惑：“归云，你怎么识那么多字？”

“我爹教我的，以前在老家的时候我也上过几年小学堂。”归云颇为得意。

展风觉得风头出得不大，又转而讲起地理：“你看，我们老师说这里还有这里都被日本人占领了。”他打开中国地图，一气就上来了。

归云看到用红色的毛笔勾画出的沦陷区中有“长春”两个字，又想起小雁：“我的小雁就是从这里逃出来的。”

展风还惦记着：“以后我一定帮你找小雁。”

归云点点头又摇摇头：“我只希望她一切都好，不要再沦为小瘪三了。”

归凤就静静坐在一边，目不斜视地背唱本。

杜班主掀了帘子进来，眼见这副大伙都认真的模样就高兴，免不了开口夸人，总是先夸归凤：“归凤，今天唱得好，紫鹃就该是这样深明大义，该隐退给黛玉和宝玉诉衷肠的时候就及时隐退。你在台上表演的度真是越摸越准了，有朝一日能成器。”

展风转头背着杜班主，冲归凤一抹鬼脸，翻个白眼，堵了归凤个大红脸。

“还是凤鸣姐唱得好，每次和她同台都能学到很多东西。不过，如果能唱主角，那真是——”归凤涨红了脸，都结巴了。

归云自己唱不了，但一向鼓励归凤：“继续努力，会站到人前的。”

待杜班主走开，展风的神气又回来了：“你这个小戏疯子，夸你就乐上天了！”

归凤还在脸红。

“归凤唱得好，你又不唱戏，干啥要取笑人？”抢白的是归云。

展风想，自己是男子汉，才不同女孩计较。他有他的招儿：“好男不跟女斗。走走走，我们去弄堂口的小热昏那里买梨膏糖去。”一下就把女孩哄住了。

戏院正散场，街边的馄饨摊、粥面摊的生意正红火。这是上海小生意人营生的家当，靠一只煤球炉、一只大铁锅、几把条凳执掌生计乾坤。有点手艺的，能把香味做霸道了，就先夺了客。这种廉价的小食摊靠的就是真本事呢!

小摊子也是大众化。捧场的不单有平头小百姓，还有看戏坐雅座的老爷太太们。他们并不愿和平头百姓们厮混到一处吃这些东西，会叫了司机或者黄包车夫来买，然后带回家享用。

孩子们爱的是甜食，戏院隔壁弄堂就有小热昏卖这种带着稀奇药味又甜腻腻的梨膏糖。

“小热昏”做生意靠的是先声夺人。

裁缝师傅不吃我梨膏糖，零头裁成裤子裆；

烧饭师傅不吃我梨膏糖，蹄膀烧成骨头汤；

医生郎中不吃我梨膏糖，近视眼看成瞎眼盲；

木匠师傅不吃我梨膏糖，别墅造成土地堂。

见三个熟悉的小朋友走近了，他还正了瓜皮帽现场改词吆喝：

又香又甜的梨膏糖啊；

中学学生吃了我梨膏糖，考试顺风顺水老师夸；

小小姑娘吃了我梨膏糖，我叫伊拉越长越漂亮。

他一曲唱完，熟络地伸出三根手指头晃晃：“三只。”

梨膏糖用油纸包好，归云接过来传给归凤，展风刮出两个铜子付账，分工明确。

归云笑：“小热昏，你的曲子是越唱越溜啦，比我们归凤还强！”

展风淘气：“小热昏，拍马屁，呱呱叫！”

“小热昏”欢喜同孩子们斗嘴，一来二去，好不热闹。

忽然，归凤拽拽归云：“你看。”

弄堂口有道艳丽的人影，暗夜里做不好的勾当。桃红旗袍配开司米披肩顶扎眼，一头卷好的发跟着步子颤，弯个腰，钻进了一辆黑色三菱小轿车。门“啪”地重重关上。车子绝尘而去。

“是日本人！”展风叫。

“小热昏”整理摊档了，还要即兴发挥：“日本人吃了我梨膏糖，叫他肠穿肚烂回老家，咿儿啷当哟！”

“日本人也会买你的梨膏糖？”归云问。

“小热昏”说：“我倒希望日本兵来买，我正好掺进耗子药。”

大伙都痛快地笑了。

回到石库门，归云临睡前照例要为杜班主夫妇烧好水浦蛋做夜宵。

杜班主同庆姑就着一盏煤油灯，一个算账，一个给展风钩毛线衫子。归云来了，杜班主就把归云叫过来，同她一起看账面。

“她记性好，性子定，这些事倒还难不倒。”杜班主从来不吝夸奖归云，他也是真心，这些事假手别人做总是不放心的，幸亏归云学得好。

庆姑想起归凤：“归凤又念叨唱主角的戏，我看这孩子的锐气都遮不住了，几时送她去唱唱堂会走走场？”

“不好，要唱也在台上，堂会这丫头去不得。”

庆姑心知失言，忙说：“也是也是。就怕她台上机巧不够，被筱凤鸣欺负了去。”

杜班主一想到筱凤鸣就疾痛攻心，重重拍桌子：“她总拆台脚，又跟日本人厮混，不成体统！”

庆姑怕他好端端又发怒，岔开话题：“前些日子那个说要当筱秋月干娘的黄太太老神思恍惚，这些日子也不大来了！”

杜班主蹙眉：“听说他们家最近遇了些麻烦，欠了一个日本人的债务，被逼着拿家里收藏的一卷宋朝名家的草书真迹做抵押。”

“唉！真是作孽。”庆姑叹道。

归云听不懂，问：“日本人为什么要草书？”

杜班主冷笑：“哼，日本人胃口大得很，强盗样的，还贪我们老祖宗留下的宝。”

归云听了心焦：“黄老板有没有给他们？”

杜班主说：“听说还不曾，黄老板也够硬气的。”

庆姑叹一声：“他们倒是不错，只是那么大一个家，被这样一逼，说倒就倒了！唉——”

门“吱呀”开了，夜色下，筱凤鸣鬼似的扭进来，脸色苍白，头发蓬乱，妆也花了，人也憔悴了。

归云叫：“大师姐。”

筱凤鸣伸手打个哈欠：“大伙都好精神，我可睡去了。”

杜班主冷哼一声：“当这里家不家，客栈不客栈！”

筱凤鸣止步，例必不相让：“我倒是当客栈，指望着班主您拉我一把呢！”

杜班主霍然立起，怒了：“你说的什么话？”

筱凤鸣歪歪斜斜走到杜班主面前，细声细气地道：“咱们何不打开天窗说亮话！班主您带您的角儿去应堂会，我自有我的乐子。”

杜班主竖起食指指她：“你——你——”一下气得说不上话，唬得庆姑慌忙替他按心口。

筱凤鸣扭了屁股一边上楼梯，一边说：“我也不需靠着您老人家给找保山，明朝我就搬出去了，今晚就让您老人家最后教训一次，也算还了您的情。”

庆姑上前拉住筱凤鸣的臂膀：“你怎么能跟日本人？他们吃人肉不吐骨头的啊！”

筱凤鸣甩脱庆姑的手：“难道我还要等班主来送我什么彩头？”说完她扭上楼梯，只有“咚咚”声在黑夜里触耳。

杜班主心痛又气喘：“作孽，作孽——”连唤几声说不下去了。

庆姑又转回来替他安抚胸口：“你别同她生气。”

归云坐着，动都不动，捏着笔的手冰凉。

杜班主顺过了气，愁思半刻，生了主意：“我看哪天的《碧玉簪》让归凤来唱李秀英吧！”

“你是怕筱凤鸣她？”庆姑懂丈夫的意思。

“留不住她几日了，再这样下去反误了咱们自己。”杜班主说道。

小小戏班子，片刻也翻云覆雨了。个人的命运被人为拨一拨，也会有变化。

归云往楼上看看，想归凤该是睡着了。

杜班主的烟杆子里没了烟丝，从五斗橱里拿，顺手将他们买的剩了半块的梨膏糖拿出来，瞧一瞧，对归云说：“明朝开始归凤的包银就得换个算法，你们也别老小家子气买这些个东西尝。”

归云看着杜班主又将糖放了进去，终于找到了烟丝，燃了。飘忽的清烟，慢慢地升，像变换的云，瞬息万变。

自那日不过三五月工夫，凤平戏院外墙上的筱凤鸣画像就换成了归凤的苏三姐。

长江后浪推前浪，红透四川路的筱凤鸣也在后浪的一个翻滚下，在凤平戏院这个小舞台上被狠狠击中，且击个粉碎。一切都来得那样快，快到连那些已经有预期的人都始料不及。

来归凤粉墨登场了。

她的乖，她的巧，她的梨花带雨、半羞含怯压到了人们心坎子上去。也或许是人们真的腻烦了筱凤鸣那种勾魂摄魄式的毫无安全感的美，在这样一个朝不保夕的时空里，他们要一个坚韧又安全的苏三。

杜班主押对了宝，从此来归凤的名头摆上，必定银盾爆满，座无虚席。

筱凤鸣目瞪口呆，但大势已去。最后一夜，她唱一出《哭灵》，哭死去的梁山伯，也哭轰然倒塌的自己的头肩地位。

一曲唱罢，挥挥衣袖，场子外有黑色的三菱小汽车，后路铺好，尽管前景不美，但也算输得不狼狈，留住仅有的面子，就这样离开这曾让她显赫一时的舞台。

适当后退，愿赌服输。聪明的头肩会保留住自己辉煌时的尊严。

“大师姐是个拿得起放得下的人。”归云对归凤说起筱凤鸣总要如此叹息。

归凤只叹：“大师姐的很多东西我都没学会，很多地方我都不如她，真可惜。”

不等她叹完，就该由她挑大梁，风光利落，占绝风华。她不过十六七岁，花儿一样的年纪，是清晨微风中的第一缕甜香。像新开的栀子花，遍落在石库门的角角落落。

归云最喜欢形似玉兰的栀子花，一听到弄堂里的卖花婆婆叫卖“栀子花、白兰花”，就跑出去买一朵来戴。栀子花白白小小，芳香浓郁，别在襟前的扣子上，像挂着一块佛玉。

以前自己的亲爹额外得了些收入后，会买栀子花给她，她戴一朵能乐上半天，爹也抱着她乐，说她是个懂事知足的丫头。

久远的回忆越来越遥远，眼前的是零碎的日子。

戏班子的枝节不是没有，归凤是凤凰般的头肩，为人低调乖巧，自是处事妥当些。有些个做不妥当的，每每教班主夫妇焦头烂额。一些个姐妹学了赌，输了账面没的还，赌客拿刀冲进戏园子，杜班主少不得点头作揖，打发了去。他回头气急攻心，指那不成器的：“白面杀人赌博丧志，头肩没当上惹来这样一身臊气！”

被骂的是筱秋月，人灰头土脸的，尖盘子脸更尖，抓着班主的裤腿哭闹。她娘和她妹妹也来求情。筱秋月的妹妹也是戏班子里学戏的，叫小蝶，晚归云几个月拜师，人前人后都唤她一声“师姐”。这回为了她亲姐姐的事，哭得梨花带雨，归云不由得安慰了好几番。

小蝶说：“她很欠了一笔债，人都追到家来了，实在没法子才来这里丢人。可那么多钱怎么还？份子钱也不够啊！东拼西借，还欠不少。”

归云帮着想到了些贴补的法子，她知道小蝶有个舅舅在浦东有自家的苗圃，建议小蝶可以效仿现今流行的卖花姑娘，在舅舅家的苗圃低价买些玫瑰花，去法国公园高价卖给洋人。这样除了唱戏的份子钱，还有额外酬劳可赚。

小蝶一想也对，只是面嫩，嗫嚅："师姐——你陪我去吧？"归云拒绝不得，又怕她一个人做事不牢靠，也就陪着去了。

归云和小蝶议定，礼拜天清晨天未亮就起身，迢迢去了浦东，买好花，再搭摆渡船回浦西，待到了法国公园，日头已高。两人腹内空空，就在路边的面摊胡乱吃些阳春面。

小蝶毕竟年纪小，心思活，看到奇异的忍不住叫归云一道看："师姐，那里有个洋妞穿旗袍哩！好怪。"

归云望过去，果真呢！她正看见那人从黄包车里跨出来，先是一只洁白的脚背，整个脚裹在一只黑色缎面绣着牡丹的尖头高跟鞋内，另一只脚也跟着踏出来。再往上看，是黑色绣牡丹的旗袍，裹着丰满的、白皙的女人的身体。阳光底下，发是金的，金如晖，眼是碧的，澄如海。真是个穿旗袍的外国女郎，这在马路上很触目，路人不免多望几眼。

女郎难耐又好奇地四处看看。她转个身，身后还有人，是个穿黑中山装的青年，在公园的墙角正停自行车。女郎叫了声，竟然讲的是中文："嘿，阳，你准备请我吃这个？"她指的是路边的小面摊。

青年走近了，斜背着高高的画板，挡住半个身形，只能听到他清朗的声音："怎么？千金小姐不肯纡尊降贵？"

女郎笑了，叽叽咕咕说了两句洋文，那青年也会，答了两句。女郎似乎不愿吃，青年也不勉强，先一起进了公园。

归云同小蝶吃饱了，也收拾好水桶花束，买了门票进了公园。本来公园等闲也不让进，但凡在里头摆摊的都是托了关系的。归云也托了关系，央了一个姐妹的干娘，她是公董局秘书贴身翻译的太太。故才得来这便宜。

杜班主也知晓，对她说："你费心思了。"

归云说："秋月姐也是一副好嗓子，总不能就这样毁了，看在小蝶的分上，用这法子，也好教她知道家里人为了她不容易。"

杜班主点了头，归云才放手去做，一心要把事情办好。

法国公园里满眼茂密的梧桐枝丫，漫漫展着，一片绿海。归云张开双臂，深深吸口气，清风拂面。她神清气爽，同小蝶互相给对方别上一枝栀子花，添增了不少中国风情。

她们的主顾是公园里衣着摩登散步的人，有洋人，也有赶时髦的中国人。小蝶有了归云相伴，胆子也大些，两人都执了花在人堆里兜售。许是景衬人更娇，洋人都颇喜欢问她们买花。

小蝶到底年纪小，人又鲜嫩活泼，一时兴奋了，在林荫道上窜来走去，也不怕生了。一对扎了红头绳的小辫子活蹦乱跳，像飞舞在林荫间的小蝴蝶。有孟浪的洋人瞅准了要欺负她，手才伸过来，归云就一把拉回了小蝶，冷冷退一步，脸上却有礼貌的微笑，也不得罪，声音很大，叫："先生，不买花儿？"有人注意了，她又更大声，"先生，两块钱一朵，不贵。"那洋人就讪讪住了手，溜了。

出来讨生活，三五磨难免不了。小蝶内疚，归云却又回头安慰她："也就这一歇，不怕。"

这时半路竟也杀出程咬金来，先前碰到的洋女郎快步走来，身子裹在旗袍里，没中国女人走得协调，但是气势汹汹。她箭步挡住了孟浪的洋人，高声讲了一堆洋文，直讲得那洋人面红耳赤。

归云莞尔："这个洋小姐是帮咱们的呢！"

洋女郎训斥好，又转向归云她们，说："他——很丢人。"归云正要感谢她，女郎又一阵风走了，真是急火性子。

她的伙伴在不远处的凉亭里，正坐在画板前，是那个中国青年。归云看见女郎走回凉亭。他们离这里不远，只是早先她顾着卖花没注意。

归云还听见那青年笑着说："你又毛躁了。那位小姐已经处理好了。"洋女郎"哼"了一声，并不搭腔。坐在画板对面，许是给青年做模特。

归云看得新鲜，就多看几眼。青年开始动画笔了，归云不由自主就走近几步。是画真人西洋画呢！她见得不多，所以更觉得新鲜，又走近几步。

画画的人正专心致志地扬手作画，画笔在他手下像游龙一样敏捷。他身体站立得很笔直，但他的发是软的，随风微动。归云看着他，又看看他笔下的画，他快要画好了，画上的洋美人栩栩如生。洋美人的原型正冲着她微笑。归云觉得自己就像小时候偷看课堂念书一样，脸红了。

游动的笔停了下来，中国青年转个身，这是一张年轻而俊朗的面孔，眉是张扬的浓，眼是透底的清澈，带着笑意，分明知道她在后面站了很久。他说："小姐，西洋镜看完了？"

出口真不客气，归云红了脸，生气了，跑了回去，同小蝶说："咱们得回家去了。"

小蝶手里还有一枝玫瑰没卖完，就被归云扯了手离开。

两人在公园门边整理了水桶家什，粗粗点算了进益，抽了几块钱送给公园的门卫，方才走出去。

华灯初上，霞飞路上的霓虹正热闹着。临街一排商铺，紫罗兰美发厅、西门子美容院，还有宝德食品店的招牌都被新开的法国商务公司减价广告横幅遮住了。

“新到英国男式雨衣一千件，原价三十五元，现价十九点九元。”

横幅下头有三个洋人在交涉，无非谁占了谁的风头。熙熙攘攘吵闹不休。

小蝶说：“雨衣真便宜。”

归云说：“收好钱——”她的话才说一半，眼睛直直看向前面拐角的地方。

那里停着辆白色敞篷小汽车，里头坐着四个艳丽的女子，东张西望，叽叽喳喳。归云看的是末排的一个穿白底红梅高开襟旗袍的女子。她并未如其他女子般卷发，只把头发扎成粗粗的一条麻花辫，从颈后圈着头顶心绕了一圈，再扎回颈后，发尾别着一朵小小的梅花发夹，露出细长而姣好的颈。那头低垂着，人也安静着，在穿红着粉的聒噪女子中间倒更引人注目。

那边的店里走出个抱着好几大包布料的男人，手中东西太多了，顾此失彼，还未走至车前，手上的东西便“哗啦”一下全掉在地上。

女子们不客气地浪笑起来。但那白旗袍女子却没有笑，只转过头来看，微探出脸面，额上卷好的两边分刘海，露出美人尖，是细巧的瓜子脸，心不在焉的神情。

这脸面、这神情，好熟悉，好似梦中找过好几回。归云心里猛一震，从陈旧的记忆中努力检索，拼装，归纳，试图找出其中凑巧的可能性。然后，她隐隐约约看到了左眼睑下的那颗泪痣。

男人好不容易捡了布料，统统丢进车里，从车门跃进车内，炫耀似的摁了两下喇叭，“嘀嘀”声划破熙攘的闹市，刺耳而嚣张。

喇叭声过后，便是小汽车发动机的声音，车要开了。归云也醒悟了，再不多想，飞似的要冲过马路，只是前面是斑马线，对面亮着红灯，她走不过去，眼睁睁看车要开了，她不想放过，迎着那小汽车再看。那车风驰电掣一般开了，只余下香艳的女人们的笑声和尖叫声。

她失魂落魄，脚步踉跄了一下。绿灯亮起来，身后有车子按了喇叭，但她恍然未闻。正愣怔间，身后一只有力的臂膀用力拽住她拉向路边，她重重摔入那人怀中。

身后的车也紧急刹车停了，是一辆熟悉的黑色小三菱。车里有人出来检查状况，是位穿格子呢西装的男士，身板高宽，一双鹰似的眼，瞪着人的时候，有不自觉的冷。

他也确实瞪着归云："你没事？"

归云只惊魂未定呆若木鸡地望着他，一句话也说不出来。

车内又有人出来，脑袋圆滚滚，头顶光秃秃，跟着瞪归云一眼，再问先前出来的："藤田先生，没出什么事吧？"竟是日本人！

那姓藤田的日本人并不回答，迅速确定归云并未受伤后，又躬身回了车内。只不过一瞬的工夫，归云看着这辆车来了又去，向着白色敞篷车驶的方向去了。

而救她脱险的人，右手抓着她的左臂，她尚倚靠在那人的怀中。他与她正一同看向那开走的车，才互相看向对方。

青年张扬的浓眉有些拧，带着微微的责备，俯望着归云："小姐，又看到西洋镜了？"

气喘吁吁的归云，又意外又感激又惭愧，涩涩地不知该笑还是该赔不是。前后被这青年打趣了两次，她又有点害羞。

"走路要看好交通灯，太莽撞了。"

他在训她吗？归云不自觉地微微噘嘴。青年也觉得莽撞了，他还没放开她，一想，就松了手，退了几步。

"哎，多谢您。"归云讷讷道。

"呃——不谢。"青年也跟着讷讷了。

他要走了，只是转了身又回头，剑眉一展，霓虹下看得真切。这情景似曾相识，但又朦胧，或许只是梦里的一角模糊的记忆。

归云又愣了，不知道今天到底怎么了。

归云和小蝶匆匆忙忙赶回了家，没料到家里也遭变故。杜班主正挥着鸡毛掸子狠揍展风，展风一路在天井里跳脚。庆姑在后头阻不住杜班主，急得直握着归凤的手叫"他爹"。

"三天斗鸡，两天走狗，你小子尽不干正事！小兔崽子……"杜班主骂得狠了，要撸袖子上来揍人。

归云同小蝶免不得一同上来拉住杜班主。

杜班主气狠狠地说："你们当我干什么要修理他？倒是问问他去。在租界上个洋学堂不容易，他同人富家少爷斗气，把人打伤了。现在老师亲自找上门，教我老脸往哪儿搁！”

展风捂着肩膀，那里死死挨了几下，疼得抽筋儿，可口头上还不认错，叫：“我没错，就没错。他王小开就仗着家里有钱，老子开了棉纺厂，成天欺负同学，捏着鼻子说徐五福‘臭’，看不起他爹是扫大街的。我就是看不过去怎么着？”

“你倒是能唱戏，我还以为你背不出本子。你当自己是李逵还是关二爷？整天省不了事——”

杜班主说得气了，又要打，归云抱住他手里的鸡毛掸子。

“班主，您别气了。展风千错，可也得把眼前事情做好再计较。”她听了些原委，心中伶俐，在庆姑的眼色指挥下，用身子牢牢阻了杜班主。

庆姑在一旁道：“你说儿子耿，你不也一样？他们老师怎么说你怎么听，就是不信自家孩子。有钱人家的欺负穷人家是常有的事，他在外面受了委屈，回家还得被你委屈。”说着眼眶红了，归凤跟着红了眼。

展风还站在角落，把胸脯一挺，大有打死也是好汉一条的架势，倒是誓死不屈的。杜班主心里酸了。这孩子像多年前的自己，他被磨没了的棱角，展风还有。

杜班主心中一痛，把手里的鸡毛掸子重重扔了下来。

可当务之急还是要先解决眼前的棘手问题。归云的建议没错，杜班主深以为然，去医院请罪的时候就领了归云押着展风同去。

那孩子只是被展风挥了几下老拳，展风本也怕伤了人，便也没将自小练的气力都使上，即便如此，那孩子也在病床上躺了两三天。

杜班主去请罪的那天，对方父亲正巧也在医院里。三人到了才知道，那真是上海滩上一个名气很大的棉纺大亨，心亏的杜班主难免惴惴。

尤其对方的小公子病恹恹的模样躺在病床上，瞪了展风一眼，向父亲抱冤：“爸，就是他打的我。”

展风待要抬头瞪他，被归云扯了下袖子，又只有低了头。

让人出乎意料的是那大亨，他气派真的很大，此刻并不理睬儿子的话，对杜班主含羞带愧的赔罪却先郑重其事地回了个礼。他说：“犬子王少全恃财欺人，委屈徐同学在先，又挑衅仗义执言的杜同学在后，我岂敢受这样的礼。”

三人都是一惊，病床上的王少全听得蔫了。杜班主想，有气派的人说的话到底不一样，自己焦虑的心可先放下了。

展风本来对这位老板有抵触，这回听他这样明辨是非的话，血气翻涌，直觉其可亲无比，比自己老子不问青红皂白的责打要高明了，就鞠个躬，说："王老板，一人做事一人当，是我打伤王少全，要杀要剐，听您的。"

王老板呵呵一笑，拍拍展风的肩，对杜班主说："令郎也是好汉一条。"

杜班主自觉被抬举了，得了些面子，抱拳道："愧杀，愧杀。"

王老板也抱拳，颇是语重心长："我本意是督促我儿学好知识，报效祖国。可叹因平日繁忙，疏忽对子女的管教，任他胡天胡地，荒废光阴。我真是惭愧！"

这话是有点分量的，看似教训了儿子，也连带教训了旁人。

可训到根子上了。展风并不是不懂这番好好念书报效祖国的大道理，也时常被自家父母念叨，却远没这副情形之下听他人长辈训诫来得更振聋发聩。他态度越发恭敬诚恳，且不由得自省起来。

归云只觉得音相似，话相同。曾经爹也这样说话："亡了家不可怕，还可靠一双手重建家园。只若国也亡了，就真的什么都没了！"她想想更酸，不知如何排解，低了头，要忍住涌上的泪。

杜班主又同王老板寒暄两句，就此告辞，王老板只临别之际询问了展风的学习境况，听说他明年就要毕业，就说："届时小朋友可来我家厂子试试工。"

这话又让展风父子感激不尽，杜班主不想上门道歉竟遇到这等贵人，回家路上就教训展风："学学大人家的做事气派，以后行走江湖才有的牢靠。"心里又想，老子英雄儿好汉，自家孩子是不错的，应当比王老板家的跛扈儿子强。他想想很是得意，就只怕王老板说的是客气话。

谁知近了正月，王老板真的遣人带展风去了厂子试工，连徐五福也一道带了去。庆姑被这意外之喜喜坏了，忙不迭为展风制备新衣服让他好奔新前程。

这当口，有人因筱鸣凤的事找上了门，一家人忐忑不安的，杜班主又同戏院老板吃团拜酒去了，庆姑只好亲自跟人出去料理这事。

庆姑临出门时，外头下了雨，她想，看来这个年一开年就不大好。一开门，青白的天上飘下零碎的雪子，从天际直直地裹着雨一起落下，溅到尘世间，打出清晰的、比雨点更沉重的声音。弄堂被灌得冷潮潮的，她缩着肩，撑起油布伞，迎着穿堂风，踩了一脚，就踏进水塘，溅上一腿湿。她心里颤了一下。但一切都止不住要过大年的红，她望一眼自家铁门挂着的红，对联写“年年有余，步步高登”，还有正中的倒“福”。灶庇间里传出来的是年糕的香味，淡淡的糯米香，加了枣泥的还有枣子香，在湿冷的空气里酿出甜来。庆姑将铁门“咔嗒”一关，放心把家交给了归云、归凤。

杜家灶庇间正热火朝天，女孩子们操持着年夜饭的伙食。归凤做鱼丸，归云蒸年糕，小蝶也留下帮忙做蛋饺。她是感激杜家对自家姐姐的宽宏大量，也感念归云的相帮。她就同归云一起努力，非要做一个金灿灿圆满的蛋饺，象征一个饱满的元宝。

正应和着门上的对联，不但要“年年有余，步步高登”，更要“财源广进”！人们到底是想一年更比一年好！

归凤闲下时刻就问归云：“娘去了大师姐那里好一会儿了，别出什么事吧？”

归云说：“娘也没多说。大师姐这两年都没了音信，这会儿差人来送信让娘去，或许是找娘叙旧。”

小蝶问：“哪个大师姐？是不是先前的头肩筱凤鸣？我是没有见着她先前的风光，我姐姐倒是常提她，说得了不少提携呢！听说她的《十八相送》靓绝四川路！”

“大师姐最拿手的就是这出。”归凤幽幽叹了口气，“如若当初没有这出《十八相送》，我们在上海滩也站不住脚。”

正说着，有人推开灶庇间的门，携着一股子冷气进来。展风一手拿着油布伞，一手拍身上淋到的雨水，闪了进来，将伞递给了归云，又接过小蝶递上来的干毛巾，上下擦干净身上的水渍：“呵！这雨下得没完没了。”

“今天是小年夜，下雨下财。”小蝶应景地说句吉利话。

“鬼丫头，就数你最会说。”展风接了归云递过来的热茶，跳着脚暖了好一阵，方才说，“王老板已经聘了我和徐五福去王记的工厂做事，年后就去。”

“好啊！这王老板倒真是娘口中的贵人啊。”归凤喜道。

小蝶拍手：“看到了吧，我说的下雨下财，这就应了。”

归云问：“做什么？”

“因我也是初入行，让我在虹口厂房看仓库，每日记录进出的布匹。这活儿也简单，王老板说做得好再过几年就会提拔我。”

大家听听都高兴，闲坐聊了会儿，归凤准备开饭，吩咐小蝶同自己去客堂间摆桌子。灶庇间里只剩展风和归云两个看火。

展风喝了热茶，有了暖意，方对归云说：“哎，王老板家正月十五在兆丰别墅开堂会，想要邀爹娘一起去，你和归凤一起去唱一出吧！”

归云说：“归凤去就好了，我怕我丢了面子。”

展风正要再说什么，又有人踉踉跄跄地冲进灶庇间。却是回来的庆姑，满脸雨水，虚软地扶着门，瞪着展风和归云，喘了半天，才说一句。

“筱凤鸣，没了。”

冬日的夜，很长。小年夜的夜晚会间或响起爆竹声，总有人迫不及待要辞旧迎新。

杜家的客堂间却在晚饭时刻才过就熄了灯。过年的时节，平时寄住的师姐妹和琴师但凡有家的都回家过年去了，只留下杜班主一家和归凤。

杜家小年夜的团圆饭还未开席，家里的男人们就都随庆姑去虹口料理筱凤鸣的后事。留下的归云和归凤心中愁闷，稍稍收拾了屋子，提早爬上床睡觉。

但这雨夹着雪，一阵赛一阵地猛，“滴滴答答”让人睡不安生。

归云翻个身，听见归凤叹息：“大师姐，她真的去了吗？”伸过手来握握归云的手。

“你的手好冰，快放到被窝里。”归云把归凤的手塞入她的被窝。

她的心，也像归凤的手，此刻正冰凉彻骨，脑子里回旋的都是庆姑刚才说的话——

“筱凤鸣跟着那日本人没多久就染上了鸦片，日复一日的，把嗓子熏坏了。九月里，那日本人突然撵她出门，竟把小别墅也卖了，携了全部家底搬到旁地去住。

“筱凤鸣无处可去，又有烟瘾，竟去做了暗娼。前些日子，她在四马路的鸦片馆付不出账，被堂倌打了一顿。唉——他们真对一个女子下得去那样的手！她自己不知怎么还够力气跑回虹口，倒在旧时的邻居家门口。

“就是那邻居差人找了我去，幸亏他们晓得她是庆禧班出去的，不然——”庆姑讲一阵，哽住，眼圈泛红，“可就没个收尸殓葬的人了。”

杜班主不住地抽着烟斗，一路听完，问：“现在可下葬了？”

“我千求万求那邻居帮忙找人把她的尸首抬去西宝兴路，现下还在停尸房放着。”庆姑说着，轻轻拭泪。

杜班主放下烟斗，说：“还是要赶快入土为安，我们必须得料理一下这事。”

庆姑叹气：“当年好好的一个角儿——唉——”只得怜卿多薄命。

展风抢着说：“爹，我也去帮忙。”

杜班主点了点头，嘱归云、归凤好好看家，便由庆姑带着匆忙赶往西宝兴路。

雨还在下。

归云躺在床上，迷迷糊糊辗转着，想着筱凤鸣，那眉尖眼角的风情还历历在目，她走入黑色三菱小汽车中，那就像一个黑洞，再也出不来。忽然黑色小汽车变成白色的，白底红梅旗袍的身影，转过头来，是圈盘着一圈麻花辫的美丽女子，脸颊渐渐稚嫩起来，转成了那蓬松的脏兮兮的衣冠下，一张倔强的可怜兮兮的小脸，左眼下有颗小小的泪痣。

一个激灵，归云猛醒过来，心口扑通扑通狂跳。她按着心口，略略听到二胡的弦音，就披上褂子起身下楼。

客堂间里，杜班主坐在门槛旁，手里掌着弓弦，拉的正是一曲《十八相送》。似断非断，寂寥寥的，如泣如诉。

她一直听说杜班主是此中高手，能一弓子连拉五个音，来了那么些年倒一直未曾见他单独拉过二胡。如今动了弦，却是神情哀哀地祭着筱凤鸣。

庆姑低头擦着新刻的木头牌位，擦了又擦，总好像没法擦干净一样。

那三人，原先搭伴从浙江漂泊到上海，唱过一只一只舟舫、一个一个戏台，将年华消耗，把才华零沽，只为换一个安稳的生活。

不管曾经如何水火相袭，毕竟共同患难。如今这两人一只牌位，已回到最初，是一场白发人送黑发人的凄清。

庆姑看见归云，招她过来："给大师姐唱一曲《十八相送》。"

归云拉了拉褂子，走到他们中间。杜班主一掌弦，给起了音。

"三载同窗情如海，山伯难舍祝英台，相依相伴送下山，又向钱塘道上来……"

归云唱的梁山伯，送的是筱凤鸣这位祝英台。明是喜气的曲，暗是悲怆的调。满脑子都是筱凤鸣在舞台上水袖飞舞，眉目酿情的模样。原该是团圆的小年夜，却这样神伤。

杜家在大年夜祭了筱凤鸣，把她的牌位端上了客堂间的桌子，上了香烛，火旺旺的，映在每个人的脸上。

庆姑和归凤蹲在门边，支起一个废旧的搪瓷面盆烧纸箔。她还是不住叹气，对归凤说："你这个大师姐啊，从小就底子好，那把嗓子真是难得的。只是太想自己更好一点，跟来跟去，却跟错了人。"

归云和展风摆好祭品，大家赶过来，齐齐往牌位前一站，逐个给筱凤鸣上了香。

杜班主的声音有点嘶哑，领着头念祭文。

“依幼年天资，学戏五载，莺啼初试，誉满申江，然所托非人，凄惨伶仃，想同台之谊，常使吾等泪满衣襟，现孤烛一支，金铂若干，望黄泉路上，富足平安。”

命都没了，何来平安？但有人收了尸骨，上了牌位，这黄泉路也算走得有名有姓了。杜家待筱凤鸣，尽到情，尽到义。

但时间不停留，年还是要继续往下过。

展风口中说的王老板要来邀堂会的事也被落实下来，杜家在年初五就收到了王家派人送来的帖子。

杜班主见帖子上用词恭谨，更郑重了，对展风说：“王老板这番美意我们不能推却，想来也要登门拜访一下，上一出戏去助助兴。”他沉吟一下，“只是筱凤鸣丧期未过，我和你妈也没兴致去，去了也不妥。不如你带着归凤和归云去，好好给他们唱一出，也让归云这丫头多个在场面上历练的机会！”

这正合上展风的意：“我也这么想。”

但杜班主仍仔细关照：“别在大场面上丢了脸。”

至正月十五，庆姑指挥着归云和归凤穿了一身的新。

归云穿一件淡蓝底的袄子，印着开得大大的十分灿烂的玉兰花，下面是同色的长裙和棉鞋，竟似一身湖水般清爽，衬出一脸的俏。归凤着桃色的带桃花袄子和长裙，十分喜庆，因长得细致乖巧，更显得一身桃色中映出的娇美。

庆姑十分满意这对自己培育起来的姊妹花，青葱嫩绿，是露了尖冒出头的小荷尖，正要绽放出最清艳的花朵：“这样子，绝不失礼，怕将那些富绅家的千金都给比下去了。”说得更心满意足。

展风过来叫人，见自己从小相熟的姊妹这身湖光春色，满眼喜悦：“今天带你们俩去真给我挣足面子了！”

归云却忐忑：“待会儿唱戏我怕自己唱不好。”

展风道：“你就当是你小时候在外滩唱《葬花》呗！哎，小时候不怯场，临大了倒当上台是洪水猛兽。”

“我怕那光。”

归凤笑着安慰：“这回是去人家府上唱堂会，不上妆，也没光，不要紧张。”

归云给自己打气，用力点了头。

兆丰别墅是归云从未踏足过的法租界西区高级石库门群。那弄堂规整宽阔，是闹市中最幽静的一处。冬日里没有绿荫掩映，就更掩不住仿洋房格局石库门的气派了。王老板的石库门在弄堂的深处，上下三层，优雅别致。

展风领着归云、归凤坐了黄包车去，一路上数他最兴奋，连揌铁门上的电铃都要起头，等不久就有身材微胖着藏青棉袄的女用人跑来开门。展风递上帖子，女用人礼貌地引他们进去。

门内别有一番情致。

整个客堂间就是客厅的样子，柳桉地板，落地钢窗，挂着红丝绒窗帘。正中一张红木桌，四下八张红木椅，前方摆着黑色的真皮沙发，临窗位置甚至空出一个小小的椭圆空间，边上竖着一杆麦克风。零落摆放的古玩花瓶四处增光。

饭厅和客厅融合成了一体，是上海人客堂间的做派，但又雅致得多。设了舞台，皮沙发也有好几张。气派是不一样的。

侧边不起眼的楼梯是直折型的，看不见楼上的房间。但楼上传下一阵洗牌的声音，想来二楼还有独立的麻将室。

王老板不但是一个通情达理的长辈，还是一个气派的资本家，该享受到的，一点不落。

三人都是刘姥姥，又都不想显得没见过世面，觑着眼角打量小洋房。

王老板恰从楼梯上走下来："呵，展风你可来了。"下得楼来，赞赏的目光端详了新年里的新鲜人儿，看到一红一蓝一对姊妹花，就从心底惊叹出来，"庆禧班有这样两个角儿，真是妙啊！难怪凤平戏院场场爆满。"

归云因认得王老板，也落落大方道："多谢王老板盛情相邀，我们小辈先给您拜个晚年，祝您福寿安康，财源广进。"说完由归凤送上杜家准备好的从南京路上南货店里买来的年货。

杜班主和庆姑知道王老板未必会在乎礼物，但上海人过年给口彩的风俗还是要守一守。

王老板也明了，很高兴地连连道："费心费心。"请用人过来收好，又说，"稍后还要请两位小姐为本府增色。"

归云笑道："那是应该的，只怕要在府上献丑了。"

王老板又客气几句，称客少陪，三人都道"不敢不敢"，就又好奇地东看看西走走。

展风是最好奇的，因带着些被抬举的受宠若惊。

原只不过是因王少全认识了这位沪上有些名气的棉纺大亨，可没想到这位大亨又是一个讲义气的长者，后来竟亲自找了自己和徐五福询问毕业后的去向，见他们都没什么着落，就邀请他们来自己工厂做事。

青年的勃勃雄心被撩拨了一下，又被鼓励了一下。在他面前，是个全新的世界，也许不用再受家里约束。他就莽撞地，不管前顾后地勇往直前了。

展风乱转一阵，才想起身后的归云和归凤，转头却两人都不见了。不见了才好，正能四处看个自由。展风真不顾其他了。

他胡乱走到三楼最里厢的走廊，前无去路，正要折回，却见身边的一扇门是虚掩的。他只是好奇一看，并非故意偷听，里头的话已经传进了他的耳朵。

那声音娇娇娆娆，软腻得恰到好处，送入耳朵里别提多舒坦："干爹这算说的什么话，又不是什么大事，无非摆摆样子罢了！"

"阿囡，我真没想到你如此爽快！"是王老板的声音。

那娇娆的声音轻轻笑了："其实啊！咱们也不用明人说暗话，既然今朝邀了我来，又摆出这些东西，我是当做也得做，不当做也得做了。"

"你真是——"展风想王老板说的时候一定在摇头，"我可真说不过你。若不是那藤田在百乐门猛追你一阵，我也不想拖你下水。但这事情如和日本军方有牵扯，到底还是危险的，性命攸关的事情啊！阿囡，如果你不想做——"

那声音又轻轻笑了："我这条小命还是干爹救来的，还你也无甚大碍。不过我可不保证真探听出什么来，能做的我会全力以赴，做不到的我也不说满话——"

忽然，那声音停住了，接着门"吱呀"一声开了。

没有料到这门会突然敞开的展风愣住，先闻到一股淡淡的梅花香，心神一荡，手腕已经被一只白皙的纤手扣住。他对上一双淡褐的雾蒙蒙的眼睛，睫毛卷而长，盖住那眼中的风情。只是左眼睑下有一颗泪痣出卖了那些娇媚。

看到她那一瞬间，展风片刻就懂得了"风情万种"的含义。这不是归凤在台上的风华绝代，也不是归云在台下的秀美大方。这就是撩着男人的心的，狠狠攫住男人魂魄的风韵。

展风只能傻傻看她巧笑倩兮："你能当什么都没有听到吗？"心就荡了，神也颠倒，他糊里糊涂地摇了摇头。

她叹了口气，抓住他进了那道门。门里只有王老板和她两个人，还有一张大大的办公桌，上面放着一卷一卷的卷轴，堆了满张台子。

王老板惊讶："展风？"

她笑意盈盈对王老板说："干爹，你既然请了他来，还是看看派个什么事儿给他做做吧？"说完歪着脑袋看展风，"不能当没听见的话，就只好下水了。"

展风方才明了，他似乎是误打误撞了什么重要的事情，终至要掺和进去了。

王老板就笑道："既然如此，展风，你来，我跟你说些别的——"

王老板的元宵夜宴里，恐怕最无措的客人就是归云和归凤这对姊妹花了。

两人自进了这陌生地儿，就被其中的迂回曲折弄得眩晕。展风一忽儿又不见了人影，两姊妹更不知所措。

归云尚能细心观察那些不认识的客人，发觉不见王家人的样子，但却是些看着有来头的客人。有穿西服、中山装的斯文先生，文化人的样子；也有穿丝绸长褂、端着烟斗的生意人。在场的女士也是端庄得体的多，不少剪时下流行的齐耳短发，一副新女性的样子。人群中竟还有两三个洋人。

王老板也很西派地布置了自助餐台，把中西食物都摆放在桌面上随在场的先生女士自取。

好在有这从未见过的自助餐台，暂解了归云和归凤的困，两人终于找到事情做。她们学其他客人一般，用小盘子夹拣一些中西小点心，躲到客厅临后天井的一角小心地吃，尽量不去引人瞩目。但没想到的是，竟还有人也在此处说话，因为隔着落地窗帘，看不清人影，声音却是一老一少的。

"你不要总心事重重，这样少年老成，你父亲会当我克扣了你！"老的正这样说。

"刚才遇到复旦的几位教授，他们都响应王老板的意见，我父亲却推诿不至。"这把少的声音让归云觉得奇怪地熟悉。

"休胡想，你不是也来了？"

"恐怕只是给他当门面。"

"父母心孩子未必懂，你少同你父母淘气。"

"我——"

少的还没说完，有人走过去，叫一声："莫主编。"

他们转了出来，同归云、归凤打了个照面。归云吃了一惊。

那少的停下步子，也很惊讶，又很高兴，朝归云微笑道："又见面了。"他的中山装换成了黑西服，还是一样身姿挺拔，傲然卓立——原来竟是法国公园遇见的那一个中国青年。他没有与同伴一起走，同归云打了招呼后，就认认真真地站到了她面前。

归云有点发窘，说："真抱歉，打扰你们了。"说着就想拉着归凤走。

中国青年心里一急，不想让她跑，就阻了她。他这样高，一下就能挡住她，但他也觉得冒昧了，伸出右手，说："我姓卓，卓阳，幸会！"

他的眼睛明亮得过分了，好像要看穿人心，又好像很期待的样子。归云只得也伸出手，和他礼貌相握。她第一次和别人握手，第一次用这种新式的礼仪，不免是慌的。十指才相触，她的手就缩了回来，再用自以为大方得体的声音遮掩着，介绍自己和归凤："杜归云，来归凤。"

卓阳笑了："我记住了。"他还想再对归云说话，王家的用人已走来邀请归凤和归云上台表演，便作罢。

王老板很早就安排好两个琴师来做伴奏，摆出圆桶红木凳，放在麦克风架子后方，小小台型搭得十分紧凑细致。

归云请王老板点曲子。王老板凝眉思索了半刻，道："过两日我们这里一位邓老板要去重庆办货，那就来一曲《十八相送》吧！"

又是《十八相送》。归云想起那晚祭奠筱凤鸣，把欢悦的曲子唱得婉转凄楚，此时再唱，怕意境不佳。归凤却轻道："没什么，就《十八相送》吧！"

琴师调着弦，王老板很隆重地站到那麦克风架子后面，向在座的人们介绍她们，给足了面子。

归云却觉得不妥，自进了这里，处处别手别脚，格格不入，她们像一副多出来的点缀，没处搁。此时这样光彩出场，却成了最吸引人的风景。她们本不该也不像是这场宴会中的焦点。归云心中大感吃不准和不靠谱。

但人情场面上须做足工夫。这回由归凤拉着她上了台，款款站好。周围落地的灯，是款式相同的铜雕西洋美女钩着臂膀抱着圆滚滚的夜明珠，光笼在她们身上，泛出暖意，既很安全，又很舒适。归云想，她要唱了，这是头一回，杜班主也是要她历练的。没有筒子灯，她是真的不怕了。可为什么会怕那灯？她百思不解，记忆模糊。

听戏的来宾都坐好，王老板坐在最前排的真皮沙发上，卓阳站在最后排，正靠着一支落地台灯旁的壁炉架，和几个青年人低声交谈。他抬起眼睛，就看见了她，微笑着颔首。

归云移开目光，暗自定了定神。

音调一起，两把脆生生的声音响起来：

“三载同窗情如海，山伯难舍祝英台，相依相伴送下山，又向钱塘道上来。”

归凤执起归云的手，娇呼一声“梁兄”，便在眼前臆造出那十八相送的山景水景来。处处以物喻人，眉目含情地暗示梁山伯。梁山伯却是豪爽不拘小节的，真诚又依依不舍。呆，而且迂。

然，山色美，前景艳，七夕之约近在眼前。谁又知这是生离死别的前奏，只做暂时的天真快乐。

台下的人被暖音微熏，客堂间的光笼得严严的，照得这一蓝一红一对姊妹花越加和暖畅丽。

蓝衣的女孩脸若银盘，眼眸波光流动，盈盈的，透着使不尽的活力，身上大朵大朵玉兰花开得正盛。长长的两条麻花辫子，辫梢也扎了蓝头绳，留下长长的丝带点缀着长长的发尾，一直到袄子下的衣裙处。

桃红衣女孩细巧的脸细巧的身在艳丽的装扮下平添细致温柔的韵味。她的嗓音真让人惊叹，藏着喜、藏着羞、藏着怯、藏着少女怀春的忐忑不安。她就是祝英台。

这样的景，这样的人，能暂时驱走人们的万般愁绪。他们跟着拍子，轻轻应和着这曲儿，都在十八相送。

归云越唱越顺了，一路行云流水，由归凤带着入戏，带着走台步，带着眼神翻飞，进了戏中的情。由左边到右边，过了独木桥，离了古庙——

忽而看到那边的黑西服男子正立着站姿，手中捧着大大方方的簿子，捏着银辉辉的笔，在纸上翻飞着。灯光斜斜照过来，他的发零碎地低垂几缕，他却并不顾。他如此认真专注，不知道在写什么。

归云呆呆应和了归凤一句：“哦，七巧。”

归凤的手带过来，把她的眼神也带过来，听得归凤一句拉长音。

“我家来。”

再执手，便是快乐的尾音。

“临别依依难分开，心中想说千句话，万望你梁兄早点来。”

掌声如雷鸣。

归云舒了气，心口狂跳，方才感到紧张。她用手按着心口，向观众鞠躬致意。抬起头，正对客厅左边楼梯口转弯处的一角。一道白色的身影，裹在白色的宽氅里。疏淡的刘海，露着美人尖，盘起的辫髻斜斜簪了一朵梅花簪子。细致的瓜子脸，眼波雾蒙蒙的，也正惊疑地盯着归云打量。

归云大惊，望着她，看不真切。那女子往前走了两步，现身在晕黄的灯光下。归云往前踱了两步，却不慎带倒旁边的麦克风架子，一个趔趄。归凤惊呼不及，堪堪伸手扶住她，但架子重心一歪，便要往她身上招呼。

卓阳已一个箭步冲上来，牢牢拽住架子往前托了一下，"刺啦"一声，那铁灰色的架子上不知从哪里冒出来的洋钉一下扯破了归云的丝裙子，把那蓝郁郁的裙摆整个扯裂了。

她的跌倒搅得那些观众也慌乱，王老板赶紧过来问她有没有受伤，见她裙摆被扯裂，就转头唤："阿囡。"

白氅女子正从他身后转出来，不待吩咐便说："干爹，我带这位小姐换一条裙子吧！"

归云抬头，大眼睛直盯着这女子看，愈加惊疑。归凤扶她，她当下说："不碍事，我同这位小姐去换件衣裳。"便跟着女子上楼。

兜兜转转，到了三楼，白氅女子领着她，推门进入一间近着走廊的房。

这房里正中摆着红木大床，两边两个红木的床头柜，靠墙一排红木大衣橱。在这些红沉沉的红木家具上铺着红色的绣花床单，红色的案头遮布，落地钢窗上装着的红丝绒窗帘，喜庆得像新房。

"坐吧！"白氅女子指点归云。

归云在靠窗的单人沙发坐下，身子陷在沙发上那软绵绵的红色湘绣垫子内，腰骨被放得轻松下来。

只见那白氅女子从门后的落地衣架上捞出一件淡青色的棉裙："倒也巧，我怕今日下雨多备出一条裙子带过来。"她把裙子拿在手里，瞅了下归云身上的袄子，"还是可以和你的袄子搭配一下。"

归云接过裙子，仔细看她。这时的房间里开了日光灯，亮堂堂的，能把人和物看个清清楚楚。也让她看清楚了这女子左眼睑下的小小泪痣，像永远擦不掉的眼泪，浮着萧索的轻愁。

“阿囡”在另一张沙发上坐下来，伸出手来，尖尖的手指在沙发柄上展开，便见两枚生锈斑的大洋。归云看到这两枚大洋，泪盈于睫，从怀内也掏了东西出来，放在这旁边，同那两枚放在一起，一共五个大洋。

她颤声说道：“小雁，我找了你很久。”

小雁缓缓靠进沙发，像是自己猜测的念头终被证实，心也落实了。她握了归云的手，轻轻唤了一声：“小云。”

归云转手，与她紧紧相握。离别之后，千言万语，相见之时，无语凝噎，只不知道一切从何说起。

她心底有些存疑，看这人，这屋，这境，太让人不得不做出最坏的结果。她不留神就开口问了一句：“你是王老板的干女儿？”问完就后悔，因为不忍更觉自己残忍。

但小雁毫不回避：“我现在的名字叫谢雁飞，王老板是我的干爹。”介绍完，她先笑了一下，抖了下旗袍下摆，斜斜交叠着小腿，拿出银色香烟盒子，取出一支金嘴“三个五”，再熟练地从床头柜上摸出火柴盒，只单手执着细长的火柴便能划出火。火苗映着她洁白的面颊，点燃叼在嘴边的烟。

青烟一缕，隔离她们。

归云呆呆看她吞云吐雾，朦胧之间，找着小雁的旧影。

已经改名“谢雁飞”的她讲：“旧时王谢堂前燕，飞入寻常百姓家。我本也不是什么王谢堂前燕，飞入现在这样的地方，已经蛮好了。”

她幼时的东北口音消失殆尽，现在是一口上海的吴侬软语。她略略偏过头，细长的颈，耳垂上挂着寸许长的耳坠子，藕断丝连的造型，微晃着，却是她上下一身行头中最活泼的部分。

雁飞吸一阵烟，猛地往烟灰缸里摁灭烟头，道：“小云，你还是那个小云。真好！”

归云低头，又一阵酸涩，抓着裙子说：“我先换衣裳。”

展风终于在晚宴散场时现身，被归凤抱怨：“一下子溜个没影，剩我们两个孤鬼在陌生地方献丑。”

他的脸上带着跃跃欲试的兴奋，又偏要故作神秘：“没啥没啥！”又想了想道，“王老板让我认识了两个商行的老板，正向他们请教一些生意上的学问呢！”

倒也算是正事，归凤就不追究了，觑眼就见归云下了楼梯。雁飞跟在她身后。

归云说："我好了。"

展风眼神闪烁，要避开："时候差不多了，我去叫黄包车。"说完便出门叫车。

雁飞搭了搭归云的肩，说："下回单独找你聚，我帮干爹送客去了。"她说罢不再多加停留。

归云只是失落地看她款款离去。此番相见是喜悦的，也是感伤的。小云和小雁，雁子已经离开了云，越飞越远，远到云再也追不上了。

雁飞也感伤，她竟然见到了一如当初的小云。她还是最初的样子，正如她心心念念的希望。

她暗暗看她，看着归凤、展风都聚拢在她身边，又看到卓阳和莫主编走过去向她道别。她见归云一直找机会看她，就不再看归云，敛聚好精神，陪着王老板送客，也客套地送了归云。

终于归云的身影消失在夜幕里，人散了，客堂间里变得幽静。

她安静地伏在沙发上，把玩那两枚大洋，两手相扣，发出"叮当"的声音。

"阿囡，你又发呆了！"穿好一身丝绸睡衣的王老板坐到她身边。

"啊！没有！"雁飞回了神，再道，"干爹，本也可不叫戏班子来唱堂会的。"

"热闹热闹，让外人看了有了因头，也不唐突。"

"她们并不知道什么，被扯进来老无辜的。"雁飞转个身，体贴地替王老板按摩起肩颈来。

王老板笑道："那你还把杜展风拉了进来？阿囡，你又乱耍一通了不是？"又说，"展风这样的年轻人天生好冲劲，只是人情世故不太晓得，一看就是家里捧着养大的，做事情不稳当啊！"

"做男人的总该出去闯一闯，不然哪里知道世道险恶！女人嘛！是应该矜贵一点，不惹世事一点。"

王老板在雁飞的指尖按摩下放松了，闭了双目："真没有想到你会有这样的想法！女人是要懂得矜贵。"他困了，只在未睡之际，又说，"阿囡，小洋房的房契写的是你的名字。这两年在场面上也好，暗地里也罢，你也帮衬我不少。"

"如此一来，却是我讨了大便宜的。那我就却之不恭了！"

王老板闭着眼睛笑："你什么时候也变得这么文化人了？"

她本有调皮的笑现在脸上，此刻淡淡隐了。

什么时候学的？有人努力地教，她就拼命地学，真的是拼命地学，生怕教的人不满意。她想着，微微叹气。她学会这个成语的辰光，尚天真着。

客堂间红色的丝绒窗帘全部拉了起来，隔断外面的深深夜幕，也隔断了雁飞的思绪。看不见夜幕的时候，她可以尽情去堕落，愈堕落便愈快乐！

只是庆幸，幸好，小云还是那朵洁白的小云。

想着归云的还有中国青年卓阳。

夜风里透着冷凉，他的心，悄悄起了涟漪，莫名荡漾着。坐着的黄包车一路颠簸，人也跟着颠簸，有呼之欲出的难耐。他有点明白，又不够明白，想的东西又多，一会儿，心也乱了。他望向深深的夜空，他的心是高的，回到整齐的霞飞坊里，又被缩小了。石库门是鸽子笼，他不得不再钻回去。

黄包车师傅拐了个弯，再往前三十来米就是家了，卓阳向前一望，说道："师傅，就停在这里吧。"

他下车付了款，皱着眉头望了望挡在自家门前的黑色三菱小汽车。他往后退了两步，退进路灯的阴影里。就在小汽车前，一位穿长风衣的男子对着自己的父亲卓汉书九十度鞠躬，恭恭敬敬。因夜黑，也看不清楚那人的相貌。卓阳的唇抿了抿，那人不知道是谁呢，看样子像是日本人。

父亲卓汉书是复旦大学有名的历史教授，也有有名的观点，就是文化传播理当超越民族、超越时空，甚至超越仇恨。他有很多外国学生，洋女郎蒙娜是其中之一。他还有不少异国朋友，都十分赞同他的观点。其实卓阳是崇拜父亲的，只要父亲不用藐视的态度将他作小童处理。

日本人钻进了小汽车，车子发动起来，从卓阳身边缓缓开过。没有了遮蔽，卓汉书一眼就看到归家的儿子，不禁蹙了眉头："看王某人做戏做完了？"

"爸，我觉得你对王老板的态度不厚道！"卓阳跟着父亲进了家门。

卓汉书冷冷"哼"了一下："我让你去，便算给了王某人面子。怎样才算更厚道？"

卓阳抢上前一步："王老板的提议很好，这样的时局下，把东西转移到大后方更安全。"

"他又在哪里得来这些信息？动辄商界相熟虞某、政界相熟宋某，可又从军政界得来什么花头经？我看不惯的就是这等趋炎附势。"

"不管是否趋炎附势，有团结一致的爱国心总是好的，何况商界和收藏界都支持。

爸，为何你总不肯放低身段？”

“我干不来这些哗众取宠的事情。”卓汉书是动气的，“王某人之前用‘抵制日货’做口号，推销廉价低质的土布赚个盆满钵满。一点点口号，就把你们这群整天不诚心做学问爱闹事的学生煽动起来了。”

“难道这次集合大家的力量保护文物也是错的？”卓阳争辩。

“收藏只是一种爱好，何必借题发挥？这本就是个人的清闲，我不必去管他人怎生做！你也休给我多管闲事！”他顿一顿，又说，“你只管和蒙娜准备好夏季的美国之行，少给我看《法俄革命之比较观》《庶民的胜利》此类文章。书尚且未念好，倒起禄蠹心。照我看那种革命理论全是争着做王侯将相的借口，你给我少沾，太平度日就好。”说完转身重步进了书房。

卓阳如鲠在喉，站在客堂间里生闷气。

卓太太赶着出来：“我就听见你们两人的声音，今晚做了开洋拌面。”又埋怨卓阳，“怎么一回来又同你爸爸争？”

卓阳不痛快，不响。他又见客堂间的八仙桌上摆着一只礼盒，盖子敞着，里头是笔洗和砚台，礼盒上描着日文，便问母亲：“妈，这是谁送的？”

卓太太道：“你爸爸在京都讲学时收的日本学生拜年送的。”说着收好礼盒，“你爸也真是，不把人家的礼物放好。”

“他总这样固执，不肯接受王老板他们的合理建议。”

“好，我也希望你能接受我们的合理建议，一心一意准备好出国留学的事情！”

卓阳听母亲也提这茬事，就更气恼，坐倒在椅子上。

卓太太叹气：“你房里那些书真是看出我们一身冷汗，你可知那些人是什么下场？”

卓阳心中一凛，问：“我的书？”

卓太太道：“别一惊一乍，我和你爸爸算是民主人士，不干侵犯儿子私人物品的事情。”

卓阳这才放下心，但面孔还板着：“我们家虽民主，但不自由！”

他想，是真的不自由。他的一言一行，都有父亲从旁规范，父亲不允许的，就会坚决反对他去做。这是父母不懂儿的心。他气闷地唉声叹气，胡乱抹把脸，上床睡了。

展风也在气闷。

他的兴头这晚被挑到最高，一回家就同父亲说："王老板说要派我去做事，过几日同'新昌'杂货办的邓老板去重庆办货。"

做父亲的以为，这是辛苦活儿，展风是手心里捧大的，未必能受，但他想放他一放。杜班主应允了，说："年轻人确该四处闯荡闯荡"。

庆姑却不放心，仔细询问又叮咛，惹得展风烦不胜烦。她又说："还是得先想着和归云成家的事，这事也该办一办。"

展风急了，说："大丈夫当先立业再安家，这，这，等两年再说！"

归云正端了夜宵进来，听到了展风这话，愣了一愣。展风看到归云，怕她真的听了这话，自己也愣了。成亲的事是从小听到大的，只是越大越糊涂。展风说不清自己愿意还是不愿意，归云也不想自己到底愿意还是不愿意。但两人都晓得归凤那层的尴尬，自是从来不提，此时听庆姑提起，均有几分惶惑。归云甚至觑一眼坐在庆姑身后背唱本的归凤，她低着头，看不清神色。

庆姑是不答应展风说出来的话的，难免骂一阵，展风又看归云默不作声，心里有点懊恼。回头无人处同归云说："你可别怪我啊！我只是——只是——想先做大事。那大事，我非做不可。"

归云见他一副着急的郑重模样，倒笑了起来："你这大少爷先顾好自己个儿再讲吧！我倒没什么，以后的事以后再说。"

展风高兴了："其实也就你最能理解我。"

展风想，同归云结婚也未尝不好，她总这样顾全自己。

归云想，人生也就这样罢了，过上如今的日子也是福气，不该多想的。

展风说："归云，咱们从小一起长大，也就你最懂我。我感激不尽！"

倒是杜班主气愤儿子办事说话无分无寸，借籂场时分与归云独处时，安抚归云："你们自小就晓得展风口形无状，他说什么都不要太放心上。"

归云明白长辈心意，说："想要做大事总是好的，我帮他把行李都备置妥当，今天送去王老板厂子里，徐五福也去呢！一群人都挺友好，王老板也算厚道老板。挺不错的。"

杜班主抚须笑："展风就指着你明白他。"他见归云一色如常，也放了心，又问，"昨晚唱得怎样？"

归云坐正道："唱得很顺，那里没有那种大灯，整个人都放松了。"

杜班主满意："你还是能唱的。"

“唉——我真怕祖师爷不赏自己吃这行饭，到头来一事无成！”

杜班主笑着安慰：“不急不急，一切慢慢来。”说着就把手里拿的本子递给她，“你看一下这个本子吧，新进拿来的，我觉得你的声线低阔，倒能试试。”

归云接过本子来看——《穆桂英挂帅》。

翻开来看唱词，杜班主把原唱词修修删删，改好的就写在原词下首。她轻轻念出来：

辕门外三声炮响似雷震

天波府走出我保国臣

头戴金盔压苍鬓

铁甲战袍又披上身

帅字旗斗大穆字显威风

穆桂英五十三岁又出征

我们一不为官，二不为宦

为的是大宋江山和众黎民

叫那满朝文武看一看

谁是治国保朝臣

归云一路颤声下来，越念越快，心中不自禁翻涌出慷慨的豪气。

待她全部念完，杜班主道：“这是从京剧本子里拓出来的，如今的确是应该唱一唱这样的曲，不能总一宗宗的风花雪月。”

归云合上本子，说：“这样的曲，我想唱。”

杜班主道：“不忙，待我们驻了新场子再上这个戏。”

“我们要驻新场子？”

“前几日有日本浪人上门勒索保护费，李老板要卖了场子回四川老家。”

“呀？”归云惊呼，想不到这大年里竟然出了那么多事。

杜班主的愁闷只能用敲打桌面来排遣：“无声处可听惊雷。我估摸着时局会变，庆禧班也要早做筹谋。”

归云闷声问：“真的会开战？政府不是一直叫嚷着不抵抗吗？日本人还要开战？”

杜班主没有回答。外面大约是起了夜风，吹得窗户“扑棱棱”响，风从窗缝里吹进来，他觉得冷，缩缩肩，叹息道：“看这冷天风大的！春风不知道几时才吹过来。”

第三章 夜深沉

春风尚不及吹醒江南岸边，日子还是要一天天过下去，生计总是更重要。杜班主愁着，开始为驻新的场子四处求人，还是没好消息。他一把老骨头，还在江湖上奔波，也是累得惨了，但有归云陪着他一道去处理这些生计大事，他是欣慰的，只不住叹息："如果展风肯承这衣钵，我也不见得这样累。"话讲出来，可见心头还是遗憾的。

归云暗暗掐着手指头，算了一下，展风一走三个多月，虽还有信通着，但如今家中生些变故，父母更加挂念独子，也是人之常情。不说杜班主夫妻，就是她也不停地牵挂展风，盼望他能够周全回来。但她没有想到的是，带来展风的消息的竟然会是王家别墅的用人。

王家石库门的用人到杜家来找归云的时候，庆姑正向杜班主抱怨："展风都一个月没音信了，可真愁死人，都是你非赞成他大老远去重庆。"

杜班主被庆姑抱怨得不耐烦："七尺的汉子出去做个事，你这做娘的倒唠叨半天，他还能成什么大事？"烟圈吐得半天高，都是愁绪。

王家用人进来向杜班主夫妇请个安，归云正坐在庆姑对面的小凳子上，伸手绑住绒线，让庆姑卷着绒线球。

用人迟疑了下，对归云说："我们谢小姐请杜小姐过去聚聚。"

归云自然是肯的，转头询问地看向杜班主夫妇。

杜班主甩甩手："去吧去吧！"

归云在元宵夜宴归来时已把谢雁飞就是儿时朋友小雁的事情告知了杜氏夫妇，当然瞒了杜氏夫妇小雁现今的身份。

可这大上海的报纸七窍通透，随便报些花边小新闻就能把身边的熟人扯进去。那天的某报在"东北军用工事增加，疑似日军加强军备"的大报道下角贴着一块小花边——"棉纺大亨拗断旧日情缘，洋楼一幢惜别舞场佳人"，报道隐去真名，以王某某先生、百乐门红舞女谢某某小姐来称呼，说王某某先生与红颜知己谢某某小姐分手，分手时慷慨相赠一幢小洋楼。

归云第一次从小报上知道雁飞原来是从百乐门这个红舞厅出来的。那次见面时雁飞没有说，她也没有多问。她这时却从报纸上知道这事情，心中七上八下，反没有着落。

庆姑看到报纸，又愁开了，对杜班主嚷："原以为王老板是顶正派的人，现在看来也是在外面包舞女的欢场客，展风跟着他难免不学坏。"

杜班主因最近的事情正发愁，很不耐烦："你不要有的没的瞎操心，场面上的事情谁说得清楚。"

见丈夫不待见自己的心焦，庆姑便转向归云："你自己可仔细着点，这小雁女大十八变，这样子出身，难免做人不清不爽，我们家可惹不起这些人。"

归云欲辩又难辩，之后只能避开与庆姑谈论小雁。

这回庆姑果然又说："谢小姐虽是你旧时好友，可也不好老叨扰人家，你——快去快回吧！"

"哎！"归云的眼睛亮了，对王家用人说，"劳烦您先回去，我这边手头事情一完就去谢小姐那边。"

王家用人答应好，便先走了。归云还是等庆姑绕完了整团绒线，才进房换了件衣服出来。

庆姑抬眼，见她梳好两条辫子，着一件白旗袍，套着米色的自家绒线织的开襟毛衣，素面朝天，素净又温良。这素色让她安心下来，吩咐道："早去早回。"

杜班主也不忘提醒："回来时莫走大路，今朝大概有学生游行。"

归云应了，随手带上门，走到西藏路上坐电车。

第二次来到兆丰别墅，前天井的花园里正开着迎春花，小小的黄花随风浮动，下面的草坪也抽了新芽。好像春天的生命渐渐复苏。

归云由王家的用人带进门，老远听到“哗啦啦”的洗牌声。

客堂间还是那样子，不同的是红木桌搬到了一旁，中央摆了张麻将桌，那几个落地台灯被搬到麻将桌旁，大白天还开着，给牌桌上正酣战的人照亮眼前的牌。

背对着门口的位置坐的正是雁飞。她散乱着发，只用白色带子随意扎了松在身后，那发荡到了椅子下。一身白色丝质睡袍，背后绣了几枝红梅，在白里红得鲜艳而飘摇。

雁飞正准备掷骰子。用人唤：“谢小姐，杜小姐来了。”

她停了手回过头，也一脸素净，皮肤白得吓人，衬出那双眼更云雾缭绕似的。她冲归云一笑，归云看她身边的牌搭子，倒是个个年纪都比她们大，均是富态的太太样。

雁飞先对她那些牌搭子说：“你们先等等啊！我一个小姐妹来拿东西了，我招待一下。”

一位太太笑道：“小谢，你可不是被我和得手软了，找借口推这局吧？”

雁飞也笑道：“我谢雁飞可不是输了便手软的人，我是欠着这姐妹一件从香港带来的纺绸没给。这样吧，让我们苏阿姨代我来一圈，输了可算我的。”

归云惊诧地望她，她何时欠她纺绸来着？

三位太太却都笑了：“那可妙，你走吧，让我们赢你们苏阿姨二十四圈，让你统共付账。”

雁飞只管拉了归云的手，道：“好了，我上去把东西拿给你。欠你的东西我可是记得牢牢的呢，万不敢忘了。”不由分说，拽着归云往楼上去。

上了二楼，归云叫了一声“雁飞”。雁飞横她一眼，让她噤声。再上三楼，直走到上回她更衣的房间对面的房前停下。雁飞伸出手一推门，将她往里一带。

房内的床上躺着一个人。那人右膀子光裸着，绑着厚厚的绷带，一圈一圈的，但还渗出些血渍来。好在面色尚红润，看见归云进来，他叫了一声：“归云。”

归云定睛一瞧，却是展风。这一惊非同小可，忙扑到展风床前，细细打量他，发现他的伤口在右肩上方，不知是枪伤还是刀伤，颤声问：“你，你这是怎么了？到底怎么回事？”

展风竖起左手的食指，做一个轻声的姿势。

雁飞在门口说：“你们聊，我在外面等你。”说完带上了门。

归云惊惶地看着展风：“还有哪里有伤？”

展风摇头：“没了，就是右肩。”

“当初说要走，我就疑虑，你到底是帮王老板干什么事情的？”

“总之不是伤天害理的事情。归云，我不想瞒你什么，但是这事情机密，我不能说。我这膀子是被日本浪人打伤的。”展风却是小声而自豪的。

归云睁大眼睛，惊异地问：“难道你在抗日？”

展风想了一下：“可以算是吧！所以我跟你说过这是极有意义的事。”

“这事那么危险，你怎么跟你爹妈交代？”

“所以我才不让爹妈知道，我打小什么都不瞒你，虽然这事情现在不能全说给你听，但我要让你知道我的安危状况。”

归云心急如焚：“那接下来呢？你还要继续干？不回家了？”

展风说：“王老板让我歇一阵，在这里养好伤，就回家去。”

“那就好。”归云想着是否要将归凤的事说出来，但见他还伤着，也不能伤精神，只得转口再问：“你这伤恐怕还要将养一个月吧？娘他们这个月等不到你的信都急死了。”

“我想好了，过几天家里就会有信，重庆那里会有人帮我寄信回家。”

“重庆那里？”

“嗯，那里有一批人，这样的事情靠我一个人是不可能的，要集合很多人的力量，才能把事情做完。”

归云听得急了，忍不住问：“真不知你到底在干些什么，我是七上八下，提心吊胆的。”

“好妹妹，你就别问了，看在我都伤成这样的分上，少让我操会儿心好不？”展风拖着伤手抱拳作揖，扯动伤口，痛得龇牙咧嘴。

归云推他躺在床上：“好了，我不问了，等你养好伤再说。你爹妈那里我会照顾好的，你放心吧！”

展风笑：“一向都是你最贴我的心。”

“我总是你欺上瞒下的帮凶。”

“这里虽说还安全，可也不能久留，你还是早些走吧！”

归云点头："隔些日子我再来看你。"

展风也点头，又问："谢小姐她——"眼睛一垂，顿了一下。

"小雁她怎么了？"归云问。

展风抬眼："没什么，你先回家吧！"

"好。"归云再四处端详了下这房间。挂白丝绒窗帘，遮得严实，睡床、家具一例是红木的，但是全用白绸白缎装饰，倒真是像医院了，和上回的那间红房间相映成趣。环境自然比自家简陋的石库门要好，放他在这里养伤，也能放心的。

于是她出了门，随手把门关好。

雁飞正坐在走廊深处靠窗的一处躺椅上，背对着窗外的光线，整个身子都暗暗的。她的手伸在眼睛上方，玩着手指。待归云走近了，她垂下手："看，这小洋房现在是我的了。"

归云只静静看着雁飞，没有答话。

雁飞自顾自说："那天夜里他满身血地跑来，可吓了我一大跳。怕是他不敢回家吓你们吧！"

归云问："你，和展风到底在做什么事情？"

雁飞伸出一根指头抵住嘴，似笑非笑地摇了摇头："你别担心，展风做的事情不至于那么危险，他做事情毛躁才惹出这身伤！"口吻里头倒是有责备的意思。

归云心中一急："你们是不是都在做这些危险的事情？"泪忍不得便涌上来，她忙伸手拭泪。

雁飞从睡衣衣兜里拿出一块手绢，替归云擦眼泪："傻丫头，被我的话吓住了吧！"

归云边抽泣边摇头，干脆伏在雁飞的肩上孩子似的哭。

雁飞叹："其实啊，这个世道本来就处处都危险的。小云，你还能流眼泪，真好！"

归云想问她心里一直存在的问题："小雁，这些年你是怎么过来的？"

"这些年我过得挺好的，再好也没有了，大概可以算在上海过得最豪华的日子！"

雁飞的语调凄婉，听得归云心中泛沉。她抱紧她的肩头，不住地说："小雁，我们永远是朋友，永远都是！"

"嗯。"雁飞乖顺了，小声说，"等我累了，我就会停下来。你放心吧！"她转手从窗台上拿了一块蓝色纺绸，"这块纺绸，我见蓝得葱郁，特地给你买了来。我们是好朋友，你可别因此来谢我！"

归云擦干净眼泪，绽开一朵笑，说：“好，我不谢你，我们是好朋友，本就不该见外。”

两人相对着，握住对方的手。手挽手下楼，回到客厅，牌友们竟都散了，用人正打扫残迹。

“她们倒等不了我了。”雁飞嘴巴一撇，怪道。

用人答：“吴太太家里人来接，说是大马路那里开始有学生游行，怕街上生乱，所以太太们都走了。”

雁飞笑：“这伙学生，整日闹腾，也终于闹出点动静来了。”再叮嘱归云，“你路上可小心些，只怕巡捕要去抓人，到时候避着点走。”

归云应着，被雁飞一路送到花园门口。

雁飞看着她渐渐远去，施施然转回头，上了楼，进了展风睡的那间房，道：“我就要去上班了，你自己要当心点，别老走动引别人注意！”

展风坐起身：“你还要去和那日本人纠缠？”

雁飞笑道：“他是舞客，我是舞女，工作需要！”

展风要抓她的手，又缩了回去，叫了一声：“谢小姐——”

“你可给我惹来不少麻烦，若不是看在干爹的面子上，我这里断不会收留你的。”雁飞锐利地扫了一下展风，“你是要承担归云一辈子的人，怎么着也得沉稳一些！”

“可我——”展风欲言又止，只能道，“你自己当心一点。”

雁飞嘴角撇出一抹笑，拍了拍展风的脑袋：“小弟弟，我自己心里有数。”

展风听这话别扭：“我不小了！”

“比我小。我只当你和小云是我的弟弟妹妹，所以才愿意照顾你们。你得给我好好的，不可对不住小云。”雁飞板了面孔，“晓得了吗？”

展风被她的气势镇到，心底纵有千言万语也被生生压了下去。

用人上来找雁飞：“小姐，藤田先生的车已经到了门外。”

雁飞站起身来，手被展风拉住。

“千万要小心！”

他在关心她，她却不需要，轻轻抽出手，摇了摇：“再会。”

开门，再阖上，身子消失在展风的视野内。展风看着自己的手好半晌，犹有雁飞手上的余温。他把手伸到鼻下，闻出点点梅花香。

就在那一夜，他带着满身的血，被两个同事架着要送回家，他只摇头，不愿意回家吓着父母。王老板便做主把他送来这里。

雁飞穿着白色丝绸睡袍，睡眼惺忪地下了楼梯，头发也蓬乱着，揉着眼睛，像一个迷失前途的小女孩，出现在他眼前。

这样出现的她却是来救他的，她很快镇定下来，对客厅里的众人吩咐道："把他抬到三楼里厢的房间，再把门口的血迹擦干净，找王老板的私人医生过来。"

有条不紊，一丝不乱。不像他，被人一激，就暴跳如雷，把好好的计划打乱，害得自己和同事一起受伤。

虽然不是伤了什么要害，但流血过多也让展风昏昏沉沉了好多天。每天清晨，雁飞都会坐在他的病床前，手里端着药喂他喝。她的身上，带着淡淡的梅花香，让这药的苦也淡了。

她唇角也带着淡淡的讥诮："这般容易毛躁，简单的事情都做不来，怎么做大事情？"

展风惭愧万分。

的确只是简单的事情，只不过帮忙押送上海这些商界大老板的生产物资和古董藏品从吴淞口出发海运去重庆。但因要避着日本人的耳目，所以还需慎重仔细。他就是那么不慎重，被两个日本浪人跑来一盘问，就起争执斗殴起来。

他担心自己的冲动惹大祸。雁飞告诉他："东西没事，幸亏其他人机警，装作喝酒闹事，才没出大乱子。"

这位雁飞小姐，不过比他大个一二岁，却行事度势犀利许多。她不是归云，也不是归凤，她真是这个十里洋场里培养出来的千伶百俐的花样人才。

他住在这里的这些时日，看到了那些晚上送她回来的小汽车，和那些男人讨好的声音。她红，红在百乐门，也红在这些围着裙子转的男人的心头，日子过得热闹而纷呈。只是在夜里，他看见她一个人孤零零地坐在客厅的皮沙发上，指间夹着细长的烟，一个人陷在一片雾里。

他想她对他有收留之恩，也想给她解闷："你有什么不开心的，尽管和我说好了！"

她把香烟递到他嘴边，问："小弟弟，会不会抽烟？"

他是不会抽的，爹妈和归云、归凤常说这是学坏的事情，尽管爹自己常常拿着旱烟吸。但他想在她的面前变得男子气概一些，于是想要抓过那半支烟，没想到她又拦住他。

她笑嘻嘻地说："你啊！还真是一个孩子！常在我这里要学坏的。"说着拍拍他的头，真像对一个小孩子。

他和她之间，一直是她在训他，但他就是忍不住要担心她。他挣扎着站起来，走到窗口，偷偷把窗帘拉开一条缝，看见她正躬身钻进一辆黑色的三菱小汽车里。那汽车是眼熟的，这样子的小汽车，是他心头从小到大的阴影。

展风恨恨地放下窗帘。

汽车里的雁飞，也侧脸望了望展风房间的窗口，看见他稍纵即逝的观察，被白色的丝绒窗帘遮着。自从她住进这栋小别墅，便把里面的布置全部换成了白色，外人都觉着用这色调看着不祥。这个时代谁又能常常吉祥？她早就不天真了。展风和归云，还在天真着。这样的时代，天真是多么难能可贵！

雁飞安放好自己的身子，微微调整角度，面向身边风度优雅的男子："藤田先生，今天我带你去城隍庙的古董铺子逛逛吧？"

"好。"那人欠了欠身子，"如此一来，还是麻烦雁飞小姐了！"

那人有一双鹰似的眼，器宇轩昂，怎么看都是一表人才。可坐在驾驶位旁的那位就不一样了，圆头圆脑，獐头鼠目，谄笑："这几天有谢小姐相陪，真是春光无限！"

这隐喻的露骨话，让他的同胞也皱眉毛："山田君！"

山田方住口不再说下去。

雁飞别过头，看路旁飞逝的梧桐树，一眼就看到走在路边的归云。这丫头竟然没有坐车回家，还走着走着跑到了大路上。雁飞想多看她几眼，但又怕身边的人起疑。车一晃，归云也在自己身后了。

她只好再正过脸来，看身边这位有着神秘身份的日本男子。他叫藤田智也，是东京大学汉学专业毕业的学者。她所能知道的只有这些了，干爹给她的也只有这点。余下的资料，就是留给她的任务。

认识他，是在百乐门的舞后大赛上。这比赛是无聊舞客起哄出的无聊比赛，她也百般无聊地参加着，反正最后的鳌头总也少不得是她。

比赛渐渐白热，观赛和比赛的人也渐渐疯狂。最后比的是恰恰，她已经跳舞跳得迷离颠倒，脚上踩着五寸高的高跟鞋，拼命扭动，偏不巧扭了脚，她的舞伴来不及扶牢她，但另一双手扶牢了她。

她抬起头来看到一双深邃的眼，他眯着眼睛看她，莫名其妙地轻轻叫了一声"欧卡桑”。

是日本人！她的脸瞬间冻住，她的恨可以埋得很深，也会露得很浅。她借疯使力，用劲推开他的手，一转身，身后是舞伴法租界严督办的侄子，她一把扶住他。

后来，她跟着严小开开车兜风，竟在红房子西餐馆、外滩公园撞见他几回。那次陪着严小开去四马路的赌场又碰到了他。

那天，他跟小开玩牌九，下注豪赌。严小开无疑是输惨了，惨白着一张脸开车回家，竟把她忘在赌场。

藤田智也走过来，对她说：“谢小姐，请允许我送你回去！”他知道她姓谢，也或许是从百乐门里打听来的。

再后来，干爹那收藏圈子里的人传言，严督办弟弟家里收藏的一幅明代草书帖被那位不成器的小开赌输了。严小开被家人严管起来，送去国外。

而这日本人，来找她的次数渐渐多起来。

他是一个沉默的舞客，等她来转台子，就着曲子跳上一两段，再邀她喝两杯酒，通常是红酒，喝好了以后他就告辞。竟然从来没有点她钟要求过夜。

她对他的态度淡淡的，有些可有可无，不近不远。圈子却在传说这个长得很不错看似家境也丰厚的日本人在追求她。

直至干爹提醒她，这位日本先生收购了很多上海收藏名家手里的古代字画，已经引起文化部方面的警惕，但还没有查出什么底细。

她是明白干爹意思的，所能做的就是利用他对她的好感，做出陪舞的进一步工作——陪他去逛上海的古玩市场，侧面探探底细。

其实也没有查出什么来。他们虽在同行之中渐渐多了话，但话题仅限于古玩、跳舞，和不夜城上海。

雁飞哀怨地笑笑，自己还真没有做貂蝉的命和头脑。这位“吕布”，态度有素，抓不到半点纰漏。

干爹却说时间久了会露尾巴的，她得负责汇报这个日本人同她一道看了哪些字画。这也是上面需要的基本资料，所以她不能退。

不过陪着他去买古玩也有好处，他懂得甚多中国历史典故，在古玩市场逛的时候说起那些古玩字画的典故一套一套，引经据典滔滔不绝。那时刻他的话才多一点。就像她印象中的那个人，都不多话，爱沉默。

三菱小汽车最后停在城隍庙边上的小马路旁。

下了车，看似是日本人要雁飞带路，实际倒是日本人把雁飞一路带去了城隍庙九曲桥桥头旁一家叫作“万字斋”的古玩店里。

秃顶的山田似早就认得店老板，径直进店就向一长褂胖先生走去。那胖先生一瞅山田，本要转头装作没看见溜走，但已经来不及，被山田迎面叫住：“哈哈！万老板，我们又来了！”

万老板只好向山田打哈哈：“山田先生怎有空再来光临？”

山田上前主动介绍：“这位是我国有名的汉学专家藤田先生。”

万老板眼尾也不扫藤田智也，胡乱招呼道：“几位请随便看，有什么看中的直接和我们这里的伙计议价即可。”

藤田智也上前一步：“我们今次过来是想向万老板打听一件东西！”

万老板本要推托，听他这样说，心下只觉未必是好事情，眉头皱了三分。

藤田智也继续道：“不知万老板听说过鉴真大师的《思故赋》没有？”

万老板避不过，便道：“听是听过，恐怕也是传言，从未见过真货。”说罢挥挥袖子，道，“今天要给小儿做满月，家里唤得紧，真对不住！少陪告辞！”便快步出了店，生怕人追上。

“喂！万老板！”山田还在唤。

藤田智也冷冷道：“就这样吧！”

“可听说这字帖经过他的手！”

“不必急于一时，摆足购买诚意，总会有意外收获。”

雁飞在一边突然说：“该是你的，总归是你的。不是你的，强求也没有用。”

山田看看雁飞又看看藤田智也，眯着眼睛笑：“还是谢小姐说得好。”又自认得法地怂恿道，“今朝大光明戏院有新电影上。”

雁飞笑道：“是赵丹演的《马路天使》吗？那十几岁小女角唱的《四季歌》很好听啊！”

藤田智也若有所思地看着雁飞，看着她别有所思的寡淡笑容，问：“那么是否有荣幸邀请雁飞小姐一起看这部电影？”

雁飞斜了斜脸，笑：“求之不得。”

但他们最终还是没有去成大光明戏院。

山田知趣地离开之后，他们仅仅走到南京路头边，就见一队学生浩浩荡荡举着旗帜阻了马路，是上海滩上的大学生们正游行。男生们都穿整齐的黑色中山装，女生们都穿蓝褂黑裙，黑黑蓝蓝，颜色庄严。个个脸色肃穆，举着横幅，挥着旗帜，一路拥来，汽车都只能减速让道。

领头的人领着念口号：

“将日军赶出东三省，誓不做亡国奴！”

“抵制日货，坚决抗日！”

“反对不抵抗政策，出兵抗日！”

“还我河山，复我中华！”

这声浪像黄浦江涨潮，一浪高过一浪。

路边的行人自然明白这阵仗，是学生们示威游行，督促政府出兵抗日。力量虽小，气势可嘉，中国仍有力量，因尚有这班朝阳似的大学生。有一些行人甚至被学生感染，也加入到队伍中，振臂挥喊。颜色统一的队伍中多了很多杂色，但仍整齐，步伐一致。不加入队伍的行人就站立在两旁张望，有的鼓掌鼓励学生。

“《四季歌》最末一句是什么？”雁飞突然问藤田智也。

藤田智也没发声，雁飞就唱了：“血肉筑成长城长！”

“打破旧秩序，建立新规则，不是所有人都能明白其中的重大意义。”藤田智也说。

雁飞并没有再接口，她怔住了，盯着游行人群中的一点游移——那人穿米色中山装，那人举着旗帜，那人摇着拳头呐喊。还是那样瘦削，只是毛发粗了，原本的板寸变得茂密黑亮。

她想她终是可能再见到他，只不想在这样一个时刻，一个他依旧英姿挺拔的时刻。几年时间，他再世为人，她愈加堕落。真真冰火两重天。

什么打破旧秩序，建立新规则？她的规则从来没有变过。雁飞往后隐了隐，缩到藤田智也身后。原先瘦小的身形一下被遮住，她想马路中间的他是看不见她的。

“你害怕什么？”藤田智也问她，他注视着游行的人群，想找出让她害怕的原因。

雁飞一闭眼，再睁眼，他已经走到前面去了，步子有力昂然。

与他分手那天，也是今天一样艳阳高照，晒人至晕。

他急走，她快步追了过去，紧紧抓住他的臂膀不让他走。

他却说：“我戒不了，真的戒不了！我被折磨死了，也读不进书！你要我怎么办？”

说着就红了眼眶，她从来没有见他红过眼眶。

“为什么？我是为你好啊！”她声嘶力竭地为自己辩护。

“是是是，是我意志不坚定，小雁，我不知道为什么在你身边就意志不坚定了！我好恨在你身边的我。”他大声说着他的苦恼，可他这样的苦恼深深剜了她的心。

她便放开他的手臂，脑中糊成一片，只想不通地问：“怎么我就害了你呢？怎么我会害你？”

他说：“我没办法思考。我得走。”

她恨，听了他无奈的话，狠狠一掌挥上去。

他被打了，不躲也不动，只是说：“你狠狠恨我吧！是我的错！但我还得走，一个人走。”他捧住了她打他的那只手，再放开。

可她不肯放，虽然她的心在急速冰冻，能冷得抽痛起来。她一字一顿地说：“我真希望从来没有认识你！”

他竟说：“小雁，你就当从没认识过我。认识我对你没有好处。”

他板住了俊颜，阳光下俊美少年的脸，分明郎心似铁。

她哭了，跺脚，狠狠捏着他的手：“你骗我，你什么都不肯跟我说！你一直骗我。”

他要挣脱她的手，挣不掉，只得说：“你不懂，你什么都不懂。”

她晕眩了，心上的痛慢慢麻痹着，她真的什么都不懂。

她一口咬到他的手上，腥甜的血腥味道在口腔中弥漫，竟是痛快的。他不叫，就让她咬。她倒不痛快了，他对她为何如此无关痛痒？

咬过之后，她擦干眼泪，放开他，让他走，看着他，直到他从视野里消失。

转头，是唐倌人似笑非笑的脸。

“半大的人谈什么海枯石烂？搬起石头砸自己的脚！吃到教训了吧！”

半大的人。那年她十六岁，他十八岁，的确只是半大的人。

后来她一直想，是不是因为还年轻，什么都没经历过，一点点的甜就是天大的救命草，所以才会那般坚持，那般死心眼。

如今再见，真的是再世为人了，过往发生过的，似都成了似幻似真的梦呓。真的经历过？抑或只是自己的梦魇？

可她分明记得的，那天阳光明媚，她在那间中学教室窗口外窥探。由老师领着他进了那间教室的门。

他介绍自己，声音不大，清晰有力。

“我姓向，叫向抒磊。”

不多话，爱沉默，还爱和她一样看屋檐下的燕子窝。他说他想念北方的家乡，只是家已不成家。

她对藤田智也说：“我不想看电影了。”

“那我送你回家。”

她却背着那游行的队伍走，也是背着家的方向走。

可奇怪的是藤田智也并未纠正，跟着她走。她看到渐渐西斜的太阳把他和她的影子照在地上，渐渐纠缠在一起。

归云确实在边走边发呆。

今天她的思绪很乱，可阳光很好，含着春风，吹在脸上，能吹开思绪，让脑中一片空白，什么都不用想。这让她很想独自漫步，便渐渐走到爱多亚路上。

这条路是由昔日窄小脏乱的洋泾浜填出来的，夯实了柏油，变得结实，变成上海滩第一宽阔的马路，承载起人们生活的重量。

这路，因英国国王爱德华七世命名。在中国建一条路，纪念侵略者的皇帝，谁在乎中国人的尊严？中国人的尊严在这个时候，上不得台面。

上海的繁华，被抬到与纽约巴黎一致无二，但此境的繁华是苟且的。十里洋场，歌舞升平，似乎一切都软弱了。

她思前想后，心便渐渐痛了。归云定神，欲往跑马场方向走，但路上的车阻滞着，逐渐列成一排。行人停驻下来，张望着，不知道发生什么事。她张望了一阵，就见前方黑压压拥来一片人海，那浩浩荡荡的队伍由远及近。路边还有不少中外记者，举着相机，一边跟随游行队伍，一边猛拍。

然后，归云看到了一个熟人。那熟悉的侧影，熟悉的黑色中山装。他挺直了背，背对着她，面对着游行的学生。

归云便往前疾走几步，侧头看他。正是卓阳，手里端着相机，挤在一群记者中间给游行的学生们拍照。她想是不是要上前打个招呼。

警车的警笛响了起来。法租界的警车开来五六辆，下来几十个华人巡捕，装备齐全，不由分说先挥舞警棍冲向学生。后面还有后援的，列队排好，虎视眈眈的，在威胁，也真的准备随时动手。当然，还有围追的，从公共租界一路跟来法租界。

汉军未掠地，四面已楚歌。

游行的队伍末尾乱了形，男生们把女生护卫在中间，和巡捕推搡。得了命令的巡捕将学生往死里打，马路上瞬间乱成了一团。

巡捕们忙于围堵学生，自是管不了那伙拍照的记者。卓阳竟直接冲去最前面，对着殴打学生的巡捕一阵猛拍，闪光灯亮个不停。被拍的巡捕先是错愕，反应过来后放开学生，朝卓阳扑过去，要抢他手里的相机。

两人扭在一起，只听到卓阳冷笑："既然是中国人，为何围堵爱国学生？"

巡捕也冷笑："我管你爱国不爱国，在老子的地盘就要放规矩点！"

卓阳要护住手中的相机，只能在巡捕的警棍下左躲右闪。有两个爱国学生见状，过来要帮卓阳扯开那巡捕。巡捕一见自己一个人对三个人，便伸手掏枪，恰好此时真有和学生冲突的巡捕对空放了枪，这巡捕也不甘示弱，便向地上放枪。卓阳三人躲避不及，都一个趄趔，摔在地上。

归云见卓阳裤脚霎时沁出了血渍，不顾一切地拨开人群，挤到他身边问："你没事吧？"

卓阳顾不上看来人，把相机挂在脖子上，再看着自己的小腿，伸手给归云，道："麻烦你扶我一下。"一转头，发现身边的人竟然是归云。她正一脸担忧，他想不能让她担忧，就吸一口气，展开眉笑："看西洋镜的小姐，扶我一下啦！"

归云想也未多想，扯开那匹蓝色纺绸，迅速裹紧卓阳受伤的小腿。然后抓起他的臂膀，搭在自己瘦弱的肩头，一手搁到他另一边的臂弯下，弓腰起身，带着他慢慢站起来。毕竟女孩力量不够，她支撑得很是吃力。卓阳也意识到了，用另一只脚着力，尽量担去全身的重量，不将重力都托付到归云身上。

他站稳，平衡了身体，要她安心："没关系，只是弹片擦伤，不然老早血流如注。"实际上还是痛得想龇牙咧嘴，现在不过努力平复脸部的神经对疼痛做出的反应。他吸一口气，问："霞飞路的二十八幢头认识吧？"

归云点头："我认得那里。"

他说："麻烦你送我这伤号去。"

归云再点头，觑准一边的一条小弄堂，便扶着他闪了进去。卓阳勉力加快自己的速度，心中想，这位小姐也真机敏。

“霞飞路二十八幢头”的名儿是惯走霞飞路的黄包车车夫叫出来的诨名，但之所以闻名，是因为弄堂里二十八幢石库门住的几乎都是洋人。这里在上海滩上很有些名气。

归云早就听说过这条弄堂的名头，却是头一回来。

其实这些石库门和法租界里的任何高级石库门没有什么大区别，一色的黄墙红瓦，绿枝遮窗，屋顶的瓦片是温和柔美的鱼鳞状。归云却不及仔细观赏，只管想着，这弄堂果然不负名声，才跨进来就迎面遇到两个洋人，他们还好奇地盯着他俩看，看得她心慌意乱。

卓阳微低头，轻声说：“别紧张，这里的洋人从五湖四海来，不爱管闲事。”

温暖的气息拂扫在归云的面颊上。她低头，看自己和卓阳的影子，在阳光底下相依相靠，脸一下红了一片。

卓阳指点归云走到弄堂最深的一间石库门，并没说这是谁的房子。归云也不问，只按他指示去揿门铃。门内响起了“咚咚咚”急促下楼梯的声音，“哐当”一声，门开了。

竟是那个在法国公园里看见过的洋女郎哩！她见到卓阳，眼睛先眯了一下，走过来，叫一声：“哦，阳。”她发现了卓阳腿上的伤，掩口低呼。

卓阳还有心情为她们互相介绍：“中国小姐叫杜归云，美国小姐叫蒙娜。”

归云朝蒙娜点点头，蒙娜抱住她亲了亲。归云被这西式礼仪吓了一跳，不过她是知道些场面的，虽羞涩，也很大方地同蒙娜握了手。

卓阳说：“我可不想在你家门外阵亡，今朝你们老美大夫可有当值？”

蒙娜瞟了卓阳一眼，熟络的轻佻状，归云别开脸，听她说一句“困难上了门”，人就先走了，为卓阳去找大夫。

“我们上去。”卓阳把手交给她，归云扶着卓阳。

石库门也是上海人习惯的螺蛳壳里做道场的配置，只不过蒙娜一个人住，空了三四间厢房。真是奢侈，归云想。

卓阳好像明白她的心思，说：“她的兄长是公共租界巡捕房警长，也是个资产阶级小姐。”

归云“扑哧”一笑，卓阳指了指东厢房的门，归云一推，门是开的。打眼就是一张铜腿西式床，旁边有写字台和书架，色色齐整，像是专门准备的。她就暗瞧了卓阳一眼，卓阳顺势倒在床上，将相机拿下，感觉到疼，便蹙紧了眉。

她想，他是疼了吧！不好意思再问其他的了。

两人无事可干，想说话，又说不出。卓阳眼睛一瞥，正见老虎天窗外有一对小麻雀互相梳理羽毛，就说："你看。"

阳光从窗口斜斜射进来，归云黑色的辫尾，和卓阳黑色的发尖，都染了七色的虹。归云扭了身子看去，双手扶着床沿，似是能同卓阳另一只垂在床沿的手连成一线，小指几乎相触。

"蒙娜的邻居之一，几乎年年都有它们的身影，倒像是她的房东了。"他笑着，也用话逗她笑着，"蒙娜得每天付面包屑做房租。"

"好便宜的房租。"归云笑了，心细起来，"你饿不饿，中饭都还没吃吧？"

卓阳摸摸肚子："真有些饿，不过这里除了面包，什么都没有。"

归云起身探探："我可以用她的灶庇间吧？"

卓阳点头："可以，这里一切都是她自己的，灶庇间的东西你可以随意取用！"

他们真是熟稔。

归云说："好，你等等。"下了楼，往灶庇间里一翻检，搜出法式的长棍面包并几只鸡蛋。油盐酱醋是一应俱全的，这洋人在中国人的地头生活长了，吃喝习惯倒真随了中国人的习俗。

有这些东西便难不倒归云了。她拎出煤球炉生火，找出油锅热油，打匀鸡蛋，撕好面包，浸入鸡蛋汁里一拖，放入油锅内炸，"嗞嗞"直响。

自归云在后天井忙着生火的片刻，卓阳便趴到窗台上看。他本料不到她会做东西给他吃，这回见了，意外受用，不自觉唇角就扬了起来，只呆呆看她。

归云不小心扯落绑辫梢的丝带，就停下手，干脆扯开丝带，打散头发。一边的头发，就这样披散开，飘飘荡荡，像一匹黑色的缎子，在烟雾中发着亮。卓阳的心，跳了一下，又跳了一下。看她一点一点，重新辫好辫子，一甩，到身后，蓝色的丝带晃晃荡荡，活泼泼的。

这时候，蒙娜把老美大夫邻居请来，见归云正在灶庇间忙进忙出，问卓阳："她在干什么？"

他已经闻到面包香和鸡蛋香，特别诱人，勾起食欲，口底生津，含笑说道："她在做田螺姑娘。"

蒙娜没听懂："什么？"

卓阳收回目光，对美国大夫打招呼："MR. 杰生，又要麻烦你了！"

归云手脚麻利，炸好满满一盘面包。这炸制法子从四川路西点房的大师傅那里学来。上海人虽也学着洋人吃西点，但总会发挥自己的奇思巧计，把西点也换成中式口味。

中国人有些习性，历久弥坚，绝不改变。

归云收好炉子，端了盘子上楼。远远就能听见里面激烈交谈的声音。

“我不认为学生游行能起作用，我们要更实际、更激烈地抗争，才能赢。”是蒙娜的声音。

那老美大夫也说话了：“哦，年轻人，我对你的爱国之情表示敬佩，但希望你要注意安全！”

卓阳在叹气：“前方战事在即，堂堂中华大地就要沦丧，十里洋场却处处歌舞升平，舞照跳、戏照唱、明星照捧、赌博贩毒、金融投机，浑不知亡国危机近在眼前。哼！什么叫作‘商女不知亡国恨，隔江犹唱后庭花’！”

一字一句，敲在归云的心头。这是什么话？舞照跳、戏照唱、明星照捧、赌博贩毒、金融投机。照这样的话，“戏照唱”的她们也被编派进这些不知亡国恨的“商女”中了。

归云不爽快了，重重敲了门，推开进去，将盘子往桌上一放。

卓阳说：“谢谢。”原本严肃的脸开了颜，微微笑一下。

归云没笑，看一眼卓阳的伤腿，裤腿被卷起来，用白纱布裹得好好的，就说：“你，你们快趁热吃吧！我先走了。”

口气淡淡的，想要疏远的样子。卓阳心中警铃大作，不明白姑娘的僵硬态度从何而来。急道：“我送你？”他又看看自己的腿，怎么送？

归云想要笑，忍住：“马路上能坐到电车。”

她走了，未停留，也不道别，留糊涂的少年在发愁。

杰生大夫突然问：“你们谁惹这位美丽的小姐生气了？”随即被桌上面包的香味吸引，拈起一块塞进嘴里咀嚼，竖起大拇指来，“Great！”

蒙娜也尝了，顺手递给卓阳。

卓阳拈起面包，侧头，看床边已经叠好的蓝色纺绸，上面沾着自己的血迹。红色的星点，染了这片蓝。纯色的蓝，染上这星点的红，竟然有相溶的干净的美。

几次相遇，他与她，是碰不到的红与蓝。碰到了，好像蓝天里的一轮太阳，明亮起来，令他的心微暖。

蒙娜看着他，问：“很遗憾？”

卓阳沉默，轻轻抚摩着那匹纺绸，再抬头，窗口的小麻雀还在那里蹦蹦跳跳地活跃着。太阳却已经斜到西方，阳光离开了。良久，他才说："在我伤好之前，恐怕要借你的地盘一阵了。"

"要不要告知卓老师？"

卓阳摇头，想起最重要的一桩事："你还得帮我一个忙，把这相机里的胶卷送到四马路的《朝报》馆去。"

蒙娜问："明天赶着登？"

卓阳点头，郑重嘱托："今日务必送到。"

他动了动腿，还在痛，再探头看外面，归云已经走远了，影子都看不见了。

归云走得有些快，到了马路上看到先前避学生游行的电车复开了。只是候车的人群汹涌，等半天才来一辆，开得慢吞吞又摇摇晃晃。跟着人群好不容易挤上去，车上人挨人，呼吸都困难。

售票师傅偏偏要喊："大家往里挤挤，等下还要上人，挤挤不要紧，橡皮车子挤不坏的。"

马上有人抱怨："还怎么挤？都挤成黄鱼干了。"

"都是这群游行的学生闹的，好好的学不去上，都干号去！"

"这是日本人不让我们中国老百姓安生。"

"要真打仗怎么办啊？"

"怎么办？照样生活吃饭睡觉，该打仗的去打仗，该做工的去做工，大家各干各的呗！"

"除了这样我们老百姓也没有其他花样咯！"

的确没有其他花样，除了努力促进社会繁荣，老百姓还能怎样？最经济实在的做法，就是和当兵的分工明确。老百姓要的只不过是太太平平的世道，有活干，有饭吃，有一个屋檐遮风避雨好好睡觉。

他们要求那么低，其实贡献却那么大。那些五光十色，奢靡安逸的背后，都是小老百姓们兢业辛苦工作得来的。卓阳的话一竿子打了一船人，未免伤及无辜。归云觉得自己就是被刺伤了。或许真是说的人无意，听的人无端多了心，多了的心是受了点冤屈，便生了气。

毕竟还是小女孩的心思。

下车过了马路就进弄堂，小蝶正同陆明在弄堂口陆家小店外轻言细语，神态是极亲昵的。他们看到归云走近，旋即又分开。

归云心中好笑，装作没瞧见，回到家里。杜班主、归凤他们大约都去上戏了，空气都显出冷清清来。归云走近几步，听到客堂间有人说话。

“陆家来提亲，倒是好事情。秋月不省事，小蝶好歹能让我放心——”归云认得那是小蝶娘，正与庆姑坐一道，合着煤油灯勾绒线。

原是如此。千线万线，只要儿女的姻缘线牵好，父母就圆满了。

庆姑说：“小蝶倒是赶在展风和归云前头了，我那儿子，也不是个省心的。”

小蝶忽地说了一句：“展风怎么着也是双保险，不要归云，还有归凤呢！”

归云略怔了一怔。

庆姑不知是不是听进去了，回了一句：“儿孙自有儿孙福，我只盼着展风快些给我捎个音信回来。”

归云隔了一会儿，才回过神来，推门走进去，向长辈请了安。

第二天，杜家就收到展风的信，信里说再过两三个礼拜就能回来了。庆姑由此安了心。

和信一起由邮递员送来的还有一份《朝报》，杜班主和归云凑在一起看。

“中国巡捕专抓抗日的学生，实在让人痛心。”杜班主叹道。

归云也叹气，再往下看，一张大幅的照片，竟是打伤卓阳的巡捕。他瞠目结舌，还高高扬着警棍。这应该是被卓阳拍下他们就打起来了。

这卓阳，难道是做记者的？归云暗思，又暗笑自己，她同他，应是相逢何必曾相识。就是过客，过了也就过了。

报道最末一行小字写：本报实习摄影也遭巡捕打伤，对租界华人巡捕之恶劣，本报同人深感气愤。

原来只是一个实习摄影，却那么拼命！归云愣愣地看着报纸发了好一阵呆。

凤平戏院的李老板决定在六月顶出戏院，打点积蓄回乡养老。

杜班主也终于托到了人，是一位昔日一起唱船戏的琴师，现今已混进了百乐门给舞场的经理做助理，听说十分有门路。他便做主本帮菜最有名的老正兴做了东道，邀请这位如今已经发迹的同行。

归云和归凤打扮得妥帖素净，随杜班主一起去宴请这位握住自己未来生计的人物。

人在江湖漂，适当的时候上一点艳色，也好行事。大家都懂，这是无可奈何的选择。

杜班主邀这个饭局狠花了笔钱，点的是蜜汁糖鲤鱼、清炒鳝糊、龙井虾仁等，出彩的是燕窝银丝羹。这些下足的血本，都是维持生计的成本，必要的时候得打肿脸充胖子。

当然，甲方乙方是排定的。做了甲方的拿乔一些，待冷菜上齐，人还未现。直至热菜上场，那位昔日的同行来了。他穿的是顶新潮体面的西装，中年发了福，同杜班主的形销骨立对比，谁在上海滩活得更滋润，显而易见。

杜班主抱拳："太中兄。"

那人也抱拳："岂敢岂敢！"

双方坐下叙旧。

那人唤江太中，早年和绍兴文戏班子一起来上海混饭吃，结果戏班子找不到驻场的戏台子，他却混去了舞台子。卖大腿的比卖嗓子的容易发迹，靠卖大腿的比靠卖嗓子的容易吃饭。三五年工夫，就能风生水起，也成了角儿。

江太中爱好拿腔拿调的语气："上海滩一切是假，有个靠山是真。莫不是看在同乡同谊分上，我也不管这闲事，既然老哥哥求到我，我自要大大费一番心思。"他舀了一勺虾仁放到跟前的小碟子里，慢条斯理地倒上镇江香醋，蘸一下，放进口里，那是"品"的动作，"老正兴的龙井虾仁真是老好吃的。"

但一桌子上的其他人都不动筷子，压着自己的急迫，等他的下文。

吃好了，吃够了，胃口也吊足了，下文来了。江太中说："我们那百乐门的经理虽然是给资本家打着这份看场子的工，这些年倒也积了不少资产，前些日子在静安寺路上顶下一间茶馆，准备改建之后做戏台用。你们说可巧不巧？"

杜班主附和地点头。

"只是自打咱们家乡戏在这上海滩冒出名堂以后，戏班子如雨后春笋一般出来。我们那位经理可嘱我要选好的。"

意思来了，也要接好翎子。杜班主说："咱们庆禧班你也晓得，归凤在四川路有些名堂的，自然是好的。"再道，"包银好商量，就要烦江老兄引见一下。"

归云和归凤端起酒来："这次实在要请江叔叔帮帮忙了。"

都是顺意的吃口，江太中吃得爽气，定下时间，要他们到百乐门去见那位大经理，带上角儿作一次面试。

百乐门，归云没想到自己也有和这大上海的百乐之门牵扯上关系的那一天。她想到了雁飞。

其实也真在百乐门见到了雁飞。

次日入夜，杜班主领着归云和归凤去的百乐门。时间是江太中定下的。

归凤是角儿，不遑多让。归云虽现今上不得台，在台子下唱还是很能唬一唬人，且算是自家人，又知进退，不会丢人。

一行人走到极司菲尔路上，见到静安寺对面的百乐门，大伙还是惊叹了——到底是被称为"远东第一乐府"的地方，比一般楼房要高阔的三层建筑，镶着一座层层收缩的四节圆形玻璃银光塔，闪闪烁烁地转着，衬得这百乐门真像天仙乐府一般。

夜幕下，还能看清百乐门顶部加的旗杆，高高地耸立在空中。面对着静安寺的正面上做出大大的洋文名——PARAMOUNT。

真滑稽！

上海海纳百川，什么滑稽画面都有，譬如这"远东第一乐府"对着江南著名的千年古刹。那静安寺也不得不选择大隐隐于市了。

百乐门的二楼才是舞厅，由皇宫似的阶梯绵延上去，当然也可以选择坐电梯。江太中就是从电梯门内出现，迎接他们："还得等一阵子，我们袁经理现在正待客。"

说着众人就听到身后传来一阵嬉笑。

归云就这样看到雁飞，她的白旗袍裙衩开到近大腿处，身边还有位穿火艳翻荷叶边洋装的女子。雁飞还是盘辫子头，娴雅的中式古典韵味。那红裙女子浪荡地披散卷卷的头发，头发给上了发胶，贴在她的脑后，更烘托出她明艳的五官。这一白一红，真似红白两枝梅，在百乐门圆转拱阔的大厅里，怒放着。

立时间可见谁更有势力。江太中忙不迭迎上去："曼丽、阿囡，你们可让袁经理好等，晚饭吃过没？"

雁飞和那位叫曼丽的红衣女子勾着肩走到电梯口，雁飞照例是在大庭广众之下不理会归云的。归凤有些疑惑，看了归云一眼，归云走开，看着大厅中央的西式落地灯。

"那两个大户头可又来了呢！非得两位出马不可。"江太中体贴地摁下电梯。

那曼丽一手撑着墙，摸摸发际："哟，今儿可又有什么贵客让咱们红白牡丹一块儿去招待？"

雁飞只笑，并不开口。

却原来她和雁飞在舞场的绰号叫红白牡丹。

电梯门开，两枝花被江太中送了进去。

雁飞转身的片刻，目光似乎是转到了归云身上，只那么一小会儿，她又转头和身边的曼丽说笑起来。

“她不是小雁吗？怎么不认识你？”归凤小声问归云。

归云幽幽道：“这样的她，跟这样的我，的确是互相不认识的。”

归凤听不懂，归云却是懂得的。这样的场合，雁飞在保全她的名声，让她清白身份不被自己染了。归云懂，所以心里更痛。

江太中道：“这两位姑奶奶不好伺候啊！唉，别提了，我们还是先去舞厅耍耍吧！”

杜班主意欲拒绝，但想着今日的目的，只好答应着，带归云和归凤先去楼上。

楼上的舞池才正是百乐门流光溢彩的重地。

男男女女，勾肩搭背，摩肩接踵，踩着能摇晃的钢制地板，和着四周暗黄的光影一起舞动到沉醉不知归路。

卓阳说的痛心的歌舞升平，应该是如此吧！归云一步踏进来时，就在这么想着，然后，就看到了卓阳的侧影。她吓了一跳，以为幻觉，再一定睛，真是卓阳，穿黑西服，身姿笔挺。这个人，真是老穿一身黑，她又在想，可是不敢再觑一眼过去打探他了。

在舞池另一角的卓阳，也在第一时间捕捉到归云的身影。他先拧了一下眉头，在想，她怎么会在这里？他望望他们，又想了想，就要从侧面挤过来。

归云看一眼正听江太中胡吹的杜班主没有注意到自己，便给归凤使了一个眼色，暗暗地往卓阳那边走去。

卓阳也正走过来。归云细心地发现他走路已经不带瘸拐，可见恢复得不错，一颗心放了下来。

两人终至走到一起。“我来找人。”她当下就说，怕他误会似的。

“我的腿已经没事了。”他不接她的话，让她知道他没有想歪。

两人不知道该说什么，只好对着对方傻傻又礼貌地微笑。

她看到他藏在西服里的相机：“实习摄影又要做报道？”

他点头：“主题是歌舞升平上海滩。”

她想起那天他的话——他们唱戏，也是给这歌舞升平多添几支歌。她又不高兴了，眼色一黯。

卓阳摸不着头脑，姑娘又变了脸，于是越发不知道自己该说什么好。这样一犹疑，就站在路中挡了别人，有人疾走过来，撞歪了归云，卓阳快速地伸手扶住她。

撞归云的是那位红牡丹曼丽小姐，身后跟着一个一脑门汗的憨厚中年人。

“我陈曼丽向来不转日本人的台子，你再和我啰唆也没用。”陈曼丽也有尖声锐语的时候。

中年人讲：“曼丽小姐，现在世道不好，你不要挑三拣四让人下不来台，不趁年轻抓一片好土，难道要枯死在百乐门的花岗岩上？”看着憨厚的人，竟是这样说。

卓阳把归云拉到一边。

陈曼丽冷笑，手臂横到胸前：“即便枯死在百乐门的花岗岩上，也不能便宜了日本人。”她眼睛一睨，见身边几个围观的舞客中正有老相好坐在一边，就一屁股坐到人家大腿上，道，“何少爷，你说是不是？”

平白受了艳福的舞客心花怒放：“曼丽小姐说的还有不对的吗？中国美女当然不招待日本人。”

中年人不得法，恨恨地瞪了她两眼，破了憨厚相。他的眼睛再一转，笑：“你不识时务，可有人识时务。”

陈曼丽也妙目一扫，冷笑几下，恨恨道：“真没想到那人好起了东洋口味！”

卓阳轻声对归云说：“这位舞小姐真让我刮目相看。”

归云只跟着陈曼丽和中年人的眼神转过去看。雁飞正站在回马廊隐暗的一处，她的对面站着两个人。一个是矮个子，秃顶，留着一字胡。另一个是高个子，正俯身对雁飞说话。两人竟都面熟。只雁飞的眼神又开始飘忽，不知有没有在听那人讲话。

归云皱着眉头望，想这两人不会就是曼丽小姐不愿接待的日本人吧！

忽然杜班主就越过雁飞，往回马廊的深处疾步走去，拍了一个人的肩膀一下。那人一侧头，竟然是展风。

展风乍一见杜班主的面，立时间丢了三魂七魄，惊惧交加。

归云见杜班主渐渐虎起的脸，情知不好，匆匆和卓阳说：“我有事先走了。”

卓阳尚未反应过来，“喂”两下，归云并不回头，只往展风和杜班主的方向一路去，要去救场一样。他看着她走向那一老一少，匆匆和老的说了几句话，又拉了拉少的袖子一下，接着两人便跟着老的走出了舞池。

那么急匆匆的，还什么话都没有说过。他是微微遗憾的。

杜班主却几乎是暴怒的，他没想到去重庆的儿子会出现在这样的地方，气得他一佛出世二佛升天。家中正水深火热，本该干正经事的儿子却在烟花地，定是被儿子蒙骗了。这让他急怒攻心，又碍于场合，不便发作，只好强忍："回家和你计较！"

展风低着头，暗自琢磨该怎么交代抑或如何隐瞒。他不作声，一来怕父亲，二来确也知现下并不适合辩解。

归凤跟了出来，见到展风，又惊又喜："展风，你？"见了归云的眼色，就先汇报正经事，"江先生说袁经理现下没空，改约我们下次来！"

杜班主因现下有着斥责儿子的头等大事，无心他务，便道："也罢，我们先回家！"他狠狠瞪展风一眼，"还丢人现眼？快给我滚回去！"说完领头走了出去。

谁知展风站在原地并不动，归凤拽了拽他的衣袖："你怎么了？快别这样。"

归云也道："这时候不能让你爹下不来台，一切回家再说。"

他才挪挪步子，转头往舞池里头望一望。见到那在舞池里婀娜着的一条白影，在这暗无天日的舞池子中央，还是那样醒目。他是忍不住来看看这个地方，这个他认为让雁飞开出花儿来的地方。

雁飞也看到了他，就朝他使了眼色，想他是明白的。

她也要他回去。展风忽而发觉隔着那层层凌乱的光，他离她那么远，顿生懊恼，紧步跟着自己的父亲出去。

归凤也看到了雁飞，一下愣住了。她是没有想到会看到她向展风使眼色。

展风自小到大，除了她和归云，并没有其他亲近的女孩。而此时这位雁飞小姐的一个眼神，就让他乖乖走了。她心中没有来由地震了一下，一出神，展风已跑得远了。

雁飞暗暗见归云、展风等人都离开了，才收回目光，专心看眼前舞伴的衣襟。这个日本人藤田智也怎么长那么高？她心底是有压迫感的。

藤田智也邀请她："今晚一道吃西餐？"

她摇了摇头。

"那么还去看《马路天使》吧！"

她点了头。两相选择总得答应一样，他并不是好打发的人。她委实是累。

他们又去大光明戏院看了《马路天使》，这部电影最近大红，看的人多，他们坐在人堆里，他低声说：“袁牧之镜头下的上海的中下民生倒很真，卑微的人生活在卑微的环境里。”

雁飞并没有答他，他也不想雁飞立时答他，自顾自又说：“如果可以有统一一切的新规则来调整这个社会，中国人会生活得好很多。”

雁飞在黑暗里轻轻咳嗽了一声，她想起那个他说过：“凡侵略我中华大地者，必驱逐之！”

十八岁的向抒磊，不多话，说一句话是一句话。她都记得。

于是，她断然小声地说：“未必！”

“拭目以待！”

约会又不欢而散。他们似乎经常不欢而散。

雁飞将藤田智也正在找《思故赋》的消息带给王老板。王老板沉思半天：“他竟然要找这个？”

“有不妥吗？”

“鉴真大师并非什么书法名家，这字帖珍贵的一在年份，二在意义，三在那后头历代名家的藏印。日本人竟然要找这个。”王老板摇摇头，一脸不解，“我听说字帖确是老万出手，原本我要去买，他却早一步卖了。”他又提醒雁飞，“我怕时间长了那边会起疑。你毕竟不算专职的人，及早抽身，我也不想你太过涉险。”

雁飞笑：“我晓得。”

心里只忖，怎么抽身？藤田智也隔三岔五出现在她面前，看她和别人跳跳舞也是好的。她真摸不透他，显然是痴心的，又从未逾矩，脸上并无情意。有的，也是缅怀吧！她想他看她跳舞的样子，真像是缅怀什么。

最后雁飞还是让藤田智也送了自己回家，简单告别，又目送他离开，揌了门铃要召用人来开门。忽见暗处闪出一个人影来，却是展风。

他满脸颓丧懊恼，不知所措地看着她。

雁飞轻轻叹了气，问：“和家里人吵架了？离家出走了？”

展风羞愧地点点头。用人出来开门，展风跟着她们进了屋子，局促地坐在客厅里的沙发上，手脚都不知道往哪里放。

雁飞给他倒一杯红酒。透明的酒杯被嫣红的酒色浸染，像血。

“你别任性。”雁飞旗袍未皱，头发也还盘得一丝不苟，但面容已疲倦了。

“我想抽烟！”

“小孩子抽什么烟？喝一杯红酒暖一下身子快去睡吧！”她一定不让他抽烟的。

“你老在那种地方混饭吃，不好！”展风只好轻抿红酒，这酒带着点甜。

“那你倒说说看，我到哪里混饭吃好？”雁飞支着头，歪仰着瞅他。

“你可以唱戏，你的声音很好听，也可以做纺织工，啊！还有售货员。”

他一串说，她就一串笑，末了逗他：“那可不行，我喜欢穿旗袍，坐小车，搓麻将，怎么办？”

“但是那样不用做噩梦！”

雁飞脸上的笑凝住了。他竟然知道她做噩梦？她千遮万掩，竟让这个大孩子揭穿了。

是的，她时常做噩梦。

梦里她被制住手脚，动弹不得，又痛苦万分。她指望一个人来救她，只是那人没来。于是她身子很痛，心更痛。

千刀万剐，不得解脱。那样死了倒好！可偏偏还是要活过来，醒过来，看到满室的阳光，却遮不住心底成片的黑暗。

她在梦里到底喊了什么呢？让这个大男孩这样说出来。

展风看着雁飞一下子就阴晴不定了，心内恨死了自己，懊恼不堪：“我不是存心要这样说。”

雁飞起了身：“我同干爹商量过你的事儿，他会调你到商界联合会的义勇军受训。你好好学，再别出错了。”

展风想挽留住她，但只能眼睁睁看她消失在自己眼前，无力感再次涌上心头。

在前几个黑夜里，他听到她在叫：“别救我，让我死了吧！”

倒在床上的时候，展风的耳边都响着她那句“别救我，让我死了吧”。他听出了她的一心求死。

但今夜的她睡得沉，房间里毫无动静，也怕是起了防备，连睡梦都防备起来，不让人抓到短处。

雁飞并没有睡，她扭亮了台灯，果断地给归云写了一张字条，写好之后对着字条看了半晌。她的字不工整，以前被他取笑过。

她便发狠练习，只是还没练好，他就已经走了。后来，她就没空也没心思再练了，一日日耽搁下来。

字条上写的是："展风在我处，勿忧！"

她写好长叹一声，得了些意外的满足，故一夜都睡得香，次日清晨就遣了用人送过去。

因雁飞特别关照要归云亲自收字条，用人就很精明地觑了归云往公用水龙头注水的时候塞给她。

归云看了字条，略思忖，回头见到杜氏夫妇，却汇报："展风现在住在棉纺厂的同事家里，我看——"她顿了一下，觑了一眼一言不发的杜班主，庆姑对她点点头，再继续说，"还是找个时间把他接回来吧？"

杜班主依旧不说话，心中尚存昨晚的气。

这父子俩昨晚是大吵了一架的。

跟了杜班主回来的展风被父母一个劲儿追问到底在干什么勾当，他开始躲闪，后来躲不过，被问急了，就梗着脑袋说："去了百乐门是我不对，但我没错，往后总有一天你们会知道我没错！"

他一心一意、一犟到底。杜班主听他不肯全盘托出，怒上加怒。庆姑又怨旁人，说王老板不是正经人，展风跟着他学坏了。

这下展风不但急了，还口不择言，竟说："王老板做的事你们怎么能懂？"

他的口气竟然透着鄙夷，杜班主一口气上不来，抓了鸡毛掸子就招呼过去。以往展风总是跳着脚躲，这回却连躲都不躲，生生挨着。

庆姑同归云、归凤又劝又拉，杜班主命令道："明朝你给我收拾行李回家，王老板那里你不用去了，到戏班子里来接我的班，下个月就和归云成亲。"

谁知展风理直气壮，大声反抗："我不会娶归云，也不会离开王老板的棉纺厂。"

众人都怔了，归云也呆了。

原定的命不是那个命，原定的运也不是那个运。

杜班主急怒攻心，还要再打，展风干脆撒腿就跑，留下杜家众人一夜无眠。

杜班主心口到现在还隐隐痛着："他翅膀硬了，能飞了，还能稀罕这个家？"

庆姑急道："你还要撵他出去？你可就这一根独苗！"

杜班主冷笑："我这根独苗眼里可只有王老板，不把爹娘放在眼里！"

归云见杜班主还为展风那句话生气，劝道："班主，昨晚展风说得没轻没重，您可千万不要放心上。切皮不离肉，他会明白的。"

杜班主只觉得愧对归云："难为你还能为他想，他说出这样的话，着实对不住你。我——唉！自打他出去做工，越发管不住他了！"

归云沉默，琢磨着还得展风回来认错。

归凤问过她可知展风的去向，她不向归凤隐瞒，就说了出来。归凤细听着，握着她的手，要同她一道找展风。

归凤还说："我知道展风把话说得过头了。咱仨从小一块长大，向来和和气气的，从不红脸吵架，也不知道这次展风怎么就迷了心窍，说出这样的话！"她握紧了归云，"你可不能怪展风，也不好就这样纵了他。"说得切切的。

归云不语，自展风把话捅破，她就一阵阵怅然，该何去何从，她不知。

她走到门外，月正亮，明晃晃的明镜，正照着她。

小时候，蕃瓜弄的月色也同样美。父亲捧她在掌心，给她说故事，也教她认字读书。天地那么大，她只要一个有爹的滚地龙。

展风虽和杜氏夫妇闹不愉快，但父母双全，为他担心操肺。她只有孤独一人，心堕进黑夜里，透不出明亮。

她走在狭长弄堂里，树影森森，她的影子被树影衬在地上，格外萧条。她抱紧手臂，显得更孤寂。

"咿呀——"她开了嗓子，看四下无人，便清了清喉咙，开口就是：

辕门外三声炮响似雷震

天波府走出我保国臣

头戴金盔压苍鬓

铁甲战袍又披上身

帅字旗斗大穆字显威风

穆桂英五十三岁又出征

只有当作戏，自己就是那即将威武出征的女英雄穆桂英，踱着方步，摆着威风，可减孤寂，抵消惊怕。

卓阳手里拿了相机，听这样一个仙子人物唱："我们一不为官，二不为宦，为的是大宋江山和众黎民。"

他本有意路过这里，却无意被这月影树下的翩翩文戏吸引——她的神气和风采，气概得他前所未见。他以为她很柔弱，但她总能现出刚强的那面。

卓阳按下快门。一道白光划过，闪了归云的眼睛。

她看见了，尘封的记忆被迫打开：血污的人头、散乱的黑发划过黑夜，惊恐的瞋裂的双眼。

那是——她的娘。

她骇异地睁大眼睛，听到了狰狞的声音。

“八格亚路！”

谁都不知道她的娘什么时候跑出了难民藏身的草丛，她一去，救了他们所有人。她是为了她的丈夫女儿舍了身。

她的爹忘了捂住女儿的眼睛。他只紧紧捂住女儿的嘴，直到她窒息昏厥。

高烧不退的三天三夜，醒过来以后，也忘了惊骇的一幕。而今，终于想起，为了她而牺牲的娘。

归云蹲下，抱紧双手，瑟瑟发抖，吓坏了偷拍的人。卓阳飞奔过来想要扶起她，她却用力一挣，跌坐在地上。她抬起眼，满面泪。

“我娘——死了！”

她落在黑暗里无依无靠，卓阳又伸出臂膀，这回用力搂她过来。他的气息是温暖的：“别激动，没有事，没有事的。”

记忆一寸寸打开了。归云不住落泪：“日本人杀了我娘，还有我爹。我什么都没有了！我什么都没有了！”

可卓阳在身边，她有了流泪的胸膛，就什么都不顾了，攀着他，哭个痛快。他的下巴抵着她的头心，悔恨自己的鲁莽，期望给她安慰。然，他自知无法治愈那沉痛。

他握紧拳。月色朦胧的夜，让所有的痛都原形毕露。然而，一切冤屈，还是不得昭雪。

忘却多年的苦决了堤。夜半的月，被乌云遮蔽，窗棂四周没有半丝光。归云伏在枕上，排山倒海的回忆，压得她透不过气，像这透不出乌云的月光。

在那条人迹罕至的弄堂里，她在卓阳的怀里哭了很长时间，湿了他的上衣。末了，随手找东西擦脸，到手是一整块的布。她抬起头对卓阳说：“对不起。”

卓阳的笑一直很俊朗，在黑夜里都能看出来。他的声音也很温柔，说：“本来就是还给你的。”

幸好身边有人，方能支撑住这整片的悲伤。

但愁很长，夜很短，晨曦很快就冒出来了。

归云和归凤一大早就往兆丰别墅赶。展风料不到她们那么早便来找他，见她们脸皮都青着，带着一致的黑眼圈，心中更内疚。

雁飞正在吃早点，见归云和归凤进来，用手边的小餐巾揩了嘴，道："刚巧备了早餐，一起用？"

归凤立刻拒绝，口气冲了点："我们一会儿就走！"

归云忙说："我们吃过出来的。"

雁飞不以为意，一笑，明眸皓齿的素面，也能这样吸住别人的目光。归凤也看呆了。

她说："我去收拾收拾，你们聊。"自顾自往楼上去，适时离开，只剩下归云、归凤和展风。

一家人终须对质。

归凤先开的口："展风，你说，你可真要这样待归云？"

她太愤愤不平，露出了绝少的严厉，让展风愧上加愧。他望向归云，她倒是平静无波的，也望着他，没有逼迫，只有坦然。

展风鼓了勇气，伸头缩头都是一刀，先斩下去再讲，也是男子汉的爽快："归云，我对不住你。"

归云的睫毛扇了一下。山倒了，她却好像如释重负了："我晓得了，我不会怪你。"

展风憨直地咧咧嘴，也坦然了，归云也许和他想的不一样。多棘手的问题？原来解决起来这样简单。

只有归凤没想通："你们怎么能这个样子？"

归云说："强逼他做他不想做的事又有什么意思？我来的时候就想过了，我听展风的。"她顿了顿，坚定道，"但我仍是杜家人。"

展风点了头，终还是愧疚，说不出话，半晌，方道："我永远都当你是亲妹妹，我杜展风一辈子都爱护你！"

归凤却盈了泪，望着归云，归云也望着她。

怎么办呢？难道要归云求着展风？不能，不能。她懂，但不甘愿，她的心愿被撕碎，太形于外的悲伤阻滞了所有的气氛。

用人将展风的行李拿出来，往客堂间当中一摆，姿态在送客。雁飞跟着出来，原来收拾的是他的行李。

此刻她就像诚恳的姐姐一样："吃好了都早点回去吧！大人们会担心的。"

展风的脸上青一阵白一阵，确也不好再赖在这里。他什么借口都没了，怎么做都是自己一厢情愿。

但是雁飞多嘱咐一句："本来就不是什么大事，该和你家妥当体贴的人说的就说清楚。这么大个人还闹离家出走，是不像话！"她又对归云说，"展风做的事情是好事情，他回家会跟你们说明白的。"

展风只好提着他的行李和归云、归凤离开这座小洋楼。哪里来哪里去，他终要离开。那暖暖的梅花香，离自己越来越远。

第四章 硝烟起

梅花季节本来就远去了，现在是快入夏的季节。条条马路都显出悦目的绿，也隐在小弄堂里，到处都是新鲜的生气。

归凤冒着虚汗，人也虚浮，觉得生气离自己很远。

她身边的展风，面朝着大马路，人也是木木的。好像面前的车如流水马如龙在他眼中都兴致索然，爱热闹的他，第一回这样沉默。

展风跑开了，归凤想。

回到新闸路的石库门，归云领着展风直接进了杜班主的房间。归凤替他们掩上门，避靠在外，像个永远的外人。

她从门缝里看到展风跪在杜班主跟前，磕头，诉说，她看得模糊。不过能看见杜班主听得仔细，面色变了，由愤至喜，再至赞赏。他将展风一把拉起来，拍他的肩膀。

杜班主开颜了，云开了。她不需要知道为什么，只要归云知道就好，那是归云分内的。

但归云……归凤被撕碎的愿望很难再拼起来。八字好的归云怎么可以离开展风？她的生活断裂了一个口子，生出些绝望，生出些希望，忽又想到雁飞，绝望更多了。

杜班主走出来，笑着吩咐："今晚拿那坛子绍兴女儿红出来，我们爷俩好好喝两盅。"

归凤吃一惊，这绍兴女儿红她是知道的，是庆姑嫁给杜班主那年两人亲手酿制，他们一直说准备待展风成亲时再开封。

打小她被嫌弃她的姨母送进戏班子做他们的第一任童养媳，随他们东飘西荡。每次迁徙，她最重要的行李就是那坛女儿红。

隐隐约约清冽的酒香，就这样跟着她，也跟着杜家。

后来归云进了杜家，归凤就想，她再也没有抱着那坛酒的资格了。如今，酒开封了，却并不在展风的婚礼上。一切都变了。

杜家的阴霾散了，庆姑的希望又生了。

"等展风成亲的时候再让大家喝。"她一眼瞅着展风和归云。

归凤也瞅着展风和归云，只有她看到他们的无奈和尴尬。归云紧紧攥着衣襟，她同她一般无助吧？

归云是太累了，她混乱得无法思考。

接连的事件，她无力承受，仿佛经过了光影乱闪的那晚，不单是噩梦重访，连生活的现实也让她多了无奈。

哭过泣过，再找不到任何的软弱去回避。被逼迫着把这伤裸露在光天化日之下，没有选择，唯有抹干血泪，一步一步继续往前走。

她没有想到不过几日，卓阳又来找她了。他是来给她送那晚意外拍下的照片。

归云拿着那张照片发愣。

平生第一张照片，定格在一个哀怨无望的时刻。就像电影院里放的国仇家恨的电影，女角儿们常用这样的姿态悲号。像戏，抑或人生本来就是戏。

卓阳却在观察此刻的她。

一身清爽的改良蓝色短袖碎花短旗袍，裙摆过膝，略开衩，小腿上套着白色长筒袜，脚下穿着黑布鞋。旗袍上的碎花娇弱，人也娇弱，只有辫子长，遮了些许无奈。但她脸上是劳累和柔软。

他想这样子的她如果用相机拍下来，可以起个标题叫《虚弱的夏天》。就像这个夏天的上海，处处不安。

但她看照片的神情却是缓慢沉痛的。

卓阳紧张地看着她，思考了很久，还是决定将这张照片送过来。她脆弱的模样让他很怜惜。

那天，他洗出照片，在报社里一个人看了很久。

那夜的父亲发了大怒，因他的负伤不归，也因他执迷不悟仍为报社去百乐门拍《歌舞升平上海滩》图片专题。他也发了犟，据理力争。父亲怒极，扬言要将他房里那些从报社手抄来的禁书一把火全数烧掉。最后终于无可避免地燃起一场家庭争吵。

他负气出走，在街上彷徨。不被理解的心思，让他烦躁。路过霞飞路的绸布店时，他看到了一匹海蓝海蓝的绸布，他想起了归云。他买了布，又去戏院打探了她的住所，不想正撞见她倾诉心底最沉重的痛，也纠结住他的心。

当夜，他还是回了家。

父亲坐在客堂间里等他，吸了烟，熬着夜。他不忍，放下任性和骄傲，对父亲说“对不起”。父亲欣慰又意外。

他想，和她相比，他父母双全已经是天大的福气。少年的喜怒哀乐就这样被牵住。

归云小心地把照片抚了再抚，呵护得像珍宝：“我从来没拍过照片！”她嘴角一翘，悄悄羞怯，“原来我在照片上这样傻！”

“你在照片上很美！”卓阳忍不住了。

归云脸红，岔开了话：“你既做记者也做照相师傅？”

“这些都是实习，我还在交通大学念书，念物理的，业余时间给《朝报》打工。”

原来他是学生，还是个大学生，归云羡慕：“真不错！”

他能看懂她脸上的歆羡。她这样清透的人，像含露的玉兰花。他心念一紧，说：“我们都要努力，直到人人都有自由的一天。”

归云低叹：“自由。”

这是一个目前无法实现的奢侈愿望，这个年代，太多愿望不能实现。

同卓阳告别之后，归云回到戏院，归凤正等她。

她有话对她说：“昨日经常来听戏的那位万太太，她家在城隍庙开古董店的，跟我闲聊时说最近常有个长得体面的日本男人带着百乐门的白牡丹淘古董。”

说的是雁飞。归云不安地望着归凤。

“万太太说那日本人最近在古董圈子里很活跃，断混了好几个品行不太好的古董商，他身边总有个人跟着替他付钱，就是以前大师姐的那个大华银行副董。”

归云急急抢白：“小雁不会和日本人搞不清爽。”

归凤一僵。

归云方觉自己口气重了，怕伤了归凤，就说："我打小和小雁一起，她为人不会这样。归凤，我相信小雁。"

归凤的脸色掩在浓浓的妆色里，讪讪然，冷冷道："是啊，我是外人，怎么了解那许多。"

前台有人催场子，归凤理理戏服，径自上台去了。

今天唱《追鱼》，她是痴情鲤鱼精，一心一意去追那书生张珍，张珍只恋着牡丹，鲤鱼精只好变作牡丹的模样，去求张珍的垂爱。

变成牡丹模样的鲤鱼精唱："且把真身暂隐藏，变作牡丹俏模样，今晚鱼儿巧梳妆，做一个神女去会襄王。"

张珍真的只当是那牡丹小姐投青眼。归凤跟着哀泣，鲤鱼精多可怜，披着牡丹的皮才能得到爱郎的垂顾。

她更悲哀，她一直都是旁观者。

她还是想着谢雁飞。这个花国女子，生生插在她和展风、归云中间。

真的，很不忿！戏里，鲤鱼精修成正果。戏外，归凤唏嘘感伤。

满场繁华只是空虚，下了台，她孤单一人。她在后台看到了归云。

归云手里捧着两块梨膏糖，说："还是从那个小热昏那里买的，今朝他都抱着他三岁的儿子来摆摊了，肥嘟嘟的，好可爱！"

归凤笑了。也是两小无猜长大的，一个被窝里取暖。归云从来这样顾着她。归凤伸手捻起一块，咬一口："味道还是一样好。"

归云也笑了，同她相对，如同往常。也该云散雾开。

两人相携，跟着杜班主回了家，展风同庆姑两人在客堂间里打包行李。

"怎么回事？"杜班主问。

庆姑说："展风在租界里头找好一处房子，那边治安好，日本人不进去呢！"

展风答："咱们厂子要迁进租界，王老板已帮我们这些工人在新新街的日晖里租好房子了，今天才通知我们，让大伙尽快搬过去。"

杜班主吩咐归凤、归云："跟你们娘去自己屋里收拾一下。"他拉了展风去角落，"时局该变了吧？"

"王老板提醒我们快迁进租界，最近日本侨民和商客迁走不少，虹桥机场经常戒严，苏州那边的军队时常演练，怕是会起战事。”展风难得露出少年人少有的焦虑。

楼上，庆姑指挥归云、归凤收拾衣服。她是不知情的，甚至还有些喜悦，说：“新搬的地方倒是离霞飞路很近，那里的商店里都卖洋装，往后咱们也去看看，看得好，买来料子，我给你和归云一人做一件穿穿，也洋派一下。”

她开始憧憬新生活。新的房子，新的人，那应该是新生活。普通人就是这样企盼的。

杜家在七月初搬入新新街日晖里新造的石库门。

展风告诉父母，这条弄堂的新式石库门原是王老板地产商朋友所造，由王老板用相当划算的价格买了几间租给自家伙计，方便他们上下班。虽租金并不算贵却也不能说便宜，杜家众人一合计，都觉得霞飞路这地段难得，也算搬得心甘情愿。

只是屋子小了很多，两层的石库门，他们只有二楼的两间屋，容不了那么多师姐妹同住了，原本寄住的师姐妹们不得不就此散了。

庆禧班从一个大家变成小家，从此以后，或许就要一家顾一家了。

乔迁新居的时候，归云同展风一起提着竹竿头进新楼。正合了庆姑“新的人”的念想，还要希求节节高，楼下的杜班主放了炮仗。

风俗就像庆姑的心愿，但求圆满。她剩下操心的就是驻新场子的事了。

杜班主携归云、归凤再次拜访了袁经理。他先前只顾着展风的事，一下倒也来不及多理会这头，只事后被庆姑催着又找了江太中几回。

江太中说：“那天袁经理被舞场的一个小骚货扫了面子，也没心思谈这宗合作。”

杜班主又特地宴请了江太中一次，他才懒洋洋道：“我再给说和说和吧！你们也晓得袁经理贵人事多！”杜班主抱拳拜托再三，心中憋出一股窝囊气。

他们再次来到百乐门是在白天，很安静。还是江太中领着他们进了职员办公室，那里面却没人。

归云游目四周，墙上挂着香艳的相片。相片上的美人们或穿旗袍或穿洋装，个个姿容出众，笑意盎然。唯独一个人不笑，就是穿白底红梅旗袍的雁飞。她随意地站在一座壁炉旁，一手搁在壁炉橱上，一手拿着檀香扇，凝着眉和眼，看着镜头，却又致命地吸引人的魂魄进去。

她的眉眼，就是有这样的魔力。

照片下贴着名牌：白牡丹谢雁飞。

身上绣着梅花，偏偏要叫牡丹花。

江太中指着雁飞的照片笑："现在百乐门的红人，一晚起码要转十来张台子，棉纺大亨都包不动她，可是金灿灿的大招牌啊！"活像在说一棵摇钱树，也的确在说一棵摇钱树。

有人踏进办公室，江太中迎上去："袁经理，我把人带来了！"

归云认出了这人，就是被那曼丽狠说一顿的男人，原来竟是他们要找的依靠袁经理。

此时袁经理还是一副憨头憨脑的卖相，瞧见杜班主一行人，又少不得整出些老板派头："就是他们？"

杜班主拱手："袁经理。"

袁经理颔首，往老板椅上一坐。

江太中问："要不要让两位小角儿唱一曲？"

袁经理摆摆手，黄豆眼就扫了那么几下。

成。他在风月场中混了个把年，一双火眼金睛，看女人只消一眼，便知道在上海滩是否吃得开。虽说唱绍兴文戏的女角儿比百乐门卖大腿的舞女要文明，但要撑起场子，不单是嗓子，还有卖相。他看准了，班主是有些手段，但时势没他强，角儿又老实巴交，更无须担心了。

于是他说："可以了。戏院在七八月份开，到时候贵班还要多辛苦。"

礼貌又自抬了身份，分寸拿捏得刚刚好，不会得罪人。这号人左右逢源，到处吃香，混得出人头地。

江太中把事办得很成功，来锦上添花："到时候两位角儿唱红了我们戏院，大家都有好处。"杜班主一行人跟着干巴巴地笑。

出了袁经理办公室，江太中才低声道："袁经理已经作过保，过几天就带老哥哥去烧烧香。"

"真有劳了！"杜班主再度拱手，尽在不言中的不得不低头折腰。

似乎一切都顺利落实，袁经理的戏院开始大兴土木，一切讲究效率，刷的墙糊的纸都是一些工厂赞助的，袁经理把工厂的广告刷在了戏院的墙上。真是生财有道。

杜班主一家自然也要帮衬帮衬。庆姑积极地做好饭菜，遣归云或归凤送去。她说，要先把戏院中众人的交情打好，做好人也好做在前头。

归云走到静安寺路上就免不了会思念离这里不远的兆丰别墅，和雁飞再三相遇，但相处的时间总是短的。

她想去看看她。

雁飞不但在家，且正在前天井的花园里，俯着身，用小巧的塑料喷壶浇花。那喷壶的喷嘴做得精巧，洒出来的水细密成丝，落在小团白色圆润的茉莉花瓣上，结成晶莹的水珠滴下来。

花就是风姿动人了。雁飞只穿了白色织锦短袖旗袍，头发轻轻绾成髻，人在花之后，比花更风姿。

归云正纳罕那喷壶，雁飞已看见了铁扇骨围栏外头的她。她开了铁门拉归云的手。

"早上又开了两朵花，我想今天准有人来看我，果真没错。"

"我想着今天没事，就想来看看你。"

雁飞瞅了瞅归云一身湖蓝色的粗布宽袖旗袍，说："如果你肯剪一个女学生短发，还会更精神，你总梳两条辫子头。"

"现在马路上都流行那发型，不过我觉得梳辫子踏实。"

"我也是，你看，我也是留着长发。"

两人互相看看，又傻笑。有些东西，的确不会改变。

雁飞把归云领进了屋。

多日不见，这间来过好几次的客堂间又有了改变，客堂间里的家什竟都收光，只留一溜真皮沙发，沙发角落摆着麻将桌。再没旁的了。

"这样收拾起来方便。"

雁飞拉了归云坐沙发上。太空旷了，她的声音都在回荡。

归云觉得寂寞，觉得她寂寞："你瞧，我们从小一起要饭，最多只有一两个铜板，这样一幢小房子要多少铜板啊？"

无猜的发小，偎在一道。归云有千言万语的问题："这些年，你好不好？"

雁飞望着她，表情诚恳，她要袒露了："周小开是个滥人，又赌又抽。唐倌人功亏一篑，满盘皆输。"

她忽而沉痛，想，自己呢？算输还是赢？她朝归云眨眨眼睛："才不管他们，在这个世界上，你才是我唯一的亲人。"

归云握住雁飞的手："小雁——"这么一个开头、一个情势，都让她能意料到后面的不堪。她不问了，就只管握她的手。

“小云，不管我做过什么，你都不会嫌弃我的吧？”雁飞蜷缩在归云的身边。

“我怎么会嫌弃自己的亲人。”归云说自己的愿望，“小雁，好好找个人嫁了吧！”

雁飞撇了撇唇：“谁能来担负我的一生？”

门铃响起来，用人快步从灶庇间小跑出来去开门，半会儿回来汇报：“藤田先生来了。”

归云一听这名字，微微疑虑。

雁飞说：“你先去楼上，我要接待客人。”

归云依言上楼，却只站在楼梯拐角处，她倾着身，做着她并不想做的偷听的事。

一会儿，藤田智也被用人引进来。

“雁飞小姐。”

归云想，他有一口流利的中文。

“我正要谢您呢！上回送来的小喷壶非常好用。”

归云想，他们似乎真的很熟。

“喜欢就好！”

或许是用人端来了茶，雁飞便说：“请用茶。”

那人似是喝了口茶，问：“是西湖龙井？”

“没想到除了中国古董，您对中国茶叶也有研究。”

“中国文化博大精深，我从小就十分景仰，还曾拜过一位中国碑帖专家为师。”

“噢，那就难怪了！”

归云想，难道归凤口里的日本人就是他？

“古字古画固然是美的，但哪里比得上自然风景的万一。我的家乡长崎有美丽如画的山川河流，如果雁飞小姐有兴趣去游览，我或可做东。”

归云吓一跳，这日本人竟在暗示雁飞和他一起去日本？

“我国山川美景何尝不美？看来看去还是自己的好。”

楼下沉默了会儿。

“雁飞小姐总这样固执和骄傲。”

“我这个脾气真不好，老是拂逆别人的美意。”

“啊！是我冒昧了，告辞！”

“苏阿姨，送一下藤田先生。”

用人应了一声，然后便是门开合的声音。

归云从楼上走下来，雁飞窝在沙发里，背对着她。

“小雁。”

雁飞说：“他们大约八月份要回国了。”

归云说：“我恨日本人！”那是她永久的记忆，并且刻骨铭心。

雁飞道：“我也恨日本人。我爹也是被日本人炸死的。”她侧头看向归云，“他们连难民船都炸。”再低头，“我永远忘不了。”

归云记得，她也记得，想着自己的亲人。有种伤口，是根源，是摆脱不了的恨，永远都在胸口。

恨，是完不了的，对着这座城市正要绵延不绝排山倒海地涌过来。

世道在七月底终于不安。日本军队把演习的队伍拉到虹桥机场附近，中国军队也加强了军备，还外调了部队。深夜走在郊县偏僻的小路上，无声无息的，但还是踏醒了平头百姓们的耳朵。

原本以为上海会安全的人们彻底慌起来。

英美法的资本家的金山银山抵挡不了小日本的飞机大炮。硝烟的味道近了。

有些有先见有财力的人开始往国外或内地逃，不想逃出上海的就往租界迁，好歹最后还得仰赖英、美、法三国的庇护。

先是一小部分一小部分，谨慎地动作，或许有的也带着屈辱。

展风私下同父亲和归云说：“王老板虹口那厂里的货品机器全部撤进了租界的仓库，那里离吴淞口近，近来总有形迹可疑的人出没，看来这一场仗要打起来了。”

杜班主点头：“难怪最近那么多人进租界。”又恨恨道，“中国的官连老百姓都保护不了，还要靠洋人来保护。”

展风心潮澎湃：“如果开战，倒也显得我们中国人不是好欺负的，东北失得太窝囊了。”

“对。”杜班主捋着短须。

年轻的、年老的中国人，都有亡国的痛恨和惊惶。一旁的归云听得身子发冷，愁困地抱紧双臂。一切安逸，都是暂时的，走得太快，而明天，怎么都望不出光明来。

怎么八月的天，就弥漫了那么多的阴霾？

上海的八月火辣辣地来了，刚离了黄梅雨季，太阳凶悍起来，把柏油路反复烘烤，烤得人都快要站不住了。

人人都在逃离。长年居住在市区北面的人们是流离的第一批。陆续有部队开进去布防，他们都心知不妙，便匆匆举家南迁，颠沛着拥入租界。这样南面的人不免也慌了。

杜家也沉浸在满城的惶恐中，而唯一让他们生出希望的是袁经理那所静安寺路上的戏院终于在这天装修完毕。戏院起名“宝蟾”。

江太中说：“看看，天蟾唱京剧，咱们袁经理的宝蟾唱越剧，借借大佬的光。待开业后再联系联系唱片公司，给小角儿们灌录几张黑片，往报纸上炒一炒！”

杜班主因连日忧心战事，问：“万一起战事怎么办？前些时日听说我们的官兵在虹桥机场毙了一个日本兵，不知后来怎么样了？最近虹口一带正在布防哪！”

“咱们两手准备，依袁经理的意思，大上海要打仗也进不了租界，到底是洋人的面子。顶多乱几个月，到头来大伙还是要看戏的。老哥哥，你都说日本兵被咱们的人毙了，怕他作甚！这不已经调兵遣将了吗？咱们还照唱咱们的戏！”

杜班主也只能说“但愿如此”。

街上已经开始乱了。到处都有三三两两提着行李、携老扶幼，找寻安身之所的人。彷徨又喧闹，蝉鸣都消寂了，处处是不安。

家门口也在喧闹。

一楼的邻居做了二房东，坐地起价：“加一担米的租未必是我不厚道，这世道决定这价格。”

房客是个戴眼镜穿长衫的斯文男士，这时也没了斯文，叫：“你凭什么加租？这不是不讲信用吗？”

陈先生别转头：“信用？几钱一斤？你不租自然有人租。”

杜班主同他们打个照面，都认识的，一楼的房东姓陈，房客姓何。一个是二房东，一个是老师。

他想劝解劝解，恰庆姑从二楼的窗户探出身子，朝他招招手，又摇摇头，要他别多管闲事，他看何老师垂了头，知道终也要妥协，就只好自顾自先上楼了。

庆姑正领着归云、归凤钩绒线，最近戏班子歇业，没了进益，归云从弄堂口裁缝店里接了些私活回来，给这一段的富户织绒线衫。庆姑很赞同，遂教了归凤一同动手。她们都不是没有备着以防万一的心。

庆姑对丈夫说：“楼下小陈头子倒很活络。”

杜班主“哼”一声：“专门乘人之危！”

庆姑却说：“这年头兵荒马乱，谁不多替自己想一些？”她问，“越来越乱了，我们是不是出去避避？”

杜班主一叹：“避到哪里？到处都乱，我们能去哪里？普天之下，也不见有个安全的容身之所。”

归云和归凤怔住，停了手中的活儿，抬头，都能看出对方眼中凝聚了很久的不安。

这不安，在每个人的心头悬着，不上不下。每个人都是身不由己地在等待，等待所有人都能预料到的最坏的结果。

最坏的结果是由展风下午带回来的，他回家同父亲话别。

“八仙桥开枪了！”他的豪气起来了，摩拳擦掌，跃跃欲试，“我和徐五福八点就去报到，准备向前线输送物品，王老板通知要密切配合市里的义勇军和警备区的部队——”。

杜班主点一点头，望着儿子，他是欣慰的，也是不舍的，但是他说：“好，好好干，好好教训一下小鬼子。”

这一刻等太久了，终于不必再等，多年的心惊胆战，变成此时的人心奔涌。他们都不想再躲了。

有人横里冲进来，死死抱住了展风。

“疯了，你们爷俩都疯了。”是庆姑，她歇斯底里了，“你给我乖乖待在家里。”

展风没防备，母亲此刻的力气又大得吓人，他挣不脱，急得满头大汗：“娘，你让我去！我不能不去！”

杜班主也有伶俐身手，他挟制住妻子，对儿子叫：“你快走。”

展风挣脱开了，冲父母“咚咚咚”连磕三个头：“爹娘放心，我们只是给商界救亡会做前线输送队，不会出事。”

庆姑哪里会放心，发疯似的叫：“不成不成，你回来。”怎奈丈夫气力实在大，她不忿，一口咬到丈夫手背上。

杜班主的手没松，见展风怔了，还是叫：“傻小子，快走！”

展风就不回头了，铆足了力，飞奔下楼。

归云和归凤原本在楼下公用灶庇间做晚饭，猛听到楼上动静，正想上去劝架，迎头就撞上展风。

展风匆促说："爹娘就交给你们了。"

归云一把捉住展风："到底怎么回事？"

"开战了！"

归云手一松："你放心，我晓得了。"

展风跑远了，那么急，心火那么高。

归凤跟了几步，高唤一声："展风！"只能眼睁睁看着他的身影消失在弄堂拐角处。

夜幕渐渐低垂，笼着那尽头，是一片即将要开始的暗夜。

归凤失了神："打仗了吗？"

庆姑的哭喊传下来："你怎么舍得把儿子往火坑里推啊？"

杜班主的劝慰也大声："他只是做后勤，不上火线，没那么危险。"

惊动楼下，一家两家倾听已久。这时，何老师忍不住从窗口探出头，问："真的打起来了吗？"

归云点点头。

何老师轻捶窗台，道："还是到了这一天。也好，也坏！唉……"

归云、归凤只担心楼上。杜班主和庆姑吵个不休，庆姑听不得劝，独自爬上展风睡的小阁楼哀哀地哭。杜班主无可奈何，下了楼，一个人坐到天井里，就着夜色抽闷烟。

没人有心思吃晚饭，归云只好把饭菜热了一遍又一遍。

杜班主不知在天井里抽了多久烟，才吩咐归云："把我的二胡拿来。"

归云从柜子里拿出那把老旧的二胡，擦尽灰尘，它又要被拿去遣怀。杜班主起了一个调子，说："好久不拉这弦，都跑音了。"调一下弦，问归云，"你说拉什么曲子？"

归云站好："《穆桂英挂帅》？"

杜班主笑了："正是我的意思。"

弦音起来了，归云第一次有机会跟着配乐唱这曲子。她的声音疏阔，朗朗地扬在黑夜里。

坐在煤油灯下钩绒线的归凤听怔了，放下针线。灯芯跳，她的心也跳。

睡在展风床上辗转反侧的庆姑听怔了，还是心惊胆战，刚止住的眼泪再度沾湿枕巾。

石库门的众房客也听怔了，有人推开了窗户细听。何老师干脆搬了一张竹靠椅到天井里，挨着杜班主坐下，望向北边的天空。

那片天空星光闪烁，似是安，实际不稳。天空下，正开始弥漫硝烟。

一曲终，余音袅袅，沉默在满天的星下。

杜班主放下二胡，猛地一拍大腿："好！我的展风是个好样的！"

沉寂被打破。

归云看着夜色下斑白了双鬓的长辈。这个养育自己如父亲一般的杜班主，也苍老了。但他的眉眼胡须，都激昂着，虎虎生威。

他说："身逢乱世，热血男儿报效国家，就算马革裹尸，也不枉了！"

豪情气概生出来。归云的心底有一股热气，烧着心尖。在炎热的夏夜里，终于烧热了浑身的血。

这一夜，与战火一起沸腾了的，是这硝烟笼罩中的上海，和这座不夜城里凄惶无助的人们。

真正的乱，在第二天大规模爆发。

天才蒙蒙亮，晨曦之中，红日之下，惊恐的上海人发现黄浦江上云集了插着太阳旗的日本军舰。炮口牢牢对着吴淞口，虎视眈眈，牛鬼蛇神一般。战火从宝山路一路燃到四川路，索着中国军民的命。

从北面传过来的枪炮声，声声震耳，一声紧似一声逼迫着这里的人们拉家带口，疯狂奔涌向苏州河上的外白渡桥。桥的另一端是英美租界，英美守军持着重机枪，在赶建出的防御工事上戒备。

他们的眼底是仓皇而来的中国难民。在这座中国人过桥要付费而洋人过桥不付费的斜拉铁桥上，人潮如涨潮的黄浦江，奔腾呐喊着寻找出路。

他们或背着全部家当，或推着独轮车，摆上全部家当以及老弱妻儿，争先恐后地从桥的北面拥到南面，寻找租界的庇护。

被挤得哭泣惨叫的老弱幼儿，从父母手上被挤落在地上的婴儿，被人踩在地上的呼救者，还有父母呼儿唤女的悲啼声，从苏州河传到黄浦江，震天动地，惨不忍听。

能在租界有一处安身之所，弥足珍贵。但租界里的家家户户，也是恐惧的。闭紧房门，一大家人团团聚在一处，不愿分开，因为不知道何时会被蔓延的战火烧着。

可他们仍要维持生计，为了囤积口粮，也不得不上街将能抢购的粮食一应俱全地买来。

于是在大马路上逃难的、抢购粮食的，熙熙攘攘拥满大街。原本门庭若市的服装店、绸布店统统萧条了，只米行杂货铺前人山人海。人们抢购得颇奋勇，不顾前不顾后地争购，不少铺子放下铁扇栏，拦阻着蜂拥的人群，一些大米行还请了巡捕帮助维持秩序。可怎阻得了已经为了生存要疯狂的人群？就算是挨了巡捕的警棍，也必要坚持挤到铺子的最前方。

杜班主一早赶着出去买米买油，直至将近下午，方才拎了一小袋米和一小桶油回来。出门时衣衫整齐干净，回来时身上已被撕破几处，脸上还有浅浅的抓痕，狼狈不堪。

归云替他更换衣物，也给他上药。只听杜班主说："米行哄抬价格，不战死也会饿死！商家无良！只怕明日就不开门了，临走的时候我见老板已经挂出'售罄'的牌子，他们自家总会先顾自家。"

归云道："明日我同您一起去，多一个人手也好多领一袋粮食。"

杜班主不准："女孩子家的，做这等活儿会被挤伤的。"

正说着，楼下有人叫门："杜小姐在家吗？"

归云下楼开门，门外是一个穿短褂的小工，推着一辆放着好几只麻袋的独轮车，说："我来送东西。"

归云奇道："我们并没有买什么。"

小工说："有人叫我送来的。"他递来一张字条。

归云接过来看，认出是雁飞的字迹："粮油俱全，以备不时之需！"她心里蓦地一热，眼前也很热。

闻声下楼的杜班主也是大惊，眼看布袋里俱是大米、腊肉风鸡等干物，不禁又喜又赞："没想到谢小姐这等义气，我们怎样谢她才好？"

归云知道雁飞好，不知道她会这样好。千恩万感无从说，只因她父女的恩惠，因自小的情谊，她就这样涌泉相待。

她摸着口袋里的三个大洋，大洋是硬的，她的心是软的。她代替雁飞对他们说："改天我会好好谢她。小雁，她一直是很好的。"她要让所有人都知道她的好。

其实这些粮食已足够让杜家感激不尽了，连这两日郁郁寡欢的庆姑都纳罕惊叹："没想到谢小姐是这样的好人！"

归凤一旁细声说："这钱我们还是要还给谢小姐的，不然过意不去。"

一语提醒了杜班主："对对对，我们还是要计算一下该还多少钱给谢小姐。"她马上便对归云讲，"并不是缺这点钱。东西难买，账还是要付的。有机会你给谢小姐送过去，务必转达我们的谢意！”

归云应着，却愕然望着归凤。归凤对雁飞，为什么总是这样咸咸淡淡的态度？但她也顾不得多想了，一家人合力把粮食都储藏好。

这个夏天，或许只能这样凄惶地过下去。

庸扰的弄堂，不断有人迁进来。没有炮仗，也没有竹竿，只有远处隐约传来的枪炮声。声音不断，从白天到黑夜，再到白天。升起的太阳，也像一轮血印，醒来的上海带了一片血色。

发往千家万户的报纸，将战火中第一条凶信带到了忐忑不安的租界内。每家报纸的第一版都挂上了吊唁的头版，一行醒目的大字标题——壮哉黄梅兴！

有个将军牺牲了，是战场上第一个牺牲的高级将领。归云看着报纸上写的事迹：这是个旅长，率着先遣队在四川路打退了敌人的进攻，甚至打得零散逃生的敌人慌张躲进公共租界寻求庇护。但，代价是一千多名将士的鲜血流尽，带头冲锋的旅长也中弹殉国。

鲜血染在了四川路上，也染在了上海人的心头。给日军的当头棒喝，太过惨烈。报纸上字字句句又是悲愤又是惨淡，看得人心头热一阵冷一阵。

《朝报》的报道旁边还配了各界自发开展的纪念黄旅长仪式的照片。凛然的灵堂，苍白的幡，英雄身上盖旗，头上还包着纱布。血迹没有褪，长存的是力战至死的中国军人那一身浩然气概。

摄影师的署名是“卓阳”。报纸上还有几幅后援军队开赴战场和前线战士布防的照片，都是卓阳拍的。

归云想，一天之内，从后方到前线，他到底冒着炮火跑了多少地方？

杜家人和石库门其他房客轮流拿着报纸看，都看得心情沉重，可又奇异地在这样一个不安的时候生出些安全感。

血色虽笼罩了上海，但中国兵站到了老百姓前面，拿起枪，捍护同胞。想着，人们的心便有了安定，也渐渐勇敢起来。

杜班主道：“当该如此！我们中国人绝不能让日本人欺侮了去。”

何老师也连连点头：“如此一来，我们也能盼着胜利的曙光！”

杜班主建议：“我们应祭一祭黄旅长。”

于是众人便制备了火盆纸烛香炉，搬了小台子在天井里，一应摆好。

庆姑见状，心中起了疙瘩，对上来唤她下楼的归云道：“并不是我们自己家有事情，这样做太不吉利了。”想到也在烽火中的展风，更加避讳，“展风不在家，他怎么就不为自己儿子多想想？”她越说越气，干脆赌气不下楼。

归云无法，只得一个人下去，对杜班主无能为力地摇摇头。杜班主也无可奈何，只道：“随她去了。”

两家男主人合力在天井里摆好贡案，上好香烛。众人站好，鞠躬，恭恭敬敬的三下。杜班主第二次打开了那坛女儿红，倒了满满三杯，一杯一杯洒在地上，敬着逝去的英灵。

女儿红封存了二十年的清洌浓郁香气在天井里散开，在每个人的鼻尖泛出微酸。

一向闭门独户的陈先生拉开窗帘，使劲嗅了嗅，说：“这年头你们还有闲钱浪费绍兴好酒？”很不待见的模样，嗤笑着又拉上了窗帘。

“这个势利鬼！”何老师的太太何师母不屑地斥道。

归凤小声问归云：“一下子就死了一千多个人，我们会不会赢？”

会不会赢？真的不知道，也没把握去预料。谁能在这样的时代去预料下一步的结局？

“听说这回我们的军队很强，我们都要有信心。”归云只能这样说。

归凤捋了一下额前被风吹得散乱的发，眼神渺渺的，她担心，微细声道：“展风他……不会有事情的。”她的声音化在空气里，思念也化在风里，没有人听到。

展风接连多天没回家，雁飞的用人却每隔两日就送来字条，写一些他的近况。上海工商界自发组织的后勤物品输送团也随着战局的转移而转移，从闸北转到大场，还有一部分去了战火尚未燃到的罗店。因人手不够，展风被临时编入了救护组。

雁飞总在字条最末写：一切安好，切勿担忧！

虽有报平安的字条，庆姑的心还是忧一日平一日，反倒不得落定。

袁经理也派人通知杜家，戏院开幕无限期延后，以观局势再定。戏班子的姐妹们只得窝在家里避难，没入账，自然没米粮。杜班主一番计量之后，吩咐归云和归凤将雁飞送来的米粮给大家分去一些。他们为了尽快解决师姐妹们的燃眉之急，便分头把粮食一家家送了过去。

归云第一次走在战后混乱的马路上。大马路，小弄堂，都脏乱嘈杂，凄惨悲凉。连日来的难民拥入，让租界人满为患。屋檐廊下，人行道上睡满了难民。

他们临时搭起了铺盖，只拣一处空地铺一条席子，一床床单便做成一个窝，有的一家人齐齐坐在席子或者床单上，相顾哀愁无言。

更加威胁他们的是饥饿。

身边携带的干粮吃光了，买不起价格暴涨的粮食，也没有地方可以寻到食物。男人、女人、老人、孩子，都饿着，一双双饥饿的渴盼的眼睛望着来往的人们，渴求着帮助甚至是施舍。归云好像看到了幼年的自己，在生存面前，如此卑微！

凄惶无助的师姐妹们见到归云似见了救星，絮絮叨叨诉苦："看到隔壁弄堂的灾民抢救济粮，吓都要吓死了！家里米缸都空了，自己孤鬼一只，怎么抢得过那些人？"

归云听得有心，暗自留下了一袋腊肉和风鸡，问明那条弄堂的方向就寻了去。

原本上海最宽阔的马路，如今也被道路两旁露宿的难民挤占得窄了，但是越往东，人却越少。原来十四号那日日军的轰炸机扫射了爱多亚路东面的南京路，就片刻，繁华湮灭，尸殍遍野，人间天堂变炼狱。

救济点是在爱多亚路靠近跑马场的小弄堂里，有两三个梳着齐耳短发，穿干练衬衫制服的女童子军正协助一位太太分大米。米桶前排了长队，大米只装了一个大木桶。僧多粥少，队伍后头已开始不安的骚动。

一位年纪小小的女童子军叫："大家不要乱，一个一个来，明天还有。"

稚气的声音还未落，就有等不及的人从后面冲上来，从刚用木瓢舀出大米的太太手里抢了那瓢，裹进衣衫里就跑，临跑时还猛推了那太太一把。

归云眼尖，适时双手一伸扶住了那位太太。人群一阵哄乱，喊话的女童子军慌了，怕人公然抢粮食，只好用身子挡着米桶，尖声叫："不准抢，不准抢，一个一个来。"另两个则拼命推着往前挤的人。

那位太太回头，细致而慈蔼的面容上有两道浓眉，也未用眉毛镊子修整过，整个素面朝天，这时辰，也不会有太太会想起来化精致的妆容。她朝归云感激地一笑："小姑娘，谢谢你！"

归云扶她站稳："您不要紧吧？"

那太太面对混乱人群一筹莫展，只忧心地蹙紧眉。

又有年轻的男人挤过来嚷："怎么还有？就那么点要那么多人分！"也是要冲过来了。

说时迟那时快，归云一个箭步上前，身板一挺，喝一声："前头老弱妇孺均未分到，你这样争抢可好意思？"

嘈杂的人群静了静，眼光都直直望着这男人。

男人被归云的怒目一喝镇住，复而听人们纷纷指责起他来，深知众怒难犯，嗫嚅两句："老子被日本人逼得慌里慌张逃命，两天没吃饭了，能怪我嘛！"边说边悻悻然往队伍后头走。

说到了饿，有人有了共鸣，队伍里一个六七岁的小女孩，蓬头垢面的，舔舔嘴唇，对身边的母亲说："妈妈，我也饿！"

归云听见了，也触了心弦。她立刻从布袋里撕下一条鸡腿，递给小女孩："这是香喷喷的鸡腿，回家煮熟了就好吃了。"

小女孩接过鸡腿，放在鼻子下先闻了闻，咧开小嘴对归云一笑："谢谢姐姐。"又抬头对母亲说，"妈妈，好香，回家给奶奶吃，奶奶的病就会好了吧？"

那母亲忍不住啜泣，对孩子直点头，又向归云连连道谢。人人恻然，感同身受。女童子军重新拿木瓢舀了一勺米倒进那母亲手里的袋子中。

"活在乱世，根本就不成人！"那太太叹，"我们也只能帮一点算一点，只能做这些！"

那么多苦难的人，她救不及，救人的也清楚自己同样朝不保夕。那不远的南京路上的尸，不过才清理完毕，隔着阴阳界的这边的人仍旧要生存。

归云留下食物，女童子军请她留下姓名，被她再三推却了。只不过是一点绵薄之力，好在出绵薄之力的人还有很多，她离去时又有人给救济点送来了食物。

回家的路上，残阳根本就是血，罩着她。悲惨景象比比皆是，孩提时代的沉痛被勾了起来，冤恨和自伤显山露水。她在那瞬间想着，我们能不能报仇雪恨？

她攥紧了拳头，真想报仇雪恨！可报仇雪恨谈何容易？只怕是旧仇未报，新仇又添！

到了家，归云见杜班主夫妇房里坐了好几个人。她走了进去，竟是小蝶娘、筱秋月同庆姑和归凤坐一处。归云有些意外，因打仗前听说陆家和小蝶家准备一道逃去江苏乡下避难，小蝶姊妹俩连戏都不准备唱了。

此时筱秋月正埋怨小蝶娘："我说让我靠一靠老戏客，你们偏不愿，如今出这样的事。"

小蝶娘只管哭，庆姑一个劲儿劝："小蝶吉人天相，不会出啥事的！"

归云把归凤拉到门外边问："怎么了？"

归凤满脸焦虑，道："小蝶失踪了。"

归云一惊，急问缘由。

原来陆家和小蝶家准备好逃难的路线，相携同走。不想北站被划进军用工事范围，只得跟着其他难民拥向南站买票。人潮一汹涌，不过转身工夫，就不见了她的踪影。

小蝶爹娘急得如热锅上的蚂蚁，只得留下来找女儿。可陆明说一定要先找到小蝶再走，便和家人先道别，帮着小蝶家一起找。

但好多天过去，干粮吃尽，人还未寻到，走投无路的他们便想到早先迁进租界的杜家，前来投靠。

"班主、小蝶他爹和陆明又去找了。"

归云极是惊惧，又急又难过，话也说不出来。

"陆明真是一个有情有义的人！"归凤喟叹，她也难过，不觉也流了泪。

可除了气馁，惊惧越来越深重地笼罩在杜家。

杜班主、陆明和小蝶的爹自去了南站，竟是彻夜未归。石库门里的女人们更慌了，熬着夜，支着身子，坐在煤油灯下等着。满室昏黄幽暗，映得墙面上的人影也暗淡。

归云等不住了，夜里披件衣服跑出弄堂团团转了一圈，想去打探消息又无从下手。倒被一楼的何老师看到，拉住问了下缘由，一听这情形，他也着急，只口头还不住安慰归云，说白天他也去帮忙打听打听。

归云茫茫然，又回到家里，陪着守到清晨，才去灶庇间生煤炉准备做泡饭。这时何老师猛一推门走进了灶庇间，手里握了张报纸，递过来。

归云一夜未睡，犯着困，一手还捏着筷子，一下一下打碎饭锅里黏在一起的隔夜饭，迷迷蒙蒙就把报纸接过来了——这次的大标题是"日军空袭我市南站，百计候车市民死伤惨重"。

归云脑中被猛一刺，握紧报纸再看一遍，并读了出来："日军轰炸我市南站！"心沉到谷底，似没有尽头，她惊恐地抬起头来。

何老师焦虑地说："看来要去南站看一下。"

"哐当"一声，撕破清晨的静谧。

归凤手上端好的饭碗摔碎在地上，她的手在发抖，声音也在发抖："你们是不是说——"她再不敢说下去，蹲下收拾破碎的瓷片。

归云放下手中的报纸，一边同归凤一起收拾瓷片，一边说：“归凤，你今日若得空去雁飞那里打听一下展风的去向，让她捎个信给展风，就说家里有事，让他早些回来。娘和小蝶娘那边先不要露风声，免得她们瞎着急。”一起收拾好，她站起来道，“我去南站看看。”

何老师道：“我和你一道去。”

归云想着此时家里满屋子女人，并没有可以拿主意的，何老师如此热心，心中不禁感激，就点点头。

归凤已含了满眼的泪花，听归云一路吩咐下来，一路应着，已是哽咽难语了，又得忍，免楼上的人担心。

她将他们送到铁门口，何老师到底年长世故，对归云道：“杜小姐，你去找两匹干净的布。”

归云自是明白这意思，胸腔中的酸涩直直就冲上来，不得不轻手轻脚上楼拿布。

她打开自己的衣橱，着手处，一匹蓝色的，一匹白色的。蓝布正是那晚卓阳拿来赔她的，白色的是庆姑备着准备做棉衣内衬的。但归云什么都不管了，抱住两块布就下楼。

这布，她心中祈祷着，万不能在南站用到这布！

她紧紧跟着何老师出了门，几乎是小跑地迎着那刚升起的血红太阳。那血光照在两人的面上，但他们又不得不奋力地迎上去。

上海的早晨，还是映在一片血色里面！

卓阳在一片阳光的照耀下醒来，半边脸被刺痛，他揉一揉眼睛，用手撑住额头。

他睡了几个小时？一小时？还是两小时？卓阳睁开眼睛，看清楚自己身在一处古朴又简陋的佛堂之中，佛像慈祥微笑，又俯瞰众生。除此以外，一切都很杂乱。破乱的席子随地可见，摇摇欲坠的窗棂大敞着。清风灌入，卓阳能看见窗外的荆莽。

他想起来了，这里是罗店的防区中转站，他是昨天清晨出发来的这里，临走时还对《朝报》的主编莫华之说：“不去前线，不会有真实的作品。”他跑路跑得很快，莫华之在后面叫：“你今朝要给棉纺大亨王启德拍照片。”

他装作听不到，他要去罗店，负气地，一心要去。

卓阳想，父亲当初只是耍花腔一般历练他的意思，打电话给昔日同窗莫主编：“老莫，犬子对摄像感兴趣，你那儿可有什么差使提供？”

莫主编哈哈一笑：“我敞开大门欢迎，世侄爱做什么便做什么，只我未必给得出薪水！”

卓汉书也哈哈一笑：“我还供得起一个免费实习生！”

并不是莫主编抠门，而是这份正经报纸确实经营困难，尤其是婉拒了几个有背景的团体公司入股要求之后。

上海滩上的报纸，流行找靠山。靠上的，真是不缺金不缺银，只需要及时缺个德就成；不去靠的，除了不缺德，就真的什么都缺了！

但莫主编还是支付了卓阳的实习薪水，一个月两块大洋。他激赏卓阳的聪明，还有他的才干。卓阳会美术又会摄影，这样年轻，又有思想，以及宏图志。他乐意派他跟更好的新闻。

然，就在卓阳跟了那回学生游行的任务后，卓汉书的电话又来了：“老莫，我就一个儿子！”

一句话，莫主编便懂了。实习是个花差事，卓阳是卓家的命根子。

卓阳听着莫主编对自己讲：“你年纪还小，凡事该多为父母想想。这次真是我疏忽了，往后万万注意！”

这一注意便是只给他跑一些家长里短的社会新闻。他自然知道是谁起了关键作用。

那天在家里，他对父亲说：“我已有足够的能力为自己负责！”

卓汉书却斜睨他一眼，好像还是在看七八岁时候的他：“谨身节用，以养父母！这才是正经！但凡我在一日，你给我万分保重，不可多生事端！安分守己些！”

这位著名的历史学教授、沪上闻名的碑帖收藏家的思想正如他的职业和爱好一样，陈旧而停滞。卓阳是三代单传的独子，他祖父母的临终遗言便是万分保全这位珍贵的香火继承人。他的父亲就如此恪守着。

卓阳气呼呼地冲出父亲的书斋，回头望书斋的门头，门头上题着三个大大的颜体字——独善斋。

卓汉书也写得一笔好字，尤善模仿。他曾在兴致大发时将褚遂良的《圣教序》仿了一遍，竟有不少热衷收藏碑帖的富绅愿出高价收购。

但卓汉书毫不留恋地把帖子一把火烧了，他对卓阳说：“假的成不了真的，可叹我只能模仿前人而故步自封！”他是叹自己始终不能在书法上突破成规，另出一脉，只囿于模仿古人而毫无创意。

卓阳却认为自己父亲墨守成规不单单是在书法上。这“独善斋”只是“独善其身”的意思，所谓独善，不过善他卓汉书一身一家而已。

“政商混沌，军阀乱战，这世间也只有自己一身一家可以保持清明！”卓汉书常常说，也这样做。

可他养大的儿子偏偏老嚷着要去“兼济天下”，学生运动、政商联合、抗日活动一个不落，每每闹得他焦虑四起，恨不能将他一条腿拴在家里不可。

卓阳深深叹气，一个鲤鱼打挺，跃了起来。他先朝佛祖深深鞠一躬，法相森严，他觉得被注视了。他也希望被祝福，普度众生的祝福。

卓阳走出寺门，仰望天空，一片开阔，云海连绵。这里地形未必好，后方有两个大农庄子和水田。田地已荒废，不适合做军用工事，好在前方有片未开垦且高低不平的矮丛，都是密密长长的杂草。上海没有天险可守，日军也净拣平原无人烟处进攻。

这里已经不太安全了，卓阳看到远处的流火和硝烟，是几天都没散的，他时时闻到硝烟的味道。这一仗，分外吃力。如果父母知道，势必会担心。

父亲前一阵把话放到了报社：“如果卓阳十日内不回家，就在《朝报》上登脱离父子关系启事！”

报社的记者编辑们听得面面相觑，都说这位父亲管着自己二十岁的儿子好像在管两岁的一样。

“国家形势如此吃紧，我爸却一味耽于个人安危！”卓阳对莫主编这样说。

莫主编却摇头：“老卓为人虽然固执，但民族大义是有的！”

他不知道，更不了解。或许真是如此。

那十日，报社收到卓阳拍回来的前方、后方积极抗战的各种相片；十日后，根本没收到卓汉书的断绝父子关系声明。卓阳想，也许是父亲默许了他的行为，心中带着的一点畏惧也稍稍松了。

母亲还是万分不放心自己，常常备好点心送至报社。

那日，他在拍摄拥入租界的难民们露宿街头的相片，忽然就见弄堂里母亲和几个女童子军摆出了救济点，发米济困。

“你爸爸把积蓄都拿出来了。”卓太太说。

卓阳哑口无言，万分情绪不知如何诉说！

卓太太希冀地看着他："别跟你爸爸闹脾气了，回去看看他吧！"

他还是没回家，负气也倔强，且还继续来了罗店。

卓阳弯腰捡起自己的"武器"——相机。他准备最后再在这里拍一些相片，昨晚本要赶回市区，只因准备组织就近的陆家宅战斗的将军来布防了。他对那位将军景仰已久，就留下来想做个访问。

等到下半夜，这位蔡将军才姗姗来迟，身上有血迹，脸上有风霜，只是双目炯炯有神。他只留给卓阳一句话："吾辈只有两条路，敌生，我死；我生，敌死！"

卓阳无眠了。他知道蔡将军已经两天两夜未眠，竟然还有这等豪气。

前方隆隆的炮声传来，危险很近了。守备的战士肃然地跑进庙来通知："卓记者，陆家宅那里在溃退，我们必须撤离。"

卓阳心中一震，问："我们败了？"

战士面容沉痛而镇定："蔡将军希望防区的记者和医护人员先退回安全区域。"

卓阳无话，且动作有素地准备好了。他知道他得遵守命令。

战斗又开始了，撤离的人也是在搏命往回赶。

卓阳有自行车，但是他断后。医护人员、输送队员和战地记者，不过才十来个人，男人护着女人，女人护着伤员。

有个护士扶着一个包扎好腿脚的小战士走，男孩剃着青亮的头皮，不过十五六岁，手里拄着甘蔗做拐杖，一瘸一瘸。他问护士："杜大哥一会儿就该回来了吧？不知道蔡将军怎么样了？"

护士说："蔡将军壮得很，一定打得日本人哇哇叫。"

小战士扭头望陆家宅的方向，很不甘："我太不中用了，我得快点养好伤，再跟蔡将军杀到宝山。"

卓阳笑了，见护士体弱，他上来撑了一把手，要小战士上他的自行车："上来，快走。"

他有经验，远处"隆隆"的声音在逼近。他想，阵地可能崩溃了，心头乱了，步子却不乱。小战士也是知道的，赶紧跳上他的车，一行人疾速地往回赶。

无风，太阳又高了，人人身上腻着一身汗，却是透心的凉。

有一小队人走近，他们开着小车。小战士兴奋地叫了声："杜大哥。"

车戛然停在他们面前，卓阳认得下来的一个年轻人，是归云身边的杜展风。

小战士扑过去，抱住展风问："蔡将军怎么样了？"

展风面色凝重，低垂下头，默默无言地将小汽车的后门打开。

大家的目光转过去，那车后座躺了一个人，身上盖了旗，是一具挺直的身子，是一张闭着双目慷慨的脸，是一条已经牺牲了的生命！

小战士愣了，看着那旗帜和下面的人。旗帜上还有血迹，斑驳得和霞光一样红。

展风的脸，是疲惫而恍惚的，还有浓重的哀伤，已是木了："蔡将军最后还叫着'前进'。"

又是平白的一阵风，卷得树叶呼啦啦一片响动，一阵一阵，像是肃穆、此起彼伏、无法停歇的哀乐。

小战士蒙了，他一瘸一瘸，走到车前，把甘蔗重重扔在地上。他的双脚笔直地蹬到地上，挺直胸膛。因为过于用力，那厚厚的白纱布上又渗出一星半点的红。但他不管，抬起右手，端端正正行了一个军礼！他声音嘹亮地答一声——"是！"

卓阳颔首，致意。

将军身上盖的是青天白日旗，可是，哪里是青天？哪里是白日？那白日中渗出的是中国将军的鲜血！

"呜呜呜"的声音近了，刻不容缓，小汽车前排的司机探出头说："快，你们找障碍物避避。"

众人举头，空中渐渐起了"轰隆"的飞机声。

卓阳极尽目力隐约望见远空里出现一架战斗机，从西北方飞来。是挂太阳旗的"灰蝙蝠"。他反应奇快，对展风说："把蔡将军的遗体搬出来。"

展风还怔着，司机喝道："快！"

大伙都明白过来，合力把将军的遗体搬了出来。

卓阳对医护组的领队说："这里往东边是农家，都搬空了，有几个谷仓底下挖了暗阁，可以避一避。"

展风问："你呢？"

卓阳一下跳进车里，就坐在司机身边。

"地形我熟，大家分头行事。"

千钧一发，也不可再多思索了，展风背着将军的遗体，也有人骑着卓阳的自行车。大家同轰炸机抢着时间。

司机是个肃面的中年男子，问卓阳："你熟地形？"

"我研究过地图。"

"好，我们就搏上一搏。"

"往西边也有一处农庄，庄子比较大，弄堂多，后面靠着小山丘，再过去就能过苏州河了。"

司机一笑："果然很熟。"

他们开始加速，开到大道上。

"你知道你的选择会怎样？"司机问卓阳。

"一个不小心就会被炸成人干。"

"那么你还干？"

"他们十几个人，我们两个人，我认路，你开车，我们引开鬼子，天经地义。"

司机哈哈大笑："好小子，这笔买卖做得。"

卓阳掏出了相机，转头之前说："而且绝不亏本。"

他们全力以赴。

卓阳调好焦距，对准越来越近的轰炸机。他想，就一架飞机，多半是侦察的，但是看到不明身份的交通工具，也会试探一番。只要进了农庄，有了障碍物，他们就容易脱身了。

他对着轰炸机猛拍。

司机把着方向盘开始咒骂："浑蛋，把咱们当猴耍。"

果然，轰炸机是如影随形，像玩儿老鼠的猫，远处无天敌，就把这老鼠耍个够。它的速度忽快忽慢，低旋高飞，存心炫耀。最近落下的一颗炸弹，在他们身边的池塘爆炸，顷刻翻上满满一层鱼。

卓阳咬咬牙。司机喝道："是要把咱们炸成鱼干。"

他郑重了，这司机这样谈笑风生，可不一般。手里的方向盘掌得娴熟，更懂怎么曲折迂回避开攻击。

生死关键时刻，司机还起了豪兴，念：

听见上海空中的炮声，

我自己只有欢喜。

这是我们民族再生的喜炮，

我们民族有了决心要抗敌到底。

炮声真的在小汽车后面响起。卓阳收了相机，他也会：

我们的武器或许不如敌人，

但我们的民气和士气要超过无数倍。

我们并不怕氯气，不怕细菌，

我们要以肉弹来把敌人摧毁。

司机笑："小子，你竟然还是同道中人。"

卓阳也笑："这首诗从冯将军府上传出来，我专门听写下来在报纸上发表。"

司机点点头，也算是遇到知音了："如果今朝同你一起共赴黄泉，的确不亏本。"

卓阳有片刻迷惘，却终是爽然一笑："马革裹尸当自誓，蛾眉伐性休重说。"

司机说："这是一架侦察机，应该不会再往租界方向去，我把车开进农庄里，我们伺机跳出去，再看各自祸福。"

"好。"

这是卓阳生平第一次冒险，且有性命之虞。时间那样短，他没有片刻思考的机会。那司机塞了一张纸片在他手中。

"这样的朋友，我交得。"

车在加速，车门打开。司机瞅准了一处弄堂，卓阳也瞅准了，司机一把推了他下去。卓阳借着冲力，就地一滚，再看，车已飞驰向前，那轰炸机也跟着过去了。

卓阳发力奔跑，四野旷寂，前方訇然一声，突然燃起了熊熊大火，腾起浓浓黑雾。他悚然一惊，想要看清楚，欲迈步又止步。手掌被锐利的纸片划过，那原来是一张名帖，上面写着司机的名字——陈墨。

卓阳再望向前方，浓雾几乎遮蔽了那片天空。轰炸机飞高了，往北面去。卓阳举起相机，对着此情此景，连续拍摄了好几张相片。

连日来，他在战火纷飞里奔走，拍了很多照片。他总在想，我能挽救他们即将逝去的生命吗？能让这场战争胜利吗？除了留住那一刻的壮烈，他什么都抓不回来，也无法决定结局！

卓阳狠狠闭上眼。一切都是徒然的。他把相机挂在脖子上，猛地拔腿往南方奔跑。

卓阳千难百险回到报社已是傍晚，留守的秦编辑正守着火盆烧纸。莫主编在八月十三日之后，就在报社里支了火盆，买来大串大串的纸箔。她每天都烧，每时都烧。

她说要给在前线阵亡的将士们送行，火盆前还用竹片刻好了牌位用来祭奠。

“这次是空军第二大队的沈崇海，他在杭州湾上撞了日军的‘出云号’。”秦编辑告诉卓阳。

卓阳原本已疲惫不堪，此时心里又一震。又是一位自撞敌机的空中战士！“任云阁、阎海文，这次又是沈崇海！”他握紧自己的拳头。

没有空防就没有国防！中国空军力量太弱了，也太小了，却很壮烈。与敌人同归于尽是他们捍卫这片土地的最后的方法。

“谁同我去南站！”门被大力撞开，金发蒙娜冲了进来。她手里甩着报纸，海洋般的眼里满是惊骇和恐惧。

卓阳冲过去抢来看，是今日的《朝报》：

“昨日日军轰炸我市南火车站，轰炸当时，有三四百老弱妇孺候车。因战火封锁，死伤情况不明，我市医疗救护队将在今晨突破火线出发援救，但一直无法接近现场——”

蒙娜说：“听说现在已经开始救援了。”

卓阳一把放下报纸：“走！我去。”

秦编辑扯住卓阳：“你刚回来，哪里有体力？”

卓阳已挂着他的相机发足随蒙娜跑了出去，她只得摇头，且听得二人急促的脚步声在空旷的楼道里响起，“突突突”的，在上海的傍晚震出不安。

卓阳一跃出报社的大门，就推起自己的自行车，飞快地骑了起来。蒙娜也骑上车赶了上来。

她大声说：“你看上去很累！”

卓阳的确很累，但是不想停下来，人被顶在关节上，他知道自己不能停：“不累。”

心中的念想只有南站。人行道两旁的树木，一棵一棵飞快地消逝。

终于近了，眼前荒凉的断壁残垣一座接一座横亘过来。车被横七竖八倒下来的砖墙堵了去路，两辆急救车也只能停在废墟中间，不能再前进一步。有急救队的人正极力抢救伤员，也在安顿逝者。他们和时间赛跑，挽救生命，还要防备可能有的空袭。

声声哀鸣和呻吟传来！

卓阳和蒙娜停下来，都瞪大眼睛，好像刚进了人间地狱，怔在当场。他们从断壁残垣的间隙里望去，入眼的是遍布的尸体，伏在地上、零落的、衣衫不整、支离破碎。

没有头的人，断了手足的人，内脏流满地的人。一个伏着另一个，是在死亡时的互相依靠；又有孤零零挨在一旁的，至死都没有找到依靠。

蒙娜被空气里弥漫的血腥气冲入胸膛，弯腰一阵狂呕。

卓阳微微开合着嘴。他是彷徨的，是沉痛的，是无可奈何的，是痛彻心扉的，太多太多的情绪涌上来。

急救队的人分不清生存的人或尸体，处处大喊："还有没有人活着？"不放过任何发出微弱求救信号的生还者。

也有生命力坚强的生还者："妈妈！哇哇哇！妈妈！"是突如其来的响亮的儿啼！

急救队的人飞跑过去，他们也跟着跑了过去。

在不远的地方，已成废墟的铁轨上，竟然坐着一个小小的孩子！他半身血，满脸泪，幸存的悲号冲破硝烟仍未漫尽的废墟。

那时那刻，人们震惊了。这里幸存了一个小生命，孤零零的，坐在萧条的铁轨中央，四周却没有其他尸体。

怎么就会出现在这里？或许是濒死的大人们拼了命保全的。

蒙娜一把抢下卓阳手里的相机，卓阳再抢过来，逼住泪，手按下，"咔嚓"一下，定格地狱中最沉痛的一刻。而后，他的手颓然地垂了下来。

蒙娜用艰难的中文，表达意志："这——是——证——据！"

急救队的队员飞奔上前，抢救幸存的孩子。

"那里有活口。"又有人在呼救，他们又向着声音奔过去。

在那里，卓阳看到了归云。归云蹲在地上，紧紧抱着自己的双臂，从脚到头，都在战栗。

她怎么了？卓阳心中莫名一痛，慌忙走近观察她，然后舒了口气，她是安好的。

归云根本没有看到卓阳，她霍然站起来，向前走去。在她的前方，是真正受伤的人。

"浑蛋！"泥地上的伤者嘶哑的声音是破的，拼了全力，从胸膛里发出来。他的半条手臂摔在头顶，和身体分离，半边身体浸在一片血水之中，眼睛紧紧闭着，半边的脸高高肿起来，灰红灰红的，身子在血水里痛楚地扭着。那嘴唇是干裂的，渗出血丝，一开一合，还在叫："浑蛋！"

归云冷静地向救护人员交代："他叫陆明，原住闸北。"她在忍着泪。

救护人员点头记录，着手准备救护陆明。

陆明突然有了力气睁开眼睛，无焦距、无希望，仰面望天：“啊——他们都被——候车室塌了，他们没有逃出来——啊——”

归云跌跌撞撞往后退了一步，卓阳扶住了她。

何老师同一名急救人员跑来，几乎是哭喊道：“候车室下面埋的人，没有一个救得出来，我们没有办法搬开那些砖头！”

地狱还有几层？归云狠狠掐住手臂，用力地让自己痛，因为痛了，她就不会就此倒下。这里有太多人倒下，她不能在这里倒下！

卓阳握紧了她的手，她转头看他。是他呢！竟会是他？他又看到她这样悲痛的样子了。

她无暇顾及了，脱开他的手，与周围的搜救人员一起去扒挖那片废墟。虽然人们都说挖不出来了，但是挖掘的人还是用尽了全身的力气。

那下面，是他们的亲人！但是一再努力的结果是只能看见被砖块和钢筋压住的衣服片迹。那露出的一角衣袂，又眼熟，又陌生！也许正是那天她为杜班主缝补的那件褂子，也许不是。看得人恍惚了，分不清楚！

他们仍不放弃，再到生还者里面找，一直到不得不绝望！

绝望到了深夜，夜晚又要无眠。

石库门被逃难的人挤得丝毫没有缝隙。厚的隔层墙板，薄的隔层木板，再薄的就只隔层帘子，人们一家紧挨着另一家。

悲伤迅速传递和蔓延。

日晖里的人们都知道了那家唱戏的男主人死在南站，连尸首都没能找回来。左邻右里张望着，同情着，摇头叹息，除了“节哀”再没更多能抚慰的话。

石库门里的悲伤也在加倍。两个新近丧夫的寡妇抱头痛哭，捶墙顿地，无所可依。

悲伤如何发泄？

归云和归凤带着一脸怎么都干不了的泪，连自己的悲伤都止不了，也劝不住两位已近崩溃的长辈。何老师、何师母都上来帮着劝，最后也被勾出一脸泪。一屋子一堆女人只能让气氛更哀伤。

何老师是这屋里唯一的男人，有一些主张，这时刻也就不顾其他，一管到底，提笔写了牌位，又做主唤归云出去烧纸箔，叫归凤去灶庇间做晚饭，方分解出凝聚成团的哀泣。

归云在天井支了火盆，火舌东窜西窜，凶猛地吞噬下银色的脆弱的纸箔。最后化了灰，风吹云散。

归云忽想，她竟还没为自己的亲爹烧过一张纸箔！

她的爹，有张清朗风采的脸，总笑着，眉眼弯弯。她便是遗传了这张笑脸，因此总能笑得动人。这张脸经过太多苦难，承受太多劳累，渐渐老了，敛去笑意，凹陷了也严厉了，是杜班主，等于她的第二个爹。

火盆里，烧的是双重的悲愁！

她泪眼蒙眬，看着这张脸隐入火焰中。泪又下来，流到嘴边，滚烫而咸涩，刺激到被泪干住的脸，疼痛，由内而外涌出。

一条白色的手帕伸到她的面前，她接过来。

递给她手帕的是卓阳，还是那身衣服，尘土满身，脚下黑色的皮鞋鞋尖被削了皮，破了，怕是就快露趾了。

归云用手帕捂住脸，“呜呜”痛哭。

卓阳拿过归云放在一边的纸箔，一张一张接着烧。

隔着一盆火，蹲着的两个人，没有说话，一个埋头哭着，一个低头烧着纸。

黑夜里，火盆里的火焰更加耀眼。天上闪烁的星被乌云遮蔽，泛不出光，火盆是唯一的光，映出两道影子。

卓阳看着归云的影子，肩膀一耸一耸，抽泣着。他很想伸手过去，搭住她的肩膀，让她不再孤单。但他只小指稍稍动下，又把手里的纸箔紧紧抓牢，几乎捏成团。

就在夜里静默，只余火苗“嗞嗞”的声音。

楼上悲戚到极点的女人们再一次号哭，用仅有的声音和气力干号。

归云一直蒙脸流泪，她不知道卓阳是什么时候走的。他似乎轻轻说了一句“好好保重”，然后就走了。她抬起头时连他的背影都没看见。

归凤的一顿饭烧了很长时间，端着饭锅饭碗出来时，双眼迷蒙而红肿，睁都睁不开。两人相视对望，各自无声。

归云上前接过归凤手里的饭锅。

“谢小姐讲展风他们现在被编进了急救组，她去打听他们的去向了。”归凤说。

这时，有人破门而入，身上脏的，人也是脏的，汗血斑斑，目光呆滞，吓坏了归凤。

归云惊呼："展风。"

展风已连爬带跑，一路上了楼。楼上的房间素白，坐在地上的是瘫软的庆姑。展风一个踉跄，也倒在地上。

庆姑抬眼，蒙眬地看着眼前人。她爬过去，双手似鸡爪一般紧紧揪住展风的衣领，一头一脸都埋到儿子的怀里痛哭："你不孝！没回来给你爹送终！"说完，一把泪擦在儿子的衫子上，又捶又打，又箍紧了他。

生离死别，痛苦这么一重重，箍得人透不过气。可儿子终于是回来了，还紧紧抱着她，任她责打。

展风只盯着客堂间八仙桌上父亲的牌位发呆。牌位是两只，一只上面刻着"先夫杜立行之位"几字。字迹他不认得，不知谁代庆姑和他刻上去的。

他竟没为父亲做过任何事，连牌位都来不及安奉，这种诀别将他的心肝掰作了两半。他惭愧苦痛，"扑通"一声跪下来，猛磕头。

跟上来的归云和归凤死活拉了他起身。

"我没能好好照顾你爹，没能好好照顾你爹！"归云一边说着，一边流泪，和身边的归凤又伏在一起痛哭。

展风直挺挺站了半刻，又重重跪下，再磕头，这次谁都拉不起来，直到他的额头渗出血迹也不停歇。

"我没能找到班主的尸首！"归云哭道。

庆姑醒了醒，红着眼发劲拉起儿子，嘶声道："展风，在你爹的牌位前答应我，等你爹七七之后立刻成家，和归云成亲！"她指着丈夫的牌位道，"你是杜家唯一的男丁了，这是你的责任！"

展风骇着。庆姑抻着脖子，瞪着他，非要他答应不可。他只好叫一声"妈"，不知怎生再说，或悲伤已压顶，无力再辩。

庆姑却是精神涣散了，出口的话不成章法，突又道："如果你不要归云，那么娶归凤！"

这话更骇人。归凤收了眼泪，欲发声，又憋着话，只把脸涨个通红，喃喃不出半语。

庆姑抓住儿子的手，不放过他："好不好？你答应我呀！"还跺着脚，"我没什么指望了，我唯一的指望只有你——展风！"

她的眼扫过在场的每个人，也压着每个人。她无处释放，唯此要求，歇斯底里地挣扎出声。

人人都觉得不妥，偏人人都不忍心说个“不”字。

归凤望望展风，望一眼，又一眼。他站在那里，没有拒绝，她的心奇异地动了。这个家庭最悲伤的时刻，却是离她的朝思暮想最近的时刻。悲伤绝望里，又生出一点光，她望着展风，就想要笼住这光。可光一斜，是杜班主的牌位。她又被刺醒了，走上前扶过庆姑：“娘，您别说了，去睡吧！”

庆姑由她扶着，还是转头看展风。展风始终低头，默不作声，她就变得可怜了，小心细声问：“那么，妈当你答应了，啊？”

展风还是没作声，同归凤一起扶了庆姑进房。他们都默默地，安顿庆姑入睡，不发一语。他不忍心对母亲那般的乞求说个“不”字。只能望着归凤欲言又止。

悲伤似乎暂停了，杜家的东西厢房和客堂间都变得静悄悄的。

展风避开了归凤，同归云在晒台上烧纸箔。这些日子，除了战火便是这些纸箔，一直烧个不停。

“娘已经歇息了？”归云问。

展风只低头，将银色纸箔化入火焰中。

“我们只能给班主做衣冠冢——”归云话未完，就见展风的手捏着纸箔愣在火焰之上，火苗蹿上来，归云抓住他的手腕甩开那着火的纸箔。

“你知道那些战场上的军人都是怎样打仗的吗？他们用自己的身体往敌人的枪眼子、刀尖子上堵，倒下来，后面的兵就地填上去。”展风犹自未觉得痛，就这样对着归云说话。

“展风——”归云低低叫他。

展风却仍继续：“罗店那里，到处是血。我只能抬着担架，把那些死的、没死的战士从火线上抬下来。我算是在做什么？我到最后连我爹都救不了，我算是个什么男人？什么儿子？我好想——我好想——”

他号哭着。要顶天立地的展风，抱着头，蹲在地上，颤抖不能自抑。从小到大他从不哭，这回，他哭了。

归云捏着拳，暗自落泪。她扳住展风的肩：“你要做什么？你想做什么？”

她知道他想做什么，不能道破，更不能鼓励。一抬眼，便是归凤责怨的眼，她真的什么都不能说出口。

归凤来了，说："我们能做什么？好好守着这个家，不能再让长辈伤心，不能再让长辈有闪失了。你不是一向说要一家人好好生活在一起的吗？"说着也落泪了，她的眼泪没有止境地流，泪眼看着展风，"你不要再去那么危险的地方了，打仗是当兵的事，你不要再掺和了。我们——我们再也受不住这些惊怕了！"

展风起了决心，狠狠握拳，专注地看向客堂间里，那正中摆的父亲的牌位，那么凛然地竖立在那边。

他站了起来。

归凤一把推开归云："他已经昏头了，你看，你看！"

归云一下没撑稳，跌坐到地上。

"归凤——"展风一个字一个字地对归凤说道，"我爹被日本人炸死了！这是血海深仇！家恨国仇！"他的脸上有异乎寻常的冷静和坚决，是一片哀恸之后已经无法动摇的决心。

归凤的心跟着沉下去，终究还是抓不住展风。她掩了面，泪又在指缝里落下。

三个人，在一片悲伤里，各自流泪。

归云是最早从悲伤里醒来的，她勉力起身，要去继续支撑生活。她先去做了饭，将庆姑的那份送去了她房里。

庆姑急促地问："展风去哪里了，不会上火线了吧？"

归云不忍她伤心，摇了摇头："他去医院看陆明了。"

她喂庆姑吃饭，庆姑吃两口饭，心里的主意没丢下，又没头没脑，荒唐道："归云，你可别怪娘，展风不喜欢你，我不勉强他，他娶归凤也好，娘当你是女儿。"

归云听她竟还念叨这意思，不免担心，就安慰道："娘，您只管放宽心，我谁都不会怪，只要您好好保重身子！"

但庆姑还是惶惶的，头脑已混乱，最荒唐的事情也跟着做出来。

晚上，她唤了归凤去展风房里送换洗的衣服，待归凤走进去，她便一下将展风的房门紧紧锁了起来。

"妈，你这是干吗？"展风没防备住，万分焦急地敲着门。

庆姑隔着房门说："我不放心你们，你们今夜就给我圆房！"

闻声赶过来的归云傻了眼。

庆姑瞪着她，恶狠狠威胁："这样才拴得住展风那野猫子的心，他甭想往外溜！"

归云见庆姑已经错乱糊涂得没边了，只得先一把挽住她的胳膊：“娘，您别再替他们操心了，好好睡一觉，一切都会好的！”

“对对对，一切都会好的！”庆姑如小鸡啄米一般点头，喜笑颜开，“等明日一切都会好的。”一边说着，一边被归云带去自己的房里。

房里的展风却是急得抓耳挠腮，像热锅上的蚂蚁。他不时看看不知所措地坐在椅子上的归凤，她低垂着头，把手上的他的衣服叠了拆，拆了叠，反反复复，没有停。

“归凤——”展风很艰难地叫了一声。

归凤没抬头，也没作声。

“我妈这样做，实在不对，你一个姑娘家，你看——”

归凤开口了：“这算什么对不住？我自小就是你家的人，如何安排自当听你家的话！”她那么温柔地抚着他的衣服。

展风皱皱眉毛。这叫什么话？归凤怎么能把自己的命交给他？他急了：“不是的，归凤，每个人都有选择的权利和自由，你也有！”

“展风！”归凤站起身，眼圈红了，“从小到了你们家，在这个家安安稳稳地过日子就是我最大的希望，这就是我的权利和自由。”

她看穿了他要推却的心思，委屈死，也酸涩死：“娘这阵子受不住打击，她的话、她做的事情，我们大家心里都有个度。你有你的想法，你想怎么做，我几时拦得住你？你何苦这样待我！”

归凤憋牢一口气，却又泄了气，泪流下来，在腮边，又苦又咸，还痛。她真是什么念想都得不到。

展风见她哭成霜打的芭蕉，更急了，不知道自己哪句话出了岔子。只一个劲说：“你、我、归云，我们打小什么样儿，现今还是什么样儿！我对你们的心，从没变过。”

门“吱呀”一下开了，进来的是归云。

“娘已经睡了。”归云晃了晃手中的钥匙，又见归凤哭红了眼，问，“怎么了？”

归凤抹了把眼泪，说：“好，你做什么，我不拦着你，现在有你知心的来解难，你可以放心走了！”

归云不解，望望展风。展风叹口气，握住了归凤的手：“我何尝不知道你们的心，你们全指着我，为我尽孝，解我的后顾之忧。我老要你们担待我——”

他放了手，向归云、归凤深深作揖。

归云和归凤唬一跳，归凤更是哭也哭不了了，只凄凄道：“你这又何必？”

展风左手拉着归云，右手拉着归凤，就像小时候一起跳房子，跳在一间房子里的，同一个屋檐下的亲人，他把他的友爱均分给她们。他对归云和归凤说：“我这个做哥哥的，老拖累你们。明日我不得不走，娘还是要托你们照顾着，等战事结束，我就回来。”

他手里的温度也分给她们，归凤小心地贪恋着。

“你要小心。”她望着他，万分不舍，却留不住他。

展风的心里生了一团随战火越烧越勇的热气，腾腾而起，扑不灭，要冲天大烧一番。他走到客堂间，对着父亲的牌位又跪下来，重重磕头，还是一下一下又一下。

这灭不了的怨仇，在身体里东窜西跑，狠狠啃噬他的心，只有到了战火燎天的地方方可泄出来。

“我们都留不住他。”归凤对归云说。

归云默然，也黯然。

奔腾的情绪，已是甩开缰绳的野马，在上海滩蔓延。

第五章 壮山河

月余的激战，激起了这座城市的骨血中埋没已久的血性，似乎前线的吃紧和日本人的飞机大炮也并没有吓阻人们保卫家园的决心。十里洋场沸腾起来，男孩女孩、男人女人，自发组织义勇军、童子军、救护队，尽力支援。

于是展风终还是走了。

庆姑竟然没就此闹开，她只怔怔地说："我是不是逼迫他太紧了？他没了爹，自是伤了心，要报仇的。我怎么没有想到呢？"她再拉住归云问，"他这样一去是不是就快活了？"

展风留了话的，他现今编在救护组，每日往交通大学的国民伤病医院送伤患。这医院是几年前那场战争中由宋庆龄女士和何香凝女士共同号召捐建的。当初捐建的人或许也想到了这所医院还能有作用，因此并未把当年的设施调离。坎坎坷坷六七年，确实第二次用上了。

归云怕庆姑颠颠倒倒，什么都同她讲了，少不得连哄带骗还蒙混了一些。

庆姑还是说："不成，我们还是得看着他。"

她想每日去交通大学给展风送饭，归云和归凤怎肯放人？只好答应每日轮流代替她去交通大学等展风，还要捎带回他报平安的字条。但展风并不是每日都会出现，庆姑为此累累神伤担忧。

归云觉着庆姑老这样惦念着伤精神，干脆建议庆姑同小蝶娘一道去医院看护陆明。陆明的伤渐渐有了起色，心中也慢慢有了生机，倒是教人安慰了。

庆姑果然将对展风的惦念放在了照顾陆明上，有了奔头，连带对展风的处境也乐观起来。

她也是往好处想的，归云很是安慰，也安心。

只是在伤病医院的日子不算好过，前线的战事更激烈，伤亡人数也激增，每日看着伤患苦痛生死，归云和归凤的心也跟着七上八下。

归凤愈加担忧展风："你瞧每日都伤那么多，展风可别有什么意外。"

归云也担心，只是她又觉得每日往医院跑，等也是无着落费时间空等。她便留意了，伤病医院人手不够，几番向外面聘人。她竟在应征人群里见到了熟人。

有位洋大夫来应征，受到中方接待人员的热情欢迎，洋大夫用别扭的中文说："救死扶伤是医生的职责！"那人原来竟是蒙娜的老美医生邻居，曾经给卓阳看过枪伤那位。

归云好好想了想，心里有了主意，她也排到了应征队伍的尾端，轮到医生面试她，就简单交代了家庭住址，和自己诚恳的愿望。

医生因她住得近，又极有诚意，当下就做主录取了。意外的是，竟还有些资费贴补。

回家后，归云同归凤商量，归凤也没有理由反对，也摸出她心底强烈的意愿，就关照："再怎么也要先顾了家里，伤重的活儿自己也要掂量着点再去做，别累着自己。"

归云道："我自会注意的，而且还能时时候着展风。"

说到展风，归凤又是一声叹息。

只归云心里满了些，憋牢一口气，她终于能做些什么了。

归云照料的第一位伤患是位年过三十的山西籍连长，姓高，在归云面试的那天被送来这里，现在已经被初步清理过伤口，等待医生安排手术。

她的职责是看护这位肩头中弹，大腿也中弹的重伤病人洗脸、漱口和吃饭。虽然是照顾重伤病员，其实所要做的一切很简单，做起来一点都不困难。

只是病人有意见，他看到被派来看护他的是归云这样一个黄毛丫头，眉毛皱了一下，对医生说："还是个小姑娘哩！医生啊，可以换个男人不？"

医生摇头:“男护工都在火线上抬伤员。你可不要小看小姑娘啊,她们都很细心呢!”

高连长垂头丧气地说:“唉,好好的一个军人,竟然沦落到让小姑娘照顾!”

医生也无奈,临走时对归云说:“军人脾气耿直,又刚从火线上下来,心里都不太好受,要尽量迁就些。”

归云保证得认认真真:“我晓得的,不会出错。”

当然,她也想做得勤勤恳恳。

但高连长却不随便说话,只顾自己躺在病床上。他肩上的伤口不太严重,已包扎干净,腿上的伤口却非常严重,虽被包扎好,但一直高高肿着,医生说给照了X光,要拿到片子看情况再确定手术方案。

高连长也不哼一声,直挺挺躺在床上看着天花板,就任由归云傻坐在一边,让她束手无策。再简单的事情,也没法子做。

“连长叔叔——”归云叫他,想打破沉寂。

床上的伤员动了一动,说:“小姑娘,我这里真的不需要你照顾,你出去吧!”

“我倒茶给您喝?”归云说着,就把床头柜下面的热水瓶拿出来倒了水,双手捧着递到连长面前,就着他的嘴唇。

他的嘴唇有点干,在这湿润的夏季都皴了,唇皮泛白,皱了起来。所以归云知道他需要水。果然,这位连长的唇一碰到水,就忍不住喝了一口,又喝了一口,直到把水全喝完,还用舌头舔了舔嘴唇,意犹未尽。

“前线没有水喝吧?”归云又倒了一杯水,还是喂给高连长。

他连连喝了好几口,方说:“前线,我们都只到前线去喝敌人的血,哪里顾得上喝水?现下倒要你这个小姑娘来伺候喝水!”

“所以您要保重身子,再上前线去杀敌!”归云避开他的抱怨。

高连长只是捏紧了床单,忽然问归云:“你知不知道战情?给我说一点战情。我是个守土有责的军人,不能闷死在这病院里。告诉我一点前方的消息吧,算起来这些天我们该把日军赶出吴淞口了,兄弟们都说死也要死在东京!”

归云想起医生的再三叮嘱,只按照医生叮嘱的说:“我都听说前线节节胜利,您放心吧!”

高连长方松了松手,连日来的战斗和受伤已击溃他的体力,他听着归云的汇报,也安心睡了下去。

归云望着这位受伤的战士，心底难受。他那条重伤的腿明显比另一条腿短了一截，连她这个门外汉都看得出那腿骨无疑是断了的。她在医生临走前询问医生："他的伤很重吗？会不会有生命危险？"

医生沉重地说："这个说不准，等X光出来后再看。但是就表面情况来看，多半要截肢了。"

归云想，这位满心要再上战场、要死在东京的战士如果知道自己会被截肢，将是怎样悲痛欲绝？她不敢再深想下去，只努力地照顾着他的需要，希望能为他多做一些事情。

趁高连长熟睡时，归云轻轻掩上门，去走廊上透气。

病房楼下的操场上有六七个重获健康的军人，穿着早已置放多日浆洗好的军服，个个挺着胸在听候点名。他们身边围着一些能走动的轻伤伤员，一起说着话。

"嘿！你们真好样，好得那样快，又可以上前线了！"一个未复原的伤员羡慕道。

"我日盼夜盼，就盼这一日，我要冲上前线去杀了那些敌人给蔡将军报仇！"一人响亮地回答战友，身子绷得紧紧的，好像一支要从弦上飞出去直插敌人心脏的箭。

另一名未康复的战友拍了拍他的肩膀："小子，你可得手下留情点，少杀几个敌人，留一点给哥哥我啊！"

"是啊，你们真是好运气！"又一个伤兵说道。

医官过来分开了其他伤兵，点名，逐个喊着他们的名字。被报到名字的人就立正，举起右手，报一声"有"！声音是有力的、慷慨的，又带上蓬勃的赴战场杀敌的信心。

有人蹲在他们面前，拍下这些伤兵坚毅的身影。

还是那件黑色的中山装，但是头发有些长了，归云从病房的这边望过去，还能见到他下巴上冒出的青青的须根——那是略显憔悴的卓阳，只有他的眼睛，在压住相机的那刻，显得那么炯炯有神，那么明亮，好像一切疲惫都恍然不知一般。

接康复的战士们的车子开过来，他们和医生、战友轮番道别，卓阳还站在他们身后，把这一幕幕拍下来。

车载着斗志昂扬的战士们离开，那些暂时还不得离开的伤病战士都聚拢到医院的大门前，翘首望着，望了很久很久，都不愿意离开，一直到医生和护士将他们一个一个劝进病房。

操场上，一下子又空了。只有卓阳站在中央，抱着他的相机。他似乎深深地叹了一口气，缓缓仰起头，然后，便看到了她。

他也是疑惑的，有点恍惚，疑惑竟然在此地见到她，她就这样站在那端的高处，大眼睛水汪汪的，黑黑的大辫子漂亮地垂在胸前。他想，此时见到她，竟有些许安慰。

归云也看着他，更看清楚了那张俊秀面孔上的憔悴和疲惫，心莫名有些疼。他是一个为了拍这些照片多么不顾命的人，她想。她又惊诧了自己的想法，怎么就那么清楚他？她又担心他，片刻，烧红了面颊，转过身去推门进了高连长的病房。

高连长睡了两三个小时，医生过来嘱咐归云帮着护士一起清洁器械，准备手术。归云又追问他的病况，医生说："看了 X 光片后确认腿骨是断了，他是受伤后三天才得到救治，伤口都在出脓，恐怕必须截去才可得救。"

归云低低"啊"了一声，用手掩住自己的嘴。

高连长已经醒了，看见护士要推送自己有些茫然。看到医生，又问："我是不是腿骨断了？"眼中有恐惧。

"连长叔叔，医生把您带到手术室给您治疗，您别害怕！"归云俯下身安慰他，但她的心却在乱跳着，为这位终将失去一条腿的战士，为她不知道这位热切渴望再上战场的连长知道自己成为残疾人以后会有怎样的绝望。

这位发誓要打去东京的连长在这一刻也惊惧了，握住床沿，恶狠狠地说："你们敢锯我的腿？你们试试看！"

医生一面不停地安抚他："您别激动，一会儿就会好的。"一面指挥护士推他进手术室。

高连长再挣扎，也不得不屈服在病床上。

归云等在手术室外，靠着走廊的墙壁，为那位连长揪着心。有人走过来靠在墙边，与她站在一起。她低垂的眼眸看见一双黑色的皮鞋，沾满了尘土，灰蒙蒙的，裤腿上也沾着土，很邋遢。

卓阳说："别难过，只要人平安无事就好！"他的声音也是疲惫的，嗓子哑了。

归云说："如果他知道自己再也不能上战场了，是不是对他来说比死还难受？"

"也许吧！没有什么比生命更可贵，"卓阳想要放松地靠在墙上，可又习惯了紧绷，身子绷得那样直，"可是有时候，尊严和自由比生命更可贵。中国人的尊严，在这个时刻，要用生命去交换！"

"中国人的尊严在这个时刻要用生命去交换！"归云喃喃重复，失了神。

手术室的门开了，在里头帮忙的工友用袋子装着一条血淋淋的人腿，露出袋子的那截，肉色是暗淡的，暗色的红，暗色的黄，白森森的骨。

归云的胸口一阵翻涌，背转身子就要作呕。卓阳伸手在她的背后轻轻抚拍着。

她捂着嘴，涌出的泪滑到嘴边，这泪还是苦。她趴在墙上，拿出手绢擦泪，止不住抽泣。

卓阳还在用手轻轻抚拍安抚她，她转头问卓阳："为什么我们中国人要为尊严付出那么大的代价？为什么日本人无缘无故就要杀我们那么多亲人、那么多同胞？为什么这个世界上没有正义和公平制裁这一切？为什么班主就这样死了？为什么小蝶失了踪？为什么连长叔叔失去了一条腿？"她一串的哽咽，一串的泪。

一串的"为什么"，让卓阳无言以对，他也愁思过这些为什么，也没有人给他答案。全部的苦难不需要中国人的答案，只需要他们承受这样无止境的悲伤。他伸手揽紧归云，只能再次让她的泪落在他的胸前，而他的叹气盘旋在她的耳边。

归云回到高连长的病房时，已擦干了泪。

醒来后的高连长在病房里大哭大叫："医生、护士，谢谢你们好心救了我，可我的右腿没有了，好起来也是个废人，再不能上战场了。你们不如让我死了吧！还这样照看我干什么？"他还捶着床板，声音是闷的，就像他心中再也发泄不出的闷气。

归云走到高连长跟前，对他说："连长叔叔，您莫悲，我来唱戏给您解闷！"

"小姑娘，你不用唱了，我什么都完了，什么都完了，你何必再费心力照顾我这个无用的废人！"高连长无力地号哭着。

但归云不理他的号哭，起了一个调子，冲出口的是——

辕门外三声炮响似雷震

天波府走出我保国臣

头戴金盔压苍鬓

铁甲战袍又披上身

帅字旗斗大穆字显威风

穆桂英五十三岁又出征

我们一不为官，二不为宦

为的是大宋江山和众黎民

叫那满朝文武看一看

谁是治国保朝臣

一气呵成地将原词唱完后，归云就着这心境、这凄景，竟还顺着第一段的调子继续唱了她自己临时编出的第二段。

吴淞口外炮响似雷震

山西府衙走出你保国臣

头戴金盔压苍鬓

铁甲战袍又披上身

扛枪竖战旗军前显威风

连长带头冲锋再出征

你们一不为官，二不为宦

为的是中华大地和众黎民

叫那倭国日寇看一看

谁才是当今世上真英雄

应景的词儿，从穆桂英身上唱到高连长身上，唱得病房外的伤员们也过来了。她唱一句，外边就叫一声“好”，全曲唱毕，一片雷鸣掌声，惹得护士不得不堵到门外要大伙噤声。

病床上的高连长止了哭。右腿被截肢以后，他一直觉得身下空荡荡的，很冷。可这小姑娘的曲子很热，鲜活的热气涌了回来。

病房外的卓阳，就这样看着病房内的归云又唱起了这段《穆桂英挂帅》，也不仅仅是《穆桂英挂帅》了，她临时改了词，唱这位在战场上失了一条腿的连长。他微微举了举相机，又想拍下来，终还是没有动手，隐到人群后，走出病房，到校园中去。

大学的校园里因为战争没有了琅琅读书声，没有了三五成群交流学问的学子，只剩下带着前线血腥气和硝烟气的伤员和医护人员。虽是八九月盛夏繁茂季节，反从那丛丛茂密的绿荫中透出阴冷来。

在这个校园里生活了一两年，他从未感到从校园深处透出来的冷，这里本应是有生气的。他怅怅地走，迎面被一人叫住，是满头大汗的莫主编。

“幸亏让你们记日程表，不然可真捉不住人。”

“怎么了？有事？”卓阳问。

“我怕你真跑去宝山城拍照，那边的火线已经封紧了！这阵子你上起火线来真不要命！”莫主编擦了擦额上的汗。

卓阳却着急问：“我军兵力是多少？现在战况如何？”

“姚子青营还在死守，今晨最后传出来的消息是三个连长全部阵亡，九个排长阵亡六个，后来火线就封住了主要通道，伤兵没有法子被救出来。”

“三十一号的时候姚子青营进驻宝山就有消息说那里已经陷入日军的重重包围之中了，他们为什么还要死守？”卓阳锁了眉。

“军令如山，将士们更加视死如归。”

卓阳几乎是咬着牙：“就此平白无故地牺牲吗？”

“他们只有五百人，却在日军海陆空优势兵力的猛烈轰击下奋勇抵抗，牵制住了那边的日军。战争是残酷的，残酷到必要做一些已经知道必须要牺牲的牺牲！”

“我觉得我真是无力。”卓阳颓然下来。

莫主编却拍拍卓阳手上的相机：“你已经做了很多了。看！它就是你的枪，比什么都有力，留下这些证据。”见卓阳仍默然不语，他又道，“好多天都不着家，真想做大禹？令尊要找我拼老命的，今晚回家看看。”

“好。”

莫主编看卓阳松了口，自己也松了一口气：“我先回报社审稿了，不知前方可派来什么宝山城的战况没有！”说完，重重拍下卓阳的脊背，“记住，回家！”也重重说着，待看到卓阳重重点头，才放心地先行离开。

卓阳又漫无目的地在校园里走了一圈，太阳已经斜去了西方。他到校园树林边把自己的自行车推出来。这自行车也同他的主人一样，上下沾满灰尘，风尘仆仆地不知跑过多少地方。

他弹了弹座垫上的灰尘，翻身骑上去，就要驶出校门时，看到边上走着的归云。他把车驶到她的身边。

这丫头，在边走路边想心事，对身边的一切恍然未闻，连他的接近都没有察觉。他摁了铃，铃声清脆，终于惊动她。归云惊跳了一下，看见是卓阳，方安了安心。

“我送你回去？”卓阳问。

归云犹疑着。

“早些到家也好早些照顾家人。”

卓阳再道，又说得很对，她同意了，坐上他的车。他一使力，把车骑得飞快。

夕阳的红，渐渐笼在梧桐树的枝丫上，沉重地压着那些绿，也压在两个人的心头。

归云发现卓阳压根就没问她家住在哪里，却一次突然出现在日晖里的石库门内，这一次又熟门熟路地把车骑上了最近的路线上。

他，怎么知道她新家在哪里的？她凝思着，便问："你怎么知道我家在哪里？"

"我——"卓阳语塞了，没料到归云突然发问。他发了窘，想，总不能告诉她他是从王老板那里旁敲侧击来的吧！

他也不知道那日在看到她悲伤欲绝地跟着急救队的人走了以后，怎么头脑发昏下午跟线去采访后方的各界捐赠活动，且目标明确地从王老板那里七绕八绕，把她家的地址给绕出来了。

此时要是讲出来，倒真好像他是别有用心。可分明是无心的，自然而然的。

他一时半刻说不出来，归云的脸颊微微烧了，无意再追问，只把话题绕开："连长叔叔终于肯吃一些东西了。"

"哦，那太好了！"卓阳舒口气，她没有再追问下去。

"真希望不要再有人流血了。"她幽幽地说，他也幽幽地想，他何尝不如此希望？只是，抬眼，那满眼的晚霞和夕阳，还是如血一般映着天空。

将归云送回家的卓阳，并没有直接回家。他有太多紊乱的思绪要理清，就将车骑进了法国公园，呆愣愣地睡在公园的草坪上，看着那夕阳缓缓下降，让脑海一片空白，浑然忘了时间。

直到夜幕降临，公园的工友来清扫，见有人躺在草坪上，便叫："那谁？还不回家？公园关门了！"

卓阳才惊起来，骑上车赶忙走人。

再度进入霞飞坊，这里变得同以前也不太一样了。不少人家做了大房东二房东，引来租界外的难民，宽敞的弄堂变得喧闹，但这喧闹透出凝重，变得压抑。那些弄堂里搬张椅子凳子坐在一起闲聊的人，都神情沉重，声音也沉重，还带着惊惶。

这里是霞飞路上赫赫有名的新式石库门，住着家世不错的人家。在没有战争的时候，他们可以很悠闲地度日，在战争爆发以后，他们也失去了平日那种悠闲，和上海滩上任何一条弄堂里的人一样，惶恐地数着日子过！

他拐进了自己家的石库门，把车停在前天井里，掏出钥匙要去开门。他迟疑片刻，因为自己还是没能想好即将面对父亲的说辞。他甩一甩头，也不多想了，硬着头皮打开门。

门里面对着他的，是父亲弯腰题字的背影，着短袖凉衫，背后汗津津的。他的手挥舞着，一笔一画，十分刚劲有力。可见这幅字，是他花费了气力写的。

卓阳上前一步，唤一声“爸”。卓汉书并不回头，只道一声“回来啦”，还是顾着自己写字。卓阳静静站在他身后，待他写完。

卓汉书勾完最后一笔，将毛笔挂在笔架上，示意卓阳过来，要他提着那幅字。卓阳看过去，上面书的是——宝山五百士，气概壮山河！

他心中一惊惧，只听得父亲沉痛道：“适才老莫来电，嘱我写这副悼联。宝山城失守，姚子青营五百将士全部阵亡！”

卓汉书背转过身子，走入自己的独善斋，声音变得无力：“明天你把对联送到报社去。”他的身子没入藤椅里，手肘无力地支着头，闭上眼睛，用手按着太阳穴。

卓阳拿着这幅字。不过几小时的工夫，那座宝山城便只换来这幅字。

“宝山五百士，气概壮山河！”卓阳念着。

他似乎又听到归云所唱的那样——

叫那倭国日寇看一看

谁才是当今世上真英雄

喋血孤城，又成就了五百位成了英魂的英雄！

卓阳把那幅字平铺放到桌子上，坐倒下来。

还要有多少将士殉国，才能将这片土地拯救出来？卓阳只能看到石库门黑洞洞的玄关，挡着外面的夜和夜里唯一明亮着的月亮，心中被堵着，宣泄不出任何情绪。

空气里传来淡淡的烟草味道，是独善斋里的卓汉书抽起了烟。

这没有硝烟那样浓烈的味道，缭绕着这对父子，他们只是静静坐在黑夜中的石库门里，好像一切都就此静止了。

高连长在归云的照料下，情绪渐渐稳定，开始积极配合医生的治疗，也愿意同归云聊聊天。归云晓得了他祖籍山西长治，黄埔军校出身，妻子儿女都留在家乡。他一身的伤是从罗店收复战中得来的。

“那时我们头顶上是日本人的轰炸机，下面的工事也不牢固，但兄弟们都拼了，看见日本兵就杀红了眼。其实日本人怕死得很呢！他们戴的钢帽都要遮住眼睛了，膝盖上还缠着钢罩。咱兄弟们可不管，看见他们就提枪刺刀冲上去，杀得那群日本人落花流水！”

高连长将战场上的英勇经历讲得眉飞色舞，归云听得津津有味。她希望他能忘却重伤未愈的现实，所以做了他的倾听者，还答应他的任何要求，譬如为他写信回家给妻子报个平安。因为他臂上的伤一直没好，动不了。

只是归云很踌躇。她虽做过一年学生，也跟着展风识了字，但因没怎么练习，并写不出一笔漂亮的字。

归云先去买了钢笔和信纸，回到病房，不好意思地说：“我的字实在不好看，恐怕要丢您的脸了。”

高连长恢复了军人的豪爽和乐观，笑说：“没关系没关系，我家那口子也不会断文识字。”

但归云还是犹豫，先用钢笔写了一个字，一看，竟是个“卓”。笔画不多，还歪歪扭扭，字和人一样羞涩。

归云面上一红，将信纸揉作一团，才抬个头，就见卓阳突兀地出现在病房门边，也许是路过的，就是犹犹疑疑的，没有进来。

她顾不上面红了，只想着高连长的事，就拖他进来：“大学生，你来帮个忙。”

卓阳见她指了指摆在床头柜上的笔和纸，登时会意，眉毛一挑，仿佛是想问“你怎么不帮忙写”。

归云也坦白，嗫嚅道：“我的字好丑，不能丢高叔叔的脸！”惹得病床上的高连长哈哈大笑。

卓阳看着她这娇羞暗暗出神，生了少年人的锐气，怎么帮忙都是肯的，于是拿起笔就说：“高连长，您说吧！”

高连长凝神望着天花板出了一会儿神，才道：“一切安康，切勿挂念，谨记孝顺父母，抚育子女之责任，他日尽歼倭寇之后定将凯旋，共享天伦！”

一句话说了很长时间。万千的感叹，卓阳明白，写了下来。写到最后的“共享天伦”，和归云都难过地偷偷望一眼他那条断腿。只怕真等到能共享天伦的那刻却物是人非了。

归云将高连长的信封好，托卓阳邮寄。

两人并肩走出病房，归云道：“医生说高连长的伤势不乐观，这几日前线告急的信息都让我们别提，免得引起他的情绪。”

“原本还能上一上火线拍一些照片，现在已经不能走近了。”卓阳说，“虽是阻了日军那么多天，但我方伤亡更惨重，根本没法压住敌人的火力，只能靠深夜突击，最后用肉搏战来夺那些阵地。”

归云的心沉了，头也低下来。

这些日子她听了不少前方的激烈战况，从高连长和伤兵们口中传入她的耳中，压在她的心上。入目的都是鲜血，夜里的梦境也是红的，庆姑经常半夜惊醒，然后凄惨哭泣，难过地在床上辗转。

“输了阵地，不输人！我们并没有输给敌人！”卓阳忽然一鼓作气道。

他的慷慨感染了她，她也有豪情：“我说不来大道理的，但是听广播里说的那句‘如果战端一开，那就是地无分南北，人无分老幼，无论何人，皆有守土抗战之责任，皆抱定牺牲一切之决心’说得很对！我们有这样的信心就一定不会输！”

卓阳微微一笑：“蒋先生这句话确实说得好！但——”他轻轻喟叹，“也延误了不少事。好了，不说了，我该走了！”

他要向她道别了，尚未及说，就见她轻轻欢呼，欢悦地迎向门外抬担架归来的人们。他认得走在最前面的那个男子，正是杜展风。

她跑到他身边，一把抓住他的手臂，开了颜，都忘记同他告别。

其实归云是想和卓阳道别的，但见他一转身，人旋即就在医院外了。连声道别都来不及说，她心中是遗憾的。但终于等到展风，足够她一扫近日的阴霾。

“你可好不好？没有受过什么伤吧？”他没受伤，精神也不错，她的心就安了。

展风把手头的事情都了了，妥善安排了伤员，还将他们伤势的轻重一一叙述给医生。有条有理，稳当当的。

不过月把工夫，展风有点变了。

交代完，展风才得空，对归云说：“前些天被王老板安排去了输送队送米粮，好多日子没进救护组。”

“今晚回家吗？娘天天念叨你。”归云问。

“我最怕她这个。若她再发作，我就出不来了。”展风挠头苦恼。

“今晚给你爹做三七。”归云黯然，“你还是回来吧！”

展风深锁眉头，时间真快，哀伤却流逝得这么慢。

归云看到他左手腕上戴着一条白色麻花状的腕带，纹路细腻，编制方法又精巧，只是这些天经历了风尘，脏了。这该是女孩戴的东西，归云看了好几眼。

展风下意识用手捏紧了编成结的那端。归云看清了，上面写着黑粗的三个数字——828！

那是个血色的日子，归云忘不了，杜班主也许就在那天被炸死的。

“今天我给队里告个假，一起回去吧！”展风说。

庆姑在认命的情绪里，平静了。或许她也知道悲伤于事无补，只要展风安全归来就成。所以面对展风时，她不责备，不歇斯底里。

这样认命，也是好事。只是悲伤依然将她折磨得可怜巴巴。

客堂间里的火盆没有熄灭过，无尽的纸箔在燃烧。

庆姑对儿子讲：“跟你爹报个告，妈不强留你在家，只要你的事情办完后，安心成家传继香火。这是我唯一的要求了。”这回既没有提归云，也没提归凤，有条理了，再不荒唐。

只是展风伤心母亲近乎乞求的目光，她还是需要心理上的安慰和补偿。他就不能不点头，这样才能让她安慰。

庆姑真的安慰了。她想缓一缓，展风还是乖儿子，一切以后再说。

不知哪家邻居在楼下叫：“杜阿妈！有人找！”

归凤“哎”了一声下楼，想不到来的竟是雁飞。依旧那样白，白色短褂子和白纱裤，头发也用白丝带束了，像一身缟素，又像微白的光，悄无声息地照了来。

但归凤看清楚的是她脸上的浓妆淡笑，能勾人似的。她眼前一亮，又隐了，立刻厌嫌。雁飞身后还跟着独轮车，由车夫推着，上头捆扎着麻袋。归凤知道她是好意，但，忍不了某些情绪。

雁飞不是看不懂她的面色，当作没看见，只问：“归云在不在？”

归云闻声出来，见是雁飞，很惊喜。也是好久不见了，她很想念她，现在每见到一个亲近的人都可喜。

“你怎么来了？”

“夕阳正好，出来散散心。”雁飞走近了，“来看看你，送些东西。”

归云也看到了独轮车，知道里头必定又是粮食和干货，由衷感激：“你又雪中送炭！”

雁飞笑笑："都是别人送我的，我那边多得吃不完。"边说边指挥车夫将东西搬进天井里。

归凤见状，竟转身回了房，好在雁飞也不理会。归云却是隐隐尴尬，但更多的是感激，雁飞送来的真是雪中的炭。

被围的租界里，民生疾苦，最缺的就是粮食。杜家人口又增多，还要接济戏班子，雁飞先前送来的食物早快见底。归云正琢磨要再上街采购些回来，但当时却是有钱都未必有处买。

待车夫将东西搬运妥当，雁飞说："还有什么需要，来找我！"她还有东西送归云，从裤袋里掏出一条白色的腕带，扎到归云的右手腕上。

"这是我自己编的平安带，压在静安寺法坛让老和尚念过经。虽是白色的，用作亡魂超度，也可保佑平安。"

归云纳罕，和展风手腕上的一模一样呢！但雁飞手腕上并没有，就问："你自己怎么不戴？"

"老和尚说我命里带着煞气，万恶不侵！"

归云却担心了："小雁，你要照顾好自己！"

"我一向好得很，比你保身价。"

这时归凤又走出来，用手绢捧着一团东西，直到雁飞跟前："谢小姐，我们多谢您的关照，但无功不受禄，这是我们家的一点意思。"说着把手绢里的东西递过去，是几块大洋。

归云拦阻不及，她本已想好要先向雁飞道明原委，再将钱如数奉还。岂知归凤竟用急于撇清的姿态先还了钱。她怕会轻慢了雁飞。

可雁飞不惊不乍，慢条斯理地收了大洋，递给一边的车夫："梁师傅，麻烦您了，这是您的工钱！"

车夫是老实人，冷不防收了重禄，受宠若惊，结巴了："这——谢小姐——您可——"一想家里情形，也就伸手收了。

雁飞只是淡淡地道："我不拘什么礼不礼的，爱照顾谁便照顾谁了！还得烦您送我回去呢！"说完侧身往独轮车上一坐，车夫已稳好了车身。

"小雁，好好保重！"归云再三叮嘱，又担心。

雁飞摆手，不要她担心，斜斜靠在车上，人也远了。

归凤涨红了俏脸，看她远了，看她同归云挥手告别，又看她抬了脸，向上面的方向摆摆手。回头，是展风站在二楼窗口处，凝望这个方向。他双手撑着窗栏，欲挽留又不敢。归凤低头，看到了归云手上的白色腕带。

这腕带，刚才她也在展风的手腕上见过，他除下来洗，她过去要帮忙，他却宝贝似的捧在手里说："我自己来！"

白色细长条的，就像那远远的要消失的白色影子一样。男左女右，展风和归云分着这份白。雁飞的影子无处不在。

归凤心里一酸，扭头跑进了屋。

雁飞由车夫带到了霞飞路，便遣他自己回去，她想独自随处转转。

开始打仗时，她就有这样的习惯，跑到街上，还刻意往东南方向或北方走，去听那战火的声音。

"轰隆轰隆"的，熟悉得让她害怕。但她还是忍不住想，这炮火什么时候轰进来?

倒是不惧死的，她还把胭脂水粉全部摆到了梳妆台上头，兴致好的时候上一款妆，对着镜子仔细描眉毛、唇线。

是唐倌人教会她描眉线、眼线、唇线："你的眼角轻轻往上勾一勾，怕真会把男人的魂魄勾了出来！"

但是小雁只想让那个他看她的明艳。

那时候她是显摆的，有份显摆的闲心，不知道化妆能保护自己。直到后来，她才晓得了，一层一层封住自己，便可豁开了活，然后什么都不用怕了！也什么都够了！

只她还是想让自己在炮火声中害怕，这怕，等同自残！

可怎么及得上那群无家可归的难民，这些愁苦的难民，连处藏身之所都没有。她比他们，好过太多！

雁飞捏捏自己的手指，在十月渐冷的空气里，冻住了。

百乐门歇业好几个月，她生活的重心没了，寂寞起来就闲在家里编了腕带，她曾经想要为他编织一条，只是还没学会，他已经不见了。好在，如今她还有人可送，给了展风和归云。

想到展风，雁飞微蹙眉。他本是远离危险的，却被她推进去，如若有个万一，是她的罪过。

因生了愧疚，她也就捎带给展风做了腕带。可谁知道这傻孩子收了后，竟当夜就跑来兆丰别墅，在门口候到她，又说不出半句话就跑了。

和归云一样实诚。虽经历了生离死别，看惯了战火纷飞，可心还热。不像她，已是一潭死水，不起波澜。

雁飞漫无目的地漫步到外白渡桥边，上海傍晚的喧嚣以这里为最。

万国商团、英美公使都怕越来越多的难民拥入会乱了租界秩序，就在桥的北面建了铁门，重枪防守，枪口对着因逃难无门而疯狂的中国老百姓，将他们隔绝在租界外，凡闯必杀。

生路就这样断了。回首来路，是被轰炸和扫射后的残瓦断砾，再望过去，就是遍野的尸了。人类生如蚍蜉，仰赖卑微的依附。铁门边是最后的生机，他们不敢离去，就在那里的路边巷角搭了简易的棚。

绝望无尽，悲辛无限。

雁飞停了好一会儿。

前几日她也路过这里，这里尚放难民进来，没想到今日就锁了。好在还有三五人给那边的难民发粮食。但被饥饿和恐惧折磨得近乎狂乱的人已无剩多少自尊和悲悯，男人的骂娘声、女人的尖叫声、孩子的哭闹声，震天动地。他们还用溅血的方式来适者生存。

真不像那年在难民船上，大家都蹲着，鸦雀无声地望着头顶的轰炸机。

忽然，雁飞悟了，因为那时的人都觉得必死无疑了，但这时的人都是拼着命要生存的！无论哪种，都卑微到极致。她两者都经历过，不想再回首。

她唯有转身离去。

她又徒步去了教堂，就在西藏路上面，轰炸的余灰下，沐恩堂的十字架竖立在天空之下，霞光之中，弥撒音从空中洒下来。雁飞停下来，一身一条影，萧条伫立。

教堂的门口并不安静，簇着一群人。

“为民族大义，为国家荣辱，为前线将士，我王某不才，捐助三万元为将士们购买军衣，添置军备！”人群之中的声音很熟，雁飞微微惊讶，竟碰到来做抗战捐赠宣传的王老板。

他还是讲究的，穿一身挺括轻薄的西服，老板派头没有丢。他一腔一调，气势十足，一词一语，激动人心。一席话得来教徒们的响应，捐赠箱子前面挤满慷慨解囊的人。

王老板看到这幅争相捐赠的情景是满意的，很志得意满他起的作用。

举目四望，上海滩上忠行义举，他都能带头，一群人拥护他，称他“王大善人”，连那群知识分子也竖了大拇指赞他。声誉甚隆，拥护了他的事业。

他也忧心战事，放眼北面，但这里看不见北面的硝烟。他一转眼看到了雁飞。

她微微笑着的冷淡面孔上，又是满不在乎的神气。隔着激涌着爱国热忱的面孔，她无比清冷地站在最末，静静看着。

第一次看到这张面孔，还小小的。她那时候习惯低着头，身量还未长成，形态又怯弱。她是送茶的小丫头，在他面前托着托盘，道一声：“老板，喝茶！”

在宾主尽欢的客堂间里，他注意到了这个托着托盘，悄无声息站在壁角，斜着脸望着窗外屋檐下的燕子巢的女孩。那时候，她面孔上有渴望的神气。

但是他再一次见到她后，那神气已经没了。抑或真是因为那场火灾？

那时的她，长发上燃着火，疯子一样从那栋石库门里飞奔出来，好像一只着火的燕子！

他偏巧路过，救了这只“鸟”。被烟火熏得灰头土脸的她，一抬头，一团漆黑的小小瓜子脸上竟绽开一朵笑。淡淡的，漠不关心，好像并不是自己自愿被救。经年之后，当那张小脸明艳起来，就一直带着这样的神情。

正如现在。

雁飞走到王老板面前，低低说道：“干爹，姿态摆得太高，会跌得很痛！”

“唉！那可怎么办呢？我已经习惯摆这样的姿态了，一日不做便会头疼。”王老板执起她的手，轻轻拍两下。

“如果跌得起，那也不妨事！”雁飞微笑。

王老板问：“阿囡，你真觉得我在摆姿态？”

“生意是一种姿态，声誉也是一种姿态。”

“我是向来说不过你的！”王老板笑着摇摇头。

“我一直直爽，说真话的人不太容易被人反驳吧！”雁飞说好，将手上一只碧绿生青的手镯除下丢进身边的募捐箱里。

“这手镯？”王老板看一番，诧异，是做工考究的古玉。

“日本人的，在战场上还给日本人罢了！”

王老板失笑：“这块日本古玉可价值不菲，藤田真是有心了！”

“有心吗？”雁飞微仰头。太阳的余晖洒到教堂顶上的十字架上，泛出金光，什么都看不清了。

藤田智也会不动声色没有预兆地给她送礼，小喷壶、玉镯。他每次想到就送了，或说“用得很好”，或说“你戴着会很好”。他无所谓送着，她也无所谓收着。

雁飞便问：“这样抵得了几条中国人的命？”不等王老板答，她手指着十字架，“你说上海人能指望上帝吗？”

“阿囡！”王老板轻轻叹息一声。

雁飞也轻轻叹息：“干爹，你那个时候为什么要救我呢？死了倒也一了百了。”

她摇了摇头，是的，不能指望。谁能那么天真靠着指望别人活着？

她心里冷着，想，如果军队撤光了，这里还不是留下一群挨宰的羔羊？

霞光散了，夜风起了。北面的枪炮声好像的确渐歇了。

这是战事疲软了，城郊在进行无序的溃退。这仗，在溃败，一泻千里，不是租界内的人们能想到的。

孱弱已久的病人要爬起来，没有想象中容易。捷报传得越来越少，伤兵却越来越多。

高连长的病同战事一般反反复复，归云的心也跟着反复。

这些天她帮着照顾了不少其他伤员，看到重伤不治的伤员牺牲在病床上的时候，她控制不了自己的悲伤，还有无尽的恐慌。

她看着伤势好转的军人直接撤去了嘉定，从那里，是要出上海的。

上海滩上的人们会有怎样的命运？租界可以躲多久？洋人的军队是否真可以保护中国人？她一会儿惊，一会儿哀，如这大城市里的人一样在恐慌中迷茫。

病房越来越空，归云来回踱步，“踏踏”的回音带着无尽的空虚。

但前来探望的人还是有的，归云看到一间尚有伤患的病房门外，有人同那位杰生大夫说话。那人穿一身素色旗袍，手里提了个暖瓶，是位中年太太。

那太太正好在问：“卓阳可来过？”

“来过几次。”杰生大夫说。

他们竟然在说卓阳，归云留了心在听。

那太太说：“我总担心这孩子，整天跑那些危险地方。”

杰生大夫安慰：“阳是个很勇敢的年轻人，上帝会保佑他平安无事的。”

“他又好几天没回来，如果您看到他，可要他再忙也回来让我看看好歹！您是不是就要回国了？”

“大使馆已经安排好，一切按国际公约执行，不会受到日本的阻拦和袭击。”

那位太太叹气：“卓阳不肯走，怎么说都不肯！”

“您放心吧！上帝会保佑你们的。您又带了那么好的汤给伤员，您总是那么好心！”杰生大夫在胸前划一个十字架。

“看着他们都伤得那么重，心里总想要做点什么！他们喜欢喝这汤，我也安慰了！”

那太太侧了身，归云看清楚相貌，有些眼熟，不及确认，有医生急急跑了来：“杰生大夫，麻烦您来看一下高连长！”杰生大夫旋即随着那人奔跑过去。

归云一听是“高连长”，心也慌了，跟着他们一起往高连长的病房跑，但只她被挡在那扇病房的大门外。

房门是绿色的，外面的天渐渐阴沉了，这绿，也绿得阴阴的。

外面在起风，还挟着点点的雨丝，打入走廊，打到归云身上。归云躲到檐廊下，双手抱臂蹲下来，把头埋在肩窝里。

这天的阴雨缠绵了很久，归云带了伞，但还是被困在空旷的伤病医院中。

她一直趴在高连长病床边的床头柜上写信——这是高连长临终前拜托给她的最后一件事，为他远在北方的妻子写一封丧报。

高连长的妻子闺名“翠莲”，复杂的笔画使归云无法写得漂亮。但她牢牢记住高连长留给妻子最后的话：“切勿哀痛，保重身体，侍亲育儿，以待胜利之日。”

她一直默念着，生怕忘记半个字。她抬眼望去，病床上空空如也，人不知归处，心头空空落落，异常难受。

医生见她写得艰难，要帮她写，被她倔强地拒绝了：“高连长要我给他写的，我一定要做到！”

高连长临终前这样对她说：“小姑娘，恐怕我要麻烦你的这件事情会让你很为难，这封信句子不多，你能亲自写给我妻子吗？其实写字并不困难，难的是永远不去写。连长叔叔相信你能克服困难。”

那时候，他很虚弱，神思在消逝。但他对她说了这样一大段话，她才了解，军人也是细腻的。他临终前千般嘱咐，是要和妻子诀别，也是要给这位在最后日子里抚慰过自己伤痛的小女孩最后的鼓励。

所以她坚持写，要写得漂亮，要写得娟秀。但是，她的泪也不停地流，顺着笔杆子，落在信纸上，让一张张纸变得虚软无力。

这支钢笔是她为了给高连长写信时买的，在商店里挑挑拣拣，买不起美国的牌子派克，但也不想买得太差。售货员向她推荐："这支笔是国产的，牌子老好的，叫'博士'。国难当头，我们要支持国货。"

她立刻就买了下来，回到病房对高连长说："这是我第一次买笔，国产的，听人说不错，写起来应该好。"

后来卓阳写了信，高连长夸道："字好，国产的钢笔也好，我们中国人生产的东西不比外国人的差。"

最后钢笔回到了她手上，成了高连长的遗物。

她望着这支黑色的、戴着镶金边的笔帽的钢笔，庄重、深沉，捏在手里重千斤。她不断地写，仍旧写不好这字，不断气馁。

"你说，我来写。"背后响起熟悉的声音。

回头，是卓阳，站在她的身后，一裤腿的湿痕，头发也湿了，贴在耳际。他锁着眉，望着她一脸未干的泪迹。

她慌忙掏出手绢擦泪，擦好一看，竟就是他上次留给她的那条。

他总是见到她哭得不成样子。

"我要自己写。"归云仍旧坚持。

卓阳低低叹了一口气，弯下腰，拿过她手上的钢笔，说："你来说写什么，我写好一张，你压到信纸后面临摹。"

他的确写得一笔好字，高连长都夸赞过。这也是一个好主意，不然她耗了整天都没办法写出这些字。

归云转述了高连长的遗言，卓阳"唰唰"地就写好了，把纸递给她。他的字是磅礴有力的，肩肩骨骨棱角分明，和他的人一样挺拔俊秀。

归云把那纸压在自己要临摹的纸下，接过卓阳递来的笔，临摹他的字，一笔一画，沿着他写过的痕迹写。

第一遍还是不像样。她眼角看到他尚站在旁边看着，便有了些勇气，再写。

卓阳就看着她临摹了一张又一张，右手用力捏着拿笔，不肯放弃，就像前线不肯放下刀枪的战士。

待到最后一张写得已经像了样子，也工整了，外面的天色也微暗下来。

归云执起那信纸，仔细看，再转头学生似的问卓阳："能看了吗？"

卓阳看去，是模仿他的字，但是工整，有力，仔细，干净，就点了点头。

归云小心翼翼地叠好信纸，放进信封里，站起身，对着那空空的床位说："连长叔叔，我答应你的终于可以做到了，虽然做得不那么完美，但是我坚持到底了！"眼前又温热，她咬住唇，忍了下去。

"我送你回去吧！"卓阳当作没有看到她的泪。

卓阳坚持骑了自行车载归云回去，他又没带雨具，坐在车后座的归云只好撑开油布伞，笼着两人。

雨丝打在油布伞上，"滴滴答答"的，还有踩着自行车的"嘎吱嘎吱"声，都是无休止，像前线无休止的枪声。

"你住哪里？"归云问卓阳。

"我回报社。"卓阳说。

"你先回报社吧！我有带伞，不会淋湿。"归云看着他浑身的湿痕，将大半的伞面移过去。

卓阳坚持："先送你回家。"

归云知道他的心意，转念一想，又说："那我到家后，把伞留给你，不过你单手骑车要小心！"

卓阳不觉莞尔，扬了扬唇角，说："好。"

归云这才放心，全心为他打伞，遮遮挡挡，反让自己身上大半都被雨水打湿了。待到卓阳将她送到石库门门口，看到半身湿的她，皱了半天眉。

她倒跑进灶庇间拿出一条毛巾递给他擦干衣服，然后目送他一手举着伞一手扶着车把手骑远的身影。

他一个人骑车的速度飞快，如风。她又担心他了。

卓阳回到报社，先进了报社隔壁的厢房。

这厢房是莫主编拨出来给几个外国编辑和记者作办公室的，他们做的报纸叫***FREEDOM***，翻译纽约和巴黎的时事，也把中国的新闻发去国外。纽约巴黎的杂志能在上海同步发行，这群洋报人贡献不少。故莫主编鼎力支持，还将印刷房一并交付他们使用。

厢房里此时无人，进门迎面就能看到一张相片，是蒙娜。她正站在金门大桥前，做一个张扬的指挥的姿势，金发也张扬。

卓阳将伞放好，也将相机拿出来摆桌上。他坐倒，开始闭目养神。

有人进来了。

“你这样累？”

卓阳睁眼，是蒙娜。她手里还端着一只紫砂茶壶，径直到他面前，问：“你还不回家去？不是已经和卓老师和好了吗？”

“这样回去会吓到我妈，让我歇会儿，就回去。”卓阳又闭上眼睛。

“阳，十月的船你不去了？”

“你们洋人都要抢破头，哪里轮得到我们中国人？”

“好，我也不去了。”蒙娜说。

卓阳再次睁开眼，望着她。她将掌中的紫砂壶一展。

“今天在城隍庙的古董街弄来的，很多中国富人在抛售古董。我不太懂这些，你看看这只壶怎样？”

全壶暗紫的色彩，杂着粗沙，壶口高翘，壶身似一包袱裹着一方大印一般。卓阳细细瞧了，说：“这是袱印壶，不过——”他仔细检验壶盖、壶底和壶内，“没有制作者印记，应该是仿的，但手艺也够考究了。”

蒙娜点头，她得了些新的新闻：“最近古董买卖十分兴盛，真假充斥市场，真货也不会卖给我们洋人吧！”

卓阳说：“你们洋人抢过我们的圆明园，现在的收藏界立志，就算再困难，不得不出卖古董，也要找国内买家，再不能流传到外人手里。”

蒙娜抗议：“那时我并未出生。如果我出生了，也一定真实记录一切。”她挥手，“无真言，毋宁死！一切的刽子手都将得到主的惩罚。”

“你们的主说要宽恕一切敌人。”卓阳说。

“宽恕不代表遗忘，所以我们要留下证据，让所有人都知道真相。”蒙娜又说：“我听说有些日本人也在找中国古董，据说他们紧盯王老板呢！不过他们最想追缴的是一张碑帖，好像是唐朝时代流传下来的，和当时的日本国也有些牵扯。”

卓阳认真听完说：“我后来也想过，王老板的确做得招摇了，卖好政府太过，难免惹人注目，后来有些收藏界人士退出了。”

“所以卓老师的想法也没错。”蒙娜笑。

卓阳又沉默，算作承认，半晌才说："我真的冲动了。"

蒙娜却定定看他："你变了很多，更加成熟了。"

"每个人都不得不成熟！"卓阳看向蒙娜，"你有坚实的美利坚保护，但我们中国人要保护中国！"

蒙娜喝彩，也鼓掌。她留在上海，也学习，也旁观。

中国人，很坚韧不屈。

她以前认为这个东方古国是孱弱的，只有艺术文化的生命力。就像景德镇的瓷器——白如玉、明如镜、薄如纸、声如磬，但是，易碎。

只是经历了硝烟，她发觉未必。

眼前的卓阳，自己认识已久，自己兄妹是他父亲的学生，以中国话讲，真的是青梅竹马长大的。他是个潇洒不羁的中国男子，亦狂亦侠，能哭能歌，有欧洲中世纪的骑士之风。她以为他是西式的自由主义人士。可他也是凝重的，说出那样的话，让她震动了。

她已经即将要体会到那种处在民族危难之中的紧迫感了，也只是已经即将要而已。隔着民族，那层痛苦也不过是隔靴搔痒。

但是望着伤兵溃退的苦痛，蒙娜心中还是恻然的。

伤病医院里所有人员开始大规模转移，场面一度混乱。人人都不知所措，人人都在溃失信心。

这里的医生、护士和义工不知道将来的命运，只惶惑着遵从命令，帮助行动不便的伤员整理行李包裹。民间自发组织的救护组输送队也被调来帮忙。

蒙娜看到了归云和展风。

归云正焦急地问展风："是不是所有队伍都要撤了？"

展风一脸茫然："前线队伍已经疲了，但是没有消息说要全线撤！或许只是撤走伤员。"

"可是怎么会那么乱？"

蒙娜走了过去："杜小姐！"

"您来做采访？"归云同她握手，打招呼。

蒙娜环视四周，耸肩叹气："本来要采访，现在这样，也不能做采访了。"

"是啊，乱得一团糟！"展风说。

“你们会不会跟着撤走？”蒙娜问。

“当然不会！”展风立刻答，“我们的家人都在上海，家也在上海！”只是一想，自己一家原不是祖籍上海，这样回答未必完全正确，但现在生了与此地生死与共的心甘情愿。这心甘情愿就如死守宝山城的姚子青营五百将士一样，不离不弃，永驻阵地。

蒙娜望着这和卓阳年纪相仿的中国男子，这群中国人身上还带着杀气，在肃杀的秋天，格外凛冽。

北面大片的鲜血染尽了黄浦江，也让奋勇的杀气在这些中国人身上染遍。

日本的海军空军陆军全线出动，在国际上叫嚣三个月灭亡中国，如今也快三个月了，还是没有灭尽上海滩上的繁华，更何况是中国？

蒙娜回报社时，天已经暗了。

连续数月的枪炮声渐渐歇止，剩余的只是零星的、偶尔破碎沉静的天。

她望向东南面和北面，那里的天空堆积着浓厚的云层，掩住霞光和微起的月色。云层下，还是有几处楼房起着熊熊的大火，火光倒把影影绰绰的高楼照亮，倒着竖向天空，狰狞可怕。

因为日本人在夜晚的空袭也渐停了，所以微暗的大街小巷里到处都是逃难的人群以及撤退的军队。

卓阳和他的同事们还在忙碌。

“南翔到昆山的路上惨不忍睹，军队已经乱了秩序，日本人的空袭和围堵也没有间断，情势不妙啊！”莫主编对难得集中在一起的报社同仁们说道。

卓阳说：“听说还有部队会驻守到西藏路桥边的四行仓库，公共租界的人正在协调，要部队退出去。”

一名男编辑愤慨地挥手：“英国人和美国人隔山看虎斗也就算了，国际联合会管什么用！凭什么要中国部队撤退？”

蒙娜很尴尬。

这时他身后有外派的记者跑回来，气喘吁吁地说：“四行仓库确定有守军，英美代表交涉了半天，只要他们肯放下武器，就一定保证他们安全离开。”

男编辑急忙问：“守军怎么说？”

那记者说：“驻军团长姓谢，说‘我们的魂，可以离开我们的身，枪不能离开我们的手。没有命令，死也不退。’英美代表已经放弃劝说了。”

“好！”报社内的编辑记者们一片鼓掌。

卓阳问：“他们一共留了多少人？”

“有国外记者代表去问了，他们说留了八百人。”

“我们中国人的军队到底是好样的！”一名记者叫。

莫主编和卓阳都蹙了眉。

卓阳说：“四行仓库工事虽然坚固，但八百人怎么抵挡十万日军？这不是——”

男编辑也想到了：“这是送死！”他重重一击捶到办公桌上，“中国人怎么只能用血肉之躯来抵挡侵略者的炮火？罗店、宝山、大场，一排一排的人肉去挡敌人的大炮——”随即再也说不下去。

莫主编摇了摇头：“看来是要用孤军去讨国际同情。”

“怎么到现在还指望国际救援？”卓阳愤慨。

莫主编一下站立起来，微昂了昂头，喝一声：“走，我们去前线做报道。”

大家纷纷站了起来，整理了相机笔稿，跟着莫主编一起出了报社。蒙娜也跟上了，一众气势浩浩荡荡地往苏州河边走去。

月亮从苏州河西岸、黄浦江边升起来，月光粼粼，挟着冷风。是真的到深秋了。

苏州河的南岸，一字排好了英国军队布好的防线，是怕城门失火殃及池鱼。河对岸，是苏州河北岸，四行仓库就伫立在那边。

莫主编带着报社同仁一起到达的时候，苏州河南岸早已人山人海，个个翘首望着北岸。

“不少市民观战啊！”编辑惊叹。

驻守的记者看到同事来了，就挤过人群来汇报情况。

“日本人还是怕流弹飞到租界，倒没有用飞机大炮。”

“战事如何了？”莫主编问。

“守军十分英勇，带队团副是谢晋元。”

另一边的鼓掌喝彩声打断了这边的谈话，大家循声望去。

“我们的军队，正为守卫国土而战，正为国家民族牺牲流血，作为一个中国人，我们必须要拿出坚定的信念和勇气来抵抗敌人，抵制日货，保卫国家！”

慷慨陈词的爱国商人是王老板，他说得激动，听的人也激动，还有闪光灯闪个不停。

莫主编见状微笑："王某人这关节还能做到闪光灯前镇定慷慨，我以前倒有些小看他了！"

卓阳望过去，展风正站在王老板身后，挽着袖子，手里拿着一对鼓槌。他面前支着一面大鼓。卓阳再望过去，原来归云也在。她静静立着，浑似不觉周遭的一切，只是直直望牢河对岸的四行仓库。她在担忧，也在叹气。卓阳想，也正想，她就转头过来。

他们互相凝视着对方，也让对方看到自己眼中的担忧、悲愤和孤寂。

卓阳先走过去："这里很危险！"

归云淡淡道："没有哪里是不危险的！"见他仍端着相机，问，"还要采访？"

卓阳看着苏州河边越聚越多的人群。

都说上海人爱凑热闹，马路上出一小点鸡毛蒜皮的事都会围成里三层外三层，没有想到这样存亡的关键时刻，上海人还是爱凑热闹，赤头赤脸都跑来枪林弹雨下围观。但个个脸色又都是凝重的、不屈的，并不惧怕危险。

卓阳说："这样就够了。"

归云笑了一下，气鼓鼓的，在作气："每个人都被迫发出最后的吼声！"

卓阳挑一挑眉，心里一触："你说得很对。"

他们一同看着淞沪战场上最后一场战斗。

日本军队的进攻很猛烈，河对岸的人们只能看到战斗的硝烟，听到机枪的声音。

凡有敌人被四行仓库的孤军战士打死打跑，河对岸的人们便会爆发雷鸣的掌声和叫好声。王老板一示意，展风就甩开臂膀用力击鼓助威。引得不甘落后的热心市民不知从哪里买来了鞭炮，跟着一起点放。更有细心的市民拉了彩色小旗子，观察日军行进的动向，哪边有敌人潜伏过去，就把旗子指向哪边，给孤军战士们指引目标。

景象甚是奇异，守备的英美驻军都很惊异。数万的中国平民，人山人海的，就像看体育比赛中的啦啦队一样，从中午到下午，从下午到晚上，坚持站在这里鼓劲，始终不肯离去。

夜色里，四行仓库像一根笔直的脊梁一样，高高耸立在月色下，凛然不倒！好像支撑住了上海的一片天。

在四周拍过照片的卓阳又循着原来的方向，找到蹲在河防墙角边的归云。她双手抱膝，犹自发呆。

正要走过去，就见展风走到归云身边，拉起她一起走了。

月色笼罩他们的背影，卓阳看得出了好一会儿神。

次日，战斗依旧，市民们英勇的围观也依旧。军民的精神高昂得很一致。

卓阳还是在那堵河防前看到了归云，他走到她身边。

她看着前方起的硝烟说："你看，我们中国不会亡的是不是？"

卓阳凝神看她，她的脸色很苍白，红唇也失了神采，她却转头直视他，神气自信，笑："我不怕！真的不怕！真的不怕！"

孩子似的重复好几遍，给自己打气！

一名女学生过来发传单："大家一起唱这首《八百壮士歌》给战士们助威吧！"

卓阳和归云接过传单看，是手写的歌词。

一个瘦弱的、头发紊乱、穿破旧长马褂的年轻男子排众走到所有人面前，站在高高的堤坝上，挥舞着手臂，扬着自己嘶哑的嗓子领头唱：

中国不会亡！

中国不会亡！

你看那民族英雄谢团长！

中国一定强！

中国一定强！

你看那八百壮士孤军奋守东战场！

四方都是炮火，

四方都是豺狼。

宁愿死，

不退让！

宁斗死，

不投降！

我们的国旗在炮火中飘荡！

八百壮士一条心，

十万强敌不敢挡，

我们的行动有力，

我们的志气豪壮！

同胞们起来！

同胞们起来！

快快赶上那战场，

拿八百壮士做榜样！

中国不会亡！

中国不会亡！

中国不会亡！

人们沸腾了，跟着他整齐而有节奏地一起唱！

歌声从苏州河南岸，越过滔滔起波的苏州河，越过英美防线，越过日军布点，传到高高的四行仓库那里。那边，也传来了回应的枪声。融合在一起，是冲破天际的呐喊！

一架灰色的日军轰炸机出现在天空。人们翘首望着，它低低盘旋示威，发出“嗡嗡”的呼啸声。是日本人受不了苏州河两岸的唱和，威胁无端起哄的中国人。

但，没有人逃跑。每个人都知道，现在要是从轰炸机上掉一颗炸弹下来，苏州河南岸立刻就像南站一样死伤大片，瞬间沦为人间地狱。可就是没有人逃跑！

归云在歌声、机枪声、轰炸机的呼啸声中，听到卓阳的冷笑。

“人不畏死，奈何以死惧之！”

展风的鼓，又敲了起来，向轰炸机示威。

上海的天，起了薄薄的雾，雨丝纷乱中，只有冲天的喧嚣，长声呐喊出中国人的咆哮！

狼烟尽头，上海这座大浅滩还是牢牢伫立在黄浦江畔、苏州河边。

第六章 光影乱

过了寒冷的冬季，几乎要被遗忘的江南的春天悄悄登陆了上海，在租界这座小小的孤岛内复苏。这次的苏醒，带着心知肚明的仓皇。

四面是豺狼，避无可避。

从四行仓库之战中退下来的谢团长和他的四百余名战士被租界扣押，留在了租界的孤军营里。

人们才恍然大悟，英美老虎并不威猛，他们也是怕小日本的爪子的。但人们也只能在心里愤恨，更为重要的是生计，普通百姓营役的是每天的口粮。

日晖里的杜家也从一场浩劫中缓慢恢复，展风继续留在王老板租界内的棉纺厂做工，每月按时领取薪水。杜家有了余力为小蝶娘同筱秋月找了住处，又将大伤初愈的陆明接来同住。

屋子是拥挤了，负担也更重了，但杜家没有人埋怨。

杜家的人每日早晨都会先轮流照看陆明，生怕陆明一时想不开。

陆明臂上的伤在愈合，心里的痛却总止不住，每日都望着老虎天窗外的天空发怔：

"小蝶总喜欢在大太阳天出去逛公园。"又说，"我总感觉小蝶没死。"

这时，归云会先扶他坐起身，往他的腿上铺上毛巾，把放着油条和白粥的托盘放上去。她一口一口地喂陆明吃饭，并安慰："我们会找到她的！"

去哪里找？归云和杜家的其他人也只能这样无奈地安慰陆明。

他这样痴，又遭逢这样大的变故，人是破碎的，心也是破碎的，说不了三五句话。但他对小蝶的一片痴心，触动了归云的心。

归云对展风说："我也觉着小蝶没死。"

展风说："我托了些关系打听。她在轰炸前两天从南站失踪，那时在南站附近有不少妇女都离奇失踪了。"

两人都担忧，幸好展风处事成熟了，能安归云的心。杜家毕竟还是需要一根主心骨。

归凤唤归云："快走吧，要迟到了！"

展风问："去见百乐门的袁经理？"

归云说："是啊，驻场和戏院开幕的事还要再谈谈。"

展风却正色道："这个袁经理最两面三刀，曲意逢迎，你们和他计较的时候小心着点！"

归云笑："我们自有分寸的，你放心！"

她其实也不能确定。

战争结束了，租界面上看着一切照旧。归凤也催着归云照旧："咱们除了这宗活儿，也干不了其他的。"她想得好，虽没了班主，但庆禧班的人到底没散。

庆姑却问她们："顶梁柱一塌，这人气怎么拢回来？你们俩可罩得住那几个不省油的？"

归云看得出庆姑的疲惫，她无心无力管戏班子那等杂事，还因着亡夫之痛，怕触到那些过往。但归云转念思忖，唱戏是立刻能捻起来的活儿，为了活口，倒也得干。只展风现下有自己的打算，要做班主那是不可能的，归凤又是个只管唱戏的，旁的人情世故一概不多虑，自己年纪又最幼，她担心这担子一下挑不住。

但归凤执拗坚持："我要唱下去，不唱戏能干什么？"

归云也只好这样罢了，打起精神同她一块又联络上了江太中和袁经理。江太中自是作势了几次，方将她们又带去见袁经理。归云晓得有些势态要变了，但也无可奈何，只能做好受屈的准备。

“这场仗可打得我们这里也惨淡了！”江太中先自诉苦。

袁经理的老板派头不变，且更甚了，说：“这是暂时的，这世界归根结底还是该干吗的干吗。仗还不是不打了？百乐门的霓虹还会闪，大世界照样营业，我们该唱戏的还得继续唱戏。大家各干各的，继续赚钞票！”

江太中诺诺：“还是袁经理有见地、有胆量！”

袁经理从抽屉里拿出一张纸，递给归云、归凤：“本来是要和杜班主谈这事情的，可惜杜班主遭逢这变故，我也痛心得很。当然我们不会毁约，这是生意人的诚信嘛！不过庆禧班没了个主掌的人，为了以后方便，我们用时兴的合同制。”

归云拿过纸来看。

归凤问：“怎么说？”

江太中代为解释：“几位小角儿单独同咱们签合同，咱们用月薪制，角儿们按等拿薪。唱得好的、有人捧的，凭咱们袁经理路道粗，约定几位鼎鼎有名的大记者写写特稿，唱片公司打打招呼，前程大着呢！你们瞧这次仗一打，周璇的《四季歌》大火，黑碟子赚了不少票子。”

袁经理接着道：“照售票数抽成，三七开。当然出门还是要靠关系，免不得要接一些堂会来贴补面子上的需要，几方大人物都得罪不起！也算免费打广告，保不准在这些大人物那里唱红了呢！”

江太中又搭着唱：“袁经理给出的条件都是丰厚的，不低啦！”

归云听下来，也看了合同。这样一来，戏班子就彻底归属戏院，袁经理坐了班主的位子，她们自是下了一等。她又听他说了堂会的事，势必会盘剥得厉害。她捉摸不定。

归凤问她：“你看好不好？”

归云心中一叹，世道处处有老虎，如今是没有更好的选择，归凤想唱，那也只好签了。往后再走一步看一步。

临走时，江太中已懒得再送她们，只向袁经理请示：“重新置办好的物品都齐全了，什么时候去张公馆拜码头？”

袁经理说：“真烦人，谁想老杜一打完仗就往香港一躲，以前扔的钞票都丢黄浦江里了，日本人不是个玩意儿！”

不过这袁经理倒真神通广大，戏院开幕那天，来了不少西装革履的大人物和记者。

戏院门口大大的横匾招牌熠熠生辉，几十座花篮簇拥着袁经理，他笑得眯缝了眼，手持金色小剪刀，一挥，把跟前的彩带彩球剪断。

热闹又复苏了。袁经理热情地请记者们去后台参观。

今天首演的是《红楼梦》，这是归凤拿手的，门前挂的海报没怠慢，将归凤的嫣然姿态画胜了几分。

卓阳在那张海报下看到了归云的名字。

“金玉良缘：薛宝钗——杜归云。”

他似笑非笑，眼睛是惺忪的，人已醒透了。

蒙娜推了推他：“不进去？我可听不懂你们中国戏，还要烦你给我解释呢！”见卓阳还戳着，又问，“还在气我把你从被窝里拖出来做这样的娱乐采访？但战后的民间百态我很想了解，只能来烦你了。”

“没有。今天演的《红楼梦》是一出好戏，等一下你就晓得了！”卓阳笑着说。

蒙娜奇道：“怪哉！变脸色还真快！和上海的恢复力一样惊人！”

后台的归云是头一回穿新娘的凤冠霞帔。她也是舞台的新娘，紧张得一手是汗。

归凤说：“你别紧张，已是练了多遍了，现在也不怕那筒子灯，一定好好唱一出！”

归云涨红着脸，头重脚又轻，头上凤冠垂下的珠串让她同外面隔着一个世界。到了外头，她要正式去打仗了，心很慌乱，手里只好捏着红盖头，要自己镇定。

归凤又安慰她：“头回唱女角，就盖了红盖头，可讨喜呢！”她一把抢过来，同归云玩笑，盖到她头上去。

归云尚不及反应，就听到袁经理的声音传来。

“各位记者先生、女士，咱们的角儿那身段、那唱腔，都是一流的，一等一的表演那才能上台面不是？”

外面拥进一窝人，归云慌忙将红盖头扯下。珠串一阵乱晃，她藏着自己的脸，吐了吐舌头。俏眼一抬，竟迎上不知怎么就走到她面前的卓阳。

他的头发乱着，稍长了，眼里也有血丝，下巴青青的，胡楂子没剃干净，一副她熟悉的辛劳样。可他脸上就带着好笑的神气，瞅着她。她要瞪他，又羞极了，心更慌，手一软，手里的红盖头飘落到地上。

他蹲下，双手捡起来，提着，心里想的是：我就此给她盖上？

他面前的她，实在动人，有着新娘子含羞带俏的明丽。他是懊恼自己的邋遢的，既没理发又没剃干净胡楂。

红盖头就在手心里，他不敢盖，也不舍得放。

归云羞到极处，反端正了态度，伸过手去，将卓阳手里的红盖头轻轻巧巧扯了来。

手里抽空的刹那，卓阳感到自己的心也跟着空了一刻。只片刻，他凝了神，整理好表情，礼貌地笑："祝你首演成功！"

他的话被一片记者提问声和闪光灯的声音埋没。那边袁经理隆重推出归凤，郑重其事地介绍这位新秀，把话也说得新，称她们为越剧演员。真是铿锵有力！

归云的话也没在人声里："谢谢！"

红盖头终于是要掀起来的。

归云也坦荡了，对着光，她不怕了。光影织就的风尘大道，她是不得不走的。就像被推进洞房的薛宝钗，是知道一步步路怎样走的。

她，或者薛宝钗，都是不得不走。

观众汹涌的情绪，是闭塞许久的爆发。他们害怕，他们也寂寞，很久很久，终于在戏园子里释放了，也痛快了。

台下的记者对每个角儿都会猛拍，是袁经理打了招呼的。对归云也不例外，她已不怕那些闪光灯筒子灯，所以唱得更好，也更入戏。

所以她看不到只有一个拿着相机的记者没有对她举相机——就是卓阳。他端端正正坐在那里，相机好好地放在胸前。

她一曲毕，看到他，他是第一个鼓掌的，带动全场。台上台下，她只看到一个他，他也只看到一个她。

幕终于落下。

莫测的问题在第二日跟着来了。

受了袁经理的托，报道的报纸不少，可几宗顶有名的大报偏偏用了大标题——《昨日硝烟未散尽，今日又唱后庭花》。

记者言辞犀利：我军将士在前方为国浴血奋战，本埠同胞安能高枕苟安？舞厅霓虹不灭，戏台艳曲靡靡……

下面还有大照片，是眉飞色舞的袁经理和上了黛玉妆的归凤。

江太中心急火燎："谁知这几个记者没有摆平，现下可好，烧香烧了倒香，这群记者真不是好货！"

归云认得那报纸就是卓阳任职的《朝报》。他原是来做这报道的。本该跟着江太中同仇敌忾的，她心头却没气，只想本就是袁经理好出风头惹的事，她问："袁经理有什么好计策吗？"

江太中说："袁经理最近为了百乐门的事已焦头烂额了，哪有空理会咱们这里。我得全权处理！"

归云一听百乐门，便想到雁飞，心中急了几分："有什么事情？"

"日本大使馆和军部的人下个月借用百乐门开舞会，要请那票舞女作陪，又不肯付场租费和台子费。袁经理就怕到时候请来强盗赶不走！"

"没有大使馆管一管？"

江太中嘴巴一撇："在英租界和法租界中间地界儿，双方都扯了皮，把脖子一缩，屁事不管！"他只愁他自己的事，"我这烂摊子可咋办？就怕戏客受了报纸的蛊惑，头脑发热一爱国，不进来听戏了。"

归云灵机一动，不假思索："我们也可以演爱国戏扳回一成！就像天蟾戏院上过《穆桂英挂帅》这样的京剧大戏，我们也能试试。"

江太中猛拍脑门："哎呀！没想到小姑娘脑筋这么活络。真是一个好主意！我就去向袁经理汇报！"说着喜滋滋地走了。

归云见他也赞同，心中有几分侥幸的喜，是遂了愿的。只是她想到雁飞，又愁了。

窗外，那边的百乐门，不知道如何了，小雁，又不知如何了。

春色如许，无限蔓延，不知寒暖。华灯初上，车如流水马如龙，从这头蔓延到那头的，除了乍暖还寒的春，还有热烈闪烁的霓虹。

百乐门的霓虹，是夜里最亮的那盏。战后的春风，吹开了这里被硝烟禁锢的堕落，开出暖熏熏的花。

袁经理本应高兴的，战争时账面上的亏损在战后被迅速填平，他指望着麻烦快快过去，可近日收到日本大使馆发来的信件，声称要在百乐门大舞厅举办"日本军政工商迎春舞会"，请他务必配合。

他明白这配合，就是请他们一顿霸王宴，不单赔场地，还有酒水吃食，外加这里的红牌舞女们。

亏本生意，他从来不做的。可这回是日本人，两租界又摆明了沉默是金，可以倚靠的靠山尚未靠牢。这让袁经理觉得他脖子上的脑袋随着这封信的到来有点不太保险了。

他还是想要那颗脑袋的，场子和菜肴酒水都没关系，唯有那群莺莺燕燕，在这个关乎他生死存亡的关键时候，倒被人领头跟他计较起民族气节了，坚决不肯在那天出台接待。

想到这里，袁经理一撇嘴角，冷笑数声。

可笑不可笑？卖大腿的跟他讲气节？要真有气节就不该应聘百乐门的舞女！不过是靠那点子让男人寻开心的小资本混得今朝穿金戴银，这会儿倒想起气节来了？

枪打出头鸟，袁经理思忖，是要对领头的红牡丹陈曼丽做些工作了。

他的绿豆小眼扫进舞场。

舞台上，两个战后新冒尖的小歌女手挽手，摇臀摆裙唱："你是我的小亲亲，为什么你总对我冷冰冰？我要问一问，请你说分明，你对我呀可真心，你呀你，你是我的小亲亲，为什么你总对我冷冰冰……"

舞池中，醒目的就是一红一白两道身影，目前势头正盛的两棵摇钱树。

他望了望舞得心不在焉的雁飞。除了总是和他对着干的红牡丹，这白牡丹也越来越让他捉摸不透了。

他还记得当年是他将她招了进来。就在他的办公室里，她一推门进来，他就觉得眼前一亮，想，真是一个顶级货色。

他问她："知道做舞女是干什么的吗？"

她嘴角一翘，说出四个字："普度众生。"

他诧异了，问："怎么讲？"

她几乎是用带点天真的样子道："在男人堆里普度众生，换供品过活呗！"

他满意了，这个聪明剔透的十六七岁的女孩已经有豁开身子下海的准备了，会是一棵茂盛起来的好苗子。

那天，他教训陈曼丽和谢雁飞："日本人的舞会我是不得不接的，两位悠着点。"

陈曼丽简直是在用鼻孔看他："东洋货臊，老娘向来不吃的。"

谢雁飞则默默地坐在一旁，没说"好"，也没说"不好"，眼神不知道飘在哪里晃悠。

他的心一沉，想起谢雁飞那位财大气粗的干爹最近又是组织抗日捐款慈善大会，又是做了民间义勇军的名誉顾问，怎么着对她都会有些影响吧！

此刻他也管不了那向来魂不守舍的白牡丹，且调教好带刺的红牡丹再说。

他再望陈曼丽，她正情意绵绵地伏在一个俊秀后生仔的肩头上，双眼微闭，陶醉在《小亲亲》缠绵的音乐里。

袁经理悟了出来。这后生仔出现了很多次，他认得他，是金融大亨徐某人的独养儿子。第一次是被一群开洋荤的大学生夹着来的，做了埋单的冤大头，却艳福不浅，被陈曼丽推了好几张台子去招待。

可见是自古嫦娥爱少年！只怕这位小开的老子尚不知情，不然哪会让毛都没长齐的儿子混到这里来?

他不动声色地挤到陈曼丽身边，在她耳畔说了两句话，陈曼丽的眼睛猛地睁大，面色一端，盯着袁经理说：“出去讲。”

雁飞扫了他们一眼，没了心情，对舞伴道声“抱歉”，也退下去，先去酒吧喝酒，有点愁，消化了，抚着微红的双颊，进了更衣室。

陈曼丽正坐在白炽的灯光下狠狠抽烟，要把烟圈吞下。

雁飞走过去，拿她的烟过来，吸两口，再递回她。

陈曼丽说：“老袁要找平华的老子。”

“只要你答应那天出席日本人的宴会，也不再撩拨我们一起罢工是吧？”雁飞坐到她身边，“曼姐，是你多情了。多情不好！”

陈曼丽苦笑：“小谢，还是你修炼的道行高深。老袁真要去告发的话，只怕以后再也见不到平华了。”

雁飞说：“那就不要见了。早晚也是要见不到的，何必呢？”

陈曼丽摁灭烟头：“得一刻快乐便享一刻，不是还有一两个礼拜吗？不就是陪日本人跳跳舞吗？”说罢站起身子来，掷下烟头，踉跄出门。

雁飞微不可闻地呼了一口气，黯然地看着自己的影子，白光打到地上，就那么一团黑，四周是空蒙的。她调整了姿势，跷起二郎腿，哼起小曲子。有了些声响，就不孤单了。

日本人的舞会在大太阳高升的下午开始举行，还派了一支四五十人的军队在百乐门大门前做了仪仗队。

这是表面上的说法。

打从南京沦陷后，日本人屠城的行为还是被人漏了风，新近成立的汪伪政府辖下特务又在租界暗杀了不少爱国名流。可他们也怕中国人以牙还牙，也确实有中国人在以牙还牙。所以保障是免不了的，竟还放话给法租界当局，要他们万分注意舞会当日治安。

雁飞看着百乐门楼顶高高的旗杆上挂着的太阳旗，青天白日下又升了一轮刺眼的太阳，像心里洇出的一团血污，污得她眩晕。身边有人扶住了她。

“雁飞小姐！”是藤田智也。

雁飞定神，再看，确是旧识藤田智也。他以前只穿西装，如今却穿着神气的军服、马靴，腰间配刺刀，神情肃穆。

雁飞往后退几步，暗生戒备：“藤田先生？”

“是！”藤田向她鞠躬。

“你是日本军队里的人？”雁飞看着他的眼睛。

藤田智也不躲她，略严谨一笑，他真不适合笑：“只是文职。”

雁飞移开目光，欠欠身子，往门里去：“百乐门可从来没在这样的时间，用这样的方式迎过客！”

舞厅已整顿干净，舞台的背景也是太阳旗，无处不在地照耀在百乐门闻名上海的爵士乐队头上。乐师们蔫着头，如同罪人。

在场的日本人熟稔这样的庆祝场合。军装的、和服的、洋装的，拼命华丽铺张得像主人。他们都有高昂的兴头，胜利的喜悦。是的，又要庆祝了。第几回了？是冲刺的快乐，麻痹神经，随心所欲，国内等闲享受不到。都是天皇的恩典。

舞厅最佳位置都给了穿军服的，雁飞看见藤田智也也在那边。舞台上的横幅写的是“军政工商联欢”，是日本字，像中国字。他们把“军”放在最前面，笔画像刀锋。

百乐门的舞女们不得不从主角沦为配角，由监工袁经理领着，在回马廊的暗处和装饰壁画一排站好，都是等待挑选的。

有个穿和服的老女人踩着木屐到雁飞跟前，周身一股陈腐的日本樟脑味。女人掩着嘴笑，塞给雁飞一个小圆牌子，上头刻了数，是个“9”。

舞女们都被身不由己地编了号。

陈曼丽站在最前头，头发卷过了，一边乖乖贴在头上另一边垂下来，三分乖七分倔。她的眼睛又黑又亮，嘴唇又红又艳。她是尖盘子脸，衬着鸡心领子的红洋裙，下巴连到锁骨，坦然露了胸前的白，奋不顾身的。下面的裙摆只过膝盖，上面肩膀是半袖，都绣了蕾丝边。人裹在火里，又从火里生出来。

她招雁飞过来，挤眉弄眼："你看我果然好运道，拿了个'6'，正好六六大顺！"

雁飞蹙眉："我跟你正好倒一倒。"

"平华果真是个童男子！"陈曼丽凑近雁飞小声说，倒不脸红。

雁飞轻笑："有没有包红包给他？"

陈曼丽晃晃荡荡地笑："我包了老凤祥的五根条子给他，他的眼睛瞪得比牛眼大，吓坏了！"

"曼姐！"雁飞没了笑。

这个陈曼丽今天太过倔强，雁飞觉出不妥。

台上开始奏乐，是日本歌，乐队奏得准，是不得不准。日本人逐个说话，也授奖，不是正规的勋章，但也是战场上的奖。

舞女们聊赖着，直等着有人示意。

日本歌毕，即将狂欢，要奏西方乐。日本人得挑舞伴了。舞女们等着，慌着，不知道谁先来。

一个胸前才得盛赞颁了奖牌的矮个子军官站起来，他是收获最丰的，所以有了优先权。他同同仁人谦让过，最后自然当仁不让，领先往舞女中一指——指的是陈曼丽。

也难怪她，一身的红，扎在这堆赶着往素里扮的舞女中，是招眼的。

发牌子的日本女人走过来，笑嘻嘻的，也会说中国话："长古川大佐请你去跳舞！"

她是头一个呢！是给获奖人的奖励。

陈曼丽跟着日本女人走到舞厅中央，忽停了步子。爵士乐队的人先注意到，不知怎的也停了奏乐。全场肃静，日本女人疑惑回头。

陈曼丽就站在那舞池子中央，"咯咯"一笑，好像是春天第一朵鲜艳的花儿，正准备怒放。她举起手里的牌子，大声说："今朝我真是运气老好的，抽到一个'6'，运气可真好！这不，正赶上这位矮长官要找我跳舞呢！"

在座的日本人，听不懂汉语的，不知道这舞女到底要说什么，听得懂汉语的都觉着不对劲，互相交头接耳议论纷纷。

陈曼丽举了手，场子里又安静了。她垂下手，冲那长古川一撂牌子，圆滚滚的牌子一路滚到他脚边。他的八字胡抖了一下，要愤怒了。

"曼姐！"雁飞轻叫，被袁经理死死拉住手。

陈曼丽歪了歪头，头发掩不住俏皮的表情："可惜我真不想嫖东洋骚货啊！怎么办呢？”

日本人群骚动了，长古川的手往腰间伸过去。他听得懂中文。

“她在作死！”袁经理低声吼，喝住开始惊恐的舞女们，“你们都消停些！”

陈曼丽还没说够，指着长古川，叫：“喂！你还没我高，我都能看见你秃顶上的皮。你怎么配给姑奶奶我伴舞？我看这里倒是有俊俏的。”手指掠过几个年轻的日本男子，也包括面无表情的藤田智也，她指完一叉腰，“可惜姑奶奶今晚没兴致嫖你们了。”

陈曼丽一扭身，甩开裙摆扭着臀往门口走。她像一团蓬勃的火焰，烧了个彻底。

雁飞大叫一声“曼姐”，同时，枪响了。

所有人只看到那团火红的影在门口照进来的一束光中倒下去。只有片刻，火焰熄灭了。

雁飞挣脱了袁经理牢牢拽住她的手，跑到陈曼丽身边。

陈曼丽侧脸躺着，鲜血从她的背部汩汩地流出，终染在地。大朵的红，开在百乐门的花岗岩上。她看见了雁飞眼中积聚的泪，轻轻吐了口气：“小谢，原来你是会哭的啊！”

雁飞不敢伸手碰她，只是捂了面孔。那红从指缝里渗进来，她的泪再渗出去。

陈曼丽嘴角有笑，瞑目了，只有雁飞听到了她的最后一句话。

“我也算是干净地走了！真好！”

血，蜿蜒地流淌，真开成了一朵娇艳的花，娇艳得在春天枯死的梅花。

春天里的寒风侵入了骨头，扑面而来的是漫天漫地的红。

雁飞从一团黑暗中挣扎出去，迎头朝着红光走。光影轮回，一团红影向她招手，她跑过去，看清楚，是陈曼丽，但又不是，是一张惨白的脸，身上也不是红色洋装，是束领旗袍。

很熟悉，也很陌生。

那人也喜欢用一手叉着腰。

她说：“小雁子，你不认得我了？”

然后，雁飞醒了，揪着被子半躺在床上，满眼的黑。她在夜里总是睡不好，旧的梦没走，又来了新的梦。她缓缓想起来，她又梦到了唐倌人。

雁飞有点渴，掀开被子起身下楼去灶庇间倒水喝，但热水瓶是空的。她心里发凉，苏阿姨畚懒了。她不是一个治下严谨的主子，想当年唐倌人支使得她和李阿婆把事情做得井井有条。

又是唐倌人，她想她忘不了她的。

雁飞从碗橱里端出一碟紫砂茶壶并小杯子。

她怎么忘得了她呢？这套小壶小杯子很像她当年用的那套，当年她教她茶道，拿出的周小开从宜兴带回来的茶壶杯子就同这一个样式相同。

雁飞帮着先烧水，就像现在，她烧水。

那时候，她趁烧水的片刻跑到弄堂里看别的女孩跳橡皮筋，翻飞的花样，自由自在。她很羡慕，但是只能自己跳，没有伙伴，没有橡皮筋。

李阿婆过来拧她的耳朵："丫头片子，烧个水也能小差开到外国大马路上去？"

很疼。就像现在，雁飞缩了下手，刚才一开小差，手指碰到铜壶，烫到了。

后来，向抒磊竟肯绑橡皮筋让她跳。

他们将橡皮筋的一头绑在椅子腿上，另一头绑在他的腿上，她的花样落到实处，从地关开始，过了膝关、腰关、肩关、顶关，最后橡皮筋举过了他的头顶，是最高的天关。

可她有惊人的弹跳力，连天关也能过。

那时不过十五岁多，身形窈窕，脱出成熟的形，每一处都是软的。

他看得入迷。她就偷偷看他，目光一触，都红了脸。

也是开小差。

她总是无时无刻不在开小差，魂魄从来没有归过位。

雁飞轻哂自己，提了水壶，回到客堂间，开一盏靠沙发的落地灯，在茶几上铺上厚厚的绒布，把水壶放上去，再回灶庇间拿了紫砂小茶壶茶杯过来。

茶叶是现有的，王老板送来的安溪铁观音。她都没什么空喝，今夜有心思，就拿来试试。

旧的杯子，新的茶。雁飞将杯壶都展开来，一字摆开。

温壶烫盏，沸水在杯壶中起了白白的热气，熏热了她的脸，温热了她的眼。

在百乐门上班的第一天，一群小舞女挤在盥洗室梳洗打扮，没人给她让位子。陈曼丽端着脸盆走过来说："快洗吧！洗好出去兜一圈，管保你转到好台子。"

雁飞把铜壶放下，瘫在沙发上。泪刚才被蒸走了。

静谧的夜里，发出"笃笃笃"急促的声响。雁飞先没理会。

"笃笃笃笃"的声音更急促。雁飞凝思，站起身去开门，留一条缝，一只手伸进来扳住。

"雁飞小姐！"竟是藤田智也！

雁飞本能地想要关门，他力气大，用力一推，人是进来了。前天井的铁门是关上的，他应该翻了墙。

雁飞不免惊恐，沉口气："藤田先生，你这是做什么？"

藤田智也靠着门，一步步走进来，坐在她的沙发上。原来手臂受了伤，还流血了："穷寇入巷，向你求救！"

雁飞的手扶到门锁上，沉住气，看着他臂上的血流到她的波斯地毯上。都是红的，也看不出来。

藤田智也紧盯着她，又往门边一扫："我送你的粮食救了不少中国人吧！"

雁飞的手紧了紧，又松了，欠个身："我还欠你人情，不提真忘了。"她也坐到沙发上。

楼下的响动惊醒了苏阿姨，她跑出来看，望见藤田智也，一阵惊疑不定。雁飞倒是镇定下来，继续她被打断的动作，边温壶烫盏，边吩咐苏阿姨："拿纱布来。"转头对藤田智也说，"我可没有治刀伤枪伤的药——"

藤田智也一笑："生死由命。纱布就够了。"

苏阿姨领命拿来纱布，雁飞又吩咐："去睡吧！明早一切照旧。"

苏阿姨小心应诺，又偷偷瞅藤田智也，他正给自己包扎伤口。血不住流，伤口也似很深。苏阿姨惴惴不安地退了。

雁飞目不斜视，倒出铁观音。她的架势依旧继续。

"雁飞小姐真是好兴致，三更半夜表演茶道。"藤田智也沉沉看她。

雁飞伸了手，就按在他适才绑好的伤口上。他是吃痛的，但不回避。

她说："藤田先生也好兴致，三更半夜血战沙场。"

"你们的人，很疯狂。"

雁飞瞅他一笑："彼此彼此。"

他皱了眉："这样很累。"

雁飞说："凡事有因才有果。"

他问她："你的因果呢？"

她不答了，开始悬壶高冲。把铜壶提得高高的，注水入紫砂茶壶，茶叶上下翻滚，清幽的茶香四溢。

藤田智也深深嗅一下，说：“铁观音？不过水不好，上海的水早没了江南水那种柔软清润的味道。”

雁飞睨他一眼：“我差点忘记藤田先生是品茶高手！”

藤田智也就看着她上下几下，冲好茶，准备回壶。他说：“你每次都称我‘藤田先生’，听起来太累，我有个中国名字。”

雁飞将茶斟到一只只紫砂小杯子里：“哦？日本人还有这个雅兴起中国名字？”

藤田智也执起茶杯，先轻闻，再轻抿，说：“饱山岚之气，沐日月之精，得烟霞之霭，食之能疗百病。好茶，好功夫！”他倾身过来，像要透露什么，“我叫‘王亚飞’，王老板的‘王’。”

雁飞手里的壶歪了一下，茶水洒到托盘上。

他再说：“‘亚洲’的‘亚’，‘谢雁飞’的‘飞’。”

雁飞放下铜壶，自饮，自品，饮完才轻嘲：“好名字。我不得不承认你真是‘中国通’。”

藤田智也不管她的冷嘲，说：“那舞女的尸体明日可以从虹口军部领回去，叫你们那位舞厅经理去吧！”

雁飞紧紧地捏住杯子，几欲要碎，可惜力道始终没有那么大。她只能道：“承你关心了。”

门铃跟着响了。

藤田智也抓住她的胳膊，道：“记住，你还我的人情还没有还尽，以后还会有人情欠我。”说完放开她，还是躺在沙发上，闭目，不动。

他的力道很大，捏得她生疼。片刻的话语刺在心里，绕几圈，意思明明白白。她是通透的，审时度势的，片刻间有了主意。

雁飞镇定自若地去开门，一扇大门，再有外面的铁门。

“谢小姐！”

雁飞惊愕，站在面前的是展风和徐五福。她低叫：“怎么是你们？”

眼前的展风和徐五福都是一副深色短打装扮，利利落落，收了袖口衣襟，可以隐藏到黑夜里。

雁飞忙闪了身子出来，关上铁门，将他们两人推到拐角再问："你们到底帮着王老板在干什么勾当？"

展风没吱声，徐五福看展风形色行事。

雁飞没好气地小声说："何必瞒我，这副模样还能往好里想？是打手还是杀手？"

徐五福心里一慌，又觑展风几眼。展风看着雁飞，为难道："雁飞！"

雁飞说："明朝我同干爹说去，你们这样业余的，怎么能暗地里做杀人放火的勾当？你给我安分些，好好照顾归云！"

"雁飞，我和归云已经解除婚约了！"展风低叫。

雁飞一震。

"她也愿意的。"展风着急补充。

雁飞态度淡了，眼神陌生了，看在展风眼里，愈加飘忽悠远。

"倒是我多管闲事了，也不必替归云担待你的安危了！"她收敛了一些态度。

展风急得抓耳挠腮，竟没想到这话把她逼远了。她的感情又这样收放自如，他力逮不及，只好又唤："雁飞——"

雁飞说："你们好自为之，没有金刚钻，别逞强去揽瓷器活，日本军人都是千操百练的，不会随便栽在你们几个小毛头手里！"

话完断然转身，展风欲拉住她，又不敢，眼睁睁看她回了门里，连句"再会"都欠奉。

徐五福不得要领，说："这位谢小姐好大脾气，说翻脸就翻脸。"

展风不语，心里凉了一片。似乎没了归云，这雁飞就飞远了。

"他们宰了那倒卖古董的，我们却把人跟丢了，怎么向向教官交代？"徐五福问。

"本来就是要解决那汉奸，咱们私下跟了这个，向教官恐怕也会有意见。"展风道。

"可几个兄弟努力，也伤了那人，说不定还是接头的日本人，就这么放弃了？"徐五福心有不甘。

"谢小姐说得对，我们工夫还没到家。"展风说，"明朝到工厂里跟着向教官好好加紧训练，不能让人小看了。"他有气了，是气馁。一路小跑，徐五福不明所以地跟上。

雁飞回到客堂间，藤田智也已歪着休憩，连一旁的茶都喝了两小杯。他见她回来，一个劲儿望着她，嘴角往右边一勾，微微一笑，也是风流倜傥的。

雁飞恼了，说："记住，你欠我的人情以后要还的。"

他说："我就是准备了要还的。"

雁飞又不恼了，眼睛微微眯了，她也是妩媚的。

“我早知道藤田——王先生是个爽快人。”

换他迷离了，尽管迅速正了色，但雁飞已看清。色字头上一把刀，她能利用的，也只有这个“色”字。

多么薄弱又丰厚的资本？

当初她规劝陈曼丽不要太痴心，说：“我们这点资本也只能这样折腾，可不能透支。”

陈曼丽笑说：“我哪里有小谢你‘万花丛中过，片叶不沾身’的本事啊？”

她自嘲地笑，一个没了身体和灵魂的人，才有这样的本事去骄傲。展风那种少男情怀的迷恋，对她来说，只是负担。

那眼前人呢？她与他恢复如常的目光相触，较着劲，又都看不清对方。

太费力了。雁飞施施然上了楼。

这日本人送镯子给她时，没有说多余的废话。但她跟着王老板有些日子，也识得辨别一些玉器古董的真伪。那手镯，绿得温润，戴久了有生气，真是好货，也是古货。她想，她在藤田智也这里并没有失算。

他送了这只玉镯，宣告了某种程度上她的胜利。她怎么不懂得利用这些在男人心头取得的胜利？

当陈曼丽倒下，她不顾忌场合，失声痛哭，长谷川又朝她举起了枪。一个人伸手挡下来，说了几句日本话。她知道，是藤田智也。

他说完，专注看她。

后来他们把陈曼丽的尸首拖走，罚她跪着当众擦拭血迹。

这是屈了自尊的。她的心冻住，拿了抹布，用力擦，擦来擦去，抹布上沾着的血迹总是来回蹭到地上，永远干净不了。

她的泪涌出来又被逼回去，终至在面孔上冻住。她的面色是僵的，对做监工的日本女人说：“拿个水桶过来！”

日本女人惊了，因她一脸的若无其事，竟真的乖乖送了水桶过来。

她嗤笑。你硬了，他就软了。简单真理！

她洗涤抹布，把一桶水染红，地上到底还是擦干净了。打仗时，报纸都说“一寸山河一寸血，黄浦江和苏州河被烈士的鲜血染红了”。

多夸张！实则都不必一场雨，上游的水流下来，血就被冲个没影。

她站起身来，自己身上染的血却仍在，像白旗袍上又绣了红梅花。忽忆起自己有一件绣了红梅的白旗袍，是第一次在百乐门过生日时，陈曼丽送她的。

“在你的白里，镶上我的红，一举两得！”她笑得浪荡而真挚。

没想到她死的这天，也在她的白旗袍里镶上了她的红。

日本人最后还是放了她，她一身血迹地从藤田智也身边路过，冷冷出口：“哪天可以领回陈曼丽的尸体，特烦通知我一声。”

这个人帮了她，也是欠了她的债。因他的话，让她不死，还要受罪。她恨了，漠着脸，一身狼狈地走出百乐门。

红白牡丹从没这样落魄过。

雁飞直直往床上一躺。她闭上眼睛，当什么都没发生过。

怎么可能？发生的一切，她从来都只能承受。那句“那舞女的尸体明日可以从虹口军部领回去”，她的心恸了。

怎么豁开了身子还会觉得冷，还会觉得痛？

雁飞辗转半夜未曾合上眼，中间下楼喝水，见藤田智也和衣躺在沙发上，睡得很冷，也很熟。她端着水杯在他身边居高临下站了会儿。

他喝光了她的功夫茶，将杯子倒扣在圆盘里，做成一个八卦形。万生吸进去，不再放出来。

雁飞移开了目光，到一角的麻将桌边。那桌子有个小抽屉，里头放着把张小泉出品的银色小剪刀，是苏阿姨备着的，方便随处缝纫。她也用过，用来修剪指甲。

“剪切锋利、开合和顺、手感轻松！”

广告词没有写错，她用起来很顺手。她的眼睛就盯着那抽屉——有把剪刀，剪切锋利、开合和顺、手感轻松。她心里想，插进人的胸膛是不是也能干净利落？

沙发上的藤田智也翻了身，背对她，随便她怎生处置他。

雁飞无聊了，转个身，悄悄上楼，心里还是空泛的，翻来覆去睡不着。

早晨她不起床，苏阿姨也不敢来叫她，直让她睡到日上三竿。

她起床后，洗漱完毕，苏阿姨递来一张便条，说是藤田智也留下的。便条上写：“今日下午奉还陈曼丽骨灰。”

雁飞揉碎便条，扔进抽水马桶，一拉拉杆，疾流的水将碎屑冲得毫无影踪。

她不知道日本人会怎样对待陈曼丽的尸体。多半会曝尸，三五日后，尸也将不成尸，死相毫无尊严可言。骨灰才好，一个精致的小坛子，装一生一世的结局，也体面。

她一直这样觉得。可见藤田智也也这样觉得。

苏阿姨将今天的报纸拿来，雁飞一边擦胭脂一边瞧。中缝有很多演出广告。她看到宝蟾戏院上演《西厢记》的广告——归凤演崔莺莺，归云演张君瑞。

她将胭脂抹匀净了，决定去宝蟾戏院看戏。舞台上假凤虚凰的姻缘戏，总能圆满。

归云的心愿却不能圆满。

她想唱《穆桂英挂帅》，但江太中得了主意后，钦点了归凤，想借她的名气翻身。他倒很积极，在戏院休业时分都要集合全戏班子和乐师紧急排练。

归云第一回有了争胜的心，竟鬼使神差跑去江太中那儿为自己争取角色。

江太中哄她像哄孩子："好好好，没问题，让你做替补可好？"竟顺势在她的腰间摸了一把。

她立刻板住面孔："江先生，你是个长辈，我们一直很敬你。"

归云碰了壁，心里也怄气，不再求角色了，扭头就跑。

谁知这龌龊事竟在戏班子传开，师姐妹们看在眼里，就有了夹枪带棒的话。

"小师妹，一切缘分都要修的呀！"

"以往你和班主一家的缘分没白修，现在还能重修一段缘呢！"

归云一鼻子灰碰得没头没脸，就是憋着气，不大理她们，也不辩解，知道这样只会越描越黑。她只管同归凤一起，把家里和戏班子的事都料理好。只是归凤也好几日忙得不见人影了。每每找起她来，都要上下跑一番。日子久了，她也晓得归凤总去戏院后厢房朝西的晒台上练嗓子。

这回也一样，归凤在那里独自练着《穆桂英挂帅》，起了调子，闷闷通过楼梯传下来。

归云悄悄上楼梯，想要吓她一吓。总这么躲着外人死练，正应了展风说的戏疯子。

辕门外三声炮响似雷震

天波府走出我保国臣

头戴金盔压苍鬓

铁甲战袍又披上身

归凤唱一阵，停下来。归云做好准备扑门而入，但不想听归凤幽幽叹了口气，说："我就不信唱不出归云的感觉，总该能比她强一些。"

归云停住脚，抓着辫梢，千千丝，望着晒台的方向出了一小会儿神，步步退下来。

回到戏台，江太中正指挥师姐妹们排打戏，他也是科班出身，更会花把式，出了许多花招让姐妹们练习。

戏客们喜欢新鲜的、刺激的，他就变着法子耍出来。

归云是做过籂场的，晓得舞台上的章法，现在眼看着章法是混乱的，就求个表面的美，戏减三分，精神更减三分。全无了当初杜班主在世时的精神和神采。

往事不再，悲从中来。

她不愿搭理江太中，不想江太中却朝她笑一笑，先前的事仿佛未曾发生，有人就能如此无耻。归云的心里生出万般恶心，还有无奈，她只能暂且退到一边，看台上的师姐妹们排戏。

难得出现的袁经理急匆匆走进戏院，大叫："停下来！统统给我停下来！"

台上一团乱的队形更乱，姐妹们不知出了什么事，四下张望。江太中一溜小跑至袁经理跟前点头哈腰："可有不妥？"

"这戏上不得！"袁经理的眉毛是竖起来的，可见气急了，"你们少折腾乱七八糟的东西，都安分些！"

江太中细声解释："报纸上已经抨击戏剧，我是怕会影响到戏客。"

袁经理唾了一口："管他那么多！现今胳膊拧不过大腿。日本人强兵压境，我们只有一支孤军被扣在租界内，要保脑袋的都给我夹紧尾巴做人。那些唯恐天下不乱的记者多塞几个子儿全部能摆平。"

"袁经理说的是。"江太中立刻转了风向，朝归云叫，"瞧瞧，这馊主意我本也说不成的。"

归云一愣，心里又一冷，别过头去，已有姐妹窃窃笑了。她索性转向门外看去。

阴暗的门口，映出一圈淡淡的艳光。

江太中也发现了，叫："小谢，你今朝来捧我们的场子了？"

归于看到了雁飞淡白的影子在那里，她走过来，盈盈地笑："真不巧，来早了！"

袁经理道："来得正好，今早日军司令部来人通知下午可领回陈曼丽的骨灰——"他瞅着雁飞。

雁飞明知故问："你去还是我去？"

袁经理没作声，沉默是金。

雁飞一哂："我去吧！"

"你有这份心，曼丽会记得的。"袁经理点一点头。他是忙人，说毕又有事情忙了，急急走了，让江太中都来不及道声再会。

"江先生，我们还排不排？"有人问。

江太中学袁经理倒竖眉毛："没听见袁经理的话吗？都撤下来，收场回家！"

众人只能散了。场中唯留了归云和雁飞，雁飞坐到归云身边。

"今晚来看你唱戏呢！"她说。

归云低了头："其实整天唱戏很没意思。"

"整天跳舞，也没意思！"雁飞并拢着腿，靠着座椅，斜斜坐着。旗袍的裁剪是贴身的，所以有美好的弧度，划在硬冷的戏院里。

优雅而闲情的一枝梅，在黑暗里静静含苞。

归云暗想，雁飞现在的风情，她是陌生的，可她是小雁，应该是自己最熟悉的人。

"小云，找个好男人快快嫁了吧！嫁得好一点，替我做新娘子，替我嫁好郎君，替我生一群可爱的孩子，替我把孩子们养大再看着他们成家立业。"

归云听着雁飞的话，听出她平淡口吻中毫不隐瞒的微颤。但她只是听着，像个听老师讲课的孩子。

雁飞别过头来，眉眼一展，暖色拂面，梅花开了："替我好好过日子，好好在这样的世道过日子！"

"小雁！"归云叫。

"我喜欢死后烧成灰，然后一把洒到黄浦江，干净利落！"

"小雁！"归云的声音重了些。

"记住了？"雁飞拍拍她的脸，她的眼睛亮晶晶的，手却冰凉。

归云没有躲开。

雁飞最后说："我们两个人总要有一个过得好一点。"

那晚，归云和归凤在舞台上飙戏，赛唱腔。没有张君瑞和崔莺莺的浓情蜜意，反倒剑拔弩张。连江太中都听出来了，在后台打过好几次手势要她们注意。

坐在人海中的雁飞，纤纤素手捧着一只像女人小腿一样婀娜饱满的瓷坛子，平稳地放在她的膝上。不太沉，足够装载一个人一生的结局。

台上的归云看着她。

她下午临走时对她说："晚上给我好好唱，我带一个好姐妹来听戏。"

到了晚上开戏，她捧着一只漂亮的坛子来，那上面描着鲜艳的红梅，很扎眼。捧着坛子的人，也很扎眼。台上的归云看到雁飞轻轻拍了两下那只漂亮的坛子。

她就无缘无故卖力唱了。归凤先是惊疑，后又受她感染，不甘落后，铆足劲头将生平所学全部掏出来。

戏客固然听出耳油了，但仍毫不留情地批评："张生和莺莺是冤家也不是这样做的，瞧那大眼瞪小眼，跟斗鸡似的。"

是唱得过头了，归云夜里睡在床上时就这样想。连日的不爽快，让她更烦闷。耳边是归凤细细的均匀的呼吸，她们从小相对长大，有时候却又隔得这样远。

归云憋着委屈。

她想要的，她想做的，到底是什么？她从没想过。纠缠的心结，从未释然，恍恍惚惚地，她踢开了被子，人凉着，想要清醒，却更乱。

第二天，归云毫无意外地塞了鼻，喉咙火烧火燎，感冒了。她不得不留在家中休息。

归凤去上戏之前来看了看还睡着的归云，她正蒙着头，似尚在熟睡中。归凤替她再掖了掖被子，轻手轻脚出了门。

门一关上，归云就从被子里探出头来，对着白花花的墙壁出神，墙壁上有淡淡的影子，缩到一点，她摇头：心眼怎么这么小！

归云难得有这样半日闲用来发呆。通常她的大多时间是在练嗓练功演出家务中度过，每夜沾床即睡，睡得牢靠。

这日趁病，倒是能做些旁的事。她打开床头边的木头匣子，里面有一匹蓝布、一条白手绢、一支黑钢笔、一张淡黄的信纸、一本零碎白纸用线钉起来的小簿子——她珍惜的全部财产。

归云翻身下床，拿出小簿子，又拿出钢笔，端正坐在书桌前开始写字。书桌是展风为她添置的。

写完四个字——"切勿哀痛"，她直起身子拿出匣子内另一张信纸，两张纸拼在一起，自己写在这边纸上的字有了那边纸上的字形。她练习了很久，整整一个冬天，形慢慢似了，气质却娟秀。

归云抚触着原来那张纸上的那行字，哀痛起来。

每次练字，她总要哀痛，唯有哀痛，才能勉励自己努力。因此她只能对着这句哀痛的话练习。

她再拿昨日的报纸来练习。

有关团体向租界当局呼吁，要求妥善对待我方孤军，使其衣食丰足、行动自由、精神愉悦。租界当局表示，可安排有关团体探望，并同意我方团体进行慰问演出犒劳孤军战士。本报向社会各界招募，各位演艺界、戏剧界同胞，请踊跃报名，和我们一起向孤军战士们致敬！

这回写的时间长了些，写完之后，归云再看，先看字，同时也看了字面的意思，拿着报纸想了一下，有了主意。

归云是第一次到这间在四马路上的报社。

这边的弄堂林立的都是文明的报纸书局和文具商店，那边的弄堂却是花枝招展的花国府地。两边互不侵犯，互相独立存在。果真符合文人雅士的爱好，也是大上海的海纳百川。

归云看准了门牌，往里探了探，黑黝黝的大铁门关着里面的热闹。她伸手把门推开，里面延伸上去的是英式的回旋楼梯，踏上去的时候空空的，有回音。

楼梯上猛传下一阵歌声：

“起来，不愿做奴隶的人们，把我们的血肉筑成我们新的长城！”

二楼的阶梯上站满了人，还排了队。归云有些怯了，偷偷往上探探头。

入眼的是一个穿黑色中山装的背影，正蹲下来一边给那群人拍照，一边还在叫：“小杨，往左边站一下。老张，你太高了，站到上面一排去。莫主编，你还是站到后面吧，肚子挡住镜头了。”

人们手忙脚乱地随着他的吩咐而行动，也抱怨。

“卓阳就是卓阳，做什么都要一板一眼的。”

“今天竟然让这里年纪最小的小子指挥了，我不甘心！”

“我们听艺术家的，这小子自负孤傲得很啊！不听他的可不行！”

只听卓阳高昂的声音又说：“好了，现在好很多。我们开始吧！”

“小姐，你找谁？”

有人看见了归云，归云不好再躲，干脆大方地走出来，说：“我来报名给孤军慰问演出。”再笑得开一些，“我是唱越剧的，不过——不太出名。”

报社的记者编辑自然都欢迎，有人欣喜了：“终于有越剧演员来报名了，这下我们可齐全了啊！”

“不太出名没有关系，只要唱得好就行。”

卓阳要过来拉她的手，她往后一退，卓阳知道自己冒失了，无奈笑笑，说：“欢迎之至！”

这里的排练散了，卓阳领她进报社办公室报名。做登记的是秦编辑，戴眼镜，人也和善。她问归云：“你唱什么？”

“《穆桂英挂帅》。”有人抢着说，是卓阳，他笑着望她，问，“是吧？”

归云点头。

又有人风风火火跑了进来，还将卓阳扳过身去，几乎飞到他怀里。是那个金发美女蒙娜！她气喘吁吁地连连亲吻卓阳的脸颊，激动地说：“你没有查错！”

卓阳眼色一冷，将蒙娜拉到一边，严肃地用洋文和蒙娜说起话来。

归云望望，再低头专心填写表格，顺便又答了秦编辑几个问题。秦编辑了解些情况后，问她：“来小姐能不能来唱一出？”

“我得问问。”她想归凤未必会愿意，但她也想归凤来唱，那样效果确实会更好。她心中想一阵，有了主意。

归云起身告辞，离开的时候路过另一间办公室，卓阳在里头正襟危坐，同蒙娜谈话。他们的声音很低，外头听不见。他们的世界，对她来说是陌生的，真的有距离。他的额头上还有蒙娜的红唇印。归云一低头，快步走下楼梯。

那边卓阳推门出来，先去秦编辑处探探，好生失望，归云竟然不在了。

秦编辑推推眼镜，放下手里的表格，对卓阳说：“小卓，写三个字给我看。”

卓阳不明所以：“什么？”

秦编辑把桌前的笔塞到他手里：“写‘杜归云’这三个字给我看看。”

卓阳狐疑又打鼓：“为什么？”

“先写给我看。”

卓阳只得写了，秦编辑拿起来，直纳罕：“哎！这杜小姐的签名同你的笔迹几乎一模一样啊？怪不得我看她的笔迹觉得眼熟。”她将手里的纸一起推给卓阳瞧。

这话被听去了，有记者过来凑趣，一看，呵，真没错，打趣道：“我瞧你和杜小姐相熟得很，连你们‘卓家体’都外传了。老实交代，是不是把女朋友介绍过来表演了？”

卓阳抽他后脑勺，笑道：“阁下是否看多了张恨水的鸳鸯蝴蝶派小说？有这空闲，可抓紧时间抓住大使馆那几个洋鬼子做采访去，最近美国总统又公开发表谴责声明，你得跟紧洋鬼子。”

男记者同他抬杠：“你小子倒安排我的工作来了！实习这一年可把我们记者的四两拨千斤功夫学得不错，也好，今朝放你一马，改日有空好好逼供。”

秦编辑也觉着有鬼，笑他：“小姑娘说话有根有据的，长得也标致，和你倒也挺合适的。”

卓阳直觉头疼，说：“现在恨不能一天有四十八小时，哪里有空想其他的。”

“老莫这个老工作狂，带出一群小工作狂来，可真不是好事情！”

卓阳一把拿过桌上的相机，朝秦编辑晃了晃：“小工作狂再去大干六小时。”

他说完进了暗房。也有人在暗房，是蒙娜。她手里拿了成果，叫卓阳过来看：“这是你上次跟我说的东宝兴路的那栋石库门。”

“嗯，这地方临近日军司令部，虹口闸北地区只这地方出现过大批女性用品。”卓阳皱着眉。

蒙娜轻蔑一笑：“这一次可证实这里并非什么性交易场所，而是日本人拐骗的东亚各国少女组成的慰安所，我要好好大书特书。”

“不行。”卓阳打断她。

蒙娜瞪他：“阳，我很辛苦得来这条线索，你不让我说话，我会死！”

“如果现在你就说了出去，这房子里的人就会死，被杀光烧光，然后日本人再造一所，再抓来一批。周而复始，会有更多无辜人受害。”卓阳用手压住照片。

“她们活得比死还难受！”

卓阳的手握成了拳，压住那张照片：“至少能让她们活着。”

“哦，阳！”蒙娜低呼，“你不会想要救她们出来吧？”

“想，但我知道很难！非常非常难！”

蒙娜问他：“你想上战场？”

卓阳抿抿唇，很干，他的心，很烦：“随时可以！茫然四顾，找不到更有效的选择了。我的国家要灭亡了，我到底能做什么？我一直这样问自己。”

蒙娜放弃了：“好吧！你总是这样坚定。”

她记得，莫主编安排过义勇军的教练训练报社一众记者编辑。卓阳拿枪、放子弹、上膛的动作流畅极了，就如画画、冲印相片一般熟练。

他举起枪的时候，其他人还没拿稳枪。他的准备，或许早已做好。

蒙娜静静退出去，替卓阳带上门。

孤军营会演势必要轰烈了，群情很激动，响应的也多，没几日报名的节目就满了，秦编辑忙着排节目表，排来排去，总有多余。

“老莫，我们是不是要删掉几个节目？”秦编辑请示莫主编。

莫主编说：“没有想到各界反应如此踊跃。我们挑最出名的那几个角儿，其他人我们还是要感谢人家的支持，邀请一起去孤军营看演出。”

秦编辑又重新整理节目单，勾掉几个名字，看到归云的名字，她就问卓阳：“小卓，杜小姐的节目怎么样？”

卓阳坐在靠窗的位置，正低头写稿。他做得很专注，从摄影记者转向文字记者，是莫主编给他的新任务。

卓阳闻言抬了头，肯定地说：“她唱得很好，希望你们可以让她演出。”

“这话不容置疑地在要我开后门！”秦编辑笑吟吟地说。

“用实力说话，不用开后门！”卓阳眨眨眼睛，侧头看窗外起伏的屋顶，想，如果不能去唱的话，她必定会失望。

而他，真不想让她失望。他又想，如果不能去唱，她会不会哭鼻子？她哭的时候眼睛通红，鼻尖通红，像只小兔子。想到这里，卓阳便顺手在白纸上画了一只兔子，嘴角一斜，伸个懒腰，继续写字。

秦编辑就不去删归云的名字了，开玩笑道：“年轻人稳重是好事，但是追女朋友可不应该这样气定神闲！你礼拜六通知她来排练。”

他们都以为归云是他的女朋友，奇怪的是他压根不想否认。卓阳笑着说好。

莫主编走过来，问：“我倒一直要问你，你可老实说，是否联系过王老板工厂的保卫队？”

“没错，他们接外务！我查清楚了，那石库门是被一对日本夫妇租下经营，并非日军方面的附属业务。我认为能救一人是一人，这险值得冒！”卓阳见莫主编一脸郑重，也就不瞒了，干脆如实说。

莫主编听得凝重了："王某人的保卫队老早暗地里归了重庆方面暗里的那些组织，现今你把这么一个暗示给他们，可就跟那群人纠缠不清了。"

卓阳正色，且坦白："我不仅仅去暗示了！"他满不在乎地冲莫主编笑笑，"我还想拍东宝兴路石库门内的情形。"

"你这次完全是挺身涉险！没有转圜余地？"莫主编更凝重了。

"箭在弦上，不得不发！且在座各位，哪位不是在涉险，大家还是坚持在新闻战线的第一线！"

莫主编无奈但是赞赏地一笑："你的冲劲总是锐不可当！这次准备做专题？"

卓阳说："先救出那些女孩再说。蒙娜说过新闻人责任在于公平公正地记录一切，报道一切，然现今形势，还是以保护生命为先！"

莫主编注视了卓阳一会儿，说："你真的成熟了，变得冷静而可靠！"

这个男孩，是他从小看到大的，然而没有想到的是，他比自己预料的要成长得快："我似乎已经没有左右你的能力了！"莫主编拍一下自己的脑瓜，无奈的样子。

卓阳机灵，早嗅出不寻常，此刻借着机会说："莫主编，为何你和我父亲都对王老板有微词？我认为国难当前，任何个人看法都不应作为团结抗日的阻碍！"

莫主编说："你的看法，我保留。我与你父亲对王某人的看法是'道不同不相为谋'，他在抗日问题上的立场和所为我很佩服，也很赞同，但此人太过急功近利，太爱出风头，恐怕有朝一日会闹出事端来。没必要的话，还是与之保持距离为好！"

卓阳点头："我自有主张，会把握好分寸！"他再提醒，"莫叔叔，这次的事不要向我父母提起！"

莫主编道："这是自然。但是，还是那句话——小心为上！"

"莫叔叔——"卓阳还有问题。

莫主编已经站起来，打住他的话："太聪明的孩子要保护，但生在这时节，只好放聪明孩子早点出去摔打。"

卓阳望着莫主编消失在门外的背影，随口一问："莫主编是否有副业？"

秦编辑只当没听见："别忘了通知杜小姐，杜小姐没有留电话号码，你还得亲自走一趟！"她也走了。

卓阳问不到人，就只好拿起一边的相机擦起了镜头，镜头是通明的，反射着阳光。他一直觉得照相机镜头是一个诚实又狡猾的东西，既能骗人，又能留下最真实的痕迹。

多奇妙！他真想知道一切玄妙背后的真相，他太好奇了。他想，他愿意接近那样玄妙的结果。

卓阳又低头看纸，画的小白兔竖着两只长长的耳朵，眼睛黑亮黑亮的。他把纸叠好，放到一边的文件夹里，一下没放稳，滑落好几页纸，其中夹着一张相片。

暗黑的夜里，唱戏的女孩。他为自己留了一张这相片。

归云从报社回了戏院，心里思忖着同归凤说的事，才一脚踏进戏院大门就被堂倌领班风风火火赶在一边。

“靠后靠后，诸位让让！”

归云被猛地推到一边。门边的观众都不知发生了什么，不明所以，又不敢造次，老实听话地往两边让。中国人老实，有时候老实得不问青红皂白。见别人让了，自己也跟着让，让得场子后边秩序大乱，有人被挤到脚，有人被抢了座，还有人打翻了杯子，烫到邻座，折腾出一片大呼小叫。

归云挤进去，归凤在台上唱《孔雀东南飞》，专心做着刘兰芝，对下面耳不闻，眼不看。做焦仲卿的小生却没好定力，一边唱着，一边眼神飞到门口。归凤转个身子，扯过那位“焦仲卿”，非让他的眼神回台上来。

台上的角儿，绝不容忍同台的搭档一心二用。归凤在舞台上，有她作为红角儿的气势，不着痕迹的拉扯和不动声色的眼色警告，让那位小生再不敢出戏往门边看了。

归云方舒了口气。

门外有人进来，那堂倌开道，领头的中等个头，身着考究的手工刺绣黑色对襟中装，下身一条宽松的黑色纺绸裤。脸上架着包金边的眼镜，却架不出书卷气，只因脸上左颊有条长疤，蜈蚣一般趴着。他身后跟着三四个随从。

江太中亲自弓腰跑出来，一脸谄笑地迎了过去：“方爷，您老赏光，我这小戏台子可真是三生有幸啊！”他亲自把人迎到第一排的雅座。

归云抓住堂倌问：“小三子，这是谁啊？好大阵仗。”

叫“小三子”的堂倌卖弄，说：“杜小姐你可真没眼见，这位可是海上达人张先生的表外甥方爷进山，管码头的咧！”他伸出大拇指，“青帮里面的一号人物！”

“怎么会有这种人？”

“嘿！”小三子蔑视归云的担忧，笑她没见识，“靠山得靠大的，捕鱼得抓肥的。这可是道理。”他拂了袖子，跟前伺候去了。

归云往前挤，看清了方进山，他眼镜后的小眼睛精光四射，像装老虎的猫。

边上自有江太中来解说："方爷，您给咱们的头肩断断，这《孔雀东南飞》唱得怎样？"

台上的归凤已演到《雀会》。准备以死明志的刘兰芝唱白："仲卿，你我结发同枕席，黄泉共为友！生既是同命，死亦当共事！"

泪满面，愁满面，孔雀就要东南飞了。

方进山拍手，笑了："好！"声如洪钟。

江太中也鼓掌，小三子也鼓掌，所有的观众都鼓起掌了。整个戏院都沸腾了。

归云充耳不闻，只看着台上的归凤，光彩四射，风采夺人，打动每个人。

转眼，便是方进山那虎生生的猫眼，紧紧锁在归凤身上。

第七章 风满楼

方进山进了宝蟾戏院，归凤头上就像罩了一团乌云。

虽然那日后，他本人未再前来，但每日遣人送银盾和花篮，花篮上大大书着“风华绝代来归凤，精彩绝伦绍兴戏”，专门要让人知道他在捧着来归凤。

归凤心底犯了慌，但凡见了方进山的花篮，就像见催命符，神魂也不在本位了。

戏班子里的姊妹们心中皆因此事惴惴，流言蜚语，暗暗生出。

归云暗恨，狠骂江太中的势利，同展风商议这事，他只道：“还有我这份劳力在，再不济你们还能做纺织工……”

归云摇头，这并不是妥善法子。

归凤是心慌意乱，方寸全失，只哀哀道：“我生来八字不好，这就是我的命！”

展风更恨了，怒道：“如果姓方的要动归凤，我非同他拼了不可！”

归云晓得他义气性子，且现今也入了危险行当，又怕他真的动粗，免不得劝一阵。万不得已，并非要如此。

她只好宽慰归凤，且先按兵不动。但也奇怪，那方进山真有着几分耐心，只与归凤磨，一时半刻不曾强来。有几回还陪着位珠光宝气的老太太一同来看归凤的戏，他在一边端茶递水，做小伏低。

归云暗暗观察几回，一日在后台卸妆时同归凤商量："暂且先与他周旋一段，我看他除了好色，倒还有其他打算。这样便能拖得一刻，再看看。"

归凤想自己一心求老实本分生活，偏遭逢这样的煞星，不觉流了泪，道："我怕再也支撑不下去了，如避不了这个人。如果——如果——"她说了两个"如果"便停了口。

归云早已是有了个主意的，看她秋波含泪，就说："我打听过，姓方的请来的老太太是张先生的妈，她是你的戏迷。"

归凤懂了，也留心，一面与方进山虚与委蛇，智尽力竭，一面又按归云的说法同那老太太套近乎，老少两人倒是颇投缘。归云眼见方进山是供着这老太太的，也算暂时找了避风处，就只怕也不是长远法子，为今之计躲一刻是一刻。

归云还有个最好的法子，如果归凤嫁给展风，或许会更好。庆姑也直念叨，不管归云也好，归凤也罢，展风娶哪个，她都安心的。只是她旁敲侧击了一番，展风并不解这个风情，许是待她同归凤真如一般。

归云有些灰心，惶惶惑惑，精神不免紧张起来。

这时卓阳来通知她去报社排练，她又想同归凤说一说这事，但见归凤恍惚更甚于她，就无法再说了。

她先去了报社。

这回同上回不太一样，家什都搬空了，香气袭人，热闹非凡，鲜艳美丽。

脂粉同发蜡、高跟鞋同西装裤，都描绘出浓艳的妆、曼妙的姿态，每个人都油光粉面。何时何地都端着身份架子，这就是上海时尚的风华。

有几张脸归云是熟悉的，画报上电影里见过。还有几张脸，归云更加熟悉，是行内比归凤更加红的角儿。

她穿着一身罩着素色绒线披肩的蓝旗袍站在门边。

埋在人群中间的卓阳看到她了，已经排众而出。

"看到很多明星，很亮眼！"她抓着自己的辫梢，忐忑笑着。

卓阳看出她穿的一身正是那天在爱多亚路相遇时穿过的，如今再次见到，倍感亲切。她并没有施脂粉，疏淡的眉，光华的眼，辫子还那么长，那么黑。亭亭玉立站在壁角，让他一眼就看到了。

你更亮眼！他想说，没说出口，毕竟唐突。

“你的节目很特别，我们想要摆在压轴！”他就这样说了，下意识讨了好。

归云涩涩一笑，眼睛一亮，说：“我可以唱好。”

他见她用手指反复梳着辫子，分明心中底气不足，表面上又要这样镇定和自信，他就笑了，带她去了等候区。

报社将一众大小明星聚集本就不易，这时的安排就稍显混乱了。演员们各有各的事，报个到并把演出节目交代好后，有事情的就先走了，没事情的按名号在编辑那边依次过场。

卓阳安排了归云报到之后就被报社同事叫走，给那些来捧场的红明星照相。

归云一个人规矩地坐在一角，等着上场排练。看着那些执朋带友甚或前呼后拥的演员，自己真有点势单力薄。

“那几位大明星可不好伺候，都当这次演出是宣传良机，趁机要建立爱国形象呢！”

“这些节目才叫好笑，排的独幕剧，乱讲风花雪月，唱的歌是《夜上海》，不晓得这些新派的先生和小姐都是怎么想的。”

“他们都把这次演出当是免费宣传了，和发国难财有什么区别？”

“但莫主编说得也对，借他们在文艺界的影响力炒一炒，对我们的宣传也有好处，毕竟好不容易争取到这次为孤军营义演的许可，是振奋士气鼓舞人心的大好机会。”

“只是要纠正这些节目可要花大气力，好在有文艺界的尊长在，一句话下来，这些小辈到底要听的。”

一旁两位记者趁着送走几位演员的当口，戳在一角喁喁私语，说一阵又叹气。

归云低头看唱词本，心里翻转了几回。她暗忖，自己同这些明星的心思可有几分接近？想到此，她的脸便烧了起来。她又想，他们文化人，对文艺界终是有想法的。

心思婉转几回，终于轮到她去试唱，审节目的是莫主编和那位带她填表格的秦编辑。

归云用心唱好，莫主编为她鼓掌，不吝赞道：“没有想到文雅的越剧能唱出这样的剧目来！”

归云微笑：“我希望孤军战士们能喜欢。”

秦编辑在旁也道：“小姑娘唱得很好的，很有实力，卓阳说得对，的确凭了实力说话。”

她善意地意味深长地笑。归云的脸就烫了，匆匆道别。

出了报社的大门，天已擦黑。

“杜小姐！”

身后有人叫她，她听出是卓阳。她想她得转身同他打招呼，他就已到了她跟前，问：“耽误了那么久，你饿了吧？”

归云还是看他，心中拿捏不准怎么答才好。

路灯下，卓阳一直保持着微笑，嘴角扬起很好看的弧度。他在等。她就更答不了了，生平头一遭，就这样乱了。

卓阳不要她答了，直接将自行车推过去一些。这车子是新买的，光彩逼人，他有了新的气势，直率地问：“可否有幸请你吃上海最好吃的柴板小馄饨？”

他侧一下身，已等她坐上他的自行车了。他虽是笑着的，但似乎并不准备接受拒绝。

归云好奇了，不知道“上海最好吃的柴板小馄饨”到底怎么样，她想试试。她一步跨出去，卓阳看到了，及时再把自行车斜了一下，示意她坐上来。

她第三次坐这车，已经熟悉了坐在那窄小后座架上的感觉，轻轻一跃，就能坐得很熟稔。

他把车骑得飞快，从四马路绕到西藏路又沿着爱多亚路拐进了靠近霞飞路的一条小弄堂里。

弄堂的一端有间热气腾腾的路边摊，摆齐担子锅碗，还有两张小桌子并几条椅子放在一边，三五个客人正躬身坐在小椅子上一边吃东西，一边和摊主有一搭没一搭地聊着天。一股温馨的米面香飘出三里远。

“老范，两碗小馄饨。”卓阳把车缓下来，对着铺子叫。

那放着锅烧着火的煤炉后的一个中年男人看到卓阳，眉开眼笑：“小卓先生，你今朝有空来啦！”

归云从卓阳的自行车上跳下来，说：“真的好香！”

“馄饨更好吃！”卓阳停好车，带着归云找一张没人坐的桌子坐下来。

归云打量着这小摊，虽然简陋，但是锅碗瓢盆并煤炉应有尽有。摊主就是卓阳口中叫的“老范”，脚下摆着两个大面盆，一个放干净的碗勺筷子，一个放客人用过的碗勺筷子，显然是脏餐具要远多于干净的餐具，可见生意之好让摊主也无暇及时洗碗。

“老范的柴板小馄饨是上海滩上最好吃的。”卓阳自动自发从老范身边的面盆中拿出两只干净的大碗和调羹。

老范一面忙着开锅下馄饨，一面说："这可是你小卓先生赐的。"他用手里的筷子指了指支在煤炉旁边的一块硬纸板做成的小牌子，上面写：

吃不吃在于你，好不好在于我！

归云看一眼，那字迹太熟悉了，她千模万仿的笔迹，闭上眼睛也能写出来，便朝卓阳看看。卓阳已经站在老范身边，把碗摆在他手边的木板上，等着馄饨开锅了，见归云似笑非笑地看着他，就朝她笑笑："小小广告，玩一下噱头，不过老范的一手馄饨下得出神入化，不吃会后悔死！"

老范盛汤，盛馄饨，一手分了三碗。归云想，真是好功夫。他还一心两用说着话："人家都说这块牌子太狂了，好像仗着手头绝活，无所谓别人来不来吃！不过很多人倒是为了看我好不好，就偏偏来吃了。他们都不知道狂的可是你小卓先生，不是老范我啊！"

老范接了碗过来："不是我倚老卖老说你小卓先生，不带女朋友去红房子吃牛排，跑来这里吃小馄饨。这种坍台面的事情也就你做得出来！"

归云低着头暗忖，如果他说带她去红房子吃牛排，她怕是会忙不迭赶紧拒绝了。正因为他说带她吃小馄饨，她才没有拒绝。她一想，又脸烧，他好像能看透人的心思。

老范明摆着更为卓阳加油，又说："小卓先生人很好，书香门第里出来的好人才，家里底子厚，就是不会过日子，谈朋友都谈得傻头傻脑的！"

归云的脸"唰"的一下彻底红了。

卓阳为归云拿了筷子和勺子，他只是轻轻对老范说："老范，你真是啰唆！"

他没有否认呢！归云脸更红了，又不便否认，说与不说，都尴尬，只好低头喝汤，滚烫的汤，极鲜美。她用嘴轻轻吹开，小口喝着，装作专心致志，心无旁骛的样子。

卓阳凝神看她。

她低着头，努力吃馄饨，因为馄饨鲜香好吃，也因为吃着馄饨就不用再说话了。

卓阳又开口了，从口袋中拿出一本簿子来："我想你用得到的。"

归云放下手里的调羹，手指搓捏了一下，去了油污，再来翻这本子。第一页第一行，好好的四个大字——《十八相送》，是他的笔迹，下面一行行是她熟悉的越剧唱词。她再翻一页，是《葬花词》，再往后翻，有《盘夫索夫》有《追鱼》，到了最后一页，是《穆桂英挂帅》。

全是他的笔迹，笔画均匀，用了心写的，可以当字帖用。归云的心头隐隐一动。

卓阳见她还是不开口，想自己又该怎么说？

他是个小骄将，心里存了几分心，那日看到秦编辑手里她的报名表，她的字刻意模仿他的练习过。他猜字帖就是他留给她的那张为高连长写的遗书，心里亦喜亦惆怅。

路过开明书店时，他看到有新出的《越剧小戏考》，就买了一本回来，按他听她唱过的戏手抄了一本。

开篇是《葬花词》，很流畅就抄了上去，似曾相识，他说不上来的似曾相识，他想他听过她唱薛宝钗，怎么会抄了一首林黛玉的词上去？

最末一篇是《穆桂英挂帅》，在《越剧小戏考》里还没有录入，他凭他听过的默写出来，也能写得分毫不差。

这个时候送给她，倒不知该用什么借口，只说一句“我想你用得到的”。怎么用得到？让她继续模仿他的字直到练得更好？是稍显唐突。卓阳送出手说出口后方突然有了小小后悔。

谁知道归云一页页翻好后，双手拿下来，说：“谢谢你，卓先生。”

她的态度坦然而可爱，而且第一次称呼他“卓先生”。卓阳心中立刻责怪自己的不坦然，他向来自诩光明坦荡，但此时真比不得她的风度，便也释然一笑：“你别客气，下回你也请我吃柴板小馄饨还礼好了。”

他还有后招。归云的笑隐在发下，不能显出来。他老看她，害得她都不能安心吃东西。

还有个老范在一旁搭腔：“小卓先生是好人哪！我家老太婆多亏他。”

卓阳叫一声“老范”，他就住嘴了，径自傻笑。

归云吃了一头汗，心里也热着，有散不掉的微香。

两人吃完之后，卓阳起身收了碗勺，很熟稔地走到老范身后的公共水龙头，开了水龙头洗碗。

老范自然不准：“哎，吃就吃了，还洗碗干什么？”

卓阳笑：“老客人才不跟你客气，你现在生意好，一个人碗都来不及洗。阿姨身体好点了没？”

老范有了新客人，边劳作边说：“老太婆腿上的子弹取出来以后，精神好多了，医生说复健治疗还要等一阵。”

归云也过来帮忙，老范更着急了：“你看看你们，怎么帮我做起这些事情来了？怎么好让你女朋友动手？”

卓阳就笑，对归云说：“别人叫他‘老烦’，因为话多。可他说不过我！”

归云本就是活泼人，也调皮："他叫你小卓先生，小卓小卓，不就是'小作'？'老烦'和'小作'，难分伯仲！"

卓阳摇摇头："看来我说不过你！"

两人都笑，合力把一面盆的餐具洗刷干净。他的手和她的手都浸在同一盆水里，五六月的水，微冰，两人却都不觉得。

她的动作熟练，他的动作生疏。被她看了出来，想，他原来是不太会做家务的，却抢着要洗碗。他也看了出来，想，原来她摆云手、摆兰花指很好看的手做起家务来这么麻利。

他们都盯着水下对方的手。

她看到他右手卷起的袖子上有个微小的洞，圆得很齐整，似是被烟头烧出来的。他抽烟？归云蹙了眉。可蹲在她面前的他，身上淡淡的气息中并没有烟味。

他抽烟不抽烟又和她有何相关？归云心底笑自己的多管闲事，一扬手，甩去碗中的水滴。

最后，她说："你不是'小作'，你是很有正义感又有责任感的新青年！"

他向她立正，颔首，微笑："我当它是听过的最真诚的夸奖。"

归云那天回家后，就把卓阳送给她的手抄唱词本放进一只木头匣子里面，很珍重地把钢笔压在上面。木头匣子里面的东西越来越多，除了雁飞留的三块大洋，几乎都是和卓阳有关的东西。

她的财产不多，都在这只匣子内。她是珍而重之地藏好，再同归凤一道战战兢兢去戏院上戏。

袁经理破天荒放着百乐门亲自来戏院监场，他带了个斯文先生来。那人穿哔叽长条子西服，发上散发着贝林香，油头光面的。他就把人领到了后台。

斯文先生亲自躬身朝归凤打招呼："方先生特邀归凤小姐一起说戏。"

后台的姊妹大气不敢出一声，生怕引火烧身。归凤含着胸，不答。

袁经理不容她不答："归凤，方先生早晨才给我下帖子，原来是你的戏迷，我竟不知道。这个面子要卖的，你可千万别扫兴！"

归云要立起来，江太中挡了过来，手往她肩上一搭，力气很大，归云便起不来了。她就说："那我们就不扫方先生的雅兴，一道前去叨扰一回吧！"

斯文先生一扬手："方先生要向归凤小姐单独请教文戏。"

分明赶着鸭子要上架。

袁经理在归凤那头低声说："只是应付而已，对你好，对大家都好，太多事情你自己也要掂量着办，难不成靠别人保你一辈子？"

归凤觑一眼被束缚的归云满脸担心和心痛，也不忍心。她想怎么也是逃不过的，只好一跺脚，站起来，暗自下决心，横竖一刀了。

归云趁机提醒她："张府老太太上回说咱们戏园子的瓜子好，你得带一包。"

归凤明白，点头，跟着斯文先生出了门。

戏院门口横着方进山的美国福特小汽车，月色下，如银色的机器小兽，大大咧咧趴在那里，挡住退路。归凤是被逼着进了闸。

归云忧心了整晚，归凤终究在深夜回来了，倒是安然无恙。归凤脸上有些如释重负的喜色，她说："方进山拿我孝敬张府那老太太，你的确没有看错。"

归云担心着："这一时是避开了，往后——"她的主意又生出来，"归凤——"却说不下去，说出来也是伤她。

归凤愁眉叹道："我真觉得好累！这世道怎样才肯放过我？"

归云只好再探展风的意思："娘一直念叨你的婚事，归凤的事你到底怎么想？"

展风无奈又气恼："娘逼我，你也来逼我。"

"归凤唯今无处可躲了，那等有势力的人只把我们当耗子耍，我真怕……"

展风是明白的，说："要么归凤就不要唱戏了。"

归云说："要归凤不唱戏好比要她的命。"

"要不我回了妈，给归凤找一个好婆家？"

这个主意更不好，归云知道关节所在，展风也知道，归凤更知道。三个人胶着，心都悬如走钢丝，又不能表露出来，表面上还要装无事人安慰他人。

庆姑的念头也没断，且一日强似一日，时常在归云、归凤身边念叨。

"展风现今跟着王老板倒也太平，王老板的生意做得越来越大了，听楼下何老师说报纸都在说他最近卖'孤军'战士生产的毛巾这些东西，很得人心！展风也受了重用，这时候不想终身大事，啥时候再想？"

归云不插嘴，静静听。

"我原本指望展风和你，他又意思不明确。后来我想归凤也不错，但他也不愿意，看来还是向着你的。以往我是糊涂的，你可别往心里去！”

归云就怕她再说些不着边际的，便说：“娘，你多心了。展风现在忙着工作，也许还没有心思定下来。”

庆姑拉住了她，问：“他到底在忙什么？”

归凤也时常问她：“展风到底在忙什么？”

归云知道，但不好说，也不能说。

展风只对归云说过：“这一决定我也斟酌再三，妈那边虽说是经不得担惊受怕，但我爹那仇，定是要向日本人讨回来的！且我这堂堂一男儿在家国飘摇的时刻，必须要做些什么！不然太憋屈了！”

自小到大，展风都习惯同她商量。能不惊不怕，且还支持他的，除了归云也没有旁人。尤其在冒险之后，他只是一个新手，心里并没有多少底气，因而就更需要支持了。这个家里，能给他这种支持的也就只有归云。

在庆姑面前，归云自然是隐了展风的话没有如实交代，只是劝慰一番。

日子像闷着的面团，发着酵，不知何时是个头。人人闷一头汗，还有泪，就是走不出蒸笼的迷雾。

会演的事也出了点岔子，报社的编辑记者告诉归云，工部局对此次的活动发了警告。莫主编从中斡旋，但好多天了都无甚结果。不少名演员名歌星名角儿闻风渐次退出了。

但归云始终没退。她要唱，就会唱到底，都按时去报社排练，也总会遇到卓阳。

有一回，她看到卓阳抱着一沓裁剪得比一般报纸小一半的报纸上楼梯，一好奇，就拿来瞧。

小报纸叫《号角》。归云问：“是新报纸？外头没见过呢！”

卓阳说：“《朝报》要停刊了。”

归云惊呼，“为什么？”

“前方将士在上海苦战三个月，《朝报》又多支撑了六个月。工部局要我们把演出改为联欢，他们希望《朝报》停刊或者改版。”

归云捧着手里的小报纸：“所以有了《号角》？”

卓阳点点头。

归云再看报纸，上面有创刊词：

“我们没有和内地脱离，上海也不会是孤岛，我们要时刻把握住自己的灵魂，记住我们所处的地位！”

她说：“我也想这样！把握住自己的灵魂。”又问，“以后哪里有的卖？”

“《朝报》上的柜台和报贩子那边是再不能用了，《号角》做中英双语周刊，先进咖啡馆、西餐馆走走路子。”

“呀，那我以后就看不到了。”

卓阳笑了：“我每期都给你送一份。”

归云脸一红，头埋下去。卓阳晓得自己失言了，但并不想收回这话，又说：“你还能留下来，真不错。”

归云一抬头，就对上他深邃的眼，她说：“跨了这一步，开头或许还有别的念想，但走出来了就不能回头，也不能后悔。我听你们的安排。”

卓阳说：“对，我们走了这一步就不能后悔。”

归云的心一定，也就根本不去后悔了。因晚上也无须上戏，归云就径直回了家，发现展风不在，归凤倒是提早回来了。她忙忙碌碌，一直不同归云搭话，归云心里直纳闷，好几回要同她说话，都被她避过去。

直到天晚了，展风还没回来，两人伺候了庆姑休息，就回了自己房里，归云照例在客堂间的八仙桌上练会儿字。她正聚精会神，身子被人猛一推。

“展风到底在忙什么？”

归云回了回神。

归凤连珠炮一般又问：“展风是不是又去帮王老板做什么危险的事了？”黑夜里，她的目光格外灼灼，几乎是逼视着归云。

归云犹豫了一下，归凤继续道：“你们为什么就不能安分地过日子？为什么一定要做那些危险的事？”

“归凤！”归云低叫。

归凤也知道声浪高了，怕惊醒庆姑，又压低声音：“咱们还像以前那样安心唱戏不好吗？你们非要干那些危险勾当，我晓得展风对你亲，事事都要和你商量。你不能恃着这些把他一步一步往火坑里推！”

归云立起来，又叫一声：“归凤。”

归凤的话从来没像今晚这样多，她不容归云说，自己又道：“班主已经不在了，这家再也经不起折腾！我只求求你们，不要再去涉险好不好？我们还像以前那样安稳过好自己的日子好不好？我们好好唱戏，再供展风去念大学也好，让展风做班主也好，只求他不要再去跟着王老板干那些会送命的活儿！”

归云问她：“你有没有问过展风愿意做什么？这样的世道，他做这样的选择，有他的志向。我们一味拦着阻着，他会不会痛快？我也想一家人平安度日，可是已经不能了，不能了。班主死的那日，一切都不对了。”

归凤眼圈一红，哭了：“可是，展风也不能往火坑里跳啊！要报国要打仗的有千千万，咱们就不能好好过日子吗？”

归云拿出手绢，替她拭泪：“谁不想家里平安，我们都努力想要保全这个家。我怎么不懂这个道理？”

“你怎么懂我的苦？现在前有狼后有虎，方进山那里拖得一日算一日，戏班子里，袁经理已经暗暗为筱秋月那几个接了堂会，她们也都冒出了尖。”归凤一边抽泣，一边说。

“傻姐姐，筱秋月她们如果红了，不也是庆禧班的进益？会有更多戏客来看我们的戏。”归云安慰道。

归凤跺一下脚，道：“她们原本就不服咱们的管，现在更是一味和袁经理一个鼻孔出气，如果这个时候我头肩的位子保不住还怎么好？”

归云一下愣住：“我倒没想到！”

归凤冷笑：“你整天心心念念看报纸，想着打日本人，怎么想得到我们的燃眉之急？以前大家都说你稳重又聪明，大事小事定得下来，可已经是眼前的事情了，你这个聪明人怎么看不出来？”

归凤一串话，让归云一阵眩晕，她没有想到归凤会想这样多。归云暗暗看归凤，她绞着手绢，深蹙蛾眉，泪盈于睫。

归云其实也考虑过，如若方进山迫得太急，不如举家外迁，去江苏或浙江，但是现在全国战火蔓延，真如杜班主说的“无处安身”。不说积蓄不够，庆姑念想着杜班主生前的话，一认租界的安全，二明摆着说过杜班主的魂在这里，死也要留下来。

前路真是曲折，看不清，归云想要靠归凤近些，归凤扭开了身子，意思要分道扬镳。归云不准，又靠上去：“归凤，咱们打小一处，不分开。苦难一起当，只展风那边，都要多担待。”

归凤罢了，泪直流：“我只巴望他好，其他的，我不在乎。”

门这时被大力推开。

“归云、归凤！”展风回来了，靠在门口呼唤她俩，他神情奇特，带着七分悲愤和三分欢喜，“我找到小蝶了！”他让开了，身后，是一条瘦骨嶙峋的影子。

说是影子，是因为那人陷在门边阴暗的光线下，看不清楚面孔和衣衫。只觉得那道影子似随时会倒下，倚靠着，找着可以支撑她的力量。

展风扶她进来。

一双黑旧的木屐走到光下，木屐上的脚有乌青有血块，是旧伤了。往上，是皱巴巴的日本和服，黄黄白白，颜色腻在一块儿，看不出原来的面貌。只是和服外披了一件挺括的黑色中山装，但穿的人还是冷，用瘦骨嶙峋的手紧紧抓住中山装的衣襟遮掩自己的身体。

那是小蝶，她们都认出来了。因为那一头蓬乱干枯的发胡乱扎了小辫子，辫梢是红色的蝴蝶结。那红是脏腻的暗红，那蝴蝶结是萎垂下来的，不能飞舞。

小蝶的脸颊瘦削得凹了下去，像是缩水的苹果。眼睛直瞪，呆板，不愿意再动。但看到归云和归凤的刹那，眼波转了一下，失去血色的嘴唇剧烈颤抖着。

“师姐！”她的声音不对，粗了哑了，软弱无助，全无紫鹃和吟心的娇脆。

归云的泪比自己预料的更快流下来。归凤的泪却止了，她愕得怔怔的。

“师姐——”小蝶的声音破了，她扑到了归云怀里。

归云接住她，抚着她凌乱的头发，不住地叫：“小蝶，回家了！你回家了！什么都不用怕了！”

小蝶不住地叫：“我天天想回家，夜夜想回家！我想回家呀！”

可归云发现，自己胸前的衣服上没有一滴泪。她转头看着归凤。

小蝶，已经流不出眼泪了。

她只能抚着小蝶的身子，抚到那件中山装的袖子上，那里有一个微小的洞。在一片完整的衣料中，摸到了不完整的缺口。

展风说：“我们去了东宝兴路那间石库门，在里面有十八个中国女孩，在打仗的时候被一对日本夫妇趁乱骗到那里扣了起来，他们逼这些女孩伺候日本军人。”他跟着进来了，“这是一家日本人开的慰安所。”

石库门里的杜家，又是一夜无眠，还是一夜的泪水来点缀这无眠的夜晚。

展风、归云、归凤都坐在客堂间里，听着小蝶母女三人抱头哭泣，还有庆姑不住劝慰的声音。

展风说："明天把小蝶送去妇女救护组织开的诊所，那里条件还不错。"

庆姑拭了泪，忽问展风："你怎么接回的小蝶？"

展风不料母亲这关节有这样一问，一时倒答不上来了。归云插了一句："王老板认得的人救来的，晓得展风同小蝶的关系。"

展风便接着说："小蝶一听她娘和陆明是我们家安顿的，无论如何要来一趟。"

归凤也哀泣："原本陆明和小蝶好好一对美满姻缘，现今一个残，一个——"庆姑听了，心疼得又流了泪。

筱秋月擦了把泪，忽说："那陆明——"觑着无人理她，又把话噎住。

展风只是咬着牙，攥紧拳头，归云拍拍他的手，压下哽咽："我去烧水，给小蝶洗澡。"

厢房里的陆明忽然跌跌撞撞走了出来，对展风说："展风哥，我又要厚着面皮求你了，求你替我置办婚事，我要娶小蝶——"

尚未说完，小蝶疯了似的推开她的母姐，狠狠推陆明一把，他失去一条臂膀，身体平衡极差，一下就跌倒在归凤脚边，归凤忙扶他起来。

"谁要你娶！谁要你娶！你都是独臂人了，怎么管得了我？"声音还是哑的，情却是急的。

陆明挣扎站好："我是独臂了，可我还能照顾好我的老婆，我不会让我老婆再被人家欺负！"

"我不要你娶，我不要你娶！"

小蝶娘同筱秋月用力按住了小蝶，小蝶娘对陆明说："今晚就先不要讲这些事情啊！她脑筋有点不清不楚，过一阵再说——"

话未说完，筱秋月就把小蝶娘拉到身边："陆明的话没错，小蝶这样，还有旁的出路？"

小蝶娘听怔了，心慌意乱，不知道该怎么办。小蝶糊涂地叫着，听到筱秋月的话，一头撞到她怀里，凄厉地叫："姐姐，你好意思把我这样的破烂货丢到人家家里？"

陆明听了又急了，心中大恸，跌跌撞撞要去抱小蝶。展风见这一团乱，忙先拽回陆明，劝道："今晚不要说了，明天咱们就把小蝶送医院去。"

筱秋月却在那厢说："你别糊涂，他肯要你，这是福气。"

小蝶气急攻心，归凤怕是不好，忙过来扶她。小蝶已是一口气没有提上来，“咚”一下就晕在她的怀里。

小蝶再次有些清醒的时候，身子陷在大堆的玫瑰花海里，她使劲儿嗅了嗅，是清晨微露的香，实在太怀念了。她抬了抬头，唤一声：“师姐，今天花好香！”

“小姐，愿不愿意给我们做模特？”是中文不够标准的女声。

小蝶循声望过去，蒙娜带笑的蓝眼睛朝她眨了两下，她将一朵玫瑰插在了小蝶的鬓边。

小蝶辨了辨，是认得的洋女郎，她想起来了，忽而嘴角一弯：“我把你们给我画的画儿弄丢了。”

蒙娜变了戏法，又拿出一幅。画上的女孩有如花的笑靥，是她当初未完成的作品，后来又赶着完成的。

小蝶静静地看，眼里生了晶莹，她终于能流泪了。她动了动唇，说：“谢谢。”

蒙娜很难过，她曾在这张脸上看到过那么多种丰富灿烂的表情，此刻只能看到死灰。

在小蝶闭眼睡去之后，蒙娜走出了病房。

卓阳和归云在外面并肩站着，都没有说话，挨着窗口，眺望远处。夕阳正西下，有微弱的阳光洒进来，染在他们的发际肩膀上。

归云先回了神，说：“蒙娜小姐，谢谢您了！”

蒙娜神情委顿：“我看到一个活泼的生命在凋谢，却并不能做什么！”

归云说：“您已经做了很多了。”

卓阳长叹一声，对蒙娜说：“你的纽约通讯还没译完，我们回报社吧！”

归云转向卓阳：“也谢谢你！”

卓阳凝神望着她。

她朝他淡淡一笑：“你的中山装我会洗干净送过去的。”

他看到，在斜阳下，她的脸，如此哀伤！

归云从来没有好好看过上海的天空，但是雁飞曾经对她说过，上海最干净最美丽的也就那片天。那年，她们还是孩子。

如今想起当年的话，她就仰头看去，湛蓝的天空万里无云，一阵鸽哨声吹过，飞来一群“呜呜”的鸽子，洁白的羽毛，像一片白云拂过。

鸽子在一片蓝色里自由翱翔，鸽哨是指示，它们跟着指示，尽情在蓝天下扑棱着翅膀。它们只有指示，没有禁锢，尽情向前，没有退后。

它们的翅膀下面，关着一群无法自由的战士。

归云走近胶州路的孤军营，转身的刹那，看见一边弄堂口一个斜倚的身影。

她第一次看到卓阳穿黑色以外的衣服。今次他穿了和天空一样蓝的毛背心，松垮垮地罩在白衬衫外，终于是翻了行头。他的头靠在墙壁上，她只能看到他的侧脸，也看到他另一只手中夹着一支香烟。淡青的烟雾掠过他额际的发丝，轻腾，模糊了她的视线，掩盖他聊赖的神情。一支烟就是他的一个静谧世界。

她不喜欢抽烟的人，但又觉得似乎这支烟是他寂寞的寄托，当轻雾腾起，他的脸也没有那么寂寥了。她不打扰他，自己先去找报到的地方。

卓阳已经看到她，暗暗掐灭烟头，走过来，带了一身淡淡的烟草气息。

归云笑着打了招呼，把手里的包裹递给他："这是你的衣服。"

卓阳接过来，脸上的寂寞隐了，愁绪也隐了，笑容一如上海温暖的阳光："小蝶小姐还好吗？"

她摇摇头："谢谢你最后救了她！"

卓阳又想起那晚。

在保卫队放火之后，他趁乱进了那间石库门里，抢拍里间的情形。石库门朝西小天井有一个亭子间，他推了一下门，门锁着，就奋力撞开了门。

一个少女半赤裸着身子被四仰八叉绑在床上，衣服被撕碎了，还有兽一般的男人对这具无辜的身体施虐。男人即将挥出的皮鞭被卓阳一把抓住，卓阳瞥见了了无生气的女孩，遽然一惊，竟然就是给自己做过模特的小蝶。那一怒是生了好大的气力，他抄起身边的椅子砸了过去。

原本天真的女孩，被折磨得脱去人形，衣不蔽体，裸露出身体上的累累伤痕。这些都让卓阳发足了力，豁出性命去和猝不及防的日本下等兵搏斗。他在混战中摸到日本兵的枪，比日本兵更快地拔出枪，并且开了枪。

日本兵倒下了，卓阳却能感到自己一脸凝固的冷漠。

他第一次杀了人，没有任何快意。在这之前，他连只鸡都没杀过。父亲一直说"君子远庖厨"，他也一直受着西式的绅士教育。他知道"革命"和"战争"意味着什么，但他之前没有杀过人。所以他不知道亲手杀人是这样的，子弹穿破胸膛，撕裂肉体，涌出来的鲜血浓稠鲜红。

当血液逐渐凝固，他看一下，日本人的血和中国人的血是一样的红。

“我没有及时救到她。”

当时他扔下枪，即刻脱下自己的外衣，盖在小蝶身上。但是他知道，是晚了。女孩的美好已碎了，他来不及抢救。

归云望着面前的他。从什么时候开始，和煦的他也有了霸气？还是她熟悉的他，但是又是陌生的，才那么几天工夫。

“小蝶说你帮她杀了日本兵，是菩萨派来救她的。”她的心温软了，在得知他杀过人之后。

这双摄影师的手，白皙修长，不擅长做家务，却已经染了血，杀了人。她为他心痛。她将手伸出去，又收了回来。

卓阳对她柔软地笑，说：“我带你进去。”

他一身的蓝色毛背心，像天空一样高且旷远，她愿意跟着他。

归云跟着卓阳进了由报社在孤军营外临时租借作为化妆间的小石库门，秦编辑发了节目单给她，她才发觉自己的《穆桂英挂帅》竟是在压轴位置上，不免有些慌张。

石库门里的演员基本已来齐了，不少人都有些来头，排场也挺大，保姆同化妆师傅俱全。莺莺燕燕，花团锦簇，虽是为了个“义”，这场面也得做好，且还掼不掉上海滩的派头。

归云没有派头，没势没力，她选了壁角的地方坐好。

卓阳被人拉住了，是个穿花色旗袍、盘发髻的小明星，她几乎半个人吊在卓阳身上，声音发着腻：“大摄影师，说好这回演了，你们发演出特刊，你得给拍两张好照片。”

卓阳轻笑，不近不远地哄她：“闲话一句，届时还会让我们的大才子写好特稿。”

女人受用了，同身边的人说：“这就是上海报界的青年才俊，拍照技术是最出色的，我一直想请来给我们的话剧社拍拍照。”

立刻有人说：“吴小姐倒是会敲竹杠。”

大家哄笑起来。话不清不楚，也重了，但都是场面上的玩笑，卓阳只把眉梢轻轻一耸，不以为忤。他从人群里脱身出来，回到归云身边。

“都是熟面孔，我是个生手，真怕丢了份。”归云打开妆奁匣子，抹脸、磨白了，再上胭脂，便看不到心慌不定的白了。

卓阳一直站在她身边："都是你们支持，才能把今天的演出撑下来。"

归云朝那边的人群努了努嘴："她们都是名角儿，肯这样坚持，担的风险也要大很多。"

或许收益也一样大，报纸一力把这些与众不同的行动叫作"出位"。都是搏一次的，有真心，也有假意。归云看得懂，卓阳也懂。

"真情假意都是好的，起码有胆气。"卓阳说。

这才重要。归云的胆气在左冲右撞，她在紧张，手也在颤。她知道不容易了，这回舞台上只有她一个人，没有归凤，也没有其他戏班子的师姐妹，她靠不得任何人。是她自己要义无反顾的，如今合该硬着头皮去孤军奋战了。

卓阳替她拿起眉笔："安下心，我相信你会唱好的！"他的口气不容置疑，手也不容置疑地抬起来，描她的眉。

她闭了眼，任自己的眉在他的手里婉转婀娜，斜斜飞向鬓角。是穆桂英英姿飒爽的神采。

他站着，她坐着，他做了她的化妆师，没有经她的同意，便一意孤行在她脸上绘下他要的神采。她觉得他在变，却说不出变在哪里。

她睁开眼睛，看镜子里自己的眉，才想起他会画画的，在她脸上留下了上戏妆以来最漂亮的一对眉毛。

他很满意地看她，手里还捏着眉笔，浓眉一扬："大家心目中的穆桂英！"

然后是箍头、贴花。他看着她把自己一层层武装好。他要带她上战场了。

孤军营的大礼堂里搭的简陋舞台，还是迤逦的。铺上红地毯，四周摆满粉红粉白的康乃馨，背景幕板也是红色的，没有演出标语。

这些布置是安营外人的心，是联欢的气氛。

孤军战士们入场却是井然有序的，带头的将领英姿勃勃，器宇轩昂。他坐下后，其他战士才坐下，个个挺直脊背，把手摆在膝盖上。他们整齐划一，士气不散。

表演开始，有载歌载舞的，也有时兴的话剧。

归云跟着卓阳在后台看。话剧演的是西洋戏，女主角真是刚才缠着卓阳的吴小姐，她在台上就变了个人，许是戴了金色的假发套，穿了白色的洋装。她的表情一半坚忍，一半贤惠，但渐渐变得更坚忍了。

她要离开禁锢她的家庭，与英俊的虚伪丈夫分道扬镳。

他们说的台词拿腔拿调，那个演丈夫的小生倒是长得不错，很有梨园小生的颜色，就是演的人物很狡诈。归云是第一次看话剧，也入戏了，挺恨这个小生演的丈夫。

“这是挪威戏剧家易卜生的《玩偶之家》，一个勇敢的妇女冲出束缚自己的家庭牢笼。”卓阳向她解释。

“她很勇敢，用她的智慧支撑起自己的家，只是她的丈夫不了解她，真悲哀！”

卓阳很高兴归云看得懂，他说：“一个牢笼，没有那么容易冲出去！”

“在这里演这个戏，让人情绪低落！”归云望望台下握紧拳头的战士们。她想，他们都想出去吧！

“他们都想出去！”卓阳说。

她一惊诧，转头看他。他向她微笑：“我们想对他们说，总有一天他们会走出这个摆布他们的租界。”

太艰难了，这样迂回地表达意思。

最后的结局是妇女冲破了家门，战士们鼓起掌来。台上的意思，台下的人都懂。不管多么迂回，苦心激励是能被他们了解的。

“你瞧。”卓阳有些得意。

归云心安了，她想，她是可以安慰到这些被禁锢的将士的。

事实也的确如此。

如果说在归云之前的节目是影影绰绰的，暗中传递心意，是组织者们的精心编排，隔幕报音，幕外人须得仔细听仔细辨，才得辨出幕里人热切的祝望。那么，归云这节目是来揭幕的，是完结，也是开始。

她一身武装，从幕后走到台前，是孤孤单单的一个人。偌大的舞台，她是被舞台锁住了，四周没有支援。

起调，开了腔。开始有些抖，不因紧张，而是孤独。穆桂英五十三了，还得重披战甲。军，是孤军；胆，也是孤胆。还有身边千万险恶虎视眈眈。

也有愤懑。满门忠烈，不得善终，活着的还受压制。但终于是有机会再伸志了。一个人，也可以气势如虹。

失去丈夫，失去亲人，亲儿子也身处危险之地。因为孤单，所以孤愤，当仁不让地一往直前。

因此便有了如雷的共鸣。

归云化身成了穆桂英，连穆桂英的孤愤也是真的。

如雷的掌声，往日战场上的豪情，今日被掣肘的委屈，还有伤逝年华尽如流水，酣畅到底地倾诉，最后的畅快是可以上战场一展抱负。这是台下百多人日思夜想的。

归云是红色舞台中央小小的一盏亮灯，在幕闭的时刻通明一闪，再款款暗去。

她在掌声中退下的时刻，卓阳还站在台下给她拍照。

"这一盏小明灯，起的作用可不小！"莫主编拍拍卓阳的后背。

又有人拍了拍莫主编的后背："我们需要这样的艺术，来震撼和激励我们，作为民族抗战的精神武器！"声音是沉着有力的。

卓阳肃然起敬地看着那人，孤军营的首领——英雄谢团长。

莫主编开怀地笑起来："这也是这次演出所要达到的目的，给文艺界吹一吹风，四面楚歌，但精神不死。我们在孤岛中始终有我们的阵地。"

谢晋元团长的面容威严庄重，他微笑着，微笑也带着威严，还有凝重，他向卓阳点了一下头："强将手下无弱兵，我听说过老莫带出了几个好样的，做战地记者一点都不比当兵的逊色。"

卓阳立正，肃然道："做一个新闻人之责任，在于明事直言，忠实记录。做一个国家危难时刻的新闻人的责任，在于在抵抗外侮的战线上坚持以民族精神传播为首要任务。精神不灭，新闻不死，事实永存！"

谢晋元团长和莫主编都欣慰地点头，谢团长赞道："好一句'精神不灭，新闻不死，事实永存'，我们如果可以一直有这种饱满的精神，不畏敌人的信念，就一定会迎来我们的胜利！我们所有的牺牲也就值得了！"

三人相顾而笑。

归云退场后，整理了行头。她想找卓阳，特绕回了前台，正见卓阳同谢团长和莫主编站在礼堂门前，门外远处缓缓西下的红日，洒了他们满身的金。金色染尽谢团长昂起的头，挺直的身，如丰碑，是不倒的中国的脊梁！

归云敬慕地仰望，似是能看尽那四面楚歌中的孤单的悲壮。她在心底敬叹，转个身，回去的步伐比来时要坚毅许多。

展风在门外等她，接过她手里的行头包袱："呵，现在会自己找堂会唱了。"

归云抿嘴笑："伶仃无光洋，不过，值。"

展风叫了黄包车，归云坐上去，远远地，看到卓阳已在门外张望。他看到她了，笑着。她朝他摆摆手。

卓阳看着她同展风远去。好几回了，他都看见这个男子同归云的亲密，他是晓得他们的关系的。所以，他在隐忍。

他同这个男子正面打过交道。

在进慰安所那天，这男子有条不紊地安排人员，分配任务，冲锋接应，都做得细致周到。

王老板说："卓阳，你是莫主编的得力助手，展风是我新招的猛将，能学也会活用。自古英雄出少年，长江后浪推前浪！"

行动前，展风再三关照他："卓记者，咱们任务不同，但是要切忌安全第一。王老板说过要保你平安，你只管报道就成。"

他是负责善后的，但在行动时，也是一个冲锋不顾命的豪杰。卓阳杀的日本人就是他迅速处理了，不知是沉到黄浦江还是拉到荒地埋了，总之毁了痕迹。

如果归云有这样一个丈夫，未尝不好。

卓阳站在街头，看着黄包车飞快消失在街头，他的心怅然若失。

卓阳回到家，看到卓太太正半躺在客堂间的躺椅上看报，一边放着玫瑰花茶杯并两块桃酥饼。她见卓阳回来，便说："你爸爸那位日本学生约请他去老正兴吃夜饭了，晚上我们就简单吃点，不开火了。"

卓阳好奇地问："日本学生？"

"就是上回送笔洗的那位，你爸爸在东京大学做讲师的时候收的，这位学生的父亲也是你爸爸的异国好友。"

卓阳放好身上的照相机等物，想着又把钥匙拿在了手里，问一声："就爸爸和那日本人一起？"

"你啊！这回又是打什么主意操什么心？那学生很谦虚谨慎，人看着不错，你爸爸也赞过他的为人和处事，不会出啥大问题的。"

卓太太站起来，敲了敲卓阳的脑门。

卓阳不语。他先前才写过通讯稿，含沙影射了时下教育界的血案。最近日军司令部通过上海伪政府接洽文化界人士，明着说是请去重新开课，教授老师们一上课堂，才晓得上当了，大学已非昔日之大学，完全沦为日军手里的教育玩具。有人反抗了，结果没几天就横尸街头。市政府给的说法是劫杀，日军司令部强烈谴责租界当局治安不力，租界当局也能一头冷汗地接受下来，发表声明一定要力办猖獗劫匪。

卓阳冷笑一下。这是一个人人做戏的年代，连一条铁蹄已经牢牢踏住上海滩的日本人也要做戏，滑稽不滑稽？

他说："我去爸爸那儿蹭饭。"

卓太太抬起身子叫道："卓阳——"

卓阳按住母亲要直起来的身子："老正兴的鲥鱼上市了，我想爸爸一定会点。顺便再认识一下这个师兄。"

卓太太嗔怪他："你这孩子！往常叫你去老正兴相亲，你就没这么积极过。"

卓阳无奈耸肩："妈，就您还信隔壁吴太太能做好媒？后弄堂的小张娶的可是母夜叉，天天吵得鸡犬不宁！也是吴太太保的媒。您就饶了我吧！"

卓太太不饶他，又说："原先我以为你真会同蒙娜好，我想想洋媳妇虽让人跌眼镜，但我倒还能算个时髦人，可以接受的。这两年看你没这意思，又不肯去相亲，我是真无主了。儿子，你到底要找什么样儿的？"

卓阳佯装考虑，说："您放心，我总还给您娶一个中国媳妇儿回来就是。"

"就是就是，就是到最后又没影儿了。"

卓阳已遁到门边，说声"拜拜"一溜烟先出了门，只留身后的卓太太无可奈何地吩咐："这小囡——路上当心啊！"

卓阳的心思却没那么轻，他骑上自行车，心总是有些不安，直往老正兴的方向飞速驶去。

坐在老正兴的包房里的卓汉书也有些不安，因为他对面那位日本学生刚才说的话。

他是老了，一忽儿几年，学生都长大了。身板够高，姿态是绅士的，面容平和。这个学生，是什么都藏得住的。

他想起第一次见他的时候，他不过才十八岁，只是一个像现在的卓阳一样的小青年，却有一脸深沉的表情。他的父亲领了他到樱花盛开的树下，介绍给自己的中国好友卓汉书。

"犬子智也，一直仰慕汉书兄，今年刚考上东大的汉学科，特来拜访。"

十八岁的日本青年朝卓汉书恭敬地鞠了九十度的躬："仰慕先生已久，请多多指教！”他说的是一口流利的中文。

卓汉书十分惊讶地看着老友，道：“雅夫君，令郎的中文可说得比你好多啦！”

藤田智也恭敬道：“学生生在中国，十岁时才回的日本。”

卓汉书望望老友，藤田雅夫面露尴尬，咳了两声，道：“汉书，正是如此。”

卓汉书领会了意思，笑着对智也说：“太多礼了。我刚被东大聘为客座，真是巧！”

藤田智也又深深鞠躬：“请老师多多关照！”

这回隔着桌子，藤田智也也是对他深深鞠躬：“请老师多多指教！”

“现今时局动荡，我无心学问，只靠那些养老金和祖上的产业安度余年，闲暇写几个大字聊以遣怀罢了。藤田君，老师没什么好指教你了。”

卓汉书深深望着藤田智也，这个孩子，总是有一副摸不透的深沉甚至是阴郁的表情，不像自己的儿子，喜怒哀乐在脸上一应俱全。他叹气，怎么看，都是自家的卓阳要豁达直爽得多。癞头儿子总是自家的好，尽管也没少打骂。

藤田智也就鞠着躬，还不直起身：“一日为师，终身为父。老师学问浩瀚，我要请教的地方还有很多。”

卓汉书坐不住了，将他扶起来：“你在东大学业有成，也是业内一把好手。”

藤田智也不肯坐下，还是恭敬道：“老师对于中国碑帖的研究，智也恐怕今生拍马也赶不上，十分惭愧，还有很多东西需要向老师请教。”

卓汉书听他这样说，干脆也不同他谦让了。他的声音沉了，说：“你就直说吧！”

藤田智也坐了下来。

“在日本碑帖收藏界有这样一个传说：一千三百多年前，大唐鉴真大师东渡至本国，授科以学问僧荣睿、普照。在鉴真大师晚年，曾因思念故国，写过一幅字帖，题为《思故赋》，大意应是寄望大唐与日本国世代交好，在文化上互通有无，并表鉴真大师一派思故之心。此帖由普照大师遵照鉴真大师的遗嘱，带回大唐，上表唐皇。但就在普照大师赴唐路途中，在大唐境内遭遇劫匪，此后字帖一直下落不明。”

卓汉书端起茶杯，轻轻吹了吹，慢慢抿一口，再放下：“鉴真大师是一代高僧，为传佛法义理，发愿过海，牺牲不小。他在佛学、音乐、建筑、书法、绘画、医学等方面，对日本文化的各个方面影响重大。”他饱含深意地看着学生，“几年前我在东大授课，就曾说过纵观世界历史，异域大国的崛起无不伴随着鲜血和战火，而中华文明的传播往往以和平的方式进行。”

藤田智也倾身点一下头："是的，我国内对鉴真大师万分崇敬。因此天皇发愿，欲找到那幅流传到中国的《思故赋》安放在奈良的唐招提寺，以表纪念！"

"传说也只是传说，何况流传了一千三百多年，中间朝代交替，恐怕未必能流传下来。"

"不，老师！"藤田智也打断了卓汉书，"鉴真大师的这幅字帖流传下来了，甚至在中国各朝各代名家手里收藏过。"

卓汉书抬眼，同藤田变得犀利的目光较量。他明白了，镇定一笑："我研究碑帖已久，也只是听说。中华古物传说甚多，虽然传闻都是有根有据的，但未必是真的。"

藤田智也避开卓汉书的目光。

"日本国内的传闻是这幅字帖因屡次为中国各朝名家所藏，帖后的收藏古印也是万分珍贵，所听说的就有辛稼轩、赵孟頫、文徵明等人。这些名家的古印也足以让此帖价值连城。"

饭店的侍者端了大菜上来，是老正兴赫赫有名的清蒸鲥鱼。藤田智也及时恭请："以前就听说老正兴的鲥鱼很不错，老师先请。"

卓汉书也不客气，夹了一筷子，道："鲥鱼乃长江三宝，只在这时节方才味丰脂腴，但鱼肉多刺，任何美味都是来之不易的。"

藤田智也笑道："以前老师说两汉历史的时候，喜欢用典故。我还记得老师说过一个故事，东汉开国皇帝刘秀卑微时候与同窗好友严子陵在富春江喜欢垂钓鲥鱼，那番烹酒食鱼实在叫人向往。只是严子陵却不肯在刘秀登基后辅佐左右，着实浪费了一身好才华。"

卓汉书的面上变了色，重重放下筷子，声音终于高了："严子陵婉拒光武帝好意，是因光武帝雄才伟略，可定国安邦。他有不慕仕途，安闲自在的机会。云山苍苍，江水泱泱，先生之风，山高水长，岂是俗人可懂？现今国邦不安，我等一介白衣无可所图，无可所作，唯能独善自身。"

"爸爸！"一声呼唤打断了卓汉书的滔滔不绝，他看到站在包房门边的卓阳，有几分戒备地盯着藤田智也。

藤田智也站起身，微笑点头："这位一定是卓阳了。"

卓汉书朝卓阳招招手，卓阳走到父亲身边站着。他拍拍儿子的后背："犬子卓阳，这位是藤田智也，曾上过爸爸的课。"

藤田智也又欠身："现在也是老师的学生。"他向卓阳伸出手，"幸会，《朝报》的杰出摄影师。"

卓汉书听他说这话，脸上不由得又微变了变色。卓阳却坦然伸手，同藤田智也握了一下："幸会！"

双方落座，藤田智也唤来堂倌再添碗筷茶杯。他转个头，话题就变了。

"贵报日前那篇纪实报道十分精彩，执笔照片生动有力，十八个女孩现下可安好？"

卓阳脸上一派礼貌的微笑："鄙报已停刊，我过几日就要失业了。十八个女孩已经移交租界当局的妇女救护组织，只盼她们早日康复。"

"学弟有什么打算？"

卓汉书同藤田智也一起看着卓阳，卓阳只是打个哈欠，看了看鲥鱼，拿了筷子夹了就吃。

"爸爸说我是无事忙，恐怕要在家做一阵子富贵闲人了！"

藤田智也转头对卓汉书道："我或许可以为学弟谋一份好差使。"

"这倒不必了，犬子大学学业尚未修完，我想要他潜心钻研学问。"卓汉书直接拒绝。

卓阳懒散笑道："我懒惯了，做记者也是因作息可自己随意，如若真要正经坐办公桌，我保管两天打鱼三天晒网，给师兄丢脸。"

其实藤田智也和卓汉书都在仔细看他，都觉得他眼神清亮，看不出任何意思和破绽。但卓汉书知道自己的儿子绝非如此之人，心中担心，还有一层安慰。有儿子在身边，有后盾，也放松了，就说："鲥鱼冷了可就要起腥，我们不能浪费了这大好美味。"

藤田智也也不能再说什么，或者也不想再说什么，只是和卓家父子在一顿寒暄中频频举杯。

此后，只谈诗词风月，不再谈其他。

气氛倒是融洽了，当事的人都有心化解先前的紧张，各人都喝了个微醺。到了席末，卓汉书终于拉住了藤田智也的手，语重心长道："智也，犹记得当初你是汉学成绩最好的学生，只盼你能专心学问，不问其他。"

藤田智也又鞠躬："深谢老师的教诲，智也终身不忘。"转身独自走了。

卓汉书对卓阳说："智也是个做学问的一流人才，当年说到做学问一节，他说'凡致力于所爱，必定锲而不舍'。今朝问出这些问题，我担心他已经不只是一个致力于学问的学者了。"

卓阳想了想，又想了想，最后只道："这位师兄学识渊博，适才谈天说地，很多话都让我叹服。"

"卓阳！"卓汉书看出儿子的顾左右而言他，儿子还在皮皮地笑，完全看不出他在想什么，连他说的话都听得出是过滤过的。

他还想再问什么，卓阳躬身，用洋礼节把他磨走。他便知道问也算白问，也就不再多话。父子俩并肩走入夜上海的人群中。

其实藤田智也并没走远，一转头，他还是能看见卓家父子并肩的背影。卓阳比卓汉书要高半个头，略略走后面，是保护的架势。

上阵不离父子兵？藤田智也的眼眸闪了闪，他们看不出他的意思，他看得出他们的意思。或明或暗，各有打算。

真的微醺了，他抚了抚额头，眼前有点糊。刚才点的是白酒，中国酒的后劲出来了。一道白色的身影晃在他眼前，那身白旗袍，那团盘发，还有那张美艳漠然的小脸，从骨子里透出魅力。

是谢雁飞？他微眯了眯眼。她是出了台子？还是随意逛街？

他快步走到她跟前，先是闻到她身上的一股梅花香。雁飞没有料到会在这边碰到他，吃了一惊。

"藤田——"

他抓住她的手臂："你可以叫我亚飞。"他一个使力，拉着她转到旁边的小弄堂里。他的力气有些大，抓得她臂膀生疼，支起手肘要挣脱，同时也闻到他身上淡淡的酒香。

"藤田先生，你醉了！"

藤田智也却轻笑："叫我亚飞。"却并不放手，"我的确有些醉了。"接着，他便恃醉行了凶。

雁飞没有想到他不但没有放手，还俯下了身子，微带白酒香的唇贴上了她微讶的没有合拢的唇。但是，并非强迫，也无挑逗，只是寻找安慰。

雁飞能分辨出来，便任由他的唇贴着她的。她还冷静地想，她被很多男人吻过，如今还被这个日本人吻了。

可她就是没有被他吻过，他们当初干净得只是互相牵手拥抱。还来不及更进一步，他却全线撤退，留她一人愕然站在毒辣的太阳下面。

藤田智也没有逾进一步距离，所以唇间的相触始终干涩。他移开了自己的唇，伸手抚她光滑的面颊："如果我现在还邀请你去长崎看古城风光，你愿不愿意？"

雁飞面色不定，听了这话，仍是摇头。她别开头，指着大马路上满目的霓虹："我习惯这里的五光十色，是走不掉的。"

他放开她，侧靠在墙壁上，轻吁一口气："好。既然你又拒绝我一次，那么再还我一次，带我去你家解酒！"

雁飞瞪他，哪有人是这样的。

他却侧头看她，说："大不了以后再还你。"一闭眼，真像是醉了一样。

第八章 萍随波

雁飞还是把藤田智也带回了兆丰别墅，心里不算太甘愿，她总觉得是他逼迫了她，或者是形势逼迫了她。

上黄包车时，雁飞踉跄了下，藤田智也及时扶住她："从没见你这样慌张过。"

"新买了皮面的高跟鞋，穿着还不习惯。"雁飞掩饰道。

一路无话，回到兆丰别墅，雁飞进了门就唤来苏阿姨："给藤田先生下一碗水潽蛋解酒。"

藤田智也自说自话地往沙发上一躺，且躺好了："这张沙发倒真像专门为我定制的。"

雁飞踢掉脚上的高跟皮鞋，对他说："你可以睡二楼的客房。"

藤田智也闭上眼睛："呵！我的待遇提高了？其实沙发也挺好。"

雁飞见他悠闲自在，有些哭笑不得，又是疑惑的，便说："刚认识你的时候，你不是这个样子。"

藤田智也惺忪了双眼："什么样子？哦，我醉了，失礼了。"他翻个身，上衣口袋里有皮夹掉出来。

雁飞蹲下捡起来，翻开皮夹，看见里面夹了张泛黄的相片。落地灯晕黄昏暗的微光下，她看清相片上是个女子，穿白旗袍，梳和她一样的辫子盘头。是她自己？她凝神细看，不是。这女子要圆润得多，眼神也凄厉得多，但微微仰着的下巴与她有相似的倨傲和不甘。不知为何不甘。

人生几番回合，都是有经历的人，看着神似。雁飞陷入冥想，藤田智也却睁开了眼，抽回相片，再度插进了皮夹。他避开了她探询的目光："我真是醉得厉害了。"

"小姐，水潽蛋好了。"苏阿姨端着碗出来。

雁飞站起来，说："慢用，或可解了醉。"

藤田智也直盯着她上了楼，看了半晌。

"藤田先生，快用吧！冷了就不好吃了。"苏阿姨诚惶诚恐地提醒。

自己是日本人，还是个日本军人，这些中国人都防备着自己。连那上去的身影，原先什么都不在乎的，没有任何多余表情的人，也会防备自己。藤田智也心中冷笑，不知是对自己还是对他人。

他低头喝一口汤，是甜的。一种久违的思念涌上心头，很久没有尝过的甜，刺激了他的味觉。只这甜，或许还带着微微的醉。满室的甜香，多教人流连？

他三两口吃了下去，抬起头来带着满脸笑容，问苏阿姨："还有吗？"

苏阿姨惊了一下，道："哦哦，小姐晚上不吃夜宵，倒是没有多做，我再去做一碗来。"她收了碗退了下去。

藤田智也凝视了会儿楼梯，谢雁飞或许睡了，或许没有，满心防备想着自己这个日本人什么时候走人。想着，他从上衣口袋里摸出一只翠绿的手镯，放到灯光下看那绿莹莹的翠，然后捏紧，再放回口袋里，仰头倒入沙发中。

要是醉了不要醒，那真不错！

清晨起床的雁飞以为藤田智也已经离开，却见他正在客堂间悠闲地吃早餐。他还朝她颔首微笑道早安。

"藤田先生今天休息？"

"已经告假了，你可有空？"

他想干什么？雁飞走到他对面，说："晚上是要去百乐门上班的。"

"上午陪陪我吧。"

雁飞微蹙了细眉。

藤田智也又说："如果误了晚班，晚上也包给我，不会少了你们经理的账面，他自不会说什么。"

"他当然不会说什么。"雁飞冷笑，自出了陈曼丽的事后，但凡日本客人的任何要求，袁经理全数应允。

她不语，也算应了。她先走到客堂间一角，那边竖了红木打的供台，不供菩萨，放的是骨灰坛子，骨灰坛下边放了香案，还有供香，是常备的。雁飞抽出三支香，用洋火点燃，起了荧荧的火，伸手扇了扇，立刻灭了，飞起一抹轻烟。轻烟之下，她举着三支香，恭敬拜了，再插进香案里。

她回到桌旁，问："藤田先生是要去哪里？"

"你总这样生分，叫我'亚飞'。"藤田智也盯着她的眼睛，非要听她如此叫不可。

"好，亚飞先生，您是要去哪里？"

藤田智也看着雁飞，看着她坐下，抓起碟子里的油条，拗断，捞近了醋瓶子，淋上去。他的动作有些粗放，但她无所谓，随意在湿毛巾上擦了擦手，抓了筷子，夹了油条，就着白粥吃了几口。

看着是不够文雅，可又极舒适。此间的她就是一个家常的上海女孩，在自己的家里，做不上台面的日常动作，肆无忌惮地淘气和随便。如果就这么放在家里，看一辈子也不会厌。

"王亚飞，你说，陈曼丽是烧了多久才被烧成骨灰的？"

雁飞突然随意地一问，就把藤田智也问住了，他的表情不自然起来。

她笑，伸出手指头来，认真地说："大约要用四个小时吧！"她伸出手指头比画，"日本人在南京城里，挖一个坑，推一堆中国人下去，一把火，大约也只需要四个小时。是不是？"

气氛又重了，藤田智也忍不住了："你知道秦始皇为什么要焚书坑儒？因为中国的读书人喜欢造谣生事！"

"说谎说一千遍就可以变成真理吗？"雁飞讥诮地笑起来。

藤田智也不由得摇头："在真理面前，任何东西都会软弱无力。"

"王亚飞，你说，我们还能等到真理吗？"

他不再回答了，同她一起低头喝粥。

雁飞想起来，碗里的糯米也是他送来的。想着，她与他，出乎意料地牵扯不清。

牵扯不清的又何止是这几袋糯米?

雁飞在心中微叹口气。上海的路,七拐八弯,往往同归。她跟着藤田智也招了黄包车,一路来的,竟是熟悉的地界。

南京路边,四马路旁,彩旗终日飘展,花牌锦簇,攒着花团还有灯泡,群芳翠绕下是艳丽的名儿。远远地看,就像那些名字的命盘。雁飞的名字从来没有上过那些名牌,却是被压大的。

当年,她背着归云走过这样的弄堂,却找不到安身的地方。迎头,遇见了唐倌人,她的命运开始改变。她不能怨,一切都是命运的安排。

藤田智也竟然带她来这地方,她转个头看身后黄包车里的他。他正仰着头,眼神近乎迷茫,侧着的脸在沉思。

她看了他好一会儿,他才醒转过来,望见了瞧着他的她。

“这里我的确很熟,我是在这里长大的。”她说。

“我也是在这里长大的。”他说。

惊讶的是雁飞,探索地瞅着他的脸。他的脸上没有任何表情,连沉思都扫空了。

黄包车停了下来,在弄堂的尽头,车夫问:“先生是要下来?”

藤田智也下车,雁飞也跟着下车。

“我住过前面的六十八号。”

“这里是八十六号。”

可真有缘分。雁飞不问了,他来到这里,他说在这里长大。她明白了。

藤田智也盯着八十六号石库门的雕花门栏出神,并不敲门。里头传来懒洋洋的歌声:“天涯呀啊海角,觅呀觅知音……”

歌声近了,门开了,一个穿高开衩旗袍的妖娆女人拿着一簸箕垃圾出来。脸上涂一层厚厚的粉,还有一对俏丽迷离到不清澈的细长眼。

女人见门前站了体面的男人,撇撇嘴角:“先生,您来早了。”说完又笑了笑,眉眼都开了,淫荡、赤裸,她想要勾引他。

唐倌人从来不教雁飞这样笑。她说过:“聪明的漂亮女人要笑到男人心里,而不是笑到男人的下面。”

雁飞也微笑,翘了唇,带了含蓄。她想,还是唐倌人当年说得对,可是那又怎么样?她们和眼前的这个女人又有什么区别?

藤田智也只是淡淡扫了半开门缝里的石库门内光景，只一眼，就够了。他淡淡说：“我们走吧！”拖了雁飞的手，快步离开。

女人感觉被戏耍了，骂娘：“大清早瞎敲门，寻死啊！”

雁飞气喘吁吁地被他拖到弄堂口，抚着胸口喘：“慢点，王亚飞，你真赶着投胎吗？”

“现在叫得很顺口。”藤田智也笑了，好像是今天头一次。

“怎么回事？找错地方了？”雁飞问。

“没有，我只是要告诉一个人，她恨了一辈子的人找她赎罪了。”

“这话我可听不懂！”

“不必懂，因为我的事情办完了。”

“你耍我？”

他伸手抚住她的脖颈：“女孩子，别说轻贱自己的话。”

“你——”雁飞哑口，他的手指正按在她颈部，那里是动脉，是威胁的意味。他不想让她开口。

“今晚我包你的台子，陪我跳一晚舞。”

“闲话一句。”雁飞的气平了。藤田智也看见她的脸上又现出职业性的笑。

“还是刚才的表情好看。”他放开她，不再看她，只扬手招马路对面的黄包车过来。

她又被他说愣了。她只道自己经常说话做事没三没四，此人却比自己更加没三没四。算不算物以类聚？怎么能和日本人物以类聚？

他有所求，她亦有所求。不过如此而已。其他的，她真是没兴趣去了解，也没气力去了解。

而藤田智也，也不让她再了解更多。他送她回到百乐门，将大洋直接丢给袁经理，要包她整晚。袁经理点头哈腰，少不得说几句讨好的话，再拉雁飞到暗处。

“他是个少佐吧？听说有个伯父是大将，那个凶巴巴的长谷川大佐也碍着他们家的面子呢！来头不小，小心伺候。”

雁飞嘴里嗑着瓜子，睨了一眼坐在回马廊隐角处喝酒的藤田智也。他的眼里没有其他人，只有眼前的杯中物。

“我自会有分寸。老袁，你也要有分寸，两条船可驶不稳，听说你还想把自家戏园子的女戏子往张府里塞？”

袁经理心中正烦恼，听她这样说，直捶手心：“这群遮天蔽日的，一天一个样，不打算让我们下面人过日子了。”

雁飞轻飘飘往袁经理肩上拍了两下，道：“脚踏两条船，早晚会沉船。”

袁经理也有道理讲：“这百乐门里谁没有这两把刷子？你白牡丹也不正是个中高手吗？”他用嘴努了努藤田智也，“人在江湖飘，自要找牢靠点的靠山，像你这辈子是不用愁的，租界里头有王老板这个冤大头，租界外头还有这么一个好货色。”

雁飞轻笑：“大家个人顾个人，都好自为之吧！”说罢回到藤田智也身边。

他还在喝酒，这回是百乐门里贵价售出的法兰西红酒，叫拉图，点的人很多。雁飞欢迎她的客人点用，这样她的分账也会高。

但他是一杯接着一杯猛灌，不对劲得很。从昨晚到今夜，他一直失态，不复以往的四平八稳。他喝得猛了，头发也被自己撸乱了，外套也脱了，连身上的白衬衫也开了两颗扣子。

“你包我一晚上看你喝酒吗？”她问。

“或者干其他的？”

她双手抱胸，退了一步：“我不陪日本人上床。”

他拉近她，站起来抱住了她：“陪日本人跳舞吗？”手臂微微一收，搂住她的腰，拉着就进了舞池。

舞台上，依旧有两个新晋的歌女钩着对方的腰，妖妖娆娆唱着《假惺惺》。旧的舞女歌女老了走了死了，新的就填补上来。上海的艳色永不落。

她的头挨在他的肩膀上，他的脸也靠在她的发边。昏暗的舞池中，他的舞步是娴熟的，她早已领教过。两人配合得很好，他是她遇到的最适合的舞伴。

空气是微醺的，他微沉的呼吸，有点醉了她。一转身，她又醒了，因为瞥到了熟人，正搂着新来的年轻小舞女。两个人都跳得生，不停踩到对方的脚。一束光打过来，虽是生的人，也是一对俊男美女，鸳鸯蝴蝶。

雁飞看清楚了小青年，他慌张避开她的眼。她便闭眼，不再看他，嘴角微笑。

那个人，是陈曼丽说破了他童男子身，送了金条的金融大亨的小开。时隔不久，尚未从陈曼丽处学会娴熟舞步的他已经搂着青嫩的小舞女了。小舞女尚没有点大蜡烛，小开已是上了心，掏了钞票出来品鲜，包了小舞女的初夜。

一报还一报。陈曼丽领着他进门，到底是救赎自己还是让别人堕落？雁飞已经不知道了。

藤田智也的手臂收着力，要把她揉进他的身体里一般。雁飞被箍得有些胸闷，要挣，又挣不开。这个半醉的鬼，像拖人下水的水鬼，拉住了就不肯放手，

她放弃了，他却开口了，声音低沉，从水底升起："如果一辈子都醉不醒，也是大幸！"

又是一圈，雁飞忽见展风隐在回马廊的一处，浓眉纠结，一动不动地盯牢这里。他要过来了，雁飞的手在藤田智也的背后摇了摇，止住展风的动作。

他咬了牙，没走近。她不要他走近。展风回了头，飞奔出去。这里和她，从来不属于他。

展风回到宝蟾戏院，他该回的地方。这里同百乐门一般热闹，大门张灯结彩，海报灿烂艳丽。上海还是那个上海，舞照跳，马照跑，戏照唱。霓虹灯映在海报上，有新的人光鲜亮丽起来。

展风看出了海报的问题，那上面的祝英台相并不是归凤，却是小蝶的姐姐筱秋月。她还有了宣传词，写在那上面："更娇媚、更温柔、更雅洁、更靓丽。"

所谓的"更"，自然是有了对比。展风心下一凛。

戏院门口花篮锦簇——"恭贺筱秋月一鸣惊人"。横空又出一个新的祝英台。

售票处挤满了人，小洋三角的票有戏迷甩出大洋要包全前排的位子。售票员把肩一耸，道："前十排都被人包了，明日请赶早！"

不得愿的戏迷随地唾一口："老子今朝就是要看筱秋月，隔大老远哪能看得清？"

有人讽他："人家那身段哪里是给你瞧的，你又没十三间粤菜馆，怎么供得起这尊女菩萨？"

又有人说："哎呀，我还是想听来归凤的唱腔啊！怎么祝英台换人了？"

"来归凤过时了，又没人捧，还整天端着头肩的死架子，在台上一点点甜头都不给人尝，现在观众哪里吃这套！还是筱秋月活色生香！"

展风不要听了，转到后门进了后台。

归云正急得团团转："归凤不见了！自袁经理说今日开始由筱秋月担头肩，归凤就不开心了，今天的戏排出来更没她的角色，她和我说去练嗓子，到现在还不见人影！"

展风心情沉重，一块大石头没落定，又压一块石头上来。他见台上乐师已陆续坐好，便先对归云说："你先去表演，我去找归凤。"

归云赶着上场，临走说："散场的时候不管有没有找到归凤，在戏院后门等我。"

前台催了，她被人一推，要去亮相了。今天是新气象，她也换了新搭档。

新任祝英台上台了，尚未开腔，媚姿媚态地摆一个姿势，观众们汹涌了，有人带头喝彩叫好，大把的鲜花甚至大洋先上来。

秩序全乱了，只有哄然的喝彩声。新祝英台站在人前，归云被挡住了。她蒙着唱，得不到她的回应，她的神也出了，怎么回事？她做了陪衬，不明不白。筱秋月这样大火？所为何来？

终于闭幕，还不停歇，戏迷奔抢上去为祝英台献花，又有两三个报纸记者拥上前去拍照。闪光灯一阵乱闪，也算是繁华象征。倾尽全力造着假。

归云用手挡了眼睛，缝隙里，她看到了一个人。卓阳坐在第一排，朝她微笑。她恍恍惚惚地笑那么一下，又灭了。她被新祝英台的戏迷们推挤了。

不知谁叫了声："梁山伯走开，我们只要祝英台。"

归云听到了，心里不免是受了伤的，还带着疑惑。

当年筱凤鸣红，是因为唱作俱佳，后来归凤取而代之，也是因为唱作俱佳。而今筱秋月闪电般红起来，既无筱凤鸣的舞台霸气做台面，又无归凤过硬的好唱功做底子，可就是成角儿了。她想不通，所以赌了气，幕还没谢完，就扭身去后台，独自坐着卸装。

前头花团锦簇的人儿也下来了，师姐妹们众星拱月。

"秋月姐，是否即将出那黑胶唱片了？"

"有两家公司找我谈了，我正考虑签哪家呢，看他们出的价钱吧！"

"还是秋月姐行啊！想归凤最好的时候也不过在凤平戏院注了十几个银盾，这回秋月姐姐唱片一出起码也要几万张吧？"

"那倒真是小事情，现在我倒是在考虑拍电影。如果在电影院能看到我们越剧，那真再好不过了！"

"秋月姐，你真行！"

筱秋月走到了归云身边，问："归云，今晚一起去会儿楼喝鸭粥？我请客！"

"不用不用，多谢秋师姐费心。"

她看看筱秋月。筱秋月原先抽了大烟，战时没了来源，只能戒了。当时杜家是帮衬着的，如今风水轮流转，她卖了身给菜馆老板，说是为了小蝶，让庆姑唏嘘好半天。他们都没有料到风水是这样流转的，太多的意想不到。

筱秋月风光了，还记着往事，说："看看，我还是请不动我们未来的班主夫人，算了，众姐妹给我面子一道去吧！”

众人千肯万肯，一味奉承着筱秋月从归云身边走过去。归云心眼口堵了，只当不值，又想小蝶的可怜，气是不顺的。一些小恩怨，可以天荒地老。一些小恩惠，必定烟消云散。

她胸口闷闷地走出后台。戏院里头已经空空荡荡，独留几个清扫工在打扫卫生。

“杜小姐。”还有人留下等她，不让她感到孤单。

是卓阳，也只有卓阳。

归云迎过去：“卓先生，你还没走？”

卓阳倒是早有说辞的，将手里卷着的报纸递上去：“这是明天要出的《号角》，我们选你的照片放在头版。”

头版是归云在孤军营唱《穆桂英挂帅》时的照片，一身武装，英姿勃勃。报纸是明天出的，他今天拿了来。

归云的心是明的，面上是羞的。

卓阳又说：“我还给你洗了一张，不过——”他装模作样摸口袋，再敲脑门，“哎呀，忘记带了。”

她晓得他的心思，他露得这样明显。她的心浮起来，心情好了些。

他也晓得她的心思，他能看人的眉头眼额，台上幕幕都在眼里，他想安慰她：“前排都是被人包的，记者都是枪手，捧角儿的惯技。真的戏迷坐在后排，挤不到前面。你是唱得很好的。”

归云原本的失意，还在于失意在他面前。他竟这样说，她就释然了：“我懂的，我懂的。”说来说去都是“我懂的”，心里是真懂的，只是口头上过于感慨了。

卓阳笑了，他笑起来好看，眉毛飞扬，神采奕奕，这样好看的一个男子。他说：“我想请你明晚散场后去吃老范的小馄饨，呃，把照片带给你。”

他又怕她拒绝，直盯着她的眼睛看。她就不好拒绝了：“好。”

卓阳松了口气，浓眉更飞扬：“那明天见！”

“明天见。”

他们挥手道别，只是卓阳临走到戏院门口又回头看了她一眼。

归云调皮了，说：“放心啦！我不会放你鸽子。”觉得太熟络了，不由得吐吐舌头。

卓阳看在眼里，笑着打趣：“放我鸽子也没关系，我可以等你，不让老范打烊！等到你自己识趣来解救老范。”

他是存心了，一下套近他们的关系。归云接他的戏，道：“那我就只能帮老范洗碗来告罪了。”

说到洗碗，卓阳心里受用，深深看她：“那么说定了。”

两人都点头，向对方保证。归云目送卓阳离开，才绕去了戏院的后门。

门口是一条狭长的小弄堂，挺直的煤气灯亮着微弱的光，照亮旁边斜斜的枝干长好的梧桐。都孤零零的，没有依靠，又相隔着那点距离无法互相依靠，看着有那么些落魄。树底下有两个人的影子。

归云凭着灯光稍辨认了下，叫：“展风？”

“归云。”回应她的是归凤。

归云过去拉了她的手，手是冰凉的，人也是柔弱的，还红了眼睛。

“这傻丫头跑去天蟾戏院看京剧了，可让我一顿好找。”展风道。

煤气灯暗淡的光把三个人的身子拉得长长的，在夜色下缓缓移动。

“我看梅先生的戏去了，戏好，就是好，观众都赞好。可我想不通。”归凤的心还不平，声音还在颤。归云握紧了她的手臂。

“都是要戏好才能红，以前大师姐也是一把嗓子唱红四川路，我自认在这戏上是不遑多让的，怎么就拼不过筱秋月？”

“拼不过就拼不过吧！只要我们日子还能过就行。”展风道。

归凤激烈地说：“我想不通，我比她唱得好。”

原来她们的怨和疑都是相同的。归云轻嘘了口气，道：“听说一个开粤菜馆的大老板在捧她，有了后门总是两样的。袁经理又是那样的人——”

“戏客都成了聋子不成？唱得好唱得差都分辨不出来了吗？”

她是想不通的，也争不明白，归云却是能理解的。归凤自十四岁担了头肩就再也没有落下来过，此番打击太大，她又是内向性子，未必能想通并承受下来。

人生最怕无情风雨，劈头盖脸打得人晕头转向。际遇总是这样难说。

归云夜里走到天井里透气，不想半夜三更，天井里还有人，正席地坐在一角抽烟。归云走近一看，是展风。

“你啥时候学会抽烟的？”

展风慌忙把烟头往地上一摁，甩到身后去，说：“心里气闷。”

归云默然，忽想到卓阳也抽烟。是不是男人都喜欢抽烟解闷？不知卓阳心里又存了怎样气闷的事情。她从天井一角拖出小凳子，坐到展风身边。

展风问："归凤睡了？"

"劝了半天才睡的，唱戏就像她的命一样。就盼她别再往心里去了。"

"妈老早说过归凤是个戏痴，要在台上称王称霸才能安心。"

"要她不唱戏，也不是不行的。"归云看着展风，她半猜半测，想要一语道破，"你心里是不是有别人了？"

展风的脸蓦地涨了个通红，别过头，根本是初识风情又被揭穿的少年的羞窘。垂着眼的侧影，一颗魂也不晓得飘散到了哪里，半刻后方一缕一缕拢回来。

"归云，我从来不知道牵挂一个人是这样子的，傻到只想暗地里去瞧她，连打扰她都不敢。看着她一步一步去涉险，又要干着急。"

"你怎么不同她说？"

"我——不敢。一句话就被她一个眼神挡下来，我在她面前永远都是小弟弟。"展风的神情，是归云从没见过的笨拙。她只好陪着他举头望明月，共同发呆。

展风也不算拙到底，反问归云："我今天在戏院里看到了卓记者，他是不是喜欢你？"

归云却是坦率好多，轻声细语地说："他是大学生呀！"是说给自己听的，心里还暗想，老范说他的家世是很好的。

她仰头看明月，也好像在看他。

展风说："睡吧。"

一夜又这样过去。展风想要解开归凤的心事，起个大早买了馄饨。

"热乎呢！是弄堂口买的，排了老长的队。"

归凤接过来，心里是高兴的，又不敢显出来，嗔他："大少爷难得伺候我们一次。"

归云闻了闻，说："不够香。"又说，"如果老范的馄饨摊开到这里来，一定稳赚不赔。"

"你又有什么新玩意儿？什么老范？"归凤问她。

归云却不说，这是她的秘密，不容分享的。

意外的客来叨扰他们的早晨了。

筱秋月领了几个师姐妹登门拜访，展风开的门，正诧异，筱秋月已经叫："哎，我们来找归云喝早茶呢！"

她一眼觑见了归云，过来亲热地挽了她的手臂："今早粤雅饭店的陈老板请客！说要介绍一些贵人给我们，往后堂会是万分有着落的。”

归云、归凤同展风都皱了眉，筱秋月玲珑地又说：“归凤，你也要给这个面子一块儿去。”

归凤的心情好不容易好了些，这回又被搅了，心头气，脸色立马阴了下来：“我还要去探小蝶的病呢！”

她是存心刺筱秋月的，故筱秋月面色青了青。

小蝶入了病房，她娘同陆明倾力照顾，杜家也时时探望，就这位胞姐偏偏成了忙人，三五天不见人。归凤是公怨加私恨，昔日头肩的架子又未抛，甩个身回了房。

筱秋月哪里不明白她的脾气何来？她是不管的，自有自己的主张。如今正是顺风顺水的好时机，谁都不能挡道。她只对牢归云：“你给不给我这面子？你待小蝶好，我有着好机会怎么会不想着师妹你。”

归云早瞥见跟来的几个师姐妹俱是庆禧班的台面角色，自筱秋月风生水起之后全笼络过去了。从前杜班主治班严谨，这群小角儿又是他一手调教，还是能规矩点的。自打他死后，她们便渐渐放肆了。袁经理也是挑唆了的。真是花国里浸染出来揣摩女人心思一把准的人才，三两下就把庆禧班端了。

归云冷眼旁观又身在其中，真是如人饮水，冷暖自知。不是没有辛酸，也不是没有怨怼。瞧瞧筱秋月先前同现在的光景，得势了，也会迫人了。她们都明白，只要还在戏院唱戏，闹得剑拔弩张，谁都讨不了好。

展风拉她到一边说话：“你真和那几个丫头去？我看她们就没安好心。”

筱秋月听到了，叫了一嗓子：“展风少爷，你还怕我们真拐了你家媳妇？”

旁边几个姐妹玩笑附和：“拐了归云，咱们再给你找个八字好的。”

展风懒得理她们。

归云倒来安抚展风：“看在小蝶的分上，她也不会为难我。如果不去就是抹了筱秋月的面子，还当咱们拿乔。往后归凤和我在戏班子更不必唱了。我有数，你放心吧！”

“我还是那句话，你们都别唱了！好歹我的工钱能养这个家。”

归云笑：“你是顶梁柱，可是将来你娶了媳妇也养着我们这些闲人？咱们都要有计较！”她推了推展风，道，“安心，何必把小事闹那么僵？”

归云换了套便服同筱秋月几人一起出了门。

其实她心中也不太有底，摸不准筱秋月的路子。她自来只同小蝶要好，同筱秋月不大有交集。今天她却来请她，也是破天荒头一遭。她试探地问："秋月姐，到底有什么样的好事？"

筱秋月意味深长地笑："小师妹，你上了报章头条也不通知我们？人人都说你是爱国越剧女演员了，眼看着要红了啊！"

归云想，原来是卓阳他们的报纸闹的。为孤军义演这事情本就是她兴之所至，也未同众人说。后来看到卓阳给她送报纸，知道迟早要曝光的，但做也做了，她就更不在乎别人知道会如何。

筱秋月又说："虽然你是分文未进，可这名声出去了呀！这广告做得多好啊！"

"上海人图个新鲜，看过也就算了。"

筱秋月又是意味深长地笑了："那可不一定。"

归云觉得脊背有些凉飕飕的，或是黄包车夫跑得太快，迎上了风。她跟着她们，一路到了粤雅饭店。

那儿的茶市，正开得如火如荼，人声喧嚣，谈着商业信息、时政新闻、金融古玩行情。热闹过庙会，是上海早晨的一道景。

归云只觉着不自在，她随着她们下了车，看她们走在前头纤姿妖娆，人越多，越款摆，还旁若无人地叽叽喳喳，要压过旁人的声浪。

三分俏、三分娇，还有男人眼里的四分骚。旁人侧目了，这几个姑娘也是时髦的，趋着上海流行的势，但跟得太谄媚了。她们不是上海的大家闺秀小家碧玉，只像瞬间扶摇直上的暴发户，言行间不自觉透出真身。真真现世！

归云丫头似的跟着走上去，也看懂了别人眼里的意淫或不屑，就一直低着头。堂倌迎过来，领她们进了一间大包间。

筱秋月还是领头，对坐在主人席略显富态的男人娇声一呼："达令！"人已经过去了，坐在男人的大腿上。其他几个姐妹都是有位子的。

归云失了颜色。

包间的圆台面旁，坐了五个男人，绸马褂，洋西装，都是体面打扮，只是脸上笑得太可掬了，汪出一湾油。有个位子空着，应该是留给她的，那个男人笑眯眯地看过来，眼睛都不见缝了。

华丽宽敞的包房里，一撮女戏子，一撮男商人，其最终结果是什么，归云心中很明白。她不免悔了，自己太过逞英豪，如今肉摆到了砧板上，只好见招拆招。

筱秋月还在同男主人打情骂俏，男人就是粤雅楼的老板，一只手对身上的女人上下其手。

“小心肝，我们可好等，你看怎么赔罪？”

筱秋月媚眼如丝：“怎么赔罪？让我们的小妹妹唱一首《穆桂英挂帅》，给你们现丑可好？”

“哪里说现丑来的？你们庆禧班可是卧虎藏龙，快让这位‘小穆桂英’坐下说话。”

“来来，归云，你怎么还站着？快快坐好。”

归云被逼到那男人身边，且听筱秋月腻着声音介绍：“这位是顺昌交易所的吴老板。”

吴老板立刻殷勤地替归云斟茶：“上回在孤军营看到杜小姐的表演，仰慕得很！”

归云心里恨得咬牙切齿。原来筱秋月一早撺掇她来是要做这样的勾当，她根本想不到如今的筱秋月能光明正大地干拉皮条的勾当。她只好客气着，但口气还是生硬的：“岂敢，归云的功夫是比不得各位师姐的。”

有人把话头截过去，还是别有含义地歪曲道：“哎呀呀，庆禧班的人儿‘功夫’都不错，我们可都领教过，所以才倾慕得很呢！”

归云的脸青白不接，她到底在戏班子浸淫那许多年，怎么不懂这种场面上的赤裸话？她是坐立不安了，又要强自镇定，但还是忍不住出口：“功夫？天桥卖艺的大世界杂耍的，都是门门好功夫，想来各位老板也会喜欢。”

“小姑娘嘴利的。”

筱秋月挂不住了，瞅了瞅吴老板，想归云也飞不出这方寸之地，就说：“什么耍不耍的，我这师姐可做主了，归云，你就现场清唱一段。咱们也都没听过你唱呢！”

归云还是不作声，脸僵了，脾气也上来了。吴老板却不知趣，也恃着强，继续道：“杜小姐不习惯应酬对不对？”

把交易摆到了台面上，存心让人难堪。

有人及时来解了难堪。

“吴老板好几晚没来百乐门应酬，倒有兴致一大早跑来粤雅楼应酬？”

众人回头。哗！那人穿的竟是时下上海正流行的西洋蕾丝公主裙，全身都用蕾丝绣起来，还缀着西洋手工绣花。从法兰西进口，一千多块钱一件，还得去永安公司预定。女人们见之羡慕，男人们见之仰慕。

归云一喜，是雁飞。

雁飞手臂上还挽了印花小洋伞，像电影院放的好莱坞电影里的洋淑女。她眼睛一转，已经同在座的男士都打了招呼。可她的神色又是淡定的，淡定得在座的旗袍小姐都显得局促。

这样一个玲珑的雁飞，把这群初露锋芒就显山露水的小姐比成了土妞。

男人们知道她的价值。第一个站起来的是陈老板，他也不管倚在身上的筱秋月，道：“白牡丹今朝竟光临我的饭店，真是蓬荜生辉！”

他亲自为雁飞拉了椅子，雁飞接过来，往归云和吴老板当中一挤，坦然坐下。

陈老板又叫堂倌倒茶，一过分热情，就显出小家子气。筱秋月忍不住了，叫：“达令！”但只能由着雁飞同众人亲切问候，再也插不了第二句话。

雁飞对陈老板说：“我本就想找找陈老板，下午我那边开一局麻雀战，想要问你借个粤菜大师傅。”

有心的人问：“白牡丹要摆沙龙？”

托王老板的福，白牡丹的沙龙在商界有点名气，大家都晓得，也都向往。

雁飞不疾不徐地交代：“昨晚打麻将输给了交通银行的应总经理，应总慷慨，不要我还这些小本，今朝同我干爹拉队人马来吃一顿便饭。这个面子我总是要给的。”

陈老板听得脸上放出一丝光。雁飞看在眼里：“陈老板今晚有没有空？”

正说到陈老板的心坎，忙应肯，落空的人也提醒：“白牡丹，你可好好搅了我们的局！”

雁飞笑：“什么搅局，大伙到我那边再开局好了。”她尤其对着吴老板讲，“吴老板，今朝麻将你可要让我几手，我要赢些钞票给这个妹妹包红包呢！”

她把一只手搭在归云肩上，吴老板没明白过来。

“我干爹都应承好了，小妹妹许了人家，婚事自然要办好的，说不定就要定到粤雅来。我又不好失了面子，总得早些准备红包。”雁飞闲闲笑说。

“哦！杜小姐要结婚了？”吴老板明白了，转了态度，“哎呀！恭喜恭喜！”

雁飞见尘埃落定，拉拉裙子，站起来，又将归云拉起来，说：“你上回说的那块料子已从南洋进口过来了，没想到在这里碰到你，你正好同我一道去干爹厂里拿。”

归云会着意思，说：“太好了。”

众人就不好留了，眼巴巴看着雁飞把归云带了出去，摸不准归云的路数，但又想攀到雁飞这个门路，也是好的，就不追究了。

雁飞直把归云送到饭店外去，方叮嘱：“你小心别着那几个的道，你那几个师姐已经下海了。”

归云叹气：“我晓得的。”又说，“还是你有办法。”

雁飞笑：“今早恰巧同几个姐妹过来喝早茶，正好碰见了。”继而冷笑，“要卖也要光明正大地卖，搞些小伎俩多没有意思！”

归云愁道：“我原本还想能挨就挨，为了全家的生计。如今归凤的头肩也被卸了，其他姐妹又各有心思，实在难以维持下去的话，也只好做旁的打算。”

雁飞点头：“也没错，老袁把戏班子玩得转起来了，你们岂是对手？”

“他根本不是个好人。”归云怒道。

雁飞拍拍她的手：“万事来找我。”她往回探了探，“姐妹们还在等，我要回去交代，你且保重。”

归云感激地握住她的手：“你总帮我，提点我，我都不知道该怎么谢你！”

“以后我要你帮我的地方多着呢！我都不会谢你，你也不该谢我。”

她们紧紧交握住双手，归云笑：“好，我本也不该见外的！”

两人又互相嘱咐了：“一切小心。”

上海夜晚的弄堂，是鲜香的。营口的生计，日日上演。避开红头的印度人，人们在梧桐树下摆了家什。糖粥档、茶叶蛋档、梨膏糖摊，还有兰州拉面摊，煤气灯下，蒸染的生气，也是一座实惠的小不夜城。

归云走进来，有点惊异，上回还没这么多人哩！她找老范的摊子，头上没有，深深往里一瞧，原来在弄堂最末。

“呵呵，被赶进来了。”老范吆喝她过来，挺不好意思的。

归云左右看看，生意还算兴隆。

“到处有霸头，没法子，不好混啊！”

原来是这样，生计艰难，处处虎狼。

老范招呼归云坐下：“这个小卓先生呀，怎么对女朋友这样不实在？老约来吃馄饨。”他替她抱怨呢！

可是她甘心的，心里一点点地松动：“馄饨香。”她羞涩地笑了，是喜悦的。

老范停了排队客的份，要给归云插队，归云摇手阻了，还帮老范收钱端碗，又退让一阵。老范发觉归云心算了得，找钱比他拎得清，也算好手，只好让她做了。末了他才特意为归云下了一碗馄饨，撒了很多蛋皮和紫菜。

归云看时间晚了，忙一阵，卓阳竟还没有来，不由得说："他还没有来。"

"兴许马上就到了！"老范见自家摊位都坐满了，就将灶台整理出来给归云。归云也不讲究，就着灶台吃了。她同老范一来二去熟了，就什么都能聊，老范觉得这姑娘性子爽朗，越聊越开了心。

归云问他："老范，你这馄饨汤怎么这样鲜？"

"人家只用葱姜麻油和盐，我可是到菜市场专门买了肉骨头炖出来，正宗的骨头汤吊出来的馄饨汤。"

"你倒肯下血本。"

"混饭吃，也要讲个诚意，口碑顶重要，把牌子做坏最要不得。"

也是实打实的实力干出来的，归云连连点头，她又看到卓阳写的广告牌。

"吃不吃在于你，好不好在于我！"

他还没有来。煤气灯闪烁，她的心也在闪烁。他怎么这样不守时？

老范看出来了，替她骂起来："这个小冒失鬼，怎么能让女朋友等呢？等一下老范好好教育他！"

归云朝弄堂口望望，没有熟悉的骑自行车的人影。卓阳不应该会迟到，是迟到，还是不来？归云抓着辫子揉来揉去，热火火的心微微凉了半寸。

他只是给自己送一张照片而已，自己反倒满了心，快要溢出来。

人群聚了散，又散了聚，老范的客人来了又去，就要过了夜宵的黄金时段。

老范看着归云焦急干等，忍不住安慰："小卓先生不会不来的，他是个有信用的人。他工作忙，又拼命，不知道到哪里赶新闻不能及时赶到吧！"

月色也寡淡了，被乌青的云遮着，煤气路灯总因供气不足而忽闪，不安定地照着弄堂里的疏影，有树也有人，但人渐渐少了去，空气便清冷了。

生意淡了，小贩们也不急着离开，就着暗暗的光，数着一天的收入，比昨天好的就欢喜地揣好。只有卖糖粥的也许因为今日生意并不好，还在敲着梆子，有一搭没一搭地唱："卖糖粥哩！"

声音寂寞孤独地响在长长的弄堂里，卷进一阵夜风。

归云仍是坚持在原地的一名客人，也不知道坚持从何而来。孤身孤影的，被淡漠的光扫在石板路上。老范絮絮叨叨和她扯了很多话，给她解闷。她应和着，但又并没有听清楚老范到底说了些什么话。

最后一句，老范叫道："小卓先生来了，来了！"

她微微冷下的心冷不丁跳起来。

一串银铃响过，还有自行车穿过石子路上的"咔嗒咔嗒"的震音。

卓阳来了。他在夜色里疾奔，越跑越近，人都在喘。她站起来迎他，他却在十步开外停下来，锁车子。

老范先替她埋怨了："小卓先生，你看看你，怎么可以让女朋友等这么久？"

归云只觉得他停车的速度是那么慢，十步的距离又是那么远，看着他弯上又弯下的背影，终于停好了车。他转了身，望着对面的她，跨了两步，停了下来，犹豫了，低下头来。

对面的她静静站定，努力要透过昏暗的灯光和月色望清楚他。她感觉不对头，往前走了两步，看清楚了。

他清俊的面孔上，青紫了两圈，颧骨肿着。掩饰不住了，他只好抬头，很难笑出来，他偏笑了，对她说："我就知道你还在。"

归云急了，走过去，情不自禁扯他到煤气路灯下细细看。他的眉骨、颧骨都有乌青，眉眼却还扯着笑，显得满不在乎。

"怎么伤成这样？"归云伸手要抚触他的伤，又怕他疼，不敢抚上去，抬出手又缩回。

"和两个日本人干了一架，他们重伤，我轻伤。"

老范也看到了卓阳脸上的伤，惊呼："哪能伤成这个样子？你又去做冲锋队了？"他们把他按在长凳上坐下。

卓阳淡淡笑一下："今天有几个日本浪人砸报馆，幸亏蒙娜的哥哥打了招呼，不然恐怕要火烧四马路！"

"这群小日本鬼子，真不是东西！"老范气得眉毛都要竖起来。

卓阳看着归云，她是担心的，眼里有忧虑。她在为他担心。

老范见这样的情景，心知肚明，退下了，管自扇旺火，要为卓阳再下碗馄饨。

"我没事，真的！"卓阳欢悦地看着她，从没这样近，也没这么长。她羞了，要躲，他不让她躲，眼眸紧紧锁住她的。

他轻吁："上海小姐，就是喜欢看西洋镜。"她抬了眼，真好，他凝望她，"让你等这么久，就知道你没走！”

“你怎么知道我一定没走？”

“因为我知道你一定不会走。”

最后他就不说话，还在凝望她，半脸的乌青，俊俏打了折扣，但眸子亮得人发晕，像天上的星辰。归云被看得脸发烧，垂下头，只好盯着放在自己膝盖上的自己的手，手指一只搭一只，拱成小宝塔，做掩护。

如同预期，他的右手覆过来，轻而易举拆开小宝塔，挽起她的左手，握住。他的力道足够轻，没有握紧的压痛；也足够重，不让她本能地缩回手。归云不是没有使劲，可挣不开，只好被他握牢。

她就这样傻呆呆望着他握住她的手。

他在她的心跳加速下开了口：“我有没有机会做你的男朋友？”

他又说：“应该是有的吧！”

归云脚底虚着，血气全部涌在手指的方寸间，手心冒汗。他也知道。

“你要当心，不要老弄伤了。”她只好这样说。

一声“有”噎在嘴边，如果脱口的是“没有”，又是违了心。不脱手，不说“有”，也不说“没有”。

时间过得那么慢。

老范眉飞色舞，端出馄饨，嗓门又大，一叫：“馄饨来了！”端端正正摆在卓阳面前。归云方醒转，总有馄饨会到他面前，这个赌的结局，他早知道。

卓阳放开了握着她的手，神情快乐，“吸溜吸溜”喝馄饨汤。他侧过了半边脸，那半边是完好的，俊朗率真的面孔，在月光和灯光底下有掩不住的得意。

归云看他吃得像个孩子，竟能跟着他的神情一起满足。

“卓——”

“卓阳。”他嘴里塞着馄饨，冲她一笑。

她见他笑得那样皮，青着脸，带着几分滑稽，不由得莞尔，欲笑又要忍住不笑。

他在认真说：“我以后不会让你等这么久了。”

乌青的云从月亮前移开了，露出光洁的明月，映得一地光华。相约的人一起回家，归云喜欢听卓阳说话。

“日本人砸坏了车，触了霉头，我还得自己扛回去修，生死战友是不能随便抛弃的。”

“路边有修理摊的。”她提醒他。

“拆卸零件是一件蛮有成就感的事，我小时候就喜欢把我爸的那些钟表拆了装，装了拆，没少吃鸡毛掸子。”

她抿着嘴偷笑，才想起来他是读物理的。

他的双手把着车龙头，手指修长，指关节微屈，棱角漂亮。这双手会写一手好字、会画画、会拍照，还会修理自行车。

这双手，还握过她的手。

他的左手从龙头上松了下来，归云似有所感，将右手贴牢裙边。于是卓阳就握了一个空，空下的手没了着落，张了张五指，装作伸展关节似的。

卓阳暗自皱皱眉，想到她还没有说“好”或“不好”，没有答案，始终是挫败。不过他胜在脸皮够厚，百折不挠，再接再厉：“你还没有回答我。”

他是秉着那份礼节，掩着心中的情思，维持着自小熏染出来的绅士风度。他在得知她有未婚夫后，采取了后退的态度。虽然他的行动越来越逾越了他的思想，但还是怕唐突了她。

在去戏院给她送报纸的那天上午，王老板邀请上海各报社参加孤军战士生产的产品出售发布会，他代表莫主编出席。

会后的午宴上，王老板同杜展风寒暄时候夸海口：“展风将来结婚办喜酒，定在新雅饭店或老正兴，我都包了。”

展风说：“王老板，我现在只想好好工作，成家的事情再说吧！”

“哪能再说？先成家再立业，中国人的为人之本。”

展风打哈哈：“等我家两个小妹妹嫁出去后，我这兄长责任也尽好，再来考虑个人的事情。”

卓阳原本在摆弄相机，不期然听到这句话，便把相机放到了桌子上，拿起一边的杯子，杯子里是白酒，他喝了一口，呛着口，也热了心。

一个人侧在窗边，望着外面熙熙攘攘的人群。微微起了寒风的深秋，有走过的情侣相依相偎，自然大方。这就是上海的年轻人，洋派得光明磊落。

卓阳心中有了着落。在她等了他那么久之后，他更有了着落。他不想退，更不想等。他的手又伸过去一点，先是小指钩住了她的小指，得寸进尺，还是握住了她的手。

她的手心都是汗，他笑。

“我想我是有这个资格的吧！”

归云的手被汗水濡湿了，脸也红了，好在夜色中，也看不出那脸红，尚可遮掩。

“以后做事情要顾着自己的安全，总是受伤。”她想脱开手，他却不放。

“我会小心的，你看，我不是把你安全送到家了？”

她看向前方，已经到家，杜家石库门天井的铁门开着，一楼的何师母正在门口的水沟前刷马桶。“唰唰唰”的声音，是要入睡的前奏。

在没有熟人注意到之前，卓阳松了手。他心里低叹，只怪今夜太短。

归云才想起来这晚约会的主要目的：“我的照片呢？”

卓阳狡猾了，毫不掩饰地说：“礼拜六晚上，老时间，老地方，再给你。”

他无赖又霸道，让她这样无可奈何。这一晚，他非常得寸进尺，且毫不客气就攻城略地。

这让归云一直暗羞，不好明答，一腔心愿随那冲洗的流水声倾泻而下，只好用别的话掩饰：“回家用冷毛巾在伤处敷一敷，上一些跌打药，睡觉的时候千万不要侧着这半边脸，会压伤的，如果过了一两天乌青还不消，就用热毛巾加一些热醋来敷。”

卓阳嘴角扬了一扬，立正：“收到。”他顿了顿，还要提醒，“还有，我的问题，礼拜六来收答案。”

二楼的窗口有人探出头，是归凤，问一声：“归云吗？怎么还不上来？”

卓阳掉转了车龙头，又回头，月亮在他的背后，路灯在他的前方，都辉映着他的脸。夜是黑的，并不显他脸上的伤，又有微弱的光照在他的周身，能让她看清他的样子。

他再冲她一笑。时光轮转，似曾相识。

是突如其来的勇气，她往前走了一步，不自禁叫了一声：“卓阳！”

他说：“快进去吧！我看你进去。”

于是，她就在他的目光下进了门，他看着她的背影，还不走，心里只笃定着什么。直到她从二楼的窗口探出身子，方笑笑朝她挥挥手，推着车一路小跑出弄堂。

卓阳跑得太快太急，风迎面吹到脸上，才觉得伤口有点疼，刚才倒浑似不觉得。伤处一痛，卓阳的神思也冷了片刻，细忖起傍晚发生的事情。

近来经常有日本浪人或本地的地痞流氓来报社附近蓄意挑衅，拣些鸡毛蒜皮的小事情闹上一闹。今天傍晚仍旧如此，莫主编摇着手使着眼神让大家隐忍。

那几个日本浪人跑进报社敲敲打打一番，见无人理睬只好无趣离去，却在报社门口推倒了卖茶叶蛋老太的生计家什。

老太六十好几，靠这小小生意糊口，一瞬间煤炉倒了，锅子砸坏了，鸡蛋都碎在地上，流了一地的黄。老太的一张老脸似哭似丧，终至目眦欲裂，发了疯地揪住一个日本浪人的和服。

报社里年纪最轻的一名实习记者先冲了出去，挡着日本人要挥过来的拳头。卓阳也跟着冲了出去。

最后事情闹得不大不小，几个冲锋在前的年轻人都挂了彩，那群日本浪人中也有人被打得手肘脱臼。

巡捕房终于来了人，拉开两方人马。巡捕对日本人唯唯诺诺，日本人趾高气扬一定要追究到底。蒙娜趁机找兄长搬救兵。

这时候人群里出来一个人。他认识，是上次见面的藤田智也，板着一张冷脸，用日语训斥了那群浪人，又对巡捕说："一场误会。"

他在命令他们。然后，他看了卓阳一眼："学弟，年轻人应该在学校里继续念书。"

卓阳有些戒备，他也懂些日文，刚才听到有个日本浪人叫他"藤田少佐"。

"报社关了，现在帮忙整理档案，有什么问题吗？"他装了无辜，用手指了指伤了的脸，"这样也会被打！"

"年轻人太冲动了。"

卓阳到底年轻气盛，口气收不住地冲着："是啊，希望以后他们不要冲动得再打坏老人家营生的家伙。"

话不投机半句多。藤田智也静默不语，看着卓阳等人帮老太收拾好家什。

不多时，租界工部局也来了人说话，浪人们更不好多说什么。

"藤田少佐，今天的事情——"浪人向他请求指示。

"你们的任务只是监督，今天的事情超过职责范围，引起了不必要的关注，我概不追究，但是下不为例！"

藤田智也懒得再管那些日本浪人，随他们互相扶着去看大夫。

这群流氓!

他的眼底不是没有鄙视，长谷川竟然用流氓来监视中国的文化界人士，这让他觉得低级。

山田把小汽车开过来接他，从车里钻出脑袋："少佐，是否还要再跟着卓阳？"

"不必了。"

山田再试探："或许我们转移目标，去探探王老板？我认为王老板更有可能收藏《思故赋》！"

"改日再说。今天就到这里，你我也累了，早些休息吧！"

山田又讨好："连日奔波查访让人甚感劳累，今晚我做东，到百乐门叫几个舞女轻松轻松！"

"山田君好兴致。"他淡淡一笑，"祝你度过一个愉快的夜晚！"说完一个人走进上海的暮色里。

月亮升了起来，今夜还很长。他去了一个地方，看到这里没有意外地高朋满座。

雁飞的石库门经常会高朋满座。起先是由王老板带来的客，经雁飞的款待渐渐变成雁飞的客，后来渐渐地，雁飞自己也有客人要招待了。

客堂间在撤了饭桌后，摆上三两桌麻将，旧雨新知欢聚在此。他们热爱这里的气氛。

雁飞是慷慨至极的主人，晚餐请了大菜馆里聘来的厨司主理，还有三五百乐门的莺莺燕燕作陪。赌性起了，雁飞准备了夜光麻将，备着柚木麻将桌子并白炽麻将灯。人人摸着滑不溜丢的麻将，心也醉了。

雁飞也是滑不溜丢的，连麻将桌上的牌搭子都妥善安排好。

饭前，她就同粤雅楼的陈老板聊了些做菜和做生意的学问。晓得他正筹备一大笔资金要开证券交易所，要找业内的合伙人，她开口了。

"今朝干爹带了位李先生是宝昌银号老板的儿子，新接了他老子的饭碗，要来认识些场面上的朋友。听说银号规模不小，陈老板不妨聊聊。"

于是麻将桌上，雁飞把李先生安排在了陈老板的对面。她对自己的安排也满意，就隐在旁处，不再多做应付的工作。

唐倌人曾教过她："要进退得宜，看足眉头眼额做事，全身出又能全身退。"她自己没有做到，雁飞却能做到。

她凝着面，看着全力以赴酣战沙场的男人，一个个像前线冲锋陷阵的将军，把麻将当冲锋枪。

适当的时候，再出现，做光彩照人又体贴入微的主人家。

她见王老板扶了一下颈椎，就替他捏了捏肩椎，捶了捶腰背："干爹，老为生意奔忙，也要多多注意休息。"

王老板呵呵地笑："阿囡的懂事到底是别人家比不上的。"

王老板旁边坐着的就是陈老板，身边伴着新宠筱秋月。他并不自愿，只是没甩掉。

此刻筱秋月在叫："达令，快出这张牌，对对，哎呀，碰一下。太好了，和了！达令，今晚你通吃三家，好运不断！"被陈老板一眼横下去。

输了牌的正是李先生，他年纪轻，又不熟牌张，一上桌就轮番输了大半筹码，是感到丢了面子的。雁飞便从一旁拉了张椅子坐到李先生身边，帮他倒茶，清新的茶香四溢，先缓了人的精神。

"李先生歇一下，喝口茶，必定否极泰来。"

李先生叹道："打麻将并不比金融生意简单，你看看我这新手真是要输光了。"

"胜败是兵家常事，牌张子会越练越熟。"雁飞一面看过李先生的牌，暗递了陈老板一个眼神，又指点了李先生一张牌。然后便是李先生大赢，陈老板大输的局面了。

两人的气都顺了。雁飞还锦上添花："今晚亏得陈老板的粤菜大师傅做的炖八珍，讨了个好口彩，李老板才这样一鸣惊人大杀八方。"

一来一往，两人顺着雁飞搭的线，变得和气了。

雁飞默默退下，又往那位吴老板身边去。她走两步，就晓得不用过去了，他身边伴着百乐门新招来的小舞女青青，面目还清澈，神情已妖娆，一个劲儿腻着这款爷。

吴老板半醺半醒，醉在温柔乡里。美艳的天罗地网，谁都逃不了。

散场的时候，王老板对雁飞说："阿囡，你今朝促成笔生意。真没有想到你会主动搭桥。"

"干爹最近卖孤军战士生产的日用品赚得不少名声，越发受人敬重了，这些大老板可都卖你的面子呢！"

"你倒是在讽刺我？"王老板不以为然。

"凭良心说一句干爹你不爱听的，凡事见好就收吧！如若不是真心，何必赔上身家性命去耍？"

王老板点一点头，叹口气："你难得说句真心话，可我骑虎难下，势必如此。"

雁飞目送他离开。

陈老板支开筱秋月也赶到雁飞面前："谢小姐，你的情我领足了。多少谢谢你。"

雁飞笑得欢："小事一桩。"她敛了一些笑，说，"我那姓杜的小妹妹是要嫁人的，不比咱们胡摔海掼的人。"

陈老板明了："我有数。"

最后是吴老板，已经和青青成了连体婴。

雁飞只对青青说："照顾好吴老板。"

青青眨巴眨巴机灵的眼睛："阿姐，谢谢你给我找了一个这么好的户头。"

被雁飞一一送出了门，又一一目送他们上了车。

周围终于静寂下来。雁飞在夜风口呆呆站立了会儿，正准备回屋。

"夜夜笙歌，好不快乐！"

她幽幽叹了口气："王亚飞，你老三更半夜出现会吓死人的。"

弄堂的对面，藤田智也竟然半坐在水门汀上，半边身子没入黑暗中。

她走近，但也没有走得太近，说："夜这么凉，你坐在这里，想生病不成？"

黑暗中的他，并看不见神情甚至些微的姿态。

他说："很久以前，我就习惯一个人坐在黑暗的角落，看着别人吃喝跳舞搓麻将。你觉得这个世界荒唐不荒唐？前线烽火四起，这里还是在麻将桌上、脂粉圈里醉生梦死，这个民族还有希望吗？"

她就在原地站住："既然生是中国人，死是中国鬼，就没有怨天尤人的资格。"

藤田智也站起身，从黑暗里走出来。他走近她，一倾身，猝不及防又吻了她，仍然只是唇间相碰。

"你——"雁飞抬手擦了一下嘴唇。

"骄傲的谢雁飞。上海在假惺惺地繁华，你也是假惺惺的骄傲！"

他的话犀利了，她却笑了，是嘴唇下弯的苦笑："小时候没了家，大了又要亡国，如果连假惺惺的骄傲都没了，我还拿什么活下去？如果这大上海连这繁华也没了，还是上海吗？"

"牙尖嘴利，可须知，枪打出头鸟！尤其是太过积极的要飞的鸟。"他在黑暗里望着她，也捕捉到她探询的目光，目光相交，互不相让地角力着。

"什么叫'枪打出头鸟'？王亚飞你想说什么？"

他似乎是在黑暗里笑了，极短促极冷淡，也不流连，转身从黑暗中走了出去，始终没有现出光明的身来。

雁飞听了进去，追着他扬着声音问："王亚飞，你到底是什么意思？"但只能看到他的背影，似乎是对她摆了摆手。雁飞攥着双手，看他从视野中退去。

藤田智也走出兆丰别墅的那条弄堂，抬头看到月亮前蒙着的一层乌青的云。侧头看见弄堂口停着三辆黄包车，车夫们蜷在车前缩着身子打盹。

他把手一扬，一个机灵的车夫先看到他，拖着车子跑过来。那车夫躬着腰，笑眯眯道："先生好，去哪里？"

"虹口日军司令部。"

车夫马上收了笑："不去！"拉着车转身又回到原地。

另两个也醒了，明白了怎么回事，立刻有一个又赶过来："他不去我去，先生请。"

藤田智也并不挑剔，上车坐好，就听见刚才那车夫在骂骂咧咧："你个没有骨气的家伙！"

这边这个也不相让："这跟骨气搭啥界？活该你老婆孩子都跟着饿死！"回头对藤田智也卑微地笑，"先生坐好。"

一路凉风，回到日军司令部。藤田智也付了钱，多给了几个铜板，车夫千恩万谢。

他又在门前碰到山田，他同长谷川一起，一人搂了一个女人，都醉了，身后跟着下等兵。两人也不忌惮，对着女人上下其手。

藤田智也淡然地扫了几眼，当作什么都没看到，却被长谷川看到了他。

"藤田少佐！"

山田也招呼："藤田少佐怎么这么早就回来了？"

"藤田中将今日下午抵沪，正找你。"长谷川提醒道。

"好。"藤田智也不多言，本向着军用宿舍楼走，现在转个身直接往高级将领别墅区去。

没有被多招呼的长谷川铁青了脸："好威风！好后台！"

山田忙道："大佐战功赫赫，何必与文人一般见识？"

长谷川道："我历来最反对这种商界文人入伍，毫无建树，摆个架子吃干饭。"

山田干笑两下，被长谷川一句话平白扫到，也暗有了词锋："藤田少佐虽是借上他伯父的光，可在文物追缴上还是很有一套。"

“哼！”长谷川冷笑，“做事软弱，毫无力度。倒是同他老子像。连《思故赋》都找不出来，届时天皇追究下来，我看你们有几个脑袋去扛？”

山田听得不免冒了冷汗，缄默不语。

长谷川满意了，放软了话：“当然，山田君同其他文人商人不一样，潜伏在中国那么多年，在文物追缴上一点不输藤田，希望以后能合作愉快！”

“嗨依！”山田识相，学日本军人给长谷川行一个礼，道，“还要请长谷川君多多关照！”

两人的隔阂除了，现在求着快活去了。

也是钩着心斗着角的，就算在太阳旗神气飘扬的日军司令部也不例外。海军与陆军互相倾轧，文官与武将势不两立，外斗好再内斗。

藤田智也问了伯父的房间，恭敬地走进去。藤田中将背手站着，一身军装入夜都未脱下，转了过来，胸前一排由天皇亲授的勋章，是神气勃勃的。

他见到藤田智也的第一句话是：“你父已经入葬，所有不利证据全部销毁，不会再有人诋毁藤田家族。”

他皱眉头，眼中的藤田智也带着些疲惫和萎靡，士气不振。

他先赞他：“智也，你是好样的，几次上缴的中国唐宋碑帖字画让国内大大惊叹。”

“我国保存文物条件好过中国太多，这些瑰宝留在日本最为妥当。”藤田智也的声音也萎靡。

“我一直赞同你这个观点。”藤田中将点头，但更凌厉了，“我在华北战场时就听说你在南京城里表现极其不佳，遭到上下投诉不少。”

“我只负责追缴文物，不负责杀人。”

“这是建立大东亚共荣圈的一部分，军人的天职是服从指挥！”

“伯父，我父亲是否真是突染疾病亡故？”

藤田智也站起来，他比伯父高，但伯父昂着头，气势比他高：“作为兄长，我对你父亲实行了家法，藤田家族不容污点！他是声名在外的汉学教授，却与中国文人互通有无，还将鲁迅的文章翻译给国内学生。”

藤田智也握手成拳。

藤田中将将藤田智也按着坐下：“当日你在你父强烈反对之下应召入伍，我便知道你会是我藤田家族的又一个荣耀。你在上海一连串的表现证明了我对你的培养和信任没有白费，你千万不能让我、让我们家族、让天皇陛下失望！”

“伯父，我不能滥杀无辜。”

“啪！”藤田中将劈头就下了重手，藤田智也的头偏向一边，嘴角溢出鲜血。

“混账东西！为什么我会在你十岁的时候就训练你？作为藤田家族唯一的男丁，你的刺刀必须染血，不怕染血，才能成就我们伟大的事业！”

藤田智也擦去嘴角的鲜血，正过头来。

“军部正式下令，在上海成立‘文商特攻队’，正好协助你的文物追缴工作。最近上海商界的抗日分子蠢蠢欲动，屡番突袭暗杀我军政商界要人，现在该给他们一些教训了，同时也可为你扫清障碍。”

他只能听候伯父安排。

“文物追缴组正式并入‘文商特攻队’，以后所有行动直接由长谷川安排。我知道你与他向来不和，但军令为上，你要好自为之。”

最后，藤田中将拿出一把武士刀，卷着白色丝布，裹住了寒气逼人的刀刃。

“此刀,染有你父之血,你父虽身居不正,但面对死亡半丝眉头都没皱一下,这副‘赴死气概’倒是我大和民族崇高的武士道精神。你需用中国人的血，洗干净你父亲的污点！”说罢，他将武士刀插回鞘，放在藤田智也面前，“你好好反省一下。”

藤田智也拿着武士刀回到自己的宿舍。

室内一桌一椅一床，干净整洁。桌上摆着一座牌位，牌位前供着香炉。他将武士刀放在牌位前，点香，肃立。而后，从钱包里拿出了那张照片，端正摆放在牌位旁。

照片上的女子笑得娇媚。他轻轻唤了一声“娘”，久远的称呼，连自己都觉得陌生。

他拂开武士刀上的丝布，白森森的刀刃，映出黑夜的凄惨，和或许不堪回首的往事。

很久以前的黑夜，他一个人抱着膝盖坐在黑夜的深处，看到娇媚的身影穿梭在西服马褂之间，那一双双粗大又肮脏的手，放在不该放的地方。

全部落在他眼里，他直勾勾地看着他们。

娇媚的人儿看到他，慌张跑过来：“小飞，你跑来这里做啥？上阁楼做功课去。”

一只肥硕的手捏住他的小脸：“小崽子，来叫声‘爹’听听！”

他对着那只手一口咬下去。

在夜晚，他总会听到惨厉的呻吟，女人和男人的。他捂住耳朵，在黑暗的阁楼的小床铺上瑟瑟发抖。

娇媚的女人也酗酒，喝醉以后，狠狠掐儿子的身体。

“说什么才子佳人？都是放屁！你是个杂种！你是个杂种！”

他被掐得一身乌青，咬住牙，忍着。

女人醒了以后，会抱住他哭，给他擦那些伤口。

天长日久，渐渐习惯。

只是那天，有人来带他走。

“你们要带走小飞是不是？”他的母亲睡眼惺忪，在酒精的侵蚀下，满面疲倦的风尘色。随后她的面容平静无波，“走了干净。”

女人什么都没有给即将离去的儿子准备，只默默牵着他的手，送他到十六铺码头。

“我是日本人还是中国人？”他问他的母亲。

女人问：“你愿意做日本人还是中国人？”

他站到阳光底下，满目的绚烂，刹那疑惑了：“做日本人是不是就不用做‘小崽子’了？”

女人狠狠甩了他一巴掌，打得他一脸错愕。

“这一巴掌告诉你，你是中国人。”

阳光在孩子的眼中混沌不明，微微昏暗。

在江洋的另一边，雄武的伯父和微佝偻着腰胸的父亲等着他。

他们看到小小的孩子下了船，父亲激动而又渴盼，向他伸出手来。但是伯父已经昂首阔步走到他面前，俯视着他。

“智君，欢迎回到美丽的日本！”先开口的是伯父，说完一把抱起了他，站到高地上，一同看向长崎的古城风景。

“欢迎回到故乡。”

他第一次跃到那么高的肩膀上，只觉得一阵炫目，还是微微昏暗。

藤田智也微微闭了眼睛，终于，一片黑暗。

第九章 照汗青

雁飞一整晚都没有睡好，早晨起来眼窝下青了两块，看着就憔悴。她也顾不上用胭脂水粉遮掩，只稍稍抹了点雪花膏，皮肤亮了些。抹完了，她琢磨出藤田智也的话，心里也亮了一下，便穿好衣服，招了黄包车紧赶慢赶去了王老板在迈尔西爱路上的花园洋房。

她从没有想过她会再去这座建在迈尔西爱路上富丽堂皇的法式花园洋房。

几年前，她是去过的，带着一身的伤，在那洋房的某间房里昏睡了七天七夜。醒来的时候，格外舒适，她第一次睡在这么软的锦丝棉被里。

有人拍拍她的脸，迭声说着话。

“可好，总算醒了。”

“我家老爷天生善心，看小姑娘被火烧成这样才施了援手救回来。”

“中西大夫都请了，小小年纪怎的身子就那样了！”

“你到底干了啥子事情会伤成那样？”

小雁醒透了，看见眼前是有张肥胖脸的女人，长得粗相，但穿着精致。一身真丝旗袍滑不溜手，也是个太太样的。她瞥瞥眼，捉着小雁的手，见小雁狠狠地咬紧了唇，不开口，就又说："可好走了？下楼给我们老爷看看！"

小雁挣扎下床，胖太太用手臂勾着她的肩，像老鹰捉小鸡一样，挟着她在洋房上下绕来绕去，绕进一间大大的厢房里。

小雁再一次看到王老板，她认得，是周小开和唐倌人招待过的贵客。

胖太太进门就嚷："老爷，你看这小姑娘在我的打理下大好了。"

王老板站起来，看着怯弱娇美、大病初愈的女孩，眼里有异样的东西在流动。雁飞看得懂，她很乖巧地鞠躬，说了一声："谢谢老板。"

王老板身后走出来一个面貌颇美的少妇，她抢着说了一句话："小姑娘真是标致。启德，你可以收来做过房女儿。"

"你！"王老板笑着指指少妇。

"好啊，这主意真妥当，老爷和这个小丫头有缘，收她做了干女儿正好。"胖太太也应和。

王老板笑着望着她，她识趣，跪下来，叫："干爹。"

少妇也笑了，道："以后就叫阿囡吧！亲切点。"

王老板不反对，雁飞也无从反对。

那位胖太太原是王老板在乡下娶的原配，美少妇则是王老板的二姨太。知道了她们的身份之后，小雁对两位太太恭敬地称呼"干娘"和"二姨娘"。

她在大洋房里，好吃好睡，伤也养得很好，只是该留下的疤痕依旧留下了。但表面上，越来越青葱水灵起来。

干娘和二姨娘都看在眼里。

干娘计算着。某次王老板深夜回来，雁飞被送到了王老板的房里。

王老板怒不可遏给了干娘一记耳光："这小囡只有十六岁！你做事情怎么这么荒唐！"

"我想老爷会开心的呀！"干娘无尽委屈。

站在房间里蹩手蹩脚的雁飞，睫毛扇了一下，眸子定定望着华丽的柚木地板，那里光亮光亮的，她的心里也光亮光亮的。

二姨娘也在计算着。她趁着王老板去香港做生意，把雁飞叫到跟前，和眉顺目地说："我们大太太向来糊涂，有时候做事情分寸不当，让你在这里担惊受怕的。"

雁飞站在她跟前，只听她讲。

“其实你年纪也不小了，我给你保一门媒，嫁一处好人家好不好？”

二姨娘和干娘一样直接，而且还会逼迫地看着她。小雁摇摇头，心中打好了主意，给自己的命运定下了主张。

“谢二姨娘费心，我已找了一份工作，正要同干爹、干娘和姨娘打招呼的。那边有工人宿舍，过几天就要搬过去的。”

二姨娘倒是惊讶了，直打量她好一番才说：“上海女孩嘛！总能不同凡响。”心里又是忐忑的，也有庆幸，又假惺惺说，“也不必住工人宿舍，我们这里房间多，你是启德的干女儿，自然住家里了。”

小雁知道这时候自己是要再坚持的：“那边条规严厉，住在宿舍方便作息。”

二姨娘就顺势摸出几张钞票来：“既然定了主意，就万事小心，有什么需要的，尽管来找我们。”

雁飞匆匆离开了王老板的小洋房，后来再见到王老板已经是在歌声俪影的百乐门了。

王老板一去香港好多个月，还来不及顾及家里的事，所以在百乐门看到穿一身白旗袍，换了名字的谢雁飞，吓了一跳。

雁飞笑语晏晏，上前招呼：“干爹！”

恍若隔世，撇去往事，她已经脱胎换骨。往后，干爹和干女儿，恩客和舞女，搭档和伙伴，所有的交道都在这幢小洋房外打。

如今，雁飞又回到了这幢小洋房，但并不想进门。她伸手摁了一下门铃，开门的门房伙计认得她。

“谢小姐，可是找老爷？老爷昨晚因什么事紧急，带少爷去外地了。”

她愣了，问：“只有两位太太在家？”

“都在呢！您要不要见太太们？”

雁飞想了下，干娘是自出了这洋房后便再也没见过了，只王老板向她略微提过：“发妻是自小定下的亲，育有独子少全。经年相处，也习惯了她的愚。”

二姨娘在百乐门又见过，她陪王老板来，雁飞陪着另一位老板。

两两相望，四目相笑，各有含义。

她看到雁飞脖子上挂了条老凤翔银楼新近打了广告卖的玉观音金项链，便对王老板嗔道："启德，阿囡这项链真好看。"

王老板马上说："明朝我致电老凤翔的唐主任送一条过来。"

二姨娘却有新要求："我要玉佛祖坠子的。"

雁飞当然懂，说："正是该这样，人都说'男戴观音女戴佛'，我一时大意，贪着漂亮，倒是戴错了，见笑见笑！"

想时了了，雁飞暂且不多说。门房知晓雁飞的身份，见她这副情形不免多问一声："谢小姐莫不是有要紧的事情？"

雁飞不好说，也说不清，只能道："等你们老爷回来再说。"

正待离去，却见展风一路风风火火地走来，他也看见了雁飞，上前问："大清早你怎么来了？"

雁飞拉住展风低声问："你晓得干爹在何处？日本人可能会对他不利！"

展风一听，也急了："不晓得。我来找王少爷，今朝说好要去工厂训练。"

雁飞想了想，心下通透了，哑然失笑："到底是我小看了干爹。也罢，看来干爹早已经有准备。"

展风望望大洋房："这消息可靠不？可两位王太太留在这里啊。"

雁飞定了心神，明白了。关键时刻，何者重要，何者次要，孰轻孰重，王老板向来比他们任何人都清楚。但展风一时半刻未必能明白。她说："那就没有什么好担心了，干爹应该有安排。"

展风的心思转到她身上："你自己也要小心！日本人狡猾多端，尤其那个藤田，他从不少中国收藏家手里骗走了藏品。"

雁飞伸手撸了撸他的头发，当他是弟弟般笑道："我心里有数，你只管好你们这头的事情就好。"

展风感觉这样的动作让他在她面前很渺小，但又忍不住不得不去关心。一早存好的心，欲现不现的，就被搁在那里，热着又冷着，形同煎熬。

他无奈地扬手给她叫来黄包车，看她离去，转头看一眼晨光下的大洋房，大花园里的氤氲晨雾还未散去，人却已经散了。他又多叮嘱了门房几句，就先回了工厂。

徐五福正满头大汗在工厂门口候着展风，一见他急急道："不好了不好了！一早归云被几个来路不明的人物在弄堂口绑走了。你们楼下的邻居看见的，她是被抓着膀子塞进车里的。你妈急得到处找你呢！”

“什么？”展风大惊，不假思索就要往家跑。

但来不及了，三辆巡捕房的警车刚刚好停在工厂门口，严肃的中国警督下了车，把手一挥，陆续跟着的巡捕们兵分两路，一队往厂里冲，一队团团包围他们。

“日本大使馆给上头施了压，洋鬼子顶不住。弟兄几个，对不住了！”

展风反应不及，蒙了。镇压来得这样快，中国人总头一个出来欺侮自己的同胞。待他反应过来，已经看到工厂里的同事们都被赶了出来。他们比不得全副武装的巡捕，势单力薄的在铜墙铁壁下没法子突出重围。唯有头破血流之后束手就擒。

领头的警督留了话：“抵抗是徒劳的，只要王老板肯去日本大使馆保你们，必定无事！”

展风要挣开押着他的巡捕，头上立刻猛挨一棍子，一道鲜血淋漓而下，糊了眼睛，凉到心里。原来他如此不信任自己仰赖的人，心一时空住了，连头上的痛也察觉不出。

他被五花大绑上了巡捕车，车门重重关上，击打到心头。被揍出一脸伤的徐五福倒在他脚边，咕哝一声：“王老板会不会来保我们？”又咕哝一声，“归云该咋办？”

展风用身子狠狠撞着车壁，好几下，车壁坚固，他撞不开，只能做了困兽，一切都是徒劳的。

归云被蒙住了眼睛，冷飕飕的风直灌进她的脖子，凉得心儿打战。她不知是什么风从哪处吹来，也不能拿手抚摸冰凉的颈肩。她的双手被人反扭了，牢牢扎到背心，整个臂膀都麻痹了。她挣了挣，而后，眼前的布被人粗暴地扯开。

眼前霎时亮了，也不大亮，亮光是闷的，被禁锢了。她定了神，看清楚这是一间毛坯房子，四壁的窗被木条封了。所以光才会是暗的。

她被人扭到房子里唯一的木桌子旁，也像是才做好的毛坯，四周没磨光，露着锐利的边。被人一推，人就撞上去，手腕划过桌边，立刻就起了一条红痕。

“你们够了！”

“抒磊，别——”

屋子里还有人，站在归云面前的是一男一女。男的有张俊秀的面孔，皮肤白皙，丹凤眼，薄叶唇，嘴唇高傲地抿着。他冲出口的话被身边的女人阻止了。女人也是好看的，绾着鬈发，此刻乱着，她脸色也苍白着，脸上的那副秀气倒是和男人有几分像，只是处处比男人长得粗一些，竟没有男人长得精致。

归云觉得他们眼熟。

押着归云进来的人开口了:“杜小姐,帮帮忙,往这纸上签个字,咱们就放你回家。”

归云勉强看清那人是个大汉,身形是她的两倍,着短打,手劲奇大,下手也狠。他捉着归云,将她的肩膀猛按下去。归云被迫向着桌面,上面摆着一张纸、一支笔。

归云被押得透不过气,纸就在她眼前,但眼前的字花了。她想用力摆脱。

俊秀男人说:“好好商量,不要欺负姑娘。”

大汉“嘿嘿”一笑,说:“向先生倒是爱多管闲事,你们完事了就先走。咱还要再招待其他贵客。”他招招手,外面又进来几个混混,手里拿了黑布和绳子。

女人拉着男人:“抒磊,我们先走。”

大汉也推了男人一把,归云再抬头,混混正拿黑布蒙他们的眼睛。她借着光认出来了,男人和女人竟都是熟人,就是孤军义演上演《玩偶之家》娜拉夫妇的那两位。

男人担忧地看向归云,归云心里一震,略明白了些,再低头看桌子上的纸,纸上字数不多,仅仅两行,写着:

艺术无国界,日中两国原系亚洲同脉,于文艺一路当共存共荣,以建设大东亚共荣圈为基石,发扬艺术之美,于亚洲艺术文化之复兴,当贡献一己之力。

大汉唾了一口,指着纸上空白的一处,说:“往这边签个字,简简单单,杜小姐就可以安全回家了。”

“为什么?”归云问。

“明天的《朝日新闻》会刊出来。”答她的是那位向先生。

大汉嬉皮笑脸地哄她:“咱们不骗人,他们已经签了,现在就送他们回家。”

归云猛地明白了。

这阵仗完全是针对那次义演而来,日本人的走狗抓了义演的演员们,给日本人的报纸签字做报道,来灭义演的影响力和孤军们的威风,给上海的报界扇一记响亮的耳光。

日本人这行动何其细致入微,又何其让人恨之入骨。

大汉利诱道:“杜小姐是有水平的人,只要这边签了字,管保有电影公司唱片公司过来联系,往后就能在文艺界大展拳脚,也是响当当的一个角儿!”

他捉了归云的手,逼着她写字。归云猛地使力气脱了手里的笔,把脸贴在纸上,惊叫一声:“我不签。”

这时,正被押出去的向先生步子顿了顿,他说:“杜小姐,不要吃亏。”

归云不能动弹，对那向先生叫："我不签，如果签了，那回戏就白唱了。"

向先生还想说什么，被身后的混混猛一推，出了门。大门"哐当"关上，这里变成了一个封闭的密室。

归云身上一时起了密密的汗，心头怦怦乱跳，她闭上了眼。

大汉在冷笑："杜小姐，乱逞威风可不好。"

归云牙咬得咯咯响，她的手背在身后，已是僵了，好像不属于自己。这个世界这么空茫，这么黑暗，抓不到一丝依恃，如在生死一线。

大汉拎着绑她的绳子，把她提起来，像老鹰捉小鸡一般，往墙角狠狠一掼，归云一头碰到墙壁上，脑门重重磕了，就有什么热乎乎地流下来。她反倒清明些许，眼前是昏昏的，娘的头颅、爹的笑容、杜班主的眼镜，耳边"咿咿呀呀"，是她唱过的戏。

什么是真英雄?

她鼓了气，再叫："不签！"

她想，签了就什么都完了，也什么都白做了。不签，也是什么都完了。

大汉恼羞成怒，看她嘴硬，又看她标致，心里起了色心，也有了杀心。自己任务没完成，不能就此罢休。刚才几个稍稍恐吓，女的一听就软了，男的被揍一顿也是老实的。眼前这个小姑娘，年纪不大，憋牢口气，看上去就是个刺儿头。他不想栽在这上头，挽起了袖子，决定来个狠的。

这时候有更大的头目过来，往门上一敲，叫："阿四，出来。"

阿四收敛手脚，暗地里骂上头来得不是时候，恨恨地往归云肚子上踹一脚，锁了门就出去了。

门外站着个穿体面西服的读书人，总抹一头贝林油，戴着金丝边眼镜充斯文先生。那人的骨架很窄，头也不大，额头鼓出来，双颊凹进去。整个人精瘦，像只殚精竭虑的猴子。

阿四不大看得起这些读书人，身无三两肉，又没好身手，就是仗着能说会道，在主子面前混成了军师，来指挥他们真正卖力气。

他耿头耿脑地说："碰到个不爽快的，就要教训教训。"

斯文先生先斥道："这种小事做得这样不三不四！"再吩咐，"巡捕房那儿有消息，人都一锅端了，你去码头整理好地方准备迎接新客。"

"那这个？"阿四问。

斯文先生扶了扶眼镜，眸光一闪，笑："是女的？"

"对。"

"女明星？"

"唱戏的。"

斯文先生转个身："吓唬一阵，饿几顿饭也就软了！她再不肯，往虹口军营一送。少在这种事上纠缠。"

阿四不情不愿地答应着。

斯文先生不露声色地笑笑。他不是看不出粗人的轻视，因为轻视，他才不让他们遂愿。那种低档的作为，他是不屑的，他同他们不一样，他要出人头地。

所以他得靠着更大的头。

绕出这边的地下面，地上面是大旅馆，法式的圆吊顶，下面伸出来的柱子是雕龙的，还挂了对联。

"将军本色，王帅之气。"

几十张红木八仙桌一字排开，像布阵的兵，旁边还安了专用的射灯。时光正好，秋霜白露，是斗虫的好时节。"唧唧"的声音此起彼伏，这里停了旅馆该有的生意，觑了新的势，换了新的主，谋夺新的利，坐庄开了斗虫的堂口，十分热闹。

这筹划好的庄，庄家有通杀的算计的，只是跟花的人奋勇，果然都要显将军本色，非要图这样的刺激来做鸡犬升天的梦。一做，就有败局的。也是被人利用和压迫的。

斯文先生觐见的人正是旅馆的新主，这边的庄家——方进山。他被人簇拥着，在一张八仙桌前提着笔。穿着比先前更体面了，是做工考究的对襟中装，上面有苏杭手工刺绣，看真切了是条隐隐待飞的龙。斯文先生说过，这是潜龙在渊，就要高飞的征兆。

方进山挠了个头，看见斯文先生，叫一声："周文英，过来下花。"

斯文先生原来叫周文英，一个英气勃勃又文气的名字，读了书，有一身先生派头，却要为虎作伥做奴才，只因为眼睛里盛满的是欲望。怎样能出大头，他掂量得到。头出头，他也能出头，他是隐忍的，蓄势待发。他嘴角一撇，弓个身子钻进人群。

"下多少？"

方进山比了个"六"，周文英得令，在纸上工整写好"六根大条"。围观的人们哄然叫好，争着跟了花。

"沪西果然是好的，赌得赚得。"方进山瞅着周文英笑。

周文英附过去耳语："巡捕房那边搞定了。"

方进山喜得眉开眼笑，也低语："咱张舅舅口头上犹豫，没下实口说帮日本人告王启德，我看他也是像你说的早想卖人情了。你可出的好主意，让巡捕房动手去公办。"

周文英不敢居功："方先生您只是替张先生分忧罢了，用咱们的刀卖日本人一个人情，让张先生两头好做人。"

"合该我出头了，拍那张府老太太马屁累个半死，还是干这宗活儿解气。你去传话，让王启德来赎人，再教他有来无回。"

那头的斗虫开始了，负责上栅监督的扬手宣布开始。他身后的茶房将决斗的蟋蟀放入场中，都是威武的将军虫，胡须铮铮，此刻不得不成了笼中困虫。

方进山看得满意，说："这回也该咱露露威风了。"

他带着周文英从人群里悄悄撤了出去。

卓阳在人群之中，端了相机，准备拍下这里的照片。后来斗虫开始了，这时候是不准拍照的，于是就有保镖过来粗鲁地推开他。他也不僵持，揣了相机就走。

莫主编从人群那边挤过来，说："几位有闲情的文化人也来凑了热闹，中国人的赌性千年不改。"

卓阳轻蔑地一哂："我也见到了，有几个就是在报纸上打笔战的，给维新政府唱赞歌。"

莫主编轻轻摇头："都好文采，奈何为贼！"

卓阳也摇头。

有的人醒着，有的人还混沌着。他一直想要睁大眼睛看世界，却是越看越沉重，他自觉还受着束缚，不得伸展。

卓汉书一直对他耳提面命："我管你管得太松了，《朝报》已停刊，你也收拾好心情，明年同蒙娜兄妹一起去美国。"

卓阳只好用温和的口气，恭敬的态度，缓缓说："爸，我自己心里有打算。"再也不多说一句话。

他让卓汉书一记拳头打在棉花上，半点作用也没有。他的时间紧迫，每一件事情都要有的放矢地去做，分分钟都不可浪费。

他渐渐跟着莫主编一起做一些犀利的时政评论稿件，也发给白俄的私人电台播，总拣夜深人静的时候，避着巡捕或特务的搜检。

回家的时间愈加晚了，天也愈加凉了。母亲总帮他把被子晒得喷香松软，他睡进一窝带着阳光香味的被子，握握软软的被子，便能懂得“家”的含义。

他也听到父母背着他的讨论，母亲总是那样焦急，问父亲：“你真要和老莫说说，是不是辞掉他？”

“说过多次都无用，如今老莫连我也避开了。”

“他这是在刀尖上走路，我真怕！”

父亲也许慢慢在放弃，他说：“儿子大了。”

“要不尽快给他成家？有了妻儿，他的心就会定一点。”

父亲没有再说什么，母亲开始张罗，他是知道的。直到母亲哄他去相亲，他也没有反对。

父母再怎么要求他，他都径直先答应下来，做不做是另一回事情。家要维护，相同于国。但一个温暖的家要维护下来，还要互相体谅理解甚至是善意地欺骗。

就在今日的清晨，他坐到新雅粤菜馆里，外面起了雾，面前的人都是湿的，就像是纸糊起来的。

他对面的女孩，没有灵动的大眼睛，没有乌黑得像绸缎一样的头发，连她腮上的那两朵红也是没有的，他知道是胭脂填充的，生搬硬造的。他不会喜欢。

卓阳聊赖地依稀听母亲说，这是个家世好学历好的姑娘。母亲们互相吹捧，絮絮说着好话。他烦恼地撇撇嘴，一下牵到眼角的伤，那里浅浅青着，他用归云说的法子散瘀，还是颇见成效的。

他心里的某一处一直蠢蠢欲动，情窦是开着的，只是别人不知道，自己却越发清楚。他要的追求，都是他自己的，不想受人摆布。他也知道一路要走完，会有崎岖，是做好了准备，要晚上同归云讲。

于是他就敷衍对方的母亲：“我在交通大学读物理，可惜没有毕业就打仗了，只能算是肄业生。现在学校迁到大后方，我也没什么心思再学习，就这么着了。现在看来顶多进一家厂子做做工程师，给资本家打工，拿死薪水，虽然做不出什么花头经，不过也够自己过一个好日子。”

“以后出国留学回来就不一样了，喝过洋墨水做洋状元总比国内大学毕业的强。”

别人是看中他这个，如果知道他是有做亡命之徒的准备，不晓得还会不会这样说。

卓阳又插科打诨："对头对头。像徐志摩那样在国外做个闲散诗人也很逍遥自在，我们虽是念现代科学的，但也爱读'我是天空里的一片云，偶尔投影在你的波心'。"他还嫌不够，再说，"我们本要采访陆小曼，可惜她太爱摆谱，不像孟小东那样豪爽，拍照采访当仁不让。这样的女子才是新时代的新女性！"

相亲一拍两散，人家以为卓教授家的独子是个纨绔子弟的苗子，卓太太生了气，自觉好心意被儿子毁了。

卓阳自有办法，抱着母亲的手臂玩笑："我说的都是大实话，人家当我是老油条，还没有黄金万两的将来，所以要黄。您瞧她们走得毫不客气。"

卓太太想想也是，卓阳又说："妈，现在上海滩流行找资本家少爷和军阀少将，你这呆头呆脑又家无巨财的书生儿子不吃香！"

卓太太本就温雅，不喜辩论，只好说："我是说不过你，等你爸来收拾你。"

卓阳并不放在心上，他人大，心也大了，要挣开家庭的枷锁。婚姻和前途，都应该是自己的。

莫主编了解他，同他说："你的行动力无疑是强的，但，切莫急躁。一切未必如你所想。"

卓阳想，还有什么是自己想不到的？

他的确行动力强，归云势必得给他答复，她心里也是有他的，今晚会是个美好的开始，他不愿意再让她犹豫了。

卓阳同莫主编回到报社，将沪西斗虫赌坊的报道完稿，又开始写新的政论，写了几稿，将论点确定，写好以后交给莫主编。莫主编仔细阅读，完了笑道："你认为不能把最后的胜利寄托在东西战争合流之上？"

卓阳说道："是，现在上面还指望欧美同德国一战，现今局势，当然势必一战，但远水救不了近火，欧洲各国也正焦头烂额，哪有闲空顾咱们，更别提美国佬还在作壁上观。中国人的问题依然需要中国人自己解决，但，这是一个长期的斗争。"

他悲观了。

"今天看那样热火朝天的斗虫，实在令人恼恨。那位海上达人张先生在维新政府成立后态度暧昧，恐怕要为虎作伥。"

秦编辑叹道："这才是光怪陆离的上海滩。"

莫主编从手边抽出一份隔日的报纸，递给卓阳："你得看看，《每日译报》现今连载的延安毛泽东的《论持久战》，我没料到你的想法亦如是。”

卓阳笑：“我很早就看了，十分犀利。”

“只是《译报》有两位编辑都遭绑架，至今下落不明。”秦编辑黯然说着，报社内的众人都静默了。

刀尖上走路，他们都明白惨淡的前景。

蒙娜神采飞扬地走进来，手里甩着一串钥匙，显得很兴奋，说：“更名手续都办好了，往后我是老板。”

莫主编握住她的手：“你能担这个险，给咱们拉洋旗，我代表报社全体同仁万分感谢。”

蒙娜将手里的钥匙交给秦编辑：“我在三马路那边租了房子，那里很保险，以前出过火灾，所以没有人住，隔壁都是做妓女的，正合适我们隐蔽，白俄的电台也可以在那里做事。”

秦编辑问：“是不是闹鬼的那家？我听说过，当年烧死了两三个人呢！还有一个小丫头浑身滚上了火，从里头逃了出来，也不知最后死活。所以那弄堂里的人常说闹鬼！你给租下来了？”

蒙娜得意地笑：“我说养小白脸呢！”她望了望卓阳。

卓阳看到了，他要回避的，又想，不该回避，就笑着说：“你不会要我同你一道演戏吧？”

蒙娜叹气，明的暗的，他不是不懂的，把分寸把得那么好。她颇幽怨，用英文说了一句：“你真狠心。”

报社里不少人懂英文，眼里都觑了觑卓阳，觉着这段公案不该是自己管的，也就都不响。卓阳也不响。蒙娜仍幽怨，这些中国人，这样顾着彼此的面子，卓阳这样会四两拨千斤，从不沉迷。

正喝茶的莫主编掌着杯盖子，轻轻抿了口茶，替他们岔开了话题：“蒙娜，你要做那个事件的报道？”

蒙娜的不甘心不得不压下去，她说：“我对这些妓女的世界很好奇，从那些妓女那里也打听了一些传闻，当年烧死的是会乐里的名妓和某个米行的少东，幸存的人是一个雏妓。”

大家又对此事唏嘘一番，卓阳坐到蒙娜身边，点燃了一支烟，对着窗口抽了起来。

蒙娜轻声说："你让我很没面子。我以为我们有可能。"

"我们是真挚的朋友。"

蒙娜将卓阳手里的烟拿了过去，就着抽了两口。她与他的亲昵，不过如此。

"我们穿一条裤子长大。"

卓阳笑了。

蒙娜耸肩："可是你对我没感觉。"

卓阳看着她，她将他的半支烟抽完。这个洋女郎向来是豁达的，本该堪堪与自己相配，连父母都有此担忧，他们并不太赞同他和性格外放的蒙娜交往。他们想要中国媳妇，卓阳本无所谓，大而化之，但后来有所谓了。

卓阳对她说："真挚的朋友，因为我爱上了一个女孩。"

蒙娜一愣，立时起身："你得罪我了。"

她真的生气了，卓阳由着她生气，看她冲了出去。

莫主编道："怎么得罪她了？"

卓阳学蒙娜耸肩。楼下印刷房的同事急匆匆冲了进来，叫："快来快来。"两个印刷工人抬了一个姑娘进来。

却是灰头土脸的归云，她蜷缩着，迷迷糊糊，辗转着，双手捂着胃部。卓阳看见是她，大惊失色。

归云在昏迷之中是疼痛的，伤处在胃部。她憋住了气，一时想，我是不是死了？又想起晚上的卓阳之约，又是不甘的。她并不想死。似乎是有人抱起了她，有一番躲闪，她又平稳着落了。

她听见有人在说话。

"竟然看见杜小姐昏迷在印刷房后弄堂里，吓死我们了。"

"不要紧，只是被蒙了乙醚。"

有人轻柔地唤她："归云，归云。"声音熟悉，她挣扎着睁开了眼，以为是她产生了幻觉。

似乎是卓阳，身后笼着一团微光，让他的眉目没有那么清晰。他近在眼前，却恍如隔世。他的眉、他的眼都是焦灼的，那样望着她。

仿佛一线阳光洒下来，她醒了，要起来。卓阳倾下身，他的气息包围了她。

他说："归云，没事了。"

她听不透，叫了一声："卓阳？"

他握住了她的手："归云，你安全了。"

温热的掌心，逐渐暖了她冰凉的手指，心也在回暖，身体却在他手里虚软。原来她心底一直害怕，她以为她并不怕，可是一到他面前，她的害怕立刻毫不掩饰地流露出来。

她被他握住手，整个人靠在他的怀里，异常安心。原来不是幻觉。

报社的人围拢过来，秦编辑为她去马路小摊买了大米粥，还有其他人找了药来，有个懂些医道的女记者为她查验伤口。

归云才看到自己的胃部下头，有好大一块淤血。也庆幸只有这样一块伤，想起来是有些后怕的，但是不后悔，自己原也有那样大的勇气。

莫主编待她稍稍休息好了，心神也定了，才来小心问她话。

归云将先前的遭遇一一说了，只有一点她记不甚清，她到底是如何得救的。她只记得她又疼又急又怕，昏昏沉沉，后来有人进了小暗房，在她面上蒙块布，她就晕了。隐约听到枪击声，后来又有人高声叫"走水了"。到底是谁救的她，也没有瞧见。

莫主编愧道："是我们连累了杜小姐。"又怒，"定是日本人从中作梗。"又百思其间关节，不知何人救了归云。

卓阳握紧了归云的手，归云看人多，有些羞，可他不放，她也只能任由他握着。她说："我不要紧的，这不也没事吗？"心里想，倒是命大，捡了回来，现在还心有余悸。但手心是热的，卓阳的温度，让她慢慢定下来了。

这时在外打探消息的记者回来，说："沪西越界筑路的东方大旅馆下午被人投了炸弹。"

卓阳立起来，忽然明白："原来是他们。"

莫主编伸手拦了他，说："不要鲁莽。"

归云坐起身，想要站起来，卓阳扶起了她。

"我要回家。"她看到卓阳的眉毛还没展，不知从哪里来的勇气，另一只手就握着他的袖管，"我真的没事。"

他的中山装穿得有些旧了，袖管磨得很粗糙，所以有点扎手，可她还是一气握住。

莫主编也道："杜小姐这样的气节，着实令我等佩服。"他说着就要向归云鞠躬，归云惊了，忙阻止，可又被卓阳握着手，不能动。

卓阳说："早知道会有这样的事，我就不该撺掇你来唱戏。"

归云道："既然唱了，我就不会后悔。"

她也是这样骄傲，他看着她。他想她本就不是个弱女子。

莫主编思忖着须谨慎行事，便让各位记者编辑致电其他演员询问情况，又令卓阳先送归云回去。卓阳小心翼翼地，又怕她的伤口痛，就叫了出租汽车。

"我送你去医院？"

"我要先回家，不然他们会担心。"

卓阳便先送她回家，路上一直不说话，眉头锁着。半晌，他才忽然说："有时候我真感到无能为力，我说过要保护你们，可我怕我的能力无法做到。"反手下来，还是握住了归云的手，是握不够的。

归云望着他说："我开始真的没有怕，心里只想，输阵不输人！"又低下头来，轻轻道，"只是最后见到了你，我才怕了。"她红了脸，也住了口。

卓阳偏问："为什么？"他一径霸道地追问，偏要得到答案。

归云别过头去，道："你又不是梁山伯，装什么呆头鹅！"劫后重生，她有了灿烂的心愿，不能避了，也不愿避了。

他说："那你应该改唱祝英台。"

她听他揶揄的话聪明地钻了自己话里的小空子，技高一筹，心中小小羞恼，嘟了嘴。

卓阳说："你这样勇敢，你可知万一——"

归云说："如果有万一，我见我爹娘和班主，也不会心里有愧了。"

卓阳没有立即说话，他握住她的手不放，一直侧脸看她，一直看，看到她脸红到脖子根，嘴角一扯，他将她抱在怀里，不准她脱离。

"不要再唱戏了，姓方的应当投靠了日本人，只能放弃唱戏。虽说他未必会善罢甘休，但不让他有机可乘还是必要的。"卓阳想，就怕他们不会善罢甘休，他得好好琢磨应对计策。

归云是赞同的，这个念头一旦萌生，就一发不可收拾地要开始考虑后路。她念头快，马上说："我要回去和展风商量一下，他们这样算计，我就怕会没完没了。"

没完没了，穷途末路，穷则思变。

归云想，这个时刻真是赶着鸭子要上架，好容易安定了的生活又飘摇起来，这大马路上满眼的繁华都成了浮华，她就一直漂在这个大上海，找不到能依靠的地方。

却有卓阳稳稳握着她的手，如今唯一可以让她安心的，便是这只手。

“归云——”卓阳看住了她，非常诚挚，非常坚定，“我想照顾你一生一世！”

此时已到了日晖里的弄堂口，近了她的家，他想他此刻不说又要推迟，可他不想推迟，便说了。

这一刻，归云的脑中闪过千百种念头。展风、庆姑、归凤、小蝶、陆明，还有方进山的纠葛，戏班子的烂摊子。层层叠叠，是割舍不掉的，都要担上身。她想，庆姑年岁渐渐大了，展风有他自己的事。这边的家，她要担上身。从生死边缘回来，她更不能倒。

“卓阳，我——也许是一个负担！我这边的家，太大了。”

她是脆弱的，但她又非要坚强。卓阳往她的额上亲一亲，归云想起车里还有司机，他就这样情动，实在不好意思。她往后退了退，卓阳也一呆，没料到自己也会情不自禁。两人都脸红了。

两人下了车，却碰到走出来的何师母。何师母看到她，又惊又喜又忧，说：“太好了！这下总算能放心一个了。”

她一把拉住归云，急道：“你被人绑走以后，你们展风工厂里的人来报信，他和几个工厂的同事被巡捕房带走了。”

归云这一惊非同小可，问：“到底怎么回事？”

何师母道：“巡捕房来人说，巡捕车被一伙人劫了，展风他们几个被劫走了，杜妈妈急得不得了！”

“怎么会这样？”归云的心猛地揪住，不想只片刻，家里又翻江倒海再起波澜。

卓阳听了，当即对归云道：“先别急，你快回家安抚好长辈，我这就去巡捕房看一下情况，再请报社同仁帮忙打探一下。”

归云急中生智，道：“这事可能同王老板脱不了干系，就怕——”她紧咬下唇，忧道，“又会和日本人有关系。”

卓阳点一点头：“我先去看看再说，打探虚实之后，我们再做打算。”又握一握归云的手。

归云定了心神，回家安内。

庆姑已急得似热锅上的蚂蚁，忧哭不止。小蝶娘同陆明都在旁安慰。她并不知展风和归云暗里做的那些事，归云也不便如实相告，胡乱搪塞着先安慰她，又说托了报社的朋友去打探，好说歹说才将庆姑安抚住。

她心惊肉跳，如坐针毡，每一寸时间都过得好煎熬。

归凤流了满脸的泪，眼睛肿着，眼神也狠着，抓她到暗处道：“我早劝晚劝，你们偏都不听，如今惹祸上身！”

归云无言以对。

归凤掐住了她的手：“都怪你，万事纵着他！你但凡爱他那么一点点，何至于任他在这样的路上走到现在的地步。”

归云任由她责怪，实际上她恨不能归凤打她两下。她的心里真的害怕了，展风如若被日本人抓了去，拳打脚踢在所难免，恐怕再恐怖的刑罚也会给他上上来。但是，她了解展风，他会一梗脖子，誓死不屈，鬼子越凶，他越不倒。

然后——然后——她已经不敢想了！

卓阳并没有耽误太久，就又赶来了杜家石库门。杜家的人已经无心追究他的身份，只聚在客堂间里听他带来的消息。

“日本人告他们打伤打死几名军人，要巡捕房严办。半路中劫了他们的是本地流氓，如今放了话，要王老板亲自去换他们回来，或由家属二十根条子一个人赎回去。”

“巡捕房不管了？人是在他们手里被劫走的！”归云追问。

“巡捕房说现在人在租界外，不是管辖范围内。”

“二十根条子？我们可要去哪里弄？”归凤惊叫。

女人们都眼巴巴的，不知怎么解决。陆明气道：“这群狗东西！”

归云也急得流了泪，说：“日本人要王老板用一命换十六条命。他出来是死，不出来展风他们是死！都是普通人家，谁家拿得出二十根大条？”

“天哪！我的展风怎么办！”庆姑几欲昏厥，被小蝶娘扶住，又掐人中又拍面颊，好容易清醒过来，又哭得不成样子。

卓阳见杜家乱得实在没了章法，对归云说：“你相信我，我尽力去办这事。”

归凤突然哀求归云：“你去找谢小姐，求她找王老板去啊！”

卓阳道：“王老板昨晚已经失踪了。”

归凤退了两步，后面是墙，没有退路。

归云擦干了眼泪，挺了挺胸，说："卓阳，这事情就靠你周旋了。我去找雁飞，你好歹再帮我们家想想法子。"

她想归凤提的意见也没错，她知道有个日本人喜欢雁飞，或许还有别的门路："所有的法子都要试一遍！"

卓阳担忧她身上才受的伤，说："我骑车带你去。"

归云说："不用，我们分两路，这事实在耽误不得。"

庆姑乱了心神，求了归云又求了卓阳，口里直念叨："快快快，做做好事，让我们展风早点回家。"又抓着归凤问，"归凤，展风怎么办？"

归凤痴痴地喃喃："所有的法子都要试一遍……"

她的心思已经乱了，被庆姑问得更乱，乱中唯一的头绪突然冒了出来，过往的一幕幕浮在眼前。她心心念念的人儿。

王老板那样的人，怎会为了小工人出头？她望着匆匆出门的归云和卓阳，又想，他们真有办法吗？一闭眼，一沉思，她其实有一条血路，昂了昂头，豁出去了。

归云同卓阳一起走出了门，在弄堂口分手。

卓阳说："莫主编也在筹谋，我们通力，定能将展风救回来。"

"从小到大，我、归凤、展风，从来没有分开过。有好吃的一起吃，有好玩的一起玩。我们家不能就这样散了！"归云握住卓阳的手，"卓阳，我信你。"

卓阳轻轻抱抱她："我也信你，咱们分头行事，我这里办好了就去你家找你。"

归云紧紧靠在他身上，汲取些许力量，然后才转身。身后有了依靠，她也不是一个人在战斗。

卓阳也赶忙骑了车赶回报社，莫主编正等着他。

"我们运气还行，海上达人杜先生现今在新落成的公馆等着过中秋节。"

上海滩的达人，就那么十来个，交通租界内外关系，派遣黑白两道纠纷，连日本人都会有所忌惮。这一位杜先生，是只大老虎，不买日本人账的大老虎。卓阳明白莫主编的意思，心落了一半，也有了主张，渐渐镇定了，问："我们能不能邀请杜先生尽早收拾旧山河？"

莫主编早做了打算，说："我早年给杜先生做过专访，希望他还记得我。"

卓阳感激道："莫叔叔，您费心了。"

莫主编笑道："这回看咱们运气。杜小姐这般勇敢，我们也得助她一助，这才是义气不是？希望杜先生还有爱国的精神姿态在。”

他们都下定了决心，凭一身孤胆，亲身硬闯，不能试也得试。

于是莫主编安排下报社众人的事务，打探消息、托其他的门路关系、固守本地接应，各自分头行动。自己与卓阳一起并肩走出去，战友一般。

外面是明空彩霞，西落的太阳肆无忌惮地火辣辣烧着，也烧着人们的心。

马路上还是熙熙攘攘，人们赶着下班，赶着买菜，一切是平和的。只是晚霞映下来，一切都在浮动，都是不安的。

卓阳跟着莫主编走，莫主编心内的怒意像晚霞一样浮动：“日本人这次非要杀鸡儆猴不可！”但又叹，“如果王老板明大义——”

卓阳问：“有人会这样舍生取义吗？”

他们都不知道，只能尽力做自己能做的。

傍晚的风也是闷滞的，连道旁的梧桐树梢都吹不动，只让它们依次挨在那里肃穆地立着，林荫道的深处伫立着那栋闻名遐迩的杜公馆。

卓阳其实很熟悉这栋建筑，因为在上大学的时候时常会来这里写生。

那是一座法国文艺复兴式花园洋房。洋房的南立面中部是层叠式的敞廊，二层的廊道带有巴洛克式的两壁柱，东立面主入口还有塔什干柱式门廊。适合线条分明的素描写生。后来这栋建筑归了杜先生，卓阳也没了悠闲的写生时间来画这栋私人建筑。

如今再走近这栋建筑，当初肆意欣赏的心情已经全然不剩，只有灼灼的忐忑。

莫主编走到雕花铁闸门前，伸手要按上面有玉兰花一样铜雕装饰的门铃时，转头关照卓阳：“等下由我来说，你听我的安排。”

卓阳点了点头。

莫主编摁下了门铃，短短的一声后，很礼貌地退开几步，卓阳也跟着他后退，一起静候着人来开门。

过了一会儿，方才从花园深处走来一位先生，三十来岁的中年人，剃着平头，穿着长衫，路走得斯斯文文，开了铁门一边的角门，问：“两位驾临公馆，有何贵干？”

卓阳见那人虽然是一副和和气气的口吻，却有一脸尽管平和了，但遮也遮不住的霸道，知道是在江湖上混的人，精神暗自凛了一下。

莫主编从兜里掏出一张记者证，笑道：“我们是《朝报》的记者，听说杜先生回上海过中秋节，想觑这个空采访一下杜先生。”

那人客气笑道：“记者门道倒多，消息真灵通。不过杜先生这次回来就歇息两天，不见客的。”

莫主编忙道：“我们是受了上面的指示，非常时刻，非常人物的爱国事迹定可以鼓舞国人之心。杜先生是佼佼者，上头力求我们办妥，这回无论如何得叨扰叨扰杜先生了。”

那人思考了片刻。莫主编又道：“我姓莫，莫华之，当初杜先生宴请章太炎的时候也曾叨扰过杜先生的饭局。”

那人便道：“两位稍后，我去请示一下杜先生。”说罢就转身走进了洋房。

莫主编舒了口气：“亏了这位杜先生生性爱结交文化人，不然真是很难见一面。”

卓阳道：“老早听说他会做人，连章太炎这类大家都能成为他的座上客，倒是难得。换作我父亲必定不屑与这些人为伍。”

“江湖上谁没黑白两道知己朋友二三？也亏得我们是文化人，他才会考虑见一见，他那些手下也会看眼色，如果是一般老百姓未必会理睬。”

两人正讨论着，那位长衫中年人已经走过来，把铁门打开了，道：“两位里面请！”

莫主编抱拳：“有劳有劳！承让承让！”

花园内树木繁茂，清风徐徐，厢房亭台，人气很盛。正厅大门的人是进进出出的，有买办模样的，有帮会模样的，还有办公文员模样的，还有一列穿白褂子的厨师手里端了盘子进出。

杜先生的手下人在人群里比较好认，就像眼前这位一般穿长衫剃平头，站在门口迎来送往。卓阳暗想，这位杜先生的门面功夫确实是好的。

莫主编问：“我们可是占了杜先生晚餐时刻？”

那人笑道：“现在开第一席，杜先生要到八点以后再吃饭。”他一路开道，领了二人进了正厅旁的小洋楼。

说是小洋楼，其实进了门也有一个空阔的大客厅，正中央放着一张披着斑斓虎皮的太师椅，大大咧咧，异常耀目。这太师椅旁边一路放开红木高背雕花椅，每两张椅子间立着一张红木高腿小茶几，有秩序地排在太师椅旁边，摆得恭恭敬敬的。这是帮派开会的格局。

那人道：“两位稍待片刻，我去请杜先生出来。”

等他走后，莫主编道：“你看这一路的字画。”

卓阳方注意到一壁挂满碑帖古画，或许经过有心人的特别调配，摆放得十分错落有致，并没有一般将古字古画一股脑摆将出来的庸俗气。

由虎皮太师椅背后的墙壁上挂的汉代碑帖起始，依次是魏晋、南北朝、唐、宋、元、明、清各朝各代名家字画。但卓阳看了一遍，总觉得有些不协调。再从两边依次看下来，发觉右边的元代王冕的《墨梅图》之后就是清代傅山的草书五言律诗轴，末了是一幅张大千的《仿唐人吉祥天女》，而左边是以清代郑板桥的《竹》收尾。

倒似足一个小型博物馆的腔势。这位杜先生还真不当古玩珍藏作珍藏用。

“两边似是不对称，左边直走古风，右边最末偏偏是张大千仿的唐人画，如果摆一幅明代的字，那就圆满了。”卓阳道。

莫主编微笑问他：“依你所见，应该摆一副什么字？”

“唐寅的《落花诗卷》。”卓阳想了片刻道，“那诗卷是唐寅看到落英满布，感慨坎坷遭遇而作，带着无限的愤慨之情。正配着前边《墨梅》的冷风傲骨，后边傅山草书的慷慨肆意，有起有伏才能引人入胜，也算是延续作品的风骨。”

他眼角一转，已然看见一着青色长衫的人自走廊深处稳稳走来，故意大声道：“我常听我父亲说，只有怀大抱负的经纶擎天手，才会陈列陈古字画时具这样‘上古八千岁，才是一春秋’的大豪情。”

“啪啪啪”三下击掌声，在空旷的大厅里回荡。

“文化人到底是文化人，说什么豪情也能说得那么文绉绉！”来人含笑，瘦削脸庞，平头唐装，锐利眸光咄咄逼人，“在下杜月笙。”

卓阳以前并没有见过这位杜先生，只从报纸上看到过照片。此时得见真人，觉得他个头并不甚高，相貌更是普通，只有那一身海上大佬独有的霸气在这空旷的大客厅里犹显瞩目。

他身后还跟着五六名身着短褂的男子，领头的一名穿着甚是得体，一身挺括的深色西服，肃然的面容在看到卓阳的时候，朝他微微一笑。

卓阳先是一惊，而后不动声色地朝他颔了颔首。

杜先生往虎皮太师椅上一坐，微微点头，示意莫主编和卓阳随便坐，他们便就着离杜先生最近的位子坐了下来，片刻就有娘姨上了茶。

那几名男子并不坐，有序地立在杜先生身后。唯有西服男子谨慎地半坐在杜先生下首的座位上。

“杜某昨日才回的上海，手头事情多，怠慢怠慢！”

卓阳见杜先生态度和蔼，全没不说话时的气势，心中暗想，怪不得旁人都说杜某人会做人，也是身在盛时心不骄。不由自主起了些敬佩的心。

“是我们唐突了，想杜先生贵人事忙，抓紧时间来打扰，不然就怕没机会了。”莫主编打一个哈哈，从衣兜里取出钢笔和小记事本。

“时道混乱，大家都有大事要忙，都是为了国家民族嘛！”

卓阳听他说了这话，心中一动，抬眼看这位杜先生，眼眸中锐利不减，已等着莫主编访问了。他是受访问受惯了的，晓得记者的规矩和流程。只是这尊重难得，卓阳心里又起了几分希望。

莫主编开始提问，不过是去年会战时候，杜先生为前方将士捐款捐物捐防毒面具的若干问题。当年便多有报道，如今不过是炒一回冷饭。一问一答，两人都说了不少爱国的空话，杜先生倒有把空道理讲得井井有条的本事。

但莫主编问得渐次深入了，提出来的处处是杜先生生平得意义举，有些更是报纸从未报道过的。原来这并非蓄意的采访，莫主编也有一套准备好的资料和问题备用，让卓阳心中着实佩服。

杜先生认得莫主编的名头，听得这主编连自己暗里做的一些义举都晓得，自然也是微讶的。他一生行事善恶不拘，在大气节上却是自认不亏。虽然暗中所为的好事未必要宣传得尽人皆知，但无意中听旁人提起，他不免还是万分得意，心情更好了几分。

讲至最后，莫主编道：“如今日本人虽被挡在租界外面，但屡次借助租界内势力来迫害各类抗日团体。鄙报也是无奈得很，虽则宋先生退居陪都前勉励我等报人应以‘掇笔为枪，鼓舞士气’为己任，但情势险恶，我等众人也常惶恐不安。”

杜先生赞道：“我倒觉得文化界人士大大值得敬仰。”他看了看卓阳，又说，“刚才卓先生的话也着实不凡。”

卓阳微笑着朗声道：“不过一些绣面功夫，不如抗敌的义士。”

“都是一群不成器的东西，我去了香港几个月，他们都不干正经营生了，痛心痛心！”他又指了右边的字画，说：“人生总有起伏，我委托城隍庙古玩斋的老掌柜给我安排这一壁字画也正是要把这人生的起伏摆将出来，让我们这班没读过书的弟兄好好吸取教训，做人自有起伏，但不能行差踏错。”又有些遗憾地说，“倒是可惜缺了那一幅。”

杜先生是天生明白人，晓得眼前这两个是来求人的，他有他的算计，说话给了台阶。

莫主编也晓得，由着这意思直说："先前根据蒋总统在重庆对报业人士的期望，鄙报也办了不少救亡宣传活动，也认得些义士，做了些小案子，得罪了些大人物。"

这时，杜先生身边的西服男子抬腕看了一下手表，卓阳眼尖，看到是一块亨达利钟表行售出的限量镶钻瑞士金表，那里反的光，显得他肃然的脸更高深了，同他以前见到的又是两种气派。

卓阳大急，正欲开口，莫主编却用眼色拦着他。

杜先生问西服男子："最近有谁出乱子了？"

西服男子说："不就是张先生的外甥小方。"

杜先生点点头，又问莫主编同卓阳："那些义士同贵报有干系？"

莫主编道："不曾有。"

杜先生点点头："你们很好，肯出头的人少了。"

莫主编叹道："那些都是年轻人，家无四两金，这点钱财拿不出来，如果就此送了命，我们也看不过去。"

杜先生又摇摇头："我就想平白无故有人采访，总会又有些闲事发生。您老这弯子绕得可太大了。"

莫主编想了想，抱拳道："惭愧惭愧。做访问是真，不想正逢闹了这些不愉快。十六条人命每人二十根条子，实在为难人了。我们但求杜先生周旋周旋，减了些去，我们也好救人。"他说罢往杜先生那堵墙上看一看，就使了个眼色给卓阳。

卓阳接了翎子。那里缺一幅字，是他熟悉的明代唐寅的《落花诗卷》。他父亲原是收藏了这卷字帖的第一张。卓家虽只是殷实小户，但祖上颇有些财产遗下来，传下的碑帖字画甚多，卓汉书又有这等爱好，手头有些珍品，行内人是知道一些的。

曾有买家向卓家购买《落花诗卷》，卓汉书本无出售藏品的习惯，故从不肯售卖。当卓阳看到杜先生的藏品摆设正差这一幅字帖时，心里不是不惊疑的。这时惊疑也安定了，想，正是时候。

他爽快道："鄙报社手头有一卷《落花诗卷》，唯此一物易价，赎那些义士平安。但咱们只愁那些人不肯收这价。"

杜先生看着卓阳，若有所思。莫主编也看着卓阳，心里赞卓阳包袱抖得好，他们出这样的价格对方未必放人，若是杜先生开口，对方是不得不收下这个价了。杜先生也不能平白帮了他们，中间一转，卓阳给了三方面子着落，让事情能体面也漂亮。

西服先生一个劲冲着卓阳微笑，微点了点头，说："那班义士与贵报毫无干系，贵报竟肯花这样的力道！"

卓阳摊手，道："因为力道难花出去，我们只有请杜先生帮忙。"

杜先生哈哈大笑起来，站了起来，莫主编同卓阳也站起来。他说："贵报社真让我刮目相看，虽然做事情迂回了点，也不失气概。"

莫主编摇头苦笑："也是求告无门了。这事情又复杂，我们是清楚的，救人心切救人心切。"

杜先生道："你这朋友我交得，但我不欢喜说话不爽气的人，以后改改。"他又指着卓阳，"这孩子倒是豪爽，这忙我不能不帮了。"

卓阳大喜过望，一鞠躬到底，抬起头来说："杜先生才是豪爽大家，我们真是感激不尽。"

杜先生仍笑道："我就一直说读书人聪明，话也说得溜。"

卓阳也笑道："杜先生有这等情怀，才当得起这一壁字画，我并没说错。"

莫主编大感有谱，也忍不住笑了。

杜先生转头对西服男子说："瞧瞧，我就料到他们这样乱来定有人看不过去，别说你手下的，就连旁人都有义愤了。"

西服男子先说："是得教训教训。"又问，"是不是约一约……"

杜先生挥手打断，沉思了会儿，道："就定国际饭店的老包房。"

卓阳和莫主编听杜先生当下就安排好了，顿时喜出望外。两人再三向杜先生抱拳感谢，杜先生只说："现在的小朋友是得让他们晓得做人的道理。"

间中有人进来恭请杜先生用晚餐，杜先生本意留饭，又看出他们急着救人，便着令西服先生先送出去，并说晚间就给答复。莫主编又再三委婉赞谢了，并说报刊刊出之后必定亲自登门赠刊。互相客气一番，两人向杜先生告辞。西服先生这回做了领头的人，带着他二人出门。

出了公馆的大门，卓阳就握住他的手，笑道："多谢陈先生费心了。"

他正要对莫主编作介绍，莫主编却也笑道："警备司令部稽查处经济组长陈墨先生，我们是久仰大名。"

陈墨对卓阳道："能冒险硬着和日本人碰的年轻记者上海滩不多，没想到卓先生这么年轻，胆气倒是不小。"

卓阳道："那天我真担心你会出事，那样真枪实弹和鬼子们干。"

陈墨拍拍他的肩膀："我倒是想哪个做记者的能这样不要命。"他眼中有赞意，经过适才的事，甚是欣赏他的义气。

卓阳又想到一事，说："先前还有拨人绑了给我们做过义演的一些演员，有些人硬气，怕这回得罪了那些人物以后再不好立足了。"

陈墨笑道："我明白你的意思。"

卓阳道："多谢了。"

莫主编也郑重感谢，并说："一切拜托了。"

陈墨肃着面，也保证："这事情一股脑一定能解决的。"他在公馆门口为他们叫好了出租车，送他们回报社。

上了车，卓阳和莫主编两人方有如释重负的感觉，背后都冒出一层汗。凉了下来，卓阳松了松领口，莫主编说："咱们还算幸运。"

卓阳道："杜先生的内里千秋，真是难说。"

转个头看窗外，华灯上了，处处星点。开了半扇窗，迎面的风却带着肃杀之意。

莫主编问他："你那幅字能拿出来吗？"

卓阳道："偷也要偷出来。"想一想，偷也是难的，只怕父亲为难。但这层先不急，他想尽快去通知归云，也不知归云怎样了，她带着新伤还要四处奔波。

夕阳终于下去了，暗淡的云，天已近黑。

归云急急奔波在路途上，这边道路的煤气路灯管道在最近的爆破恐怖案里被人炸了，公董局又没派人及时修好，在暗淡的夜里，这里根本就是四周无路。

她只觉得希望渺渺，命运转瞬，总不是能自己掌握。他们原本只是想要好好过自己生活的平凡百姓，可平凡那样难！

等到了兆丰别墅门外，她还不及喘口气，暮色里出现了两道身影，走出了覆上夜的寐色的花园。她看清了，是王老板同雁飞。王老板还是那个风度和派头，穿上了最好的黑丝绒西服。

他们看到了归云，王老板朝她招招手，笑道："杜小姐，正巧，你也来送送我。"

雁飞嗔道："干爹！"

王老板道："也就最后再出一次风头了！"他叹气，"知识分子们都说我爱出风头，再出风头也是一个暴发户！"

归云走过去，她不知该怎样开口。王老板不需要她开口，说："我也是晓得文天祥的，晓得'人生自古谁无死'的大道理！十六条人命不能犯到我手里，他们都是跟着我做事的人，大多还是小孩子。"

雁飞和归云默默无语。

"昨晚睡到现在，要醒了。"王老板对她们说，"我十三岁跟着裁缝师傅从苏北到上海开洋裁店，静安寺路上的'俏佳人洋服店'是我师傅开的。我十六岁就学会了我师傅的绝活，做旗袍腰身可以不靠打褶裥光靠手指功夫在布料上扯出来。我知道什么样的绸缎在上海受欢迎，知道什么样的西装和洋装在上海会流行。暴发户，不是人人都能做的！"

归云眼里忽而涌了泪，她是不承想会听到这样一番话的。她听了后，心澄明了，注了水，就如露出头的月亮，光辉淡淡而温润，洒在王老板身上。

"我给前线战士捐过钞票，给后方的学校医院捐过书本病床，我组织工厂自卫队抗日自救，还抢救过字画古董。"他整理了下西服，把领子扣边一一掸得服帖，"不要忘记同记者说。"

他转身走了，雁飞跟在他身后，肤色苍白，脸色寂寥。

王老板没有回头，说："我的挽联不妨就写'人生自古谁无死，留取丹心照汗青'。他们到底都看轻我王某人了！"

月亮又隐了，天地真的相继黑了。

雁飞转头道："你先回去吧！展风有信了我会通知你的。"

弄堂里飘起了饭菜香，石库门里的人家呼儿唤女吃晚饭，更显得这里凄寂混沌。

他们消失在夜幕里。

第十章 愁无尽

展风进了黑暗的囚室，就一心沉到底，再也浮不起来。

面目模糊又狰狞的人，把皮鞭、枪托狠狠招呼在他们身上。皮鞭浸了盐水，一到身上皮开肉绽痛彻心扉，惨叫此起彼伏。

“知道做人要老实了吧？和皇军作对，有什么好果子！”

是中国人说的中国话。

展风竟来了力气，用力“呸”了过去。一口浓痰吐到那人脸上：“汉奸走狗！不得好死！”

他又被额外招呼了几下，腹背鲜血淋漓，已经让他分不清楚痛在哪里，全身没有一块筋骨皮肉属于自己。

展风痛得天旋地转，四肢被缚住，只能做靶子。他想，我是不是会死在这里？但是，他屏住口气，绝不求饶。痛坏了就晕，晕了又被冷水泼醒，来来去去，他的神思浮浮沉沉。

那些人只管打，并不审问。几个回合，他也就明白了，那些人只是要教训他们，并不指望他们招什么供。一心一意，只要等“大老虎”来。

只是“大老虎”没有来，先要把“小猫”们耍个够本，一样一样新花样上。

展风再次被冷水泼醒，和徐五福一组，被绑到囚室中央去。

前方的黑暗里坐了个人，幽暗里只能看见眼镜的反光，阴森森的。身边自有一群走狗，其中一个拿了一串鞭炮，问：“谁来玩？”

昔日工厂的同事被两个两个带过去。

怎么玩？

黑暗里的人先问：“你愿不愿意给他点炮仗？”

头先两个都茫然无知。

黑暗里的人伸出手来，肥硕油光的大手，就是魔爪。轮流拍了拍两人的腮帮子，看定了货色，指着左边的一个说：“你给他点。”

他们便将一只小小的红红的、火线留得长长的鞭炮塞到右边那人的一个耳朵里。点燃了洋火，塞给左边的。

看的人明白了，身在事中的人也明白了。

拿着洋火的那个一摔火：“不点！”于是又被一阵拳打脚踢。

魔爪恼怒他们不肯自相残杀，就自己动手点了。

耳朵里塞着鞭炮的那个，浑身散了架子，失禁呐喊。可那等待的时间那样长，火星一点一点沿着火线蔓延。

看的人惊心动魄，跟着散架，尿失禁。等待着悲惨才是这世界上最恐怖的事情。原本都只是带一腔热血，学一点小拳脚，想能报效国家，报仇雪恨。原来全是托赖运气，还未遇到过挫折。如今被一锅端了，才知道后面的坎坷这样残酷。

巨响轰顶。

黑暗里的火星稍纵即逝，他们都看不清被炸的那个人的惨状，只听到他那比鞭炮爆炸更凄厉的惨叫。

又掌了灯，让所有被缚住的“羔羊”看清楚那人一团血地倒在一边哀号，是人又似兽。

魔掌又要选人。展风和徐五福被带了上去。

鞭炮和火柴在他们面前晃。“你们怎么选？”魔掌说，他在享受莫大的乐趣，并从中得到满足。

“我……我……要……洋火……”

展风瞪住了徐五福。他的肩膀抖，手臂抖，腿骨抖，眼神也在抖。

展风看着星火中流了一脸涕泪的人。

小时候他带他一起玩，大了帮他出头，打仗了和他一起上火线，沦陷了又一起搭伴学了拳脚为暗杀日本人打掩护。他们几乎是穿同一条裤子长大的。

他们也一同成功过，曾豪气干云地烧了慰安所，处理了被卓阳杀了的日本兵，在小饭馆里为此醉了通宵来庆祝。醉得东倒西歪，何其痛快？

那晚，徐五福说："展风哥，我真觉得自己是个男人！"

此时，他拿着洋火，抖着手，伸到他的耳边。

展风不是不害怕，心脏狂跳，非自己身体可负荷。他怒吼一声："徐五福，你算是个男人！"

徐五福把火线给点燃，照出一张血泪满面虚弱的脸。他扔了火柴，没见了脸，"哇"的一下哭了："我不是人！我不是人！展风哥，我好怕！"他也失禁了，黑暗里只有他自己知道。

伸着魔爪的人乐了，笑得声嘶力竭，他是在别人的恐惧中被取悦。

那一刻来临，展风只觉得在耳边发生了一场轰炸。眼前七彩斑斓，他仿佛看见在南站的废墟里倒下的父亲，这次他自己也倒了下来。血肉模糊，痛入心骨。血汩汩流到嘴边，是自己的血，流到自己口中，热而腥甜。

父亲走近自己，挥了挥手，这么近，又那么远，大叫："快走！展风！"

归云跑来了，朝他伸手，拼命地伸手："快来快来，展风！"

他被人拖了起来，就像那晚和雁飞离得那么近地跳舞。

"小弟弟，这里多危险，我和你说过很危险！"

又被重重摔了下去，全身骨骼似是错位。他张望最后一眼，竟是朦胧的归凤。她对着他哭，一直哭一直哭，双眼肿得睁不开。哭完转身走了，千山万水，越走越远。

展风最后伸了一下手，发觉手被缚在身后，他只能挣一下手臂，但是够不到归凤。

千山万水，真是千山万水。归凤好似蹚过了上海滩，才走进了四川路上的小石库门。

四川路曾经被炸得一片废墟，可仍有那么强的复苏力。这小洋房，大，俗，冷，白。连房顶的瓦都是黑的，成片成片的黑，乌压压一片。

她等了很久，等到天也黑了，才等来她要找的人。

初见她的方进山脸也是黑的，得意又恨意，表情复杂，因此愈加虎视眈眈。看她一路说，一路求，低头含泪，抬头落泪。他的脸，越来越生动，越来越舒畅，慢慢那只“蜈蚣”抖动起来：“归凤小姐，难得你终于懂了我对你的这番苦心！”

他伸出一只粗毛黑皮的掌，握住归凤的小手，另一只掌还覆在上面，手叠手。她脱不开了。

“你真是我方进山的福星！”他的心情忽而大好，手一挥，指示了用人做好酒好菜。

转头去了另一间厢房，周文英也在。

“恭喜方先生！”

“晦气了一天，旅馆被炸了，还死了我两个兄弟。临了还得听杜某人手下一顿训，现下可见没白挨！”

“要不要去杨树浦传开后门放人？”

方进山脸上的“蜈蚣”在冷笑，狰狞到嘴角眉梢：“这宗小事丢了一记脸，难道要我的大事也出纰漏？等杜某人的条子到了再讲，我要的是财色双全。”

周文英正料到他的算计，就又说：“王某人那边还不晓得杜先生出了头，咱们拖一两天，还是能在日本人面前威风威风的。”

方进山脸上的“蜈蚣”竖起来，倒下去，也灵活自如了。

“我这是赔了夫人不折兵，这小妞自动上门，倒让我成其好事，更方便往后讨好张老太。以前因这层碍着我也动不得手。”他喜得猴急了，他想他是吃定来归凤的。这就是得势的好处，天上的凤凰也终会心甘情愿扣在他手上。

“这是双响炮旗开得胜。”周文英马上恭维。

方进山大笑：“这白食我吃定了！谁教这只笨凤凰自投罗网，送到我嘴边？可怨不得我！”

可怜凤凰落了井，并不知晓。归凤看着满桌上了菜。

晶莹剔透的龙井虾仁，赤身裸体，盘中待食。

碧绿生青的水煮芥蓝，斩根断叶，孤立无援。

乌糟糟的鱼蟹糊，捣碎蟹壳，揉碎鱼肉，熬成糊，终于面目全非。

方进山端着酒杯，向她敬酒：“可怜归凤小姐一把好嗓子，竟未遇知己，我方某一直愿意做归凤小姐的知音。”

酒杯是玻璃高脚酒杯，在西餐馆用的那种。高脚耸立，颤颤巍巍，高处不胜寒。

酒是吃大菜佐的酒，葡萄美酒，鲜红如血，坠入谷底。

归凤被逼至墙角："我哥哥——"

"一句闲话。"

酒杯迫到她嘴边，喝血似的喝下。太急太快，在嘴角蜿蜒出一道血痕。流到心里，剧痛起来！

最后的那一刻，归凤天旋地转，方知道，自己的八字不好，竟是如此之解。她在彻骨的疼痛和绝望中，心中暗暗呐喊的名字，唯有一个——展风。

展风？展风！

展风眼迷离，身痛楚，世界陷入寂静，可寂静中还有一丝清晰可辨的清醒。白色的影子在眼前晃，带着微光。他要努力看清，努力看清，还是模糊一片。耳边嗡嗡的，卷了风，拂不走痛，痛入脑髓，他忍不住呻吟出声。

有人架了他起来，又丢了他下来。浑身还是散架的，布满散不走的痛。

他听到那个声音，在叫他"小弟弟"。

他喃喃了一句："我不再是小弟弟。"

凉薄的空气渐渐散了，白色的影子也渐渐散了。她在遥远的云端，但是又好像在灯火阑珊的此端。

雁飞确在此端，悄然独立在外白渡桥旁，身后的万国建筑虽起了霓虹，但照不到这边，黑漆漆的天地，什么都不剩。

她将王老板送出这座外白渡桥时，霓虹灯还没有闪烁。所以，苏州河连着黄浦江，一起绵延的黑暗直探到桥那头，曾经被日本人炸得面目全非的虹口，黑黑沉沉，是鬼门关？还是重生桥？

王老板过桥前，她帮助他在牙齿深处放好了药，轻轻一嗑，会由脏腑痛至百骸。不过好在只有那么一刻可痛，之后，便得解脱。

雁飞想，也应该是永生的解脱了。她说："干爹，药放好了，不会有纰漏。"

"阿囡，没想到最后送我的是你！"

她但笑不语。

"我这一跤跌去鬼门关了。"

她还微笑，知道他有话想说完。

"拼一辈子的功业留个好名声给我儿子，以后让他好做人也好做事！"

她说："干爹，如果以前知道有这样的结局，你会不会后悔这样做？"

月色下，王老板的面上浮上一层无奈的光辉："功成名就，求的就是身后名了，你也晓得我没有退路，我若是走了，以后要被戳一辈子脊梁骨。"

她又说："我以为你还会讲一些冠冕堂皇的话来。"

王老板笑："冠冕堂皇的话都对别人讲，对阿囡是不需要讲的。"

雁飞朝王老板摆了摆手："干爹，再会！"目送着王老板过了桥，一丝不苟，他有他做至尊的尊严。

她在夜晚的凉风里，看着外白渡桥下的江河交融，月亮露了头，月光潺潺流淌下来，银面轻波。

她静静地候着。真是奈何桥边莫道奈何，她谢雁飞怎么一直是奈何桥边的一只孤雁？千飞百转，百转千回，飞不出那座送死迎生的桥。她孤单一道人影，横在桥头。

雁飞怔怔地看着自己的影子好一会儿，萧索得孤鬼一样。最后她叹了口气，举目四望，还有黄包车夫在弄堂的屋檐下候着客人，便扬手招来一辆车。

"小姐去哪里？"

"兆丰别墅。"雁飞想了一下，改变主意，"去迈尔西爱路。"

黄包车动了，她的身子也随着一路颠簸晃动。又想，我去迈尔西爱路干吗？再去看一下干娘和二姨娘？总还是该去看一眼的，有个始也该有个终，便由黄包车坦然地拉了去迈尔西爱路的花园洋房。

一路夜风一路霓虹，待到了那栋花园洋房，却是意外的灯火通明，里外都是忙碌的巡捕在进进出出，乱成一锅粥。王家的娘姨和门房都被赶到花园中央，惊慌失措地看着这群翻箱倒柜的巡警。

大铁门口正站着三两个人，她认得其中一位法租界的巡捕，下了车就直直走过去。

"怎么还要抄家？"她的声音中挟了三分怒气。

巡捕面无表情，道："上头交代的。"

雁飞踩着高跟鞋，凌厉地走到他们面前。

"王老板涉嫌纵容手下工人偷了山田先生家的古董。"

雁飞盯着藤田智也，只看着他："你也该懂'欲加之罪，何患无辞'的道理吧？"

藤田智也背着手，望了望雁飞，又像是没望她。他只是皱了皱眉，转了身。

雁飞依旧走到他面前："你这人——"

藤田智也的眼神飘了回来，看着她："我昨晚不是在提醒你什么，而是提前告诉你结局！"

雁飞重重呼气，心头压着大石，很冷，一冷到底。

有小巡警跑来汇报："王家的——大——大太太趁咱们不注意——给王老板——殉情碰了墙，只怕是活不成了！"

那边的巡捕乱作一团，有的在门房打电话叫救护车。

雁飞旋了身子，心里压的石头又重了，她的肩颈脖子无处不在痛。她踩着高跟鞋，走过訇然破落的路，走过蔫作一团的蔓草枝丫。她看到在凄清的夜风下，巡警们抬了干娘出来。她满头的血淌了一路，生命在石子路上凝成绵延渐干的血痕。

雁飞看不到人群簇拥下她的脸，不知还是不是记忆中那张肥硕的脸。她愤怒地转了头，对着藤田智也的木然。

"这就是你们要的结局！"

他还是无动于衷。

人散了些，一天的惊痛终也须散。

藤田智也说："我送你回去。"

雁飞不理他，转身只顾自己走入黑夜里，却是知道他必定会默默跟着。月光下，映出他淡淡的影子。他似乎是在叹息。是不是叹息？还是她的错觉？雁飞真切感到冷，用手环抱住两臂。

藤田智也脱了外套披在她的肩头，她无力也无心拒绝，只抓紧了他的外套。

"打仗前，干爹在罗店买了一块墓地，给他和干娘合葬的。那里现在被你们日本人抢走了，这事情烦你去办一下。"

"好！"

她回头看他，他的脸一贯没在黑暗里，看不真切："我到底该叫你藤田智也，还是王亚飞？"

这次，他没有回答。

凉风吹得雁飞肩颈"吱吱咯咯"无处不痛，她只想回家沉沉睡去，躲开这边的人和这边的风。

兆丰别墅里声沉影寂了三四天，雁飞也睡了三四天。其间除了吃饭洗澡，她竟没有下过床，醒转的时候不过唤苏阿姨去买报纸。

苏阿姨送报纸的时候问她："袁经理打电话问小姐什么时候上工。"

雁飞靠着苏绣软垫，接过报纸，道："这两天告病假，明朝就去。"

苏阿姨领了命令，雁飞又吩咐："改天叫人来拆了电话，现下我可没有那么多供给来供这玩意儿。"

也省得要被人随传随到，总得挣回一个清净世界。

她专心看报纸，最近能看到很多新闻。

王老板夫妇的讣告刊登出来，说是在龙华殡仪馆举办了隆重的葬礼，还请到著名学者卓汉书写了挽联——人生自古谁无死，留取丹心照汗青。

他的死，是起了点作用的。报纸一致举哀，抨击日寇和租界当局，一时间沪上商界抗日情绪愈加汹涌。日本人办的报纸也没闲着，发了老长的稿指责王老板乃沪上投机商人，因倒卖文物未遂而畏罪自杀，望中日商人引以为戒。

你来我往，当真热闹非凡。雁飞放下报纸，想，干爹算不算是生荣死哀？

再往后看，王少全已继承了家业，接管了王氏的棉纺厂和绸布店。总归该是王家的，统统已经还给了王家。只是没有看到丝毫有关二姨娘的消息，但她在报纸上看到了其他消息。

她不大看报，所以是第一次看到他的名字印成铅字，整齐地码在报纸中缝的演出预告栏里。

一段王子复仇的坎坷人生，一段血泪谱成的复国之路！

英伦传世名作——《王子复仇记》

由深情小生向抒磊倾情奉献。

"深情小生？深情小生！"雁飞喃喃地念，哑然失笑。此去经年，他何时变成了深情小生？

一个演现代戏的深情小生，她的嘴角慢慢上扬又慢慢垂下，掀了被子下床，去卫生间梳洗。流水声"唰唰"地冲刷了一切。

苏阿姨听见声响，又跑来问她："小姐要出门？"

她绞干了毛巾要揩面，含糊不清道："去看戏。"

苏阿姨说："藤田先生今天早晨又来过了。"

雁飞"嗯"了一下。

她知道他最近天天早上必定来一次，在她的客堂间小坐片刻。她并不下楼，只叫苏阿姨下一碗水潽蛋招待他。

昨天他留了一张字条给她，告诉她已经交还了王老板的骨灰给王家。

她把字条在陈曼丽的牌位前焚了，皱眉想，他们的牵扯竟多在交接骨灰上。都是触手可及死亡的人，搅和在一起才叫无望，多么不妙？

她是绝望的，遇上了他，竟有更多的绝望。生死一根弦，说不清道不明。她再不想自寻烦恼。

苏阿姨却是害怕的，说："这个藤田先生如果再来？"

"还这样招待。"

"可他是日本人。"

"你若是怕了就辞了我这边的工。"

苏阿姨便不响了。

谁都活得战战兢兢。

雁飞不同她计较，起身换了身旗袍，就要出门。却突见外面下了毛毛雨，便不得不回房里把旗袍换了，换上改良过的阴丹士林白色大襟式短衫，阴丹士林宽腿裤，罩上白色开司米披肩，换上了半旧的榔头尖皮鞋，一下敛了铅华。她拿了油布伞，一撑开，轻轻巧巧走入蒙蒙雨幕中。

上海的深秋，总有毛毛雨的天气。雨像无孔不入的密谈，从伞的缝隙来窥探人的心事。她曾经小心淌过弄堂里积的水塘，手里撑了伞，身边的英俊少年为她拎着水桶。

她偷偷看少年，微微垂下的眼睑，总盖着些心事，一点面部表情都没有。冷不防有雨水打进来，打散他脸上的寂静，他醒了醒，侧头看她，发现她正看着他。她嘴角一翘，说："你在想什么？"

少年向抒磊，笑的时候是令人如沐春风的。他藏着心事面对她的时候，就笑着瞅她，于是她也笑了。

那是花样的人、花样的年纪和花样的爱情。也许只有她认为那是爱情。

舞台上的向抒磊，俊美的脸上了妆，更冷峻了。凸出了他的薄唇凤目，且，依然是不大笑的。

唐倌人说过："薄唇的男人都薄幸。"

那时候是在周小开在马斯思南路上新为唐倌人置办的小洋房里，他带了前来投靠的少年。

“他考来上海的中学，表姐夫死了，我便帮着一把。”

向抒磊带了礼来的，周小开跷着二郎腿把玩着的翡翠貔貅，通体的绿泛在他的手指之间。他笑纳了，还指点了向抒磊，向抒磊朝唐倌人鞠了一躬，道了声：“舅妈！”

唐倌人笑笑，吩咐雁飞：“把二楼西厢房整理了给表少爷。”

雁飞走过去为他带路：“表少爷请。”

他朝她露齿一笑：“我叫向抒磊。”

她点点头，也笑了，领他去西厢房。

西厢房，风流婀娜，多少故事的发源地？她听归云唱过《西厢记》，听的时候早就明白了他是张君瑞，可她既不是相府千金崔莺莺，也不是置身事外的伶俐红娘。她没有千金命，却想给自己抱只鸳鸯枕，活该跌个粉身碎骨。

谁知道如今再真切看他，竟会在假山假水的舞台上。人生如戏，他戏里戏外都是王子的命。再坎坷，也是个王子。他所说所想，都比她高明。

“生存还是死亡，这是一个问题。”

他怎么还是在考虑这些深奥的问题？

雁飞坐在观众堆里，悄悄打了一个哈欠。

这样的戏码总是闷的，每个演员的表情都夸张到了极致，每个人的苦大仇深也被放大无数倍，连仅有的爱情都苍白。

雁飞看得很累，也许近来睡得太多，倒是疲劳了。看到最后，他是他，又不是他。不管哪个他，都是在她之上，她需得仰望。

他多么坚持地保持了本色。只有她随波逐流，从东北小土妞变作海上孽海花。

陈曼丽曾说过：“上海这个海，只会让女人愈加堕落。”

男人呢？褪去雏形，风采依然，人前亮相，毫不失礼。就像向抒磊。

戏散了场，雁飞随着人群出了戏院。天已全黑，毛毛细雨也挥泼成了瓢泼大雨。她撑了伞，逆着人群走，身由心指，往戏院的后门去。

雁飞忽然清醒，这是要干吗？难道要和他见面？还是相见不如怀念的好。

她再转身，听见身后有个女声在唤：“向抒磊向抒磊！”

多像多年前的她，爱这样叫：“向抒磊向抒磊！”但她不能回头。

向抒磊的声音，稳稳传到她的耳朵里，像秋天的雨一样冰凉，一样熟悉。

“今天我不去消夜了，你们吃好！”

“向抒磊，今晚满堂彩，团长特地要请你的。”

“我真的累了。”

女声还在唤他，他已经走了，因为再无他的声音。幸好是和她相反的方向。

雁飞舒了口气。坚定的人多好！永远能走得这样决绝。

不坚定的人，如她，只好一脚深一脚浅淌了水，沾了一身的湿回家。

还会遇到层出不穷的难题，兆丰别墅前的弄堂已成汪洋。三个扫街夫正在路边冒雨疏通下水道，想是下水道出了故障，导致积水成灾。

上海的秋雨凶猛，一旦疏导不通，必定在弄堂里马路上积成水患。雁飞自有法子，是豁出去的。她弯腰要挽起裤管，打算报废脚上的旧鞋。

“我来帮你。”

这声音也是熟悉的。雁飞说：“藤田少佐，你怎么空到天天到我这边闲逛？”

藤田智也收了手里的伞，挽了裤管：“我背你过去。”

雁飞撑了伞，伞被雨狠狠地打着，加重负担。她从上到下都瘫软了，需要靠一靠，就片刻。她顺从地伏在他肩上，一手稳稳拿住伞，决定暂时与他同伞共济。

藤田智也背起她，往水塘里走去。他是个高个子，阔阔的肩膀，背形是宽厚的。雁飞的人本是冰的，靠上了他，暖了点。

他说：“小时候遇到下雨天，我娘就这样背我过水塘。”

她问：“你娘是中国人？”

他说：“是的，你也是知道三马路的。”

雁飞轻轻说：“那里多的是幺二堂子。”

藤田智也不再说了，深一脚浅一脚，踩在水花里。终于把她送到那一边，他放下了她，说：“明日司令部包了百乐门开中秋节舞会，我请你做我的舞伴。”

她揿了门铃，又转过来，朝他点了点头。

他还不走，撑开了自己的伞，即将与她分散，转身之前忽然问：“我们算不算同一类人？”

雁飞眼睁睁看他。

他说：“同是没有灵魂的人才会做事情不着边际。”

雁飞动了动腿，脚上的旧鞋免过一劫，顺延了性命，全赖于他。但这鞋毁了是无所谓的，本已做好报废的准备，现在不过多了苟延残喘的日子。

这样才更痛苦，还要挨日子。这是她的痛苦，他理解得了吗？

她否定他，说："不对。我知道我是中国人，你呢？"

混沌世界里，她比他多一分明晰，就多了一分能恶毒的筹码。

他被击中，神色显出痛苦，也会报复："明天还请穿戴整齐，好好工作。"

她不会轻败："我的职业道德向来比命好。"见他的神色是复杂难测的，但是门开了，苏阿姨出来迎她，她不必看了，也不必再让他窥探心事。

万般心事终须化，各人再寻各自门。

雁飞并没有做任何推搪，次日果真明艳照亮百乐门。她是藤田智也的舞伴，得等着藤田智也，做好工作本分。

袁经理已十分适应为日本人操办舞会，还能别出心裁翻出一些花头经。他隆重地摆了洋人的布菲台，又请来日本大厨，现场做了海鲜刺身。红艳的布菲台上，盛装着剔透晶莹的等待瓜分的肉体。

他见着雁飞，自是免不了揶揄一番："东面不亮，西面亮。白白休息好多天。"

雁飞手里握了檀香扇，摇了两下，轻轻打在他的肩膀上："同喜同喜，您弃暗投明，正是时候。"

袁经理冷哼道："你少讽刺我，你家干爹是现成榜样，扶好自己脖子上的脑袋是正经。"

话不投机半句多，两人闲闲的，也没了话。袁经理自顾自去招待他的贵客了。雁飞往场内一扫，就看到穿着军服的藤田智也向她走来。他腰间悬了军刀，一手握在军刀柄上。

雁飞往后退了一步。

他说："旗袍很漂亮，你也很职业。"他是真心说的，她难得不穿白了，一身酸橙绿朵云绉的旗袍，镶了仿碎钻，在晨昏不分的舞池里亮着。

雁飞颔首，说："你也是。"

都披上一层皮，隔了一层皮，就隔出了国仇家恨。

"很威风！"

她的嘴角翘起来，像是冷笑。他由她冷笑，手肘一弯，把她带进舞池子里。今天的舞池子又是陌生的，里面的人认得他的多，都是日本军人和商人，老挤过来朝他打招呼，相反他倒是爱理不理。

雁飞笑他："你也对你的日本同胞摆架子？"

藤田智也微笑："你就这么把我当眼中钉吗？非要奚落我两句才开心？"

雁飞摇摇头："不敢不敢。"她眼神一晃，猛然定住了，她以为她看错了，便蓄意带着藤田智也的舞步，转向那地方要看真切。

的确没看错，是王老板的二姨太，正陪着她也认识的山田跳舞。

在王老板身边的她，倒还是拘谨的，从不垂发，也不穿洋装。此刻在日本人身边的她，把自己整个泼了出去，大波浪的发同大波浪的裙一起卷着，山田的那只手在波浪之间不安分着。

雁飞被生生吓了一跳，她是没想到的，忍不住一口气堵在喉咙口。

太不堪，太肮脏。

二姨娘也看到了雁飞，先是愧，整个脸都要埋在波浪里，再抬起来，笑了一笑，是一种见了盟友的笑。

一曲舞罢，藤田被同僚叫走，二姨娘果真就走到了雁飞身边。

"我知道你也是不得已的。"

雁飞骇异地看着她，不知她何出此言。

"我真是不得已的，启德说走就走，留我一个人孤苦伶仃挨日子。少全那位大少爷眼里又没我这二娘，你说我还能怎么办？"

原来如此。

二姨娘和袁经理，真是异曲同工。自己亦然。雁飞忽而觉着自己无法原谅，便冷冷道："你可以和干娘一样！"

二姨娘脸上瞬间红了白，白了红，不知自处，再瑟瑟发抖，抓过雁飞的手："我有错吗？我要活下去啊！"

雁飞狠狠甩开她的手，离开吧台。活下去的代价几何？她知道，二姨娘也知道。只是她们都不能再重新选择了。

她想出去透透气，走过回马廊，回眸舞池，竟又见到了熟人。只觉得今晚的百乐门让她心惊肉跳，大舞池子幻作一个大火坑，逮住一个又一个猎物。

归凤像一只被擒住的小鸟，被身边笨拙丑陋的男人握在掌心。她心里也一定堵着一口气，噎得眼眶都红着。男人使了蛮力，握了她的纤腰，不给她方寸的空间透气。

雁飞冲向站在爵士乐队旁志得意满正剔牙的袁经理："老袁，你太不地道，竟让戏班子的角儿也来卖大腿，抢姐妹生意？"

袁经理吐了牙签，白雁飞一眼："你几时跟陈曼丽一样脑子不清爽？这角儿是方先生自己带来的，我并没干逼良为娼的缺德事。别老屎盆子往我头上扣。"

雁飞惊诧："怎会这样？"

袁经理说："来归凤可要一飞冲天了，没想到她私下去投奔了方先生，往后背后有张府罩着，一切好办！过一阵拍的越剧电影《孔雀东南飞》就是她来做女主角儿。有什么不好？"

雁飞看着归凤，娇弱的凤凰，折掉翅膀，飞进牢笼，委曲求全，无奈应对，觍出面来陪伴饿虎豺狼。为何这样惨烈牺牲？原因只有一个，她猜得到，因为心中澄明，所以痛上心头。

雁飞扭头走出舞池，疾步飞奔出去，先要缓解自己的哀痛。她慌不择步，一头撞了人，抬头看，呵，正好是藤田智也。新仇旧恨，终以狰狞的面目来宣泄。

她握拳捶他："我恨日本人！你们为什么不绝种！"

藤田智也先肃然道："在建立新秩序之前，牺牲在所难免。"又握住了她的手，"雁飞小姐，你失态了。"

雁飞的泪，顷刻就流了下来。

"如果没有日本人，我不会成为流离失所的孤儿；如果没有日本人，我不会沦落到这样肮脏堕落的地方；如果没有日本人，我不用承受这一切的痛苦！

"我是没有灵魂，我爹被炸死的时候，我的灵魂就没了！没有谁可以救我！"

她要强，伶牙俐齿，无懈可击；她也柔弱，泪如雨下，惊心动魄。她发了一股狠力，满腔冤仇，反抓住他的手一口咬下去，来止自己的泪。心中无限的悲凉随着溢到口腔里的血腥而扩大。

藤田智也一动不动，手背痛入心髓，竟有一种快感，刺激到麻木的神经。但痛是无边的，如他一样找不到出口。

他想，她低头咬他的时候，怎那般孩子气？还是一个恨得想要玉石俱焚的孩子。

窗外是暴雨过后的夜空，星灿如眸，如泣如诉。

她哭好了，伤了人，痛快了，整理了仪容，虽然还在黯淡消沉，但又是自持冷情的谢雁飞了。当他不过陌生人一般。

藤田智也自己拿出手绢包扎了伤口，当什么都没有发生过。他走到酒吧，要来酒。今天这里供应的是日本清酒和烧酒。

他要了烧酒，因为性子烈。何以解忧？唯有杜康。唯有继续麻痹清醒了一些的痛苦。

他懂了她一点，她没有懂他。是他不划算！

一夜乍醒，几许清明。归云抹去脸上的苍白，梳了头，把辫子扎得紧紧的，同皮肤绷得一般紧。这样看上去会朝气蓬勃一些。

人间几许变换，她得努力去过一天又一天。这是不得不执行的努力。自从展风伤得鲜血淋漓，归云就站起来了，也不再哭了，还要安抚惊惶的庆姑。

她要支撑起一个家。

展风的消息是卓阳带给她的，这时候展风已经被送进了仁济医馆。她记得这家医馆，第一次进来的时候，是为了养好身体让杜家收留她；第二次进来的时候，是为了看护好杜家唯一的儿子。

王老板的大义和杜先生的招呼，让展风几人终于能被活着送出来。只是送出来的人，也不再像个人。

归云将所有的恐惧压下心头，问大夫："他的耳朵会不会聋？"

大夫答："伤了的那只耳朵会聋。"

归云捏紧了拳头，点头，说："那就是说另一只耳朵不会聋？那就好。"

展风的病房外，徐五福的父亲跪着朝他们磕头。老人家连年受着贫穷困苦，早花白了头发，满脸的褶子是再也舒展不开的愁苦。他知道自己的儿子害了展风，除了磕头，再不知自己还能如何赎罪。

归云将徐父扶起来："伯父，我需要你的帮助。"

徐父老泪纵横，几乎哭得抬不起头来。

归云说："我娘已经受不住打击，倒在家里，需要照顾。陆明的伤时好时坏，都半刻离不了人。"

她不是索求补偿，而是求助，她需要全力的协助，让她的家渡过难关。她需要暂时脱出身来，处理更燃眉的事。

那个家已是摇摇欲坠了。

庆姑受不住打击又因雨天染了风寒，一病在床，神志不清。归凤又豁了身，委身方进山当日，便有人过来拿了衣物，此后人是再也没有回来。小蝶母女和陆明都是外人，各自有难堪之处，无法帮衬。

一家人病的病，伤的伤，走的走，归云身边连个可商量的人都没有。一时之间，又成了伶仃的人。可仍有一丝温暖的，卓阳陪伴着她。

展风的入院是卓阳用了些关系，也减免了些医药费的。卓阳同医馆的副院长有些交情，还特邀来给展风亲自诊治了一番。

归云的感激是难喻的，当她去医馆账房付账时，当值的账房先生告知她卓阳已付清了医药费、住院费。她一下愣了很久，回了神就想找他，又不知他去了哪里，沿着医馆的廊坊一壁一壁地找。

廊坊下橘红暖色灯光融融的，洒在地上宁静馨远。廊坊本是狭长的，因有了这样的光，归云竟不觉得长。那边的尽头是沉沉的夜，外面花木茂盛，在夜里也有盎然的生机。

她走过去，看见了月亮，也看见了黑暗里真正的光明，还看见了卓阳。他靠在那棵梧桐下，身边青烟袅袅，微微秋风拂来，带来淡淡的烟草燃烧的味道。

卓阳听见脚步声，见是归云，不想她又见到自己这般情形，一时手指夹着细长的香烟，呆愣在原地。

归云抢过他手上的烟，蹲下捡了几片落叶，将烟头拧灭："你总抽烟，对身体不好。"

他就说："好，我不抽了。"

他不等她回答，就拿过她手里团住的落叶，扔进一边的垃圾箱内。他回头看她缩了缩肩，问："冷不冷？"不等她回答，他就把身上的外套脱下来披到她身上。

她一直熟悉他的中山装，此刻有他的体温，还有淡淡的烟草香。她将手伸进衣袖，他替她扭好领口的扣子，怕还有风灌进去，又像在给小孩子穿衣服。

中山装其实很重，可往身上穿好后却有安心的暖。

归云第一回主动了，她轻轻靠上他的胸膛："如果没有你在，我不知道该怎么办。"

他抚拍她的背，像安抚一个孩子："我此刻不会离开。"

她的心回了温，凄凉和无助被安慰住了。

卓阳真的没有离开，伴着她一起为展风陪夜，还把给展风擦身换尿盆子的事接了过去。归云是清楚他的，也是个自小娇生惯养的人，做这等事的手段并不熟练，但也为着她做了。

她想，他真是为她做了很多。一夜就靠在卓阳肩头浅眠，梦里梦外，她喃喃地说："卓阳，遇到你，是我的福气。"

卓阳的吻，轻轻停在她的发上。

次日一早，卓阳又赶着去报社上班了，归云仍是留在展风身边。展风的伤不踏实，伤口疼起来，就算是在昏迷状态下，也会咬牙切齿，手指狠狠抓扯着床单。

归云心中是千刀万剐般疼。她一开始支持他跟着王老板，却是真的没想见会看到如今的惨痛后果。她真是又悔又恨。

幸而徐父真是个老实忠义的人，自认自家的孩子对不住杜家，就全心全力要赎罪。他吩咐了徐母专门照顾庆姑，他亲自来替换归云照看展风，使她也不至于左支右绌。

归云有了闲余工夫，把家中紧急的事宜一桩桩细细研究。

她先盘算了积蓄。虽说卓阳付了医药费和住院费，但总让他来承担这些费用也不是个章法。一家几口人的口粮急需解决，她决定先去宝蟾戏院找袁经理。

袁经理并没有见她，接待她的是江太中。他把归云的合同一掼，皮笑肉不笑："旷工三天，这可怎么算？"

归云忍住气："我告过假了。是家里出了事情，完了我自会照旧来上戏。"

江太中露出猫一样戏耍老鼠的表情："哈！你当这里还是杜立行的'庆禧班'？一切按照规矩来。没有规矩，不成方圆，可不能让戏班子姐妹有样学样了去！"

她知道他是嫌了她上过日本走狗的黑名单，不太平了，于是干净利落地扫地出门，且还没戏弄够："归凤现在跟了方先生，可有大好前途，不想这丫头脑子那样好使。"他眼中急色，要伸手过来摸上归云的脸颊，"你如果像归凤那样红火也不是没有机会！"

归云怒极气极，不住想，要忍住这刻，自己是万不能再出差错了。她偏头避过江太中的手，拿过合同书，冷然道："既然如此，是我给戏院添麻烦了，祝袁经理往后生意兴隆！"说罢慨然转身离去，走出戏院。

外边日头正盛，归云睁不开目，手里捏着一张薄薄的合同，不知何去何从。现有的生计灭了，她还有什么办法回天？

一步步走得艰难，马路上的斑马线成了坎坷的山，她要爬不动了，更不知道走到那头会不会有出路。

一辆银色小汽车开来，车窗里探出个人惊叫两声："归云，归云！"

归云循声望去，是归凤。她只能看到她一眼，她像个浓妆但萎败的娃娃。只一眼，那车远了，她看不到了。归云发了狠去追那车，却只能眼睁睁看它远去。力气竭了，手一松，那合同顺势随着风飘到马路中央，马上有车开过来，碾过这纸，一下两下的，黑败在地面上。

她不死心，咬咬牙，往方府寻去，却屡次被挡在门外，她就在门口站牢，死等。最后周文英出来了，站在门前的台阶上，居高临下地对她说："归凤小姐现在是我们方先生的贵客，请杜小姐不必等了！"

"你们这是非法拘留人口！"她厉声道。

"杜小姐后台硬朗，我们亏待了。不过归凤小姐随和，性子也好，我们万不会亏待。这也是减你家燃眉。杜展风的案底还没销，若不是现今重伤在床，巡捕房还得要拘回去拷问一番。杜小姐我看你还是别多管闲事为好！"

周文英的话让归云如雷轰顶。真真任人鱼肉，而毫无反抗之力。

归云又得隐忍，直忍到五内俱伤，还是要强打精神筹谋出路。

她便又去了王家的棉纺厂，直接找到王少全。

王少全已坐进了昔日王老板的办公室，办公室的墙上挂着王老板的遗像，他的臂弯上扎着黑纱，格外触目。

归云不太好意思，想他新近经历丧父之痛，自己这头的事又要来烦他找出路。见到王少全时，只觉得他的脸色和自己的脸色一样不好看。

"一场浩劫，我们这里什么都不剩了。"

王少全开口就说这样的话，归云根本没有办法接口，甚至暗中瞠目结舌。

"日本人起诉我父亲倒卖文物，现在王氏全部的产业都被冻结，我这里也是度日维艰。"

归云想，怎么开口？她原是做着为展风拿一些劳伤费的打算来的，并且如有可能，是想进王家的棉纺厂做纺织女工。她想了老半天，硬着头皮问："我想请王少爷帮着看看厂里可还要招女工？我急需一份工作。"

王少全的脸皱成一团："这就是我最着急的事，自打父亲出事以后，原先那些合作多年的老关系户，撤订单的撤订单，终止供货关系的终止供货关系，工厂里都要揭不开锅了！"

归云垂头丧气地走出棉纺厂，厂里的门房认得她是展风的家人，同情她，又碎嘴：

“这儿子远不如老子，如今是怕得工也不敢开，就靠变卖老子留下来的古董过活，迟早连厂子带绸缎庄一道卖光！”

归云朝门房笑笑，笑得有点凄惨。

“不知道王氏前途会怎样。”门房摇头叹息。

归云也叹息，她同样不知道该走的前途是怎样的。

她回到展风的病房。展风仍在昏迷，也许伤口还在疼，他脸上的表情很痛苦，干涸的嘴唇一开一合。归云知道他口渴，打了水，用棉棒蘸了喂他。他的唇一触到水，就拼命吸着，像沙漠里渴得狠了的人。

自小到大，他几曾受过这样的苦？归云不由得酸楚，泪如泉涌，泪滴到展风的面上。滚烫的湿热让展风抽动了一下面颊，微微睁了眼，混沌又醒悟，微弱又清晰，归云分明听见他在说：“小云，我们没有输。”只一句，他又昏睡过去。

归云用手指擦干泪。没有输，也不能输！

归云对着展风，说：“我们一定不会输。”

有人敲门，归云打开房门，老范笑呵呵地站在门外，手里端了只小铜锅子。鲜香扑鼻，锅子里想必是盛了他拿手的小馄饨。归云无疑是惊喜的，忙将老范迎了进来。

老范道：“杜小姐，老范来看看你，帮衬你做些点心。”

归云这回眼倒是热了，这个素昧平生的人寻了来慰藉，不管怎样，她都很感激。她一时同老范说了些感谢的话，老范又亲自喂展风喝了几口汤。

闲下来老范同归云讲了一阵子话，话里话外显然并不止送这样一锅馄饨来。他说：“月前我在淡井村那边看中一家店面，那里靠近霞飞路，又临着好多石库门，市口不错，我也想租下来正经开个铺子。”

归云点点头，她想，老范来不止帮她一个小忙了。

老范哈哈一笑，继续道：“不过我一个人要顶下那间店面，着实吃力，在上海滩上也就认识这些个人——也就是厚着脸皮来拉股份的。”他又怕归云不答应似的，再说，“那地段离杜小姐家也挺近的，思来想去，请杜小姐入个股子，做个合伙人。”

归云突然问他：“老范，你怎么知道我家住哪里？”

老范一下被问住，“啊”了几次都没有说出个所以然来，末了一拍大腿，道：“唉唉唉！上回听小卓先生说的啊！”

归云笑得眼里含了潋滟的波光，是澄明的，她无力也无法拒绝这样的帮忙，想了想就道：“这当然是很好的，只是我家积蓄也并不太多，而且现在这阵少不了人，怕还不能全力以赴。”

老范见归云答应，很是欢喜，忙说：“我们都是小本经营，但求温饱。杜小姐先照顾好家里，开店的事我们商量着办。”

说下来，两人也就定了初步事宜。归云本有些说一是一，说二是二的风格，此时又遇到万般的困难，想事情做事情比平时快了三倍。一面把家中里外诸事顺一遍缓急，当下就和老范定下了签租约、装点门面的事情。

归云沉静自若，定大事，也定小事。老范对这位小姐情急下仍这样有条不紊大感佩服，心生爱护，说：“杜小姐，人活一世，总会有三病五灾。咱们只要忍痛沉气，发奋图强，总能熬过去的。前边就是大晴天。”

归云重重点头，不流眼泪，必须微笑，誓不言倦，也不言退，定能修成正果。

她拿定了主意，心里也有了后盾，回家同庆姑一说，庆姑也赞同，道：“这也不失为一条出路。”又叹，“我现在身边统共就剩你一个可靠的人了！”

归云服侍庆姑喝了药吃了饭，再宽慰她：“展风的伤越发好了，只要苦过这阵，会越来越好的。”

庆姑长长叹一声气，淌下泪来：“咱们家是造了什么孽，三个孩子个个这么倒霉。幸好展风保了命，可归凤，归凤——”

归云心里阵阵痛极，泪也将忍不住，庆姑又抓牢她的手，忽说：“归凤这一去，等闲是出不来了。没想到她为了展风做这样大的牺牲！”她看牢归云，“归云，你不要抛开展风啊！”

归云的心紧了紧，只能道：“娘，你放心吧！”

庆姑仍是抓了她不放，絮絮说了许多话，方才入睡。

归云回到房里，已是倦极，和衣蜷在床上。透过老虎天窗，能望见天空中的月亮，皎洁而明朗，孤独地悬在空中。

她望着月亮，心和眼一样渐渐沉重，逐渐模糊了双眼。

弄堂里打更的一声近似一声过来，又一声远似一声走远。不知哪里的野猫，蹿上了房顶，在月亮之下悲啼着，和着“笃笃”的打更声，是夜里催眠的和音。

归云只想一觉睡沉过去，醒来之后，就能神清气爽，再度为人，仍会有无穷力量。

卓阳大清早就踏了自行车跑来日晖里，走到弄堂口，方觉得自己真是发了傻劲。

他靠在弄堂的旮旯，望着杜家的窗口发愣。

最近他也太累了，时间紧迫，前线的战事牵动他的思绪。他恨不能手里的笔变作枪，跳出上海干一场。

只有看到归云，他才会奇异地安定下来。他等得有些久，想吸一支烟，又想到归云，便能戒了烟。她是那样沉静的人，安抚他浮躁的心。

望着归云的窗口，卓阳渐渐理顺了思路。她的窗口朝着东面，能沐浴到清晨第一束阳光。阳光打在窗玻璃上，他看到斑斓的七彩，她在斑斓中出现，推开了窗，一只手还扎着辫子，白净的脸露在阳光里，做了一个深呼吸。再然后，她就看到了他，微微愣了，旋即闪身从窗口消失。

石库门的铁门轻轻开了，归云轻手轻脚带上了门，跑到他面前。

“你怎么来了？”

她还残留睡意的脸上迷糊的表情，令卓阳望着望着就忍不住微笑。

“归云。”他唤她的名字。

清晨的微风里，归云听到他第一次喊她的名字。微风像洁白的羽毛，将黑夜残留的委屈和辛酸，轻轻扫落。

卓阳低头，能看见她眼波流转，情意浮动。他说：“哎，看西洋镜的小姐，我爱你！”

她呆了，乱了，脸在烧，心也在烧，神思浮着，似真似幻。

卓阳一鼓作气，握过她的手，紧紧握住，重复：“归云，我爱你！”

归云心底的一处，缠绵地开出一朵灿烂的木兰，一寸一寸，把她整个人照亮。阳光将幸福盛装，洒在她身上。他仿佛从天而降，是她今生最大的幸运。她接不及，结结巴巴：“可，可，我，我——”

卓阳见四下无人，往她额上轻轻一吻，说：“不管未来有多困难，我都愿意承担你的一生！”

归云的眼底浮上一层泪光，她伸手，将他的手和他的爱，一起接了下来。

他说：“你不知道你笑起来多好看！所以我最怕你流眼泪。我听人家讲，眼泪流多了会变成下辈子的伤口。以后无论发生什么事情，你都不要再哭了。”

三七年夏至

The Summer of 1937

II

末再 著

江苏凤凰文艺出版社
JIANGSU PHOENIX LITERATURE AND ART PUBLISHING, LTD

第十一章 书汉魂

归云逼回了泪，努力点头微笑："我不会哭了，真的！"

日渐高起，朝霞染红了半边长空，弄堂的东边开始蔓延阳光，一直灿烂到归云身边。弄堂里的人们醒了，带着新的一天的生气，打开了大门。进进出出的是生活的希望。

卓阳活泼地将自行车提溜着掉转车头，说："下班后我去医院找你。"他一路快乐地骑了出去，还吹起了口哨。

他的心情在这个清晨，非常快乐，也扫落昨日的阴霾。他想，他总将避不开的问题束之高阁，有时候竟是错误。

这样的主动，这样同归云两情相悦，幸福得他前所未有。

他又想起了昨夜。

昨夜回家已是很晚了，父亲在等着他，还同他老生常谈："我管你管得太松了，《朝报》已停刊，你也好收拾心情，最好去纽约留学。"

他用温和的口气，恭敬的态度，对父亲说："爸，我心里有打算。"

卓汉书好像一记重拳打在棉花上，半点作用也没有。儿子也在变，沉着了，稳重了。

他倒不得法了，发现用自己的视角看比自己高半个头的卓阳有点吃力。

卓汉书道：“这些日子，你该做的、能做的，都已做尽。”

卓阳便了然，低头道：“爸爸，我是败家子。”

卓汉书冷哼一声：“你也晓得！”

卓阳出乎卓汉书意料地跪下来，说：“诗卷是祖上传下来的，但可以用来换十六条命，值了。爸，你可以抽我一顿解气。”

半晌，无人说话，只有石英钟在那里“嘀嗒嘀嗒”地走，卓阳躬着身，同父亲比耐心。

卓汉书虽是严厉的人，但从不体罚儿子。儿子放低了姿态，他静静看他，知道他也能忍辱负重了。想着，他全部的隐怒化成了焦虑，沉声喝道：“你父母的耐心是有限的。”

卓阳抬了头，看着父亲，第一次诚恳剖心道：“爸爸，我不想把自己说得多伟大。但我见过血战疆场、目睹死亡、亲历烽火，我懂战争的残酷。可我不想退，退一步，我都不甘愿！我不能再让那些人在眼前活生生死去，我注定是个败家的儿子。”

卓太太从房里走出来，正听见他这样说，连声音都颤了：“卓阳，你为什么要如此固执？”

卓阳对母亲道：“妈，你和爸爸年事渐高，经不住经年的折腾，你们应该去国外。”

卓汉书一时转了头，望向自己的书房门顶上悬着的三个字——独善斋。

他记得卓阳十岁的时候，他开始给书房更名，卓阳也在客堂间的大桌子上临摹。或许写完了字，对一边看他写字的蒙娜兄妹说：“你们看我写的：千古兴亡多少事，不尽长江滚滚流！”

卓汉书心里一恸，训斥：“小小年纪谈什么兴亡？”吓得卓阳丢了手中的毛笔。

在当时，他已然决意“独善”，却养出个老关怀“兴亡”的儿子。卓阳从小写“千古兴亡多少事”，长大了就真的去烽火前线做健儿。

他如今老了，眼睛也老花了，连儿子长多高都看得累了。他要眯着眼才能看清楚儿子清俊的面孔上有自己年轻时的轮廓。他跪着，却是倨傲的，不肯向他这个父亲认输。

罢了罢了，他无力了。一下头发更白，面容更疲倦，他索然道：“卓阳，你长大了，我们管不住你了。但我没有法子眼睁睁看你去走血染征袍的路！”说罢起身，进了独善斋，闭上了门。

客堂间里又只剩下“嘀嗒嘀嗒”的石英钟的声音，每一声都在振荡。卓阳的心，一牵一牵地痛。他以为父亲会狠揍自己一顿，但是没有。

他也有点蒙。

卓太太扶了他起来，说："你不去国外，我们两个孤老去还有什么意思？"她为卓阳烧了一碗酒酿小圆子，烧得一室甜香。卓阳吃得狼吞虎咽。卓太太为他擦嘴。

卓阳拿过毛巾自己擦："妈，你们总当我是孩子。"

卓太太叹道："你们父子俩总是谁都不肯让谁！"

"爸爸更当我是孩子。但我已经长大了！"

卓太太敲敲他的脑门："你爸要是真当你是小孩子，这回没了《落花诗卷》，早把你打个皮开肉绽了。"

"爸一这样，我更没谱。"

卓太太笑道："你爸常暗处夸你。"

卓阳奇道："他还会夸我？"

"这回你拿诗卷救人的事，他知道了只说了一句话，他说：'这孩子这样年纪却大有侠风，不拘小节。'你听听可是好话？"

卓阳自感愧不敢当，又是暗暗得意的。原来他也一直希求向来严肃的父亲的夸赞。

卓太太又道："你又岂知当年孙先生革命，你爸也是你这般年龄，毅然卖了多个珍品捐赠。"她见卓阳听呆了，再道，"你以为做一家之主容易？要担当的是一个家庭的安危生计。卓阳，你是男孩子，以后也会有妻子儿女，到时候便能明白你爸爸的感情和责任了。"

卓阳是真听呆了，又因错料父亲，心中愧上加愧，不由得低头自省。

"我真不孝顺！"

卓太太拍拍他的脑袋："知子莫若父母，我们也知未必能说动你，但凡有让你远离危险的希望，我们都不愿意放弃。可——"一想到儿子所作所为所思所想，她说不下去了。

卓阳适时调皮地笑："妈，您这儿子机灵得很，会小心去驶万年船的！"

卓太太便又笑了："你这只小泼猴，不知将来会被谁降住？"

卓阳不是没有愧对父亲之感，大半夜辗转反侧没睡好，清晨起床上班，见父亲在前天井里打太极拳，他恭敬道别："爸，我去上班。"

卓汉书云手推掌，姿态飘逸，竟没回应他。卓阳心里有些过意不去，静静站了会儿，才走了。

卓汉书其实是目送他离开的。

卓阳想，今晚一定要争取早些回家，同父亲好好谈谈。

他到了报社，莫主编及其他报社同仁正忙碌着，一进门就听莫主编扬着手里的书信笑逐颜开："华北战场近些日子屡有捷报，可见我方将士越战越勇！"

又见到卓阳，拉他到一边说："你父亲最近是否打算将家中藏品妥善安置？"

"他并没和我提起！"卓阳道。

"我听说日本人又对古玩起了不良企图，会波及你父亲，已提醒你父亲尽早安排。"

"嗯！是我对家中疏忽了！"

卓阳凝眉思索，他真是十分疏忽自己的家庭，他考虑了很久，再同莫主编商议："我想安排我父母去美国，至少目前战火烧不到那里。欧洲是不安全的，欧陆战场战火蔓延迅猛，恐怕几个列强大国终不能幸免。"

"你不走，你父母怎会走？"莫主编叹道，"还真是说孩子话！"

卓阳忍不住一笑："又一个把我当孩子的。"

蒙娜风一样闪了进来，一头顽劣的金发张扬着，她道："哦，太困难了，太困难了。"

大伙不免围过去问她，原来蒙娜最近真钻在那失火石库门的事件里，竟挖出了些内幕来。

卓阳往前靠了靠，蒙娜正对大家说："当年那栋石库门的大火烧死了两个人，一个是四马路长三堂子的姓唐的妓女，另一个是当年上海挺有名的一家叫作'盛隆'米行的小开。"

秦编辑说："怕是阔少包妓，与人争风吃醋的绯闻。"

蒙娜摇头，继续说："不简单，绝对不简单。当年这间米行经营的是东北大米，一直传说米行老板和日本人勾结，不但提供东北的日军新鲜大米，还将有毒的陈米掺进新米里卖给普通的中国市民。但离奇的是在小开和妓女被烧死的半年前，这米行老板在自家的洋房里撞破了玻璃屏风，被碎玻璃扎死了，死得很蹊跷。"

莫主编道："那真是有点门道了。"

大伙听着都觉得奇，不由得议论纷纷。蒙娜有些得意，又说："当年火灾里幸存的雏妓原是妓女的用人，现今已是百乐门的头牌红舞女。"

卓阳听了心里一动，走到蒙娜面前问："难道你找出了人？"

蒙娜拿下巴尖点点他，眼角一扬，又垂下："架子很大，去她家几回了，就是采访不到。”

卓阳笑道：“下回陪你一道去。”

蒙娜斜斜飞他一眼，说：“不敢当。”转身去了盥洗室。

卓阳跟了去，蒙娜正扭开水龙头冲手，见卓阳站在身边，手一泼，水就湿了卓阳半裤腿。

他也不恼，拿手纸擦了擦，说：“蒙娜，我总归是对不起你了。”

蒙娜恼了，指着他的鼻子道：“我最恨你们中国人所谓的含蓄。你还笑，你还笑——”

她见卓阳仍是笑的，到后来她撑不住了，也笑出来，笑得前俯后仰。卓阳扶了她的肩，说：“蒙娜，你是了解我的。”

蒙娜的肩塌了塌，她说：“我十岁就来中国了，跟着卓老师学汉语。你同我有这么多的话题，这么一样的志向，如果没有意外，我们能不能成？”

卓阳说：“也许能成。我们都是往前冲的人。”

蒙娜点头：“就是，为什么不能并肩冲？”

“有一天我发现我想要缓冲。”

“所以我们只能做战友了？”

“蒙娜，我们是好朋友。”

蒙娜推了他一把，说：“男人对女人说的最残酷的话，就是‘我们是好朋友’。”她见卓阳仍和煦地笑，“你总这样笑，第一次见到你才十岁，你很好，愿意迁就我，教我画画，陪我写生，教我汉语，陪我采访，比我哥哥更好。到最后，原来不过是你待人的习惯。”

卓阳叹气：“原来你这样了解我。”

蒙娜说：“这很残酷。”

卓阳鞠躬：“对不起。”

蒙娜又大笑了：“天哪！我就是被你这脾气弄得气也不是，恨也不是，爱也不能爱了。我真倒霉！”

卓阳说：“蒙娜，你是一朵热烈的玫瑰，在哪里都能开出灿烂的花。”

“好没眼光的人，你不要玫瑰。”她难得嘟嘴撒娇了，“我不死心。”

卓阳拍拍她的金发。他小时候同她开玩笑，说她是“金毛狮子狗”，蒙娜冲过来朝他一顿狠打，像刚才泼水一样狠。他也顽皮的，并不相让。大了，也就这样了。诚然他们有共同的爱好和理想，连她的脾气也是偏着男性的，该是意气相投的。但是，就差了些许毫厘，那就谬以千里了。

他清楚的，分得明白，并不糊涂。卓阳抱了抱蒙娜的肩，说：“我们总要长大的。”

蒙娜往后一退，蓝眼睛红了红，又怒意地瞪了瞪。她的倔强总是形于外：“长大了你就跑路了。”

她推开卓阳，心里想的也是“罢罢罢”。她怎不知卓阳暗里的霸道性子，如真有意，何须她三番五次地试探和倒追。他的传统家庭也未必乐见其成，一切不过是自己的不甘心。

她跑到了马路上，心灰了灰，也亮了。她扬扬手，叫了黄包车，准备去大光明电影院看一场《翠堤春晓》。

雁飞发觉她做梦是习惯，做美梦却是例外。

但梦里一概是热的。太阳晒得弄堂的青石板丝丝都要冒出青烟。空气里有淡淡的热而燥的气味。

唐倌人在东厢房的木头地板上铺了一床凉席，枕着荞麦枕，摇着檀香扇睡午觉。李阿婆坐在客堂间的背阴处，搬了灶庇间的小矮木凳子玩着“通关”，这是一种本地人发明的用洋人传进来的扑克牌玩的算命游戏。

小雁手里拿了拖把，一路拖过来，又拖过去。

“瞧这天热的，地板上多洒点水。”李阿婆看着小雁抹了把额头上的汗，起了些恻隐之心，又说，“我来给你算算有没有我们唐倌人那样的好姻缘。”

小雁并不抬头，只努力地干她的活儿：“我才不要那样的姻缘。”

李阿婆一片好心不得回报，恼了，说：“呸呸呸！小丫头片子就是牙尖嘴利。去，把煤球炉拎到天井里煮杏仁糊，倌人醒来要喝的。”

天已很炎热了，上海人不兴大热天的下午起煤炉，小雁是知道的，但小雁也照作了。她手脚麻利，不多时，已有清清爽爽的杏仁香飘出来，只是她不停地用手擦着脸上的汗，脸被熏红了，像挨了人一巴掌。

向抒磊的黑布鞋先出现在她的眼底，他径直走进了灶庇间，又走出来，她仰起头带些疑惑地看他。

他提了锅，往煤球上把水一洒，火灭了。

“哎！你干吗？”小雁惊叫。

李阿婆也闻声赶出来。

向抒磊对李阿婆说：“天干物燥的，这地方生火不安全，起了火种，要被消防所罚款的。舅妈到时候会发火。”

李阿婆面上一阵红一阵白，恨恨地吞了气，答了一声退下了。

小雁幽幽地叹：“你瞧，你是好心，但是做不得这样的好事，我又要被怨恨了。”可她的心里又是馨香的，不知是杏仁糊的清香还是其他。

他微笑，两眼亮晶晶的，和天上的太阳一样能晒得人发晕：“省得你再寻些事端同李阿婆闹别扭，你真是个别扭的孩子。”

小雁别开面，他才来多久？怎么看得这样透？她从不是个能忍下委屈的人。

向抒磊从兜里掏出一支铅笔递给她：“老没事躲在教室门外边听课，也该多练习练习！”

她不客气地将铅笔接过来，扁了扁嘴：“别人学生上课顶认真，就你看斜眼。”

他却道：“这些课我很早就学完了，全都会的——”又住了口，是一时快了嘴。

她亦听了出来，果然就问：“那为什么还要上？”

他不答了，她也没有法子。两人的感情谁胜谁败，一早就是天定的。他的收他的放，时时刻刻牵了她的心。

初阳下，她到公共水龙头打水，她力气弱，提不住水桶。他就从她的身后走上来，十几岁的少年，已有了有力的肌肉，提起水桶毫不费劲。

他的手臂顶粗壮，一点都不像一般学生那样细弱。她会开玩笑：“向抒磊，你很像会家子的。”

向抒磊会用一口东北话说：“当然，俺们是东北来的。”

她想，呵，是啊，他们是老乡。他乡遇老乡，乡音格外亲切。

他是有心？抑或无心？那时的小雁以为他是有心的。

他会陪她跳橡皮筋。他是一个男孩，又是东北来的，却肯屈就了她。在她寂寞的时光里，用了心思。

他买了橡皮筋，告诉她：“你不必同弄堂里其他人跳，自己也能跳。”

这话是遂她的心的。

他搬了灶庇间的木椅子，绑着橡皮筋的一头，另一头是他自己拉绑着。

双丝线，为她起。她害羞，双颊红扑扑的，可跳得很愉悦，辫子晃荡在阳光里，是快乐的尾巴，一甩一荡，从这头到那头，沿着橡皮筋，使不尽的劲。

弄堂里有捣蛋鬼看见了过来挑衅："娘娘腔，陪女孩子跳橡皮筋！"

小雁和向抒磊都是自顾自的人，不理他们。他们就使坏了，有一个十六七岁的男孩趁小雁正要跃过橡皮筋的时候，要用手抓住橡皮筋弹人。电光石火的，那男孩还来不及动作就不知怎么被向抒磊拽住了手腕，连连呼痛讨饶。

她和那群惹事的男孩都被向抒磊的这一招吓住了。

"你会功夫？"

"不会。"他又笑而不答了，她就不能再问。

那个夏天，她记得，一梦醒来，都还记着那时候的安心。她的心情好了些，又坏了些。

苏阿姨觑她醒来，就上前汇报，原来洋记者又来过了。记者难缠，洋人记者加倍难缠，不知从哪里挖出那些蛛丝马迹，顺藤摸瓜到了她这边。问的就是陈年的往事。勾起她那么点些微的记忆。

她一直要自己忘记的，可是忘不了。

雁飞决定先去仁济医馆探探展风，唤苏阿姨去弄堂口叫了黄包车。她到了展风的病房，见到归云也在，正喂不甚清醒的展风喝汤。她见是雁飞，露出一个坚强的微笑。

雁飞想，这就是归云，有一线生机，有一点精力，就会有十倍好好活的动力。生存，是简单卑微的，但是也可以骄傲而坚强。

归云告诉她："现在还听不到声音，有美国的医生说会给他做康复治疗，才能让他另一只耳朵的听力恢复。"

雁飞有备而来，从手袋里掏出一沓银元券，统统塞入归云手中："别和我说你不需要，那样就是你对我见外。"

归云并不意外，只是不能收，她想，她欠了卓阳的，也欠雁飞的，他们总帮她许多。她心中的感激不能用言语表达。

雁飞硬是要她收下："我晓得你家还有积蓄，但是入不敷出，总要透底。我们要适时屈服。"

她说得对，归云深叹，还是收下了："这么多恩情，我怎么还？"

雁飞温柔地笑："你是我妹妹，我要你还什么？另一个那里的，你也知道该怎么还。"

归云知道雁飞消息灵通，但听之下，也不免面红。雁飞坐下，细细看了展风，展风三分醒七分睡，原本壮硕的身子瘦脱了形。她微微叹息，也暗暗心疼，最后目光停在他左手上的白色腕带上，顺手解开。

“平安腕带保不了平安。还要它作甚！”她将其丢入病床下的垃圾篓内，又握了握展风的手，贴着展风一边完好的耳畔道：“你是个男人，要再站起来！”

展风似是听到了，手用了力反握住雁飞的手。归云瞧在眼里，先是疑惑，后来刹那间明白了什么。她不作声，只静静看着他俩。

雁飞并没有多停留，只和归云又说了阵子话就起身告辞。归云还要等徐父来替班才能回家，雁飞不免又多叮嘱了一番，她见归云也是瘦了不少，很心疼。

归云笑着说：“最艰难的坎子在慢慢过去，我有信心。”

雁飞拍拍她的手：“你最难得的就是这个。”她轻手轻脚带好门出来。

医院里整日弥漫着刺鼻的酒精味，她仍不习惯这样的味道。

曾经她在病房里昏睡过，醒在一片酒精味中。醒来的时候，神经末端被这样的气味刺激了，她无法镇定，大嚷大叫：“为什么救我？为什么救我？”后来被人制服了，打了一剂针剂，就又昏睡过去。

后来听说是镇静剂。她想镇静剂真是神奇的东西，麻痹了她的神经，就像鸦片。

向抒磊吸鸦片的情形被她第一次看到的时候，她惊骇得丢了手中的杯碟，一把抢过他的烟枪。他却和她对抢。

“没有鸦片，我会活活疼死。”他掀起衣服给她看，他的背上有陈年弹痕，刻在年轻的皮肤上。

“一到下雨天就疼，疼得不像人。上海有那么多下雨天。”

她颤抖着手，抚摸那凹凸的伤痕，他只比她大一两岁，身上却有这样惨烈的陈年弹痕。她问：“怎么伤得这样重？”

他咬着牙，握紧拳，没有答。他从来不习惯告诉她什么。

“再疼，也要戒了鸦片啊！”她叫。

可他戒不掉鸦片，却先戒了她。

原来神经被麻痹之后，是什么都不用思考的。

雁飞走出医院，天已经擦黑了，看谁都是模糊的一团影。她辨着路，笔直走着，前方是大门。一辆黄包车停在门口，下来一条颀长的黑影，披着黑色的长风衣，转身向她走来。

医院的大门旁安了煤气路灯，灯光不够亮。但雁飞觉得已足够。她看得清楚，黑风衣，高个子，面如冠玉，玉树临风。

好多年过去了，她才第一次这么近地看到他，眉目清晰得就如梦中所见到的一般。他也看见了她，一下在煤气路灯下目瞪口呆。

她唇角一斜，似笑非笑，似哭非哭，偏偏要先开口："向先生，多年不见，别来无恙！"

她伸出了手。向抒磊也伸出手。两人都是手足冰凉。

向抒磊说："小雁——"再重复她的话，"别来无恙？"

这晚没有月亮，也没有风，更不会有惊雷。

雁飞只是平淡地想，人生何处不相逢？不不不，她和他，是终于真正狭路相逢！她不由得也暗思，他是去探病？抑或是办别的事情？

她和他，一向是她的话多，她还是问了："来探病？"

他答："是啊！"

她说："好，不打搅了。再会！"

一路走出去，招了他叫过的黄包车，坐了上去，座位上尚有他的余温。但她终须离开，最后一瞥，见到他看着她那副怅然若失的神情。她再摇摇头，真的怕自己梦还做不醒。

梦的确没怎么做醒，在百乐门做工时候更加神游太虚。

雁飞接连好几日都心不在焉，总是与熟客们不咸不淡应付几句，便找借口退开，靠在舞池边回马廊处的一根柱子上，发着呆。

经年在这舞池里转悠，累了也乏了。在王老板之后，常有大老板提出要包她，可不待她回绝，袁经理却抢在她之前回绝了。不几日，花国圈子里谁都知道她是日本人看上的女人，那些有爱国心有爱国名的大佬还真都不来惹这顿臊。

婊子未必无情，嫖客也未必无义。雁飞倒真是信服的。

袁经理眯着眼，阴阳怪气地说："你也知道日本人是什么光景！上回那位藤田少佐和长谷川大佐竟然一言不合，差点在我的舞池子外斗起来，我可真万万惹不起这干杀神！"

雁飞一诧，她倒是不晓得藤田智也也同同僚不睦到这个地步，她夹着"金嘴三个五"抽了两口，陷入沉思。

袁经理凑过来笑："您是大海里普度众生的观世音娘娘！只有您才安抚得了那些个人。"

她把烟蒂扔在地上，用高跟鞋的鞋跟碾烂。

唐倌人说过："这一下海，就该把自己当观世音，是去普度众生，广结善缘的。"

亵渎了神灵，难怪佛祖也不保佑，她求来的平安符没半点用处，连带展风和归云无端受了灾祸。

雁飞瞅着舞池里的鲜妍明媚、流光溢彩，是没有心肝、不带灵魂的。正像她自己，里面已经烂了，外面还光鲜着。

一人从舞池里挤出身来，扭到她面前，是先前她出面介绍给吴老板的青青。青青一到她面前就喜滋滋地搂住她的肩，道："阿姐，吴老板要娶我回家做五姨太了。"

"恭喜呢！那样好的事！"雁飞笑吟吟地祝贺。

青青倾过身来，和雁飞说："我这全是沾了阿姐的光，得以脱身，再不用做这抛头露面的勾当。"

雁飞只管笑，她的脱身也让归云脱身，那是一举两得。

青青又说："阿姐，你是过来人，该知道打铁趁热，咱们这些人不过这三四年工夫，赶紧找只船靠岸是正经！"

雁飞又笑，露了些真，揽住青青的腰："这些年伤风败德的事我也没少干，在这海里越游越远，老早找不到岸了。"她把青青带到舞池边，往里一推，"小妹妹，游好最后一次，明朝就洗干净重新做人。"

她又只管站在舞池边上看着，心情无托，也不愿再深想下去。

她闭上眼，且稍稍享受这爵士乐队吹弹出来的靡靡之音，在这艳丽又颓废的乐声中解自己的寂寞。寂寞当真要不得。雁飞寻思，是不是该转张台子解闷？才要动身，她就见到穿黑西服、戴绅士帽的藤田智也出现在舞厅门口。

他的身影背了光，帽檐又遮住了半张面孔。来不及四目相接，雁飞已然朝柱子后躲去。她想，怕还是来找她的。但她疲于应付，此刻并不想见他，更不想应付他，所以躲得当机立断且匆忙。

藤田智也其实已经看到了雁飞，也看见了她有意的躲避。因为她躲了，他便不再往舞池多进一步。

四周有舞厅的熟客，认得他是日军少佐，也有意无意搂着舞伴躲走。只有袁经理兴冲冲跑来招呼："我这就把雁飞叫出来！"

"不必了。"她既然不想见，他又何必觍颜相逼？满腹心事还需自己消解。

藤田智也整装离去。他找不得躲开的理由，就得去面对。日军司令部宿舍门前，有个中国男子等着他："长谷川大佐命我邀藤田少佐同去审讯'万字斋'老板。"

藤田智也不悦："既已审过，毫无着落，何必多费力气？"

中国男子别有深意，并且得意地笑了："昨天审出沪上几位字帖收藏大家都见过《思故赋》，其中的确有卓汉书，他的书法模仿能力，无人能及——"

他特地说一半留一半，意味深长地朝藤田智也笑。藤田智也知道他在献计邀功，先不语，等他说。

"既然真版找回可能性已然不大，不妨——"

藤田智也一念即明，道："你想了一个很聪明的办法。你是？"

中国男子躬了躬身："鄙姓周，周文英，跟在方先生后头做事的。上回在张府晚宴上有幸见过少佐。"

藤田智也嘴唇微斜，似是嘲笑，径直朝宿舍里走："中国单是出了你们这群人，也要在这场圣战中输一半！"

周文英不知如何作答，心中打鼓，实打实被刺了下，难以宣言。他因为心虚，故而有几分胆战心惊。

"你在这里等我。"藤田智也进了自己的房间，更衣，一身戎装即刻上身，系上军刀，军靴雪亮。

他出门，与周文英一起进了车，端正坐在后座，闭目，思考，蹙眉。他得去履行他的公务了。

小汽车一路开去杨树浦的一幢废旧仓库里。藤田智也下了车，熟门熟路直趋二楼，走到最里边的一间小房间，深深吸一口气，推门进去。

门里黑洞洞的，微点了盏审讯灯，又昏又暗，他一望到底，里面是封死了天窗的，又加上了镣铐和刑具。

他走到审讯桌椅之后，这里分了尊卑坐着。长谷川坐在上首，方进山和两名帮派手下站立两旁。左首还有一把空椅子，是留给他的。这个位置的前后左右，都是此刻拥有裁断生死权力的人。

藤田智也没有坐上去，径直走向双手被缚，双脚被上了镣铐，被迫坐在审讯桌椅对面椅子上不得动弹的人，恭敬地鞠了一躬：“老师，我们请您来配合我们的公务，多有得罪！”

受了他礼的是卓汉书。他朝藤田智也冷冷“哼”了一声：“你们平白无故将我与内人绑了来，哪里有这般让人配合的？”

长谷川“嗤嗤”怪笑，说：“我们日本人向来崇尚礼仪，卓夫人此刻正在客厅用点心，卓教授无须担忧。”

周文英适时加上一句：“卓公子还在报社上班，并未被我们惊动！”

卓汉书听他提到卓阳，暗中咬了咬牙。

长谷川道：“藤田君，卓教授是你的授业恩师，还是你开这个口会好一些。”

藤田智也似乎是无可奈何地开了口：“老师，此次冒昧请您前来，还是希望能在《思故赋》的寻找上得到您的指点。”

卓汉书口气硬直，态度冷峻：“我早已说过无法给你们指点！”

长谷川又道：“卓教授的气概令我们佩服，天皇陛下素来尊重有气节的中国文人。正是为了实现大东亚的文化共存共荣，陛下才发了宏愿，希望在寿诞之日，将《思故赋》供奉在纪念鉴真大师的唐招提寺，以证德行。”

卓汉书冷道：“天皇乃你们日本之天皇，与我何干？”又摇头叹道，“日本天皇如果真要纪念鉴真大师，不是拿一张字帖去做一场法事，而是从中国退兵！鉴真大师一生多难，为中日两国文化传播鞠躬尽瘁，如此一场法事是否可慰大师的在天之灵？”

长谷川耐心耗尽，狞笑：“卓教授当真没有见过《思故赋》？”

卓汉书凛然不惧，直视他：“不曾！”

长谷川冷笑三声，方进山向周文英使了眼色，周文英便出了门，再进来的时候，身后跟着两位着短打的手下，中间押着一个“血人”。

那人头发散乱，衣衫破碎，由头到脚，自上而下，不知伤在哪里，又伤了几处，只没有一处不流着血，一路被人架着拖来，地上留下两道重重的血痕，看得人触目惊心。

他们将“血人”直押到卓汉书面前。那“血人”朝卓汉书艰难地抬起头，见到眼前的卓汉书，满眼的惊惶。

卓汉书也大惊失色，颤声唤：“子度！”

被折磨得有气无力的万老板见此情形，拼了全身力气嘶叫：“我早说过《思故赋》

不在卓老师处，此帖在我‘万字斋’出售，给了浙江一巨富，他们已举家迁去了国外避战祸。有账本为证，要找你们去欧洲找！”

卓汉书听得暗惊，只刹那，见万老板糊了满面血中，竭尽全力别有深意地和他交换了一下眼神，他便明了。

长谷川道：“藤田君，你再劝劝你的老师吧！”

藤田智也单手扶军刀，站在卓汉书一边，恳切地唤了一声：“老师——”

卓汉书怒目看向藤田智也，恨声道：“子度也是我的学生，可算是你师兄，你竟然如此丧心病狂，毫无同门道义！”

他说完，望着眼前昔日的学生。昔日师生，如今生死场上的对手。他曾手把手教他书法，可他的手如今握在军刀之上，不再握毛笔。

在这样一间小小厢房内，卓汉书恨怒交加，目光炯炯，几乎可逼视住在场的所有人。

藤田握着军刀的手紧了紧，额际青筋浮凸，唇抿得更紧。他低头，又道：“老师，万分对不住！”

卓汉书听他一声一声唤的还是“老师”，回忆往事种种，满目含了泪。

“当年，在东京大学，你问我日本武士道精神‘效忠君主、崇尚武勇、重名轻死、杀身成仁’是否能和儒家‘仁、义、礼、智、信、恕、忠、孝’相提并论。我早便与你说过，仁之为大，修身自律，齐家治国。武士道精神却以一字‘忠’遮盖了很多东西。学生，你到底懂了没有？”

藤田智也又步到卓汉书面前，深深鞠躬：“老师，我学问做得浅，许多道理都没有懂！但是，老师，在日本重修唐招提寺是天皇陛下施仁政的举措。学生万分渴盼中日两国能和平共处。老师，请您成全！”

卓汉书心灰意懒：“只需成全，便得生路？”

“老师的模仿能力无人可比，而且您是见过《思故赋》的，我相信老师可以造出一张一模一样的字帖。”

“老师——”血人一般的万老板摇了摇头，当下被重重扔在地上。他蜷着身子，已然气若游丝，“老师——不——可！”

卓汉书心痛难抑，闭目。

毫无征兆，毫无准备，被堵在绝境。他在这极短促的时刻想到过那一线的生机，但举目四望，这间小小厢房内并无光明。吊在房顶上的小煤气灯失措地摇晃，灯影乱闪，最后都照在万老板身下的半摊鲜血上。

卓汉书瞠了目："好吧！拿纸笔来！"

藤田智也有些惊喜："老师，这样最好。您写完了我马上派车送您和师母回家。"

卓汉书对藤田智也威严道："你且站在我边上好好看我写，我可教你的不多了，有一次算一次！"

长谷川笑道："藤田君，毕竟还是你和卓教授师徒情深。"

藤田智也面色惨白，他只觉得房顶上的灯晃得他的头轰轰地痛，说不出的痛，让他并没有任何欣喜。他只看见卓汉书须眉半白的面，在这间陋室里，越来越安详，又沉沉闭上目，竟是置身事外的情态。

长谷川早命人准备了毛笔砚台笔洗宣纸，一应俱全地摆上桌台。卓汉书被松了绑，昂然站起来，走到桌前。

藤田智也亲自为卓汉书磨墨。只是见摆上来的毛笔放齐了小楷中楷大楷，不禁道："怎么把大楷也摆上来？"

就要动手撤下，被卓汉书用手一挡，见他威严的脸上微微露笑："你不懂的还很多呢！"

他恭敬地继续磨墨。

卓汉书抚着右手，只道："一把老骨头了，还能有什么用？"又看着藤田智也替他磨墨，叹，"想当年，我孤身在东京讲学，你和你父亲经常来我宿舍小坐。不过几杯清酒之后，喝个薄醺微醉，再狂书一通，当真痛快！"

长谷川道："卓教授如此配合，一壶酒又有何难？"扬手叫人送酒进来。

是中国的上等女儿红。卓汉书接过日本人递来的酒杯，一饮而尽。

"中国人还是要喝中国酒！"

他摔了酒杯，酒杯撞击到地面上，粉身碎骨。墨已浓，晃白灯光照射下，映衬着洁白的宣纸。如此黑白分明。

他提了毛笔，仍是大楷。

藤田智也仍微讶，但毕竟不知《思故赋》的全貌，也只能由着卓汉书下笔蘸墨。

浓浓的墨汁浸染了毛笔，卓汉书提起毛笔，在白色的宣纸上下了第一笔。只这一笔，藤田智就知道错了。卓汉书绝对不是在写什么字帖，他一笔下去是狂草的写法，根本不是正楷字帖。

但是他心醉神迷地望着如游龙般的毛笔在洁白的宣纸上快速游走，优美的线条，铿锵的字架，是高山连绵，是江河滔滔，是烈日东升，是星辰西坠。

一呼而就，龙飞凤舞。

卓汉书也沉迷了，他低着头，用尽全身的力。苍白的眉发，每一寸都染着闪亮的光耀。

收笔之后，所有人都屏住呼吸，从来没有见过如此优美的书法演绎，虽然人人都知道了他写的根本就不是什么字帖。

最后的笔画是一点，卓汉书用了毕生的力，写了最后一个饱满的点。是终点，也是惊叹！写罢，他右手愤然扔掉毛笔，左手拔出藤田智也腰际的军刀。

手起刀落，鲜血如雪，遍洒大地！也洒在洁白的宣纸上。

人人猝不及防。卓汉书砍下的是自己的右臂。

他的须眉也染上了自己的鲜血，目眦欲裂，摇摇欲坠。他左手紧紧握着军刀，鲜血染在军刀金黄的刀带上。

刀尖正指着宣纸，他喝令藤田智也："你念给他们听，这幅狂草写的是什么！"

藤田智也惊骇无比。

这一刻天崩地裂一般，四处弥漫鲜血，而他的额头汗出如浆。断了一臂的卓汉书在他们面前，威风凛凛，高高在上，俾睨众生。

他不得不依着卓汉书的命令，再看向宣纸。一个字一个字看下来，愧痛啃噬心肺，真正掏空魂灵。

此情此景之下，厢房内的人都静默，都呆若木鸡，就算嗜杀如命的长谷川也是如此。

人人都在等他念这幅字。

他，终于念了：

"无——愧——书——汉——魂！"

"哈哈哈哈！"卓汉书泄了全身提至现在的气，无力地沿着墙角坐下，"'**无愧书汉魂**'，我卓汉书一生也总算有一部巅峰之作，此生足矣！此生足矣！"然后叹息，"只是这毛笔还不顺手！"

他心里又藏着深深的痛，想，卓阳，他的儿子，不可有事。

卓阳的心，突突跳了一天。做什么事都心不在焉。

莫主编站在木梯上，从书架上层搬了一摞卷宗下来，卓阳没接好，"哗啦"全部掉地上。卓阳慌忙蹲下去捡。

“你这小鬼，最近精神不大好啊。”

卓阳三下五除二，把东西都捡起来，连连道歉：“罪过罪过！今天的搬家酒我来请。”

秦编辑听了笑道：“你一个月才多少钱？都不够哄女朋友！哪能就这样破费？”

卓阳笑道：“大姐，你可不能看不起我！灌白酒莫叔叔未必比我行！”

莫主编从木梯上下来，说：“小小年纪口气不小！待你结婚那天，我们大家势必灌你个一醉方休。”

卓阳倒也没驳，马上就有记者叫道：“看来小卓是加了把劲了，咱们就等着喝喜酒吧！”

蒙娜推着装了四个轮子还安了手柄的木板进来，等着大伙将卷宗书籍往上面放。她道：“阳可真是物理高才生，这样的东西都做得出来。”

莫主编指着卓阳，说：“所以我至今认为我是屈了他的才。”

大家说说笑笑，东西收拾得七七八八。报社像被洗劫了一番，少了不少东西。莫主编对大家笑道：“以后我们要好好学习狡兔三窟，一窟一摆设的策略。此窟以做好海上娱乐事业为本职，大至周璇、胡蝶新片，小至海上大亨姨太太之私密绯闻，大家务必尽情发挥狗血精神，巨细无遗地作报道。”

秦编辑也道：“我这半个家庭妇女最合适出来领这个狗血精神！”又对大家说，“为了我们的《号角》，往后只会更艰苦，日班夜班轮流倒，你们几个家里可要关照好！”

卓阳同几个记者收拾好了，合力将小木板车推出去。他们租了小汽车，来回开了好几回，暗地里做搬家的活儿。

蒙娜兼职司机，在众人中间神气地指挥着。她不时压低声音叫：“嘿！伙计们！快快，老板不等人。”忽又指卓阳，“嘿！把你的家属带远一点。”

卓阳一愣，旋即就看见了怯怯站在街角的归云，又是一喜。身边的记者同自己咬耳朵：“洋妞打翻醋坛子了。”顺势将他手上的书本接过来，“你快去。”

卓阳就跑了过去，蒙娜在他身后，恨恨地咬咬牙，说：“跟兔子似的。”

大家听到了，都当没有听到，各自别开头，干着自己的事。

归云手里挽着只竹篮，正等着跑近的卓阳，先问他：“你饿不饿？”

卓阳不及点头，她就从竹篮里拿出用手绢包着的一只烧卖送到他口边，他不抬手，由着她喂他吃了，末了，归云还替他擦了擦嘴角。

这几日归云常常来，这个时刻在这个地方等他。她知道他上起晚班来是不顾身体的，怕他肚子饿，就在照顾展风和庆姑的间隙带些吃食给他。

她还会多带一些，对卓阳说：“还有的等下带给你的同事吃。我同老范试的新品种，加了些火腿沫子和洋人用的起司。虽然成本都好高，但我们想小店附近住小洋房的客人也许会中意。”

卓阳点点头：“很不错。”又问，“你怎么不直接上去？”

归云低了头，脸红了。

卓阳一个劲笑着，沉沉望着她，嘴角一弯，笑得更欢：“他们都知道的。”

归云知道他要说什么，他对她的亲密，是越来越管不住了。卓阳一手拉着她的辫子，就说：“他们等着喝喜酒呢！”

归云羞得不能正面答，只好说：“老范筹办的开店文件都已经批示下来，咱们请了安徽的泥瓦匠来做一些粉刷拾掇，就是招牌和菜单还没有最后定下来。”

“你和老范都是雷厉风行的人，你们能成的。”卓阳还是笑着。

归云抬头，狡黠地朝他微笑：“你是大股东，必要向你汇报一下。”

卓阳装傻充愣：“什么大股东？”

归云道：“你不必瞒我什么，虽然老范什么都没说，但我知道店面是你租的，那些核准的文件一定也是你出面托人同地方上打过招呼的。”

卓阳笑道：“我以后也不再花工夫瞒你什么了，你这样精！”

“你为我做的一切，让我无以为报！”

卓阳执起她的手：“我想过，托了蒙娜兄长的关系，希望他们能帮助我父母去美国。以后就我一个人留在中国继续工作，这里会很危险，我也会继续做一些更危险的事。”他问她，“你会不会对我的工作有意见？”

归云摇头。

“往后的路，咱们俩自己扛着走可好？”

归云无法不点头。

卓阳轻轻吻了她的手：“我就当你答应我了。”

归云害羞娇嗔，她懂他的意思，只是羞得没法子正面回答。卓阳见她满脸通红，薄嗔浅羞，一时情不自禁，低头欲不自持，却终还是忍不住就吻在她的手背上。

一直漂泊无依的心，有了可寄托的岸，还装着满篓呼之欲出的幸福，和悸动一起汩汩涌上来。归云想，如此一刻，就算往后有再多险山恶水，也有百倍勇气去跨越攀登。

这样的患难真情，实实在在令她开心无比，苦也作甜。

卓阳移开唇，深深吸气，再深深呼气，说："我要带你见我爸妈，他们一定会喜欢你的。"

归云听了他这样说，轻咬下唇，不禁忐忑。

卓阳看出来了，紧紧握了她的手，说："我爸妈平时待我虽严厉，但还是纵着我的。"

归云却看着眼前的卓阳，朝气蓬勃、才华洋溢、朗星明月一般的男子，近在眼前，又恍在梦中。太过唾手可及的幸福，让她感到不真实。

但星火的灯光，一点两点，染在他的眉宇之间，是不真实的，又像是真实的。归云说："卓阳，我不想拖累了你。"

卓阳用左手拍了一下自己的右肩："你是不信任我，还是不信任它？"他轻轻拥她到胸前，她愈加红了脸，却也任由他环着，俯在他的胸膛上，听着他沉稳的心跳，让她安下了心。

"归云，我好像见过你。在法国公园第一次见到你的时候，我就想，怎么这个女孩好面熟？"

归云听着他戏谑的笑，嗫嚅："你是记者，总是很会说。"

卓阳软香温玉揽在怀里，也是初次经历这般情动的亲近，少年的情潮奔涌，一生一世都不愿意放开怀里的人。但他毕竟还能克制，稍稍松了手臂，决断道："下个礼拜天我要带你见我爸妈。"

归云还是觉得他太霸道、太急切，才想说什么，却听见有人"噔噔"跑来。两人都一惊，瞬间松开对方。

莫主编一把牵了卓阳过来："你父亲出事故了，现在在广慈医院！"

卓阳如被重捶，一下蒙住。

莫主编道："被日本人抓了，后来又放了——"尚未说完，卓阳已然站起来冲了出去。

归云被这突如其来的变故打蒙了，她不明所以，顿生不安，叫："卓阳——"她也要追出去。

莫主编说："我叫了车。"他引路，将卓阳同归云都送上了出租车。

卓阳摇开了窗，忽然就起了狂乱的夜风，他一天的不安全感落了实，重重打他下万丈深渊。他想他能猜到发生了什么，也能预知会有怎样的结果。

夜晚变得寒凉凄切，他的人生被粉碎得如此猝然和直接。他心中如烈火焚烧，不止不休。一只温热的手紧紧拽着他的手。转头，是归云担忧的眼，她哀愁地向他摇摇头。

卓阳沉下了气，摇起了窗。

到了广慈医院，莫主编领了他们进到一间加护病房。他们都一下怔住。

四面都是白，唯独病床上的卓汉书露出一边被纱布包裹住的身体，有那么些止不尽的红。

卓汉书的面容也是惨白的，是与死亡接近的白。卓太太坐在他身边，拿着牛角梳为他梳发，一缕一缕，也是苍白的。

一个高大的身影从角落里出来，借着幽幽暗光，如死神降临。走近些，是穿了一身日军军服，也带着红色血迹的人。

卓阳握了拳，就要上去，卓太太厉声叫道："别在你爸爸面前动粗！"卓阳颓然住了手。

卓太太转过头来，凝固的泪让温婉的面孔糊成一片苍老的悲哀，她对藤田智也说："你也出去。"又朝莫主编点点头。

莫主编拍了拍归云，归云心痛地望一眼卓阳，他已跪扑在父亲的身边，将头靠在父亲枕畔，正轻声呼唤"爸爸"。她想给卓阳安慰，想要抚平他此刻的痛。可她除了退出这个悲恸欲绝的一刻，别无他法。

卓汉书心口尚留着一团热气，听见儿子的呼唤，有了些动力，艰难地醒来。他先笑，沙哑道："卓阳，往后爸爸不会再阻止你做任何你想做的事情了。"

卓阳轻唤："爸！"

卓汉书忍住剧痛，止住呻吟，回了回气，面上竟因此稍稍红润了些。他努力正色，甚至是迫不及待地说："卓阳，从过去到现在，乃至将来，你从不会让爸爸失望。你一直是爸爸的骄傲！"

从小到大，父亲都吝啬赞扬儿子，怕他骄纵。在最后的一刻，父亲拼着一口气说出来了，他怕以后儿子不知道。儿子是知道的，这是最后的鼓励，这鼓励带了父亲的血。

他得忍泪垂首虔诚地听。

卓汉书勉力伸手，完好的左手，他要抚摸自己的孩子，卓阳凑过脸去，苍老的掌心触上来，他的眼，终是红了。

“从今往后，你想做什么，就抓紧时间做。”

“是，爸爸！”

卓太太俯过来，柔声道：“好好歇息，等下再说吧！”

卓汉书缓缓摇头，再道：“藤田智也，他，他是中日混血，是我日本好友藤田雅夫和他的中国女友所生。藤田家是日本望族，雅夫的兄长正夫官封中将，但因无子，故将智也过继膝下。如今——如今知道藤田身世的人不多。”并郑重叮咛，“卓阳，你现在了解了他的身世，以后——以后如有差错，也能掣肘于他以求保护你和你妈妈。”

卓阳将父亲的每个字都听进去，边听边点头，要父亲安心。

卓汉书向来严肃的脸，绽了笑：“待那一日，复我中华，记住在我墓前焚香告知。”

卓阳再点头，切身灭顶的痛会麻痹思维。他有笔，他也有枪，可他此时无能为力。他窝在父亲的掌心，流下了泪。

三人静静在室内，最后的聚了，簇在一起，零星的温暖也要破碎。

卓汉书道：“你们把藤田君叫进来。”

卓家母子意外，卓太太低问一声：“汉书，你要见他？”

见卓汉书点了点头，卓阳就走出了病房。藤田智也等在门外，见到卓阳，站起来问：“老师要见我？”

卓阳青筋浮跳，咬了牙关。藤田智也走过来，他将手一伸，卓太太及时制止：“卓阳，你爸爸要见他的学生！”

她先让了路，让藤田智也单独进了病房。

病房里摇曳着窗外的明月光，铺了一条忏悔的路。他沿着这路，到了卓汉书跟前，跪了下来。

卓汉书微微睁开了眼，说：“你父亲给我的最后的信件里写——‘天地君亲师，我已反了君和亲，不能见容于祖国。但心中庆幸仍存有仁义，为被黑暗蒙蔽的正义争最后一线光明，死亦可值！’”

藤田智也心里是惊的，抬起头来。

“接到你父亲的信的时候，我已预知到我会有的未来。你父亲性格懦弱、儒气重，没错，可最后关头却有‘宁为玉碎，不为瓦全’的风骨。我自信这一异国好友亦是知己。”

藤田智也摇头道：“他除了给了我生命，从未教导过我一天。”

“你父亲深悔没有勇气把你从你伯父那里带回自己的家。”

藤田智也呆呆看着自己的手，道，“老师，他们、你们，到底把我看成什么？是中国人，还是日本人？是人，还是鬼？”

“中国人也好，日本人也罢，只看你的心！人鬼一念之差，你上了这中国战场，或许伯仁未必为你所杀，却因你而死。孩子，你身上有一半中国人的血！”卓汉书沉声道，“你扪心自问，会不会悔？会不会怕？”

藤田智也的手，捂在了面上。

“你父亲终身之悔是负了你母亲，你的终身之悔呢？我问你，你信奉的天皇为什么要发动这场战争？为什么要这样对待中国人？”

藤田智也将头叩到地上，他捶了地板：“为什么会这样？在中国我是人人都瞧不起的妓女生的小瘪三，回了日本，却可以光明正大做回人。我想如果能建立新的世界，再也不用卑微地活着。可是，老师，一切为什么会这样？”

卓汉书伸手，抚着他的发，道：“老师相信你从没杀过人，可是你的确落了两手血。这样的新世界，你觉得真的好吗？”

月光照进病房，眼前是恩师惨白的脸，是那种濒临死亡的惨白。他不忍看。

他低头却看见一地的白月光，疑是地上霜，该是举头望明月，但，哪里是故乡？风吹云动，地上霜被蒙了污，一块一块黑下去。

他笃信的某种信念裂成碎片，面色苍白如洗，一如病床上的卓汉书。于是，他重重磕头，重重说：“我早已万劫不复，万死莫赎，哪里再配做老师的学生？”

月光终是散了，每个人都被打在脊梁的最深处，在夜里受着那种钝痛。

第十二章 乱世殇

十一月，霜叶红了，时间流逝，生生死死。谁都不能挽留，谁都被推着前行。

归云的精神不算好，在不安定的时候，还是勉励地同老范一起，将小食店布置妥当开了张。门边贴了卓阳写的招牌语——“吃不吃在于你，好不好在于我”，店名起的就是“老范馄饨”。

这是归云的主意，老范自然是不好意思承纳的，归云却道也是卓阳的意思，要老范帮衬着归云。老范本就赞赏她的硬气，什么都能扛下来，又感念卓阳的恩情，就答应了下来。

陆明的伤势渐愈，也是底气厚的年轻人，能担待着一些事，他便也自告奋勇来帮归云的忙。归云有了他做帮手，也能转圜出时间照顾杜家和卓家了。

展风的伤有了起色，康复治疗做得不错，听力在逐渐恢复中。

徐父领了轻伤的徐五福再来请罪，一老一少要在展风面前跪下，被展风和归云拉了起来。

展风对徐五福说：“我知道那时刻多少情非得已。咱们一道长大，我知道你是个老实人，不经吓。那年被王小开胡乱骂一顿你都吓成那样，这两年你肯跟我上刀山下油锅地为国家拼命，我怎么好怪你？！”

徐家父子感激涕零，算是前嫌尽释了。

归云定定看展风，一场劫难，他们终须长大，应该站得更挺直，一起熬过严冬。

但余劫仍在，展风想起了归凤，许久没有见到她，追问归云：“怎么好久不见归凤？”

归云不好隐瞒，把归凤的事一五一十全部说了。展风听得吃力，不过都听懂了。他仰着头，躺在床上，怔怔盯着天花板愣了一会儿：“她怎么这样傻？”

归云答不上来。她和他一样明白，归凤孤注一掷的原因。

因为这情意太厚重，已然不知怎样去还。展风真的蒙了。他知道归凤对他有心意，却从不知归凤会深爱他至此，以致抛了整个身心去拯救他。

归云想不出劝慰的话。他们都初次涉情，已经跋山涉水，历经劫难。可情丝万缕，剪不断理还乱。

她最近总是从报纸上获悉归凤最新的消息，诸如“宝蟾戏院三日连上《孔雀东南飞》，场场爆满，越剧新贵来归凤一鸣惊了上海滩”。一篇篇阅读下来，竟不知是忧是喜，只道物是人非，悲痛辛苦，一言难尽。

归云出了仁济医馆，又得去广慈医院。理了理思绪，整顿好精神，准备去照顾卓父、卓母。

卓汉书自那日之后，再度陷入昏迷。大夫告知他们，不过是这几天的事情。卓太太闻言，再也支撑不住，昏了过去，旧日的喘疾也犯了。卓阳只好将母亲也安顿在父亲住的医院，方便照顾。

一夜之间，卓阳的家，也散了一半。

他是不哭的，面上憔悴，再无波澜。归云默默陪伴他们，为他们送茶递水，送饭送菜。

卓太太心力交瘁，总不顾自己的身体，挣扎着去卓汉书的病房里守着，喃喃道：“达令，很久没有叫你达令。我们是起过誓的——‘无论贫穷还是富有、疾病还是健康，都会相爱相敬，不离不弃’，你知道我是信基督的，你说过有你一日要保全一家子的。”

说久了，也恍惚了，还轻轻抚着丈夫的额，面上有企望他能醒转的神色。

卓阳和归云都不忍打扰，走出病房。

卓阳狠狠朝墙上击拳，“砰砰砰”响，墙都似在颤。路过的护士见了来劝：“这里是医院。”

他就克制住，平掌扶墙，侧头见归云望着他，担忧的眼中蓄满了泪，没有掉下来。

她把他的手抓下来，死死握紧，怕他再自残，说："小时候一个人伤心的时候，我就去黄浦江边，那里风很大，如果遇上涨潮，江水声也很大。说什么话都会被风声水声盖住，卷走，然后就有力气继续赶路。后来，我发现我经常去的那个江沿正对着四行仓库，所以那天站在那里看谢团长他们和日本鬼子战斗，我真的没有怕，真的没有！所以，一切都会过去的，都会过去的！"

归云不知道卓阳有没有听进去，他的身体在颤动，只能用力拥抱她，来排遣他心中无尽的恐惧。

卓汉书还是在立冬的清晨安详地去世了，这是一个礼拜天，是卓阳原本打算带归云上门的日子。归云没有想过第一次上卓家的门，是用她惨痛的筹办灵堂的经验协助卓太太和卓阳举白幡，设灵堂，上香烛，烧纸箔。

石库门像只冰冷的笼子。卓太太彻底倒了，在床上形容枯槁，只喃喃："这下好了，他算解脱了。什么苦都不用受，也是好事！"

这里寒冷的气流，吹在归云身上，有种皮肤及至心脏被锐利的刀锋轻轻划裂的感觉，是悲伤在如影随形。她忽而热泪盈眶，想起了她逝去的两位父亲，现在是第三位。

她环抱住卓太太的肩，劝慰道："伯母，您要保重！"

陆续有人来祭奠，莫主编也领了报社的同仁前来拜祭。归云将他们送来的花圈一一摆好，那些花圈上的名字，大多是报章上常见的墨客文人，只没姓卓的。似乎卓家没有一个亲戚来。

藤田智也却来了。他一身黑衣，肃穆地站立在石库门外。祭奠的人们看到他，骚动起来，个个一脸愤怒。他却好像没有看到任何人一样，站在门外，表情凝重地深深鞠躬，双手奉上一卷卷轴，等人来拿。

卓阳排开众人，走了过来，在藤田智也面前肃立，接过卷轴，打开——裱得极庄严的一幅字。卓阳举了起来，后边的人便能看到，矫若游龙、吞吐山河的一幅草书：

无愧书汉魂

字幅上赤血珠点，丹心可昭。

有人看了忍不住哭泣，年轻气盛的学生忍不了愤懑，叫："浑蛋，滚出中国！"几欲冲上来。

卓阳用手挡住，对藤田智也说："多谢奉还先父遗作！"收起字幅，毫不留客。

藤田智也什么都没有说，转身走了。

归云将卓阳手中的字幅接过来，挂在卓汉书牌位上方，无意正对“独善斋”三个字。卓阳也注意到了，望着两幅字呆立好长一会儿。悲哀慢慢涌上脸来，他低下了头。

忙至深夜，夜静人散。归云照顾卓太太睡下，此时卓太太也无力细辨她是哪位，只是听话地躺好。

卓阳还跪在客堂间为父亲守灵，对归云歉然道：“我没有想到会这样麻烦你。”

归云捂住了他的口，摇了摇头。他将她的手拿下来，见天色晚了，道：“今晚暂住一晚，明早我送你回去？”

归云担心他们母子，也就点了点头。

卓阳领她到自己房里睡，可房间很凌乱，画具、拍摄器材、书籍等乱七八糟地堆在书架、书桌、椅子上。

他一直没时间收拾，家变之后，更是乱上添乱，归云轻轻推开他，只消片刻，便收整干净。

卓阳说：“我睡书房，还须给爸爸守灵。”

归云嘱咐：“你也该早些睡，伯母还要你照顾，你不能垮。”

卓阳抱了抱她，低低道：“归云，谢谢你！”

归云摇头：“你别这样和我说，我不能帮你什么，我——我只想尽我所能，照顾你！照顾你和你妈妈！”

弄堂里敲梆子打更的声音传来，提醒人们休息，也催促人们入睡。卓阳为她关好门。归云窝进卓阳睡过的被窝里，身子暖了，心却一阵阵悲上来。半梦不醒的，翻个身，忽地听到大门微小的开合声。

她穿衣起身，走到客堂间，微明的烛火下，卓汉书的牌位屹立。牌位前供了酒水，香案头前似有湿痕，是快要干透的水迹，宛如行云流水的字。

归云心有所感，望了望牌位上方的字幅——“无愧书汉魂”。再看这行水字，沿着那上边的笔迹游走的、模仿的字迹。

她轻唤一声：“卓阳！”

无人应她。书房的门大敞着，显然没人。

归云轻手轻脚开了门出去，在黑夜里游目四望，哪见卓阳的影子。她心中焦灼，在夜风里站了会儿，努力揣度。忽心念一动，沿着霞飞路，一路向东边的黄浦江边跑去。

冬夜的风，阻着奔跑的人，冷得让人窒息。归云却不怕冷，不怕风，努力跑，气似阻滞，也不停歇。就这样一路跑去黄浦江的南边，四行仓库的对面。

万籁冷星下，滔滔江声不绝，和着风声，有如咆哮。这里已没了战斗时的枪炮声，但黄浦江仍然在咆哮，能遮盖万音。

归云看到高高的江沿上有黑影，她知道是卓阳，他正面对着向东流逝的江水。风声水声下，她辨不清他是不是在吼叫。

她跑到江沿下，大声叫："卓阳！"

卓阳辨出了她的声音，从江沿上跳下来。

黑暗的江边，他们看不清彼此的面容。归云只感觉卓阳紧紧拥抱着自己，她不想此刻矜持，也伸手回抱住他。

卓阳呜咽道："我从没有试着去了解我爸爸，直到他去世我才真正懂得他的为人！我是不是一个差劲的儿子？我只管自己的志向，却从不管我父母的想法！我太自私！太自私了！"

她任他紧紧抱住，大声说："你伤心，你痛苦，那就哭吧！痛快哭一次，全部哭出来就会好过些！卓阳，男儿有泪不轻弹，可是到了伤心处，你不要这样折磨自己！"

说完她先哭了出来。卓阳将头深深埋进归云的肩头，没有说话。只是归云感觉到肩头的衣布，似乎湿了。

卓阳在清晨把归云送回日晖里，直把她送到了家门口。

归云跳下自行车，为卓阳理了理衣领，叮嘱他："天凉了，多加衣服。"

卓阳点头。

"等一下一定要吃了早饭再去报社，最怕你忙得顾不上照顾自己。"

卓阳再点头。

"我把店里的事照看好，会再去看伯母的。"

然后静静站着看他骑上车离去。

她似乎总是要看他平安拐出弄堂才能放心，不过几次，已成习惯。而后，她闷闷地打开了天井的铁门，轻脚走上楼。

庆姑在等她。她坐在客堂间的窗下，借着微弱的晨光钩绒线，两眼圈也是黑着的，同样一夜没睡好。

“昨日怎么一夜没回来睡？”庆姑抬眼瞅她，口气有点威逼的意思。

归云叹了口气，说：“有朋友家里出了丧事，去帮衬一下。”

庆姑放下了手中的绒线，抢道：“我想今朝去看展风，商量商量你们俩的事。我存了点老本，待展风伤好，找一处工，日子还是能好好过的。”她说得眼睛发了亮，更逼视归云，还带着恳请。

归云攥紧了手，对着庆姑猛地跪下。庆姑被唬了一跳，忙要拉她起来。

归云打定了主意，左右要定夺，便不肯起来，说：“娘，您就像我的亲娘，我杜归云会侍奉您一辈子，从无二话。展风也是我的哥哥，再累再苦，我都会守着这个家！”她顿一顿，再坚定开口，“娘，这辈子做女儿、做妹妹，我都给您顾好这个家！求您成全！”

庆姑猛站起来，她最担忧的事终成现实。她生气了：“你怎么能够这样？你是不是要说你心里头早已有了人？”

话出了口，揭了底牌，是庆姑一时的激愤，违了原意。她原要把事情糊弄过去，给归云一个警醒，相信她会如之前那样对她从命。

但归云只对她磕头，以及，点头。脸上带着七分坚毅三分愧疚，承认她心里有了人，所以再不能如从前那般。

庆姑傻了，没料到会如此，只能不住怨道：“你怎么能这样？怎么能这样呢？”

归云还有心迹要表明：“娘，我从不知会遇上这样一个人，可遇上了，我退不了。我知道我本应好好守着展风过，但现在不能了，是我对不住杜家。我唯一能做的就是用这辈子来侍奉您，照顾展风。”

她心意如磐石，无转移。

庆姑气馁又气急，怨归云这么坦荡诚实。她一直听话，也没背弃过杜家，可如今不愿再做杜家的童养媳。她泄气了，觉得绝望，连归云都拗不过了。她手里还有什么筹码？无非要一家人团圆在一道的卑微愿望。

归云见庆姑的面色一忽儿红一忽儿白，内疚万分。何尝有过决绝的勇气来抗拒恩人的要求？只是情到浓时方知烈，她是抗拒不了了，只能挺身去承担。

两人各自都有心思，便僵持在那里。外边有人急呼：“归云，归云，不好了！”

归云和庆姑顿时扑到窗口往下看，徐父在底下着急地直叫：“快快！展风——”

两人一听徐父说到展风，俱着急地跑下了楼，拉住细问。

“展风一早不知跑哪儿去了，五福和他们那教官去别处寻他了！”

庆姑听了这话，一下头晕目眩，急道："怎么又出事了？"

归云心下也慌，可还能强装镇定，先和了颜，宽慰庆姑："娘，您别急！一早去买报纸也不一定。我这就去医馆寻他。"

庆姑也要跟去，归云怕她焦虑，连忙劝阻，又向徐父使眼色，徐父立刻接了翎子，和归云两人左一句"展风也许会往家跑"，右一句"家里也要有人看着"，到底把乱了方寸没了主意的庆姑劝住了。

归云安顿好庆姑进房休息，又往楼下在家休息的何师母处打好招呼，拜托多照看庆姑，便与徐父一起匆匆去寻展风。

她暗下同徐父说："可能去找归凤了。"

徐父情知不妙，忙招来了人力三轮车。两人心急火燎地就往四川路的方府赶，才过外滩滨江大道，正见徐五福和向抒磊架着展风走过来。

归云忙叫停了车，和徐父飞奔过去。

"怎么了？没出事吧？"

"亏得向先生猜到展风哥去找归凤，正赶得及在方家门口截住他，没正面遇上方进山。"徐五福惊惶未定，面上还有虚汗。

归云顾不得诧异，只对展风叫："你要干什么呀？"

展风情绪激动，直嚷："我要把归凤带出来！带她出来！不然我还是不是人？我还有没有脸？"

不想向抒磊听了，将他重重摔到黄浦江江堤旁，喝道："你闹够了没？冲动办事！刚愎自用！不看形势充英雄！"

展风心中愤极愧极，吼："我连自己亲人都保护不得！我是个屁！"

"展风！"归云心疼大叫。

向抒磊放开展风，手指着黄浦江道："这江上没加盖子，你果真觉得自己是个屁就自行了断，还算干净利落！"

展风听得更愧，狠狠用拳头砸堤墙，被归云死死抱住。

"留得青山在，不怕没柴烧！我们中国人比外国人强的是什么？我们有韧性，我们可以等，十年生聚，卧薪尝胆，血债终要敌人血来偿！"向抒磊冷笑，"你杜展风连这点悟性都不够，怎么有资格讲担当？"

"可归凤，可归凤——"展风痛不欲生。

“你会不会娶她？”向抒磊突然喝问。

这话击住展风，也惊住归云。这位向先生问出了她心底想问又没敢宣之于口的问题。

展风却先是一愣，面向波澜起伏的江面，咬牙，青筋暴起，再勉励抖擞，终于有了决心。

“我娶她！我杜展风对着黄浦江发誓一定要照顾她下半辈子！”他起誓，誓言面前是浪奔浪跑的滚滚江河，这誓言便化作浪里浮沉的悲和喜。爱与不爱，已是不得已，却又是应得已。

向抒磊大笑：“这不就结了？我们需要时间来达成我们的目标。只要你有这心，便也不辜负对方救你的拳拳之意！”

他的话被江风轰轰地吹进展风没失聪的那只耳中，展风的肌肉鼓紧了，有了坚持。人间事，都被黄浦江记牢，也做凭证。展风是真的在学着去坚定。

归云、向抒磊同徐家父子依旧叫了三轮车将展风送回仁济医馆，展风的病房里却有人等着。

雁飞送了一篓子生梨来，因等得无趣，便坐在走廊候着，腿上摊了报纸，正削皮。听到脚步声，她抬了头，嫣然笑道：“正好，我带了梨来，生津止渴、润喉去燥的用处很大。”然后，她的笑容就半凝固了，僵硬地敛了，但片刻后，又浮出客气的笑。

向抒磊的表情，疑幻疑真，半明半昧，视线最后停在雁飞手上银色小水果刀下连绵的水果皮上。他一直记得她的这个本事——削完整个水果，而果皮丝毫不断。

展风也料不到雁飞会在。他因适才江边的誓言而正心胸澎湃，见到雁飞，方觉心内尚留着热烈的半分不舍。

雁飞用报纸裹着一串水果皮收起扔进垃圾篓子，又将生梨放在手绢里递给展风：“生梨已经削好了，快吃吧！”然后合起水果刀塞进衣袋里，并向归云点了点头，表示自己要走。

展风手里拿了梨，这就要分离，急了：“雁飞——”

雁飞拍拍展风的脑袋：“你大了，是个男人了，该担当不少事了！”

展风痴然。她的进退得宜，是永远不让别人心存侥幸的魔障，可打散一闪而逝的痴念妄想。

他们看着雁飞道别，施施然独自先走了。向抒磊见她的背影渐渐远了，也告辞疾步走了。

归云方问："为啥向先生会出现在这里？"

徐五福快语答："向先生就是当初王老板替咱们保卫队请来的教官。"

"啊？"归云惊讶。想，那天被救了，可同这位向先生有关？但她又是迷茫的，想不通。

展风也凝神，只瞧着白玉一般的梨，在一旁发呆。归云扯他衣袖，他回了神，道："我懂得向先生跟我讲的道理。自今天起，努力养好伤，我要救出归凤来。"

他虽是这样说的，可眼里恋恋不舍，还是朝着那个方向望的。他告诫自己，那个背影，以后万不可多想。他茫然地看着手腕，那手腕上的腕带，仍在，他醒来后捡回来的一片痴心。如今痴心不该这样交付。

他想，他不该流连雁飞的背影。

雁飞疾步走着，几乎一路小跑了出去，可是她还是跑不过他。她听到他的脚步声，不紧不慢。她捂着胸口，几乎冷笑了，自己何必跑？

他们一前一后出了医院，太阳露了面，让冷冬不再萧瑟，也让雁飞看见身后颀长的身影。

"和你这样昂藏七八尺的人面对面说话，我太矮，脖子仰得半天高，总担心仰头就往后摔一跤。"她干脆回了头。

清冷的阳光下，他和她面对面站着。

一如当年。

她说："我太矮，你太高，仰头说话太累了！"

他便答："以后你跟我说话不用回头，走你的好了，我都在听。"

他现在答："你不用回头。"

雁飞说："上海这样大，我想不到你还会在上海，还会遇见你。"

"前年头上又是逃难过来，过了'八・一三'，也只得待在这孤岛里了。"

他望着她。他的影子定住了，她曾经以为他和她的命运也会如影子那样单纯地定住。她望着黑黑的影子，这影子的真身，似幻似真。上海为什么这么小？又让她遇见了他。

周边来往的行人有窃窃私语的。

"这个是不是深情小生？"

"真人比戏台子上更俊俏！"

认出他的人，不止她。雁飞忽然悲凉。

可为什么他还涩涩开口？

“对不起。小雁。”

“我是个容易记恨的人，有些深入骨子里的恨没有办法忘记。真的！向抒磊，我恨你！”她的一字一句，惊涛骇浪。

他还站在她的面前，还是望着她，不矫饰脸上的苦痛，但是他的声音，却那么波澜不惊：“还了你我的今世，也弥补不了你这辈子的辛苦。”

她不想听，转头离开，不给自己时间心软抑或动摇。

陈曼丽曾玩笑，说她一向对男人毫不心软，特别狠！然，谁知道其中的辛酸苦泪？她的泪和苦，只是为了一个人流尽吃尽罢了！说到底，道行还是不够。

雁飞伸手摸脸，背着人忍不住流了满面泪，只不过都在人后罢了。地上没了他的影子，她捂着面孔，索性让泪流得更痛快。

雁飞很少会在转台子的时候喝个酩酊大醉，她一向能在欢场之上自持镇定，不让人平白讨了便宜去。就算要给人便宜，也得是她自己愿意了才给。

今晚的她却无所谓给不给人便宜，生张熟魏，皆得手尽兴。

袁经理暗处看着，向身边的江太中唾道：“今晚她真成了小骚货，浪得不成体统！”

雁飞正同某个老板勾勾搭搭，整个身子都要软在人家的怀里，还被人家猛灌着酒。可她又并未全醉，探手一把捉住在她身上放肆的爪子，娇笑：“笑够了闹够了，多谢几位老板捧场，我也该回家休息了！”

她不给急色的男人们下文，强持清醒歪歪斜斜扶着墙走。今晚的确是自己放肆了，头痛欲裂，每块骨头都不似自己的。

雁飞回到更衣室稍作休息。

她七分醉三分醒，神魂糊涂，并不警醒，不知道已经被人盯住。

江太中暗暗遣走了更衣室里的清扫用人和正要更换衣物的小舞女。他急色了，平时不敢，这回也是被催得狠了，他想要得个手。

漆黑的夜里，发痴的猎物，正是讨大便宜的时候。欢场里最下作的是拉皮条的，最能得便宜的也是拉皮条的。江太中想，他要得到这千载难逢的便宜，想得血脉偾张，所以有了怪兽一样的蛮力。双手从她背后箍住她，暗自狞笑，他终于得手，她势必难逃。

雁飞被猛力缠住，岔了气，下意识扭转挣扎，心中惶惑恐惧。她害怕，害怕从她看不见的地方尾随来的恶力。那力挣不开，她想大叫，嘴里立刻被塞进一团布，所有的声音哽在口中，冲不出去。

她拼不过有备而来的摧残。

醉意蒙眬，意识混沌。

就像那一夜，也是背后的蛮力，将她压倒在乌漆漆的肮脏的楼梯口，一双冰凉得像刀刃的手，蹂躏了她身上的每一处。

那时也是挣不开。她的哭叫和疼痛，都被黑暗吞没。她听到唐倌人幽幽的声音："女人哪！还不是要等这第一次？"

没有人能救她。泪和血一起流下来，有什么用？

唐倌人还对在她身上逞凶的男人道："好了，你终于得了这便宜，也该安分了吧？"

她怎么能让这样的人得便宜？

雁飞开始奋力踢打，她脚上有一双尖细跟的高跟皮鞋，便趁自己尚未被压倒的时刻用了全身的力往后踩下去。踩中后面人的脚，活该他穿布鞋，没有肉绽，也是皮开。

他惨叫，想不到到嘴的猎物使暗招。还有致命的暗招，有人破门进来，扬手一刀，又是一刀。这下真的皮开肉绽，血溅当场。

她背对着，并看不到，只在昏沉间被人打横抱了起来，走了出去。

外面的夜，黑色如纱，蒙住一切，真假难辨。

"我是谁？"抱她的人问。

她眯了眼，迎面是香沉沉的酒气，这人也喝了不少酒。

"藤田智也，还是王亚飞？"

藤田智也淡淡笑了："看来没有醉得很彻底。"

她伸出双手钩紧他的脖子，靠在他肩头。

要堕落很简单，累的时候堕落是一种快乐的解脱。雁飞知道。

"我没有想到会是你来救我。"

"你以为会是谁？"

她心底有个名字，但是不想说。她只在他的耳畔吐气如兰："夜色正好。"

今夜可以最后堕落一次。她没有原则！她只想有个忘记一切的消遣方式。微醉的男人和半醉的女人，可以让一切都变得顺理成章。

藤田智也没有送雁飞回兆丰别墅，自己也没有回宿舍。

百乐门后面，有一所小旅社，法式小洋房改建的，方便舞客找舞女寻欢。有需求，所以有供给。正如需求驱散寂寞，所以选择沉迷。男人和女人都无力抗拒。

她愈来愈醉，醉在激情里，直到最后关口，感觉要被翻了身，她细细呻吟：“不要！”不想让他人瞧见自己的背。

藤田智也早已触摸到，那片嫩滑的皮肤上有一处扎手的凹凸，是疤痕。她才不愿意示人？不愿意给他看？

亲密至此，依旧生疏。就像身边的人，似个个亲密，实个个生疏。他从来都是赤条条一个人，没有谁在乎过他。

百感交集，便发了狠，苍凉的心内长满锐利的荆棘，想要血肉之痛的满足。

事后，狼藉遍地，他和她的身上都伤痕累累。

雁飞醒了，迷茫的小脸，看不出悔，也看不出欢悦，更看不出生气。

藤田智也翻身下了床，穿上长裤，罩着衬衫，问：“有烟吗？”

雁飞指了指丢弃在地板上的缎面手袋，他在里面找到用银面烟盒装的“金嘴三个五”。是女士烟，细挑得很秀气。就手燃起洋火，黑暗里有了荧荧的微火，热不了人的心，只要点燃一支烟就好。烟散出淡淡的香，他指尖含香，站在窗前的月光下。

“受过伤？”他问。

“嗯，死里逃生。”她答。

“没有人看到过伤口？”

“不曾有人，以后也不会有人。”

青烟在月光下浮生，人也虚的，在黑夜里看不见对方，最安全。

雁飞开口，存心发难：“说个故事给我听听。”

藤田智也真的说了。

“一个已婚的日本学者在中国游学，爱上了百货公司日货柜台的售货小姐，爱到如火如荼，不知天高地厚，养下一个私生儿子。日本学者家里人把他绑了回去，女人自然是不肯要的，私生子更不能接受。售货小姐有了儿子，不再年轻，更没有依靠，活路顿失，唯一能活命的下下策是放弃尊严。女人领着儿子搬去了三马路，挂了花牌。每个进到女人石库门的男人，都可以做孩子的爹。这样屈辱地过了一年又一年。”

雁飞听怔了，问：“后来女人呢？”

“后来儿子被接回日本，女人被丢弃在中国，得了肺结核病死了。”

一支烟抽完了，青烟顿失，月光下，什么都浮不出来。

雁飞还问：“那个私生子呢？”

“学者有日本原配，却生不出儿子，整个家族都没有男丁。族长就把孩子带回去，若干年后，他回到中国，身份迥异。”

“可以趾高气扬地践踏这片土地？”雁飞在黑暗里挑衅，刺激他，希望他伤得比自己更重。她就是这样卑劣。

藤田智也走到床边，俯下来，扳过她的脸，吻下去。两人都不退让，唇齿相噬，看谁能赢。

最后谁也赢不了，又在对方身上留下更多自己的印迹。

“怎么收拾残局？”终于再次放开对方，雁飞平静地问。

藤田智也知道她问的是什么，道：“自会有人处理。”

她翻身下床，一脚就踢到横在床下的军刀。他弯腰把军刀捡起来，在月光下刀刃出鞘，泛出一道寒光。

“我父亲用这把军刀自裁，是他这辈子做得最有勇气的事。一切的罪过，也能就此救赎。”

“你呢？”

“已经活在地狱里。”

雁飞穿好衣服，娉婷立好。

“送我回去。”

回去可以当一切都没有发生，雁飞觉得自己做人的根本应是学习忘记。

江太中惨死在百乐门更衣室的事件只在报纸不起眼的边角登了一块豆腐干大小的报道，含糊其辞地说是与舞客争执，不幸误撞利器致死。

日本人要掩盖杀一个中国人的真相，不费吹灰之力。更何况这是不争气的日本军官闹出的争风吃醋的丑闻。

袁经理怕事，派人叫雁飞这几日多休息，避避风头，她也乐得在家中闲散度日。

不过仍会有人来打扰，苏阿姨汇报：“上回要采访的那位洋小姐又来了。”

这么锲而不舍的记者，雁飞是头一次碰见，于是起了会一会的心思。

蒙娜再次来找雁飞，是因为对自己的自信，她相信自己能成功，这回被邀请进了屋，她是颇得意了一番。

舞女的客堂间尚算雅致，林林总总挂在墙上的相片展现她美丽的倩影。只是眉宇淡淡漠然，让人心惊。一般人未必看得出来，但她想她这双记者的眼能看出来。

正环顾四周，雁飞已经走下楼梯。好像静静走进尘世，素净的面，随意扎的发，一身荷叶袖绣花袄裤，裹着白氅，束了高高的腰，足上蹬着三寸高的白色缎面红梅高帮皮鞋。

整个人，像冬日就要盛开的梅，微蕊轻绽，

蒙娜想，这位上海女子的打扮绝不输巴黎大街上任何一位时髦女士。她自我介绍："我是《号角》外文记者，多次打扰谢小姐。"

蒙娜同她握手，雁飞颔首招呼，坐下，切入正题："贵报到底想问些什么？"

蒙娜做足功课，开门见山："陈曼丽生平。"

雁飞果真敛了敛态度，说："她是从江苏盐城来的，算是百乐门第一批公开招聘的舞女，最后的结局是不愿意给日军中将伴舞而被杀。大家都知道的。"

蒙娜摇头，再问："为什么她不肯屈服？稍稍屈服是可以保住性命的。"

雁飞笑着反问："为什么她要肯？"又道，"中国有句古话——'覆巢之下，焉有完卵'，这样的大道理我们都懂得。"

蒙娜又问："那谢小姐是不是会为了你们——你们中国人说的——'大义'，做一些危险的事情？"

雁飞笑起来："上海很危险，在上海的中国人也很危险，现在没有一个中国人是不危险的。"

蒙娜耸肩，干脆坦白："我打听到一些往事，关于当年'盛隆米行'的，但绝无恶意，仅是想记录一些真实的事情。"

雁飞眼波微动了动，只说道："我们中国人讲不揭人疮疤，不管好意或恶意，都失礼。我只能说，我没有你想的那么伟大。你们外国记者总爱想象，可事实并不是那样。"

"不，我从不小看这样大时代的人们。"蒙娜摇手，道，"我不知是否有这荣幸分享您的故事？"

"怎么办呢？我自己都要忘记的东西。或许哪天我死了，我会写下来给您，可是现在不行呀！"雁飞起身送客，"感谢您这样尊重我们，在这样的世道，每个人都是这么微不足道。”

话题仅止于此。雁飞心里不爽快甚至略微战栗。往事被揭了一块皮，皮下的惨痛原是捂着，近日一再被揭，她没有更多力气支撑。

她吩咐苏阿姨：“往后她再来，找借口帮我推了。”

苏阿姨答应好，又问：“小姐，要不要吃水果？”

雁飞道：“拿来我自己削。”她从衣兜里掏出那把给展风削梨的水果刀。

这刀小小巧巧的，是折叠式的，上面印着字母的商标，是一把洋货。银色的金属外壳冰凉，在雁飞的手里有一种要出鞘的快感。

雁飞压住刀鞘一边凸起的弹簧按钮，“唰”一下，刀锋出了鞘，泛着森森的光，锋利而坚冷。她记得这种水果刀原先只有在永安公司洋货柜台才有的卖。

唐倌人一向是个懒洋洋的人，不愿多动作，但凡有什么看中的衣物鞋帽，总吩咐给李阿婆或雁飞去置办。后来她发现雁飞有比她更精准的挑置衣饰的眼光，便更放心由她来操办这些琐碎的购物事宜。

她去永安公司给唐倌人买洋纱料子做洋装，没有想到那样巧，竟在永安公司的洋货柜台看见向抒磊。他正专注地望着柜台里的物件，还向售货员询问着什么。

“向抒磊？”她脱口而出，又觉得不妥，再叫了一声，“向少爷！”

向抒磊吓了一跳，但是用笑容掩饰了：“随便逛逛南京路，这么巧！”

雁飞走过去，这个柜台是卖刀具的。百货公司原本并不卖利器，但是这些刀具是从欧洲进口来的，每把都锐利光亮，做得很洋派，刀刃上刻着漂亮的洋文。所以百货公司也就做了精装的柜台卖刀。

她迷惑地看着向抒磊。

向抒磊指了指一排刀具中最小最精致的一把：“这样的水果刀可以折叠，随身带着很方便，我正考虑是不是买一把来用。”

她看了一眼，不知怎的就记牢了。

后来过年的时候，家家爆竹震天，唐倌人和周小开拉了客人来搓麻将，李阿婆趁机去客堂间观战，把灶头的活全数丢给她一人来做。

灶庇间里冷寂寂的，唐倌人额外给她做了新棉衣，尚不算被冻着；又给赏了压岁钱，她把压岁钱藏在衣服内衬的袋子里，和小云的两块大洋放在一起。

大年里的团圆喜气，她是沾不到的，她只能在团圆夜忙到劳累至死。小雁所认所知，就是尽她本分，辛苦劳作，争取在爆竹声后，能钻进棉被沉沉睡一觉。这就是她生活的全部。

客堂间里的酣战不到清晨不会安歇，她做完自己的活儿，便回房休息。路过西厢房，见门半虚掩。向抒磊站在书桌前正写毛笔字。

“向少爷，您还不睡？”

“就睡了。”他提起毛笔，笑着说。

大年夜里，没有伴的人会格外孤独，向抒磊不知怎的就问：“我带来几瓶东北酒，陪不陪我喝？”

她也不知怎的消了疲惫，也笑着说：“我这边还做好了红烧肉，都做多了，正能下酒。”

两人就蹑手蹑脚跑进厨房，拿了酒也拿了菜，又回到西厢房。就着光，她看到那酒瓶子，吃了一惊，道：“这是鹿茸酒，要被知道可不好！”

向抒磊晃晃酒瓶子：“他们还没喝过，并不知晓真味。况且我带来的东西爱给谁喝就给谁喝。”他不以为意，给她满上酒。

小雁第一次喝酒，因是东北酒，辛辣刺喉，受不住那烈性，也因是东北酒，触了乡情，受不住烈性也要一干而尽。不多时，眉眼便添上春色，十五岁的女孩，是冬季里一朵含苞待放的水仙花，嫩葱葱水灵灵。

“你一向这样放肆，自己享用送人的礼物吗？”

他酒量好，一杯一杯地灌，说话还是清晰的：“我的东西，爱给谁给谁，唯剩这点自由了。”

他随手拂开桌上的宣纸砚台，折了半边的纸上露出他写的几行字。

小雁认得字，很高兴，念出来：“壮志饥餐胡虏肉。”

她是念过的呢！她心里激动，把宣纸抓了起来：“我懂我懂，我们要把日本人赶出东北！赶出东北！”

酒劲冲上来，深冬的夜不那么冷了，她越来越热，挡不住，跳起来叫：“我要回家，把日本鬼子赶出我的家！”

他有没有醉？说了什么？她都记不得听不清。似乎最后是他搀她回了房，模模糊糊之间，他好像说了：“我一定要将那群鬼东西全部杀掉！”

雁飞握着水果刀，这把水果刀和当年那把根本不是一个牌子，虽然都是欧洲货。

什么都变了。

日近深冬，天亮得晚，太阳不开，一年要终，一年将始。展风的病慢慢在痊愈，卓太太的精神也逐渐恢复。

度过严冬，本该有一个新的生气，但小蝶的病又让归云揪住了心。

主治小蝶的大夫将她的病情如实相告：“病毒已经侵到脏器里，不单在表面上发作。这病病程长，看起来稳定，实际上情况相当不好，而且很容易传染。”

大夫要求家属做好防护措施，方才准许他们进入病房见小蝶。

小蝶得的是梅毒，从慰安所里染来的病。和她同时被救出来的女孩，已经有好几个因这病死了。小蝶也晓得自己的病，因此不愿再见陆明，也不愿让亲人们碰她，她只肯让归云一个人碰她。

归云每回来看她，总要替她梳个头，盘那种活泼俏丽的盘头辫子，一边一只，扎上红头绳。她一边梳一边同她讲：“春天要到了，到时候咱们还去卖玫瑰花好不好？现在咱们不能唱戏了，不过师姐开了店，也临着洋人的洋房，咱们光明正大在店里卖。”

小蝶无限向往地出了会儿神。

握在归云手里的她的发，干枯如草，阳光都晒不亮。她的身骨也是枯枝，随时会枯败。

小蝶小声说：“师姐，我只想在你成亲的时候当一回你的伴娘，那样我就满足了。”可是面上的笑容扯不开，只有苦苦的纹。

冷冬的清晨露了晨曦，驱散寒露。归云抚着小蝶的发辫，这本是晨曦一般的女孩，如今却要等着落日样的结局。生命的难喻让她黯然神伤。

冬风一阵紧似一阵，年关近了，黄叶落尽之后，这座城市的颜色就真的单调又枯燥了。走在街上，又处处扎了街垒，围成一小个一小个的堡垒，洋巡捕持枪站着岗，弥漫不安的气息。

归云的不安，有如被冬风卷起的落叶，飘零不知何处。

她担心卓阳，也担心卓家，在卓汉书去世之后，她几乎日日往卓家跑，照顾卓家母子的生活起居。有好几回在霞飞坊的大铁门口看见藤田智也，他阴沉地来回踱步，让归云捉摸不透，害怕他不会轻易放过卓家。

有一回她竟在霞飞坊门口撞见卓阳铆足劲一拳一拳狠狠揍藤田智也，那藤田智也躲也不躲，挺着身子挨卓阳的打，不一刻脸便青紫了。

归云万分着急，慌忙跑上前拉住卓阳的袖子，叫："卓阳，住手！你要顾好你妈！"

一听这话，卓阳像瞬间收敛了盛怒的狮子，又垂头丧气起来。他住了手，藤田智也只是潦草地擦了擦嘴角的血迹。这时，巡捕闻声赶来，归云正紧张，没想到藤田智也居然喝退了他们。

归云心里不免多了些想法，她想着，没想到又迎头看到了藤田智也。

他朝她走过来，一定是看到她了，所以走得慢了点。脸上被卓阳打的青紫还没有痊愈，但他倒是无所谓的，也不管行人的侧目。

归云等他走近了，向他颔首行了个礼。

藤田智也停下来，说："你放心，卓家不会再有事的。"

归云一愣，藤田智也已经同她擦肩而过。她抚着心口，望着藤田智也的背影思考了下，似得了些要领。

待到了卓家，卓太太正忙着给卓阳整理房间。归云见客堂间的桌上放着一盆水仙花，翠绿的叶和秀美的花骨朵，摆在房里很显生气。

她看着很喜欢，道："多好看的花！"

卓太太笑："到了冬天，我就喜欢养一盆水仙。卓阳和他爸这两位老小书生是想不到的。"她捧着卓阳旧年用的画夹走出来，拉着归云坐下，桌上已摆好为归云做的莲心百合粥。

归云喝了一口，笑道："阿姨做得比我好多了呢！"

卓太太拍拍她的手，眼圈不由得一红："家里那些亲戚靠不住，出点事人都没影子了，没想到你这样有心。"

世情的冷暖，原到患难才能见。归云为卓阳和卓家做的事让她感动，三五操劳的，还替她分忧。她想着，这缘分是难得的，又打心眼里喜欢这位姑娘，她善良、大方、不做作、做事麻利，还爱花。她觉得心里有了依傍，她悲伤的寂寞有了个跟前人分享，也是好的。

卓太太打开卓阳的画夹："卓阳小时候就学画画，他以前画的东西我都收着呢！你看看，还画过水仙花！"

因找了些旧物出来，她很想找人念下旧，见归云认真在听，就一张一张对她津津乐道。

"这张是他六岁刚学美术时画的，他父亲要他学达・芬奇，所以啊尽是些鸡蛋什么的。”

“这些是十岁时候，能画人物肖像了，常常找我们做模特。这时候顶烦人，会缠着人不放。家里人都被他画过，这还不够，他竟跑大街上找人写生。你看看这孩子！”

然后，卓太太翻出一张画纸。是一个小女孩的全身像：两条长长的辫子垂在胸前，杏眼水灵灵的，满脸的朝气，那身段和步子，分明是在唱戏。

归云怔住了。

卓太太也发现了，独把这张画纸抽了出来，往归云脸旁比了比，怪道：“这画上的小女孩和你有几分相似呢！”她想，这倒是前世的姻缘了，因而又欢喜了几分。

归云却又羞又惊又喜。她想起来了，当年那个当街捐钱的男孩，骄傲的脸，戏谑的笑，原来是卓阳。他们竟又这样相遇。

归云推了卓太太去休息，接手了她手里的整理工作，又将卓家母子的衣物拿到天井里洗涤。天很冷，她的手泡在冷水里，浸得通红，但她心里暖。

铁门开了又关上，卓阳回来了。

她一抬头，他背着光面向她，一如当年。她打量他尚有几分当年的男孩样，说：“我见过你！”

卓阳挑眉，又是一如当年。

她亮开嗓子唱了一句：“侬今葬花人笑痴，他年葬侬知是谁？”

可他弯下腰来，迎着她仰起的脸，吻住她的唇。

淡淡的烟草香绕着她，是他抽了烟。她想开口责备他，唇微微开合，才发现实在失策，被他得了机会得寸进尺。

落日的时刻，满天霞光，色彩缤纷得天旋地转。她的手还浸在冷水里，他握住她的手，握着暖着，捧在心口。

还是有违规小贩在弄堂里叫卖：“橄榄买呀，买呀买橄榄，丁香橄榄味呀味道好！”

她的心扑通扑通跳得急，是分明讨厌烟草味的，可为什么他的唇齿会比丁香橄榄更香？

归云为卓家母子做好了饭，卓太太是例必不放她走的，三个人就团坐在一块儿吃晚饭。卓太太已有些把她当儿媳看的意思，会在她碗里不住添菜，也会唠些家常事。

她心里是气不过的，说：“卓阳的爸爸脾气直，家里人喜欢奉迎着权贵经商，自分了家，他也不与家里往来，如今我们这边也只能清清淡淡过日子。”

卓阳道："妈，别净想这些，咱们未必须靠着他们。"

卓太太指着儿子对归云道："瞧瞧，这副脾气就是他爸爸遗传的。"又道，"藤田今天单独来找过我。"

卓阳和归云都停下筷子。

"他要我放心，不会再有日本人找我们的碴。"

归云方想起下午的情形。

"我不管他作真作假，卓阳，我不准你再做找他报仇这样危险的事。"

卓阳说："妈，我分得出事情大小和轻重缓急，不会胡乱造次。"

卓太太抬头望着挂在卓汉书灵位上的"无愧书汉魂"五个字，忽叹："你爸让你走你愿走的路，我不会拂逆你爸的意思。"

"妈——"卓阳听了，他的肺腑都在翻转、挣扎。

但见母亲慈爱地笑："做任何事情都有得有失，这时候都这样了，妈不去计较得失。"

继续吃饭，因心事重重，饭菜便更难以下咽。

卓阳送归云回家的时候，归云说："我听得懂你和阿姨的意思。"

"归云，我是不是还那么自私？我什么都想要做。"

"不不！阿姨说得对，任何事都有得有失，我们不能计较那么多，也没有空去计较那么多。"归云将他的手捧在掌心，"所以，请你放心，我能够，请你放心。"

"秦编辑——就是我们报社秦编辑，她的丈夫是东北前线的战地记者，一直跟着东北抗联做跟踪报道。几个月前他跟着的那队联军队伍和日军在通化郊外山林打游击，后来战士们全部牺牲，包括这位战地记者。今天，前线的记者同事把他的遗物带了回来，还有他临终前写好的战地报道。"

他的手掌在她的掌心，握成了拳。

"我们的报道，是同事们在战场上抢回来的，如果有一天——"

归云抢道："如果有一天，那么我还是那句话——请你放心。"

下一刻她已被卓阳抱在怀内。有信心，有勇气，互相支撑，也互相理解，这是她能给卓阳的。归云觉得自己已经学会不去害怕什么，昂头挺胸一步步豪迈向前。

回到日晖里，庆姑和何师母坐在灶庇间闲话。她见归云回来，料定是去了卓家，心里怄着气，就凉凉说了一句："人大了留不住，到底给别人做了嫁衣。"

归云见有人在，不好多说。见到自家灶头上正炖着汤。杜家因累年唱戏，都怕夜里腹空，有吃夜宵的习惯。只是后来人口少了，也就戒了。归云猜测或是有客来，就和颜悦色地问庆姑："娘，展风又有客人了？"

展风的伤痊愈大半，已能在家休养，庆姑便做主将他接回来。因他回了家，原先王老板厂子里的若干同事逐渐有了来往。他经历那一段，现在变成了大家敬重的人物。

归云替他高兴，庆姑却愁展风伤好后的生计。她便帮着含蓄地建议过："我那小店慢慢会好的，也要靠展风哥的协助。"

庆姑却打听到了归云的那些事，心里有了疙瘩，一口就说："要是自己家的生意倒还好说，怎么还能给别人家打工？"归云就不好再说什么。

这回庆姑也没有答她，只对何师母说话："我们展风也算行得正，才能遇贵人。那位向先生可是现代戏里顶红的角儿，亲自来请展风去他们剧团做文书兼箍场是再好没有了。一个月有五六十块的进账，也不薄了。"

楼梯上响动了几声，向抒磊被展风和徐五福送了下来。

庆姑忙招呼："向先生，我这儿做了红枣莲子白木耳，喝一碗再走吧！"

向抒磊客气谢绝："不必了，我晚上还要回剧团排练。"他又向归云等道了别，才同徐五福一道走了。

归云觉着蹊跷，趁无人注意，上楼找了展风，贴着他耳朵问："向先生到底是怎么回事？"

展风实不相瞒，也确实想对归云坦白："他就是以前王老板请的教官，做话剧演员那是掩护。"

"那他同王老板是一伙？"

展风却摇头："是，又不是。好多行动都是他通知王老板，他们都给政府做事。"

归云疑惑："难不成他还想你干这个？"

展风点点头："我只给前边的人做后勤。"他又怕归云担心，再说，"我走定这条路了，现在残了，更少了牵挂。徐五福会跟着他们干前边的事，我伤残了倒好隐蔽，给他们做好后边的事情就行。"他还怕归云不赞同，继续道，"这也是为了归凤。"他握拳切齿，"方进山那狗东西，我早晚收拾他！"

归云怅怅的，忧虑展风，又思念归凤，不觉愁思百结："快过年了，以前过年都有归凤和我一起做蛋饺蒸年糕。"

展风抱膝，直直望着天。那天是黑的，月是明的。他尽了自己最大的努力，虽还没底，干了再说，也是光风霁月的胸怀。

“向先生教会我好多，要忍，忍得一时，为了以后的赢。”他说。

归云说：“向先生真是一个奇怪的人，又神秘又奇怪。”就将自己的遭遇同展风说了。

展风也不解，只说：“向先生做事一向有自己打算，他装成那样恐怕是有别的行动。我听向先生说华北那边日本人的物资屡被共产党游击队缴获，最近张啸林就搞了个什么贸易公司，从外地采购物资再运去日本人那里。他们已经查到方进山头上了，他最近不但开了旅馆，也管上了码头。私运的事可能交给他负责。”

“他们是不是要对付方进山？”

展风点头：“只盼能成功，归凤也就脱离苦海了。”

他们不禁互握双手，似觉曙光隐现，都盼望着。

归云鼓励自己带着点希望，她心心念念着一个念想，就是往后一家团聚，大家都会有个依靠。卓杜两家渐渐有了生气，归云也不似先前分不开身了，她有了全副心思来经营小店。

对于老范夫妇和陆明的鼎力相助，她十分感激，趁着元旦，早早歇了业，亲自至菜市场买了些新鲜的菜蔬回来，又亲自下了厨，打点出一桌丰盛的菜肴。

老范是个老法师，还未正式见过归云的手艺，此时见她将几样本帮小菜弄得山清水绿，减了本帮菜的浓油赤酱，偏清淡，极适口，很是赞叹，不禁夸：“杜小姐原来也是灶台上一把好手！”

归云不敢当，只说：“不过一些家常小菜。这些日子劳烦你们两家，当我回个礼。”

饭桌上，归云好好地敬了他两家的酒，陆明喝得狠了点，不胜酒力，几杯下去，有些微醺。他只是不住摇头，道：“只有做着活儿，我才不觉得自己是个废人。”

听的人都黯然。归云想，他年轻，断了一臂还能活过来，再积极面对人生。卓阳的父亲却年迈，熬不住相同的灭顶之灾。但都残缺了，年轻的年老的中国人，在战争中失去肢体、失去生命。

老范重重叹了口气。

陆明忽说：“我要好好活下去，不能让人看扁了！”

还好没有丧失尊严。

他又号哭起来：“我还要娶小蝶！”但苦恼，“她不愿见我。”

到底是辛酸。

老范扶了陆明回里间休息，再出来，老范媳妇正同归云说话。

“那时逃难，我被流弹打中了腿。跑是跑不了，后面的日本兵眼看就要打过来。老伴说，咱们只能等死了。幸好遇到小卓先生这个天兵神将往虹口那头拍照片。他二话不说就背起我，拉着老伴往租界跑。唉——他一个人兴许还能跑得快一些，这枪炮都在身边，保不定就被打中，白白送了命——后来到了租界，他又给通了关系，送我去医院看腿，又给老伴找了间房子。咱们家有今天都亏了他！”

老范见归云听得半羞半喜，心里也欢喜。他上前说：“对，有了小卓先生才有我们的今天。往后杜小姐有什么差遣，尽管提。”

归云忙摇手，但倒是真有些事想要同老范从长计议。她原想既开了小店，光做小食生意未必做得开，正有做大的意思。现在对老范一说，没想到老范也有这层意思。她不禁大喜，就将自己的想法都说了：

“我想做一些包饭作。一来咱们可成批向菜市场进货，省不少成本。二来时下不景气，这里附近有好些公司职员，生活紧巴巴的，咱们也能迎合他们。三是咱们也不放弃做些精致的点心，这里也有好些大洋房，也会是咱们的客人。”

老范也计上心头，说：“我正认得一个老朋友在城隍庙的绿波廊做过头灶，能去讨教一些精致小点心的制法。”

归云笑道：“我在灶上的能力有限，不过做几本包饭作的菜单还是能行的，这活儿我来做。”她想了想，又道，“只是我们新店开张，附近好多人家都不晓得，我们是不是该做一些广告传单发一发？”

老范听了连连点头。他也想在开店之后做得更好一些，只是没有好的思路，这回听归云一说，顿时醍醐灌顶，大赞归云头脑活络，暗地里对媳妇说：“这杜小姐还真是做生意的料子，很有一套办法。”

老范夫妇和陆明都按着归云的意思打理店里的事，多做出了些业绩。包饭作的广告单一出去，就吸引不少职员顾客注意。归云和老范又是实干的人，从不在料作上偷工减料，故赢了不少客人的赞赏，也多了订单。归云又着手同菜市场的小贩讲价订货。她人美嘴甜，说话又在情在理，很是混熟了一些菜贩子。

卓阳也三不五时带些同事朋友来光顾，其中秦编辑新近丧父的儿子十分喜欢跟来。

才五六岁大的人儿，鬼灵精似的，名唤“裴向阳”，因为同卓阳重了名，就偏爱腻着他，还学他的模样走路写字。

大家都觉着这孩子总模仿卓阳，很是可爱有趣，老范媳妇就打趣：“小卓先生你倒似这孩子的爹。”

裴向阳在旁听了，立刻拽住卓阳的衣角叫了一声：“干爸爸。”

卓阳惊得打跌，对归云抱怨：“我今年才二十，原本叫叔叔就亏了，现在干脆被叫了干爸爸。呜呼哀哉！”

归云笑他：“那是孩子对你亲。再说叫干爸爸怎么就亏了？白捡个干儿子，你不到四十就能做干爷爷了，岂不是美事一桩？”

卓阳听了，不怀好意地撇撇嘴：“行啊！我权当先实习，往后就知道怎么带自己的孩子了。”

归云自是懂他的戏谑，更怕被他口头上讨了便宜，就由他胡说。卓阳却不放过她，把下巴搁到她的肩膀上，偏问：“好不好？”

其实卓太太早就明里暗里透露过对卓阳和她婚事的许可的意思。按她的想法，如今是乱世，戴孝三年的习俗未必要依足传统来。她太想要一个完整的家，所以希望卓阳热孝一年后，能和归云考虑结婚的问题。

归云却还是有顾虑的，庆姑那头尚未解气，归凤也还未获救，她想待一切安稳之后再商议这事。也曾和雁飞说过一回，雁飞不管其他，双手赞成，还说：“何必顾虑那许多？结婚又不关旁人的事，只要你和他决定就好。杜家那位老妈妈早晚得接受现实，你左等右等哪有那许多闲工夫。”她知道雁飞做人做事自来是不顾别人眼光的，只自己仍觉着不能冒进。

但里外好友熟人却早已将他俩当作一对。老范媳妇暗地调笑几回：“改几日，咱们该叫小卓太太了。”连小蝶也不知道从哪里得了消息，直问她什么时候可以做她的伴娘。

所以当卓阳来了店里，大伙都心知肚明借机避开使他二人独处。

归云向卓阳学着怎么记账本，还要卓阳帮忙写菜单，卓阳笑道：“你触类旁通的本事最大，门槛精的本事次大。”

归云故意板住脸，道：“不过让你帮些小忙，就被你这样取笑。”

卓阳拿着毛笔不落下，歪着脸眼色沉沉，看到她脸红，才说：“和杜老板谈生意，咱们不能吃亏。我的字虽不值钱，可也不能白卖。”见她一脸恼怒地瞪着他，就坏坏地附在她耳边轻轻又说，“一个字一个吻。”

她就知道他是存心的，还一字一顿地说，热热的气息喷在她的耳际，他就是要看她脸红。归云不服气，豁出去了，双手抓住他胸前的衣服，闭上眼睛踮起脚，以英勇就义的姿势亲到他的唇上。

卓阳显然没想到她会主动，未曾准备好，甚至还往后踉跄了一步。却能料到归云凑上来之后会立刻撤退，他的手先阻了她的退路，化被动为主动，让她的“就义”变得货真价实。

他想，和归云的吻就像是鸦片，一下两下，会上瘾。他情愿用一生一世，换这一刻的契合。

卓阳得了逞，春风得意，几个菜名也写得一气呵成。

“你越发得了你爸爸的精髓了。”归云赞他，多日在卓家的熏陶下，她看了不少卓汉书的旧作和一些字画精品，也颇能辨一辨了。

卓阳还提着毛笔，又恍惚了，道：“以往爸爸总说自己的字只有骨架没有灵魂，我还不以为然。现在自己写了，方知连骨架都缺，根本达不到爸爸的高度。”

归云拿下他手里的毛笔：“所以更要努力。”

卓阳不想再让归云和他一样沉重，他故意低头指指自己胸前的衣服，原来他身上的绒线衫方才被归云抓皱了一片，还做控诉状：“让它伤筋动骨，杜老板准备怎么赔？”

归云皱皱鼻子：“本老板决定让它养老，招聘一名新工人代工。”

她笑嘻嘻望着他，也让他展眉笑。彼此都想让对方快乐。

忽然就传来裴向阳奶声奶气的声音，他一路蹦过来，一把拉过卓阳的手，又拉过归云的手，大声叫：“干爸爸、干妈妈，请我吃巧克力！”

却不知是谁教他说的，归云顿时涨红了脸。只有卓阳脸皮厚，把裴向阳抱起来搁肩上，大声说：“今天干爸爸高兴，替干妈妈请你！”又朝归云调皮地眨眨眼，归云面上羞，心里则如吹进了一阵春风。

秦编辑来店里接裴向阳，归云从卓阳处知道她的新寡，又佩服她的坚强，总要闲聊安慰几句。秦编辑无意说道：“总是忙，买了菜都来不及洗洗弄弄，也好多天没让这孩子吃着妈妈做的菜了。”

归云听了就去厨房拿了些老范媳妇洗好弄好的菜蔬塞给秦编辑。秦编辑要算钱给她，她死活也不肯要，但心里又有了别的主意，找老范商议：“现今公董局禁了马路摊贩，要去菜市场才能买着菜。咱们这地方过去路并不甚近，如若将菜买来做一些清洗择拣工作，再卖给附近人家，你看会不会有销路？”

老范仔细想了想：“这边有真穷的人，也有不少做二房东的懒鬼，怕麻烦图省事的，想他们可能会买这样的菜。”

归云便决定了：“咱们可把进来的菜分批择好，最好的做包饭作和小宴，次好的择洗干净当作半成品卖，赚一个手工费。这样一来，还能略取几样点心做成半成品来卖，算打出一个新牌子。”

老范一点即透，还能有发挥：“前些日子就有些太太问我馄饨馅小笼馅怎么拌，我略指点了一二。你这么一说我倒有另一个建议，如果咱们将这些点心的馅料独独拌出来或者将点心制个半成来卖，岂不是好？”

他俩互一沟通，一拍即合，商量好马上就分工合作。

不想半成的菜品一经推出十分受欢迎，尤以馄饨馅和小笼馅卖得异常红火。最大的顾客除了那些懒劳作的二房东，竟还有不少附近大洋房的用人，她们仗着主人家多金，自己又不想多劳动，图个便利，连雁飞家里的苏阿姨也时常来光顾。

小店的生意也就蒸蒸日上了。

归云认真做，也认真总结，仔细琢磨观察，发现淡井村附近还住着不少新派文化人。他们克俭又时新，没钱去下大馆子，可遇到三五知己却还是会想要找小地方聚一聚。所以归云干脆单独辟一间雅间出来，布置得精致特别一些，来招待这些客人。

老范也着实奋了力，不但从绿波廊的师傅那处学了些点心的制法，还私下拜了粤菜厨子做师傅，大大增加小店的菜式品种。

归云便做主，说：“既然这样了，我们就得改个名儿经营。”

大家都觉得应当，讨论了一阵，归云定案：“就叫老范饭庄。”

老范照例谦辞力推，被归云阻了：“若没有老范的馄饨撑着，咱们哪里会做到今天的局面？”因又让卓阳给重新写了招牌。

接近年关的时候，来预定净菜和应节点心的人多了起来，人手已是不够用，归云又聘了两位用人，觉着堪堪应付。

归云、老范等人本就随和，很喜欢同客人们谈成一片，也颇得顾客人缘。

有回来了一位穿皱巴巴的中山装、头发乱糟糟的中年客人，他请了几位学生在雅间吃饭。他们就着花生米、凤爪喝了不少上海老酒，时而愤懑不平，时而高谈阔论，时而击箸而唱，个个情绪激昂。

中年客人兴之所至竟拿起钢笔往墙壁上写字，归云等也不拦着他们，尽他们写。等他们散了，归云才去看，那客人留下这样的字——“你们应勇猛地去唱你们的《大道之歌》！”

她不甚理解，拉来卓阳再看，卓阳却微微吃惊。

“这行字好像田老大的笔迹。”

“谁是田老大？”归云问。

“田汉。”

归云觉得这名字耳熟，费劲地想了下，大惊：“是不是写《义勇军进行曲》的？”

卓阳笑着敲一下她的脑门：“小傻瓜，他以前就住在你们弄堂里，你竟然不知道？”又皱眉沉思，“他什么时候回上海的？这回应是组织文化救亡协会的学生们去武汉抗战义演的吧！”

归云揉揉额角，更纳罕：“他是大人物，又这样忙，还来咱们小店，真让我蓬荜生辉！”言下很是欣喜，灵机一动干脆就和老范、陆明买了白墙纸，糊在雅间内壁，方便客人涂鸦。卓阳笑她要开“黄鹤楼”，这回她是晓得黄鹤楼的典故的，故作神气、俏皮地道：“黄鹤楼就黄鹤楼，我就是等像李白这样的大人物来的。”

“好大口气！”卓阳又想亲她了。

这一来倒真是吸引了不少人前来观瞻。归云也是得意的，自觉很得了些门道。

一日，雁飞觑了空来约她去南京路吃饭，还做主多邀了两位老板。席间雁飞似无意般介绍，原是两位开饭店做菜蔬生意的老板。一顿饭下来，归云颇得了些生意上的提点。

饭后，雁飞拖着归云逛南京路，一路闲聊。

雁飞说：“用些小利去换大利还是应当的。”

归云感慨：“以前唱戏也是下九流的勾当，卖嗓子也卖扮相。现在做些小生意还是一样，有时候真让我发毛。”

“只赔两个笑并不碍事，行得正那群人自会晓得。你是压得住场子的人，并非等闲，别怕！”

“我只是老老实实本本分分做人做事，其他不多想。”

归云陪着雁飞多逛了几家商店，雁飞多买的是绸缎洋装和皮鞋。路过三洋南货店，归云要去买些准备过年用的干货，雁飞便陪着进去，见归云样样东西都买双份，奇问："还要过两个年？"

归云抿嘴一笑："一份给自家的，一份给别人的。"

雁飞意味深长地看了她两眼："你啊！到底是有这气势脱了杜家的枷锁。"

"杜家是娘家！"归云轻声说道，忽然想起又问雁飞，"你觉得展风怎么样？"

雁飞笑笑摇头，归云想了想，也就没再问下去，只是说："雁飞，你太寂寞了。"

"我最愁的就是寂寞。"雁飞一脚踏出店门，不知怎的身子摇了下，险险晕倒，被归云及时扶住。

"怎么了？"归云关切地问。

雁飞按着胸口，面色泛白，闭了会儿眼睛养神，方道："赶着两个通宵转台子，玩得过火了。"

"你不该再这样不顾你的身子。"

"我理会的。"

"梅兰芬芳一枝春。"忽然，南货店旁的弄堂口一把暗哑的苍老声音传了过来。

归云和雁飞不禁歪过去看，原来是个讨饭的老瞎子，他戴着黑眼镜，一张脸蜡黄蜡黄，高耸着颧骨，嘴角凄凄惨惨低垂下来，是风干的沧桑。一身破烂的袄子，像滚地龙遮不住风雨的稻草，四处破裂透风。他蜷腿坐在地上，面前放着一只讨饭的碗，也裂着几道口子，里面有三五个铜板。

归云摸出一块大洋来，走到老瞎子面前，摆到他手上面，道："老伯伯，收好。"

老瞎子瘪着嘴，竟也不道谢，不客气地收过大洋，对归云吟道："江边孤生一枝兰。回送你。"

归云听不懂，只觉得老瞎子那副带着裂痕的黑眼镜后边瞎了的眼睛好像直盯着自己瞧，瞧得自己心底发毛。

雁飞也走过来，摸出一块大洋来，塞到老瞎子手里。

这回老瞎子竟然长叹了一声："火中血色梅花绽。"他说罢，收起了大洋，拿好了碗，又摸摸索索从身后拿出了盲人棍，其实只是一支细细脏脏的竹竿，点着地，不和归云与雁飞招呼，管自颤颤巍巍地走了。

"火中血色梅花绽。"雁飞喃喃地念，细眉深锁，若有所谓又似无所谓地牵了牵嘴角。

归云道："我真听不懂他说的话。"

雁飞道："讨饭的随口胡诌，没什么好放在心上的。"随手招来黄包车，同归云作别了。

归云目送她的背影消失，还在想着老瞎子的那两句话。

"江边孤生一枝兰，火中血色梅花绽。"

半明半暗，似悲似谶，想得自己不觉痴了。

归云回到店里，已近打烊时分，展风来了。他架了一个穿长风衣的男人，被陆明协助着带进了雅间。长风衣的男人倒在桌旁，不住瑟缩，展风拉下衣服，竟然是向抒磊。

归云吓了一跳，命众人急急上了木板，闭了店。她再转回去看，向抒磊蜷在桌边，面皮青着，五官纠结，牙关颤抖，双手抱臂，似在忍受极大的痛苦。整个人都脱了形，没半丝平日丰神俊朗的样子。

展风焦虑道："今天去劈那个汉奸大学校长，谁知道中埋伏了。咱们几个后勤的把伤员分散送走，但向先生突然发了病，我只好就近先送他来这里。"

向抒磊勉励颤声，道："去……去找……剧团……隔壁诊所的华……大夫。"

"你去吧，我来照顾向先生。"归云便说。

展风应命，嘱咐归云两句，动身找人。

归云是第一次见人发病发得如此凄厉，好像全身骨骼都被分拆一样，有些害怕，就问："向先生，我能做什么？"

向抒磊颤抖地指了指风衣的口袋，归云往里掏出把折叠水果刀，觉得有些眼熟。她不解，掂着水果刀不知怎么做。

"让我……咬……住！"向抒磊命令。他是习惯命令的人，虽然声音颤，还是当命令叫。

归云照他意思将水果刀横着放在他的嘴边，让他咬住。他似是得了安慰，颤抖没先前那么厉害了，身子虽还蜷着，但渐平稳，只口中咕噜咕噜仍有呻吟。

归云原本以为他只是呻吟，静下来细听却不是。他含混不清地不停说着一句话，因不断重复，才能让归云辨听清楚。

"我答应你不抽鸦片！我答应你不抽鸦片！"

他答应谁？归云茫然，只盼展风快些将大夫带来，好减轻眼前这位病人的痛苦。

虽是大冬天，向抒磊身上却起了一层薄薄的汗，湿了发，狼狈不堪。再英俊刚强的男人都经不得病魔的打击，兵败如山倒的模样永远令人恻然。

展风终于请来了大夫。归云替他们掩上门，无意中的最后一眼，见到大夫扒下向抒磊的衣服，背后是凝固了的血肉模糊纵横交错的伤痕。也许曾经被千刀万剐，也许曾经被鞭抽火炼，留下一片不忍直视永不消失的痕迹，一整片地盖着他的脊背。

归云捂住嘴，被吓住了。

展风抓着她转过头："不要看，向先生的伤很恐怖！"

"怎么会这样？"

展风摇头不知，只说道："华大夫说抽鸦片可以抑制他的疼痛，但向先生从来不肯抽鸦片，所以旧伤复发的时候会疼得很厉害。"

可归云还在想，他答应了谁不抽鸦片？那样疼，都不抽鸦片！

老范熄了门前的灯，陆明同老范媳妇一起做着收夜的清扫，归云收拾灶台时，忽见灶台上锃亮的刀具，闪着微明的寒光，猛然想起雁飞也用银色折叠水果刀给展风削过生梨。

不知怎的，她心惊肉跳，甚是忐忑。

第十三章 往事生

冬夜的冷蔓延到了百乐门，就进不去了。里头的一切，都是暖的，暖风熏得人如醉，一段段缠绵的拥抱，把两个人变做一个人，去拥抱虚妄的暖。

但其实是不暖的，雁飞常常感到冷，她最近又容易累，不能接连转台子，也不能跳恰恰这样的快舞，一踩上百乐门的弹簧地板，人就犯晕。

以前跳恰恰最好的是陈曼丽，穿一身火红的舞裙，像火舞的艳阳，拥趸无数。如今再没这盛景了，气候散清了，舞女也晓得找个好户头才是正经，把舞跳得好，不值什么。

袁经理恼恨这种清醒大头脑，嗤道："后进的小骚货连骚的资本都没攒够，就想往人床上赶，成不了气候！"

雁飞会哀哀地想，不过都是想逃罢了，可天下之大，何处容身？

她懒洋洋地瞅着舞池里的人。一曲方毕，袁经理携了一名舞女到舞池中央登场。

"百乐门冬季皇后，玛丽亚隆重登场！"

人群骚动起来，雁飞张望过去。

中央站着一团火红的影，像雾气清冷的空气里掠出来的太阳，还镶着金边。原来穿着火红的人儿，有一头金色的发。皮肤又是飞扬跋扈的白，连带五官的美也是飞扬跋扈的。

雁飞认得她，是那位洋记者蒙娜。

雁飞瞅着她，她炯炯的目光也对住了雁飞，甩一甩那头大卷蓬松的金发，开朗地笑起来。雁飞想，这出其不意的一招，今天乃至往后一段日子内，百乐门的焦点非她莫属。

她想，连她也来舞池子争饭吃？她是不解的。

这位蒙娜小姐还真将玛丽亚做得十足，她立时就与雁飞套了近乎，不仅在下班之后跟着舞小姐们去吃夜宵，还兴趣盎然地向大家讨教麻将经。

她不会打麻将，是在雁飞家里学来的，她央雁飞："很高深，能不能教我？"

雁飞便手把手教了她章法，她打得很投入，在掷骰子的时候用洋文大叫："Show hand！ Show hand！"随着骰子起落，很能调节气氛。

自然也是她输得多，用中文抱怨："输死也不给小白脸花！"

好事的舞女们忙打听，才得知这位洋妞之所以下海，是受了一个拆白党的骗，失身失财，连回美利坚的路费都没有，只能把心一横跳进来。大家都万分同情，替她用各种中国方言骂了那拆白党的祖宗十八代。

雁飞暗笑，天晓得到底有没有那位拆白党。

但女人们聚在一起，多是道苦水的。

"我不怕输，输光总比回家被后娘抢了身家强。娘的，老娘卖奶油大腿，他们吃金华火腿，全不把我当个人！"

"快乐一时是一时，等到日本人一打进来，我就卷好铺盖到重庆服务党国军总去，照样赚票子。咱也是爱国人士！"

还有的叼着烟，吞云吐雾："每天勒紧裤腰带，二尺的腰绑成一尺七哄那卖破铜烂铁的老秃头，真真憋屈死。要不是他家三间大洋房，我何苦遭这罪！"

她们讲的时候，蒙娜就侧了耳朵听，很入神，往灶庇间倒茶间隙，雁飞问："是不是觉得话题很火爆，很有嚼头？"

蒙娜给她一个火热拥抱："你是好人，不拆穿我！"

雁飞给她的茶里加了菊花，去连日打牌跳舞的热火："原本清白的人为那些个报道跑这里来，有意思吗？"

蒙娜对她认真点头："任何报道，都要真实。我要了解最真实的。"

因雁飞对蒙娜假以了辞色，蒙娜便当雁飞是百乐门的依靠，事事都随她，还将自己的资料自动奉献。

“我七岁就来中国了，我热爱这里的一切。

“我想要了解中国的一切，战争的一切。

“我感情失败，和我一起长大的中国男士拒绝了我。

“他竟然还是爱中国女孩。”

大大小小，林林总总，听到雁飞哭笑不得。

其他舞女也喜欢蒙娜，爱她的出手阔绰，她时常送众人些纽约巴黎的化妆品。雁飞不免提醒：“你可是被拆白党骗了个一穷二白，哪有闲钱买老贵的外国货？”

蒙娜碧蓝的眼睛瞅她好长一阵。雁飞并不怕别人盯着她看，这本就是她处事的本事，真诚地从人的眼里看到人的心里。

两人像是角力，看谁的眼神先泄底。结果势均力敌。

“你不简单！”蒙娜耸肩。

雁飞笑笑。

“你有很重的心事。”蒙娜诚恳地对她说。

“不是谁都能像你这样自由。”

有个小舞女过来找雁飞同蒙娜闲话，正是唤自己“卖奶油大腿”的，名唤乔绮，顶清丽洋派的艺名，其实原名唤作乔大妹，是家中老大，因此必须担负一家人的生计。

乔绮期期艾艾，和雁飞及蒙娜东拉西扯一大堆话。

雁飞冷眼看她眼皮盖一直红红的，神色不大自然，手往肚子上搭了好几下，忽地恍然，问：“要借钱做了，还是准备豁开皮肉不顾？”

乔绮被雁飞一语道破，泪珠子忍不了，捂着手绢大哭了一场。

原是她恋上个来跳舞的大学生，狠狠好过一阵，但大学生说“国家兴亡，匹夫有责”，把书包一扛，去了昆明继续上大学。从此再无音信。

蒙娜听懂了，说：“扼杀生命不为上帝所允许！你要给他生存的权利。”

乔绮只顾哭。

雁飞看着可怜，就解了脖子上的观音金链子，又拿出几张钞票，一左一右放在乔绮面前：“你可以拿票子去找个大夫，再找个地方小作休养。或者把金链子拿了寻个地儿避一阵把孩子养下来。怎么选？”

乔绮支支吾吾，做不了决断，只不停落泪。雁飞心里憋闷，收起金链子和钞票，说："好好想几日，有什么还来找我。这一日日过了就要现形，你决定也要趁早做。"

但乔绮自那日后失踪半个多月，再次回百乐门时竟狼狈不堪、失魂落魄。袁经理看得直跺脚，又看她病恹恹的，形似崩溃，骂不得打不得，只得自认倒霉。

众人安慰相问，她断断续续哭着说了："他们不是东西！他是我亲弟弟啊！摁我头，灌我药！我身上的肉我怎么不愿养下来？做牛做马我也要养大他。可他们逼我，逼死我的孩子，我不肯喝药，我亲弟弟竟一脚往我身上踹。"

蒙娜听了怒不可遏，金发一甩，冲了出去。

雁飞也极愤怒，又见乔绮虚弱不堪，便做主将她带回自家休养，还请了大夫来诊治。

到了下半夜，蒙娜寻了来，雁飞正坐在客堂间的沙发上削苹果。

"我找人揍了乔绮的兄弟！"

雁飞摇摇头，叹："最后诊疗费还得乔绮出。"

蒙娜原本没想这么多，只逞一时痛快，实知中国人的三纲五常，人伦情理。黑暗的世道，中国人的忍耐被无限拉长了。被侵略者压迫，被自己人压迫，还被自家人压迫。前者尚可扛枪反抗；中者也可白丁起义；只末者，下不了切皮肉的痛，只得打落牙齿和血吞，继续回去血浓于水。

蒙娜痛心疾首。这些年这些日子，她体会到了中国人的苦，骨子里熬出来的痛，真实写下来，当真字字血泪。

雁飞将一个苹果削完，长长的皮连着，抖一下，掉落下来。她把苹果递给蒙娜。

"盛隆米行我知道，那位周老板是被法办的。"

公法？私法？蒙娜已经不想问。她率性地咬了一口苹果，酸到牙根，说不出来的酸。见雁飞小心收起了那把洋派的折叠水果刀，侧面的她，单薄的身，丰富又苍凉的眼神。

她的灵魂又不知道飘去哪里了。凄迷的人生路，还需走下去。

雁飞家里多了养病的乔绮，她也多了些事可做，有了借口谢绝晚上的局子，早早回家。

苏阿姨为新年忙活起来，除尘掸灰，弃旧换新，做了糖年糕、蛋饺、肉圆并好多应节菜色。雁飞放了她年假，她一走，自己一个人待着就更寂寞了。

乔绮到底也是要回家的。她家里人来谢罪，行凶的弟弟觍着脸，脸上的伤口未愈，在乔绮跟前跪下来痛哭，请求原谅。于是一家人合好，一起回家过年。

蒙娜唏嘘不已，又从雁飞处知晓不少花国辛酸故事。繁华的只是表面，内里的千疮百孔无法缝补。蒙娜对雁飞说：“你太寂寞了。”

雁飞想，怎么人人都说她寂寞。可是人人又无法伴她永久。

小年夜当晚，因泰半客人敛了玩兴，回家做孝子贤孙主持过年，百乐门比平日早歇业。蒙娜的戏演到中场休息，有位同她长得相似的洋绅士来接她，还是穿制服的。

她的家世想必不差，雁飞想，同她不是一个世界的。她心里真的孤寂了，独自走回了兆丰别墅。

黑暗里却有人在等她。雁飞看到熟悉的长长的麻花辫，几乎垂到地上。归云托着腮帮子，坐在花台的台阶上。

雁飞的脸上顿时花开灿烂，笑道：“小心脏了头发。”

归云站起来，手里还挎了夸张的菜篮子，她说：“请你吃家宴。”

两人携手进了屋，归云把篮子里的菜一道一道放桌上，还一道一道报菜名。

“凤舞九天。”

雁飞笑着直揪她的辫子：“不过是醉鸡。”

“红梅含瑞。”

“红枣里塞糯米。”

“金玉满堂。”

“玉米松仁罢了。”

“春色满园。”

“油面筋炒塌菜。”

“鸿运当头。”

“烟熏红烧肉。”

“年年有余。”

“松鼠黄鱼。”

“步步高升。”

“香煎小年糕。”

归云摆出最后一道菜，埋怨：“你真煞我风景。”

“你可跟了谁学出一口的四字成语？现卖到我这边来。”雁飞掩不住笑，同归云一起摆好桌子，还从酒柜里拿出一瓶茅台。

“不成不成，我会醉死。”归云见了打退堂鼓。

雁飞已给她满了一杯：“就一杯，应节。”

两人相挨着坐下。雁飞不免回忆往事：“当年咱俩挨在一起分一碗糖粥。”

归云为她布菜：“往事不回首，我们都要向前看。”

雁飞问她：“大年夜准备怎么过？上半夜卓家下半夜杜家？”

“全部请来店里。”

“你不怕杜家老妈妈受不住刺激？”

“最焦头烂额的日子已经过去了，大家心里都有底。”

“你越发有办法了。”雁飞同归云干掉一杯。

“你也去。”归云说。

“我才不去，我去了只会更添乱。”雁飞笑着解释，“虽然最尴尬的日子过去了，但还需左右两碗水端平，我一去你又要分心。”

“那你就一个人了。”

“不，今天有你。”

菜是冷的，归云在灶庇间略煸炒加热，少了新鲜出锅的时新，可吃得欢悦。

雁飞还将归云留了宿，两人同床，说了很多话。

“你小时候就是个乖巧又伶俐的丫头。”

“我爹说你沉稳，很多事放在心里不会轻易说，但是个有主意的人。”

“各人有各人的性格，所以才有各人不同的命。”

“小雁，一定要坚持生活，泄了气就什么都完了。”

“小云，我实在爱你，你身上的朝气永不散。”

又仿佛回到了滚地龙，曾经的相依相偎记忆犹新，抑或永不忘。

大年夜一早，雁飞一路送归云，直到老范饭庄，再折回时，她聊赖了，径直去了外滩的滨江大道。

江边冬更冷，上海冬季的湿寒能把人冷透。雁飞缩了缩肩。江波如横练，岸边风光流转，属于万国建筑，不属于中国人。江上偶驶过一两艘舟楫轮渡，也是隔了江烟，隔了寒霜。

小时候爹说要带她去上海，她问上海是什么样子，爹说：“上海有条江，养着上海人。”后来，她终于知道这条江叫黄浦江，也知道她并不养着上海人，她只是无动于衷地看着岸边的悲欢离合。

雁飞冷清清地又一个人回家。今天还有人在等她。

“今晚出不出台？”藤田智也的面上也像笼着霜，寂寞如雪。

“去哪里？”

“我想找个人一起吃年夜饭。”

结果藤田智也把她带到四马路临西藏路的一家火锅店。

“这里有最好的炭炉和砂锅，汤滚火猛。”

“我要很多肉和很多菜。”

他领着她走进去，店面不大，客人更少，仅三两桌，但稠密的热气，熏得一室皆暖。

藤田智也点了酸菜鱼锅，雁飞点了羊肉、兔肉、牛肉、菠菜、生菜和大白菜，果真是很多肉和很多菜。为他们点菜的是个穿着洋派、态度和蔼的老头，却来经营火锅店。

藤田智也问他：“您还记得我吗？”

老头眯眼仔细打量他，恍然大悟似的道：“哎呀！您来了！招呼不周，多有怠慢多有怠慢！”

他走后，雁飞问：“他还记得你这老客人呢！”

藤田智也笑笑：“他不记得了，谁会记得当年为他烧老虎灶、每日几个铜板的小瘪三。”

雁飞也笑：“我当年讨饭一日都未必能讨到两个铜板。”

酸菜锅上来，酸香扑鼻。她不禁捂住口鼻，胸中欲呕。

“怎么了？”藤田智也问。

雁飞拍拍心口：“没什么，我倒不大吃酸菜鱼的，不太闻得惯这个味儿。”

藤田智也笑了：“我娘最拿手的就是一手酸菜鱼汤，当年她把酸菜鱼汤的秘诀说给了这家的老板听，换了我可在这里连喝一个月的羊杂汤。”

热气泛酸，喝在口里的汤也酸。

雁飞胃口不错，待得一盘一盘鲜嫩的肉片上来，起了刷涮的兴趣，乐滋滋地看着鲜红的肉片一点点泛白。藤田智也为她用腐乳和花生酱调了一碟酱，撒了花生碎和芝麻，雁飞叫着要香菜，便又放了香菜。雁飞捞过酱碟，蘸上肉片，大口地吃，很惬意。

藤田智也看到的雁飞的脸是隔着雾气的、朦胧的，带着从未有过的童真和温柔。

“吃得了那么多？”

“火锅就是要撑圆了肚子吃，才够痛快！”

“南宋林洪的《山家清供》里记述过雪山涮兔肉的逸事。冰天雪地，大口喝酒，大口吃肉，‘浪涌晴江雪，风翻晚照霞’，这才是人生快事！”

雁飞信手将汤锅里涮熟的肉片一股脑全部捞取出来，丢到藤田智也的酱碟子里，堆成小山丘。

“王亚飞，你有没想过解甲归田？”

“谢雁飞，你有没想过洗尽铅华？”

汤已浓，火欲旺，等着人去赴汤蹈火。一汪浑水，身不由己，就这样被煮熟。四围不尽白茫茫，一望无穷不知哪里是归路，而往事只能回味。

爆竹响了，声声震耳。他们似乎没有再说话，抑或偶尔又说了一两句，只是被炽烈的爆竹声遮住，听不清对方到底说了什么。

直到爆竹响得最猛烈的时候，散了满桌的白雾，结束了这顿年夜饭。

结账出门，南北分行，宴散之后仍须回到自己的地方。

藤田智也半梦半醒，还留恋着热煮的火锅的锅气香，只是微露晨曦有点冷，把他冻醒了。原来他半开着窗，睡了一夜。

现在应当是上海的早晨，但是不是他记忆中的上海的早晨。

这里的早晨是死的，缺乏上海弄堂的喧闹，万籁俱寂。他醒了一会儿，才想，这里是日军司令部的军官宿舍，怎么会有弄堂的风光。这里什么都没有。

在东京大学念书的时候，宿舍窗前至少有一棵樱花树，他在窗下的书桌上放一张美丽女人的照片。樱花的花瓣飘落进来，撒在相架周边，铺成一片虔诚的祷告之地。

他喜欢看穿旗袍的女人，无关外貌的欣赏。

“中国女性的旗袍、日本女性的和服，都能体现一种东方特有的含蓄的美。但旗袍之美又在于放，和服之美则在于收。就如中国的美是长江滔滔、海纳百川的雄壮，日本的美是停驻在富士山头那一极点雪景的优雅。”卓汉书头一回给他们上课，就做了这样一番中日区别的言论。

日本学生不满了，立刻挑衅：“教授，您的意思是中国的美是大气的，而日本的美是小家子气的？”

卓汉书宽和地笑，不与这群日本孩子计较，只道：“不，各地美景因地制宜，各有千秋。中国的美是外放而宽容，日本，则收得太紧了。”

学生们开始热烈讨论，他的思绪则飘到了旗袍上。这种含蓄的放，他想他是懂的。

他记忆里最深刻的是母亲那一件件转花灯似的旗袍，母亲高兴的时候会抱着他说：“以前在永新公司站柜台，这些旗袍永远弹眼落睛！”

她最爱穿白色。

但是白色难洗，沾上一点斑痕，就非得花大气力去清洁。母亲每次洗白色的旗袍都会非常费力，非要洗净不可。

大冬天里，他见母亲的手被冰冷的皂水浸得蜕皮，央叫一声：“娘别洗了！”凑上的小脸转头就挨了冰冷的一巴掌。

后来到了长崎，父亲的夫人也爱穿白色，是白色的和服。她是温顺内敛的日本传统妇人，经常拉着他的手，几乎恳求地对他说：“我就是你的妈妈。”

可他不想叫她“妈妈”，他只叫她“大娘”，还用中文叫。她听得懂，被迫微笑着应下来。

父亲也酗酒，原本就孱弱的身体因酗酒而异常糟糕。他在醉倒的时候不像母亲那样会打人，他只会瘫软如泥：“我不敢忤逆兄长。”

的确，在伯父面前，他说话时永远低着头。

伯父是家族威严的象征，军功赫赫，身份显耀。他在家宴上都必得军装挺拔，佩满勋章，荷枪执剑。近身三尺尽杀气。

但有什么用？他也生不出儿子。

一连换了三任妻室，第三任还是强抢来的，不过因为法王寺的沙弥说过这位夫人命格旺子。

藤田智也从来没有见过这位伯母。他去长崎时，是这位夫人进门的第三年，仍然无子。中将异常恼怒，每回与夫人同房，满屋子都会听到夫人惊栗的哀号。待到中将异常恼怒地离开，大娘就会带着仆妇捧着一盆净水进房。

父亲教他写中国字，他突如其来地想到，所谓“不孝有三，无后为大”，算不算藤田家族的魔咒？

他只看到父亲和伯父争执过一次，为了是否送他上军校。

那时他拿着东京大学的入学通知书，站在花园里。春天花更烂漫，八重樱漫天飞舞，他开始有些怀念上海的梧桐叶。

父亲从伯父的书房里走出来，拍着他的肩膀，说："智君，整理行李，同我去东京。"

临行的时候，伯父领他进了剑道室，指着摆放在神案上的军刀。

"你父亲没有资格拿起这把军刀，等你来拿！"

只是还来不及从东京回到长崎，他就被应征入伍。

"智君，现在是你学以致用，报效天皇的时刻。"伯父亲自送他上了回上海的轮渡，父亲和大娘都没有来。伯父说懦弱如他们是没有资格为英勇的战士送行的。

那天也是春花烂漫，他穿上军装，英挺立地，道："我们有更好的条件来保存珍品，我的愿望便是将东亚历史全部完美继承。"

自此，梦想照进现实，他的世界越来越空。

藤田智也起了床，穿上军装，悬好军刀。

他去谒见伯父，长谷川也在。

白天仍旧森然的办公室，门槛很高，红木金锁，满室朱红青蓝，是属于中国的颜色。

"我仍赞成智也的建议。"藤田中将望着眼前的手下。不论是大佐还是侄子，他都当作得力干将。

"卓汉书已死，还有谁能复原《思故赋》？天皇寿诞近在眼前。"长谷川道。

"我来。"藤田智也将军刀摆在大将的办公桌上，"内容无人见过，便好伪造，章鉴也不会是障碍。"他想，他说晚了这句话，铸成了这一辈子最大的罪。

三方协议达成，一份伪造好的字帖即将被送往日本，恭贺天皇寿辰。

再讨论下一宗事件。

"张府派人向司令部投诉，最近屡有合作伙伴被暗杀，希望我们给予支援。"长谷川斜睨了藤田智也一眼，藤田智也一声不响地拿起军刀，转身欲走。

藤田中将叫住他："智也君一起听。"

他不得不留下听。

长谷川也不得不说："我已派人查过，最近那些暗杀行动，大多是一名绰号'玉面罗刹'的神秘人物组织。有传是国民政府的人，也有可能是中国的民间流氓组织。"

藤田中将点头："我听说此人手段狠毒，凡落在他手上的人大多死相凄惨，如今人心惶惶，严重阻碍我军同中方友人的良好合作，务必将之铲除，杀一儆百！"

他再看向藤田智也："中国共产党最近在租界的地下活动极频繁，用报刊传单鼓吹抗日思想，影响大东亚共荣圈的和平建立。我已不能再容忍这些诋毁帝国军队形象的情况存在，必要的时候，需采用严惩手段以儆效尤！”

藤田智也无任何表情，说：“我只是负责文物的搜查。”

“这两件任务由长谷川统一负责，希望藤田少佐全力配合。帝国军队一向以团结一致、沟通无碍为荣，两位明白？”

两人立正行礼。

只是长谷川仍有话说：“我本人一向以帝国军队的团结为荣。但最近听说我军某团被共产党的八路匪军击败，发生我军降兵教中国兵拆解我军地雷的事件。这使我夜不能眠，深感痛心！”他又瞅了藤田智也一眼，再说，“帝国荣耀至高无上，不容亵渎！我向中将保证，严管部下，绝不出现类似事件。”说完肃立。

他是“不得不”如此深谋远虑地说这番话。虽他还需仰仗藤田中将的提拔，但再也无法容下藤田智也几次三番的反调。

长谷川心里有芥蒂。中国的春节之前，他派人同藤田智也一起去北平找书画篆刻名家齐白石专制贺寿章准备献给天皇作为新年贺礼。

部下空手回来，顺便打了小报告。

在齐白石家里，那不识相的枯槁老头对面前白花花的银洋看都不看，只说：“老朽老矣，早动不得手了。”部下怒极，本要动武，被藤田智也呵斥住。

贺寿章自然是没有到手。他的几次行动都因为同藤田智也的意见分歧而不了了之，长谷川一把火冒了三丈高，但又碍于此人是上司的侄子，不能造次。

但，以后不必了。他阴恻恻地冷笑，中国人既有汉奸，日本人中怎么不可能产生日奸？尤其血统不纯的，嫌疑更大。他得了把柄，能够牵前制后。藤田家唯一的男丁，中将急需提拔的继承人，竟然有一个诡秘的身世，还这样不争气。

长谷川满意地观察到藤田中将不动如山的神色稍稍动了。

继承人出了任何差错，这位中将在中国战场上所有的拼搏都将付诸东流。日后千秋功业谁来继承？他们日本人也是要千秋万载，功勋永驻的呢！所以他这样在乎血嗣。

捏在蛇头七寸，长谷川志得意满，趾高气扬地出了藤田中将的办公室。

藤田中将死死盯着走出门的长谷川，慢悠悠吐了一口气，对藤田智也说：“保护藤田家的荣誉是我的责任，更是你的责任！”

他站起来，目光停驻在窗外的黄浦江上。一年前，海军从江上打进这里，他想更进一步，再建陆军的卓越功勋，也是他藤田家族的功勋。

目标：黄浦江边的租界，那座孤岛，魔都上海的核心地带。那里比东京更摩登、更奢靡。就像一条汩汩而动的大动脉，有帝国急需的血液，浓稠、新鲜，拥有无穷魔力。他的手必须握到那条动脉之上。因此，他的继承人必须和他一条心。

藤田中将又斥道："你得给我收敛点！上次竟为了中国舞女在租界内杀人，也无怪长谷川会侧目。此等丑事，如有再犯，休怪我严加处置！"

只是藤田智也听似未听，只看着黄浦江，心思飘得久远。长江和富士山，都模糊了。唯有黄浦江，在他脚下静静流淌，从不曾停歇过。

黄浦江南边的外白渡桥，是向抒磊在空闲时候徘徊的地方。桥北边有持枪的日本卫兵虎视眈眈，随时会更进一步。

他手里卷着小字条，看一眼他就能记住名字。揉碎字条，丢进黄浦江里，被瞬间吞噬。滔滔江水不停留，他却要被迫停留，留在这里。他想去更轰烈的地方，却是不得的。

向抒磊一直记得，秋天的东北沦陷那天。

东北有重兵良将，粮弹充足，却保护不了老百姓。日本兵杀进来，中国兵不抵抗，百姓只能做待宰的羔羊，无望地等待悲惨地狱的降临。

烈火熊熊的秋天，谁都忘记不了。

向家大宅里他们一家只晚逃了半刻，就已经来不及。日本兵势如破竹般闯了进来。

他们仇富，尤其是中国富人。宅子里的珍宝古玩、红木家私、粮仓里预备过冬的粮食都让他们眼红，无一例外被洗劫一空。

不但抢古玩、抢粮食，他们还要玩更刺激的游戏。父亲在他面前被开膛破肚，母亲被一队低等日本兵轮奸。

他也不能幸免。

那个日本军官坐在平日父亲坐的太师椅上，看着手下疯狂的杀人游戏。

汉奸们不甘落后，为向日本皇军献媚，出主意变换花招。

"从这里钻过去！"汉奸翻译摁着他的头，推着他从叉开两条腿的日本兵胯下爬过去。

他们怎会就此满足？他便又被绑起来。

汉奸仍充当帮凶，残害少年。

“叫皇军一声爹听听！”

“不叫！”

汉奸伪军自觉失了颜面，手里的皮鞭变本加厉抽到孩子光洁的后背上。

“小兔崽子，你叫不叫？”

“不叫！”

他由始至终只回答两个字。

最后汉奸伪军抽累了，找来烙铁，在他眼前晃一晃。

“叫不叫？”

“不叫！”

瞬间，他闻到自己的肉体被灼熟的焦臭。他疼痛锥心，无法承受，张大了嘴，却喊不出来。他虚弱的惨叫令他们非常快活。

向抒磊狠狠闭住眼。

体无完肤，神志不清的他其实看清楚了那张操纵着这一切罪恶的嘴脸，汉奸翻译叫他——长谷川少佐。

这个汉奸翻译兀自得意地嗤嗤怪笑，眼角冷不防看到上头的人只略略抬了抬眼皮子。皇军还没尽兴。他脑筋一转，望着半昏半醒的男孩。男孩有一双北方人少见的丹凤眼，柳叶薄唇，端的是唇红齿白。他正面的皮肤未受伤害，洁白如玉。

这样俊美的北方男孩，真是少见。他有了主意，提醒半成兽的侵略者：“这男孩可比那群女人还俊俏得多！”

至最后，终成男孩一生的梦魇。

忍辱负重偷生的母亲把儿子从死人堆里挖出来。所幸，男孩尚留一口气。有一口气就有希望。

向抒磊拢了拢衣襟。他只能等，等一个渺茫未知的报仇雪恨的机会，与敌人在战场上狭路相逢。

“向抒磊，你又缺席排练，我就知道你跑来了这边！”

向抒磊回了神。

来人是他舞台上的搭档，那位让无数中国妇女佩服的“娜拉”。她的名字他总记不牢，因为太复杂。她叫吴枫露。

吴枫露一直对他有意思，明的暗的表现自己的情愫，不管他如何冷漠。她的一往情深该是感动他的，可他总是漠然的。

他们是不清楚他的底细的，吴枫露还私下同话剧团其他女演员讲："他越是那样，我就越喜欢他。"

她哪里知道，就在那日同他出了那旅馆，他找借口又折回去了，摸清了底细，集合了些人力，不按上面的指示干活，把杜归云救了出来。

她只懂他的表面。或许只有这样，才是她的幸运。做人半懂不懂，糊里糊涂，是最幸福的。

"你回去吧！我想一个人散散步。"向抒磊说。

吴枫露坚持："我陪你？"

"你回去！"

"向抒磊，你的心到底是什么做的？"

他唇角一扬，笑得若无其事："就是你看到的这样。"

吴枫露顿足，眼中含了泪，委屈地走了。

当年小雁说："我喜欢你，向抒磊！"

他别开头。

她再说："我只和喜欢的人说喜欢。"

那时她十五六岁，正被唐倌人调教出一些风情。她的眼睛雾蒙蒙的，看似悲伤，但坚定的时候，无比坚硬。

她不会喝酒，在大年夜喝醉了，头垂在他的脖颈上，絮絮说着话。长春的家破人亡，逃难的凄苦，寄人篱下的朝不保夕。他感同身受。

酒醒的时候，她忘记到底说过什么，可他记得。

他竟肯屈就，教她写字，帮她提水，带她跳橡皮筋，还想给她买旗袍。存心还是无意，已经分不清了。

她最后的眼神，好像能看穿他，也许真是看穿了他的隐藏。

但他是在他的世界被颠覆后才遇见了她，已经晚了。她是不懂的。

最后，她只是咬了他一口。可伤口太浅，慢慢淡化，终于消失。为什么他要的总是会消失，他的耻辱却要跟着他地久天长？如果他们在家乡相遇——

他不能再想。天晚了，他应当离开不属于他的江边。

雁飞在百乐门开舞前，向袁经理告了一个长假。袁经理搔了搔头顶仅剩的几根毛，问："是不是'夜上海'挖角？"心里想的是，日防夜防，他顾着了生意，极力斡旋讨好，几方都几乎摆平，连上头的大老板都睁一只眼闭一只眼，眼看是要好起来的。但，偏没顾着手底下的红人。

这座孤岛，因为孤独，所以愈加放荡。连舞女都供不应求起来。家家都经济了，蓬勃着别的苗头。先前有了"仙乐斯"，后来又有了"夜上海"，挖了他手下不少好货色。连雁飞都来告假了，他十万分紧张。

雁飞瞧他草木皆兵的样子实在好笑，忙道："自然不是。我在你老袁手下做了这些年，操守一向好，有口皆碑！"

这倒的确，袁经理暗忖。谢雁飞确实比一般舞女更懂进退，在大红大紫之际被王老板包下的时候都没拿乔歇过舞。也不怪他有时会偏向她一些，连江太中的事都极力压了下去，虽也是因日本人那里放了话的。

"有大户头给了你金笼子？"

雁飞微笑。

袁经理以为猜到了，又问："一年多少数？难不成还要你做小？是不是日本人？"

雁飞便道："老袁，你是这行当里的领头羊，时好时坏最是拎得清楚。我也不把话说满了，如果好呢，也许我就真的从良，如果不好，我可还要捧你这边的旧饭碗。"

袁经理不悦："小谢，你哄我呢！你提出休假，我没二话。如今这头眼看是要摘了你牌子的生意，还说什么回来捧旧饭碗。咱们别来这套！"

"你看呢？"雁飞依旧笑着。

袁经理琢磨着木已成舟，多说也是无益的，只消不是拆台脚便成。他不再勉强："你都铁了心，我有什么好多说的。咱们就只好青山绿水，后会有期！"

但又另外盘算，赶紧物色新人，用他的脑袋瓜包装好，取个响当当的艺名，照样能再红个有声有色。他想一想，心又定了，故此也就不再多啰唆了。

雁飞也暗叹，没想到这位向来尔虞我诈凑合着一道营生的袁经理远比很多人了解她，真是人生处处有意想不到的知己。他这样的人物不在上海滩混得开，还有谁能混得开？

雁飞恪尽职守去跳最后一场舞。

舞厅正热闹，蒙娜最近当红，不但每日有无数台票，更多了不少洋人来捧场，现在百乐门的整个焦点都是这位金发碧眼的洋舞女。雁飞看着她跳得满场飞，终了，她转了过来。

“我大约这个月就准备不做了。”

雁飞并不意外：“祝你写出好文章。”

蒙娜拥抱她：“你很神奇！”

“你也是！”雁飞含笑携她一起去酒吧，为她要了威士忌，自己要了橙汁，要和她碰杯告别。

“你的不是酒！”蒙娜埋怨。

“袁经理痛失英才，我为他哀悼一下，故不用酒了。”她先干为敬。

蒙娜豪爽，干了下去，又被人叫去跳舞。她要拉着雁飞一起，被雁飞笑着挣脱了手。

她看着蒙娜继续在舞池里摇摆，好笑地想，这回袁经理亏本亏得够大了。她捶了捶腰背，这个时机，正是该退，不然亏大的那个会是自己。她想着，手抚住小腹，已有些鼓了，那里有蓬勃生长的生命。她含笑把视线转向正和客人跳贴面舞的乔绮。

亏得乔绮那句“我自己的孩子，我怎么不想要”，她醒了，所以留了活口。她想，是啊，这具腐败身体，还能有新的生机，属于她自己的生机。她怎能放弃?

当年唐倌人跟了周小开之后，就想方设法要为周小开生个一儿半女，以此正式嫁入周家。可她总如愿不了。

她坦诚地对小雁诉苦，说不想周小开用这个做借口去流连别的女人。第二日她就狠心咬牙，把刚满十六岁的小雁送进周小开的虎口。可她更不愿小雁做成她做不成的事，熬了汤，放下身段伺候小雁喝下去。但还是觉得不妥当，只有小雁同她一样了，她才会安心。她拖了她下海，十六岁的雏妓被逼出卖身体。

她同周小开说：“如今多了一个弄钱的法子。”周小开便没了非分的念头，他觑着了利，是小雁那具刚刚长成的身体，能为他还赌债。

只是唐倌人机关算尽，仍拼不过天数，她做不到的事情就是做不到。

雁飞恶毒地想，她能做到唐倌人永远做不到的事，算不算对唐倌人最大的报复?

自喝了唐倌人的汤，她的经期就彻底乱了。有时候她用药，有时候她不用药，都没有发生过任何问题。她以为这辈子注定不能完成一个正常女人该完成的所有事了。但，竟然会有了。这让她心惊，也踌躇了一阵，几番想下手，直到乔绮的事情发生。

她突然有些得意，唐倌人并没有完全毁掉她的一切。她又赢了一次。以后怎么样，还不想细想，但此刻是觉得胜了的。

雁飞将玻璃杯里的橙汁喝完。因想得太出神，并没发现藤田智也走到了她面前。一抬头，看见了，她扬扬手，欢迎他坐到身边。

他坐下，凝望她许久，问："解甲归田和洗尽铅华，你认为这样的可能性有多少？"

雁飞的心突地一软，倾到藤田智也的面前，抚着面孔问："我像谁？"她也仔细凝望他，"你是个好儿子，远在千里之外，还是记着你的母亲。"

他向酒保要了一杯白葡萄酒，晶莹剔透的白色。她的脸也晶莹剔透，比平日更多了柔和的光辉，是他从未见过的柔和。他拿起酒杯一饮而尽，入口的酒，凉透了心。

雁飞握住藤田智也的手。他们的手，也是冰凉的，似乎从未暖过："你看，我是凉的，你也是凉的，这个世界冷透了。我们连自己都暖不了。"

藤田智也执起她的手，笑："不是不能暖，而是不是你想要的那个人。"他终于放开手，"你从来不骗人，也不骗自己。"

雁飞站起身，拉着他进了舞池，微笑："不骗人的谢雁飞请你跳舞。"

"你今晚——很特别。"他拥抱她。

雁飞伏在藤田智也的肩头，熟练地迈着步子。她同许多人跳过舞，不可否认和他是最合拍的。他懂她的舞步，她也懂他的。

她低喃："你不穿军服的时候，是个很好的人。"

"呵，我妹妹也这样说。"

"妹妹？"这是她还没有听过的。

"我不算一无所有到底，至少还有两个妹妹。她们纯洁简单，都是普通的女孩。"

他在叹息，她听懂了，说："她们也有一个好哥哥。"

"谢雁飞，今晚你一直在哄我！"

她不抬头，也不再说话，只专心地和他跳这一支舞。最后，再看他孤身离去。

藤田智也离开百乐门的时候，没有回头。这座百乐之门，只令他更加寂寞。他想，谢雁飞真是对的，两个人的寂寞比一个人的寂寞更寒冷。

雁飞靠在舞厅门前看着他的背影发了一会儿怔，直到有人上来打招呼。

"雁飞小姐，好久不见呀！"是很久不跟着藤田智也出现的山田。

雁飞笑着招呼："山田先生最近哪里发财？"

山田笑眯眯指了指舞厅一角，长谷川正陷在女人堆里，对身边的舞女肆无忌惮地上下其手。山田说："新近结交的，也是一位豪爽的达人。雁飞小姐赏个脸？"说完笑着又瞥了眼长谷川。

雁飞了然，冷冷一笑，说："我明天就要辞工了，以后怕是少有机会和朋友们聚聚。"

山田非常意外，惊呼："哎呀！那真是十分可惜，不知雁飞小姐是否有了高就？"

雁飞点头微笑，说："我们这一行的最好出路也不过这样了，都是托干爹生前故友的福，得了机会能出上海四处瞧瞧。"说完又客套几句，便借故甩下山田。

下班后，雁飞约了旧日的姐妹同蒙娜在乐而惠摆了一桌，点了些好菜同大家话别。

她平日为人仗义，从不恃强凌弱，十分得人心。故筵席上，大家都有些依依惜别的意思。雁飞把盏敬了各人："这些日子多亏得了姊妹们的帮衬，如今才有个好去处。往后大家各自珍重！"

众舞女均留恋不舍，又说了好一阵子惜别的话。只有蒙娜在筵席后拉住雁飞问："是不是有其他事故？"

雁飞笑笑，只说："我累了，歇一阵，好再飞呗！"

蒙娜知道她心里有打算也必是不肯说的，就不再追问了。

散席之后，雁飞回了兆丰别墅，将苏阿姨叫来跟前，说："我有事要离开上海个把月，最多一年吧，家里还需要你照看着。"并把家用摆将出来。

苏阿姨也吃一惊，不住问："小姐还回不回来？"

雁飞不想她太过大惊小怪，笑着安抚说："自然是回来的。这些日子里你只需好好照看房子即可，旁人若来找我，就说去了外地。"

"好的好的。"苏阿姨心神不定地接口，便听着雁飞吩咐帮着收拾行李，却发现雁飞并不带日常穿的收腰旗袍，只管拣了几件宽大简单的衣物，且连日常用的胭脂水粉都一律不带。

收拾妥当之后，雁飞蒙头睡个大熟，次日清早就提着行李出了门。

她觉着这个早晨特别清朗，天空蓝似远洋，万里无云。就像初来上海看到的那片天空一般。

春天的空气是甜的，她深深嗅了几口，神清气爽。然后叫了黄包车出了兆丰别墅，拐个弯，先去愚园路。这里马路两边尽是旋转着的三色理发灯，看得人眼花缭乱。

雁飞寻了一家不起眼的小理发店走过去。这条著名的"理发一条街"，剃头店美容店不少，但她自来认熟人，只做惯一家店。这小店门口还有她盘头的照片当广告画贴着招徕顾客。

她停驻在店门口，朝自己的旧照片扮了个鬼脸，推门进去。

正做晨扫的烫头师傅听有客到，抬头欲招呼，见是老主顾，便眉开眼笑，掸干净椅子请她来坐："谢小姐，今朝要轧怎样的台型？"

雁飞在弹簧椅子里舒展了一下腰背，摇头笑："今朝不给你做大生意，我只要剪女学生的童花头。"

烫头师傅吓了一跳："小姐呀，你是开玩笑？现在舞厅流行女学生头？"

"只要是你阿东师傅做的，又在我谢雁飞头上的，自然就是流行的。"雁飞将长发放了下来，黑瀑布一般，几欲垂到地上。她甩了甩头发。

阿东师傅还是难以置信，只道："搞不懂，真搞不懂！"但也只能依照雁飞的意思，准备好器具，为她剪发。

头发一寸寸短了，黑色丝一样毫无生命地躺在地上。雁飞的心却活泼了，好像身体里有东西在重生。梳妆镜里的她，满脸生气，泛着红晕，从未有过的容光焕发。

连阿东师傅都看出来了："谢小姐是有啥高兴的事情？"

她不答反问："你家太太生了个儿子吧？"

阿东师傅忧愁地直摇头："是个女儿。唉！难啊！"

雁飞奇道："女儿不好吗？我倒是愿意有个女儿的，女儿可贴心呢！"

阿东师傅吐苦水："又是一个女儿，都第三个了，以后嫁妆要累死我这把骨头。现在做生意不要太难哦！那些白相人、巡捕、流氓、日本人，哪个是好惹的？专盯着我们这些小门小户，前天又被一个日本流氓敲了一笔，巡捕房敲诈我们老百姓来得起劲，倒是不管日本人的。气恼死我了！"

雁飞点点头，心有戚戚焉："这个世道，是这样子的。我们又有什么办法呢？"

人吃人，有一条食物链，循环往复，最吃亏的是最底下的那些人。

雁飞闭上眼睛养神，手不自觉地抚摸着小腹，打着转，小心温柔。

阿东师傅技艺高明，手艺灵巧，推子不拔毛，剪子更不打飘，悄无声息，为雁飞剪断三千烦恼丝，齐到耳后根，露出缎子般光滑细长的颈子。

雁飞对着镜子左摆右摆，齐额的刘海遮了原有的美人尖，密密地压在眉毛上，让脸上的孤寂一扫而空。这张全新的面孔是陌生的、新生的。她觉着新鲜，淘气地对着镜子笑了一笑。

“这下子可真的成女大学生了！”阿东师傅竖起大拇指，“谢小姐人美，剪怎样的发型都好看！”

雁飞很满意，付了钱走出理发店，心情极靓。

抢生意的黄包车夫拉着车子跑来她跟前：“小姐去哪里？”

“淡井村。”

她乐得飞飞的，想，归云一定认不出自己。就不住催促车夫拉得快一些。只是一路到了归云的老范饭庄，却看见六七个人在店门口围成一团大声争执。

归云同她店里的老范、陆明等人正被几个流氓围在正中，雁飞且听有流氓挑衅。

“小店生意可真不错呵？”

老范不住作揖赔笑脸：“早上第一笼熟的小笼，可巧让几位先生赶上了。”

陆明不愿意了，一扔扫帚，面孔一板：“咱们合法营生，只知道合法规矩，这些乱七八糟的东西可不懂！”

流氓竖起眉毛，待要发作。老范看着着急，忙止住陆明逞气。陆明也不知哪里来的怒气，回店抄起条凳冲出来，眦目瞪他们：“谁再胡闹，我和他拼命！”

流氓们见这独臂残疾人这样彪悍，都吃惊，又觉得丢了面子，怒火中烧，正两方对峙。归云慌忙拉下了陆明，笑道：“我们只仰赖各方照顾维持这小店，小本经营还望多多包涵。”

一流氓见她生得漂亮，又像是这家店的老板娘，就放肆调笑：“如果小姐肯请喝茶，我们倒是也能照顾照顾小店。”毛手毛脚探上来就要揩油。

老范挡上前去隔开那流氓：“大家和气生财和气生财！”

那群流氓本身就是欺负他们店小人少，又不像有根基的，压根存心讨便宜讨到底，全没把老范的阻挡放在眼里。陆明看不下去了，没命似的举了条凳便砸，唬得前头几个流氓连忙后退。

归云一看，怕真闹大出了事，憋着气，大喝一声：“够了！”她把头一仰，站了出来，“我们店在租界里是登了记的合法生意，也请过薛华立路的洋官爷喝过茶。咱们只懂那边的规矩，开门做正当生意。几位是大爷，来喝茶吃点心，我能给个优惠价，再要别的，我们店面小，也没好的。”

她的话迂回，气势又压人，流氓们虽不全信，但也觉得她是个气派人，怕真有些后台，不由得气弱了些，只道："小姑娘口气好大！"

归云转个头，对老范吩咐："薛华立路的官爷叫的早点还不快送去，晚了又得挨批！"

老范得令接翎子，忙道了声"哎"。几个流氓见形势一合计，决定按兵不动，领头的那个叫："今朝爷们还有大事，先不管你这小摊子。"气狠狠地带着人跑了。

归云等三人待他们远了，方松了口气。

老范埋怨陆明："如果刚才真打起来，那可怎么办？"

陆明说："对这干流氓不能太软手，他们见好不会收，往后麻烦更大。憋屈透了，尽受这些兔崽子的欺负！"

归云知道陆明自残疾之后，心中的郁闷情绪一直不得抒发，脾气横上来，九头牛也拉不回，不好由着他继续往下讲，就说："只今天稍稍唬了那几个流氓，也并非长久之计，还是要另想个法子。"

陆明突道："不如叫展风哥请那些人收拾他们一顿。"

归云沉下脸："不成，这事万不能让展风知道，别再惹出是非来。"又对老范道，"还要烦你真去薛华立路跑一趟。"

老范明白，是怕流氓们放暗哨，应承下来，当下装模作样动了身。他前脚出去，雁飞后脚就进来了。

归云认了半天："小雁？"

雁飞应景地转个身给她看，"认不得了？"

归云见她手里提了行李箱，就问："要出远门？"

"不，来投靠你。"她将手里的行李交给归云，又道，"我在淡井村东边的弄堂里租了一间亭子间，要长住些日子。"

归云奇问："怎么要搬来这边独住？"

雁飞挺了下腰："等小家伙生下来再做打算。"

归云大吃了一惊："你——你——怀孕了？"

雁飞坐下来，笑得十分满足，直点头，说："这次我要抢在你前头了。"一脸喜悦再不隐瞒，直笑至眉眼生春。

归云只觉得雁飞那笑容真是柳眉初展，百花齐放。诚然，仍艳丽，但这艳丽是清新的，满是光辉。又因她剪短了发，露出细颈纤身，端的是烟姿玉立，水润动人，看得人如沐春风。

“你，很不一样了！”

雁飞比比小腹：“会变胖，皮肤会松，也会丑。”她朝归云扮个鬼脸，再拍拍自己的小脸，难得人前如此俏皮活泼。

归云又喜又忧虑，因见到雁飞少有的全然放松，她的快活感染了她，归云好奇地摸摸她的肚子，真不敢相信那里已经有了小娃娃。

“往后你同卓记者结婚，也会生宝宝的。”雁飞说。

归云脸一红，雁飞掐掐她的小脸，怜她不解人事。大上海千变万化，但眼前的大辫子俏丫头总也没变。她总忍不住想要保护她：“今早的事情不碍事吧？”

归云叹气坐下：“先用阵势骗走了他们，往后我还真不知怎么做。”

“卓记者人面广，或许有法子呢？”

“怎好去烦他？他里里外外够烦的，我再烦他，他会累死。”

雁飞想了下，道，“对付这样的人无非两个法子，不是‘擒贼先擒王’就是‘道高一尺魔高一丈’。”

归云通透，立刻领悟，只愁没门路。雁飞总应该是有的，果然雁飞又开口了：“霞飞路这片的小流氓都有头领着，不如——”

“不好。”归云打断雁飞的话头。雁飞既然在这时刻拿了行李投靠她，必是要清静了，如因此事再让她抛头露面，岂不是教她功亏一篑？

雁飞知她心意，难得她的这份心，愈加珍惜。

她还倒过来宽慰她：“我也横着呢！既然当了老板娘，哪里让人轻易欺负去。你这个准妈妈还是安心生宝宝吧！”

两人也不再说这等闲话。归云高高兴兴跟着雁飞去了她新租的亭子间，屋子里的家什摆设雁飞一应是准备好的，窗帘桌布，都是西洋纱，粉色的，温馨又暖和。归云放了心，笑道：“你果真是个周密的人。”

雁飞也笑，摸了摸窗帘，又摇了摇早买好的婴儿小床，不禁说：“如此过一辈子也是过得的。”

归云大喜，握住雁飞的手：“那再好也没有了。”她开怀笑了，不住说，“我要去买奶瓶、奶嘴、尿壶来。”

雁飞嗔她：“花那么多钱，真是孩子气。”

归云道："我要做干妈的，怎能不花这个钱？"忽又想到裴向阳叫过自己"干妈妈"，卓阳"干爸爸"，一阵脸热。

将雁飞安置妥，归云才静心想了些应对的法子，有个万难的法子，她思忖了很久，最后拍拍脑袋瓜，决定试他一试。

她忐忑地去了卓阳的报社。她估准了卓阳准在隐蔽的办公室办公，但挂作洋旗报老板的蒙娜必定会在办公室里的时候。

报社的办公室早变得霏霏靡靡，到处挂明星海报，还有唱机放着好莱坞的电影歌曲。归云去的时候，蒙娜正埋头做翻译，一见归云找她，大吃一惊。

她们不过蜻蜓点水般相交那几次，中间就隔了个那么重要的人儿。蒙娜晓得，归云也晓得。

蒙娜的面色不好，说："阳不在。"

归云走进去，她也不让座，归云就站着，朝她鞠了个躬，把蒙娜吓得从座位上猛站起来，稿子都掉地上了。

"你这是做什么？"

归云诚恳地笑："我请蒙娜小姐帮个忙，我想邀请您的哥哥和他的同事们来我的小店吃顿饭。"

她用了雁飞的第二招——道高一尺魔高一丈，把谎圆满了好自救。然而这样的自救，未免是稍稍屈尊的，可是归云心甘情愿。

蒙娜面色很怪，但也不是不通人情，听她提出这样的请求，心知必是有事的，她只问："干吗要求我？你有你的阳。"

归云道："因为你可以帮助我，我无能为力。"就把事情一五一十全部说了，末了，道，"真是个不情之请，我也晓得的，很难，我并不想这样求人，可是没有办法。"

这样一说，她倒显得楚楚可怜了，触动了蒙娜的心。她是又坚韧又柔弱，难怪阳会这样喜欢，蒙娜想，自己毕竟是比她强的，也许太强了，阳才不喜欢。她左一想，右一想，终究侠义心思占了上风。

她问："你就信我能帮你？"

归云微笑："如果我不信你的为人，就不来了。"

蒙娜暗叹，这位中国小姐的度量，也真是难得的，没想到她这样爽直坦诚，竟对上了自己的胃口。还有，她也有不如自己的地方，是更对胃口的。蒙娜骄傲的心得到满足，也宽容了，也赞赏了。

归云瞧她的眼波动了，望着自己，她就坦荡地看着她。终于，蒙娜叹口气，说："我们不是应该打一架吗？可我为什么还要帮你？"

归云又鞠了一躬："谢谢你。"

蒙娜口头虽尚未正面应承下来，但大抵是给了肯定的意思。归云明白她的心境，心底感激不尽。两人实则也无多话，都不知该从何说起，各自还是有些许尴尬在。

恰好莫主编手里拿了本杂志喜不自禁地走进来，碰上归云，来不及招呼，莫主编就喜滋滋地将手里的杂志递给归云："你瞧瞧，这杂志可做得好？"

归云莫名其妙，但也将杂志拿了来瞧。那是一本图片照片集，封面是一位战士折断了太阳旗。画风铿锵有力，印刷得也鲜艳，只有薄薄几页。她翻开集子，里面有照片有图画，配着文字。她虽是外行，却也瞧得出这集子的制作之精良、排版之鲜明。只是翻到一页连环画，画的是前线战士冒着炮火冲向敌人的堡垒，硝烟的气息扑面而来。

归云口里说着"好"，心却黯然了。

莫主编倒是神采奕奕，说话洪亮有力："沙飞他们是好样的，前线那样艰苦，冲印排版器材那样简陋，他们还能做出这么好的画报，有这么好的美编和摄影记者。咱们大大震慑了敌人，前线的日本人还当咱们的战士是蒙着眼睛只看枪炮的土包子呢！嘿！我也想冲到前线跟着沙飞这小子干报纸了。"

蒙娜也不禁过来瞧，她同莫主编是内行，不由得并头接着开始讨论画报的编排和制作了。归云听不懂，也不欲再多打搅他们，就道个别离开了。

她回到饭庄，正值下午清淡时分，老范去了菜市场。

这些天她和老范又琢磨出新的经营路子。年前，店里的饺子馅、小笼馅等各类半成品卖得空前的好，看来是被顾客接受的。归云想，最近租界正鼓励菜市场有序经营，那里生意越发好了，但还没有半成品的摊子，也许是个机会。老范就自告奋勇先去探探风向。

其他伙计也都在午休，陆明坐在灶庇间的门沿发着呆。归云挨他身边坐下，推了推他："快些休息去吧，你总让自己这么累，刚养好的身子受不住的。"

陆明茫茫然："小蝶还不愿见我。"

"我明天再去劝劝小蝶。"

“归云，你帮我带句话，以前你们唱戏，我常蹲在你家天井外听。我记得以前你们唱过的词儿，什么‘活着我们在一处，死了化灰我们还是在一处’。后来我同小蝶这样说，她很喜欢。你告诉她，我当初怎么说现在仍是这意思，活着我们在一处，死了化灰，我们还是在一处。”

他的声音那么平静，又那么惘然，一字一重音，敲得归云的心嗡嗡的，不能透气。怎么安慰？可如何安慰已经不重要。陆明是我心匪石，不可转也。

归云有些神伤，站起身，往灶庇间找事做，唯有手里劳作，方能忘却一些难过的事。在一方天地间，让头脑空洞，或可得些安慰。

她不知站了多久，腰背有些麻木，才伸直了身子，就被人从身后猛然抱住，一旋，被按在墙壁上，眼前一黑，就被吻住了唇。尽是唇舌的纠缠，相濡以沫。好久好久，才被放开。她看到卓阳板着脸。

“你干吗？”她想推开他，可他坚固如石山，纹丝不动，“要让别人看到不好。”

他气吁吁地说：“你就这样不信任我？去求蒙娜都不来同我说。”

归云又好气又好笑：“你这人真是！难道你还吃蒙娜的醋？”

卓阳瞪她：“凭什么她知道的事，我竟然不知道？我好歹也是这里的老板。”

“是是是，卓老板，您伙计擅作主张没有向您汇报。小的该死！”归云听他说得霸道，就做小伏低心不甘地刺一刺他。

卓阳听了出来，更不高兴，扳住她的面又狠狠吻下去。这次直到她气喘吁吁，拼死劲用拳头捶他才放开。

归云羞得脸似会滴出汁的苹果，连声音都软了：“恶劣的家伙！”

卓阳的心跟着软了，好话好说了：“听话，以后有事情一定要和我商量。”

“蒙娜不会同你说的。”她想，他怎么消息这样灵通?

卓阳“哼”了一声：“她自然得意，但别人不会说吗？”

归云暗叹，原来是莫主编，她想，还真不能稍稍瞒他什么，就说：“你已经够累了，这些我能做的。”

“不要自己冒险，让我担心一样是让我受罪。”卓阳说，他是真担心了，因而更不愿意放开她。就这样密密地贴在一起，身体中有一股暖流自上而下，是一种陌生又莫名的悸动。

归云不舒服了，扭扭身子：“卓阳——你裤兜里揣了什么东西？硌着我了。”

卓阳的脸蓦地红了，缩了手脚，退得老远，拧拧眉毛又抓抓头发：“没——没什么东西。”想一想，又说，“哦，是钢笔。刚才写稿子忘记拿出来了。”说完一溜烟跑出了厨房。

“哦。”归云不做他想，继续转身做自己的事。

过了好久，她慢慢回过神来：“哎呀！”她咬咬唇，捂住脸，这回终于想明白过来，是真的要从脚趾尖一直红到耳后根了。

卓阳是言必信，行必果的人，他果真不愿归云多操劳，手法更比归云要巧妙得多。他不但请了蒙娜的兄长拉力，连中央巡捕房的警长都邀来了归云的小店，还请他们和归云、老范等留了影。事后将这相片挂在店里，很笃定地对归云说：“这次就彻底狐假虎威，看还有没有人来挑衅。”

那伙流氓果然不甘，又来探了，自然被相片震慑住了。

归云不免是服气的，对卓阳说：“你的处事周全我永远差一着。”

卓阳笑道：“我自然是有我的办法。”

归云靠着他，不舍得离开，说：“卓阳，我越来越依赖你。你在我要灭顶之际，拉我出了水面，不至于活生生溺死。”

“那不过是举手之劳。我想如果没有我，你还是有扭转乾坤的办法。就像小时候你卖唱帮那孩子，当时我想这个小姑娘好倔强，死也不肯认输。”

她想，他成了为她撑出一片天的伞，庇荫遮阳的，没了怎么办？心似双丝网，患得患失。

其实幸福已经在接近了，庆姑渐渐不明着反对他们的交往了。这卓阳，但凡真要哄谁，嘴巴就一定抹了蜂蜜，让人酥到骨子里。

大年夜主张两家合一家一道吃年夜饭，是她自强，想要求个圆融。

席间庆姑果真一直沉着脸。卓阳见了庆姑行了一个大礼，奉上的见面礼是燕窝，还是上等官燕，连归云见了心里都打了笃，不用说庆姑。庆姑是整个被镇住了。

卓阳还有零星小礼补上，什么法兰西的胭脂膏子，英吉利的雪花膏，蒙古新产的冷毛。也不知他托了多少关系弄来那么多，看得庆姑眼花缭乱。

“杜妈妈，往后您有什么吃的穿的用的，尽管和我说。”他嘴甜，就坐在庆姑身边，传茶递菜，做得周周到到。

庆姑就不好再发作什么了。

后来家里安了电灯，这新装置总让庆姑用起来怕怕的，因为经常会跳闸。展风不会修这些玩意儿，还是卓阳赶来修的。一个人危险地站在交叠搭起来的凳子上，仰着头重新接电线。

庆姑怕他摔下来，小心翼翼扶着凳子。

事后，她向小蝶娘念叨："算了算了，就当嫁女儿吧！有这么个贴心又有台面的女婿也蛮好。"自觉是多了一个依靠。

她开始张罗给展风做媒，不想展风脾气犟，推托多次。实在推托不了，就坦白："除了归凤，谁也不要！"

庆姑惊了，忙问："你发的什么疯？"

展风不说，母子间堵了好多天的气。

归云来劝，展风只说："大丈夫一言九鼎。"

归云说："但老人家那里还需安抚安抚。"

展风说："我是想好了的，既是不能和自己最欢喜的在一起，那么就要担起应负的责任。不然我这辈子都算是白过。"

归云暗忖这话八成是向抒磊教他的，便道："你跟了向先生后，倒比以前多了很多想法。"

"我很服气向先生，他和王老板不同。"展风摸头，想着说词儿，"王老板是那种顶要面子的，他好像什么都不要。"

归云点头道："向先生也是奇人了。"

展风搓了搓手，说："等归凤回来，我们就真的一家团圆了！"他又说，"我们去见一见归凤。"

归云答应："我去，你在暗处等。"

两人在次日选了上戏前的时间去宝蟾戏院，戏院门口的海报上仍是归凤扮的林黛玉相，海报下排着密严严的水牌，归凤的名字在最前头。方进山捧她似是不遗余力，他们看见戏院里还新开了小店，卖黑胶碟子，有归凤的，也有筱秋月的。

归云让展风等在戏院后弄堂的梧桐树后，她转到前面，找了先前相识的做清扫的用人套情面，装作家穷需靠归凤帮衬，又许了用人些铜板。用人动容了，也是机灵人，懂归云的暗示，就说："我看看归凤小姐是不是要解手。"

待她进去半刻，归凤便东张西望跑了出来，眼一红，二话不说就跑到壁角同归云拥抱。

归云再看归凤。她已不是她，摩登的烫发，别着澄金的发夹，浓的妆，十指红蔻丹，身着紫貂毛。她还是她，瘦了一圈的郁郁寡欢的清秀人儿，只是桃花不再艳。

归云的眼也红了，她说："归凤，我们都会想法子救你出去。"

"前几个月给摆了酒，也算是他家的小。他现在好像更混出些头，日本人还来贺了喜。也肯砸银子来捧我，筱秋月那些人的气势是比不上了。"归凤流了泪，"除非他死，不然我走不了。"

归云朝展风打个呼哨，展风冲了出来，人是好的，归凤看得呆了，半晌，才说："展风，你好——"她该是安慰了，这个好好的展风就在眼前。

展风一把握牢了归凤的手，说："你等着，我不负你！"

归凤的泪更急，长久企盼的幸福落下来，她竟已不敢接，只不停摇头："是我笨是我傻，呆呆自投罗网，落了这副田地。你们好好过，别管我。"

归云也哽咽了："不要泄气，再难的日子咱们忍过去就好了。"

展风只是说："别傻！"看着她这样，心碎了，责任更重，他说，"你要等我。"

归凤只是退，展风不让，一把按痛了她的臂，归凤低低惨叫一声，展风心知不对，撩起她的袖子来。她那原本应雪白如藕似的玉臂上竟有一排星星点点的火泡子。他同归云都蓦地呆了。

展风身子一顿，就要冲出去，被归云死死按住："现在不是时候。"

归凤合了袖子，眸子却迸跳了下，亮了，她倒说："你们别为我急，狗被逼急了也会跳墙！他拘着我也无非我入得了张老太的心。你们看到的这伤也是旧伤了，我哭到张家老妈妈那里，他就再不敢对我用粗。"

展风无言，心痛难以复加，再不顾旁的，牢牢抱住了归凤，一个劲说："再等等，再等等就救你出来。"

归凤顺意地合了合眼，她盼得太久的人儿和情意，如今摆在眼前。她自己擦干泪，说："我还能唱戏，这就是最大的恩赐，我知足了。"又握住展风的袖子，"只求你，只求你好好的。"

两人相持，互相点头，又隔了坎坷，不得相聚。

归云泪如雨下，是替不了归凤的痛，切肉连皮，唯有极度的悲伤，都被乱世悲苦苍白的岁月盖住。

展风心痛,却是无力的挣扎,他只能被迫接受,可更加愧恨和苦痛。知命而不能抗命,只好认命。

归凤却咬咬牙，感到疼痛之后的满足，寸寸相思幸好未成灰。

用人出来催人，时间到了，只能泪别。再三叮嘱也是惘然，人世间无端端的分离最是苦痛。

归凤一步一回头，弄堂里起了穿堂风，归凤那一头烫好的发也飘起来，没有依傍。她那纤纤细腰仿佛风中柳枝，随时会折断一样。

展风在后面叫：“我绝不负你。”

他已是万不能负她了的。

第十四章 情深处

开春的时候，卓太太从宝山买了一棵玉兰树的苗子回来，在并不大的天井里植了下去。树苗子尚青，稀稀疏疏的，但也遮着了天井的半边天。春风一吹，有淡淡的树叶子清冽的香。

归云很喜欢这棵玉兰树，比卓太太和卓阳更用心栽培它，她期待新的生命，也同样期待雁飞腹中慢慢长大的孩子。这总让她觉得人生希望无限。

雁飞的身形越发明显了，她进出归云店里的情形被老范夫妇等人看到，老范媳妇碎嘴，旁敲侧击打听："这个太太怎么没有男人？"被老范一顿呵斥。

归云恍若未闻，也不多向旁人解释，只管自己竭力照顾雁飞，还央卓阳再弄些稀罕的燕窝来，并将自小同雁飞的往事原原本本说给了他听。

卓阳赞道："谢小姐是风尘奇女子，本不应用平常眼光来看。"

归云才欣慰，卓阳又狡黠地多加一句："往后咱们生养孩子，我也会好好补你。"

羞得归云无处躲，卓阳还逗她："以后我们生八个，名字用'琴棋书画，诗词歌赋'，天下雅事尽入我家。"

归云娇嗔："我又不是母猪，谁给你生那么多！"

卓阳抓着她的手贴在自己心口，他的心跳都在她的掌心中，他说："一个孩子太孤单了，我是独养儿子，有过感受。两个正好，我只要两个。"

她把头埋在卓阳怀里，又一抬头，他神思远了，她不知他又想什么，才要叫他，他又反应过来，凑到她耳朵旁问："你知道怎么生宝宝吗？"

归云羞恼了，用力捶他："这样的大学生真是侮辱斯文！"

"大学生和生宝宝没有因果关系。"

归云气得语塞，却并非不通人事，她渐渐有了种女孩含苞待放的莫名兴奋的心情。

她向雁飞描述这种心情，雁飞只是笑，竟也问她："你知道怎么生宝宝吗？"

归云只是将手放在雁飞的肚子上，那里已经有些胎动的迹象，每当她的手掌感受到生命绽放的脉动时，就像贴在卓阳胸膛上感受到的心跳。

她觉得生命是多么美好，多么珍贵！

雁飞也觉得心是满的，她的生命因为要诞生新的生命而丰盈。她学会不再想念过去，噩梦也少了，后来逐渐都没了。

她也常到归云的店里看看，终于碰到展风，展风是大大吃了一惊，雁飞却俏皮地笑到打跌，说："小弟弟，恭喜我这个准妈妈吧！"

展风来不及恍然大悟，还在发愣，结结巴巴道："恭——恭喜！"想起问，"你结婚了？"

"不结婚，我自己做妈妈！"

展风突然又有昔日的冲动，止着，又觉唐突。她之于他，是真正永远遥不可及了。

雁飞一如既往拍拍他的头："你是男人了，我听归云说了你和归凤的事。会不会恨我当初把你拉进这些危险的事情当中？"

展风摇头，他鼓起勇气抓住了雁飞的手："你教会了我很多东西。"

雁飞微笑："我教会你的都不是好东西。"

展风又摇头，急切地道："不，不是。别人不会明白，我自己心里原先也不明白。如果没有你，我不会懂那么多事情，懂那么多道理。"

他说得又急又大声，因为耳聋，一急就没办法控制自己的声调。雁飞可怜他，也自责："可我也算间接害了你受这么重的伤。"

展风神色凛冽了，说："国家都在苦难当中，自己受的这点伤又算得了什么？当年的蔡炳炎将军，我是亲眼看着他在日本人的枪口下倒下来的。我当时就想，这样才是一条汉子，死得值！”

雁飞想，这个男孩，是自己眼看着成长起来的。她与有荣焉，感受到了成长的喜悦。

归云为他们做了莲子百合银耳羹，端进来各盛了一碗。大家坐在一起又聊了一阵，徐五福来店里找展风，直拉着他要到无人处说话。雁飞心里狐疑，面上也没说什么，归云安排了他们去雅间。

展风小声问徐五福：“怎的？那个任务派下来没有？”

徐五福凑在展风的耳朵边如实报告：“向先生说上头并没有把时间安排下来，而且任务的重点是他管的那间中转仓库。我们不该轻举妄动。”

展风不满意，紧绷着脸：“已经等了好久，我们能等，归凤不能等。”

徐五福没主意：“可咱们不能擅自行动啊！”

展风捏紧了拳头，他的内疚愈盛，他的心就愈急躁。在看到方进山的名字是他们将要处理的任务之一时，就再也无法隐忍下去。

“我们筹划筹划，把这票干得漂亮些，向先生也不怪咱们。”他心里一计算，鲁莽地决定。他不想再等了，铁青了脸，决定私自行动。

等徐五福走了，归云也送了雁飞回家，又来找展风说话：“你现在还是一条布口袋——横竖不够料去做事情，怎好这样匆忙？”

“再等归凤就会被活活折腾死。”

归云不响了。

“这险值得冒。宰了方进山，归凤就能出火坑，咱们就能一家团聚。”展风不知是要给自己打气还是要努力说服归云，他焦灼又猴急地保证。

“你也说向先生管你们严，如果私自行动，会怎样？”

展风心里没底，其实向抒磊对他们很亲和，但管起来相当严，他不允许有违背他命令的行动出现。就算先前从卓阳那里接的烧慰安所的事，也是他反复思虑好，筹备周全才默许动的手。

他安慰归云：“既然我们都已经选了这种舔刀子的生活，自己的生命因此更加宝贵，能做到一百，就绝对不能做到九十九。”

其实他心中并没有底气，这是他冒昧行动，还将要撺掇其他同伴，如果向抒磊知道，后果是他无法预料的。但，不管了。他决定要为归凤豁出去一次。

他再骗归云："我当然会先和向先生商量，用个万全的法子来做这事。"他也不再管归云到底信还是不信，就先自振作精神计算自己的大事。

归云心中急归急，但也是知道展风的，他是铁了心要用最快的速度解救归凤，热血一涌，必定鲁莽，难免顾不周全。她很担心，心里的忧虑，既不能同雁飞讲，也不能同卓阳说。

卓阳这两日也愈加心事重重，她试探问了，都被他含糊过去。

这天清晨到卓家送早餐，突然看见他在玉兰树下打起了太极拳。

卓阳是近几日生了这等闲情，每日清晨按拳谱打上半刻钟。半刻钟后，心也静定了，他吻别归云，骑车去报社上班。

他是在孤军营看到谢团长领着孤军战士们打太极拳才起了这个意的。

他们整齐地站在操场上，在春天起雾的早晨，用统一的姿势优哉游哉云手推掌。白茫茫的一片天下，万事万物都好像偃息静止。只有他们心念如一地云手推掌，能推开缠绕在四周的白雾。

卓阳时常去孤军营，未必是采访。

他头一次去的时候就遇到麻烦，逢着苏格兰军队和白俄商团用暴力抢孤军营的旗。那群战士手无寸铁，所以备受欺凌，连精神都不被允许有。

卓阳愤慨，他记下谢团长当时令他肃然起敬的一句话："我们头上有青天白日，脚下有热烈的鲜血，足以代表一切。成败？不过在于心念之间，我们没有输。"

他相信，这位英雄，是这座城市里的支柱。他的不败，给了这里的中国人不败的理由。

卓阳问他："如何抉择个人之于家庭的责任和个人之于国家的责任？"

谢团长道："只有国家民族自由了，才有个人的自由，国家存活下去，个人才能存活下去。"

卓阳认真倾听，谢团长笑着鼓励他："抗战前途，光明日益在望，最后的胜利，当有绝对把握。"

卓阳又问："为什么要打太极拳？"

谢团长比画了一个云手的姿势，说："求空，求净，养身，修性，积蓄实力。有一天当从这里走出去再战疆场。"

卓阳抬头观天，极目远望，发现四处皆障碍。他想，谢团长同他一样，心里有一股火，加着油，反复烧。在前方战事愈加激烈的时刻，即将临爆。他要等不及了，不能满足每天只在电报局等前线的新闻。

他用力骑车去了报社。

今日报社同仁都到齐了，要给莫主编送行。

“明天我开赴前线，今晚和大家一醉方休。”莫主编还是乐呵呵的，将行李都打包好，一并带来报社，真的准备一醉方休。

要和莫主编同赴疆场的记者编辑都来了，平日都没有聚得那样齐全。有几位是卓阳崇拜的前辈，他恭敬地坐在一边聆听他们的时政灼见。

报社的办公室几乎空了，重要资料都转移去了隐蔽的办公室，此地留的只是风雅的装饰。大伙聚在此地，不过是临行前的放松。这些都是莫主编的意思，他念着工作多年的地方，想要道别。

年轻的记者见主编心情好，起哄：“让师母唱首饯行歌！”

卓阳才发现莫主编的太太也在现场。原是一极年轻、极神清骨秀、素雅怡人的女子。他是早闻她大名的，卓汉书曾说起过老同学的韵事。

莫太太是北平官宦人家的小姐，在燕京大学念书，有一年莫主编去那儿演讲，这位女学生就坐在台下，被台上中年学者的“中国新闻人应传承民族之精神”的精神吸引。

女大学生思想独立，才华洋溢，亲自去拜访了学者。两个月后，女大学生毕业了，拿着皮箱跟着学者去了火车站。她说：“我已毕业，家庭并非我之束缚，听闻先生尚未有妻室，我愿用我之双手照顾先生起居。”

女大学生家里人追来火车站，他二人已杳然无踪。到了上海，成为轰动新闻界的一桩绯闻。

卓汉书说这桩事的时候，不免嘲笑了几句：“老莫临老，晚节不保，还被业内人士笑话一顿。”

卓阳一直不以为然，他自来认为情之所钟是人之天性。此刻见到这位传闻中的莫太太，更觉二人虽年龄悬殊，但鹣鲽情浓，举案齐眉，可见个人有个人的缘法。

莫太太听人撺掇着要她唱《四季歌》，也不推辞，秀气地笑着说：“给各位唱一次又有什么打紧？当给莫老师送行。”原来她一直称呼自己的丈夫为老师。

又有调皮的记者问：“莫老师去前线，您不心疼担心？”

莫太太再温柔一笑：“如果要心疼、要担心，我还嫁给这样搞新闻的干什么呀！他有胆量去，我自有胆量送他去！”

众人不由得热烈鼓掌。卓阳微微一凛，暗生几分钦佩。

秦编辑走到卓阳身边，对他说：“我就怕你又要闹情绪，这回不派你去就是为了保存实力，个个都上前线，大后方的工作谁人来做？”

卓阳说：“我并没意见，老早消化掉啦！”

他向莫主编要求过要上前线，且并没有和母亲及归云提起过。

莫主编思索着，说：“沙飞的确赞赏过你拍的那些照片，可上前线是一件极危险的事，不但需要胆量，还需要经验。”

“您是说我经验不足？”

莫主编点头：“激情有余，经验不足。在前线，拍照片、冲印、撰稿都会成为极艰苦的差事，不但需要利落的手脚，还要具备军事知识，懂得攻守，才能做得好战地记者。”

卓阳愤然：“我都是可以学的，而且您说过那边缺少的是摄影记者。”

“卓阳，你有孤寡老母在堂，还有一位刚刚谈了不久的女朋友。”

卓阳偃旗息鼓了。这才是问题。

“你母亲不容易。何况此地的工作也需要人来做，鼓励民众坚持抗战必胜的信念，是中国新闻人的职责。”

卓阳想了一夜，心下不甘，又找莫主编说项：“我可以托蒙娜将我妈送去美国，归云，归云也会理解我的。我们年轻，都能挨。谢团长说过，胜利最终属于我们，要挨的不过这三五年，届时我也不过二十四五，还有大把日子能同家人团聚。”

莫主编还是不允，最后终于说：“你是老卓家里的单传，我得为老卓保下这点血脉。”

卓阳没想到莫主编拒绝他的真正原因在此，生了闷气，莫主编不欲和他多争执，也回避着他的问题。

莫太太已经站到众人中央，亮嗓子唱了起来。她的嗓音没有周璇那样腻，声音更高阔疏直，很是气概。至最后“血肉筑成长城长，侬愿做当年小孟姜”，大家都喝了彩。

莫主编坐到了卓阳身边，道：“我知道你气量不会那么小，你爸爸都夸过你大有侠风。那年淞沪战役，你在枪林弹雨下一路照片拍过去，一路平民救过去，英雄出少年啊！你都不晓得你爸爸知道了你那些事迹之后，眉眼笑成什么样子！”

卓阳听了难过，道：“只有我不知道我爸爸的事情，我的事情，他从来都是放在心头的。”

“大了，能懂这些就好。其实你该考虑去重庆或昆明继续念书，把你妈同杜小姐一起接去。”

卓阳摇头：“新闻人如何传承民族之精神？您想好了，我也想好了。有的路一旦选择了，我就不会退。”

莫主编也摇头：“端正为人的老卓生了一个狂傲不羁的儿子。”

他想，这真是一匹小烈马，要甩开缰绳，撒腿飞奔。他自认是伯乐，点拨过这匹小烈马，但真的不舍得放他去疆场。他只好说：“沙飞要办画报，会刊一些抗战漫画，你正有这长技，该把孤岛的情形画出来，刊给前线战士看。”

卓阳撇嘴：“您在打发我。”又问，“您去了前线，莫太太谁来照顾？”

莫主编不答，半晌，才说：“有得有失，顾此失彼，择大者而为之。”随即笑道，“有人找你了。”

卓阳转头，正是归云，他走过去迎她。

“我也来送行！”归云手里提了东西，有老大房的爆鱼头、冠生园的糕点，还有小绍兴的三黄鸡，拎得满满的。卓阳没见过那三黄鸡，问：“你们做的新产品？”

归云笑道：“也是一家私人铺子做的，他们做鸡粥，三黄鸡的味道也不错，我学习着呢！”

卓阳把大堆的食物拿了进去，众人哄然叫好，又有不吝大夸归云的。归云倒也落落大方同他们逗趣，几个青年到处找老酒要狂欢，报社里一时没有，莫主编就拿了钞票出来唤卓阳并三个记者一同去买。卓阳早拉了归云和同事往外一溜，必不肯收他的钱。

归云同那三位记者都早混个脸熟，他们同卓阳相交甚好，年纪也相若，这回都没轮上去前线，一路上不免喋喋不休讨论这个。

“只希望是轮值，过得一年，让我去晋察冀替莫老师。”

“在后方就是等等等，很憋气。我也想上前线，既能打鬼子也能写稿子，一举两得。”

第三个就笑前两个：“都是一群酸秀才，上了前线不知道成不成！”

头一个说话的就同归云说：“我们这里枪法最好的是卓阳，毙过鬼子的。”

卓阳立马就使了眼色，三人都明白，自觉口快，但见归云仿佛不上心似的。其实归云早已听在耳内，只表面装了不注意。她心下微颤，握紧了卓阳的手。他口口声声要她什么事都同他讲，可自己总留着许多事情并不同她讲。她心里泛了酸，还有委屈。

归云一开小差，就顾不得看人，迎面撞上一个人高马大的汉子，汉子并不理她，只顾捏了捏手里卷成一卷的报纸，唾了口沫子就走。

卓阳拉住归云，敲她脑袋：“又看西洋镜了。”

“是我不小心。”归云道。

旁边的记者笑道：“你看你，得照顾好女朋友，这是责任。”

不知哪里正对住卓阳的心思，他又闷闷不乐起来。

这时，从不远处似乎传来了一阵闷雷的声音。卓阳疑惑地抬头，看着西斜的艳阳。是粉红色的天空，那种淡淡的妖艳的红，带着说不出的诡异。他的记者同事都很茫然，一人说：“要下雨了吗？”

不知哪里卷了些尘土，原本清爽的空气浑浊起来，人人都闻到那股弥漫出来的沉重的硫黄的味道。

“有轰炸吗？”

“哪里爆炸了？”

路上的行人乱了起来。

卓阳第一个反应过来，先四顾，然后确定了方向，拔腿往报社的方向跑去。其他人也都惊醒了，跟着卓阳跑。只是卓阳跑了几步又返回来，对归云说：“你就在这里，不要动，等我！”

归云被一个人撂在了马路上。她不及反应，脑中一片空白。她不知道发生了什么，只能看着卓阳等人一转弯又跑回了报社。

只不久，她就看到了报社所在的那幢英式大楼起了烟，袅袅直上。再往上，烟的尽头镶嵌了一个钩子一般冷而尖的月亮，锐利地扎向天空。

粉红色渐渐淡了，天空变得青白，继而阴暗。救护车呼啸着从她身边飞驰过去，救火车也呼啸着从她身边飞驰过去。

而卓阳，一直没有再折返回来。

归云蹲在路边，双手抱着肩。这里有穿堂风，冷飕飕的，打在她身上。

她忽然想起，高连长逝世那天，也是起了这样的风。她又想，卓阳和她说的不要走，等他。她就会等，她会一直等他回来找她。

直到月亮高了，她在鬼魅一般的月色下，看到救护车的担架蒙了白布，从楼上一架一架抬下来。她霍地站起来，扒开人群过去。卓阳冲了出来，推她出去。

他说：“三死五伤，你别看了。”

她已经看清了，死的是莫主编夫妇和秦编辑，他们的担架被人并行着抬下来，上救护车的时候救护队犯了难，因为分不开尸体交握的手。最后是救护车的司机等不住了，费了大气力硬生生将他们的手分开，发出“咔嚓咔嚓”的脆生生的声音。

卓阳看不下去，心潮起伏，拳头一握，被身边的记者同事拉住。

巡捕们找目击者问话，目击者们都惊魂未定，颤着声音述说惨况。投炸弹的人是瞅准有三个人靠在窗口说话的时候掷进去的。

归云耳边“嗡嗡嗡”的，跟着黑下去的天一起惘然。卓阳垂头丧气地来到她身边，她却觉得他浸在黑暗里，快要看不到他了。

他的声音很木，说：“我送你回家！”她是真的看不清他的表情了。

平地无端起了风，也无端下了雨。说是春雨，晚了点，说是入夏的黄梅雨，又早了点。那么劈头盖脸就打了下来，直到人间惨淡。

展风被风雨催得烦了，就央归云打了水洗脸。水糊了眼睛，什么都看不见。他闭上眼，使劲擦脸，满眼红茫茫，像血。他霍地就往后退了一步。

归云被他吓到了，问：“怎么了？”

他摇头。他想他是见多血的，怎么还这样不稳重？

只是还惊骇的吧！

他最近见的尸体，都是汉奸的，通常不会完整，或是皮肉被凌迟，或是开膛破肚，连肠子都流出来，或是被剜眼割鼻。他惊骇着这些支离破碎，不知如何处理。

向抒磊轻描淡写道：“用小汽车往荒地四处一送就好。”

他小声地对向抒磊说：“杀人就杀人，何必，何必那么麻烦！”

“以恐怖对恐怖，以暴力对暴力。任何人都要为自己做过的事情负责。”

有时候也要杀一两只猴。前后安排妥当，由向抒磊亲自动手。他是狙击手，枪法极准，瞄准别人的太阳穴，不用多开一枪。

没有人像他杀人那样冷静、冷漠、冷淡。见多了，展风渐渐习惯了。

这就是让汉奸和鬼子闻风丧胆的“玉面罗刹”。其实还没有敌人看清过他的面孔，只是他动手的时候会穿黑色的长风衣，戴绅士帽，背影卓然，压低帽檐，能让人看见俊挺的鼻梁和唇线的弧度。

展风吁气，告诉自己，要稳。

归云端了水泼到外头去，有些着力，心头有着气。

他问：“谁惹你了？”

归云哀恹恹地说：“他好几天都不来了。”

展风觉得严重了，自卓阳同归云在一起后，但凡能得空的，两人都会腻在一起，他还取笑：“就这半刻工夫也舍不得分开。”此时想想，也确实多日不见卓阳，就问：“到底咋回事？闹别扭了？”

归云是存了女孩的心事，不方便同男人讲，只是摇了摇头说：“也许他太忙了。”

展风只好说：“我看也是。卓记者人品这样好，不会出纰漏。”又想再安慰归云，“若是他敢对不住你，我宰了他！”

归云“扑哧”笑出来：“你怎么变得这么杀气腾腾的？”

最近心烦意乱，直让她生生憔悴了不少。

她去亭子间找雁飞诉苦，把满腹委屈全盘托出：“他好多天都不来见我，我去找他也总找不见。”

“打击那么重，你得给他缓劲的机会。”雁飞劝她。

“雁阿姨，我的功课全部做好了。”裴向阳跑来站在她俩中间，对着雁飞嚷。

归云同雁飞一直在外间叙话，不曾知晓裴向阳会从内间跑出来，奇问：“你怎么把向阳接了来？”

原来，卓阳在报社爆炸的次日就把已成孤儿的裴向阳抱到老范夫妇处请求照顾，老范夫妇自然没有二话，归云也是尽力照看。

今日恰巧雁飞来店里寻归云，裴向阳正无聊地一个人趴着写字，不知怎的泪珠就流了下来，糊了满纸。

雁飞早听陆明说了他的悲惨遭遇，母性顿起，将他抱在怀里，哄着：“乖，别哭了，男孩子流眼泪好丢脸的。”说着用手划了一下脸颊，做一个丢脸的动作。

男孩却认真抬了头，问：“我妈妈是不是不在了？”又扁扁嘴，“我没有家了！”又汪了满眶的泪花，这回死忍着，硬装小大人。

大伙都瞒着孩子，孩子却什么都知道。雁飞心里起了怜惜，哄着：“乖乖，你好好做功课，阿姨给你买甘草梅子和水果糖。”

裴向阳到底仍是孩子，贪着这些温存的好，笑了笑，开了颜。他小小年纪似乎也明白大人是为了安慰他，他不该任性，就不再提自己母亲的事了。

雁飞想老范夫妇本就忙着店里的活儿，她倒是空闲的，就带了孩子回自己的亭子间照顾。裴向阳也对她乖顺，两人格外亲厚。

裴向阳这回见到归云，问："干妈妈，我好久没有看到干爸爸了。"

归云心里一酸："干爸爸很忙呢！他有空了就会来看你的。"

雁飞扶了腰要坐正，落力不当，拐了一下，"哎哟"一声低呼。裴向阳竟很体贴，伸手扶了雁飞的腰，还对着雁飞隆起的肚子说："小妹妹，你要乖哦！像哥哥一样乖。"

归云听这孩子说得天真，心中却痛楚，道："向阳一定会是个很好的小哥哥。"

裴向阳露出一个很自豪的微笑，羞涩地歪在雁飞的怀里，雁飞心疼地抚着他的发。

"就像妈妈和干爸爸说的，我要好好努力长大。像我的亲爸爸一样做个英雄！"裴向阳稚气地说，还挥了挥小拳头。

归云和雁飞听他一团孩子气的回答，不由得莞尔，而后四目相交，说不出地心酸。是归云的，是雁飞的，也是眼前这个小孤雏的。

雁飞心口一堵，找了纸篓来，吐得天昏地暗，连酸涩的胆汁都要呕出来。归云倒了水来，却见裴向阳又贴着雁飞的肚子说话。

"小妹妹，你不要皮哦！妈妈很伟大的，我们都要爱妈妈。"

归云将满满一杯水拿在手里，怔怔站立着，眼底起了雾。妈妈，是她心底的沉痛，却是这个孩子心口的新伤。这个世界上只有卓阳知晓她的沉痛。

她在四马路徘徊过很久。

报社被炸了之后，对外宣称解散，幸存的记者编辑都四散了，那栋英式的楼房也就成了空楼。有形迹可疑的人上下搜检过，归云不可能走近那里。她知道他们定全线转移到三马路隐秘弄堂里的石库门办公了，她不能常去，去的那几回，只有蒙娜同几人在，总见不到他。

她知道卓阳在躲她，她又不能日日去，且卓阳还留了字条给她，说一切安好，请她不要担忧。他有很多事情要善后，更要加紧去做。

时间那么紧，归云的心也紧了。

天空也接连多天下了雨，黏黏糊糊，遮蔽了前路。她想透了以前不敢想的，他是不是要上前线？但她一想，心也黏黏糊糊。

老范劝慰她说："最近日本人看得紧，恐怕小卓先生的行动不能太暴露。"

归云想，山不过来，她过去。

她仍去卓家照顾卓太太，卓阳也好多天未着家，她不便向卓太太说实话，卓阳的留言也只是含糊地说社里要赶稿子。他并未将莫主编遇害的情况告知母亲，归云就更没有说。

卓太太见归云孤零零一人常端坐在卓阳的房里等到深夜，却什么都不愿意说，以为两人闹了别扭，因劝："我家这只小泼猴有两下才华，我也是打小宠着他，所以他才会太骄傲，过钢易折，对女孩子未必会屈就体贴。你可得担待点啊！"

归云只能苦笑，觉得很累。她最怕这样，没有任何回应。

心也终于等急了。她对老范说："你帮我带个字条给卓阳。"

她的字条上写："我手无缚鸡之力，胸无点滴之墨，唯一能为我的国家所做的，就是与她同生共死！"

她又对老范说："卓阳的妈妈年纪大了，不应该再受折磨。他做什么安全的打算，我都支持的。这是他能做的，我也能。他懂的道理，我虽不全懂，但也能站在他的角度去懂。"

老范动容，又愁又忧地望着归云，说："我一定把话全部带到，一定把小卓先生的准信带回来。"他拿起把伞，立刻出门。

归云见了，又是一层相思上心头，她叮嘱："他还欠我一把伞没还。"我们怎么能散？她在心底说，看着老范出门，带去她的话。

这个洪荒凄迷的世界，找不到清明的出路。

归云决定早早打烊，和陆明一起将门板支起来。一只手撑开了门板，头发濡湿的展风闪了进来，他眼色异样，和外面的天色一样不安。

展风在慌张，可还是强自镇定，简短向归云交代："今晚方进山包了夜巴黎两个舞女去国际饭店，难得没去奉承日本人。"

"所以？"归云的心狂跳，跟着慌张。

展风重重点头："我都安排了，就此一搏！"

两人双手互握了一下，归云知道自己拉不住他了。他们都盼着有这样一天，可临到这一天，谁心里都没有底，仿似一个无底洞，一层一层的罪还没受完。

展风闪身进入雨幕之中，在洪荒天地消失成一点。

归云关上最后一扇门板，点燃一盏煤油灯，打开账簿，开始核账，并小小筹算。她省吃俭用的积蓄已能够去永安公司的照相器材柜买一台带 K 字的德国莱卡军用型照相机，这是卓阳一直想要的。他有钱，但是没有空买。她没有钱，一直存着钱想给他买。

她会告诉他，可以带这台相机上前线。她咨询过王开照相馆的师傅，师傅说这个牌子的德国相机坚固耐用，加工精良，性能好。师傅叹国内的技术产不出这样好的相机，她也叹，可卓阳需要这样的相机做更多的事。

归云假装计划着明天的美好，心却不住跳，无法安神，又念着展风。

展风在国际饭店北楼门口等待了很长时间。

雨已经不下了，空气仍是湿漉漉的。这里隐约能听到黄浦江上船舶来往的鸣笛，但展风听不到，他只能看到如烟的夜雾恋恋地笼在黄浦江上。

这边是冒险家的舞台。展风作气，他是敢于冒险的人，一定可以应付自如。

饭店楼下左边的黄包车夫，右边卖香烟的小贩。徐五福弓着背缩着身子正在张望二楼的包厢。人不多，四五个，都是贴心的兄弟，从跟着王老板就开始亲密合作。都亲历了生死，都因此变得更剽悍，他也都能信任，所以拉了来干这宗私务。

夜风清冷，他的心热烈搏动。既然怎么做都是杀戮，自私一回又何妨？他们也是为了大义。展风不住安抚自己。

他们注意到方进山只带了周文英并两个打手同几个舞女进了饭店，再没有旁人。他们是开了车的，不过司机此刻正昏睡在国际饭店边的弄堂角落里，车里坐的是他们的人。暗处还准备着一辆备用车。

他们已能很熟练地做这些事。这并不能算大阵仗，待将那群人拉到无人处即可手起刀落。

展风有经验。他也在身前摆了香烟木案子，用煤灰涂黑了脸，戴着残旧的小破眼镜，还染灰了半边的发，存心弄得浑身邋遢，好做掩护。这样就不会有人认出他。

方进山出来了，戒备很差，搂着个舞女旁若无人地亲嘴。周文英跟在身后嘻嘻笑着，招招手，正是要招展风。

展风低头上前，压低声音：“‘双妹’‘三个五’，还有洋货‘万宝路’，先生要什么？”

伸过来抓了一盒“万宝路”的是一只肥硕的手，粗黑，毛像粗鬃，直伸到展风面前来。

展风看清楚后，一怔，仿受惊雷。他认得这只手，黑暗里拿着红彤彤的炮仗。他的眼睛冒了火，不能自抑。伙伴打个呼哨，行动开始了，展风撂了香烟案子，抽刀欲砍。

方进山霍然后退，连呼“来人”，横里冒出三五个打手，原来他的埋伏也在门外。

准备好的兄弟们都抽了家伙冲上来，路人见有血拼，慌忙闪避，半条马路瞬间混乱。

方进山的打手将他围在中间保护，周文英拔了枪乱射一通，却无章法。他两人都在急谋退路，周文英大叫“抓活口拷问”，叫了两声，发觉对方的目标并不是他，脚底抹油，觑个空当抓个打手做掩护逃命。

展风是红了眼，只想干掉被人围住的那一个，奋勇无比。兄弟们知道要招架不住了，不知谁喊：“他们人多，咱们该撤！”

但方进山已经逃远了，展风眼看追击不上，被那些喽啰阻着，心急如焚。

双方都混乱成一团，展风不撤，其他人也不好撤。自己人提醒着：“在他们面前亮了相，要灭活口——”不及说完，大伙都明白，发了狠，砍死对方两个打手。

混战里，展风一下找不到方进山了。

其实他没有逃脱，他穿过暗处弄堂的那一头，早有人候着了，对方黑洞洞的枪口也候着，朝他的额头，只一枪，就毙命，连叫一声都未及。

那人还须赶来善后，枪战砍刀混战，远处已经响起巡捕车的鸣笛，时间不多。黑影动作如风，枪法精准，不欲留活口。手下的人都心神一振，有了动力，速战速决。

路上的行人以为黑帮火并，不敢留下做炮灰，做了鸟兽散。清场之后更方便他们的清场，巡捕车到了之后，只有一地的尸待处理。

向抒磊领着小卒子们退守至安全地带，先点人，少了一个，是徐五福。向抒磊的脸色像天一样阴黑。

展风嚷：“我这就回去找他！”才仰头要走，被迎头揍倒。

向抒磊居高临下站着：“你若是再私自行动，我亲自收拾你！”众人见他变色，怒意勃发，带着森冷的杀气，连大气都不敢出。

展风咻咻吐着气，似要爆炸的炮仗。他吼：“我认得他，就是他炸聋了我的耳朵！”

“他已经死了，你大仇得报。”向抒磊说。

展风腾跳起来，说：“向先生，我，我不能再让归凤受苦了！她不能挨，我也挨不得！”他又恨透自己，猛捶脑瓜，“如若五福出了什么事情，我也豁了命去救他！”他挺起胸膛，要担责任。

向抒磊的眼神，不知为何软了些。他也许叹了口气，只交代：“他们看清楚了方进山是‘玉面罗刹’杀的，今晚方家必乱，你可以得偿心愿了。徐五福由我去找。”话毕利落地背转身子投入分不清天地的黑夜中。

有兄弟还后怕："向先生这回气得不轻，五福又失踪了，可怎么办？"

展风早被向抒磊的气势压得怯了，又担心徐五福，原本沸腾的热血霎时冷下来，又懊又恼，再也不敢造次。他按着向抒磊的意思，先遣各位兄弟回家等消息。自己也丧气地退回归云的饭庄。

归云还在店里，燃着小煤油灯钩毛衣，是蓝色的冷毛，在幽幽灯光下显出暖来。她一针一线细密缝着，把心思都织进去。冷不防却见展风从后门进来，就提着灯走近他。

"怎么样？"

展风点点头。归云心里半喜半惊，但见展风神态，觉着不妙："有什么不妥？"

展风颓然坐下："徐五福失踪了。"

归云落实了自己的不安，也坐倒下来。窗外的风不止，穿隙过缝，趁人不备吹灭了微弱的灯芯。室内黑漆漆一片，如此惴惴一夜，两人都无眠，干坐在店堂里打瞌睡。

大半夜里，木板门响了。两人惊醒了下，互相对视一眼。归云小心踱近门边，问："是谁？"

"徐五福。"

归云快速将门打开，展风早已将门口紧紧张张的徐五福拽了进来。

"你没事？"他大喜过望，原本无神的眼变得明亮了。

徐五福直喘气，话说得含含糊糊："啊——哦——我躲在一边弄堂里，趁人没了才走的，谁知道踩到盖子不牢的阴沟洞，狠狠跌了一大跤，晕了过去，大半夜才醒过来。"他指指自己的脸，那面皮青紫了大半。

展风忙让他坐下叙话，又催促归云拿药箱。

徐五福因展风追问，又道："去你家转了圈，打探你并未在家，这样子我也不敢回家，所以才找了来。"

"向先生找你呢！"

归云送上了药箱，徐五福却并未注意到，身子一颤，将归云手里的药箱撞翻在地。他涨红了脸，抢着要收拾。归云说："你受伤了，还是我来吧！"又说，"天要亮了，你们还是快点回家避几天风头，没事不要出去。"

展风明白，两人趁天未亮，在归云店里包扎洗漱完毕，整理好衣衫就走了。

归云熬了一夜，待等到老范来开张，自己实在撑不住，交代了老范一番就先回家歇着了。展风早到了家，睡得正熟，她一颗心安妥了不少，回房整理，翻了旧物，看见归凤昔日常用的桃色被罩，还艳在那边。她痴痴念想了一会儿，又塞回去。再和衣歪在床上恹恹睡了大半日。

直到黄昏时分，归云才起身，先到大华银行提了款子，再去永安公司买下莱卡照相机。她心里感觉圆满了些。

归云想好了，卓阳那边没想好没有关系，她已经想好了，她主动去找他。归云掂了掂相机，往三马路走去，路过四马路的时候，看见了熟悉的人。

人，还是高大的人，只一件长风衣罩在身上空荡荡的，眼神也已经不如鹰了，黯色怆然，也是空的。

藤田智也站在风口里，茕茕孑立，形影相吊。他卷了一支烟，点燃。身后的店铺里有堂倌赶着出来给他送绅士帽，又有殷勤的黄包车夫赶到他跟前，他弓着腰上了车。

黄包车从归云身边跑过，她看见藤田智也的手垂在车外，夹着燃得热烈的香烟，几乎要燃到他的手指，他却不自知，也或许是存心不知道。她一抬头，见他是从“乐也逍遥楼”里出来的，那里弥漫着醉人的罂粟香，里面的人乐着也逍遥着，不思蜀。

归云方觉这片有太多鸦片馆，颓靡的味道会麻痹神经，她加快步伐离去。

节令是要入夏的，但弄堂口的穿堂风却夹带着寒气。归云觉着有些冷，她身上的单件旗袍压根挡不住，但这些都是顾不上的。她手里抱着那照相机，就像捧着自己赤诚的心，热乎乎的。她想，这回该她给卓阳一个意外，抢他一个先。她跺跺脚，唇畔微扬，有些得意，也很满足。

夜约莫又深了几分，卓阳他们的小办公室里起了灯，他们的窗户糊了窗纸，影影绰绰的，剪剪侧影，她认出了他，这回一定逮到他。石库门下面有三三两两的幺二在拉客，朝秦暮楚，依旧堕落。归云趁那楼下三两的幺二与恩客正纠缠讲价，快步闪进了石库门，蹑手蹑脚地上楼。

但房内有人，归云从虚掩的门缝看见了，蒙娜也在里面。她同卓阳面对面，隔着两盏煤油灯，火苗乱撞。蒙娜站了起来，原本正奋笔疾书的卓阳抬了头。

归云看到他半边明亮的脸，只是神情不明亮，眉心微蹙着，和摇晃的火苗一样不安，澄澈如江面的眼中有的是忧郁。他的发长了些，还生了胡楂子，变成沧桑少年郎了。

蒙娜走过去为他按住了太阳穴，给他做按摩。可卓阳反射性一挣。

“帮你放松。”蒙娜不住手，还说，“你该知道我的好，我能看着这样的你。”

她的手先点了一下他的唇，卓阳突然用一种怪异到难以形容的眼神看着她，他的手伸过来，握住她的手，她的手指就放在了他的唇上。触手温暖柔软，灯火下，他的面容似也变得柔软了。他说：“是啊，还是这样好，我以前怎么没发现？”

蒙娜猛地明白过来，门边响起了“咚咚咚”的脚步声，声音远了。

“你何必这样？”蒙娜终至放开手，手上的余温也散了。

卓阳避开了光，趴在桌上，他蒙了脸：“我不能让她涉险，莫太太最后的样子，我没有办法忘记。”

“你觉得这样好吗？是否够诚实？”蒙娜问。

卓阳不响，而楼板又响了起来。

蒙娜幸灾乐祸地笑了：“你看着吧！”

门被小心推开，归云虎着脸，像一只被惹怒的小猫，憋着气。她还能记得小心关上门。

卓阳无措了，身边的蒙娜存心装作无辜，根本不解释。场面尴尬，三人对峙。是他制造的意外，可不知道归云会怎样做。

归云望着蒙娜，一眼又一眼。这种环境下，她还是美得像太阳般耀眼，蒙娜帮助过她，她是不该恨的，她不知道该恨谁，左望右望，看着卓阳，都是他的错。

蒙娜笑笑，极妩媚，不愿意场面上输人。瞧归云愤怒得无措，她心里倒是乐了。但她又想，这女孩恐怕也是一副刁钻性子，卓阳未必摆得平。她存心用英语对卓阳调笑：“看来你还没有琢磨透这朵小太阳花，想想怎么善后吧！”

卓阳的打算没有归云的行动快，他尚惊愕，在想怎么说。撒谎非他所愿，所以他才避了这多日，一直考虑，一直不忍，想求个圆满，想一力承担。累至神思混乱，仍旧解不了结，干脆用回避来处理。他想让归云速速远离他，可归云受伤的眼神恸了他的心，他的心乱了，更不知道该怎样说。

归云走过来，把怀里的照相机重重摔到他手上：“卓阳，你浑蛋！”说完，眼红了，不愿意在他面前哭。她就像小时候不肯在他面前认输一样，憋着劲儿，转身就跑下楼，脚一闪，扭伤踝骨，从足跟刺痛到心头。眼里这样容不得沙子，泪也洗不掉，她一路出了石库门拼命跑，不愿意停下来。

卓阳立刻起身，只动了一步，又坐下来。

“喂，你不追？”蒙娜叫。

卓阳静坐，良久，抽出案头的一只文件夹，里面只夹了一页纸，是哭鼻子的小白兔。

他看见她眼里蕴着的泪，狠狠忍下心。要哭也只是哭这一阵子，只要她长长久久地不哭就好。

老范固执地等到他，将她的话带了来。那时候，他在暗房里冲照片。

她那样说："我手无缚鸡之力，胸无点滴之墨，唯一能为我的国家所做的，就是与她同生共死！"

他听完，第一次在暗房里手颤了。胶卷掉进药水里，浮在水上面，虚浮不着岸。

同生共死，是四个太严重的字。

爆炸发生的那天，他冲上报社的办公室，只见一片刺鼻迷眼的硝烟。他挥开浓烟，走近窗前，是恐怖的尽头——伏在莫主编身边的莫太太的脸生生裂开，刚才还娇婉动人的一张脸因死亡而狰狞。鲜血沿着桌脚流到他的脚边，不放过他，沿着他的鞋形流成河，令他站在血河中央，更狰狞。

她是那么年轻，不过才比自己和归云大几岁而已，生命已然凋谢。只有手还像白瓷一样清洁，紧紧握住莫主编的手。

莫主编曾经说过，要保住他。那一刻，他脑海中想的全是——不能让归云也遭遇这样的灭顶之灾。

这满室的灾难须收拾，他必须挺身而出。这一刻，个人情愁来不及整理，国家危难更是迫在眉睫。

关心则乱！卓阳不能多思考。

他怅怅地出了石库门，手里拿着归云给他买好的相机。

外面黑夜愈深，他的心愈找不到明灯，平生第一回感到自己的懦弱。

他从莫主编留下的遗物中，找到了延安方面一直同他们联系的地址，他发了电报过去，除了告知莫主编的死讯，还将自己的基本情况做了一个介绍。他是在写自荐信，信念坚定，却没有勇气给归云一个交代。

他很平静地对母亲说了他的决定，然后看着母亲在父亲灵前静静哭泣，却不敢看归云的泪水。他最后只能抬头望天。迟迟钟鼓初长夜，耿耿星河欲曙天。

母亲哭过之后，只问："你怎么向人家姑娘交代？"

"我心中虽想着不过三五年，但确实此去不知何时能归。我——不能耽误她！"他又笑了，很没良心道，"大丈夫何患无妻！"

却想，如果那人不是归云，他是不是会心甘情愿？原来她已经深入了他的骨髓。

但是，他不能用那种惨烈的方式失去她——他不能因为无法保护她而失去她。

马路上行人少了，空寂冷淡。卓阳漫无目的地走着，如同一场长征，寻找一个驿站，看看是否会有明灯。

他定睛一看，已经走到了胶州路的孤军营。夜深了，仍有孤军战士在营前站岗，丝毫不落中国军人的威风。

岗哨认识他，但说："卓记者，团长已经休息了。"

爽朗的笑声传来："我还没睡呢！今日心神不安，果然有小朋友拜访。"精神奕奕的谢团长走出来，他只穿着便服，背着手，身板从不佝偻。

卓阳跟在谢团长身后，在孤军营的操场散步。

"有烦恼？"

"是。"卓阳想了想，又说，"关乎国与家。"

谢团长发现青年的眉头聚满密云，他先给予信心："我坚信，我国人在这场灾劫中定能力挽狂澜，赢得最后的胜利，就是因为有前仆后继的青年人肯为国家抛头颅洒热血。"

"时日无多，我似乎已无法去合理思考更多的事情。"卓阳诚恳提出自己的烦恼。

谢团长笑了，再缝补他心头的裂痕："因为时日无多，所以我们每做一件心仪的事情都格外可贵。因为错过机会，也许就是一生的缺憾。"

星河遮不住的明月跃上了柳梢头。谢团长在柳树下停驻。

"我喝酒，我抽烟，我也吃肉。战士们辛勤劳动赚取零花钱，我赞成他们买一些自己喜爱的物件。因为我们可享用的时间很少，终有一日，我们须将自己宽裕的时间拿去冲锋陷阵，在有限的时间里，何必让自己遗憾？"

卓阳走出孤军营，月亮跟着他一起走，一路的白光直到三马路的小石库门。

他小心上楼。楼上黑洞洞的，没有掌灯，他有些奇怪，照例夜里办公室内总得留一人当值，点着光线微弱的小煤油灯做校对工作。

他打开门，对门的窗口洒了半间屋子莹白的月光，他惊讶地看着月光下的人儿。

"归云？"

暗里传来她幽幽的声音："你先关门。"

他把门关了。一室的黑，月光照过来，她站起身，拐了一下，又跌坐在椅子上。

卓阳惊了，急急上前："你的脚？"他抬起她的小腿，仔细查看，对着月光，看出踝骨肿了，用手替她按摩。

归云说：“我对蒙娜说，我要和你单独谈一谈。她就把你们的办公室让给我了。”她的小手局促地抓着自己的辫子扯着。

“嗯。”他低头，专心致志只按摩她的伤脚。

“照相机好用吗？”

“好用。”

“你抬头看我！”

他抬头。

她面对他，她梳着两条麻花辫子，辫子很长，垂到腿部。他一直想问她这样的长发留了多久。

“我打小就什么都没有，后来碰见你，你给了我一片天。”她晶莹的眼眸直直地不服输地看着他，“你不能把你给我的东西全部讨回去！这样我会很穷，我会再做回小瘪三。”

她要哭了，可咬着嘴唇，不哭：“你说不能老哭，不然这辈子的悲伤会变成下辈子的伤口。所以我不哭。”

卓阳将归云抱紧。

“你对我没有信心，我说过我唯一能回报你的就是让你安心。你总不听我的，总是按着你自己的心思做。”归云推开他，但还咬着嘴唇，她下定决心了，“你好好看着我。”

卓阳屏息。恍如回到最初那夜，梧桐树下的女孩，在月光里唱戏，他的心不能自持。

此刻，同样不能自持。她的皮肤明净如白瓷，由淡淡的月辉笼住，扰乱他的心神。

“卓阳，你看清楚我了吗？”朱唇微启，如嗔如诉。归云埋进卓阳的怀里，脸上滚烫，浑身滚烫，也灼烫他的心，“我不后悔，你也不能后悔！”

原来只要她执意，他也逃不掉。

她执意了，带着别扭的坚持，一意孤行。女人的天性让她懂他的软肋，她第一次在他面前主动，就让他毫无退路。

纯真的爱情，最怕天罗地网，溺毙此刻沉迷的天真。卓阳避不掉归云的坚持，心更乱，意愈荡。

“归云，我答应你一个月内办好婚事。”

她只能点头，害羞得不能抬头。临头这一招是破釜沉舟，可心在胆怯，不知如何是好。

最后还是由他来摆布。

今夜他的话很少，她的一往无前，令他语塞。一片深情，以此明志。

归云深深叹息，爱是那么痛，也是这样美。她掰着手指头，说："不准朝三暮四，不准抽烟，不准废寝忘食，不准——"

未说完就被卓阳以吻封唇。

仰望天空，月亮圆满地挂在清空之上，她这辈子都没有这刻这样圆满。

一觉睡得格外香，也格外累。因床太小，卓阳一直侧着身，用他的胸怀保归云睡得周全。

当晨曦从老虎天窗洒进来，他能看到她面颊上的淡淡红晕以及她微微噘着的唇。她的睡相不大好，伤了踝骨的那条腿大大咧咧地搁在他的腿上。

卓阳溺爱她这样的睡姿，看着不够，起了意，探手将床边书桌上摆着的钢笔和白纸拿来，半坐着，拧开钢笔，开始涂鸦。

他轻微而有力的动作惊醒了归云。

她甫睡醒，他就提着一张画到她眼前。她动动身子，把脑袋倚到他的肩膀上，揉了揉眼睛。

他的画是模仿张乐平给报纸画的漫画，只画了四格，主人公是一只小猴子和一只小兔子。

第一幅是小猴子拿着画纸画笔给做唱歌状的小兔子画肖像；第二幅是小猴子躲在草丛里偷偷看卖花的小兔；第三幅是小猴子蹬了小自行车带着小兔子，小兔子手里撑了一把小阳伞；第四幅只有一只小猴子，胸前挂了一张牌子做认错伏低状，胸牌上面写："杜归云小姐，我错了，嫁给我吧！"

小猴子嬉皮笑脸，眉毛浓浓的，很得卓阳的神采，小兔子的眼睛又大又圆，分明是自己的翻版。

归云捏着画纸，吸了吸鼻子："我又不属兔子。"再看了看画纸，又温声温气道，"你都说晚了。"

卓阳笑嘻嘻地翻身压住她："流程上是有点失误，不过政策上还能弥补！"他的鼻尖对着她的鼻尖，"嫁给我吧！"

归云轻轻捶他："你又不正经了。"

卓阳正色："我很正经。"朝阳耀眼的光辉打在老虎天窗的玻璃上，闪闪发亮，卓阳的眼睛也闪闪发亮，"归云，是我小心眼，是我小觑了你。"

他抬头，却扯动两人结着的发，都"哎呀"低呼出来。她的发丝长长的，他的发梢短短的，系了一夜，竟没断。

归云扯开两人连在一起的头发，迎上他的眼睛，说："如今我们是结发夫妻了，你该信我了吧？你得信我，必须信我！"

"小卓太太，从今往后我万事都信你都听你的。"卓阳复又嬉笑的眉眼近了，呼吸近了，手也放到不该放的地方。

归云的脸在朝阳底下火辣辣地烧起来。

"还疼不疼？"他凑到她耳边问。

归云的羞窘在光天化日之下无所遁形，用力推开他："你讨厌！"

卓阳猝不及防，卷着被子"扑通"一声就翻倒在地板上。原本遮着他和她的被子半拖拉到地上，和他们的衣服做伴。

他和她，这下是真真切切在光天化日之下无所遁形。两人均呆了一呆，将对方上下看个通透。

"哎！"归云捂着脸别过头，羞到无地自容。

卓阳在地上坐了半晌，直盯着归云。那妍姿清质，宛如朝露，是朝阳之下盛开的玉兰花。他画过无数人像，却没有任何一个人像，能胜过眼前的她。卓阳不能移开视线，只呆坐在那里。

归云急了，又扭回头，满面通红，轻捶床沿，嗫嚅轻唤："卓阳——你别看了。"

卓阳方怔怔清醒，捞起被子又爬上床，将归云裹得牢牢的。临了，突然挠挠头发，咕哝了一句："我是问你的脚。"又拍拍床沿，再咕哝一句，"我们去永安公司买张大床吧！"

两人磨蹭半日，卓阳少年心性，厮磨着归云，归云却着实羞了，逼得他起床送她回家。

卓阳只是不舍，不住说："我回家就会和妈妈提，过几日送聘礼到你家去。"

归云点头，说："我们在一起，谁都不准懦弱！"

回到了家，归云本想避开展风母子，没想到他二人却在客堂间里冷战对峙。庆姑见了归云就哭诉："我们家造了什么样的冤孽！"

展风气不过了，站起来道："我打定了主意要给归凤一个名分，她原本就是我名正言顺的童养媳，现今不过是我要恢复她的名分罢了。我心意已决，我们先订婚。”

归云惊讶：“这样快？”

庆姑抽泣：“归凤，她是好孩子，但——她——”

展风恼了，大声道：“妈，归凤都为我这样了，我若不给她一个交代，还是不是人了？”

庆姑被展风喝傻了，抬头只流泪，话都说不出来。归云见状赶紧推了展风回房，又好声安慰庆姑。

庆姑只觉得身边的孩子早已远远脱离自己的掌心，没有一个把握得住，得不到她所期待的圆满，不由得更悲戚生活的不平，哭泣至中午才歇。

归云服侍庆姑睡了午觉，才去展风房里。展风仰倒在床上，枕着手臂发怔。

他对归云说：“我没有更多时间了，要在一切安排好之前，将归凤的名分定下来，好对她有个交代。”

归云惊问：“什么叫没有更多时间？”

展风霍地坐起身，道：“向先生说，整天做暗里工作终究是下三烂的勾当，陪都的孙立人团长重组税警总团，要迁到贵州都匀练兵。向先生同孙团长有些交情，有意组了咱们投那边去。这两个月差不多就动身了。”

归云又一惊：“你要上前线？”

展风用力点头：“上了前线才能与鬼子正面交锋，我等这一天很久了！”

“娘还不知道？”

“不知道。”

“她不会放你走的。”

展风的眉毛拧起来：“方进山的案子若不销了底，我在这边也危险。”

归云跟着拧了眉毛，这才是眉心的大结。

展风说：“向先生说办完最后一宗案子，我们就走。不然真晚了。”

归云问：“为什么？”

“上边的不和殃及池鱼，也别怪旁人说前方吃紧后方紧吃，还会人吃人。向先生他们那边的头同孙团长有嫌隙已久，不少兄弟申请去正规军上前线，上面都不肯。向先生就提过多次转编申请。”

“怎么这样难办？”归云更担忧了。

展风却说：“向先生为咱们都铺好路了。他说与其在上海坐以待毙，不如搏一下做个大丈夫。所以我得把归凤的名分定下。”

归云伤感，自小一起长大的展风，真的长了翅膀，要凭风飞翔了。她又想到卓阳，更黯然。

展风见归云忧愁，不由得笑着安慰：“你的终身有了托，我也是放心的。”

归云蹙了眉：“他怕也是要往前线跑的。”

展风一惊：“你放他走？”

“这样的时刻，怎么留？你们能留下来吗？”

展风想了好一会儿，缓缓摇头：“不甘心。有上前线的机会，怎能留下来？”

归云惨然一笑：“我听的那句话——十万青年十万兵，我也终究是懂得的。”

只是懂得要用割舍去成全，归云明白。

她将卓阳画的漫画放在床头的木头匣子里，和蓝布、白手绢、黑钢笔、字帖、泛黄的信纸放在一起。这些东西都是卓阳给的，她收得好好的。匣子渐渐丰满，她的心也是。理顺了，叹息了，无奈了，也认命了。她回到店里，雁飞同裴向阳都在。

裴向阳快快乐乐地叫她：“干爸爸来看过我啦！他还带了棒头糖来。”

卓阳是终于卸下心头负担了，归云且喜又且忧，她想要成全他，但是不知谁来成全自己。雁飞问她：“雨过天晴了？”

归云摸摸她的肚子，孩子长得很快，连带雁飞都越发雪白丰硕，人如细瓷一般光泽动人。她是向往的，这是新生命，也是新的开始。

雁飞将她的两条辫子并拢绾起来，突然问：“什么时候梳髻？”

归云面泛桃花，想起昨夜的结发。

“卓记者今天来的时候春风满面。”雁飞拍拍归云的苹果脸，“我要把你嫁出去了。”

“是，我要嫁给他。”归云老实说。

“然后送他上前线？”

归云只看着雁飞的小腹。生命在成长。她点头。

“他什么都肯跟你说，总归是好的。”雁飞说。

“其实我真的害怕，可我不能阻拦他，他的全力都在这上面，不让他做，等于废了他。”

“能说就好，最怕就是什么都不说。”雁飞抚着自己的肚子，“真好，等我的孩子出生起码父母双全。”

归云讶异。

“过继给卓先生、卓太太做过房女儿可好？”雁飞笑问。

“当然是好的。”归云拍手。她是用热忱的心来期待孩子的，不知怎的，总觉着自己做好了做母亲的准备。做裴向阳的，做雁飞孩子的，也会做自己孩子的。她更要思顾的是一个大家庭的完整。

“我们要尽快找机会把归凤接出来。”

“姓方的家业也算很大，要抽身恐怕没那么容易。”雁飞说。

归云叹了一口气，她也如此暗忧。雁飞拥抱她，劝慰道：“进了油锅煎熬过的人，不会那么容易垮，相信你们的归凤吧！”

是的，她相信雁飞，也相信归凤。

方进山死了以后，方家除了举丧也没出过大动静。一切都出人意料地静悄悄的。

归云暗暗找了昔日的戏班子姐妹打听，原来方家由周文英接了手，连带几位太太的遗产都由他来裁夺，一切倒还正常，他按入门先后和长幼分了。分到归凤，她年纪最小，入门最晚，地契房契都没有她的份，但周文英说，归凤还是能享用方家的一切便利。

周文英想要什么，归云明白了。这苦海无边，度过这重苦，还有哪一重？归凤该游到何时？

她去宝蟾戏院张望，远远看见归凤出来坐小汽车。归凤也看到了她，眼里无尽的话，都不能说，踏进车门的时候，柳枝似的身子僵硬不折，头发在风里乱着，在找方向。

归云在晚霞之下，等不到归凤的回归，莫名百感交集。头顶一片晚霞结成红云，围着西下的夕阳，夕阳边飞出一群迷惘的鸽子，不知怎么逃离黑夜。

归凤，怕是沉了气等人赶她走，她一定猜到方进山的死和展风有关，她的沉默容忍都是因为不想由她而牵连展风。最后再受那么一点委屈，也是为了展风。

她懂归凤的心意，更懂一切圆满原来并没有那样简单。而归凤，更懂得了等待。归云心里有无尽的失落，在不安的黑夜里，流下冰冷的泪。

回到店里，铺子临街的门面新添了售货柜，出售馅料和半成品，做出了点人气，饭庄隔壁就立刻开了一间水果鲜花摊，要分享这样的人气，也是找生计的。归云对新来的摊点老板很客气，老板也客气待她，给了她很好的折扣，于是饭庄又多了水果羹和水果拼盘的品种。

日子在努力一天天变好，在整个中国都无法好转的情况下，或许人们天生的求生本能强过一切，在覆巢之下，更懂互相照拂。

卓阳在店里等她，老范准备了糟凤爪、黄泥螺、糟毛豆等小菜，并一壶暖好的黄酒，齐齐摆放在桌上。归云回来的时候，卓阳正埋首大快朵颐。

归云愣愣看了一阵，她喜欢看他吃东西，永远很香甜，十分爽气，从不做作，本真流露的时候，还带着孩子气。

归云走了过去，拉着老范坐下来，她为他们两个满上了酒，端起酒杯："老范，我请你做我们的证婚人！"

老范大喜，呵呵笑道："这下可好了，我还一直琢磨你们准备什么时候把人生大事办了！"和归云干杯对饮而尽。

卓阳双手都是油渍，摊着手，只叹："你总抢先把流程走了，让我怎么办？"

归云拿了酒杯送到他唇边，要喂他喝。他不谦让，仰脖子一饮而尽。她再度斟满，再喂他喝，他还是一饮而尽。再斟，再喂，再饮。

老范看这情形，知道自己该回避，就悄悄退了。

归云放下酒杯，直直看着卓阳："同我说实话。"

卓阳想好了，说："我将代替莫叔叔去晋察冀协助沙飞办报纸。"

归云抚摸着他俊朗的面颊，她是做好了准备的，可是，心还是痛。她问："会上前线去？"

"是的。"

"什么时候走？"

"等上海的事情料理完。报社很多档案照片资料要保全稳妥，以后都是历史的证据，不能让敌人得了去。还有一些仪器设备要移交给在上海继续新闻事业的战友。"

归云抬了头，头一回主动吻上他，将他压下，狠狠地吻。泪将流，她埋在他的肩头，轻轻咬他，也捶他的胸膛。

"你这个傻瓜！傻瓜！傻瓜！"

卓阳抱紧她，他的胸臆，想要对她抒发："我不想把我说得有多高尚。归云，从小到大，我好像就被上足了发条。这样的世界，这样的中国，我怎么看都不满意。爸爸骂我是禄蠹，杂念太多，追求主义论，思想狭隘，杀心又重。他说得都没有错。

"我常想，这个世纪的中国人活得太没有自由和尊严，中国人的自由和尊严争取起来也太难，何时才能在这片神州大地再现光明？尊严、自由和民主，都是我们的任务。

“但其实，我为我们的民族骄傲，只看看爸爸收藏的那些字画，这样光彩的历史，谁有？我们并不像外国人说的那么软弱可欺，他们用瓷器命名我们的国家，这根本就是错误！日本人以为能征服中国，这更是一个天大的错误！我们不能苟且言败，驱逐鞑虏，再谈光复中华。

“或许光明之前，我们要经历史无前例的黑暗，谁都逃不开，总要有人站出来。打淞沪战役那会儿，每回我去给即将上前线的士兵们拍照，都会难过。前方的路有多难走？但总要人去走。

“鲁迅先生在文章里写过：‘世上本没有路，走的人多了，也便成了路。’我愿意去走这条路，走通它，不只是为眼前的抗战，还有我所理想的尊严、自由和民主。一旦我如此想，就没有办法停下来。

“爸妈爱护我，总想把我遮在后面，我不想永远站在后面，我抛不开这身国仇家恨。爸爸临终给我的遗言，他是懂了我的，他愿意我去走自己的路。

“我不知道我的选择是否能通过社会的实践，实现我的理想。但是不去尝试，我永远没有机会去证实它。

“父母生养我，他们没选择地生下我这个不孝子。但是归云，我是想让你有转圜余地，结果却小觑了你对我的情意。你这样待我，我也无以为报，我总说要担待你的一生，可思前想后，我的所作所为并不能当好一个丈夫，所以，请你包涵我。”

他一下说了这么多，他从来没有在她面前说过那许多话。他的理想，他的彷徨，他的不安。这样推心置腹，也是终要分离的前奏，彻骨的缠绵都无法抵挡。

归云在卓阳的怀里，吞了泪，坚强起来。她说：“你不要同我说那些要包涵你的话，你带给我的远比你想象的多得多。我知道这样的年月要一个合家团圆只是一片痴心，我多想告诉你，你上哪儿我也跟到哪儿，上山下海，再也不离开你。我是打单的一个人，冠了你的姓，人也便是你的，生生死死都给了你。你只管去做你的选择，好坏我来为你垫后。”

身体靠得这样近，灵魂也是这样近，可是缠绵到不了天际。

“我至死无悔。”

归云想起一首似在哪里念过的古诗，如人是瓷器，砸碎再和泥，两个烧成一个，就不用分离了。那样有多好。

第十五章 佳期梦

展风很晚才回家，踩着弄堂里震天响的鞭炮声。原是弄堂里有人家办喜事，婚丧嫁娶是任何灾难都挡不住的人生历程。

归云望过去，窗玻璃上映出无数人间光影，赤橙青蓝黄绿紫，人生的颜色这样多彩。她拔了拔火芯，灯火暗淡中泛出一些暖，她觑见展风手腕上雁飞送的白色腕带没有了。

展风唏嘘："归凤答应我了。"

归云的心，落定下来。

"但她说现在不能离开方家，他们会用她，她也能帮我。她——比我强。"展风坐倒，好生落寞。他以为是他在保护他的姐妹，如今才知是他的姐妹一直在照顾他。

归云不再多问，也不能多问。归凤和展风之间，终于有她不能发表意见的地方了。

她轻轻说："展风哥，我要嫁人了。"

展风开怀笑了："好，明朝我就去南京路给你办嫁妆，用我自己的积蓄来，我也狠积攒了一笔款子呢！"

归云有了新嫁娘的羞，低了头，一针一针，飞着速度，马不停蹄地织着毛线。是卓阳送的蒙古冷毛，蓝色的，在夜里看着更冷。

但弄堂的上空绽放了灿烂的花朵，霎时开放，又霎时熄灭。归云的心，跟着一亮一暗。那霎时的灿烂，照亮了整个上海的夜空。

第二天一大早，卓太太就亲自来找归云去城隍庙的湖心亭喝早茶，一路絮絮地说着话。她的手抚到归云的额头发际，很温暖。

归云看到卓太太是特意穿得喜庆了点，不再素淡。她还戴了首饰，是一枚细巧的翡翠戒指，戒环上精雕着玉兰花朵的花样，不张扬。归云觉着好看，就多看了几眼。

卓太太笑道："这戒指老款式了，也算是古董吧！当年卓阳的爸爸挑了好多给我，我单单看中这一个，他说最不值钱。这些年为了生计和他父子的爱好，家里把金器玉器都当个精光，也就剩下这个了。"

归云却说："旁的都是身外之物，总还会回来的，重要的是那份欢喜。"

卓太太爱惜地瞅她："你倒真是和那两父子心气很近，真不错！"忽又叹气，"其实卓阳很像他爸爸，并不是我夸自己家的人，他们这样一副侠义心性怕是改不了的。"

归云轻轻道："我明白。"

熏染着蒙蒙烟香气的芸芸众生，供奉的是宋朝的土地大神。城隍庙是旧的，但来的人是新的，一朝换一朝，到了这时代，周围的小吃鼎盛了，玩乐场子也鼎盛了，而人，也叫"文明人"了。可他们还依着古礼膜拜，希望得到庇佑，实不知让菩萨也沾惹了人世间的风尘。又或者带了尘世气的菩萨才更可近，他总是纵容地看着上海人的好，和上海人的坏。

卓太太信奉天主教，不能进庙朝拜，由归云代为行了礼。归云很虔诚地进了香，心里想着要菩萨保佑的人，悄悄数来，发觉自己关顾的人很多，突然觉着不孤独了。

对菩萨的礼貌做完了，出了正殿，卓太太携她走入城隍庙的花花世界。往湖心亭的去处，更多了尘世的香，什么酒酿圆子、南翔小笼、白糖粥、五香豆等，热热闹闹，是生活的俗气。

走过九曲桥，桥下池水并不干净，总有没有公德的人往湖里放尿，可往绿油油浑浊的湖面下看，竟还有鱼。

归云同卓太太走进了湖心亭，熟络的堂倌来迎接，还泡了毛尖，并送上一碟五香瓜子和甘草黄连头。

卓太太同堂倌说笑几句，对归云讲："卓阳的爸爸很喜欢来这里。以前他在这里招待过一个日本作家，是叫什么芥川龙之介的。他回家后发了半天牢骚，说这边优良风景被糟蹋尽，在邻国大师面前丢了面子。”

卓太太说着笑，归云却在心中隐隐作痛，不由得凄然。卓太太见她这样，握住她的手：“好孩子，有些事情经历多了，也就不怕了。”她从衣兜里拿出一卷白纸，并不展开，直接塞到了归云手中。她的面容还是安详、平静，只是道家常。

“在打仗前，我们家有十几件卓阳爸爸喜欢的东西，都带回了浙江老家山里的一座旧书洞，怕以后的人不知道路，就画了一幅图下来。卓阳爸爸说了，卓阳性子激进，好承担，有些责任咱们做父母的偏心些，不让他来担，只能委屈未来的儿媳妇了。”

归云一惊，直直望着手里的纸卷：“阿姨——您——”

卓太太只是笑：“我年纪大了，有些责任担不动了，但真高兴有个媳妇能陪我，这就是最大的福气。”她摁住归云的手，定要她拿住了那纸卷，“我且自私这一回，这是咱们的秘密，是卓阳不能够知道的。”她诚恳地望着归云。

归云的眼睛湿润了，她将卓太太面前的茶水递上，微颔首，唤一声：“妈妈，用茶。”

卓太太的眼也湿润了。

离开湖心亭的时候，喧嚣的茶楼里有卖艺人吹起了洞箫，归云看见湖底的老龟停在浅洼处抻长了脖子喘气。肮脏不堪的地方，其实有无限生机。

卓太太是在次日携了卓阳到杜家提亲的。上海的洋派风气兴盛，可她并没有因此失了古礼，找的媒人是卓汉书昔日交好的租界华人探长的太太。

庆姑很是吃一惊，不承想卓家提亲这样快，还这样郑重其事，一时倒不知如何应对。只凭着卓家母子将彩礼放到了桌面上，是红纸卷包好的方正的金条。她都不敢数。

卓阳对他鞠躬：“杜妈妈，请您成全我和归云。”

庆姑因为展风，并不痛快，眼前来了这喜事，也不甘愿应承。但她没想到出面应承的竟是展风。

展风也对卓太太鞠躬：“阿姨，我家妹妹就交给您家了，请您多担待。”俨然已成了一家之主。

庆姑十分惊愕。卓太太又细声说：“本来是想等卓阳过了热孝再办这桩喜事，但如今情势不由人，我们也只好变通一下。”

归云往庆姑面前，屈膝跪下：“娘，这些年来您当我自家女儿似的养，女儿大了，无以为报，终身是您的女儿，往后承欢膝下，奉养终老，都是女儿的职责。”

庆姑尴尬着轻叹一声，她怎么能不成全？这屋里众志成城，就要她成全。她的别扭烟消云散，拉了归云起身，这个女孩，她从一点大拉拔到亭亭玉立，看她与卓阳并立，怎不是一对佳儿佳妇？

只有自家展风还是孑然一身，挂着前途惘然的归凤。她心中酸甜苦辣，一双泪眼只看着自己丈夫的牌位。

但有喜事，总是让人心情愉悦的。庆姑来了精神，合计下日子，将卓阳和归云的婚期定在五月初八，讨个吉彩。展风更是积极承办了归云新房的翻新，找来昔日在王老板工厂认得的瓦匠水泥工拉了队伍就去了卓家。卓太太做主将婚筵定到了国际饭店，她说：“卓家娶媳妇虽不是大手笔，可也不能丢了场面，毕竟只有这一次。”

卓阳嫌弃事情烦琐，就由着母亲和归云筹措，唯一的贡献也就只有写请柬。卓家、杜家都有邀请亲朋，林林总总几十号人。待卓阳看到杜家的名单愣了一下，问归云：“展风请了向抒磊？”

归云道：“是啊，他和向先生关系不错。”

卓阳又看了看请柬，神色古怪。归云看出来，还来不及追问，他又突然问她：“那天早上妈妈找你说了什么？”

“并没有说什么。”

归云要转身，被卓阳扳了过来：“真的？”

归云便信口胡诌：“她问咱们有什么打算。譬如对婚期的要求啊，什么时候要宝宝啊，房子要弄成什么样子啊。”

卓阳嘴角一斜，坏坏笑起来，蹲下来就把面颊贴在她的小腹上，戏谑：“哦，宝宝，说不定已经在里面了。”

归云大羞，猛将他推开，低头埋怨：“你老羞我，好意思？”

卓阳却一本正经，认真玩笑：“这有什么不好意思？太太大人，咱们在讨论家庭大事。”

归云不好理他，生怕又被他说些臊住自己的话。卓阳抱着她深深叹气：“还是等我回来再要宝宝吧！你一个人，太辛苦！”

她任他抱住，倒在他怀里：“你说过的，日本人已经是秋后的蚂蚱，不过几年工夫。咱们都能等，坚持到最后。”

两人彼此拥抱，卓阳悄悄在她右手的无名指上套上了卓太太的那只翡翠戒指。

归云莫名感动："你——"

"妈妈说传女不传男，她是一路偏心你到底。"卓阳唉声叹气。

归云眼中一热，握住那戒指，一时感慨良多。她要很努力很努力用新嫁娘的喜悦冲淡不远的离愁，幽幽地说："卓阳，你什么都知道，原来你早让自己置身那么危险的境地。"

卓阳真的叹气了："我真是不能瞒你什么。杜归云，卓阳的一切就是杜归云的一切，包括我的幸福和危险。"

这次是归云执起他的手："卓阳，你给我今生今世最大的幸福，就是做卓太太。这个名称之于我而言太珍贵，我要好好保有这个名称，更要承担你承担的一切。"

她凝望着他。窗外的玉兰长得茂盛，她偷偷在树荫底下拉近他的衣襟，光明正大地亲吻他。

这此后，便会是她的一生。归云想，她会仰起头来，迎接这新的一生，就像手下写的喜字红帖子。

归云将喜红帖子一张一张喜悦地寄出去，最后的三张，留给小蝶、归凤和雁飞。她亲自把请柬送去给小蝶，小蝶喜上眉梢，直问："我是不是能做伴娘了？"

归云自是满口应她。倒是庆姑并不答应，忌讳小蝶身上的病并不太好，又是脏病。只归云不管，特地请了顶好的化妆师傅给小蝶定妆，还在静安寺路的"俏佳人"洋裁店为小蝶定做了时兴的小洋装。

小蝶装扮起来，面上有了勃勃的春色，病仿佛也轻了不少。

归云又去宝蟾戏院找归凤，这回往正门走，归凤面容沉定地出来见她。她拿着请柬，百感交集，寻了借口请假出来，拉着归云去功德林吃素菜。

归云问："怎么吃素？"

归凤温和笑道："净身。"

归云看着归凤，归凤更沉静了，眉目越发疏淡，多了一层无奈又蓬勃的清透。

在功德林坐下的时候，归云看到归凤手上写着杜班主死祭的展风的平安腕带，不露痕迹地扫了一眼。她的手上也有一条，它们都来自于雁飞。

"张府老太太信佛，常年吃素，说是要抵消儿孙的孽障。"归凤也常吃素，很熟络地点了素鲍片、素蟹粉、松鼠鱼、素面筋和素菜包。

“我是抵消我的孽障。”

归云说：“你没有错。”

菜陆续上来，鲍片蟹粉，卖相精致，完整盛装在盆内。

归凤说：“你瞧，佛祖眷顾了，连廉价的素材都能这么体面。”她抚着手腕上的腕带，“归云，你修成正果了。”

“不，归凤，我们一起努力。”

“你到底八字比我好些。”

归云无语，两人吃了两口菜，忽然有两位太太走近，窃窃私语偷偷看归凤。

“怕是你的戏迷。”归云道。

归凤放下筷子，好好坐正身姿，朝她们笑了一笑。那两位太太戏迷走过来，一人道：“烦您给咱们签个名。”一手备好了绣花手绢和钢笔，颇为郑重。

归凤签得很仔细，不知何时也练习过自己的签名，字迹极工整娟秀。

太太戏迷很开心，直道：“来小姐真亲切。”欢喜地走了。

归云也开心：“你现在很红。”

“其实方进山在唱戏上并没有亏待我，是佛祖厚待我这个苦命的人。”归凤默声祝祷，神色安然。

“展风和你说了他要上前线吧？”

“我等他。”归凤点头，说，“我等了他一辈子，不在乎再多等几年。他若死在前线，我也跟着他去。只要我能和他一起。”

归云一震，竟生共鸣。

“我不怕了，他好我好，他亡我亡。好的坏的，我都经历过，如今还能这般，已是万般侥幸。”归凤指着满桌的素菜，“这样轻贱的东西能上得这样体面，什么都够了，我知足了。展风他有心，我这辈子就什么都够了。”

兜兜转转的姻缘牵扯，最后还是在这个乱世成全了她和他。

归凤仍不争，只是捡起了留给她的幸福，不再计较，不再挣扎。所以她快乐，所有的平和写在脸上，是过度疲惫之后的松快。

满足不过那一点点，却要牺牲那样多。归云觉着有种钝痛在心底蔓延。她看着拆开松鼠鱼金贵的皮，不过是一层惨薄的豆腐衣，那里面的鱼肉是光鲜的土豆泥，筷子只一动，零落成泥，那么脆弱。

雁飞是亲自来拿了请柬，还带了她特意备好的礼物。

“做了好久，昨日才从那家洋裁店拿出来。我就知道你没创意，压根没有想好该穿什么。”

礼物在她的手里抖开，白色软缎镶蕾丝的半袖长旗袍，绣了碎碎的花苞，小朵小朵等着开放。绉纱的裹头披纱，织了大朵盛开的兰花。白得如梦如幻。

归云看呆了，捧在手里欢喜得不自禁。

“我自己的设计，整个上海滩只有这一件，我同那苏北裁缝说了，不准按这样子卖给旁的人。”

归云抱住婚纱旗袍，说：“你把我变成公主了。”

雁飞笑吟吟：“我就是要你做公主。”

归云比画：“这样的旗袍和头纱，恐怕要梳你以前的盘头才好看。”

雁飞也觉得对，就说：“那倒是的。来，试试妆。”

她亲自给归云上了新娘的妆，更衣、匀粉、绘形、上妆。雁飞的手法是极熟练的，她清楚归云的美，那样鲜明的五官，根本不需要浓妆，只要淡扫蛾眉，就美出了形。然后梳头。她绾起归云的青丝收紧，编结，盘起。

“小时候你也给我梳头。”归云全心全意仰仗雁飞。

雁飞微笑，扣好了她的发尾，再妥帖地将头纱小心戴上她的辫际。她看着镜子里的归云，嫁衣剪剪琼肌嫩，玉容风韵，缱绻风情。她在上海第一眼看清楚的小苹果脸，恍如一夜之间变成这巧倩含娇俊的新嫁娘。

她的眼蓦地有热泪盈上来，她马上用指头擦掉：“真好，归云，真的好！”

归云站起来，拉着她的手，两人相视而笑。

白光只一闪。卓阳像个傻子一样站在门口，可这傻子还知道拍照。

“被新郎官看到啦！这下可没了新意！”雁飞笑着说。

归云扭捏，被雁飞推进卓阳的怀里：“我把她打了包给你，往后一辈子，都须教她像现在这刻光鲜亮丽！”

卓阳的眼熠熠生辉，他牵起归云的手放在自己的臂弯中：“千山万水，此心无悔。”他被她一双剪剪秋水望着，又展眉笑，“我们找时间去拍结婚照。”

雁飞也笑着建议：“去王开最好。”

卓阳说：“那当然了。”

他早约好了王开照相馆的师傅，带了归云去拍结婚照。

结果到了王开照相馆，归云才知道他的拍照技艺还真是那里资深师傅调教出来的。她只暗叹，卓阳端的是三教九流什么样的朋友都交得，什么样的路子都通得。

“我是真翻不出你的掌心了。”归云细声嘀咕，“你条条路都通，步步路都计算好。就像当初请我吃馄饨，你可料准我不会拒绝？”

卓阳正经点头：“我不接受失败。”又一本正经道，“除了被你抢先度了我们的新婚夜。”

归云早不管他的瞎三话四，巧笑倩兮，不失态，将布景画册塞进卓阳的怀里：“这回让你抢先挑布景。”便提了婚纱旗袍进更衣室换服饰。

待出来的时刻，卓阳已经挑选完毕，也换了一身西装，西装是新做的，他穿得一树清风，人自傲然，风采烁烁。是怎样的春风得意一少年？

照相师傅正说：“怎挑这个？素了些。作为婚照背景，色调并不佳。”

“就这样挺好，我看好那气魄。”

卓阳拉了归云的手走到布景前，那拉下来的半块幔幕，青山隐隐，绿水天际流，真的是千山万水。归云的心隐隐一震，但听卓阳的，并不发表意见，同他摆一个相扶相依的姿势。

光影一瞬，是一生的留影。山水之间，唯有他和她，心和魂都在上面。

她喃喃对卓阳说：“我们有一辈子了。”

“是，一辈子。”

归云想，她只想她的一辈子能永远定格在这个瞬间。

庆姑待归云婚期临近，方生了无数的依依之情，她将展风为归云置办的嫁妆摆放好，又定了上好的莲子和百合，准备在归云婚礼当日亲制甜羹。她还絮叨，不满意雁飞送的白婚纱旗袍：“现在的人怎么成亲要穿白色？多不吉利！”

“这叫摩登，现在上海流行洋派的婚纱。”小蝶娘道。

庆姑仍是不置可否的，又因避讳小蝶的病，她觉着这场婚礼总有诸多令自己无法满意的地方。最后一夜，归云为她梳头，只听她将从小的事情再件件数说出来，终了叹气：“当年展风的爹说过我家未必最后能留住你，也真是没有说错。”

归云着手轻巧，从不会拉疼庆姑的头发。她看见手里的一束束发有了星星斑白，日月似穿梭过。

庆姑终于像母亲一样叮嘱："你婆婆也是孤寡人家，要好生照顾。我看卓家少爷性子野，同展风不相上下，往后多半不着家，你担的会更多。"

归云点头，抱着庆姑狠狠哭了一场。

一场之后，就是佳期。

虽然完美，但是也有遗憾。雁飞避讳着庆姑，不能一早伴她到晚，只说直接去国际饭店的酒席。

但小蝶精神格外好，人也容光焕发了，对陆明也理睬了，陆明闷愁一扫而空，紧紧跟着小蝶，不肯多离半步。

归凤也赶了大早来，带了旧日交好的戏班子师姐妹张声势。她打扮得鲜艳明媚，在庆姑前行了礼。庆姑拉着归凤的手询问了好长时间。归云暗忖，也许庆姑心底是允了展风的要求的，更加喜悦起来。

新郎官带了兄弟团来接新娘。新娘的家人朋友伙计邻居不少，许是在这些动荡的年月里头一回办喜事，这边堵着，那边推搡，都闹腾喧叫得过了头。到头费了卓阳不少红包，还不让他接人。最后卓阳急了，猛推开堵在闺房门边的戏班子师姐妹，大步流星跨进去，打横抱起归云。

归云不料他这般霸道地就冲进来，张目结舌。卓阳头一仰："这辈子你都是我的人，休想挡着我！"

庆姑喜喜庆庆地穿了大红对襟旗袍，俨然岳母的架势，端了莲子百合银耳羹进来劝："好了好了，孩子们别闹过了吉时。"

她慈蔼又威严地受了新人的礼，又见着他们向杜班主的牌位行了礼。在归云步出杜家门槛的时候，她的慈母泪终于下来了。

归云也依依不舍。卓阳牵紧她的手："我们回家。"

她笑着对他点头。

再到卓家，先给卓汉书的灵位行礼。归云深深敬重杜、卓两家已逝的父亲，直叩了九下头。

卓太太心疼她："今天好日子，卓阳的爸爸在天之灵也会欢喜。"又对卓阳说，"从今日起，你已为人夫，日后也会为人父，不可再任性妄为，凡事多想想家里。"

"我明白。"

复又牵了手，打着红伞，由亲朋好友簇拥着去国际饭店。

雁飞已经到了饭店，独自拢着身子坐在靠窗的角落。卓阳知道雁飞和归云的情分不一般，全力招呼她。他端了一杯果汁递到雁飞面前。

雁飞瞅着他笑："很好。连妻子的朋友都照顾到，我很放心把她交托给你。"

卓阳认真且诚恳："归云的朋友，也就是我的朋友。"

雁飞说："我们打小就认得，那时候我无依无靠，被她和她爹救了。后来她爹被日本人炸死了，我们一起在马路上讨饭。实在饿得慌的时候，我们跑去偷路边馒头铺子的生煎。后来被大人捉住要打，她就一个劲恳求。人家见她可怜又可爱，就又多送了几个给她。"

卓阳的眉眼动容，他说："我不会再让她过这样的日子。"

"我相信你。"雁飞站起身，迎接走过来的归云。

"小雁我们去拍照。"归云拽着她就走，雁飞只得被他们带到宴会厅门口，一众亲朋都站好，有展风、归凤、小蝶、陆明、蒙娜。

蒙娜乍见雁飞，又看到她隆起的腹部，很是惊诧。雁飞朝她颔首微笑，她便只用眼神招呼了。

卓阳请的照相师傅正是王开照相馆的授技恩师，他安排众人站成一排，正要摆手势让大家笑，展风忽而排众而出。

"向先生，来得正好，和我们一起拍照。"他不由分说，就将尚未脱下绅士帽的向抒磊拉到了自己身边，正正好好站在了雁飞身边。

雁飞不曾想过会在这样的场合再遇向抒磊，错愕只刹那，下意识地缩了下身子。

向抒磊已经看到了雁飞，低声问："你，结婚了？"

雁飞替他拿下他的绅士帽："拍照要脱帽，这才礼貌。"

什么话都来不及说，照相师傅又重新指挥。站好，立正，微笑。

向抒磊只微侧了脸，看见雁飞巧巧勾起嘴角。她的手上拿着他的绅士帽，正盖在她遮也遮不住的腹部。这样成像，竟是他和她的第一张合影。

他们站在一边，毕竟不是主角，没有新郎的骄气和新娘的浅羞，反有了空闲感慨，这个城市太大，他们以为今生不再相见，这个城市又太小，他们不得不再三相见。谁曾想，三度相见，一次比一次习以为常。

雁飞也不曾想，就连宴席上的位置，她都被安排在向抒磊身边。都是没有家眷的那一群人，不得已凑在一桌上。向抒磊便知道了雁飞孤身。他尽量不打量她的腹部，只怕会忍不住多看一眼。他们都看向台上向宾客行礼的新人。

“还记得那年在徐家汇天主教堂看到的洋人婚礼，那新娘子没有我的归云漂亮。”

她的回忆勾起他的回忆。

唐倌人会无故打人。

第一次给小雁上了妆，周小开垂涎欲滴的模样毫不掩饰。小雁被拽进了厢房，再出来的时候，脸上青了两块。

他领着小雁沿着霞飞路逛，她咬着唇不说话。

路边有很多洋裁店，服装店。盛装的模特妖娆动人。小雁时而会驻足呆望。他拉了她的手说我们进去试衣服。

霞飞路上的老板会做生意，看他们选旗袍的眼光好，也不因他们年纪小就推搪。向抒磊为她选了一件白色绣梅花的软缎无袖旗袍。她穿出来的时候，连店老板都看呆了。

“穿旗袍最得体的是那种可口可乐瓶子的身材，最贴旗袍的线条。”

老板赞的是她的身材，他却掏了口袋数钱，不够。

小雁傻乎乎向老板鞠躬，说以后来买。出了店门，满脸的失望。两人都有无能为力的悲哀，只漫无目的地走着，直走到徐家汇天主教堂门口。

西洋的婚礼进行曲轻缓庄严的音乐从天上洒下，雁飞艳羡的表情几乎是神圣的。黑衣牧师引领新人述说婚誓。他们都听不懂。

小雁执拗地告诉他：“向抒磊，我喜欢你。”

婚礼进行曲还在响，他不响。

她非要他看着她：“我喜欢你。”

怎么能当是他负了她？雁飞堪堪记起，他从来没有说过喜欢她，更遑谈爱。

向抒磊很会喝酒，从来喝不醉。只怕从头到尾都是她自己的一厢情愿。婚宴上，宾客正欢悦，他跟着他们一起灌卓阳。

“今晚的确不准备让你好好洞房花烛了。”宾客们闹着，卓阳不讨饶，还真一杯一杯喝下去，归云面上担心，碍于新娘子身份又不好说。

一圈下来，新郎脚步踉跄。但是向抒磊说：“这家伙才是深藏不露。”

他再自灌。雁飞拿开他手里的酒杯：“一醉万古愁，没有什么好多喝的。”

他们一起望着新人，归云扶住了卓阳，卓阳顺势搂住归云的腰。

“他们很幸福。”他淡淡地笑。

她的记忆中，他不常笑。他是个难得俊美的男子，每当微笑，唇线细薄，有几分红伶人的神韵。弄堂里有淘气的小流子叫他“娘娘腔”，他就更不愿笑了。原来最后，他还真的做了伶人。

他喝得放肆，满厅的人不会有人关注他们，只得雁飞陪在身边，也没有人关注雁飞。那个用心的归云今晚心思都在自己的新婚丈夫身上。在别人的婚礼上，他们都是孤单的，然而就算孤单，他都不肯与她相拥取暖。

雁飞忽而心中生恨，牵动内息，腹中的孩子动了一下。她捂住肚子，哀哀吸了口气。向抒磊转过身，伸了伸手，又终将手缩了回去。

彼此不再面对面。他们之间，突兀地隔了一个身份不明的孩子。他依然一字不问，一字不提。在喧闹的人群里，他的冷令她无端有火。或是她的火一直化不了冰，又因怀孕而反复着情绪，所以所有的苦溃堤。她想，凭什么不让他知道？

雁飞觉得自己在变得恶毒。她说：“你十八岁生日那天，还记得吗？下大雨，是黄梅天。我买了一把水果刀给你做礼物，我以为你喜欢。”

向抒磊有些迷惑，一时不能明白她的意思。

她笃定地喝着果汁：“你说给米行的周老板送土特产，唐倌人不放心，怕你藏了什么好的给老头子，所以我被派着跟了去。”

他又看她，她的身影深深浅浅明明淡淡，那么远，又这么近。

“你偷偷在老虎灶旁边洗了我送你的水果刀，因为下雨没有人注意，可是那洗刀子的水变红了。”她也看着他，“我回去翻了你的行李，有一张盖印的证件。”

他的面色还是不动。雁飞泄了气，她用尽她的力气和希望，想要拥抱的原来从开始到最后都只是海市蜃楼：“你觉得你这辈子还得起我吗？”

似乎周遭的明亮被黑暗吞噬，他们的天地陡然渺小，只有一句话在飘——

“你这辈子还得起我吗？”

他还是那句话，如此模棱两可的话：“还了你我的今世，也弥补不了你这辈子的辛苦。”

雁飞不辨悲愤，周遭的人喧闹起来，在她耳边轰然。她看着新郎卓阳被人架到台上，大伙要求他述说和归云的恋爱史。

卓阳喝多了酒，倒是面上不红，只口齿有点打战，但声音琅琅的。从小到大的，马路上、法国公园里、戏台子下、老范的馄饨摊，他都记得，如数家珍。宾客听得兴起，有人带头起哄要新郎给新娘一个誓言。

卓阳对着归云，朗声道："天长地久有时尽，此爱绵绵无绝期。"

归云羞了，那是喜悦到极处的羞，眉和眼都动人。她主动拉住了卓阳的手，十指交握着。

雁飞默默地瞧着他们，渐渐地，好像又瞧不清楚了："你什么都不说，我要你的今世干什么！我的今世已经这样千疮百孔。"

她的心事蒙了一层灰，扫不落，怨愤也被蒙住了，要不到明白的光。过往都淡了，她也倦了。腹中的孩子也倦了，不再动。她觉着聊赖，她今世的辛苦是因为他的撒手不管。他有能力管，只要管一管，也许一切都会改变。

最痛是此处，最恨亦是此处。因此，他们怎么可能会有佳期?

雁飞扶了腰站起身，要向卓阳和归云告别。她的今夜已经结束，她祝福归云和卓阳的今夜能够美好。

卓阳被送回婚房的时候，是半醉的，走路都不稳，朋友和同事都不好意思再闹洞房，各自辞去。

卓太太只埋怨："这孩子，太不知节制，瞧这样子。"

归云为卓太太做了红豆沙圆子，又为卓汉书上了一炷香，诚心膜拜了一会儿。

卓太太微笑："归云，卓阳娶了你是福气。你这么贴心。"她说得真心诚意，曾经她所期望的儿媳妇是门当户对、有些家底也念过大学的小姐。战争改变了很多，但她的家终于重新得到温暖。她知足，今天比谁都高兴，所以一直笑。

归云还带着新嫁娘羞涩的笑，低头吃东西，半晌，说道："妈妈，我从小没有家，现在有个真正的家，是我的幸运。"

照顾了卓太太睡下，她回到新房。婚房里有温柔的昏眩，红帐鸳鸯锦，无尽风流掩不住。

卓阳仰面躺在床上，西服却已经脱下来丢在一边的椅子上，鞋子也脱下踢到了床边，趴手趴脚占了大半张床。

归云将床边的台灯扭亮。她第一次看到睡着时的卓阳，那次在三马路的小石库门，他醒得比她早，只有她的睡相被他看了个光。

他睡觉的样子带点迷糊和孩子气，仰着的脸，头发已经睡得歪七竖八，十分不修边幅。她又想起上一次在他的房里睡，房里乱糟糟的样子。以后，这间房间不会再乱了。

她推了推卓阳："醒醒，去洗洗再睡。"

他不动，她只得再凑近他唤他。他的气息急促，一个翻身，就把她压在了身下。

"你没醉？"

卓阳眯了下眼，精明相毫不掩饰，哂笑："我说过我酒量没那么差！他们都没听进去。"

"你在装？"

他轻轻吻她："我可不想别人打扰我们的洞房，如果不装醉，非被他们折腾死不可！"

"真狡猾。"

他动手解她的发髻，解她的扣子，埋首在她的颈窝。

她眼若横波，颊颜生霞，羞得没处躲，只好盈盈望向他，还带着三分嗔怪，顾左右而言他："你饿不饿？还剩些夜宵。"

卓阳意气情动，等不了其他，深深吻了下去。

然后她靠在他的胸前，听他说话。

"我真希望打小就在你身边，好让你少受些苦，咱们聚在一处的日子也能多些。"

她软和的心，因他的话而精神抖擞了些。洗漱之后，略收拾了新房，必要整洁。

卓阳拿出两人的婚书，大红织锦缎硬面底，鸳鸯戏水，飞凤展翅。封面上吉词很多："红烛催妆，青庐交拜，盟定齐眉，欢歌偕老""同心同德，合歌昧旦之篇；宜室宜家，预卜周南之端"。他们盟定的百年誓约。

"宜家宜室。"他望着她忙碌的背影，又低头看着两人相同字迹的签名："练了多久？"

归云不明所以，后见他指着她的名字问，就说："一个冬天吧！那时候感念连长叔叔，故多用了心思。"

卓阳感慨："归云，你是个聪慧的人，如果从小念书，说不定会是个留洋的女大学生。"

她笑了："不是每个人都有那种命，我唯有在我力所能及的命里做到最好。"她踮脚吻他的额，"我也遇到了最好的。"她又吻了他的唇，"以后你教我写毛笔字、学算术，还有物理，你是念物理的。我不懂，但我想懂。还有修自行车、装电灯、修水管。"

卓阳抚额笑："老天，这些你都会了，还要我干什么？"

归云钩住他的颈子："你只要走你的路，其他的都由我来。"

“你真是——宜家宜室。”这次他吻住她。

千般情衷，只一夜还诉说不够。

归云是觉得时间不够，她真的央了卓阳教会她修自行车和装电灯泡。卓阳拗不过她，只好手把手教给她。

上链条，转轮胎，直弄得一手油污。归云不注意，往脸上一擦，就是一道黑印，被卓阳指着笑，她就追着打。

装电灯泡的程序繁复了一些。霞飞坊的石库门比较先进，自来水管和电线都很齐整。卓阳先教她电线的排线，又教她看电闸，千万叮嘱安装电灯泡的时候必须先拉闸。

归云学得仔细认真，叹服：“也不得不服气洋人，发明出这样的东西，方便了多少人家！”

卓阳说：“我们若是有机会休养生息，发展生产，也不会差洋人到哪里去。”

归云想，是啊，要有机会休养生息，所以他决定走。他们才新婚，一场分离就在眼前，这虽是她事先就知道的，但日子一天天流逝，她恍惚觉着他们的结合似乎就是在等这场分离。

只剩最后一个裁断了，卓阳等延安方面给他的回信，确定他的编制和要去的地方。不过三两个月，归云在掐着手指算。

卓阳的工作依然忙碌，他和同事们须将报社的事善后，一群编辑记者也各有打算，有同样要和卓阳准备上前线的，也有留下来改换门庭继续供职其他报社的。旧日《新闻报》所有的资料书籍和器材，也需重新做一个规整，有的需找地方保存，有的需转让给同业，还有的需秘密运送至北方支援前线的新闻工作。卓阳不但需要有条不紊地组织这些工作，还需兼顾到家中的事宜。

他先陪老范将法租界菜场的摊位谈了下来，他为巡捕房警长的太太拍过照，故找了牢靠的保人给了归云底气。再是将家中的资产整顿了一遍，卓家家底尚算丰厚，只是卓阳担心时势变化，将部分银票券类兑现成金条，在家中辟了隐秘的地方藏着，又对母亲和归云嘱托一阵。

卓太太不禁欣慰又酸涩，儿子是一个顶天立地的男人，该为国为家做的事情分得清清楚楚，一件不落。她说：“你把事情做到这地步，妈妈也只好学岳母，对你只说四个字——精忠报国。”一说，眼就湿了。

归云却并不过问他的工作细节，只是见他经常晚归，到家后饭也顾不上吃，倒头沾床就睡，有时候连鞋子都来不及脱。归云就会心疼，只得替他掖好被子，自己坐在灯下织毛衣缝布鞋。

时常是卓阳一觉醒来，归云还在灯下缝补或者练字。他就会悄悄站在她身后，看她做事写字，冷不防会吻她的脖颈吓她一吓。归云总会被吓到，再被他吻倒，在甜蜜的激情里暂时忘却一切。

然后，卓阳会如实告诉她他所做的一切。

“今天把原先报社里几台运作良好的印刷机器偷偷运走送去那里，躲过了日本人的防线走的水路，想他们也不咋的。今天相帮旁的报社记者一道又见了达人杜先生，他倒还愿意再做一些捐助。”

归云浅嗔薄颦：“又要嘴皮子去哄了杜先生吧！妈妈说你这张嘴连树上的鸟都能哄下来。”

“这位杜先生在大节面前还是让人钦佩的。”他却不是钦佩的神色，有着满腔的心事。

归云拂他的眉心。

“我放不下爸爸和莫叔叔的死。”卓阳抓下她的手，与她十指交握。

归云的心紧了紧。

卓阳也拉开了大衣橱的抽屉，那里也有属于他的一只抽屉，由他自己打理，归云并不干预。所以，她没有想到他会从抽屉里拿出一支手枪来。

“这支手枪是救小蝶的时候从日本兵那里抢来的。”

“你想干什么？”她瞪着那支枪。

“我一直在查莫叔叔的死因，通了通巡捕房的关系，从两个包打听那里得来一些信息。投弹的那个流氓原是方进山管的车行的黄包车夫。”

“方进山已经被向先生打死了。”归云道。

“接他手的叫周文英，方进山生前对他言听计从。他最近得了势，在日本人面前很是春风得意，爸爸和万字斋老板的案子、莫叔叔的案子都和他脱不了干系。”卓阳道。

“所以你想——”归云不安。

他又吻了吻她的鬓发，说：“让我好好想一想。”

归云不再说话。卓阳坐下来，从裤兜里掏出一盒烟，很熟练地划火点燃，猛吸了两口，忽醒觉尴尬地看着归云。

归云转身从客厅里找出烟灰缸，放到他面前："你抽吧！"

卓阳摇摇头，将烟头摁灭在烟灰缸内，归云看着燃了小半截的烟折损在烟灰缸里，便捡起来，拿过洋火盒子又划火点燃，再递回给卓阳。

卓阳迟迟不接她手里的烟，淘气地对她一笑："不要烟，这样就好。"说罢不由分说吻上她的唇，她手里的烟，再次被摁灭在烟灰缸里。

她从他的发隙间看到那把枪，他是用过枪的，小蝶和她说过，他的枪法很准，一枪就杀了鬼子兵。但她听了心悸，此时听了也心悸。

半刻后，两人才依依不舍地分开。卓阳拿起了枪："一切罪恶本该由法庭裁判，但是现在没有还我们公正的地方。"他抬眼，吻着归云的手，"我说过我什么都不会瞒你。"

"你一个人做太危险。"她也吻他的手指，他的手指间留着淡淡的烟草香，她该讨厌烟草味的，但他指间的让她深深眷恋，"但我感谢你的一言九鼎，你说了不瞒我就不瞒，我也知道今后你做的事都会陷你到危险境地，我只好说，你每做这些事情的时候，多想想我，多想想妈妈，为我们保重。"

卓阳的眼湿润了，浓眉仍扬着："我始终相信我的每次选择，但你选择了我，却要担惊受怕。"

"所以你要对我好点。"她钻进他的怀里，贴着他的胸膛聆听他的心跳。

一下一下有力跳动，于是，心也安定了。

卓阳拉住归云的手，说："来，我们写大字。"

两人趁着夜色，在玉兰树下点了一盏烛灯，归云为他裁纸磨墨，又添来了家里存的山西的汾酒。卓阳轻轻抿一口，端的是红袖添香。

她知道他的心意，他的喜好。

卓阳先挥了毫，是父亲的姿态，写出的是缠绵。

"一生一代一双人。"

归云唱过这样的词儿，她懂，从卓阳的身后抱住了他。他抓过她的手，他要他们一起写。她也懂，与他并肩，垂首，顿笔。

雪白的宣纸上滴落了墨，旋即被一通雄浑有力的狂草掩埋。直线似水，曲线似山。归云的手不由自己，只能被卓阳的手带着一气呵成。

归云不认得这草书，问他："你写的是什么？我看不懂。但是你不准笑话我。"

卓阳在她耳鬓哈气。

“很简单的六个字。”

归云拿起宣纸再认真看。

他已经低低说了：“卓阳爱杜归云。”

瞬间，眼泪滑落，将那纸上墨迹洇开。归云胡乱抹着泪，哽咽笑着怪他：“别写这些不正经的，你得写正正经经的。”

卓阳听她的话，在桌前撑了会儿身子，闭目，再睁开。提笔落地，神情专注，似是酒醒了，也似还薄醉着。

他这次写的字，归云认了出来——无愧书汉魂

他没有抬头看自己父亲的书匾，但是已经模仿得一点不差。不！更有了自己年轻的气势，更磅礴，更一往无前，更直冲九重天。

归云上前，握住那纸：“好，很好。”她仰首看他，冲他灿烂笑道，“现在这幅字是我的了。”

归云不笑的模样只给雁飞看：“一天天好像等待命运判决，我觉得勇气在流失。”

雁飞说：“一哭二闹三上吊，只要你肯，就能把他留下来。”

归云拼命摇头：“这样他会怨恨我一辈子。我嫁他，原本就带着这个承诺。”

雁飞叹息：“大城市里北上抗日的青年不少，可到了那里一片穷山恶水，前有敌寇，后面补给又跟不上，心理就先有了落差。有不少人因此借故潜了回来。”

归云说：“他只会往前冲。”

往前冲是什么？她看到过闸北的废墟和虹口的狼烟。如同在走钢丝，一个不稳，是性命攸关的事。

雁飞见她气色不稳，安慰：“也不能往坏处想，如果熬到胜利，不但阖家团圆，还能功成名就。”

归云摇头：“要什么功成名就？我只要阖家团圆。”

雁飞拥抱她：“我们什么都经历过，不怕，真的别去怕。”

归云汲取着她身上安慰的力量。

得到安慰之后再工作，她埋首算账，拨打算盘珠子的速度愈来愈快。

裴向阳总跟着雁飞，在她们说话的时候，他就一个人静静趴着写功课，雁飞为他

摇着扇子赶蚊子，再望望归云，叹气：“你都要成老黄牛了。”

归云不抬头：“世道艰难，我须努力。”

“从来女人做事就比男人更难。”

归云抬起头：“这年月，从来只能把女人当男人，把男人不当人。恐怕这样我们才能熬下去，活过来。”

雁飞叹了下：“卓记者果真是干革命的，都把你教成什么样了！”她把话岔开了，伸出自己的青葱玉指，对归云说，“我是越发吃不得苦，等孩子生下来，可怎么养她？”

归云果然抬头，说：“自然是有我的。”

雁飞竖竖眉毛做怪脸：“我还真没想过日后的路怎么走，只盼着这个孩子，可老实说却真没光明大道开给她。”她想了下，“干脆我入干股给你算了，当我给我孩子存老本。”

这正合了归云的意思：“我欢迎之至，一人计短二人计长，有你帮衬我，我更不怕了。”

也是雁飞的原意，她笑：“那我也不客气，先对你这里提些意见。”便真提了许多建议，让归云又生了些经营的主意。

归云有了念头，心里的愁就淡了些，雁飞的心，也放下了些。

当归云疏朗的笑越来越少，雁飞清楚知道她是在承受着割舍的痛，她竟肯从心头割舍，放自己爱的人走。如果换作她，不放，坚决不放。

然，雁飞转念，不放又怎样？郎心如磐石，坚不肯转移，该走的还是要走。归云到底比她幸运，也比她坚强。

雁飞在饭庄的雅间恍惚睡去，归云找了毯子给她盖上，带了裴向阳到外间，自己也轻了手脚做事。

雁飞睡得恍惚了。

正值黄梅雨季，稀稀落落的雨点坠地的声响，更容易使人恍惚。好像有人走近了她，抚摸了她的发。她不愿意睁开眼睛，口中却轻轻问：“你走的时候真的不后悔？”

他轻轻答：“我不能后悔。”

“世上还有谁能比你更狠？周老爷身上被捅了十八刀，那年你正好十八岁。”

“很好的纪念不是吗？”

雁飞睁了眼睛，坐直了。

向抒磊只是望着她，回忆当年。她睡醒的样子他是见过的。

那时候她趁着在灶庇间生火的空闲偷偷睡觉，锅灶的黑灰睡到了脸上，醒来像只花猫。

他不常笑，不愿笑，可第一次看到她这样子却笑了。她睡醒的那刻，是有片刻的迷糊的。

她眼里的他，俊俏一如当年。一个男子，怎能如斯俊美？

那时的少男少女，暗地惺惺相惜，互相扶持。她捅破这层纸，他极力回避，可终于她看见他狰狞的一面。她当夜想了又想，去敲他西厢房的门，却见他好好一个人蜷缩着抽大烟。她去争夺他的烟枪，再然后看到他的伤。

让他继续抽？不不不。她不让他抽，毁了他的烟枪，坚决要他戒。

“我早说过，你带我走，是带我脱离苦海，日后日子再苦，也不是苦海。你却说在我身边意志不坚定。”她记恨他走时说下的这句狠话，速战速决，抽刀斩乱麻，谁也不比他干脆。让她一人呆傻在原地，是她一厢情愿表错情，任性妄为。以后种种，是命运惩罚她，也是她自己惩罚自己，存心堕落到底，豁出去给他看。

那以后，她心中没有光明。他毁了她的情意，还有她重生的指望。怎能不恨？怎能不恨？

“我后来做过雏妓，再后来做了舞女，现在要生一个父不详的孩子。这就是被你抛弃后的人生。”

他覆上她的手：“小雁，人只有一辈子，好好生活。”

雁飞嘴角噙着冷笑：“杀人者终偿命，欠债者须还钱。谁都逃不了自己的债。”

“对。”向抒磊微微笑一笑，“该还的总要还。”

雁飞眼波渺茫，无所适从。几番相遇，他越来越坦然相待。初时有激动，她看得出来，如今激动荡涤到深处，连条波痕都没了。

人情世故，她仍稍逊他一筹，虽然这些年她恶补，一如当年恶补文化，她始终追不上他。原来一切似幻似虚，得失是多么可笑！雁飞再度伏趴下来，只想好好睡觉。耳听得他走了出去，和归云、展风告别。她又不由得想，他来干什么？

就算天空深到一丝裂痕都看不到，心头的裂痕都永世难补。向抒磊习惯黑到无云无月的夜。很多年以前，在这样的夜色下，他趴伏在母亲柔弱的脊背上，母亲勉力快步前行。

“妈，我疼！”他无意识呻吟，浑身上下火烧火燎，无一不是煎熬，只希望立时死去，再不用受肉体的折磨。

他的母亲不准：“忍！有口气必得忍。报仇雪恨，但凭这口气。”

天色阴暗了，东北的天气寒冷，冰凉的雪末子都能覆盖这对逃亡的母子。周遭没有声响，万籁俱寂，母子两人相依相靠，要寻找光明。

向抒磊终于忍得痛，一口气撑住了，他活了过来，从此只有一件大事——就是报仇雪恨。

不会有其他，生命里没有更多的意义。也不会再有其他意义。

向抒磊走到了自己宿舍门前。

“向抒磊。”又是吴枫露。

他望望天色：“这么晚了，你不该来这里。”

吴枫露脸上不是没有幽怨：“明天剧团开拔，你当真不跟着走？”

他笑笑：“不走。”

她和小雁一样执着，一样勇敢，只是差在不能令他悸动。

吴枫露也笑笑：“离开上海以后，我发誓要找一个能回应我的男人结婚。”

“你早该这样了。”他拍了拍她的肩，以示鼓励。

六道轮回，人早该抛弃以往，迎来新生。总有人还会有新生。

“让我亲亲你。”吴枫露说，眼睛发亮，近乎逼视恳求。她喜欢他多久了？一年多两年了吧！夜色让人大胆，提出平日不敢提的要求。

向抒磊摇头：“你应该保留给你未来的丈夫。”

吴枫露失望了，抱怨：“我以为夜晚能改变一切，谁知道还是改变不了你。”一年多还是两年？她的热情耗尽，一切都将结束。

向抒磊开门，吴枫露离开。不是一路死心眼到底的人会比较容易获得新生。

屋中本无长物，桌上一张被镇纸压着的白纸苍白触目。他再度看了一遍白纸，上面是他的新任务。他想了片刻，提起钢笔写信。

“人手紧缺，既无爆破队辅助，又无爆破经验及充足弹药，对杨浦日军物资中转仓库任务无十足信心，请求支援。”停笔，思索片刻，又写，“自王启德就义，本组严重受挫，无论人员还是器械，均已无法胜任愈加繁重的公务，望能增补供给。”

“增补供给？”他默默念了一遍，嘴角忽而一撇，薄唇一抿，冷笑出声。

他再捻起那页白纸，上面黑字分明："本部获悉最近将有做暗杀用军火枪械存于杨浦某中转仓库，鉴于你对该仓库勘察数次，掌握地形及人事，故将爆破任务交与你组，望能以牺牲之勇气，维护我们领袖的安全，保卫国家领土和主权。"

向抒磊再度冷笑。

他以"维护领袖安全，保卫国家领土和主权"为由，申请转编入正规军。这层身份太阴太暗，打他到无底深渊，他想要光明正大干一场，做一个真正可以上战场的军人，但谁都知道这局子只能进不能出。申请一石击起千层浪，大佬冷冷说了一句："想要食碗面反碗底，他还不够资格！"

连顶头上司都保不住他，语重心长说他"不懂迂回之术"。

他不是不懂，只是没有时间去周旋。但此后，样样行动步履艰难，手下熟手被上面用各种借口调走，他只得从王老板旧日的自卫队里选人重组。这群不在编制内的兄弟肯跟着他，他得为他们负责到底。

他再想了想，又找了一张纸，写下一些人名，最后在徐五福的名字上画了一个圈便盖上钢笔盖子，顺手在枕边拿起一条带血的手绢，是随信一起寄来的。

当年这条手绢包裹过他身上最深最致命的那道伤口，母亲的泪热烫地滚在他的面上。

"妈，我已经不成人了！"

母亲近乎凄厉地在他耳畔叫："就算做鬼也不能放过他们！"

他收到的信最后一句写："令堂留言，希望你做鬼也不能放过敌人。我们希望你能完成令堂的遗愿。"

遗——愿！

母亲选择的道路和他一样，留在东北做死士，丧讯传来，死于自杀性爆破。

仰头倒在床上，满目漆黑，这间屋子的窗口永远进不得光。他是真的可以赤条条来去无牵挂。

展风在第二天一大早收到了向抒磊传给他的字条，立刻去找了归云。

"向先生买好了火车票，后天晚上走！"

归云捂着心口，满心的不放心："这么快？"她不舍得，那么多年的兄妹情谊，如今却离别在眼前，"马上要过中秋节了。"又问，"你们真的什么准备都做好了吗？"

展风虽有一腔踌躇满志，这会儿也默然下来。他静心的时候也思考，自己走这条路是被逼着上去的，但他心甘情愿。只是一切都混沌，何去何从，他似乎从来都是听别人安排。

真的准备好了吗？展风被问得心头一紧。他一向仓促上阵，这时候更是只能进不能退，便说道："我是想好了的。现在中国人万众一心抗日，前线吃紧需要人员补充，这是我要做的。众志成城，不愁赶不走鬼子，届时家家都团圆，都有好日子过。"

他不忘他的责任："归云，我会去找归凤。"

归云明白，浮生乱世，人世离合，她感同身受，念及不知何时将离去的卓阳，不禁怆然神伤。

展风又匆匆暗中寻了归凤，紧紧握住归凤的手，她是他今世的妻，要与他白首偕老的人。他明白，他的难也只有她才能与他同当。所以有的话他只对她说："临走前最后一宗任务是暗杀周文英，他接替方进山替鬼子做事，实在可恶。上头下令要除此人，但向先生安排我做先发部队，带着行李先走。"

归凤眼中蓄泪，终呜咽，说不出一句话。她的今生终于等到他成为她的夫，她的梦寐以求最后要用分离来成全。泪流下来，他终于把他的怀抱给了她，想了那么久，盼了那么久，多么得之不易的安慰。

"我这辈子够了。"她低泣，"余下的，全给你，你怎么说怎么做，我听便是。"

展风将归凤这句话埋在心底，心定，一切都安定。

最后，他还是忍不住去见了雁飞。

雁飞往他手里塞钱："一路上用得到。你原先那点积蓄并不多，我虽听说那孙团长为人刚毅，但部队是国军的，那些军队嘛总是这样子，关系复杂，一些关节还需打通，有些路子要琢磨着走，更需要钞票保身家。"

展风摸摸脑袋："我只一心上战场抗日去，哪里去搞那么多门道啊！不过你不说，我还真没想到。"

"防着一手总没错。"雁飞还是把钱往展风手里塞，"你也说是去抗日，自然不少后备。何况我给你的只是小票子，也不算什么！"

展风推辞："真的不能要，你的孩子就要出世了，到时候样样都要钱，还破费给我成什么样子！"

"我向来都是量入为出，如果没有保底，我对你这么慷慨干什么？"她说着笑起来。

展风推不掉，手里抓了一把钞票，他感激不尽，最终坦诚："你是个豪迈人，又处处想得周到，我真是不如你，总会多些愚蠢的小心思。如今想来，真觉得自己可恶。"

雁飞小心坐下，摇着扇子给自己凉快，笑："当初认得你的时候是毛躁小毛头，现在成男子汉了。怎么说？士别三日当刮目相看。可总不能一直不瞻前顾后？"她用手抹了汗，又问，"秋老虎还真厉害，这天气总凉爽不下来。你们中秋节晚上走？"

"对，就在中秋节晚上分批走人，五福等几个兄弟和向先生垫后。"

雁飞额头又起了汗，这回忘记扇手里的扇子。她不经意地问："向先生原来是你们的头？他——也要走？"她暗思：不在同一座城市里，心或许就淡了。

以前她爱看燕子窝，是因为羡慕它们能飞回故乡。他也爱看，也是想回故乡的人。只是她在上海扎了根，再也走不出去，而他还是能南北地飞，他比她自由。

展风见雁飞一下萎靡了，以为她累了，就先告辞。走出亭子间，方觉天地如此之大，上海不过一间亭子间，他即将去大展拳脚。怕死？他想过，在经历了黑屋那夜的惊心爆炸后，他丧失一半听觉，却壮了一倍雄心。

弄堂九曲回转，在转弯的末角，他却看见一道熟悉的背景一闪而逝，似是向抒磊。他再要定睛看，人影已经不见。

许是花了眼，展风想。

向抒磊是存心避开了展风。这群他新组的战友个个敬他，也个个怕他。这样也好，保持距离，他的一切他们不得而知，他们安全，他也安全。

他连着好几晚来这条弄堂，看那间亭子间的那扇小小窗口射出的微光。看一晚少一晚，是舍不得？是舍不得。所以他一步一回头，这次一步步是准备真的走远。

他自嘲，他在她身边，不曾保护过她一天，留还是走都于她无益。甚至他知道她做了舞女，也知道她为王老板做过日本军官的探子，他都不曾现身支援过她。

吴枫露说得对，谁能比他更绝情？他哪里有时间有权利去多情？

向抒磊找了徐五福夜谈。在一间小酒馆里，灌徐五福的酒。

"最后一宗任务由你做司机掩护大家，到时候把车停在方家东边的弄堂口随时接应。明白了吗？"

向抒磊用颇信任兼诚恳的眼神看着徐五福，他只低着头，偶尔一抬眼，迅速点头，一声不吭。他有点怕向抒磊这样若有所思的笑容和别有深意的眼神，没来由地令他浑身发颤。

“展风哥——真的不参加？”他小心询问。

向抒磊道：“以前都是展风做接应工作，他有残疾，最后一次让他先走。”

徐五福似乎是心里安定了一些，双手握着酒杯，小口抿着酒。

向抒磊用力拍打他一下：“你们帮过我老大的忙，最后拖了你们全体下水，我也过意不去。待到了云南，大家再跟着孙团长一起拼死杀日本人。”他大口喝了酒。

“如果——如果没有日本人来就好了！大家都有好——好日子过。”徐五福似是醉了般口齿不清，把额靠在酒杯上，呜呜地哭。一句话在嘴边，差点道出来，就怕一语道破。他害怕。

向抒磊想，他应该在害怕。那晚，他在方宅门外看到他跌跌撞撞出门，怕得几乎腿软，跌了好几跤方才站稳。

当时他冷冽地看着，不带任何情绪。正如此时喝酒，喝不出任何滋味。他习惯了这样的无味。

向抒磊回到宿舍想要收拾一些东西，却发现身无长物，无甚好收拾的。他又从门缝里收到回复的字条，也是命令。他展开看——

“国难当头，当以小我完成大我。虽物资紧缺，但相信汝等可以万倍勇气战胜一切。王启德之精神振奋内外，亦是吾等学习之楷模，团结内外，是吾等之重责。党内倾尽全力抗日，千钧一发，不得因私废公，凡祸及上，必得严惩……”

还有很多对于行动的意见和鼓舞的语言，向抒磊已经不看了，将信撕毁——一切求援都是白搭，前无光明后无退路。

正像进入那个培训基地的那天，他走的那条路没有出口，他疑惑地拽了拽母亲的手，母亲义无反顾将他拉了进去。那是一座暗门，里面是无边的黑暗，容纳心中有无边黑暗的人。

在将手中的水果刀扎进周老板那肥硕的心口的时候，他再一次看到那扇黑洞洞的门打开了，漫着血，铺在他的面前。他后来拼命洗水果刀，总觉得刀尖上的暗红怎么也洗不掉。

向抒磊勉定心神，开始入睡，养足了精神，在展风等人离去的时候，他是最气定神闲的一个。

展风瞒了庆姑跑路，意气风发之下，还带着焦虑和不舍。为他送行的是归云，因向抒磊下令不准归凤来送，更不准展风将准确离去的时辰告诉归凤，怕周文英那边知晓。

也因周文英早闻了风声，调齐手下人马护住家宅，方家半刻走不了半个人。

归云免不了叮嘱再叮嘱，她也为展风准备了一笔款子，两人推搪一阵，展风又怎拒得了归云的意思，不得不收下了钱。

向抒磊笑："卓太太没有顾虑错，那边仍是层层叠叠的关系，有了孔方兄开道，往后路能好走些。"

展风却道："我自然是跟着向先生的。"

向抒磊神色淡淡的："前方情况复杂，届时并不是人人都靠得上。军人天职，当以服从为先，战场之上以己之安危为慎，再图智勇杀敌报国，方为良选。"

展风学生般点头。

向抒磊往他身上一推："好好上路！"

展风临走仓促再问："我妈那边——"

归云接口："我会照顾好，你宽心，我想好法子向她解释了！"

展风的身影也随着火车远了，归云耳边响起他小时候说过的话："我想去当兵，打日本人！"

声音清脆，转瞬他们长大，转瞬他踏上他的征程。

"走的有走的的责任，留下的有留下的的责任，各尽其责。"向抒磊站在她身边说。

"向先生，你几时走？"归云问。

向抒磊看表："快了。"

在方家门外隐蔽的弄堂里的小汽车中，徐五福也问他："向先生，几时动手？"

他依然看表："快了。"

徐五福焦急："时间都过了老久。"

向抒磊望向车窗外的景，天渐黑，满月起，皎洁无瑕。树杈上的小麻雀一只两只趁着尚有霞光飞走，也许也是赶着回去团圆。

他安排的人也一批两批地上了火车，只留下这车里的两个人，暗中监视着方府的高度戒备。周文英怕，怕得要死，调集了几乎全部的人手保护自己的安危。

待到天全部黑了，向抒磊摇上窗："去杨浦那间靠近十六铺码头的石库门仓库。"他说出地址来。

"什么？"徐五福惊叫。

他重复一遍："上边下午重新下了命令，查到他们藏军火和棉布粮食的中转仓库，要我们将错就错，扰乱敌心，先炸那间仓库。"向抒磊喝了一声，"时间不多，开车。干完这宗即可上火车。"

徐五福不得法，硬着头皮开车，手里已经浸出汗渍，把着龙头的手也不稳。向抒磊扶了他的手一下："上面行事变幻莫测，我们都要习惯。"

"车后面有备好的梯恩梯炸药，分量不够，单炸军火库问题是不大的。"他递出手帕给徐五福擦汗，"第一次做爆破任务，我怕的就是你们会害怕。"

"还——还有其他兄弟？"徐五福虚弱地问。

"都埋伏好了。"向抒磊淡淡说道。

到了目的地，向抒磊让徐五福在隐蔽处等好。他提了炸药下车，只转个身，他就看见那车又启动了，歪歪扭扭沿着来时的路再开回去。

向抒磊的唇角撇出极为冷淡的笑。

这里人手被调去方府不少，虽余下的戒备也紧，但阻不了他。地形他熟，格斗他也行，只要人不多，皆可摆平。打手、密探、杀人、爆破，都是军统局的课程。当然还有心理战术。

向抒磊单枪匹马潜进去不难，他时间有限，弹药也有限，只能拣核心的地方用。一路进去已经惊动了外边防守的人，他须抓紧时间做完一切。

引爆的过程只有一瞬，成排的石库门首尾相关，塌了中间段，火势向两边迅速蔓延，他从火光里冲出了门。

外面已经围了几十个日本兵，悬着刺刀举着枪，另还有几十个帮派打手横眉竖眼。

他们就等着他出来，他也知道一出来迎面就是这群人。他一人对视他们，他们的头不是周文英，是一位军服革履的日本军官。向抒磊熟悉他们的军服，这位是少佐，等着从这场战争中建立功名飞黄腾达。

周文英自然也在，站在日军少佐身后，徐五福站在他身后，被一名帮派打手押着，缩头缩脑。

"你们已经被包围了！快向皇军投降！"周文英狐假虎威地叫。

向抒磊落落站定："不是我们，是我。这里单我一个，毁了你们几十把手枪、几挺机枪和几间房的棉布而已。没有意外的话，明天你们的运货船可以休息了。"他转头闲闲地望着火势，"再不救火，这里一排石库门都烧光了，你们搜刮的棉布、医疗用品、粮食都会落空。”

日军少佐脸色铁青，先用日语吩咐左右救火，再凌厉地看向向抒磊。

“玉面罗刹果然机谋百变。”他说出一口流利的中文，这是他要在中国战场建功立业的基本功。

向抒磊坦然一笑：“跟你回去向皇军效劳，那是不可能的，我们蒋委员长会丢面子，戴主任也会暴跳如雷。”

日军少佐拔出军刀，撑在身前，凝重道：“可惜！”他颔首，“我们大日本帝国的军人敬重英雄。”

“我的命很值钱，所以希望贵国有诚意来取。”向抒磊仍是撇着薄唇笑。

“请说。”日军少佐道。

向抒磊指了指徐五福：“这个人是中国的汉奸，而我，不允许自己比汉奸先死。”

徐五福惊恐了，双腿直颤，悲号：“向——向先生——他们——他们用我爹娘的性命来威胁我啊！我——不能——不顾他们！”

向抒磊厉声道：“你可以犯第一次，就会犯第二次，但糟糕在遇上我，我不容许有第三次。”

徐五福颤抖地跪了下来：“我没想要害人，我只想——救我——我家人。”

“好！”日军少佐再度颔首，旋即转身，手起刀落，一颗血淋淋的人头滚落出去。徐五福尚来不及尖叫，已经身首异处，双眼还瞪得老大，满脸的不可思议。

周文英也吓得呆了，结巴道：“木村少佐，他——他——是我的线人。”

日军少佐面色不动，一如平常，只斜睨了他一眼：“我说过，日本军人敬重英雄！”

“是你们动手，还是我自己动手？”向抒磊掸了掸衣服上的灰尘，当指尖接触到口袋中某块硬物的时候，停顿了一秒，“炸弹和子弹都用完了，还是你们动手吧！”

他仰头，中秋的圆月挂在空中，还是黑得没有缝隙的天空，只因为有明月而显得不孤寂。弄堂口的梧桐树上还有麻雀停留，叽叽喳喳，热热闹闹来度中秋。

他合上双目，月亮圣洁的光辉洒在他如玉的面颊上。

麻雀被惊悸的巨响震得从树梢飞走。

要度完今生竟是如此容易。还了今世，也是如此容易。

第十六章 诀别诗

藤田智也流连鸦片馆是近几个月的事，是和若干同僚一道来了这四马路的乐也逍遥楼。

“八仙桥的几家货色正，从英国直运，可惜都被我们炸了！”一片吞云吐雾里，有同僚在叹息。

藤田智也斜斜靠在睡榻上，鸦片馆的留声机里正放着靡靡之音，软弱无力，如他此刻的身体。

“夜，留下一片寂寞，河边不见人影一个。”

他留在一片寂寞的浓烟里。

这样是违反了军纪的。但这群日本军官熬不住整年的征战，乍来到比东京更绚丽繁华的上海，心就蠢动了，四处耍乐，尤其喜欢租界。

谁都抵不住魔都上海的魔力：赌场舞厅跑马场，还有洋泾浜旁的大世界，静安寺对面的百乐门——都是从不曾见过的世面。

“有朝一日我们要在南京路上插上我们大日本帝国的旗帜。”把所有的白相玩意儿都收归下来，就是这个吸引了无尽的野心。

藤田智也只希望满室的迷香收归自己无尽的寂寞。他陷入一片软绵绵中消磨时光，以前他会去兆丰别墅消磨时光，如今那里只留冰冷的月光。谁都不属于他，他也无处可去。藤田智也记起来今天是中秋。

同行的都思乡情炽，想趁早回虹口军营里去，那里才都是自己人。他们有多久没有回家？从一九三六年起，也快四五年了，有的走的时候孩子刚出生，现在已经能读书认字了。

人人都想家，但人人都停不了。他们是被训练已久的机器，一旦运作，就绝不可能停止，必须向前。

"大日本帝国万岁！"

这是他们的口号，千秋万载，永远不能停下来的理由。

"呸！"

这是真实的唾沫，发自一个穿着简陋的补丁大褂的黄包车车夫。是中国低层的人，弱小但无惧。叫口号的发怒了，要去抓车夫的衣领，藤田智也早一步抓住他的手。

"别闹事！"

便作罢。

车夫不怕，冷笑白眼，拖着车跑了。

他们叫了出租汽车回军营，四下里偷偷摸摸散了去，毕竟也是开小差的事，谁都不敢造次。

谁说日本皇军纪律严明？藤田智也心底嗤笑，日本人和中国人都会阳奉阴违，这点相像得简直如一母同胞。

他穿越校场，想要再赏一回上海的中秋明月。

校场一角，有几个下级士兵指挥中国小工做事。小工是虹口杨浦俘虏的青年壮丁，被抓来军营里打杂。经年劳作到今时今日，也不能称壮丁了，全都是骨瘦如柴。动作稍慢些，就被日本兵狠狠砸一枪。

藤田智也看见他们又在运尸。

士兵向他行军礼："击毙抗日分子一名，现将其尸首运至北站准备明日示众。"

藤田智也皱眉："人已死，何必再这样？"

士兵回答："长谷川大佐亲自下令，此人是国民党军统局头号特务，恶贯满盈。示众，可震慑中国抗日分子。”

“他想得倒多！凡事物极必反。”藤田智也微微冷笑。他转头准备走，怕看那尸。但忽而念起，他竟然开始怕看尸首！几时的事？他不知道，他想他真该在鸦片馆里多停留一些时间。

士兵却卖好卖强地嚷：“藤田少佐请看！”他用刺刀撩起了覆盖在尸体上的裹尸白布，下面的尸体直挺挺，胸前有枪伤，两处，均致命。两个中国小工本已将尸体裹好，此时见日本兵又将裹尸布扯开，不知是怕还是恼，浑身瑟瑟发抖，紧攥着拳，不敢发出声音。

藤田智也没有看，他的目光被另一边的一点微亮吸引。走过去，草丛里一堆从尸体身上扒下来的衣服旁掉落了一把小水果刀，银如一钩小弯月，辉映着天上的圆月。他俯下身捡起来，在手里掂了掂，脸上渐渐起了一种端凝的表情，他将水果刀在衣摆上擦了擦，顺手塞进了口袋。

士兵望着他这样面无表情，顿觉自己的得意全白费，加倍气恼，又踹了小工两脚，用生硬的汉语吆喝：“快！”

月很圆满，俯视一切浮生，夜里行走的人影在月下仓皇如鼠。北站也有日本兵把守，布满铁丝网，做了南北分界，中国人通过需要亮出通行证。

曾在日军军事演练时，有个太太越过北站去买菜，被重兵拦在了北面。她六七岁大的女儿等在南面，看到她，欢悦如小鹿一般跑过来。她年纪小，不懂事，看不懂妈妈拼命摇手的意思，她以为她就要抓到妈妈的手，那一刻无情的子弹穿破她的脑颅。

一地的血和小小的尸也是他们收拾的。一手一手收拾着中国人的血、中国人的尸。他们有流不尽的泪。

月亮往西边去了，淡薄的月光最后洒向这里。尸体愈加惨白，只剩面容安详。

中国小工们终于看清楚尸体的那张脸，黑浓的剑眉，睫毛很长，静静覆盖在眼皮上，鼻梁高挺，唇薄如叶。是一张俊俏的面孔。

他们向着他，重重磕了三个头。月光如华，终于露了头，照在这张面孔上，他们才看清楚，他的薄唇是弯的，恰如带着笑意。

这是一个团圆夜，这里却渐渐冷到骨子里。

归云也觉得冷，寒凉彻骨。

她送了展风远行后回到杜家，东边的天空暗了一半，乌云卷了半边天，月亮都快看不见了。杜家的客堂间空荡荡的，庆姑挥着鸡毛掸子在打扫屋角的灰尘。

她迎面对庆姑说："展风哥上前线了。"

庆姑措手不及，鸡毛掸子停在手中，惊愕地望着她。

归云将展风跟着向抒磊做的事情简单叙述了一遍，说："如果不走，那些人不会放过他，只会更危险！"

庆姑脸颊上的肌肉开始颤抖，常年积累的恐惧和愤怒终于抑制不住了，她抓住归云的肩拼命摇晃："我统共就这么一个儿子，你们明知道他是我的命根子，怎能纵着他走上这条道？"

归云任由她捶打摇晃，说："娘，以后我和归凤照应你，我们一起等展风回来。"

庆姑哭喊："是你，一直是你撺掇我的展风干那些危险的事。你只管好你自己的男人，干什么要拖我的展风下水！"

她肆意发泄肆意辱骂肆意哭泣，重重打在归云的身上，归云站着躲也不躲、动也不动，直到庆姑衰弱无力地瘫坐到地上。她才大声说："他会胜利回来，我们要好好过着日子等他。"

庆姑哭着回了房，狠狠摔上门。归云无力地退到灶庇间，拉了条凳子，呆呆坐着，看着天。外面刮了半天的风，阴阴郁郁，不见月华。

天井的铁门没有关牢，被人一推，轻轻开了。雁飞挺着肚子走了进来，还携着裴向阳。

"干妈妈。"裴向阳活蹦乱跳扑过来，归云在他粉嫩的小脸颊上香了一口。

"我来瞅瞅老太太。"雁飞道，仔细瞅着归云，察觉了她的失落和狼狈，"你怎么了？"

归云回避着，只说："你不该来。身子这样不方便，还来回奔波。"

雁飞看了看楼上庆姑紧闭的房门："老太太怎么说？"

"她有她的苦，如今不得不接受，过阵子该会好的。"归云也看一眼庆姑的房门，"以后还要一起过日子，我答应过展风照顾好娘。"

雁飞怜惜道："你答应过太多人要照顾太多人，却没有想过好好照顾自己。这些天你都瘦成什么样了！"她将手里的东西放在灶台上，原来带的是杏花楼的月饼，是招牌嫦娥奔月的铁皮盒子，华彩照人。

"今天是中秋节，还是你想得周到。"归云不由得说。

“我孤身一个，倒能和老太太做伴过节。”

裴向阳拿过月饼盒，跳跳蹦蹦上了楼。他死了父母，吃了百家饭，卓、杜两家长辈都怜他孤小，待他十分爱惜。他也有一重孩子的淘气和聪敏，向来也能哄一哄大人的。

归云想，雁飞真是想得周全。

裴向阳跑上了楼，举起小手敲门：“杜奶奶，杜奶奶。”

房门纹丝不动。雁飞好笑：“老太太真固执。还好你没做了他家媳妇。”

归云说：“我是他家女儿。”

裴向阳再接再厉，继续敲门软语哀求，庆姑的房门开了一道缝，他马上把月饼奉上，说：“杜奶奶，吃月饼。”庆姑怎硬得起心肠对这副童稚的笑脸，心软了，将裴向阳放进了房里。

雁飞见状，笑说：“她终得服软。”随即拍拍归云的手，“你回去吧！今天中秋，总要人聚不人散的。”

归云感激：“你总为我想得这样好。小雁，没有你我可怎么办？”

雁飞道：“小蝶的病不大好，陆明怕今晚也不会回这里，展风又走了，放老太太一个人过中秋可不好。更何况你和你的卓记者能聚一日是一日。”她推她走，不要她停留，她已为她善后。

归云见雁飞扶着墙走上楼，温言细语唤了一声“杜妈妈”，庆姑不好意思，引了她进去。归云心内又叹，雁飞更懂人事迂回，自己只会硬着头皮上。什么事都要担，担下来又要痛到内伤。唯她自伤。

云忽然就散了，露了夕阳，看来今晚会有一轮明月。

归云回到霞飞坊，先探看铁门外挂着的邮箱，从里面拿出一封信，信没有地址，盖的邮戳是“晋”。她记得高连长是山西人，她知道山西的简称叫“晋”。

这封信灼烫了她的手，她将信远远扔在灶台上。

生火做饭，火舌熊熊四窜。她又捻起信，离火很近，只要一伸手，就能付之一炬。就那么一点点距离，多艰难！她捏着信，望着火，失神了。

天井的铁门响了，卓阳回来了。他会先将自行车停在天井的一角，再提着水壶往玉兰树下土中洒些水，自己也就着天井里的水龙头洗把手。再开大门，换鞋，脱下中山装挂在门口的衣架上。他叫了一声“妈妈”，卓太太应了他一声，又向卓汉书的牌位进香鞠躬。这个行动是无声息的，但是归云估摸得出时间。

他走进灶庇间，爽朗的声音传来："归云，好饿，今晚吃什么？"

她还什么都没做，什么都来不及做。她来不及答，因为眼泪比她预料的来得快，连嘴唇都在哆嗦，全身开始哆嗦，长长的睫毛瑟瑟乱抖。

卓阳吓了一跳，握牢她的手，问："怎么了？身体不舒服？还是心情不爽快？"

她哭得愈加汹涌，一个劲儿摇头，气闷阻塞喉咙，发不出声音。

卓阳被吓坏了，她在他面前哭过多次，没有一次像此时这样惊心动魄。而他心底又是有些明白的："我说过不准你再哭，眼泪流多了下辈子也会有伤口。"

归云扭了身将灶台上的信丢到他的怀里，再径直冲回了房，伏在床上，放声大哭。

卓太太闻声过来，焦虑地问："刚才还好好的，吵架了？"眼睛一转已经看到卓阳手里的信，立时明白了。

他们等的那刻已经到了。卓太太以为自己已经做好了万全的准备，但看到信的时候，心头仍突突乱跳，她捂了嘴，幸而在转头的时候，泪方落下。她想儿子没有看见，她须退回自己的房间整理感情。

这一天，来得如此之快，悲伤和离愁排山倒海，可以压垮人。

卓阳静静站立在客堂间，两扇房门都紧闭，抽泣声渐不可闻。

他只能往天井走，站到夕阳斜照下，拆了信。他今天视力模糊，头脑发涨，一封短短的信看了很久，才理清上面说的意思。

再仰头看明月，才冉冉升起，一轮圆满。该是离人归家，也有人即将离家。他视线恍惚了，父亲恍似就在眼前，赞许微笑，欲留不留，欲阻不阻。壮士断臂，父亲最后那刻的豪情，他能了解。

卓阳坚定地走回客堂间。

灶庇间已经生起了袅袅青烟，母亲同归云在一起说话。他吃不准是不是要走进去，跨这一步，实在太难。

归云跨出了一步，眼还红着，声音也哽着："小泼猴，总不帮忙端饭碗。"

他挑眉笑道："所以娶了你回来。"说着，人已经过来帮忙了。

菜式意外丰盛。卓太太做了自己拿手的西菜牛排、杂菜色拉；归云做得多些，糖醋小黄鱼、炒鳝丝、清蒸蟹，还有红烧狮子头。

"我会撑死。"他笑着说，但见母亲和归云都红着眼睛不语，也无法再将玩笑开下去。

一顿好饭菜吃得没有声息，味同嚼蜡。

卓太太和归云都不说话。饭毕，卓太太上晒台收衣服，归云洗碗，各忙各的，撂他一个人在客堂间里呆坐。偶尔她们在客堂间擦身过，也都红着眼睛，不知怎生开口，最后还是假装忙碌。

卓阳受不了这样的沉默，拖了归云的手臂进房。堵着门，仗着身高，居高临下，对她说："我要你好好听我说。"

归云深深吸气，逃不掉，只好面对他："好，你说。"

"信是共产党总政治部写来的，他们欢迎我们代替莫主编从后方加入总政前线记者团。那里非常需要摄影和撰稿的记者，所以一去就会编入冀东的敌后采访团，第一个办公地点在张家口。"

"张家口在哪里？"她问。

"靠近山海关。"他说，"吴三桂和陈圆圆的故事知道吧！"

她知道："吴三桂开了山海关的门，清兵就打进来攻了紫禁城。"

"所以我们要守住山海关的门。"

"我明白的。"归云的声音低下来，握住他的手，拉他坐在床沿，"我有东西给你。"

她打开俄式镶着穿衣镜的大衣橱，这是展风为她置办的嫁妆。衣橱最下面有个隐蔽的小抽屉，卓阳都没有注意过，拉开来，里面是归云的木头匣子。

她将木头匣子小心翼翼放在床上，打开："这些都是你给我的东西。"

手绢、信纸、唱词本、月光下唱戏的照片、漫画纸，她又指了指手上的戒指："加上这个。这些都是你给我的。"

她又从木头匣子里拿出那支博士牌戴帽黑色钢笔，插在他左胸的衬衫口袋里："这是我给你的，连长叔叔都夸过好，到前线可以写稿子。还有那台莱卡照相机，是军用的，可以拍出很好的照片。"

她盯着他看，大眼晶莹剔透，忍着泪："我送你的东西比你送我的要值钱多了，你要好好用。"

"是。"

归云忽又觉着不对，忙摇手："除了这只戒指，这是妈妈给我的，不能算你给我的。"

"没错。"他望着她笑。

她说："我保管这些，你保管我送你的那些，都不能给别人。我要你在胜利后完完整整地把东西给我带回来。"

“我，一定会。”

归云抱住他，头枕着他的肩：“我相信你，我相信你，我相信你。”

这一刻如能化作永恒，就是最大的幸运和幸福。

敲门声响了，永恒那样短。

是卓太太，她手里捧了一盒月饼，也是杏花楼的嫦娥奔月，但她蹙眉：“中秋节本是团圆日，这盒子偏偏画上奔月的嫦娥，不知道劝人合还是劝人散。”

归云接过月饼盒子：“总归要人聚不要人散。”随即拿来小刀将月饼切开，又沏了一壶绿茶。

“广式的月饼太油腻，只有莲蓉味道的还合我口味。”卓阳一说完，卓太太和归云都将切成四瓣的莲蓉月饼拿了放在他面前，他喉咙一窒，无言地将月饼囫囵吞下，才左手拉住归云的手，右手拉住卓太太的手。

他有话要交代：“归云的铺子现在情况很好，日常用度都不用愁，我相信小兔子的精乖能让饭庄做得更好；家里存着的那些法币差不多大部分兑换成金条了，租界如今是中国最安全的地方，如若有一天守不住的话，我估计不太会像南京那样，毕竟这里是生意场，日本人要用来赚钱的，但就怕他们控制了货币之后会闹通货膨胀，就算迫不得已需要逃难，有这些保障，也能心安。”

一家之主的口气，两个女人都点头，听从。

他再说：“我们家的古董文物藏好就藏好了，等闲不要去拿，等时局稳定再说。就算抗战胜利，国共之间问题不解决，也难有安定之日，那些都是家底，将来大局一定，直接交托国家收藏亦可，爸爸的期望就是中国人自己保管好自己的宝物。”

归云和卓太太对视一眼。原来他都知道，他什么都知道，并且已经想好了该怎么做。

何时他真正代替了卓汉书的位置？卓太太并不清楚，只从儿子肖似丈夫的面庞上，开始了无尽的回忆。

卓阳最后一段话是想了半会儿才说的：“如果真有危难，不妨求藤田智也帮忙。”

卓太太和归云都诧异。

“他有保爸爸的心，只是无能为力罢了。而且他的出身复杂，和一般的日本军人不同。”

卓太太疑问：“你觉得他可信？”

卓阳又思考了一会儿："如果在战场上遇到他，我当然是不会留情的。"

听他说到战场，归云和卓太太又感伤了，默默哽咽，这回更怕卓阳听到。

卓阳握紧了她们的手，又说："将来遭遇的环境必然艰苦，但上前线还有的选择的人生真好。我敬仰孙总统的三民主义，但为了三民主义不情愿给老蒋扛枪。去延安那边更遂我的心愿，也算圆莫叔叔的心愿。"

卓太太愁肠百结："我不管什么民主不民主，只要你一切平安。"

"我机灵着呢！妈，你不是说我从小就门槛极精吗？"卓阳搂搂母亲的肩膀。

"你哄人的功夫极精。"卓太太终于笑了。

归云还端坐着，没有了辫子，她的手没处放，更显心烦意乱。

"小兔子，我想听你唱戏，这老本你丢了很久，中秋月圆夜不唱，估计等我回来你也开不了嗓子了。"

归云站了起来。

"我也没有听过归云唱戏呢。"卓太太也道。

归云说："那我就唱了。"还向卓阳福了一下，"先生点戏。"

卓阳作姿态摸下巴，道："那就给大爷来一曲《穆桂英挂帅》。"

她就知道他要听这首，她唱得最好的也是这首。

杜班主在世的时候，最后为她奏过这首曲子。那时候租界外是隆隆的炮火声，现今，全中国都是隆隆的炮火声，她要用这首曲子送她的丈夫上前线了。

卓阳轻轻哼起了调子。他记得，他记得她的每一首曲子。

归云开了腔：

辕门外三声炮响似雷震

天波府走出我保国臣

头戴金盔压苍鬓

铁甲战袍又披上身

帅字旗斗大穆字显威风

穆桂英五十三岁又出征

我们一不为官，二不为宦

为的是大宋江山和众黎民

叫那满朝文武看一看

谁是治国保朝臣

他望着她，她也望着他。从这曲子开始，他们才有了生死之约。这样团圆的夜晚，分离近在眼前。

卓太太轻叹了一声退出那空间，留给他们相叙。

归云投入卓阳的怀抱，与他激烈拥吻，想要相融，最后却仍会分离。

“卓阳卓阳卓阳。”是归云忘情呢喃一千遍，烙进心底里的名字。

窗外是圆月，她的月亮怕是不久之后不能再圆了。至月色渐隐，天肚发白，归云也不愿意放开卓阳。卓阳只是一遍又一遍揉着她的发，好像也揉碎了她的心。

“答应我，永远别剪了你的发。”

她在他的怀里点头，不想看微露的晨曦，不愿天亮。

但天仍会亮，他们必须向前，无法后退。

归云仍不放心庆姑，清晨由卓阳陪着回了杜家，却在石库门口撞见了展风。两人这一惊非同小可，慌忙拉了展风进灶庇间细细询问。

展风答：“过了杭州站我就觉出不妥，行李里翻出了向先生写给孙团长的信，将咱们几个的名字都写上去了，单没他自己和五福的，他最末还托孙团长好生安置咱们。我越想越慌神，觉得事情不妙，就让其他人先走，自己折返回来探探情形——”

才说一半，庆姑推了门进来，三人皆噤声，展风一慌神，支支吾吾叫了声“妈”。庆姑本在外面把展风的话听了个半全，又见他去而复返，尚来不及激动，就生了满腹疑惑。她虽迂腐，但并不傻，见眼前三人面色凝重，料知可能出了什么祸事，急问：“你怎么又回来了？是不是又惹出什么祸来？”

这时门外又进了人来，是何老师和小陈。何老师高声喝道：“欺人太甚，人死还受这等侮辱！”

“这样的事天天发生，每天不死几个抗日分子？哪里是我们关心得来的。”小陈懒洋洋地说。

何老师立刻愤慨了：“如今暴尸示众，这等残忍妄为，岂是人之所为？一群禽兽！”他向归云等人扬了扬手中的报纸，“昨晚又一名抗日志士被日本人杀了，现正绑在北站示众！”

卓阳表情凝重，向归云同展风说：“看来报纸已经登了。”

“给我报纸。”展风箭步上前将报纸抢来看。

“没想到演文明戏的演员竟杀了几十个汉奸头子。”何老师轻叹。

“是特务分子，做演员不过是伪装！他们向来做事狠！”小陈道，“日本人的威是示给蒋总统看的，关咱们屁事，一个个弄得像死了自己的亲爹娘。”

庆姑听得心头乱跳，盯着展风叫：“展风，到底怎么回事？”

展风紧紧瞪着上头的字句，手指抽紧，一肚子火不知往哪里发泄，眉眼焦灼的愤意到了极处。

归云把报纸拿来，新闻看得出是临时赶出来的，文字不多，但重要线索俱全。她看到了三个字——“向某某”，心怦怦直跳起来，就要蹦出嗓子眼。

一不留神，手里报纸被抽走，竟然是雁飞，她竟在杜家留了一夜。

“小雁，不要看！”

雁飞已经看到了，面色瞬间如白纸，浑身的血液似被这薄薄的报纸吸干抽尽压薄。

“我要去北站。”

“不准！”

雁飞柔和地看着归云，清晰地再说：“我要去北站。”清晰地又说，“小云，我要去北站。”

“我们带你去。”卓阳拉住了归云，向归云使了眼色。归云知道，此时此刻，无论如何是阻不了雁飞了。

“我也去。”展风似找到了发泄的出口，就要冲出门，被卓阳拦住。

“你留着，这关节得陪在家里。杜妈妈早饭还没吃，你凑什么热闹！”

展风听出卓阳的意思，见母亲心急似火地瞪着自己，只好顿足。

卓阳出门叫了两辆黄包车，与归云一起扶雁飞上了前一辆，自己坐到后一辆，报了目的地，催促车夫快行而去。

归云却希望黄包车能跑得慢一些，时间拖得久一些。她多想挽回雁飞的念头，让她回心转意跟她回家。

转过一条条马路、一条条弄堂，雁飞疾声催促车夫绕近路走。

路能有多远？不过那么点，走过繁华，就是荒凉萧瑟的北区。归云曾住过那边，也曾想，那个地方是地狱，吞噬了包括她亲身父亲在内的许多中国人的命。

如今，也是地狱。

中国人其实都不能真正接近那里，隔着铁轨，他们都站在南边，都静默着，闭着唇流泪，还准备了纸箔香烛，在南边升腾起袅袅的青烟。

那端的十字架是模糊的，因为这里的人的眼都因泪而模糊，整个天都是模糊的，红日也变得稀淡。

归云和卓阳扶下雁飞。他们看见了人群里的蒙娜，这里只有蒙娜的金发是明亮的。蒙娜看到他们，走了过来，她端着相机，先说："我没有拍。"又说，"上帝不会允许这样的暴行。"她再说，"你们不要去看，很惨。"

雁飞挣开归云和卓阳，推开蒙娜。她的声音疏离而冷淡："我要看。"

她走过去，拨开人群。

她记得一个俊美的少年，傲然地站在一室阳光下，他说："我叫向抒磊。"

她也记得那个俊美的少年，曾经在除夕抱紧过她，他说："我一定要将那群人全部杀掉！"

她记得她送过一把水果刀给这个少年："我见你看了这把刀好久，我想这把小刀随身带着削生梨会很方便。"她把小刀塞在他的手里，蜷着他的手指头要他握紧。

她对这个少年说："向抒磊，我喜欢你。"

他说过："上海不是我的故乡。"

她说："我只能待在上海，我爹用命把我送来这里，我不走。"

他沉默，他逃离，他远走，他再次出现。

最后的最后，他永远留在上海。

他还说："还了你我的今世，也弥补不了你这辈子的辛苦。"

雁飞无泪，能看得很清楚。自下而上，他身上每一寸，没有比此刻更清晰。

她看到了他的旧伤，沉疴的伤疤，如同他背上的伤。原来沉疴那么久，原来疤痕那么狰狞，原来这才是他最痛苦的伤口，所以才需要鸦片去麻痹。

原来瞒了她那么久，原来他受过那么重的伤。而她，什么都不知道。她以为爱上一个不会去爱的人，原来那人不是不会去爱，而是不能去爱。

心口开裂是有声音的，噼啪碎裂，震耳欲聋。雁飞缓缓蹲下，身体深处的剧痛来势凶猛，将她的肉骨由内向外剜，由内向外撕裂。

这个角度，她能看到他微仰的下巴。他从不低头，至死也不！

蒙娜的声音传了过来。

“耶稣的圣彼得。”

耶稣在哪里？

满天神佛又在哪里？

雁飞看到自己身体中汩汩的鲜血在向外奔涌，沿着他所在的方向流去。

眼前终于模糊，仍旧不是泪，是无尽的黑暗。她再也看不到光明，只剩无边的疼痛，像波浪袭来，带着紧缩的、骨肉分裂的痛。

但她不叫，怎么痛都不会叫。

她记得火苗翻滚上脊背的疼痛，她也没有叫，只是飞奔扑出门外。那痛灼伤到皮肉，她可以闻到自己皮肉被烧焦的味道，这使她有奇异的感同身受的快乐。

此刻，竟然也有。

紧步上前扶起她的归云被她身上一阵阵猛烈的抽搐吓得六神无主，手足无措。卓阳排开众人，打横抱起雁飞，归云才醒觉，冲出马路招三轮车。

天空是真的蒙了灰，有要下雨的前兆。闸北一带工厂林立，高耸的烟囱吞吐着黑滚滚的烟雾。自从日本人占领这边以后，这里的工厂也被占领，生产变得更加繁忙。北站专门用来运煤，一堆堆山似的煤堆耸立。起风的时节，煤尘与黑烟滚滚而起，使这片世界变得暗淡模糊。

这个暗淡模糊、被敌人占领的世界，少有三轮车和黄包车经过。好容易拦下一辆三轮车，车夫见是产妇，不愿载她们。一边的蒙娜火起，揪住三轮车夫学中国人骂了声“娘”，将一张美元票子扔在他脸上，他才灰溜溜地和卓阳一起将雁飞扶上车。

归云催促三轮车夫：“快一些，再快一些。”

“小云。”雁飞唯有紧紧倚靠着归云，“上海的馒头为什么要叫生煎？这样给人活生生的煎熬。”

归云用手绢为她擦汗：“痛一下，很快过去，很快过去。”

雁飞靠在她的肩上，一喘一顿：“过不去，什么都过不去。”

归云几乎要顿脚：“过不去也要过，船到桥头不直也要撞直它。”她强自说，但雁飞在她怀里每一下抽搐都会让她心惊肉跳。

路途那么长，总也走不完，怎么会那么长？当年小雁背着她走在上海的大街小巷，路也那么长，总是走不完。

扑面下了毛毛雨，打在脸上，倒像是天上的泪，又像是自己的泪。

蒙娜及卓阳随后叫了车尾随她们其后，到医馆的时候，与归云一起协力将雁飞扶了下来。

雁飞咬住了牙，将身体交托给身边的人们。

但她又觉着好像只有自己一个人走在一条漫长的道路上，从来没有尽头。昏昏沉沉，神思缥缈，举步维艰，路也是狭窄难行的。她看不到出口，远处人迹罕至，死一般沉寂，只有她一个人，多么累！

“我真想躺下来，什么都不用管。”她低喃的时候已经躺在了病床上，光线渐渐聚拢，她看到归云盈盈的大眼睛，就如当年一般。

“小雁，我等你，我等你们出来！”

是啊！还有一个小云守着她，她的脸色甚至比自己还要苍白，连带她的唇都惨白了。雁飞合上双目，嘴角轻轻勾起微笑：“你等我。”

再睁开眼就是墙上蓝幽幽的光，身体内的某一部分正在剥离。旧的生命走了，新的生命即将诞生。

蓝幽幽的光在涣散，再凝聚，是一副十字架，高高悬在她的头顶。她终于嘶叫出声，泪流满面。

归云在手术室前坐了很久，天色渐暗，大雨如意料之中瓢泼而至。豆大的雨点打在医馆走廊的玻璃窗上，暮鼓晨钟般沉重。

她想，那副十字架是不是还摆在外面？不觉捂住了面孔。

蒙娜来来回回踱步，不时攥了拳头：“我要向工部局提请，抗议这种不人道的行为。”

“有用吗？”归云反问她，“谁能拯救这种水深火热？日本人也是信菩萨的，菩萨不允许杀戮，可他们杀了那么多中国人。”

蒙娜愤然而起：“我要去请求微薄的公义，立刻就去。”

卓阳按住她：“工部局现今软弱可欺，已被日本人逼得一退再退。做任何申诉都是徒劳。”

“不能退得没底线！”蒙娜吼。

“底线只能我们自己去争。你也知道南京城，那是个什么样子？这里的公义早成了薄纸，随时会变成碎片。”

蒙娜望着卓阳，他的脸上有隐忍的沉痛。中国人的切肤之痛，痛极了而勉强支撑不倒地，他们一直在隐忍，一次次被这样的痛苦凌迟。她倒退一大步，战争正让这个世界逐渐疯狂，她的心压抑难受，终不言不语，迷惘地走了。

出得门外，闷雷乍响，蒙娜惊栗了一下。她没带伞，冲入雨幕，撑着伞匆匆行路的人们都不理睬这位没有带伞的外国小姐。蒙娜陡然生出无助的孤独感，分辨不清方向，她要去哪里？迈了一步又缩回来，哪个方向都模糊，她不明。

留下的归云和卓阳也相对无言，归云心跳得很快很慌，跟着这个灰暗的世界一起摇晃。

向抒磊，小雁，小雁，向抒磊……

卓阳抱紧了她，她猛然想起什么，一挣，急道："卓阳，快，快回家看住展风，他不能再出什么乱子了！"

卓阳会意，立刻起身，说："我这就去。"

他疾步跑出医院，恰有出租小汽车驶来，他扬手招了。待到了杜家石库门，正撞见展风要挣脱庆姑的拉扯出门。卓阳忙将展风推了回去。

"五福的脑袋被砍下来挂在薛华立路（法租界巡捕房的所在地）的电线杆子上，我不能让他和向先生的尸首再遭罪。"展风满头汗，几欲流泪。

庆姑早已泪流满面："你几时为你的老娘想过？你自己跑路不管家里头，我想想也罢了，这会子你要顶着枪口上，难不成要让我这把老骨头给你收尸？那我不如先一步找你爹去。"

卓阳将展风狠狠拽住，喝道："这时候日本人巴不得多几个抗日分子出来做炮灰，你可想过这样牺牲是否值得？能不能为他们报仇？"

展风挣不过卓阳的手劲，他太过激动，以致筋骨虚软，又愤恨至极，心神俱伤，只能大口喘气。卓阳和庆姑在他身边坐下，看着他。

他捶桌："那些汉奸，不得好死！"他突然"扑通"对着庆姑跪下，"妈，我是个不孝子，我不能全心顾全您，害您担惊受怕，是我混账不孝顺！"他重重磕头，又道，"我晓得这条路走下去就回不了头，虽然我是个莽撞糊涂的人，但这桩大事上我从没悔过。向先生是条汉子，我敬他服他；五福是我打小的兄弟。他们是护我们撤退，自己犯险单干这宗任务才会遇害，为人义字当先，我怎好让他们的尸首再被糟蹋——"

他的泪流了下来，从不曾流过的男儿泪，把庆姑吓住了，也吓醒了。她知道，儿子始终是留不住的，便只得握着手绢认命地哀哭。

卓阳心中阴郁，下楼出门。

日晖里外的马路上有间丧葬白事店，是杜家搬入这里之后才开的，卖棺木纸箔香烛。生意一直不间断，故老板逢雨天节假也不闭门。卓阳曾在这里买过香烛敬过杜班主，这回他要买牌位。

“先生要写什么？”店主问他。

卓阳向店主要来毛笔，他未想半刻，浸了金漆，挥毫写下——英雄向抒磊之位。写完之后，问店主要了报纸仔细包好，又买了香烟蜡烛，一并带回了杜家。

庆姑伤心太过，体力不支，被展风劝慰着安顿睡下，展风自己也稍稍平复了心情，见自己母亲这副模样，毕竟放心不下此刻离开。

房间里空寂得吓人，弄堂里不知哪家在拉弹二胡，“呜呜”的声音像呜咽。

展风开了酒瓶子想喝酒，卓阳将包裹着牌位的报纸剥开，然后把牌位端正放在桌上。展风一震，转身在客堂间的柜子里搬出一个酒坛子，正是那坛祭过黄梅兴将军的女儿红。他又拿来酒杯，满上酒，正立在牌位前。卓阳和他并立。

鞠躬，敬酒。浓郁的酒香弥漫全室，酒水在木地板上干涸，只留香如故。

“向先生是位英雄。”

“我忍不住我的恨，不为向先生做些什么，我不能心安理得上前线。”

卓阳拍拍他的肩：“一切再计议，现在万不能鲁莽。”

“你是不是就快去北方了？”展风问。

“快了，走之前再办些事。”卓阳答。

“本想把归云交给你，让她这辈子有所托，谁知最后她还得一个人。”

卓阳黯然，想起还在医院孤单候着雁飞生产的归云，就说：“我去找她，现在也不知谢小姐的情况如何了，归云一个人未必能应付。”

展风听他提起雁飞，眉毛一皱。他想起清晨雁飞的模样，如今想来，却不得解，她为何那般着急要去?

卓阳却早悟出其中原委，只尚未能向归云求证。他也多少知晓些展风的心意，故也不多提了，便再说：“我先去医院，有什么消息会及时来告知。杜妈妈此刻不能离开人，我们也就这些时日能尽孝。”

两人都默了半晌，卓阳最后向向抒磊的牌位鞠了躬，展风将酒坛子放好。酒又少了一点，悲伤和仇恨又多了几段，纠缠不清，不知何时休止。

雨停了，十六的月亮比十五更圆，只是星辰困倦。

归云也困倦着，蜷着身体。她支撑自己不睡，不能睡，她要守着雁飞，就像小时候雁飞守着她。

医院走廊空寂，这里临着黄浦江，浪涛拍岸，更令她寂寞，如波涛一般无所依傍。环顾四周，心也空荡。心悬空了一秒，下一刻就被揽入温暖之中。

“我回来了。”

卓阳的体温使她温暖起来，她能在他怀中寻找到最契合的位置：“卓阳，你不要走。”

“我不走。”

“永远也不要走。”

他沉默了。

她在他的怀中叹息，他做不了的承诺，他就不做。

他抚着她的发：“你睡吧！一切有我。有我在的时候，绝不让你辛苦。”

她抱紧了他，安心入睡，他的温暖此刻就在她的身边，她要好好抱紧。

然而，也只有此刻，她就怕下一刻醒来就落空。归云心一惊，猛地惊醒过来。

“卓阳！”

卓阳笑嘻嘻站在她眼前：“瞧，是个可爱的女娃娃。”

归云揉揉眼睛。卓阳手里抱了一个蜡烛包，小心俯身下来给她看。初来人世的小婴儿太小太小，闭着眼睛，五官没长开，看不出像谁。归云小心翼翼从卓阳手中将婴儿抱过来，婴儿张开小嘴打了个哈欠，无牙的小嘴嚅动了一下，十分可爱。

“产妇说，要麻烦你们给婴儿起个名字好让我们登记。”卓阳身后站了一位护士，又说，“产妇说孩子姓卓。”

卓阳和归云都一愣。

雁飞抛了一切，竟让孩子姓卓。归云惊疑不定地看着孩子，这个父不详的婴孩，藏了雁飞多少秘密？她又看向卓阳，请他拿主意。

卓阳爽然一笑，并不拘节，慨然应允：“就姓卓吧！”他见窗外明月浩然，又听晓风习习，江涛阵阵，再说，“叫晓江，‘晓风’的‘晓’，‘黄浦江’的‘江’。这就像上海女孩了。”

归云点点头，低头看婴儿，卓阳伸手过来逗她，婴儿小小的手抓住他的拇指，不肯放。新生命也依赖强壮的倚靠。

“叫卓晓江。”归云笑着对护士说。

她将卓晓江抱起来，进病房去看雁飞。

雁飞虽然虚弱，但精神不错，见归云进来，问：“叫什么名字？”

归云将孩子放在她身边：“卓晓江，‘晓风’的‘晓’，‘黄浦江’的‘江’。”

雁飞疲惫地微笑：“谢谢卓记者给她起了好名字。”

“她很乖，都不哭。”

归云引着雁飞看孩子，但雁飞不看。

“你喜欢她就好。”

归云只好抬头看雁飞。她笑着，脸上平静无澜，连浅浅的愁和初为人母的喜悦都没有。归云握了她的手，一片冰凉。她很想问雁飞向抒磊的事，全部疑问到了嘴边，又全部压了下去。

雁飞淡淡地说：“我命薄，不能薄了孩子，擅自做主让这孩子姓了卓。跟着我这样的出身，不如落根在你们书香门第的卓家，让我女儿高攀一次。”

话是彻骨的辛酸，语气是坦白的清淡。归云紧紧握了她的手，又好像什么都没有握到。

婴儿轻轻嚅动着小嘴。归云忍不住又抱起婴儿，小小婴儿在她怀里调整了一个舒服的姿势，闭上眼睛，沉沉睡去。她将脸颊碰在婴儿细嫩的脸颊上，莫名感动。

“这孩子一在我怀里就哭天哭地，在你怀里倒是睡得舒服。”雁飞苦笑，“她摊上我这么个母亲多不幸。生在这样的关口，也是她的命。”

“小雁——”

雁飞似是睡着了。

中秋之后，帘卷西风，秋真的到了。

庆姑亲自去了医院照顾雁飞，这让归云和展风都很意外。只是雁飞同庆姑絮絮而谈的时候，归云才晓得中秋当夜，庆姑是将雁飞当成了心腹叙话留宿，结了这段缘。庆姑管不住展风，但心里有了新的牵挂，也有好好生活的念头。她干脆就抛了些执念，竟然通情达理起来。她照看雁飞的时候十分尽力，又格外喜欢婴儿，做主起了小名叫“江江”。

雁飞却一直神魂失落的样子，什么都不太放在心上似的。江江哭也好，饿也好，尿了也好，她一概不管。连探望过雁飞几回的卓太太都暗中嘀咕：“雁飞这是怎么了？倒是对孩子不甚上心。”但庆姑只当雁飞是伤了精神和身子。

只有归云心中的担忧愈来愈多。

雁飞的身体恢复得很快，月子里就要下床，有时独自一人就走到医院的花园里出神，吓坏了归云，庆姑也严厉管住了她。

可越不能自由，雁飞越低落。她不想再等，心里有千百只爪子在挠，在催她。出了月子的第一天，她趁着庆姑同归云都离开的时候，出了医院。

那时候天已经黑了，她望着天空走了会儿神。

雁飞叫了黄包车，往外白渡桥方向去。到了外白渡桥得下车，桥的北面有日本宪兵站岗，过桥的中国人外国人都得向宪兵鞠躬方可通行。

她正要过桥，有两个从浦江饭店出来的洋人走过来，他们喝高了，摇摇晃晃神气活现，到了日本宪兵面前并不鞠躬，还取笑了一阵。当下被日本宪兵劈头盖脸用枪托子打下来，这两位洋人显是惯在上海滩上享福的，一点格斗技能都没有，只有挨揍的份。他们只挨几下，白白的面皮上就开了酱油铺子，蓝眼睛里有了惊恐，酒也醒了大半，慌忙点头哈腰，连跑带爬地走了。

旁观的中国人心中都不是滋味。原来真是谁凶算谁狠，这等在中国地头作威作福惯的洋人也怕凶狠的日本人，想着心中都酸涩耻辱。

雁飞也向才因揍了洋人而趾高气扬的日本宪兵弯了弯腰，顺着苏州河，一路到了日军司令部宿舍楼前的马路旁。这里来来往往大多是穿着和服木屐的男女，也有穿日本军服的男人搂着穿旗袍的女人。乍看去，疑似是他乡。只有天上的一钩下弦月是真切的，沉沉把无缝的天空钩破，终是亮了些光。

雁飞对宿舍楼门前的站岗士兵露出一个妩媚的微笑：“我找藤田智也少佐，我们约好的。”

日本兵打量了雁飞几下，她衣着朴素，表情轻佻，有欢场的痕迹。他听得懂中国话，也听得懂雁飞话里的勾当，他的上司们时常会找这些乐子来耍。他不敢怠慢，转身向门房嘱咐几声，再道：“稍等。”

雁飞便等着。

藤田智也今天没有去福州路的鸦片馆，他被藤田中将安排去参加公共租界工部局的会议。

“英美对租界的管理在不久的将来会由我们接手，工部局的警务处、火政处、工务处、卫生处、教育处都将是你等实习的地方。”

他将要被派去工部局的教育处。

藤田中将有他的打算，自认比许多武官更高瞻远瞩。藤田智也是一天天管不住捉不准了，他对战场素来消极，剑道和枪法都很粗陋，如果强押着去前线，面对那些越来越不要命的中国兵，恐怕只有殉国的份。但他又是家族唯一的继承人，使自己不得不去为他筹划，思考再三，决定人尽其才。

“我们需做好接手上海的准备，文化是其一。洋人总笑话我们东方人文化未开化，然我国文化精英足以令他们汗颜。”

藤田智也却无所谓，他的精神日渐麻痹，七情走了大半，茫茫不愿去分辨清楚。在鸦片的熏香之间，他索然无味，原来自己真的一无所有、一无所为。

他最近常常想起卓汉书，想起他曾经与他们父子谈到芥川龙之介自尽之事时说的话。

“大师之文化期望在无力改变的社会现实前不过海市蜃楼一般不堪一击，脱轨之现实令他绝望。如此看透之人只得或大隐，或死隐。正如我国的王国维，殉的是自己的文化，而非其他。唯有这般才够诚实对己。”

他的父亲他的老师，都是诚实的人，他们不算一无所有、一无所为。但他们也错了，他们信奉的文化却是不诚实的。他在审阅胡兰成等人的文章的时候就在迷惑，到底什么是诚实？中国字日本字，颠来复去，文采斐然的思想本就能迥异，更能屈从。

他算不算屈从？他又有没有诚实的勇气？

藤田智也一直很想看看鉴真大师的那幅《思故赋》，他想，这位千年之前的大师才是生在一个好时代。实在想得太久，头痛欲裂，他觉得自己更需要鸦片。

门房给他打来电话，口气颇暧昧。他从来不会叫女人，此刻若有女人来找他，也只会是一个人。藤田智也匆匆赶了出去，连外套都尚未扣好。

马路上有日本人正需要培养的熙攘。中国小贩在日军司令部宿舍对面仍开了摊头，点心、水果、杂货，还有卖花的姑娘。都是由日本宪兵队管着，他们不赶人，但是要收费。留在沦陷区的中国居民不得逃脱，仍需生活，只得硬着头皮大了胆子做小营生，日本人也需这边曾经死城一般的沦陷区恢复上海的风采来现给洋人看。

一有生机，便要活下去，这里的中国小生意人活跃起来。中国人的生命力极强，其实中国人的洞察力同样极强，他们发现日本兵也有硕鼠习性，给些好处也能好商量，能好商量，就能挣扎着活下去。

这里形成了一个奇异的沦陷世界。

藤田智也看到靠在阴暗绿粉的墙上的素淡身影，乳白的旗袍缎子外的开司米披肩裹了窄削的肩。她站着的那个小世界也是奇异的，将她与周围的一切割离，像被遗弃的独立的梅。她更是奇异，看身形似丰沛了些，可面容又如此憔悴，似梅在盛放之际微微枯萎。不管盛放还是枯萎，他望过去，只看到一个她。

她的身边有一位甜美的卖花姑娘，正向一个拥着中国女人的日本兵兜售茉莉花。日本兵色眯眯地笑，手下揩油。卖花姑娘也认了，或是习惯。

雁飞漠然，似什么都没有瞧见。日本兵却一眼又瞧见她这么个绝色，便要转移目标。藤田智也已经一个箭步上前，扣住她的手腕。

"你跟我来。"

他拉着她一路疾步进了自己的宿舍，"砰"地牢牢关上门。

他们都平静地望着对方，她平静地看到他的书桌上放着他父亲、母亲的相片，并燃了香，味道幽淡且忧伤。

她说："我请你帮忙。"

"我也猜到了。"他肆意观察她，他有几个月没有见过她了？久到他几乎将要忘记她曾经存在过的时候，她竟又出现。

她敛着身子向他父母的相片拜了一下。

"王亚飞，有一位搞抗日活动的中国青年被日本人杀了，我想让他入土为安。"

他明白了："这就是你诚实的全部理由？"

"他叫向抒磊，一个多月前被日本人在北站暴尸。我想要让他入土为安。"

"他是谁？你的丈夫还是情人？"他问她。

"他是我爱的人。"

"为什么你连一个谎言都欠奉？"他苦笑，几个月不出现的她突然现身在他面前求他，是为了她的爱人。

"你问我，我便诚实答你。你告诉过我很多心事，我也把我的心事告诉你。因为你是我唯一可求之人。"

"你凭什么肯定我一定会成全你？"他心生恶毒，啃噬心头。她的口气如此平静和笃定，为什么从来都能吃定他？

雁飞仍然平静而笃定：“如果你是王亚飞，请让你牺牲的同胞入土为安；如果你是藤田智也，那这是日本人欠中国人的，请让被你们杀死的中国人入土为安。”她的目光中也浮起了恶，“这是日本人欠中国人的。相不相信报应？在这里死了多少中国人，将来日本人会用同样多的人命来偿还！日本人同样要经受这种恐惧、悲伤和绝望，还有——永无止境的恐怖！”

她空洞的眼聚焦了些光，苍白的面上因为急促说话而潮红，诡异地有着兴奋的光彩。他才发现她的发变得短而凌乱，她的诅咒清晰而凶悍。他第一次感受到她身上除了淡漠以外的情绪。他退了一步，又退了一步，被她赤裸裸的诅咒和山雨欲来的恨意逼退。

“如果互相交换的是没有止境的恐怖，还能剩什么？”他自问，不能自答，继续混乱。

她却软弱了，倾向他跟前，握住他的手，眼里退了恶，有了泪光，鼻头也红了，第一次面对他出现楚楚可怜的表情。她抓着他的手，就像抓了一根稻草。

“我求求你，把他还给我。他在外面挂了那么久，有多疼？现在又被丢在哪里？”她的泪又流在他的手上，她有多无助，就有多少泪。

小时候母亲抑郁的时候就会哭，会握着他的手哭，把泪流在他的手心里。他的手心怎么承载得起这么多的悲伤？他逃不开这掌心。

及时有了敲门声，将他从这掌心拉出去。

藤田智也将雁飞推入里屋睡房，再开门，却是山田和周文英。藤田智也的面容瞬间冷静，与雁飞有同样的漠然，让两人进来。

“有事？”

周文英来送礼，手里捧了些卷轴，他在藤田智也面前受过冷落，故带着拘谨，全靠山田说话。

“恭贺藤田少佐荣升。”山田因着周文英听不懂日文，便用中文与藤田智也对话。

藤田智也淡淡道：“山田君消息灵通，不过换个岗，哪算得上荣升？”

他不咸不淡的态度让山田和周文英都感觉尴尬，只山田继续说：“哎！少佐谦虚了，我等往后还需多多仰仗少佐。”

“山田君不是已经做了租界内几个国际商会的顾问？”藤田智也拉了椅子坐到睡房门前，往门框上斜斜一靠，挡着那两人欲向内打探的视线。

“都是仰仗帝国荣耀，才有我等荣耀。”山田干笑，“虽身为商贾，但为帝国文化教育事业着力是我一直以来的行事宗旨，与少佐也曾有默契合作。”他欲引见周文英，“如今大治指日可待，有更多文治工作由有诚意的彼邦精英协助——”

周文英将手中的卷轴及时呈上：“一直听说少佐喜爱我国字画，现寻了几件明代名家作品请少佐指教。”

“军人以征战沙场为己任，我等以发展文治为专长。”山田又道。

又是来求他的，他并非万能，更不情愿：“你们都是长谷川的得力助手，必有施展长才的地方。”

“长谷川大佐乃骁勇上将，是帝国征战的支柱，不久前剿灭沪上若干抗日势力，尤其抓了国民政府军统组织里有名的几个刺儿头杀一儆百，上下都颇为赞赏，听说不日也有升迁，也许会被调派到华北战场再建战功。”

山田口齿伶俐，门槛活络，能把军政的上下关节理得清清爽爽，再选择最有利于他的出路。日本的武士道精神讲究忠贞，在于他，只忠贞于自己的利益。他在中国待的时间长，亢奋的兴国兴致早就淡如白开水。他才不像那伙整日叫嚣建立大东亚共荣的狂热分子，就算有了共荣圈又怎样？荣誉属于帝国，他要的是抓得住摸得着的东西。中国人说的“识时务者为俊杰”，见风使舵才能驶好万年船。所谓坚持到底的气节和忠贞，最后换来黄土一抔，又有什么意思？当听说长谷川可能要去北方战场，藤田智也留下进工部局，他的心里也有了主意。

他要抓牢的是上海滩上的机会，而不是建立大东亚共荣的虚名。上海的商人赠他一个绰号叫“黄鼠狼”，他知道，但不置可否，帝国正在盛大，他腰杆子很硬，谁敢小看他这只“黄鼠狼”？

藤田智也也知道他这绰号，所以他也不置可否地笑笑：“人各有志罢了。”他有送客的情绪，只道，“多谢承情。”

山田接翎子，也看出里屋的玄机，拉着周文英站起来：“如此一来，往后还请多多关照。”

门又关上，桌子上多了送来的礼物。

雁飞走出来，她的手里多了一把折叠水果刀，眼圈红了两圈，隐有泪光的样子。她问：“长谷川是杀了陈曼丽的那个军官？”见到他点头，她又说，“恭喜你们踩着中国人的尸体升官发财。”她惨然地牵了下嘴角，“这把水果刀很漂亮。”

“是啊！它属于一个明白地去死的人，有时候明白地去死总好过糊涂地活着。”

他想要拿回水果刀，雁飞却紧紧攥在了手里，她说："我一直想找这样的水果刀，折叠起来，携带很方便，还能削生梨。"

他抱紧了她："你们彼此相爱？"

"我爱他只是我一个人的事。"她将声音压得很低，将水果刀嵌在手心里，原来，从来都不是她一个人的事，只是知道得太晚，晚到知道后只剩下孤独的恨。

"你怎么这么死心眼？"他被她挣脱出来，怀抱冷寂，这次连恍惚间互相汲取虚幻的安慰都做不到。他说："你知道我从来不会拒绝你的任何要求。"

她渴盼地望着他，听他说："这把刀送给你，你的要求，我尽量办。"

只要她提的，他势必会去办。他和她，从来没有战斗，因为他一开始就输了。

藤田智也办妥了雁飞要求的事情，将她约到了静安寺庙北的涌泉井。这是一座古泉，在赤乌古刹旁边，还立了一座石栏，上面有同治年间的书法家胡公寿题写的"天下第六泉"，现在看来，也斑驳了。他觉得一切都旧了，慈航普度的佛光照不到自己。

雁飞走了来，背着万丈霞光。原来佛光也照不到她。

她问："怎么不进庙里上炷香？"

他却问她："我记得这眼泉水可以冒这么高，如火鼎一般。如今怎么不再冒了？"

雁飞幽幽道："一九三七年的八月后就不再冒了，都说是佛祖发了怒。"

"恐是因战祸堵了水道，疏通之后，天下第六泉还是天下第六泉。"他坚持。

"现在是死水。"雁飞盯住了他手上米灰色的玲珑又圆润的坛子，眼中也汪出了两潭深水，深水覆灭，也是死水。她将坛子抱进了怀中，"谢谢你总是能办到我要求的事。"

"在你眼中，我除了这些事，再也干不出更有意义的事。你们政府在报纸上表彰了他的行为，算得生荣死哀。"

雁飞朝着藤田智也轻轻一笑："生荣？"嘴角下弯，终成苦笑。

有扫地僧人持了扫把推了边门出来打扫涌泉井。

雁飞看着眼熟，上前几步，突问："大师傅，您还记得我吗？我在您手上给两条平安腕带开过光。"

僧人缓缓抬头，慈眉善目，浅带笑意，他点头，再持了扫帚打扫。过一阵又喟叹，这回面上的笑意渐渐逝去，慈眉锁了起来。

"再多的平安腕带也只保得心安，如何保得其他？"他一边扫地一边摇头，将涌泉井周遭打扫得纤尘不染。

“扫完这一刻，过了半刻，风一起又会起尘土。”藤田智也说。

僧人朝他合掌行了个佛礼：“人生固大梦，天地余劫灰。”他说罢转身进了寺门，留两人细细辨别这话的意味。

“人生固大梦，天地余劫灰。”雁飞喃喃，醒过神，“我也该走了。”

“去哪里？”他问她。

她指了指对面的百乐门：“回那里。”

“我以为你洗尽铅华去了。”

“脏了就是脏了，怎么都洗不干净！就像这里，大师傅不过才扫好，现在又起了灰尘。”

藤田智也看着雁飞抱着骨灰坛子走向对面，打个弯，拐进了百乐门的后门。她远了，也许也从来没近过。

他记得很小的时候，每当有男人来敲门，母亲便将他送到弄堂的出口，塞给他几个洋角，哄他别处去玩耍。他再看着母亲走向弄堂的深处，打个弯，拐进了那个肮脏的深渊。

他什么都阻止不了。回头，是那一井死水。

雁飞并没有踏进百乐门，她低头望望手中的骨灰坛子，就停驻在百乐门的门前。门前彩灯围绕的巨型海报上印的是熟人，她讶然，原来竟是乔绮，冠了名号叫作“绮丽佳人”。海报不算新，四角都有些许褶皱，恐是放了一段时日了。雁飞心中暗算了下日子，明白了些许，有的是殊途同归的悲哀。

她转身离开，回到杜家石库门。

从医院里出来之后，归云和庆姑就将她接去了杜家方便照顾。卓阳常常跟着归云跑来杜家，更多时候他和展风两人关在房里不知在说些什么。

这回卓阳又同展风避在一处说话，归云一个人在逗江江，当作没有看见。

雁飞却觉出不对劲，只为归云叹：“真难为你肯担这一切。这些男人都爱把家庭重担撂给女人。”

“因为我爱他。”归云坦诚道。

“你该想尽一切办法绑住他。”

归云挨着雁飞说：“小雁，用一整颗心去爱一个人，原来是又幸福又吝啬的。我想我应该像归凤那样学着知足，可是心底又知道是不够的，才几个月，好像老天爷给我的好日子就是一出折子戏，不给落幕就要没了。我也抱怨过时间太短，可是我爱他，我不能让他溺死在我的爱里，这我是知道的。所以我没有办法不放他走，不让他去做那些事。”

“傻孩子，你只得一个他，他也只得一个你，已经十分难能可贵。”雁飞终不掩饰，“爱上一个不会去爱的人才叫悲惨！”

归云却不追问。这是雁飞的折子戏，也是她的伤。她猜测过其惨重，更怕揭雁飞的伤，所以情愿不去好奇，不去了解。她只是熨帖了雁飞：“小雁，好在还有你和我相依为命。”

雁飞不掩饰地流露了半分哀戚：“是啊，连我的孩子以后还要麻烦你。想想我这辈子似乎一直被你救济。”

归云恻然：“胡扯，你我之间谈什么救济！”

雁飞笑笑也就不再往下说，她将怀里的坛子拿了出来，放在卓阳写的牌位之后。那牌位是卓阳买的，展风立的，庆姑本有微词，但见展风悲恸的模样，也说不出什么了。

归云没有料到雁飞会从怀里拿出这个，怔怔看了半天，说：“卓阳说他会去龙华的墓地为向先生选块好地，人要早些入土为安。”

雁飞蹙了蹙眉，江江又开始哭闹，她似未所觉，归云赶紧把孩子抱回来哄着。

“他是想要回家的。但是东北那么远——”她完不成他的任何愿望，就像他也完不成她的任何愿望。她只能认命：“麻烦你们了。”

归云见她神色倦怠，便说：“我给你放水洗澡？”

她才将江江放入摇篮，就见展风和卓阳从房里出来了，展风一眼就瞧见桌上多出来的骨灰坛子，一愣。

这是他千方百计终还是不得门路而想要弄到的东西，他知道雁飞的法子，就问：“你去求过藤田智也？”

雁飞不点头也不摇头，说：“英雄向抔磊。呵，他有一班好兄弟，这辈子不算差到底。”

展风上前上香，忍不住眼圈微红。

雁飞又说：“你该走的，不要去计较他不想让你们为他计较的事。”

“雁飞，你很早就认识向先生对不对？”展风问她。

“我们是旧识。”她已随着归云下了楼。

卓阳上前轻拍展风的肩，说："谢小姐说得没错。"

展风道："我见不得那汉奸逍遥法外，如今仗着张家和日本人四处耍威风。先前的弟兄有几个也折返回来了，你也晓得我不报这仇誓不为人！"

卓阳突然说："向先生已经为自己报了仇。"

展风是明白的，卓阳打探到消息，告诉了他，他气恼、痛心，又不甘，人生总是意想不到。他久久不语，随即叹道："我是没有想到五福他竟然——"

"向先生行事确实特立独行，他的事便必须由自己解决，不想给旁人添半点麻烦。明天就会有报纸拆穿日本人装腔作势威胁巡捕房的伎俩。"卓阳继续道，"你也知道周文英常跟着日本人，不宜轻举冒险去打草惊蛇。"

展风长长吐了一口气，道："经历那么多，我如今再毛躁也太不是样子了。"

卓阳转头，也给向抒磊上了炷香。

展风说："我会谨慎，伺机再行动。"

"那就好。"卓阳往楼下望了望，归云正提了水壶从灶庇间走出来，她仰头朝他一笑，轻叫一声："等我一道回家。"

卓阳目送归云进了楼下的卫生间。

"周文英的事情完了后，是否还准备去云南？"他问展风。

展风握拳："向先生已经牺牲了，他的遗志就是想要上前线堂堂正正跟鬼子干一仗。我想了很久，心甘情愿。向先生给我们选的这条路，比以前浑浑噩噩蛮干强。"

"好。"卓阳道，"堂堂正正去杀敌人！"

他也想了很久，只是——他再度望向楼下。千万不舍，终是还要舍。他宁愿自己能心软能怯懦能不那么坚定，就不用看一秒少一秒。

归云为雁飞的澡桶中加了水。雁飞将自己丢在滚热的澡桶里，蒸汽滚滚上冒，她冒出细汗。低头，水下是自己隐约的身体，紧滑而雪白，抚摸上去，热烫得触痛手心。

她还是活生生的一个人，还有一副活生生的身体。

"我给你搓背。"归云说。

雁飞坐起身："好。小时候都是我给你洗澡。"

归云拿起毛巾细细擦拭雁飞的脊背，她看到了她背上的伤疤，褶皱鲜红，在脊背的正中央，像一团多出来寄生在她身上的生物，张牙舞爪，似乎会吞噬了纤细的雁飞。这样相似的狰狞，似曾相见。她的手轻柔地抚摸上去，学小时候自己跌伤了小雁给自己揉散痛楚的手势。

“傻瓜，早不痛了。”

“哪里得来的伤？”

雁飞转过头，看着她认真道：“我放了一把火，最后只烧得我自已得了这块疤，其实是我讨了个大便宜。”她闭上眼睛，“如果当年一了百了，哪里会再受那么多苦楚？有的人天生是来受罪的，没有好命，求什么好运？”

归云不赞同：“不不不，命是自己挣的，我们都努力，能活得更好。”

“你总是朝气蓬勃的，但是老天爷不长眼睛。”雁飞伏在桶沿上，遮掩住表情，“当日本人打进东北的时候，我这辈子就什么都完了，我的家、我的命。我能怨谁？那年中国兵不知道撤到哪里，丢下手无寸铁的老百姓受苦。后来中国兵冲锋陷阵，还是挡不住该来的灾难。死了多少人了？

“我是女人，所求不多，粗茶淡饭，和爱的人胼手胝足共建一个小家庭，这辈子也就够了。但这都是奢求，只怕在梦里才能实现。

“我真的准备这样做过，还攒够了大洋，我只是不知道那样做竟有这样难。我不过是个女人，丢了那个魂，这只是一个空壳，挨一日是一日。第二次，是连魄都丢了，什么都剩不下。”

归云扣紧她的肩头，要她痛，要她醒：“你还有江江。”

雁飞却摇头：“她多不幸，比我还不幸，竟然不挑父母就投生到我肚子里。”她回头看着归云，“好在还有你。”

水汽中，她的神情不清，归云抓不住她的视线，着急了：“你别指望江江能靠我，什么都没有亲娘好！”

“不，你会是个好妈妈，而我不是。我认准的，错不了。你知道我是认死理的人。”

水汽浓了，雁飞的脸孔糊了。归云想起新婚夜，她和卓阳共在澡桶间，也是水汽缭绕，浓到最后她看不清卓阳的脸孔。

雁飞和卓阳，都似是要远了，她抓不牢，留不住，急痛交加，不觉流下泪。泪也化在了水汽里，烟消云散，没有了。

她只看到她背上的疤痕，只有疤痕在水汽中是清晰的。

第十七章 伤别离

光阴如水，似箭，度过去，是像寒冰的。归云知道要勉励自己继续走，她想珍惜每寸时间，却始终无法对卓阳说一句挽留的话。她和卓太太同心协力要照顾好离别前的卓阳，每日好吃好喝地伺候。

“你们把我当成猪在养！”卓阳玩笑。

卓太太和归云不笑，她们虽不笑，倒是也不哭了。

深秋即将来临，冷凉日渐刺骨，逼迫每个人都去做出选择。国与家，太艰难了，这是一条茫茫不见头的路。归云觉得自己也是一脚踏上去，就像展风说的，没有法子回头。她一力跟着卓阳走，但也不是“嫁鸡随鸡”的妥协，只因这是她的爱情，她就负责到底。这样一想，归云心中多了些暖气。

卓阳的报社同事已陆续走了，只留了卓阳同那天同路而幸存的三个年轻记者，他们是那日惨剧的目击者，后来，他们就成了善后者。蒙娜赶在他们走之前在德大西菜社包了包房做饯别宴，他们一走，《朝报》就真的结束了，蒙娜的掩护工作也即将告终，不需要再做中国报纸的大洋旗。她另起了炉灶，竟又集合了一帮英美的新闻工作者，开始专做外文版的时政报刊，为原先同莫主编合作的白俄人士亚当夫在西爱咸斯路上秘密办的国际电台提供英文新闻稿件。

众人都为蒙娜的孤身上阵担心，蒙娜倒是不惧的，说："毕竟我是美国人，日本人能拿我怎样？"说这话的时候，她带着点桀骜。

"国家强太重要了！"卓阳轻叹。

归云端起酒杯，是她从没有喝过的红酒，红色烈如火，早已烧灼她的心。她望定蒙娜，真诚地赞赏地笑："我敬你！"

蒙娜和她碰杯，红色液体隔杯碰撞，是个"人"字，握着杯子的手都充满力量。两个女人都笑了，蒙娜说："我要亲一下阳，作为吻别。"

男士们都听得尴尬了，没想到蒙娜大胆至此，卓阳也红了红脸。可是归云坦然地笑了笑，把卓阳推到跟前，说："我做主，给你亲。"

蒙娜作势，要拥抱卓阳，卓阳往后退了退，说："喂喂，别拿我当赌注开玩笑！"

蒙娜大笑："瞧他，没有你胆子大！"

两人都瞅着卓阳笑。归云同蒙娜干掉了一瓶红酒，卓阳以为归云会醉，但归云的酒量远在卓阳的意料之外，只是红了脸颊，有些微醺。

卓阳知道红酒后劲大，就想先带着归云回去，蒙娜同卓阳道别，说："我想你的选择是正确的。"

他们拥抱，是告别的拥抱。卓阳嘱咐蒙娜："你们两个在上海要互相照应。"

蒙娜点头，碧蓝的眼，忽而如潮涨般湿润。

出了西菜社，归云受了冷风一吹，醺醉去了些。她甩脱卓阳的手，在深夜的马路上激奋地跑了几步，大口喘气又深深呼吸。

"卓阳，有时候我跑不过你，有时候我比你快。"她转头，回忆浮上来，"小时候我也给了那个告地状的姐姐三块大洋。你知道吗？那是我当时仅有的财产。"

卓阳跑上来牵住她的手："还逞强，我看定是醉了。"

归云伏在他的胸前："现在你是我仅有的财产，我要把你交出去了。"

他的胸膛震动了一下，她抬起头，倔强地瞅着他："我不会比蒙娜差劲，这个时候，中国人更不能差劲。"

他看见她秋波盈盈，专注地注视他，似要把他的模样刻进心底，存放生生世世："你就是这样不愿认输。"

她“哧哧”地笑：“你说，当年我可没输给你。你付出一小部分，我付出的是我的全部。”

卓阳已经吻住了她的笑颜，一闪身躲进梧桐后的弄堂转角无人处。对着她的唇，深深吻下去。

归云趁着酒意，伸出手臂钩紧他的脖子，只有这时候，她不用放开他。

这一夜，是卓阳揽着归云散步回家，将夜色中大上海的大小马路仔细走个遍。他们甚至去了小时候初次见面的外滩附近的小弄堂，只是记忆久远，都记不住到底是哪一条。卓阳和归云的记忆又有出入，两人记着相反方向的两条弄堂。归云扯着他的袖子娇嗔争了番，卓阳便存心做小伏低地哄着她。只末了，归云忽幽幽一叹：“当年那告地状的姐姐不知后来如何了。”

“如果有一天不用再有当日那女子那般凄惨景象出现在街头，中国才能得来真正光明。”

月亮将卓阳的影子拉得很长很长，归云看着那影子很久很久。他们再牵手，一起回家。

次日一早，卓阳送归云去饭庄，又折回了家，到卓汉书的书房里将书架顶层一排书籍后的一卷卷轴抽了出来。卓太太见状，赶忙过来问他：“你翻出这个干吗？”

卓阳将卷轴上的灰尘擦拭干净：“爸爸将家里许多藏品都藏好了，但唯独留下这个。我想，我明白他的意思了。”

卓太太堵住卓阳：“你勿瞎来，我们不必多管别人家的事，尤其是那种人。”

“妈，我相信爸爸，让我代爸爸办完这件事。”卓阳执意，扶着母亲坐下，“我原也不想管。经过这些时日，想起爸爸生前种种，许多事情我想透了。我想爸爸会高兴的。”

他固执地站着。

卓太太只摇头：“罢了。我自来从着你们父子二人，你都这样说，我还好怎么说？你们父子连心，到底是一个路子上的人。”她长叹一声，“你去吧！”

卓阳找了块绸布将卷轴包好，又从书架深处拿出了红纸包好的一卷布包，用手掂了掂，塞进衣兜里出了门。

他先去了四马路的乐也逍遥楼。堂倌殷勤上来招呼，他塞给堂倌几个铜板，说找一位高个子的王先生，并把外貌特征大致形容了一遍。堂倌很伶俐，领着他上二楼的包厢，在一间包厢门前停下，门上挂着八宝门牌，镌刻“浮生”二字，八宝只得一宝，“浮生”之下全部是浮云。

卓阳谢了堂倌，敲敲门，不待里头的人答应便推门而入。

房里烟气蒸腾，陈设简单，一条睡榻上躺着萧条的人，举着烟枪吞云吐雾。他满脸都是灰气，原本灼灼的眼眸早没了最初的光彩，只聊赖地顺着烟枪的方向不知望向哪个方向。

卓阳叫了一声：“师兄。”

藤田智也放下烟枪，坐起身，灰暗的眼中恢复了些神采，疑惑地问：“卓阳？”他瞬间整肃了神情，伸手邀请，“请坐。”说完才发觉这小小包厢内除了睡榻别无他物，而睡榻又被自己霸占着。

卓阳只好站着。

藤田智也忽然极无奈地笑了：“如果你现在上来揍我，我必定不堪一击。”

卓阳也笑了：“我不打不堪一击的敌人。今天我来是请我的师兄看一件东西。”

藤田智也将烟枪放在榻上的矮几上，半坐起身，他已经看到了卓阳胳膊下夹的卷轴。

“《朝日新闻》上说日本的天皇得到梦寐以求的《思故赋》，斋戒三天以示虔诚。就在那三天，重庆还在受着大轰炸，死伤无数。”卓阳将卷轴放在了榻上，“我不知道那是怎样一幅《思故赋》，报纸上说这卷赋上洋洋千言，希望中国和日本携手交好，永结兄弟之邦，便是佛光普照的大治。日本的记者认为你们的圣战是符合大师对‘大治’的向往。”

藤田智也渴慕地望着他手里的卷轴，伸出手，微微震着。他想要将卷轴外面的布揭开，只是又退缩着，不敢轻易造次。

“师兄，你对大师还是有几分了解的。所以——”卓阳顿了一顿，“大师一定不会怪罪你草拟的内容。”他将布扯开，小心翼翼打开卷轴。

卷轴很长，卓阳卷得很慢。一片雪白，还是一片雪白，雪白上零落的鲜红或暗黑或深褐的印章，大大小小，各样的形状，记录不同的年代，和不同人的人生。那些如雷贯耳的名字被定格在这片雪白上，就像历史画卷上的落款陈渍，将雪白的篇章渲染得浓墨重彩。

藤田智也低头定神，痴痴看着那片卷不完的雪白，和令他惊叹的款款章鉴。

直到最后，他瞪大了眼睛——竟然只有一个字。

左边雄浑有力，是苍劲的山峰，风骨鲜明。右边一势伏低，力道势微，及至最后一笔，本应干净利落，简短收笔，然，写它的人可能已近油尽灯枯，手腕收力不及又无后劲，只得将这笔写得缥缈无力，绵延婉转，似一弯山间流下的汹涌溪流，悠悠荡荡挣扎着要汇流入海，竟然在中途干涸了。

它流不进海里，只是缭乱终了。

“你知道为什么千百年来，行内的人总相传这幅字的收藏章鉴珍贵于赋的本身了吧！”卓阳完全打开了卷轴，长长地铺满了睡榻。

藤田智也的手也终于触上了这幅字，不敢稍用力气，更怕亵渎先贤。

“但我可不这么认为。”卓阳看到藤田智也的手指继续颤抖，“这个字本身的含义珍贵于这上面所有的印章。”

“我相信时至今日，所有的中国人和日本人都不如鉴真大师更懂这个字的含义。‘思故’只不过是后人强安的名号罢了。”

原来大师临终只想到了一个字，纪念他的一生。

藤田智也念了出来：

“和。”

这就是《思故赋》的全部内容。

太意外、太震撼、也太——藤田智也模糊的眼前发了黑。鉴真大师如何在黑暗的世界里写出了这个字来总结他的一生，而他又如何在光明的世界里看到这个字而恍如进入黑暗。

“老师，您如何看大和民族这个‘和’字？”他记起来，他曾经是如此问过卓汉书的。

“当是——民主之大和，文化之大和，经济之大和，各国民众之大和。”卓汉书坦荡地侃侃而谈，“我之理解当如此。如能真这样？实乃东亚之幸——”但终无言沉吟，后无下文。

也许后来当卓汉书无意中得到了鉴真大师的这幅字，他才惊觉自己不确定的甚至是妄想的想法竟和这位先贤大师的理解如此脉脉相通。

士，真可为知己者死。卓汉书懂，那字后密密排着的历代大师们也懂。

卓阳和藤田智也隔着这千年长卷，都有慷慨千言，临到这字前，只能无辞以对。

微醺的使人暗醉的堕落的香散去，烟枪久不拔火，悄然熄灭。卓阳受不住这沉闷，一把推开紧闭的窗，新鲜的阳光和空气涌进来，阳光在两人的身上流转。

“也许鉴真大师和我父亲，都是一厢情愿的人。”卓阳转身将这卷轴卷起来，推到了藤田智也面前。

藤田智也吃了一惊。俯下身的卓阳身上有太阳关顾的痕迹，原来他对着阳光，便多了那一层七彩的霞染在眉头眼额。

“师兄，奉我父亲的遗志，把这幅字送给你。”

“你开玩笑？”

“这幅字只因日本那位天皇要了才价值连城，非得用人命来换。你我皆知鉴真大师非书画名家，尤其晚年眼盲，弥留之际又笔力趋弱，若不是那些名家印鉴，恐那些收藏人士也不会趋之若鹜。它的有形价值是可判的，但对于某些人，它的无形价值更重要。”

藤田智也抚案一笑：“卓阳，你要我用什么来换？”

卓阳回他清傲的一笑：“我要我家人平安。在于我，父亲早就说过我是败家子，我自愧，我家人的价值高于这幅字；在师兄，这幅字的意义不一样。”说完，他恳切地望定藤田智也。

“的确不一样。”藤田智也要拿起那卷轴，轻轻一碰，又似那卷轴重似千金，他缩回了手，背到身后，面向窗外，“思故，原来不仅是思故。我们都小觑了大师的原意。”说完惊觉，自己的姿势竟有几分肖似卓汉书，“卓阳，你太过慷慨，也太过精明。”

“因为我相信师兄可以做好这卷字帖的下一个主人，为鉴真大师守好他的遗志。”

藤田智也终于握住了卷轴：“真不愧是做过记者的人，你让我找不到任何理由来拒绝你的‘美意’。”

“我本来就不想让师兄拒绝。”

卓阳意欲俯身将半伏在睡榻上的藤田智也扶起来。似乎一切过去了，他所表达的是对一个朋友的关切。

藤田智也自己站起来，他从不假手于人：“你放心地走吧！”

他们都了解对方，只是时间不对、地点不对，天时、地利、人和没有一样对。卓阳想叹息，离去的时候，他关切地说：“师兄，鸦片不是好东西。”

“我知道。”

门合上，他背着门，从窗口望出去。卓阳卓然地走在马路上，迎着阳光。

藤田智也想，他也想如此走出去，面对阳光。

卓阳离开乐也逍遥楼，旋即去了杜家。

展风正等他，见他就问："你让我等你，今朝到底要带我去哪处？"

卓阳笃定道："找个能帮咱们的人。"

展风犹犹疑疑跟他走，转道去的却是四马路和大马路中间的大世界。

这处是上海人熟悉的标新立异的娱乐场，他还做戏班子少爷的时候，也和三五好友过来耍过，花上小洋三四角，在里头看过露天戏班子，照过哈哈镜，还耍了一回美国进口的老虎机，却把身上带着的铜板输了个精光，回家免不得被杜班主一顿狠骂。

只是这回他起不了耍乐的心思。迈进大世界后，他见卓阳颇熟门熟路，好生诧异，便拦住卓阳，止步。

"兄弟，你到底打什么算盘？"

卓阳说："找那能帮我们收拾掉周文英的人。"

展风灵机一动："你又想请外援？"

"是。"

卓阳继续往前走，一路往深处过去，走过"游客止步"的立牌，有一个门面体面的办公室。他敲了门，门内有人道了声"请进"。推开门，先见到满壁庄重严谨的字画，当眼处供奉了一个财神的神龛。

端坐在办公桌后的人见到卓阳，熟人似的笑了笑，道："好小子，又有何贵干？"

卓阳笑着直言："我每回找陈组长总是讨事情的，今天把人带来了。"他向展风介绍，"这位是锄奸队的陈墨组长。"

展风大吃一惊。

卓阳介绍展风："这位就是向先生的旧部。"

陈墨点点头，笑道："向抒磊确有他的一套，带出来的人这样重义，你们很好。"

展风胸中一股气上下奔涌，这背后的人物，他第一次得见。只是向抒磊的事仍让他不满和不平。这回显然是卓阳事先安排好了的，他也懂了卓阳的用意，但此刻心中慷慨又愤慨，立时住口，不知怎么说。

卓阳朝他点下头，他沉了沉气，恭敬地朝陈墨作了一个揖，话也顺出来了："请陈组长助我们为向先生报此大仇。"

陈墨望着卓阳摇头："我就晓得你还来磨我。"

卓阳道："这回要拜托陈组长了，我们自会亲自动手的，但——"

陈墨点点头："枪支弹药一应俱全，我们的人会接应掩护善后。"

卓阳隆重地鞠躬，说："谢陈组长助我报父仇。"

陈墨叹气，说："周文英是向抒磊最后没有完成的任务，于情于理我们须了结这笔恶账。"

展风却又不安了，问："陈组长，你们真肯助我们为向先生报这仇？"

陈默遽然变色，端凝的面一板："我陈冰思向来言出必行，何曾有肯或不肯？你当向抒磊肯大义献身，我陈冰思就报不得这同胞血仇？"

他说得气势颇雄，一下镇住展风。展风退后两步，又抱拳："仰仗陈组长了。"

陈默爽然大笑："都是为国捐躯的命，没有谁仰仗谁。"

展风是有些心折的，他从向抒磊处也听过好些陈墨的事迹，他带领锄奸队干的那些活儿出奇地胆大包天，连日军的军舰都炸得。

卓阳使眼色让他出去，他接过翎子，借故先走。

室内只留卓阳和陈默两人。

"陈组长，他们原来不属锄奸队的编制。"

"我知道。"

"向抒磊的精神很是感染他们，故他们团结一心想要报仇。"

"不属我的编制我不会管。"

都是聪明人，还能网开一面。卓阳从口袋里拿出那卷红包。

"陈组长，近来杜先生办的抗战募捐，算上我的一份。"

陈墨眉心微皱，看着那卷红包，说："小孩子少给我打哑谜。"

卓阳指了指陈墨的手腕："陈组长连金表都捐了，我就捐不得金条？"

陈墨抚了下空空的手腕："你真可去做包打听了。"又问，"你真要代替莫华之去北边？"

"是。"

"我可以写一封推荐信荐你去重庆。"

"哪处都一样，一样做抵抗外侮的事。"

陈默端详他，心中轻叹一声也就罢了，终说："好人才总用不过来。向抒磊即是，你也是。"

"我是天生反骨，向先生也一样。都成不了事。"

陈默却叹道："若向抒磊有你半分圆通心思，也不会成为纪律整顿的众矢之的，更不会就硬着头皮上去以身报国。"

卓阳做个惊骇的鬼脸："我最怕委员长和你们主任这样的整顿手法。"

陈默指了指桌上的红包："把这个东西拿回去。"

卓阳猴皮一笑："不收？"又正色而言，"这是我一家大小的心意。我家虽只是大上海的沧海一粟，也是晓得大义的。"

陈默着手拿起红纸包，掂了掂，有些无奈，道："你是让我不得不'费心'照顾你那沧海一粟的家了！"

卓阳摇头，眼若朗星，正直而诚挚："我这一走不下三五年恐怕回不了家，局势动荡，危机四伏。我鲁钝，只能想出这法子保护我母亲和妻子。"

"卓阳啊卓阳，你真是上海男小囡中的人精。"

"这是我真心谢陈组长的。众人服陈组长，服在哪里大家心里都明白。"卓阳又鞠了一躬。

陈墨最后再叹："但愿我们不会在战场上成为敌人。"

"陈组长的勇气胆略永远是卓阳学习的目标。"卓阳认真地说。

卓阳和陈默继而就周文英的事情上又多聊了几句。陈默在暗杀行动上经验丰富，将种种环节一思索，便琢磨出两全的办法。卓阳知道陈默并不会去实际操作这些案子，便探得配合他们行动的负责人的联系方式，就此告别。

展风还等在大世界门口，他一见卓阳出来就忙问："他会真心帮咱们？"

卓阳道："他在青帮里在政府那方面混到如今的位子，又杀了那么多汉奸日寇，自有他过人的一套。我们要万无一失，还不得不求他。"他顿一下，又道，"为向先生报仇也是他的责任。至少，表面上是这样。"

展风点点头，争道："我们来干，你别来，你要有个什么事，我家归云怎么办？"

"我会和归云说。"

展风沉吟思索："是啊，归云怎么会不答应你，她总那样善解人意。"

卓阳望望西边的天空。残阳如血，浮云似萍："我该回家吃晚饭了。"

卓阳到了家，归云早已摆放好餐桌，照例晚宴丰盛。

卓阳从她的背后抱住她，说："行动的时间定好了，也有军统那边的人协助，问题是不大的。”

归云的大眼睛眨都不眨，只看牢他。

“办完事的第二天我就要走了。”

月亮升起来，又被乌云遮住，好像夏季久违的雨季又要来了。晚风飒飒，空气是湿的，心情也是湿的。

归云紧紧看着卓阳，想把他的魂儿直念到自己灵魂深处，再也不放他走。但终须起身，她回房，将她为他织的一件毛衣拿了出来，是蓝色的。在他身上比了比。

“你真懒，早说要赔我一件，现在才有成货。”他刮她的鼻子。

她的大眼睛如同雨中的上海，总浸泡在水里，盈盈的。他从她的眼里能看到自己的倒影：“我把我的一辈子都赔给你了，还不够？”又叹，“还有一只袖子，我怎么来得及？”

他哈哈笑：“一只袖子我照穿不误。”又想起来似的道，“我也有东西还欠你。”

卓阳往口袋里一掏，再摊手，是两张照片。一张是她给孤军营唱戏的戏照，一张是他们的结婚照，都印成方寸小照，能随身携带的。

她拿过戏照：“这张你真是欠了我很久。”嘟嘴，“人到手了，道具忘记还了。”

他拍自己脑门：“现在还也不迟。这张结婚照我随身带好了，走到哪里都带着，就像你一直在我身边监督我。”

一人一张。

归云伸出手指头，要和他勾手：“来发誓，要是三年五载回不来，就要生生世世做我的小跟班，整日整日陪着我。”

卓阳讨价还价：“要是晚一天呢？”

“晚一天也不行。”

他的小指纠缠上她的小指，她用力扣住，狠狠一用劲地勾扯。小指连心，心中留痛。

卓阳愣愣看着二人纠缠又分开的小指好一阵，才又道：“藤田智也那儿我是打过招呼了，他是可信的。帮会那里我也去求了个人情，陈墨好义气好声名，我们这些小民的小事援手应不在话下。”他将陈墨等事迹简要叙述了一遍，又将其中关节交代清楚。

归云听得甚是认真，听罢她说：“如若迫不得已，我也不会擅自去求他们。藤田先生那里本就复杂，帮会那边更是不用提了。我只希望一切能太平。”

一家人用完晚饭，卓阳陪着母亲叙了一阵话，又回到自己房里。归云正飞针走线织那件毛衣。他上前将针线拿开，抚摸着那半成的衣。

临行密密缝，意恐迟迟归。寸草心，三春晖，唯有回时再报。他的心太乱，胸中滚滚奔流的是豪情和柔情的交缠不清。

时间如能停驻，该有多好？

有人敲门，是卓太太，她手里捧着五六件新衣服进来。

一件一件唠叨：

“这是中山装，我在鸿祥选了料子定做，比你以前的都要挺括；这两件是衬衫，你爱干净，但到了前边哪里能顾及这些，唯多做些勤换换；这两件是毛衣，都是我自己织的，织得很密，北方天冷，能挡风；这件是托了人从白俄那里买来的皮衣，我知道前边都要穿统一的军装，军装外能披披这个。”

卓阳笑道：“妈妈，我会被批判成小资产阶级。”

卓太太嗔道：“胡说，我们家一清二白，不比那些人更显赫。”

左是衣，右也是衣，真正依依不舍。一家三口聚在那一刻，天伦实在太短了。

在卓太太走开之后，归云问卓阳：“你们准备怎么做？”

卓阳毫不隐瞒：“也许挑‘宝蟾戏院’下手，周文英把方进山的爱好继承了个十足，不但继续做汉奸，还爱看越剧。只有在戏园子里才有可乘之机。”

归云心急：“归凤怎么办？”

卓阳怔了。他竟没有把归凤这茬计算在内。

其实，展风是想到了归凤的。

从大世界回家的路上，卓阳已将和陈墨商量的计策和展风一一说明。陈默手里的情报是：最近周文英流连舞厅和戏院，但身边会有打手和保镖跟着。

陈墨问过卓阳：“你们熟哪边？”

卓阳道：“戏院，展风家的戏班子在那里驻场子。”

展风也这样想。正如陈默的观点，人多，光线暗，环境杂乱，以及，他很熟悉这里。他同卓阳确定下来。

回到家中，他想到了归凤，决定趁着夜黑去寻归凤。

展风选在戏院后门的那棵梧桐树下，遣了弄堂口玩耍的小孩子进后台送字条，归凤立刻就出来了。

她是惊愕的、慌乱的，又隐隐有着气恼。她以为展风已经走了，不想他又折返回来。

这情这景，已是回来多日的形态。而她必定是最后一个知道。

归凤哭了，带着委屈。展风箭步上前，拥抱住她。唯这时，她才能感受到自己是拥有了他。

“我会干掉周文英再走。”展风说实话的时候有些忐忑地看着归凤。

归凤先是眼里有惊惧，只有那么一小会儿，竟笑了：“你小心就好，做了这事还上前线？”

展风摸不着头脑，他是思考再三才决定向归凤坦白，按照归凤自小的性子，必是会有惊怕。他何曾想到归凤如此安危不惊，只着急问他的安全。

“请了行家帮忙，按照往常的经验行事，我不会再出岔子。”他小心地说，瞅着归凤平和的面色，“办完事就会再去南边。”

归凤低了头又抬头：“你只消记得我这么个人儿在这边就好了。”

“归凤——”

她去捂他的嘴：“展风，你如果狠心一些，我也就死了这条心。可你不是个狠心的人，我都这样了，你都肯给我这么个位置待着，就是我的福气。我早说过了，其他的，我一概不会管了，也不会怕了。”

她的天她的地，从来只得他一个。说出这话，归凤也才知，只因展风，她是可以什么都不惧的。

展风也才知道，他对她的实话竟可以让她如此满足，是他从来没有了解过她。往后的人生，他就是她的天，再顾不了旁的人，念不起旁的人了。

这回的拥抱，真心实意，诚挚得两人热泪盈眶。

末了，展风细细将计划叙述给归凤听，归凤倾耳相听，无比认真。她急切地说：“我能帮你做什么？像以前归云和谢小姐那样子的。”

“了结了周文英，你就可以回家了。”展风道，“你帮我照顾娘。”

他握上了她的手，她的手腕上戴着他送的腕带，也是雁飞送他的。他握上腕带的那刻，没有想到雁飞。他细细摩挲着那已经粗糙的白色细带子，上面有他父亲的死忌。

展风想，从那时起，国仇和家恨，推着他一路走。如同整个中国，走在艰难的黑暗的岁月里，听不到吉音。

他想要打破黑暗，拥抱朝阳。

戏院外凄清将离的人儿，戏院内，还是孤岛上海欣欣向荣的繁华。

人们希冀快乐、消磨时光，更愿意麻痹神经，像迷恋鸦片一样迷恋这样的娱乐，也成就了投机的新贵。

袁经理经营戏院颇志得意满，更会左右逢源。逢贵客看戏，他亲自引路，后头更有贵客的随从十几，阔步大摆直往前排走，一般戏客都得让路。

“山田先生、周先生，里面请。”他分了主次，再打广告，“明宵百乐门有邓婵娟全新亮相，嗓子可一比周璇。”

但他的客人心事重重。一众不语，浩荡至第一排的雅座。有软座，有圆桌，桌上摆齐五香瓜子、盐津枣、甘草梅子、花生仁，甚是齐全，只是缺了茶水。

袁经理善辨声色，贵客不耐烦，他也不多话，吆喝堂倌过来上茶。

佝偻着脊背低着头的“老”堂倌拎着铜铫小跑来，袁经理看着面生，随口一问：“新来的？”

“托经理福，赏口饭吃。”

靠他照拂的小角色，他不再关心，另去伺候他关心的大客人。

堂倌开了茶叶罐子，在玻璃杯里撒了茶叶，再洒水，动手之间留意听两位贵客谈话。

“谁知道长谷川竟然不愿去华北升少将，宁愿在上海当大佐。”

“谁肯离开花花大世界？”

“我们先前还去打藤田智也的关节，您也知道这位大佐和这位少佐一向不和。”

“再倒回去使手段，长谷川既然不满藤田，咱们当然继续给他办事。”

“他会否记仇？”

“他更爱财色，不然舍不得大上海做啥？”

两人知己一般笑了笑。

堂倌倒水的手势不算熟练，歪歪斜斜洒了水，被山田劈头就赏了一巴掌，堂倌战战兢兢忙不迭用肩头的抹布擦干净，又被二人身边五大三粗的随从推了个趔趄。势弱的人吃亏，勉强站稳还要向爷们低头哈腰三番再离去。

做大爷的扇着白底描字洒金折扇，笃悠悠看戏。在戏里，他们也能忘却他们的烦恼。

圆桌上的茶水已沏好，热腾腾的。灯暗下，戏开场，眼前只有模糊白雾。开锣的戏是单演的折子戏——《十八相送》。大红幕布拉开，是光鲜亮丽的角儿们上场。

他们捧的才是角儿，不捧的也难成角儿。

两人都捧过角儿，也是做过大佬的人物。这样的乱世，才有他们的出人头地。所以他们是异国的知己，偶然相逢，彼此投契，合作无间。

山田盯牢归凤的粉面玉腮。

“当年我捧筱凤鸣的时候，这丫头还是一个龙套，谁承想如今成了大红的头肩。”

“老兄喜欢的话，就多多给些银盾。自我们那方先生故去，这位姨太太声势可是大不如前了。”

“如此唱腔如此扮相，可惜可惜。”

“等下散场，我可牵线。”

山田大乐，拿起茶杯猛喝一口。

台上十八相送，生离悲戚。

山田皱皱眉头，扶桌，倒伏于上，手里折扇重落地上，被丝弦的音律盖住。

周文英乍觉，未惊呼，亦有同类经验。他只盯着那茶，自己差些就如这山田一般了。

弦乐不断，悲戚欲发震耳欲聋，掩盖一切。

他乱了步伐，由随从护在中心，急速撤退。及至他行到戏院的门前，灯一下暗了，弦乐骤停，漆黑一片。

观众慌乱不解，先窃窃私语，有人喊“停电了”，继而开始骚动，有观众争嚷要退票，纷纷往门口挤。周文英被人群挤在最前方，他感觉面上一热，扑鼻的就是血腥气。原来是挡在他身前的随从中了暗招，他心下愈加惊慌失措，想要快快脱身。怎奈人挤人，他无法逃出生天。

有只大手从人群里伸过来，将他拉脱出去。他心下一喜，以为是机灵的随从助他脱身，便跟着那人从大门挤了出去，一路从戏院后门跑出。

他不及细看，就被当作垃圾一样丢在路边。他眼冒金星好容易定睛，一看之下大吃一惊，继而大惊失色。他跟错了人，眼前的正是那沏茶的堂倌，只是既不佝偻也不势弱，而且眼熟。

堂倌抹了脸，让他看清楚。

“杜展风，你要多少钱？”

“无钱无势你还能干什么？”展风冷笑。

周文英服软：“你们好好去云南，还回来作甚？日本人要抓你们呢！”

“回来料理汉奸。”

周文英气弱，见桶长的弄堂里四下无人，他凭着侥幸拔腿就跑，可路口被人堵着，颀长的身影他也熟悉。

“我跟你无冤无仇。你父亲是日本人逼死的，那主编也是方进山派人炸死的。”

卓阳切齿：“斯文人怎奈做走狗！”

他逃不掉了。周文英只惊觉死亡的恐惧。他做方进山的军师，用他自认为的计谋为愚钝的方进山办事，方进山死了，继承他的一切也是他应得的，他要发达。

但是没想到如今的因果。他直叫嚷：“都是方进山和日本人指使，怪不得我。”可是便溺了，颤抖了，知道自己逃不了了。

枪响了一声，最终他的结局亦是同方进山一样。只是他瞠圆了双目，临死还不甘心他所享受的时间太短。争了一世，只有那么一瞬。

“这个浑蛋，至死不悔改。”展风怒道。

卓阳收了枪，长长吁叹，四顾茫然。好像一切结束，好像一切又开始。

“展风！”

那边的亮处传来小心细弱的呼唤声，原来是归凤柔弱的身影竟循着他们的路迹跟了来。

“我们走。”展风拉起归凤，同卓阳一起跑出了这条黑暗的弄堂。

出去了，是正式离别的时刻。

善后的车来得及时，停在路口，有人一把将他们拽上了车，简短吩咐：“尸体自有我们来处理，你们快走。”

“有劳。”卓阳道。

自有人会做得痕迹不落。明日爱国报章会报道“日寇汉奸恶贯满盈，横死街头报应不爽”，日方报馆也会打出头条“我方商贾惨遭不测，中国恶徒戏院行凶”。这一年来，这样的报道实在太多，多少血流成河在这孤岛之上？

卓阳只心事重重望着车窗外的黑。

那边厢展风在交代一个丈夫该交代妻子的事。

“我娘那里肯定会闹一番，你将就着点，往后你和归云照应着过，互相扶持。如果——如果——等不到我，你好好——再找个男人——”

他没说完，归凤泣不成声，不允许他说完。

卓阳想，他要不要这样交代归云？

不，归云是他的，生生世世都只是他的。归云不愿意，他也不愿意。他知道。他只能攥紧了拳。

车子先把他送回家，他和展风交相握牢手，各自道："保重。"

从此一南一北，各自报国。

归云等在玉兰树下，卓太太等在卓汉书的大字下，都在等他回来。

三人相对，无言亦无语。

他的行李老早就打包好了，整齐放在客堂间的中央，等待他拿走。行李很重，满载她们的爱。卓阳掂了掂，笑嘻嘻道："够我穿三四年，等回来再买新的。"

归云和卓太太各自别开脸。夜里只点了煤油灯，影影绰绰，他看不清她们的脸上有没有泪。一家人只是静静坐着，是有千言万语，但又怕说出口后更有千言万语，届时难尽，只能噤口，无可奈何地等待黎明。

黑夜应该很长，卓家的黑夜却是那样短。天边第一丝曙光照进来。卓太太先起身，她的面容慈祥柔和，如沐清晨的霞光。

她说："妈妈累了，先去睡觉。等醒来的时候，就能看到我的卓阳好好在家里练毛笔字。"

她始终带笑，由卓阳服侍她梳洗。归云倒来了热水，卓阳蹲下，为母亲洗脚。

"女人要老，先老脚，我妈的脚还像少女一般，可见保养有多好。"卓阳用温软的布小心擦拭，一遍又一遍。谁都想永远不要停下来。

还是卓太太道："好了好了，别误了时辰。"

他与母亲拥抱，任母亲揉乱了他的发，好像幼时那样。他再被母亲轻轻一推："走吧。向你爸爸道个别。"

门合上，不知母亲的泪是否决堤，他都不能回头。

他回到案前，燃香，祷告。抬头是卓汉书的遗像，炯炯的目，庄严又慈蔼。遗像下面是遗作，是父亲最后留给他的话。

卓阳决然转身，想拿起他的行李，但是归云比他快。她倔强地使劲拽住："我来送你。"

他便拥着她走出家门。

霞光下的玉兰树绽放清新的芬芳，扫尽秋的萧瑟。可是秋风起，点点离人泪，欲盈眶。

归云想，我不能哭。她死死抓着卓阳的行李，死死咬着唇，不松口，不说话，恐怕稍一松懈，心底某处就会崩塌。

终至熙攘的火车站。是在废墟上重建的南站，简陋而遗留硝烟的气味。废墟下的尸骨仍未寒，但新楼已经必须继续坚硬如铁地矗立在这里送迎南来北往的客。

还送去即将进入硝烟的战士。

归云已经觉得卓阳如战士，她将送他去战场。

卓阳却不愿做战士，他只想和他的小妻子有最后温存的时分。候车室的角落，有处被柱子挡着，卓阳拉了归云过来，不管其他，只有彼此。他欲言又止，她已经踮起脚，封住他的唇，作最后的缠绵。

她多想缠着他不让他走。归云紧紧攀附着他。

可是火车鸣笛，如阵前号角，催他走。

卓阳迟疑了下，归云已一把推开他："你记着，过期不回的话，生生世世都要做伺候我的小跟班。"

卓阳对她行了个军礼，拎起他沉重的行李，一个跳跃跨上了车："不准追车，也不准哭。等我回来，好好再过柴米油盐的日子。"

归云不追，但是不哭很难。千万不舍，泪便滚滚奔流。天地那么大，她的丈夫将远离。

卓阳渐渐远了，看到流泪的她，又挥手大叫："记住，别哭，别留伤口。我会小心，我会保重，我会常写信。"

归云开了哭腔："你放心，我会做得很好！"

车愈开愈快，他的眉目远了，人也远成一个点。弯曲绵延伸向远方的铁轨，送走了离人。这一去，关山迢迢，生死难卜。归云只觉得自己的心丢了一半，随了他去。留下一半魂，为更好地生活，等待他的归期。

归云失魂又失心，心底的某处终于崩塌。可她还要强自镇定，强自坚强，回去杜家。

杜家的客堂间里坐了三个女人，雁飞、归凤、庆姑。

庆姑正摇着拨浪鼓逗雁飞怀里的江江，道："江江是归云的干女儿，也是我的干外孙女，你放心吧，我会带好的。"

归云惊疑不定地看向雁飞。

雁飞笑道："以后要烦杜妈妈了。"

庆姑向归云点点头，叹气，忽流了泪："归凤回来了，你也来了，我就晓得你们心里紧挂着我。该来的来，要走的走，啥都不能勉强。我想通了，这辈子也不得不这样过——"她的心底终还有辛酸，一时难尽。

归云还是看向雁飞，雁飞只是安慰地朝庆姑笑。

庆姑拉住了归凤的手，道："外边兵荒马乱，你还是回家来的好。只剩咱们娘仨，咱们得一道好好过。"

归凤哽咽，叫了一声"娘"。她又回到最初，回到有她一份的家。

只是归云心底有疑，又拉了雁飞到角落，问："昨晚上你用了什么法子安抚了我娘？"

"痛陈利弊，让她积极面对现实。"

"那你呢？"归云直问。

雁飞坦诚笑道："我本是想入点股到你店里，好安置孩子，只是歇顿了这么些日子，好多积蓄都用得七七八八，恐怕还得重新积累一笔款子。"

"所以？"

"我对老太太说，我恐怕得重操旧业一阵。"

"你必然让她相信不是原先那样，可是你——"

归云被雁飞打断："我们都要知晓利弊，积极面对现实。"她的眼中有诡异而坚决的光，"人天生适合怎样的生活是定数，要我真的洗心革面，太难。每月没了千把大元入账，我可怎么活？"见归云欲说，她又抢道，"我不能靠你一辈子，我也得给江江留下些什么。"

归云突然失了所有的锐气，双目暗淡："其实你们都不是很需要我。"

雁飞搂住她的双肩："我们需要你的爱。那就够了。"

"可你要离我远去！我却无法阻止。"

"所以你懂我，知道阻不住我。我不会走远。小时候你就说过，如果你死了就变成小鬼在我身边保护我。我也一样。"雁飞说，"回到原来的世界，我依然是我。"

归云的泪汩汩流出，真如江河奔涌："你知道最痛苦的是我明明知道你们的选择会有怎样的结果，可我阻止不了。"

"这是你的体贴。"

"我真恨我的体贴。"

雁飞为她擦干泪："你看老人多好，有个新生命就有希望。"

归云捏住雁飞的膀子，捏得她几乎生了疼：“你还有没有希望？”

雁飞说：“你是知道我的。”

雁飞从杜家搬走的时候，没有带走江江。

庆姑倒是颇舍不得，不断嘱咐：“外头风大雨急，攒够了钱要及时脱身，万万不要再留恋江湖。”像是母亲交代女儿。

雁飞则笑道：“多谢杜妈妈解我的后顾之忧，这份大恩我不知如何来报。”

“我很欢喜江江的。”庆姑抱起了江江来送雁飞。

雁飞香一香江江的面庞，小小孩子已经三四个月大，唇红齿白。她流连着雁飞的吻，雁飞狠心远离，她就“哇哇”大哭起来。庆姑少不得抱着哄一阵。

雁飞强装听不见，握住归云的手：“从此你挑你的担子，我有我的任务。我们都要做得最好。”

“雁飞，不管如何，你都要保重。我和江江等你回来。”

雁飞不忘裴向阳：“小向阳也要托付你了。”

“我婆婆愿意带他，往后就住霞飞坊，你放心。”

但是归云放不了心，她的焦虑和忧心拗不过雁飞的决绝，只得送她到门口，看着她离去，再迎向归来的归凤。

归凤和雁飞在门口打了一个招呼，擦肩而过，只是雁飞不回头直往前走，归凤却停住脚步，怔怔看着她的背影。

“你不留她？”她问归云。

“从来没有谁能留住小雁。”归云说。

庆姑已经站在家门口抱着江江迎接她们：“快快回来，外头越来越乱，让他们男人去搞吧！咱们过好咱们的日子，已经算对得起他们了。”

归云云开雾散般起了一朵微笑。

这个家，散了聚，聚了又离，维持至今，仍算安稳，已是万幸。归凤和庆姑都算经历了各样悲欢离合的苦楚，如今都这般想得开，一切困难又能算什么？

归云的酸苦甜都在心里过了一遍，次日清晨起身，又开始她的人生。

她去医院探望小蝶，小蝶已有了垂危的迹象，话都说不动，只睁着漆黑明亮的眼睛望着她在这世间留恋的亲人。归云在她耳边絮絮说着话，回忆往昔，其实世道艰苦，往昔的快乐时光并不十分多。只是如今同小蝶一起回忆，才觉得珍贵。末了，小蝶的眼角流下晶莹的泪。归云没有把自己的泪给她看。

陆明守在病房外，枯坐在椅子上。归云已放了他的假，他就这样日夜守着小蝶。他问归云：“梁山伯和祝英台最后是不是真的化蝶了？”

归云说：“不，以前班主说过，真正的祝英台安稳地嫁人了，梁山伯考取了功名做了好官。”

“如果能这样倒好了。”陆明喃喃。

“小蝶不会希望看到你这个样子的。”

“我也不想——”

归云想，他是那么爱她。在这样飘零的乱世，愈加用了生命去爱。

归云回到店里。老范正同两个伙计往独轮车上装货。他指挥妥当，对归云说：“最近总有饭馆来咱们这里批量进馅料坯子，可忙坏了我。”

“饭馆？”归云问他。

“都是几家大的，生意都算不错，所以进的量也大。我同菜贩子讲了价，每斤又便宜出三四毛，这些赚头倒是真的很足。只可惜每日帮他们做这些坯子馅料，店里有的生意却真是应付不来了。”

归云立刻给老范倒了杯水，又感激又内疚：“让您操劳了。”

老范推让：“小卓太太，你老客气就是你的不对了。”

归云笑：“是应该的，我仰仗了您。”便又仔细问了这情形。

原来时下局势不稳，大饭店里的厨师辞工回家乡逃去后方的多，厨房人手总紧张，许多费人手的东西来不及做，就来同老范饭庄这样做半成品的铺子进货。

老范计算了下，道：“店里固然赶这笔单子加了点来做，费了工人费，最后倒是也没亏，还比前几月小赚了一笔。”

归云听得很上心，心里起了些念头，当下就跟着老范一起去送货，并认得了饭店的主事。

她在言语间问得很仔细，主事的也看出门道，暗示：“如果有专门的人给我们做这些，那是再好没有。店里的确很缺人，但我们是老字号，可不能砸招牌的。”

回家路上，归云对老范说：“是不是该出点钱打通这个关节做长久生意？”

老范赞同：“我也听出这么点意思来。”

两人一合计，均觉得可行，次日就为那主事的送了些礼品，便顺利和饭店签了长约。如此一来，又签了两家饭店做点心坯子和馅料的长期供应。老范又同归云一起在新雅粤菜馆请了几个常常合作的菜贩子吃饭，便把优惠价格也讲定了。

老范很佩服归云的眼光，但又担心："店里怎么办？"

归云早想好了，说："如今堂吃未必稳定了，咱们将厨房扩大，专心做好半成品。店堂减小面积，省一些服务的人工。"

老范点点头，但问："一半加工一半营业，这样好吗？"

"我还是想留着堂吃的生意。"归云轻轻说。

她不想就此关店专做加工的营生，每每看到店堂里卓阳留下的菜单，思念就来得无尽而汹涌。这店也是卓阳留给她的，她想要支撑一个圆满，等他回来。

但日子总是这样艰难，就算是繁华的霞飞路附近，仍有朱门外穷困而无依的人们在彷徨。在归云这里，他们总能得到一些廉价的食物。

归云想，还有另外一些人十分需要她，她很满足。

蒙娜常常会来小憩，有时还带了朋友来。她最新办公的地点离老范饭庄颇近，归云也常去给他们送点心，友谊日深，归云愿意做仍在斗争着的他们的驿站。

蒙娜一来就咋咋呼呼叫："饿死我了，我要热乎乎的小馄饨。"

归云先为蒙娜冲调了杯咖啡，卓家的生活也是带点西式习惯的，归云跟着卓太太也学会做一些西式饮料和点心，也会为她丈夫的西洋朋友准备好这份心意。

蒙娜边狼吞虎咽地吃，边同归云聊天："我的兄长调回国了。"

归云递了帕子给她擦嘴："你也该回去的，这里太不安全了。"

蒙娜摇摇头："这里有我的工作，我不放弃。"

归云想，其实她同卓阳，还是很相像的。

蒙娜的停留也是匆匆的，用完了餐喝完了咖啡，和归云亲吻告别。她喜欢归云，就和她亲吻，这个中国女子身上有种她所没有遇到过的恬静气质。

所以阳才会爱她，她想。但她也来不及多想，因她尚有好多工作。

蒙娜来到迈尔西爱路上的一栋花园洋房，这栋洋房原本属于棉纺大亨王启德，如今被他的儿子低价拍卖给了沪上一家银行的总经理。她亲自参加过那次拍卖会，拍卖父亲遗产的不肖子还穿着黑色薄花呢印条西装，架一副秀琅架的眼镜，没有落魄相，将祖业卖得心安理得。

同去的中国记者说："这就是典型的败家子，富不过三代，老子积累的那点资本都被儿子顷刻间败光。"

蒙娜说："如果没有足够的金钱度日，变卖了家产又如何？在我国他们这些人申请破产的不少。"

她和中国记者的意见不统一，她想她并不了解中国人，她一直努力尝试去多多了解中国人。

如今再来这栋洋房，同样是参加拍卖会。

这里的新主人喜好收集古董，尤其喜欢收集紫砂茶壶。蒙娜在城隍庙买过一把赝品，后来被卓阳辨别出，她便在一次采访中寻到这位行家，自他那里学到不少中国紫砂茶壶的门道。

但是今天这位行家遇到了莫大的难处，他对与会的同行同好和关系要好的记者说："我已递出辞呈，本行已被日资入股，本人必不会为日寇提供服务。只是敌寇狡诈，诱使我胞弟在证券上跌了大跟斗，非指名用我祖上相传的大亨壶作抵。可此乃国宝，焉能落入倭寇手中？对方却咄咄逼人，无壶可抵也得有万金。万般无奈，唯有出此拍卖之下策。"

又是一个败家子。只是这个败家子尚有德行，现场痛陈了自己的罪过，向父兄请罪，因己之失，以致父兄不得不出卖家中藏品，举家外迁避祸。

蒙娜学会了跟着周围的中国人一起摇头，她想中国人总想一家人团圆在一起同甘共苦，如若是她的本国人，一人犯错一人当，何须拖着一家大小跟着受罪？

她怅然地跟着众人看大厅里一一展示的藏品。那把著名的大亨壶周围围的人最多，蒙娜也挤进去看。她从行家那里学会一些辨识珍品的法门，看这把壶器形雄健，线条大气磅礴，壶色如古金铁，形态极庄严又极生动，便猜想是上等紫泥捏就而成的精品。这样的壶无一丝接缝，浑然天成。她不禁赞叹中国人的巧夺天工。

蒙娜走近些，听见身边正有一男一女谈论这把壶。

"梁生可要拍下这把壶？"

"哪里敢拍，此壶是制壶大师邵大亨的顶峰之作，品相又如此完整，真正国宝，何经理也不过拿出来给我等一观。他毕竟还是舍不得舍弃国宝的。"

"原来制壶的师傅叫邵大亨，名字很大气，想必人也是上品。"

"你倒看得准，相传这位大师脾性最是古怪，技艺也绝对高超。曾有苏州某巡抚绞尽脑汁觅他一壶，很是珍惜，不料被一名侍女端盘献茶时不小心摔碎。巡抚大怒，把侍女吊起来鞭笞一顿。恰好邵大亨闻了缘由，摆出十六把精心自制的大亨壶叫巡抚过来看。邵大亨说，只要巡抚宽恕侍女，就让他从十六把壶中随意挑一把送给他。巡抚自然求之不得，便放过了侍女。巡抚一走，劭大亨就将剩下的十五把壶统统砸碎，怒道：‘为了我的壶，竟有人玩物丧命，再不做壶了’。”

那提问的声音问出和蒙娜心底一样的问题。

“那侍女呢？”

回答的人哈哈一笑：“倒也是佳话，那侍女后来嫁给了邵大亨。”

那把声音便道：“十五把壶摔得倒是很值。”

蒙娜认出声音的主人，她唤了声：“雁——”

声音的主人转过身来：“我正看到你要和你招呼来着，你也来凑热闹？”正是雁飞。

雁飞很高兴见到她，她也很高兴见到雁飞。两人不禁互相交握了手，拥抱了一下。

“日本人无孔不入。”

“中国人自有对策。”

“他们连茶壶都要抢。”蒙娜指指那把倾倒众生的“大亨壶”。

“中国的宝贝太多了，一把茶壶都值钱。”雁飞细眉一挑。

蒙娜发觉她变了。她穿了艳色的旗袍，化了精致的浓妆，及肩的发烫成了流行的西洋卷。

“你像女明星了。”

“谁说我不是呢？”雁飞的细眉又一挑。

蒙娜端详，这双眉毛画得跟阮玲玉一样圆滑纤细，说不尽的风情无限。

雁飞别过自己的客人，牵了蒙娜的手：“来，我请你去国际饭店二十四楼屋顶花园吃西饼。”

蒙娜很乐意，和雁飞相携走出洋房。

花园里停了若干辆小汽车，都是客人们的，黑压压排得整齐。她们走到门外又来一辆，黑色的弧线，驶得飞快，在大铁门口戛然而止，走下来两个人。

雁飞和蒙娜都微微愣了。

来人朝雁飞一招呼：“谢小姐。”

蒙娜认出其中一个，是这栋花园洋房的旧主人，卖了这栋洋房的王少全王小开。

她十分讶异。

雁飞只颔首，便拉着蒙娜走了。路过另一人，她的目光轻轻扫过去，若有似无，似笑非笑。就那么一阵，明明是快入冬的时节，来人却如沐春风。

不，是香风。雁飞用了巴黎最时兴的香水，浓郁芳馥，能在清冷的空气里，留下魅惑的气味。

王少全问："可是大佐的熟人？"

那人答："不错。"

王少全说："也是我父亲的旧识。"

那人笑了，王少全也笑了。

"那个西洋美人也很诱人。"

王少全恭敬地点头表示同意，他们看着她们远去的背影。

蒙娜也看清楚他们坐过的车。

"呵！是三菱。现在爱国的中国人都不用日本车吧！"

"中国人现在开福特，好歹也要爱国。"

"算是促进我国汽车业。"她侧头一想，"那老的面熟。"

雁飞含笑："不用想了，是日本军队里的高级军官。"

"啊？"蒙娜恍悟，"王老板不是死在日本人手里的吗？"

"认贼作父的戏时唱时新。"

雁飞招了黄包车，蒙娜说："日军的坦克和轰炸机部分组件出自三菱，异常坚固耐用。"

"长城也坚固耐用。"雁飞一脚踏上了黄包车，将蒙娜也拉了上来，"不谈了，赶快走吧！"

蒙娜是觉得这个女子有些不一样了，她跟着雁飞去了国际饭店的屋顶花园。

斜阳的红染尽西边的云，云下有零落的伞，遮着阳，也遮着坐着三四人的散座。能爬到上海最高处的植物也显赫，在秋风下丝毫不褪色，还葱郁着。

"这季节也就这时段还能来这里喝下午茶。"雁飞很惬意地用银勺将一小块草莓攀司送入口中。

蒙娜极目远眺，这样的高度能看清楚这边的三四条马路和石库门弄堂。街面上的人摩肩接踵，上海总是如此热闹。她不解雁飞，但很想劝解她。呷一口咖啡，这是今天的第二杯，令她精神更加旺盛，她有了主意，说："我有办法送你和你女儿去美国，在那里可以重新开始。"

"她现在在身家清白的人家家里，我很放心的。如果去了外国，我不懂洋文，可怎么生活？"

"我有朋友——"

"蒙娜——"雁飞用洁白的餐巾擦净了嘴，然后凑近蒙娜，笑道，"来，我给你说一个故事。"

蒙娜听说她有故事，闭嘴倾听。

雁飞的目光却远了，在上海的最高处，她回到她人生的最远处。她伸出手，指着东南方，那里一片高矮不均却整齐的屋檐，有的开了老虎天窗，齐齐对向南方。屋檐下的路却是看不清的，模糊的，不分经纬的，蛛网一样。

蒙娜熟悉那里，但是她努力听雁飞说话。其实她的中文还并不十分熟练，所以她须费力气听一些复杂的中文句子。

"那里的弄堂很曲折，弯弯斜斜总也走不完。有个女孩曾经以为能走出去，可结果总也走不出去。"

"我也在那里住过，确实难走，像迷宫。"蒙娜皱皱眉。

雁飞笑得很无奈："是啊，是迷宫，走不出去。"她继续说她的故事，"女孩被迫做了妓女，就像那里的很多妓女一样，送往迎来，人生没有希望。她十分狠毒，憎恨逼她为娼的人。"

蒙娜听怔了，她似乎能预料到什么。

"某天中午，那些人在抽鸦片，鸦片真是麻醉人精神的好东西，他们一个一个都倒在床上吞云吐雾，连空气里都是鸦片的气味。

"于是女孩拿了一条绳子，把他们一个个绑得牢牢的，从手到脚，就像她绑住待宰的鸡鸭一样。女孩很庆幸，因为那些人仍然没有知觉。"

葱郁的植物间竟有落叶飘落在蒙娜的肩头，她感受到一阵冬的寒凉，缩了缩肩。

"女孩去灶庇间生了一把火，把火柴扔进了房里。她从来不知道一把火的威力会那么大，火顷刻烧了起来，一下就把房子烧成了地狱。"

"女孩有没有逃出来？"蒙娜问。

雁飞点头。

“女孩吓呆了，火快要烧到了她的背上，她才惊跳起来。原来她那个时候是怕死的，就逃了出去，路过灶庇间的时候，那家的老用人喝了小酒正昏睡。她没有叫醒那个老用人，她甚至还记得出门的时候带上了门。”

“然后？”

“你住过那里，你该知道石库门既封闭又连成一片，中午的时候妓女们都歇了业，都在家里午睡。等火势蔓延，才有人醒来，已有连着好几间的石库门烧了起来。跑到马路上的女孩却遇到熟人得到解救，她是这场大火唯一的幸存者。”

蒙娜将身子重重靠在椅背上。

可雁飞还没有说完：“这场大火烧死了八个人，包括女孩蓄意烧死的三个。消防局的人说，因为气候干燥，火势迅猛，整整烧了四个小时。困在屋子里的人最后都成了黑炭，自然绳子也成了黑炭，没有人知道这场大火的始作俑者。”雁飞微笑，笑得深且艳，“你觉得这个女孩该死不该死？为了自己的私愤烧死了无辜的人。”

蒙娜微微张了嘴，半晌方说了一句英文：“Oh, My God！”

雁飞听不懂，所以只管自己再说：“按照法律，女孩是要被判死刑的。可这世界上的法律其实不太管用，该被判死刑的人总是活得那样好。”她指了指自己，“譬如我。”

蒙娜的蓝眼珠充满惊惧地直直盯着她，她却一直在微笑。

斜阳就要尽了，屋顶的风势头更大，吹得花花叶叶摇摆不定，“飒飒”作响。侍者过来劝客人们回餐厅。雁飞先站起身，蒙娜后站起身，却比她动作快，先握住了雁飞的手，严肃地说：“那样你更该出国去。”

雁飞的眼中隐隐湖光潋滟，只一闪，马上明净无波，她轻拍蒙娜的手：“杀人偿命、欠债还钱的戏码也永不落时。”她反握住蒙娜的手，“你有写下这个事实的权利。”

蒙娜突然伤感：“你呢？”

雁飞放开了她的手：“我就能永远活在你的故事里。”

蒙娜憎恨自己的中文水平，她有千言万语要向雁飞说，可惜都连不成句子，想了又想，很费力，很伤脑筋，很想挽留什么。

雁飞已结了账单，携她的手坐电梯徐徐而下，将她送出门。

直到她又招了黄包车，蒙娜才憋出一句话：“别乱做事情！”她也觉得自己词不达意，又补充一句，“上帝不允许。”

雁飞"扑哧"笑了："我不信你们的洋菩萨。"她催着蒙娜的车夫快走，挥手和她再见，止住她仍想说的话。

雁飞想，真是没有必要再多说了。她的眼里只有一桩事，给自己招了一辆出租汽车。出租汽车开得快，可以快些带她到龙华的墓园。

一路开过繁华的街市，看道路两旁落英缤纷，终是枯黄。她的眼里忽然有了泪，沁出眼眶，完整地滴落在手背上。她轻轻拭去，又仰起了头，将眼中的泪全数逼了回去。

唐倌人教过她忍住泪的方法，就是抬高了头，睁大了眼，让泪倒流回去。唐倌人说："我们这等人，切不能流泪，这是最忌讳的。命已经够苦了，何须用泪将命哭得更薄？"

雁飞也想过，为什么那天她在石库门外，只隐约听到李阿婆和周小开凄厉的哀号，却没有唐倌人的声音？抑或是有的，她那时也是神志不清的，听漏了也是有可能的。

泪干了，手背上眼眶里丝毫无痕迹。天却忽然一阵瓢泼大雨，打得车顶车窗"噼啪"作响。

"忒奇怪了，这气节怎的突然大雨？"司机不解。

"老天爷想哭了。"雁飞从后视镜里看到自己微展的笑靥。老天爷在代她哭泣，她想。

但老天爷也只哭了一小会儿，雁飞到了目的地，司机又奇道："竟然还是这样短的阵雨，小姐，你好福气。"说完方觉不妥，这位小姐要去的是墓园，他的车、她的人都在墓园的门口。

雁飞好笑地看着司机骇然的神色，多付了他些车费，免他的惊惶。

大雨过后，墓园的泥地上到处都是枯叶和落花，真的是零落成泥。这里葬了很多人，墓碑幢幢，一样形态，人生不过一座碑。

雁飞想，她可不要一座碑。她信步走进深处。

他的碑毕竟是不一样的。她能在几百座一模一样的墓碑中一眼看到。她走到他的身边。

卓阳为他选了一座好穴，让他能背倚着巍巍的松树。这时节，永不凋零的也就松柏。他可以与它们长青。不过他说过，北方的森林里耐旱树木众多，棵棵都是参耸入天，永不凋零的好木。只是他们再也无法回去，有那么一棵松树相伴，也就够了。

雁飞没有带香火，不能上香，只能站着，看墓碑上的名字。是卓阳的笔迹。

向抒磊之墓

比牌位上少了"英雄"两个字。他在这众人间，只得去掉头衔，掩住往事。

她说："在我遇到你之前，我这辈子已经木已成舟了。真的，不是你的错。"

她强调："你不用内疚，也无须自责，放心去吧！"

雁飞再深深鞠了一躬。鞠躬真不好，她忍回去的泪又涌了出来，这回落进他墓碑旁的土里。雨乍停，土未干，泪入土中，还是了无痕迹。

雁飞寂寂地回了兆丰别墅。

苏阿姨为她备置好了晚餐，不过清粥小菜应付罢了。她不在的时候，苏阿姨将房子看得很尽职，只是她回来之后发现苏阿姨的三五家眷住进了二楼的几间客房。幸好还尊重她，并没有动她的房间。

回来的第二天，苏阿姨的亲眷偷偷走了。她下楼，看见一切如旧。苏阿姨将她放在行李箱里的牌位拿了出来，放在陈曼丽的牌位旁边，放了香案，还上好了香。

这是她偷偷从杜家带走的，她想展风都不在，这个牌位放在那里只剩孤寂。他其实是怕寂寞的，所以她带他走。

苏阿姨是机灵的，机灵得雁飞不想责怪她，一切就当没有发生。

雁飞回来的第一件事就是给向抒磊和陈曼丽上香。这把香是从静安寺特地买回来的，其实是香客祷祝用的，诨名叫"全家福"。她烧"全家福"给他们。

苏阿姨在她面前变得更胆怯，躬了身子问她："小姐，那几件小毛头的小棉袄都缝好了，线头埋在衣缝里，小毛头穿顶好。"她手里捧了一摞小衣服，是赶工出来的。

雁飞知道苏阿姨缝补女工在行，便翻了报纸把几件婴儿冬装的广告拿出来给她看，吩咐她照着缝补几件。

有小棉袄，有小棉裤，还有一对虎头棉鞋，很齐全。苏阿姨觑着雁飞还算满意的神色，轻轻吁了口气，她讨着好问："好不好啊？"

雁飞将小衣服覆在面颊上，磨蹭了两下，点点头。布料是她自己选的，很柔软，也很温暖，让她想起江江的皮肤。她很想念江江，准备好给江江过冬的衣裤动身去杜家探女儿。想一想，怕自己又不忍，就硬了心，直接将衣服送去了归云处。

归云诧异："江江一直在我娘那里，你该去探探，我娘总念叨你。"

雁飞笑道："想着去，今朝偏有事。"

归云还想说什么，雁飞已走到雅间里看裴向阳念书，裴向阳正念卓太太教他的《圣经》。

“一代过去，一代又来，地却永远长存。”

雁飞笑归云：“你婆婆指望你生个孙子呢！”

归云是刚忙定的，有些累，扶着腰扭了扭。

雁飞仔细看归云：“你好像很累，总这样拼命工作不好。”

归云说：“实在是忙不过来，时不我待，得要为一大家子做好打算。”

雁飞叹气：“你就是个操心的命。”又建议，“实在不行，还是得多请两个小工。”

“正有这打算，不然可真要忙不过来。现今老范负责送货，一去就是大半天的时光。人手很紧张。”归云拉住雁飞，“来，给我说说你的近况。”

“没什么，就努力攒钱。”

归云仔细看着她，她温柔了，细致了。可是她也注意到了，雁飞精致的柳叶眉斜斜入鬓，勾得深且媚，多了一份说不清道不明的危险韵味。

有点变了，又好像什么都没变。

她方想问问，老范突然冲了进来，都来不及抹掉一头汗，就说：“西爱咸斯路上那家白俄开的电台被炸了。”

归云霍地站起来，老范一跺脚：“我听说那个电台给外国发什么战争新闻，早被人盯上了，有两个洋人还被巡捕房带走了。”

“是蒙娜？”雁飞也站了起来。

归云心急如焚，对老范说：“我们去那边看看。”又转头对雁飞说，“我得去一下——你……”

雁飞立刻说：“我有我的路子可打听的。”

两人相视，都觉恐惧。她们互相握手，传递力量，再分头行动。

归云同老范匆匆去了西爱咸斯路的石库门。

围观的人群已散。石库门窗棂乌黑残破，是爆炸后的证据。硝烟之后，血迹抹尽，只有门前残落的梧桐的枯叶，一片两片，四散各地，都败落而孤单。也许清理现场的人只顾着清理屋里的狼藉，却独独忽略了门外的狼狈。

归云同老范面面相觑，不知如何是好，也不知如何去做。

石库门隔壁亭子间的窗口有人低声唤他们，是个中年妇女，对他们又摆手又摇头：“喂，快走吧！这屋子有人盯着呢！”

老范也低声问：“这里边的人呢？”

那妇女左右一探，确定无人，再小声说："白俄老头在一楼，被炸成了四五块，二楼的两个洋妞从后门下楼逃命，正撞上来抓人的巡捕，逃都来不及。现在巡捕都是日本探长亲自带着，哪里会放这些人的活路哦！"妇女一副惊魂尚未定的样子。

归云急急问她："那外国女人长什么样的？"

那妇女答："其中一个金头发的，长得很标致，老喜欢穿旗袍。她还会说中国话，喜欢和邻居聊聊天。唉，真让我们不忍心——"

归云和老范对视一眼，心下都一慌，忙同那妇女道别离开。一路上，归云心事重重，说："那外国女人多半是蒙娜。"

老范道："先别着急，还有谢小姐可以帮忙打听。"

两人先回了饭庄，雁飞也回来了，说："我找人去巡捕房打听过了，确是日本人带走了，去哪里谁都不知道。但蒙娜是美国人，短期内应不会被为难。"

"现在租界内到处安插了日本特务，蒙娜他们又是给外国发国内的战争新闻，日本人不会放过他们。"归云想到未曾见过面的那位白俄台长，又想到同样被炸死的莫主编，及至想到了自己的爹娘和杜班主，心中绞痛，一个踉跄就跌坐在椅子上。

"归云！"雁飞见她面色苍白，心下担忧，要扶她。

归云深呼吸又深呼吸："到底还要死多少人，这样的恐怖才会完？"

"别急，该完的总会完。你自己都说我们要有信心。"雁飞道。

归云微微眩晕，身体深处有种钝痛，如细细的针刺在身体某处最脆弱的地方，这细微的钝痛令她更加焦虑。她想，她应该坚强。她对雁飞说："烦你再探探，我们也好从长计议。"

老范在一旁也落寞，说："租界一日不如一日安全，连洋人都保不了自己的安稳，不知将来怎么办。听说公共租界有的店开始挂旗了。"

三人黯然，知道挂的是什么旗。南京路上渐渐有了屈服的店家挂上了那面大红狗皮膏药的日本旗，中国人在自家的地头不得不一次次低头。

哪里有计？分明是无计可施。一阵阵的痛，没有止境。

归云拖着疲惫的身体回到霞飞坊，弄堂里灰蒙蒙一片，夜幕深沉，确该入睡。

归云照顾卓太太睡下，再回到自己的房里。床似广阔无边。以前有卓阳，他们喜欢互相纠缠着入睡，分享彼此的呼吸和体温。归云暗暗量小了，开始恨，如果他要走，为什么要买这样大的床，让她伸手只能抓到无边的空虚。

她倒在了床上。

四周寂静，身边无人。折磨了她大半天的疼痛变得明晰，一阵比一阵急促，一阵比一阵明显。她伸手按住腹部，想要减轻这痛，这疼却是难尽的，上下蹿动。她只得辗转反侧，蜷缩了又伸展。

“砰砰砰。”

归云惊悸了一下，扶着床栏坐起身。

这样急促猛烈的敲门声催促了她体内的疼痛，她的额上沁出了汗珠子，来不及抹，就听见卓太太奔出去开门。

是谁？归云想要立起来。

外面传来说话的声音，她听不清楚。然后，她的房门被猛地推开。

黑暗里，她能看清楚归凤哭泣的脸，她们曾相对那许多年，她能在黑暗里清楚辨别出归凤的脸。她问：“归凤，你怎么哭着跑来了？”

归凤声音一抖，呜咽着：“小蝶没了。”

第十八章 楚歌起

无数颗星辰在眼前跳跃，被一声响雷打散。

归云扶着床栏站着不动，她动不了，整个人僵直着，体内有股汹涌的热流正在流失。她尚不知晓，却在失去，此刻知晓，却挽留不住。

她唯一的反应是按住小腹，恍惚之间，看到的是卓阳登上火车远走的身影，他向她招手，她想要追他的火车，可是追不动了。再恍惚，却是火红的蝴蝶在春风间飞舞，只是远了，也灭了。

“卓阳！”归云倒在床上，在冰冷的冬天汗流浃背。

卓太太大惊，拧亮了电灯。她看到了细细的血迹流到归云的小腿上，惊恐而慌乱地奔到归云的身边，但来不及扶住归云倾倒的身子。

软软倒卧下去那刻，触身却温暖。归云知道，这不是卓阳温暖的怀抱。

她想睡了，耳边却很嘈杂，有人们慌乱的脚步声。瑟瑟寒风吹到她身上，她瑟缩了下。好多年以前，她最怕冬季的风，滚地龙的冬天不能熬，她便伏在爹的怀抱里。

小雁来了，小雁会和她抱在一起取暖，小雁比她年纪大，又比她高一点，能抱紧她，她的身体温软而暖香，是童年里的依靠。

小雁走了，挥着手对她说再会，她要抓住她的手，可另一只宽厚的手掌牵住了她。哦！也像爹的手一样温暖。

杜班主的笑容总是那么和蔼，虽然她害怕他严厉起来的面容。

“以后你就叫杜归云。”

可是她又看不见说这句话的杜班主了，她只看到一个小小的昂然的身影，挎着小书包，戴着学生帽，穿一套笔挺的黑色学生装。

“我多想从小就伴着你，让你少吃些苦。”男孩转过头来，浓眉扬起，阳光照了过来。

她追过去：“卓阳，卓阳，我们的宝宝没了。”

男孩的身影被打散，她又什么都抓不到。只听到“嘤嘤”的哭泣。

是谁？哭得这么伤心。

归云挣扎着要睁开眼。

卓太太拿着毛巾为她擦汗。她的手真是温暖，是记忆深处母亲的温暖。归云又安心地闭上双眼。

她在哭吗？她在自责吗？

“好孩子，是我疏忽了。没有想到你和卓阳都做了几个月夫妻这层，没把你的身子当回事。我对不起汉书，对不起卓阳。”

有人握住了她的手，有泪沾湿了她的手指。

“小云。”是这么清而远的声音，附在她的耳边说的，“你太累了，好好睡两天。”

她睡了多久？又是谁？是雁飞？

归云的手慢慢移到自己的小腹上，轻轻吁了口气，泪从眼角流下。

我的孩子。她想。她想她的孩子。

归云醒来的时候，卓太太告诉她，她怀了两个月的孩子没了。她来不及哭泣，因为卓太太和庆姑每天都到病房里照顾她，她们每日轮流熬了鸡汤、鱼汤送来，要看着她喝完方能安心。她们还抢着陪夜，但被归云制止了。这两个身边没有儿子的母亲，似在几天中将全部母爱倾注在她一人身上。

归云第一次有被人娇宠的安逸，她不好意思多显露自己的虚弱和伤心，只能在无人的时候捂着小腹发呆。她差点成为母亲，孕育了卓阳的孩子，但她是一个粗心的母亲，没有保护好自己的孩子。

心里恨不能让自己痛死。

还有别的伤痛在。

归云问了庆姑关于小蝶的事。庆姑告诉归云小蝶已经下葬，筱秋月好歹也对妹妹尽了心，后事办得也算体面，还在老家浦东买了墓地。小蝶是在龙华火葬场火化的，致她死的病，让她不被允许得到土葬。

庆姑叹道："小蝶没有过那道坎，这孩子命苦，好在陆明坚持给了她名分，也算在那边有名有分了。"

归云露出一丝苦涩的笑："这也许是小蝶最好的结局。"

归凤把小蝶的遗物带给归云，是归云婚礼当天的大合照。她说："小蝶走的时候很安详，她说她这辈子做了一次最美的伴娘，就能把以前的罪孽都抵消了。"

"这哪里是她的罪孽？"归云抚着照片，上面的每个人都在笑，连不爱笑的向抒磊和雁飞都在笑。不过几个月，里面的人走了两个死了两个。她的孩子也没了。

生死无常，命运如波，一浪一浪奔涌，不知会奔向何方。

归凤道："打小你就当你自己是铁人，什么事都存得都忍得，可你得多顾着自己一点呀！"

"归凤——"归云哽咽。善良的归凤，原来这样了解她的归凤。她小产后第一次欲在人前流泪，但是，忍了。她说："没有什么过不去的关，我没事。"又捂住了小腹，"只是对不起这个孩子，是我什么都不懂，没有好好照顾他。"

"日子还长呢！"归凤抱紧她说。

日子的确还长，归云的伤心还没磨碎，卓阳的第一封家书到了她的面前。

烽火连三月，家书抵万金。

卓阳写了两封，一封给母亲，一封给归云。归云站在玉兰树下，拆开了信。卓阳写了自己的行程，原来信是从北平寄的，寄信的当晚他就要跟着部队去张家口。他一向不避讳自己的情辞，在信中也表露无遗，意态缠绵，看得归云几度恍惚，好像卓阳就站在自己的身边，摩挲着自己的鬓角。思念来得波涛汹涌。

只卓阳最后一行小字，又将她看怔了。

我时常有所觉，我是否已有成为父亲的资格？云，企盼你给我一个好消息。

他亦有所觉，只她恍惚未觉。她咬碎银牙，恨透了自己。

“你要告诉他？”雁飞已站在她的身边，她也看到了信。

归云手里执着信，想了很久。

很艰难很艰难去回复卓阳的最后一句话。

她用和卓阳同样的字体来写：

“阳，我不是一个好母亲。”

又补充了一句：

“我弄丢了我们的琴。”

她突然压抑不了，伏在案上大哭一场。

归云给卓阳的回信写了一个下午，最后狠了心，将末角的那行字抹去。在这种天气，总有莫名的寒风吹进来，她觉得遍体生凉，更显伶仃。

她将想法向卓太太一说，也不欲卓太太对卓阳有所透露，卓太太只得叹道：“你想得周全，我晓得你的苦。”

执手相看凝噎，她们相依为命。

归云暗暗生了愁和恨，却不知该恨谁。她的人生总是如此，每到有了些什么，却又失去。她看着卓阳和自己的结婚照发呆，背景山水迢迢，人也终于山水迢迢。

她想她原来是习惯伶仃的，故才有了这么些勇气放他走，那许多风险和担心也只能狠狠压到心底储存起来。

此时有人来敲门，进来的是抱着江江的雁飞。

“江江很想你。”雁飞走近她，想给她拥抱，可惜怀里还有孩子。

归云接过了孩子，许是眼红得怕人，江江一见她这样噘了噘嘴，双眼骨碌碌直转，打个哈欠，竟然朝她笑起来。小小的手拍在她的面上，归云的心蓦地一暖。

雁飞的手得了空，把补品悉数放在桌上。

“我这样子，是不是很失败？”归云轻问。

“怎能怪你？你能挺着没倒下就已经很不错了。”雁飞道，“你这样子，让我恨那个留下你一走了之的卓记者。”

归云将江江抱搂得紧紧的，苦笑：“当我感觉孩子正离开我的身体的时候，我好想他，想他有没有吃饱，有没有穿暖。我想——他留给我最宝贵的我也要失去了。那时候真是痛苦得想立时跟着孩子去了。”

“既然放了他走，这苦也只能自己咽下去。”

咽下去。

她望着雁飞，雁飞望着她。人海孤鸿里，她们最初的相遇就是孑然一身，多少苦痛都得自己吞。如今，依然，不觉都恻然。

雁飞惆怅地离开了霞飞坊，她将江江送回了庆姑处，又要开始上班。

周而复始，她摆脱不了的百乐之门。还是原来那样的姿态，袅娜地踏进那佛光照不进的门。

她娇媚的姿态是这个战场上最有力的武器，走进犹如阴阳界一般混沌的舞场，她想，至少她的江江离这里很远。

聚光灯打来，她依然是众人瞩目的焦点。“绮丽佳人”乔绮站在她的下首，袁经理站在她的身边。

“今天的舞会皇后是我们永不凋落的白牡丹！”

幕褶层层，坠下颤动的流苏，将艳装的女郎隆重推出。

“阿姐，你永远能独占鳌头。”乔绮在旁冒了这句话出来。

雁飞头也不回，从幕褶中款款走出。她出来了就不会轻易回头，乔绮的醋意更是耳边的清风，她的眼前只有那副十字架。

她的眼前还看见了那许多熟悉的人。

四十多岁了，穿好军服佩好军功章，八字胡含着杀气，剃着青头皮，永远趾高气扬。他此时也在台下，抬着头看她。她的目光沉沉扫过去，他得意地抽动了唇角。

他的人来找她，也是她认得的。

王少全说：“谢小姐，长谷川大佐很想和你跳支舞。”

她笑得花枝乱颤：“小阿弟，当年你老子约我跳舞的时候还是亲自来请的呢！”

他的脸皮青了，她已飘然而去。

美妙的探戈舞曲轻快地响起来，灯光摇曳，她和舞伴跳得妖冶。射灯乱闪，她的眼中，其实只看到一副十字架。

她也看到憋不住的人缓步向她走近。她等着，只是在那之前，她被人拉离了精心布置的现场。

“王亚飞！”她低叫。

藤田智也将她堵在角落里，问：“长崎或美国，去不去？”

雁飞抬起下颌，骇意地道：“我们不是早有默契吗？你又发什么疯？”

他吻她的额："找一个田园，造一栋木屋。日出而作日落而息，平安庸碌过完今生。"

她抓过他的手，搂住他的腰："来，我们跳舞。"

又回到靡丽中心。

他无可奈何，由她牵着鼻子走，只听她在他的怀里轻轻唱了一支歌。

夜上海
夜上海
你是个不夜城
华灯起
车声响
歌舞升平
只见她
笑脸迎
谁知她内心苦闷
夜生活
都为了
衣食住行
酒不醉人人自醉
胡天胡地
蹉跎了青春
晓色朦胧
倦眼惺忪
大家归去
心灵儿随着转动的车轮
换一换
新天地
别有一个新环境
回味着
夜生活

如梦初醒

他又听到她在他的怀里叹息。

“哎！王亚飞，我不想从这个梦里醒来怎么办？”

他们的梦都醒不了，各自只能回各自的天地。

兆丰别墅的四周早已不清静，公共租界和法租界管不住这交界地带，早让日本人钻了空子进来，烟寮娼寮，茶肆赌坊，遍地开花。暗红的灯，被靡靡的烟气熏染得朦胧不可辨，不知是地狱还是天堂。

雁飞的别墅里，坚持富丽堂皇，细意装扮。

她换了一张梨红色云石麻将桌，晶莹剔透的玉石麻将摩擦在上面，声音清脆，冰晶可爱，客人们都很喜欢。

雁飞在这样的麻将席宴上，穿得很随意。宽宽的月白色细毛长大衣，薄薄的，自腰间系上一条同色的软带，轻轻地束一个蝴蝶状的结，在人人穿得臃肿的冬季，却能体现出她姣好的身段。她的发养长了些，全部拢到颈后，扎一条同样月白色的丝带，垂在胸前，成了同样的弧度。引人遐想。

她的客人，旧瓶新酒的搭配，她含笑一一接纳。

王少全带了长谷川来。这个日本人是第一次来到这里，触目全部是温婉的红，窗帘、沙发、麻将桌、壁灯，一色的红。还有满室的醉人馨香，是用花露水着意洒在各处。

他便醉了。身形倾倒又昂扬，醉了也是胜利者的姿态，

只是，是醉非关酒，闻香不是花。

雁飞亭亭站立在他的身后，看着他在牌桌上的意气风发。他的筹码最高，堆成了小山。

他的对手，王少全输得最多。

雁飞望着那个年轻人，他坐在他父亲当年坐过的位子上，靠着他父亲当年靠过的椅垫。那是个主人位，如今却形同虚设。

“长谷川大佐人红牌亦红，咱们都不是对手。”王老板从不会说这样的话，但是王少全会说。

长谷川极力使自己笑得文雅而又不缺威严。这里是上海，不是东北，更不是南京。他及时收起原始的狰狞，要做一回摩登的洋派人。

“谢小姐垂顾，自然连番顺手。”他的中国话是讲得不错的，从听中国人的垂死惨叫开始，他渐渐学会了中国话。他觉得能讲中国话在上海滩才最得益，会讲中国话以后，他就更不想离开上海。

苏阿姨捧来得胜糕，雁飞亲自接过来，先给长谷川上了一块：“远方来客，自当照顾妥当。”她盈盈地笑。苏阿姨再给其他客人奉好糕点。

“新年新气象，贺一下长谷川先生的荣升。”她的语气却淡了。

王少全着急解释：“我跟谢小姐说了要恭贺下长谷川大佐荣升的事，谢小姐身子不爽，但还给我这旧识一个面子，代我招待客人。”

谁都看得出来雁飞被迫来接待这样的客。她的确是“被迫”地受了王少全的软缠，“勉为其难”地组织了这个饭局和牌局。她要一点一点地佯装被攻占，才不会露破绽。

着急的还有一个人，也是熟客，动过归云歪脑筋的粤雅楼的陈老板。他的证券交易所终因资质不硬朗，没拉到同胞的股子，却有异国人士相帮，不日将开盘，投资方是对面的贵客牵的线。

“哎哎！我们蓄意叨扰，劳烦谢小姐！”

“好说。”雁飞冷觑着他们，三两中国商人簇拥着一个日本军官，都在赌博。

赌博要讲眼光，要押对宝，重重下注，可能才会赢得盆满钵满。这位军官不日就要去工部局警务处任职，又在日本搞的华人商会那边挂了副理事长的头衔，真正政商通吃。日本人三五不时给华人商户开鸿门宴，时间一长，总有头子活络的中国人看准形势，毫不犹豫，奋不顾身。

一个将濒临倒闭的棉纺厂起死回生，成了日军常务供货商，专司生产军服直运北方战场；一个终于在上海滩开了盘，早上买进晚上卖出，那些日本军方暗自干的嫖赌鸦片勾当的黑钱变成了金灿灿的条子，全部搜罗进了日资银行地下的保险库。

不过这样简单。在上海，所有的行动不像东北或南京那样急进和野蛮。那是慢条斯理地，逐步侵蚀。

对女人也一样。已不能随便压倒，就地解决。

这个女人竟在今晚还请了一位宝昌银号的李老板，江浙沪一代均有分号，能量很大，比陈老板更有用。他年纪虽轻，面容却严谨，非要装作丝毫不露风的样子。

长谷川也不露风。

能坐在他对面的，就说明已经松动了。有的中国人好面子，也虚伪，怕死“汉奸”

这个头衔，其实心里早已千肯万肯。

这个女人，这个男人，都是。他对这个女人更感兴趣，她能将这位端着面子左摇右摆，不肯轻易戴上“汉奸”帽子的墙头草带到他面前，他想，这个女人和这个男人支撑的也就是最后的面子而已。中国人很有趣。

长谷川对李老板说：“李先生张法好，胜我，更配得胜糕。”

李老板露了笑：“来谢小姐这边就是图个痛快，大伙宾至如归，不讲输赢，才对得住谢小姐的招待。”

雁飞轻轻回话：“真是混说，不讲输赢，我这里哪里赚得到红利？我不做作，这里的招待可全是取之于民用之于民。”

长谷川一笑：“上海是个美妙的地方，才有谢小姐这样美妙的人儿。”

雁飞也一笑。

“可惜藤田少佐没有一同来耍，他现今正经做回文化人，当然依然是我帝国的骄傲。”

雁飞眉梢抬也不抬，从一边茶几上端起一杯铁观音，茶水碧盈盈。她歪头，发带从胸前滑落到一边。明明什么都没有做，但在场的男人偏偏喉咙口都一干，只听见她低声问：“藤田少佐？哪位？你们日本人的姓氏可真麻烦！”

她要一力地让他们觉得她要斩断过去，同那李先生一般，她刻意令他们感到宾至如归。

只是人走屋空之后，雁飞拉开楼梯下的暗阁，阁内香烟袅袅，并立两只牌位。她半倚在门边，又长又重地叹息一声。她累了，整个人放软在门墙上。

她说：“偏偏就是同一个人，还好，不用忙两次。”

雁飞缓缓闭上了双眼，双唇抿出一个笑容。是妩媚而销魂的，在暗红的光线下，有那么点惊心动魄。

这天夜里，雁飞极度困倦，又开始了久违的噩梦。

一片火光，她的背上猛烈地炙痛，甩不开，她也不跑，看着白色的身影走近她，对她说：“小雁子，你逃不了了。”

她冷然的目光穿透那条白影：“我为什么要逃？”

但是她要去追，她看到了，那阳光下俊美的少年，冷目长眉，转首。他跑得比她快，她追不上他，自己却陷在一片泥沼之中。

雁飞在梦里笑出了声，醒来却是一脸的泪，不知是哭还是笑。

醒来以后，打点精神，她也要跑。

雁飞跟着她的目标开始出入各等豪华饭店、夜总会、跳舞厅、赌场、回力球场、跑马场……都是男人寻求刺激，展现气概，找寻机会的场所。她如翩翩蝴蝶穿梭其中，给各色想要堕落的人穿针引线，不亦乐乎，展现她惊人的才艺。

因她知道，这个曾经在烟花地杀了陈曼丽的武官不仅仅满足于子弹穿进肉体的快感，他被繁华的上海迷惑了，他要的更多。那是一条充满弱点的缝，她的铤而走险由此获得机会。

王少全极端欣喜她的配合，常常谄媚奉迎："谢小姐的手段一向高明。"

她微倾着头，笑："你老子当年留了个好名声给你，你如今戴了那么大一顶歪帽子，下去怎么跟他交代？"

王少全"哧"地笑一声："棉纺厂保住了，老宅也买了回来。我对得住列祖列宗，往后还会将祖业发扬光大。"他换了急色嘴脸，"谢小姐不是也得到更多？"

雁飞娉婷走开，来到长谷川跟前，跟着他进了三菱车兜风。

"华人商会开幕酒会，请谢小姐赏光。"

雁飞伸出手指头，横摆竖摆，侧头问："夏天是不是戴个翡翠会好看些？"

她也是有所求哩！长谷川懂，立刻向司机道："去老凤祥。"

老凤祥兜了一圈再回家，苏阿姨将当天的报纸拿来给她看。

报纸也不是当年的报纸了，大大的标题是"大东亚共荣共存"，已丝毫不将租界放在眼内。这是工部局公董局里布满了日方要人的结果，雁飞听说藤田智也在教育处任了一个秘书的职位，而长谷川是在警务处任职。

孤岛上海，真真正正四面楚歌。

人人战战兢兢地生活。繁华如昔的背后，是大街小巷不时发生的枪战和流血事件。日本宪兵能明目张胆在租界的大街小巷招摇过市，能闭门不出的人们就不出门，在家中惶惶度日。

铁蹄踏在柏油马路上，震动了心脏的耻痛。

但夜里的霓虹依旧，上海竟还有活力花枝招展。日本宪兵进来了，日本商人进来了，他们需要灯红酒绿。于是，上海就能灯红酒绿。

雁飞对归云说："以前有去过西藏的客人跟我讲，有一种花叫作尸香魔芋，开在尸体身上，会更美更香。"

她开始抽日本进口的卷烟，符合亚洲人的口味，淡淡的含蓄的香，闻久了却会有侵略性。归云将她手里的烟拿掉，熄灭。

雁飞没了烟，怔神了一会儿，道："上海就像一朵尸香魔芋，开在血流成河的魔鬼之都。"

归云说："孤军营还飘着青天白日旗。"又隐隐地忧，报纸多次刊登孤军营遭袭击的新闻。

谢晋元，这位被困的英雄，在苏州河南岸依旧屹立不倒。他几乎成了这座城市以及这座城市里的中国人在风雨飘摇中的精神支柱。每每绝望恐惧，只要去看每日晨曦微露之际，胶州路上空升起的旗帜，归云心里的希望又会一点一滴积聚。

还有卓阳的信，卓阳的信三四个月才会来一封。最近的一封，他附了相片，背后是真正的高山远岭，他穿了简陋的军装，脖子上挂着她为他买的德国莱卡相机。他迎着阳光，眉峰微聚。

但他对着镜头笑得飒爽而又骄傲。那一刻，或许他心中得到抒怀和满足。归云想，他笑得她又不后悔放他走了。

她吻着相片，怀念他的笑容。他没有请战友用莱卡相机拍照，将相机抱在怀里，小心呵护，是给她看的。

她想做他的相机，能贴身和他在一起。

卓阳在信里写："军队的各项工作胜任愉快，和同志们同仇敌忾，众志成城，我有必胜的信念。等我！"

绝口不提战斗的危险和环境的艰难，只无可奈何附了一幅画。又是浓眉的小猴子，指了指赤裸在地的脚丫子，有旁白："小兔子，到了北方才发现布鞋很重要，劳妻动手，多给做几双寄过来。"

给卓太太的信里，没有这幅画。

归云难过，再翻看卓阳的相片，他的脚没在草丛里。她想，他脚上穿的一定是草鞋，她听说八路军很多战士都穿草鞋。

他到底跑了多少路，竟能把带去的皮鞋和布鞋全数穿破穿烂？

归云熬夜飞针走线，密密缝那一双双布鞋。和爹一起逃难的日子里，她穿过草鞋。

草杆子扎脚，走几步，难耐地疼，脚掌被磨出泡，流出血，爹便背着她走，晚上他们就着河浜洗脚，她能看见爹脚上的新伤旧痕，带着斑斑血渍。

她心里也难耐地疼，她不能让卓阳总穿草鞋，他从小到大哪里受过这样的苦？

雁飞在杜家看着归云麻利地捆扎五六双布鞋，不要别人来帮手，这是她赶了两天的工，终于做出来的成品。在卓家怕卓太太看到，就带到杜家包裹准备邮寄。

雁飞帮不上手，只好望着桌上捆扎得当的布鞋。

“卓记者还真能挨，那里是拼硬仗。”她见归云神情灰淡，握紧她的手，“拼过去，就好了。”

归云抱住她：“小雁，我们也拼过这一仗，就好了是不是？”

房里的江江“咿呀”叫起来，要喝奶。雁飞拿了归云早冲调好的奶瓶，抱起江江来喂。孩子喝得急促而有力，咕嘟咕嘟，使着劲儿，她说：“蒙娜可能被关在四川北路靠苏州河的桥厦，那里是日本人关洋人的地方，戒备森严，都说是重犯要犯。”

“可有救援的法子？”归云问。

雁飞摇头：“桥厦就靠着日军司令部，牵一发动全身。”

“蒙娜怎么办？”归云瞅着雁飞，她是玻璃心肠，忽地明白，问，“小雁，我能做什么？”

雁飞灼灼看着她，斟酌又斟酌。江江喝饱了奶，在她的轻轻拍抚下打了个奶嗝，十分满足，在她的怀里实实睡过去。

“日本人还算忌惮两租界，听说尚不敢太亏待这些洋人，又不肯劳动军务供养，把这干人的伙食包给了中国饭馆。接这把手的是粤雅楼的老板。”

归云印象深刻：“包了筱秋月的那个？”

“那里关了不少有钱的犹太人，日本人勒令他们自给自足，出钱管自己的伙食，所以油水确实有一些。”

“我来做粤雅楼的下家，接这盘子的胜算有几分？”归云心念电转，雁飞的吞吐她理解，所以她毫不犹豫地问。

“粤雅楼的确没这个真心来做这事，他们忙着在沦陷区大刀阔斧开日本菜馆，但也要办好日本人丢下来的这事——”雁飞又吞吐。

归云注视桌上的布鞋，层层叠叠的一小堵墙，黑白明晰，摆立得坚定。她诚恳且急迫地说：“我来做，比其他饭馆弄些馊烂食物给他们要好太多。利不利的，你也晓得我并不在乎。”

雁飞静定地笑：“我准备介绍三家下家给他们，轮着来做这个活儿。只是除此以外，我再也想不出能更好援助蒙娜的办法了。”她无奈地望着归云，力所能及的不过这些，她们都气馁。微薄之力难以扭转乾坤，只得能做一些是一些，“也会有不妥的地方，给日本人做事的名头一戴上，往后是好是坏，都讲不清爽了。”

“是祸躲不过。”归云又望向桌上的布鞋，“卓阳也必会赞同我的做法。”她想一阵，把想了很久的话说出来，气定而且沉着，“现在谁又躲得过这些个灾祸？我对卓阳讲过，我唯一能为我的国家做的不过是和她同生共死。”

雁飞听着，细细咀嚼这四个字——同生共死。她与他，她与国家，她是分不清的，神志不清明。这四个暧昧而惨烈的字，“同生”不容易，“共死”却要容易许多。

怀里的江江醒了，打个哈欠，在她怀里睡得不舒服，小手一张，要归云。归云把孩子接过去，她的怀抱空了，无所挂怀。江江在归云怀里找到更好的位置，嚅动了下小嘴，再次进入梦乡。

空虚的时候，她有从心底深处透上来的痛，让她想要屏气止痛都难。是日复一日，她从没有摆脱的梦境。静安寺的高僧说“人生固大梦”，如果梦完了，是不是痛也会没了？

两人正说话，听楼下陪何太太唠嗑的庆姑高唤了声：“归凤，你怎么了？”

随后楼梯“砰砰”响起来，归凤气急败坏地一路奔上了楼。庆姑紧随其后。

归云关切地问：“怎么了？今晚没有夜场？”

归凤俏脸发白，眉锁重重的愁，颤声说：“袁经理组织了京剧班子和越剧班子，要拉队去日军司令部演戏。”

这是个什么局面？她们都懂。

庆姑一把抱住归凤，抚慰：“实在撑不过就别唱了，那袁经理能闹腾，整个庆禧班都要被闹散的。再赔上个人，不值。展风他爹若在世，一定不容他这么做。”想着又心伤，倒和归凤一道红了眼睛。

“他倒算了一本好账。”雁飞冷道。

归云也忧，一想，说：“要不真的别唱了。你在他手里唱，我总心惊胆战的。好不容易出了狼窝，可稍微安稳些，又摊上这么个主，不如离得远些。”

归凤咬着唇，几乎沁血，尚在想。

她心心念念的越剧，人生最脆弱的时候赖以为生的东西，就要抓不住。得失之间，分裂地痛，要放弃的是她的第二个人生。人生颇多无奈，放弃似割肉，一次又一次，鲜血淋漓，流在心底，千疮百孔，早已不成形。只有那细末的微望，照见远处的光明，尚有盼头，才可支撑。

归云抓紧了她的手，紧紧靠着她："现在一家人聚一道才是最重要的。"

归凤松开嘴唇，点一点头。

雁飞蹙眉，说："袁经理的势力今时不同往日，还是要小心，得想个妥善的法子退出来。"

一时半刻，也无办法可想。

归云不好再说蒙娜的事，不欲让庆姑和归凤愁上添愁。她回到家，和卓太太商量。

卓太太闲时在家，为归云的小店帮手做账。她年轻时被开明的家人送去念过几年女校，学过西式的会计课程，如今正用得上。现在听归云说了这事，一路查了账本上的盈亏明细账，了然在心，说："接下这盘子问题不大，虽然照粤雅楼的意图，不会让下家赚太多，但我们大致也扛得住。"

归云道出隐忧："只是给日本人做事这个头衔挂上，外边会不好看。不过——"

卓太太慨然一笑，神情极似卓阳无所畏惧的神态。归云直到今日才发现，原来卓阳的神态举止全部遗传自母亲。

"如果你不惧，我自然也不惧。汉书在天之灵，卓阳拼杀在外，我们不能给他们丢脸不是？"她抚着归云的发，当归云女儿般拥入怀里。她的眼角微泛了湿，"我家这对佳儿佳妇，都是卓家的骄傲。"

归云心下安然，鼓荡勇气，更加无所畏惧："妈妈，我会办好这事情。"

两人细细商议了一阵，又约来老范说了这事。老范大力赞同，阔声道："管他外面劳什子的说什么，我们上对得起国家，下对得起自己的良心就成了。"

三人达成默契，都有燃起来的斗志，不浪费时间，当下就草拟好一份菜单，附上核算好的价钱，准备不日让雁飞带去走粤雅楼的门路。

归云沉一沉气，同卓太太一道向卓汉书上香。

卓太太念念有词："汉书，你若有灵，我们必当无事。"

卓汉书朗朗清目，似能看清朗朗乾坤，像手下笔走游龙，写的也是朗朗乾坤。在他的注视下，她们都安定下心。

事情进行得颇顺利，雁飞并未向粤雅楼泄露自己荐去的下家是谁主持。归云要避着粤雅楼老板，一切事宜均由老范出面打点，还给粤雅楼的老板和主事送了些小礼，做出趋炎附势的样子，让他们都疏忽，只当是讨自家门路的小商小户，并不太放在心上。

主事的又因拿了老范的礼，不好多苛刻，也能顾全他的饭庄，月余下来，卓太太算起进益，笑道："竟无甚亏损，虽所赚无多，也算太平。"

归云只管在菜色上下心思，老范饭庄的送餐日定在每月的最末十日，凡至这十日，归云便下足心思，仔细料理，既不可过于精致，也不能太过酸腐。其间夹杂的小牛排、吐司面包等西菜，都是以往蒙娜来卓家吃过的。

她抱着万一的心思，希望蒙娜能领会到。她更关心是否能救出蒙娜，问雁飞："可还有法子可想？能不能救出她？"

雁飞总摇头："还不到机会，但我一直留心。"

也只能担着心，尽自己的绵薄力。

但是饭庄的生意却大大不好起来，上门的客人日益减少。到了秋风秋雨的时节，人们避冷，也避险，走到路上都觉着不安生。有的受不住三不五时在大街小巷发生的枪战和日本人在租界附近示威似的练兵，携家带口，趁着秋日的寒色，往内地避。也有逃不出上海的，但是侥幸能从沦陷区托了关系进租界，租上一处石库门的亭子间，一大家子人蜗居于此。

都是惶惶的，不可终日。

他们囤了粮在家里，因为有传言说日本人就要进租界，会在大街上胡乱杀人。经过淞沪一战，有些人亲眼在闸北虹口的战场见过日本人乱杀中国人的惨状，绘声绘色描绘出来，洒了泪，也惊怕了其他的人。还有些人听说过南京被屠城，惊惧交加，害怕悲剧会在上海重演。

每个人都觉得孤岛岌岌可危，不再安全，连带夜里的霓虹都带着仓皇的闪烁。

霞飞坊里有一户人家的闺门小姐疯了。在肃杀的秋夜里，归云听到她在暗夜里凄厉地大喊："我要出去！我要出去！"

归云听着这困兽挣扎一样的吼叫，紧紧抱着卓阳枕过的枕头，上面似乎还留着卓阳的气息。卓阳同她新婚，自是喜欢腻在一起，总是把手一钩，将她强拉到自己的枕头上，深深地吻。

吻到迷乱那刻，她清楚听到他说过一句话："我这一刻真不想出去了。"

归云抱着枕头的时候想，幸好卓阳出去了，他是受不了这逐渐压抑的霞飞坊的。

她是深深地悲哀，又深深地明白。

老范见饭庄的经营不大好，就提议专做送上门的营生。

卓太太也有同感："看账面上，大饭店的入账逐月在翻番，很有可为。"

大饭店仍能火热经营，全赖黄皮肤的人种都爱在台面上做生意拉人情，让这一行的营生永不会落。但是不管是抛节倚靠，还是勉力经营，这些大饭店在人力上都渐渐不支起来。和老范饭庄有生意往来的饭馆中有属于前者的，也有属于后者的，他们的人力不支竟使得饭庄的半成品生意有风生水起的趋势。

归云和老范去那些饭店了解过，原是那些饭店的厨司小厮因不屑或者不安，纷纷辞工求去，人手总不够，又要应付经营，不得不多多进些备好的半成品。老范饭庄的订单一下多如雪片。

"话是这样说，账面上也算好，但那些给日本人做事的饭店我不想接了。"归云道，"虽则我们也去给粤雅楼做这盘生意，但那事出有因。别的还是离这些多事之地远些。"

卓太太点头，说："确该这样，宁愿赚得少些。"

老范自是无意见，但又摩拳擦掌，另有提议："铺子门面小，有些应付不过来。我建议是不是再租个门面专门做加工的生意？店里生意清冷了，缩减些人手和成本也是该的。"

归云通透，触类旁通："我看小菜场的生意我们也好努力去做，现在好多人买菜都买好多天的量，不再出门寻事。我们多多做些能存放的点心、干货出来，他们必会欢迎。"

老范似有所思，低叹："想我们中国人，如我们这般活着的，也算得很够运气的了。"

秋风卷落叶，拍打在窗棂上。一季一季的，自卓阳走后，过得特别快。卓阳的信，渐渐少了，但夜雨异常多了。这两年风雨来得频繁，总没头没脑就劈打下来，让人猝不及防。

归云的心，总是湿的。

裴向阳常常半睡半醒从房间里跑出来，打一个喷嚏，叫："妈妈、奶奶，冷了加衣服。"给了归云同卓太太无限的安慰。

她们都需要安慰，也需要小心地勉励生活。

这夜又下了雨，归云提早打烊，留了老范在店里录账，她先回家照看老人和孩子。没想到老范不久后顶着黑夜冷月跑了来，口气颇急，说："陆明来店里说归凤不见了。"

风一卷，又是冷雨迎面。归云着了大急，同卓太太一起跟着老范赶到杜家。

庆姑正急得团团转，见了归云就洒泪："这可怎么办？归凤这丫头一声不吭又不见了。"

卓太太同归云一起扶庆姑坐下，归云问："归凤怎么了？"

庆姑只管急得哭，断断续续地说："今朝下午来了两个男人，说请归凤去虹口唱唱戏，归凤不肯，我也给唬住，那两人说如果不肯就请去七十六号坐坐，塞了好多钞票给他们才打发了。下午咱们都睡午觉，醒来就不见了归凤，到现在还没有回来。陆明都出去找过一回了，戏院那里不见人，张府老太太的庵堂也没有人影。陆明这不还在外面找。"

卓太太劝慰："人定会没事，说不定只是出去走走，过会儿就回来。"她看归云。

庆姑一个劲哭："我们家已是千小心万小心，怎么还遭来这份罪？归凤不知道还会怎么——"

归云先道："我觉着这边绝对不安生了。娘，您还是整理整理，娘几个就住我们那里去。"

卓太太点头："大家一处好互相照应。"

庆姑望望恳切的卓太太，又瞅瞅摇篮里睡得正憨熟的江江。

归云再道："家里还可以住些人，我和妈妈住一屋，江江和向阳都小，好办。就是要委屈陆明在客堂间打地铺了。"

庆姑点了点头。

卓太太也道："大家都是一家人，聚一处指不定是谁来照料谁。"

归云听卓太太毫不犹豫地同意了，便做了主张，拜托老范帮忙打包行李，自己则撑了伞出去找归凤。

卓太太千万叮嘱："路上小心。"又小了声音对归云道出忧心，"最近是听说七十六号找女明星的碴敲竹杠，就怕归凤真被带去了——"

"如果这样再想办法，但我觉得归凤应该不会有事。"归云说一句，再强调一句，"一定不会有事。"

她端着伞，打开门，急雨扑面而来，外面暗天黑地，动荡飘摇，一切都不确定。她闭眼，想好了迢迢去路，再笃定地迈出家门。

很多年前，归凤得知自己被卸了头肩，不能唱戏，她就去天蟾戏院看别人唱戏。展风骂她是戏疯子，她岿然不语。

归云懂她。她柔软似柳枝，似乎风吹能散，但只要能唱戏，她便能不断抽新芽，绽光辉。

这是归云心中的归凤。

归云往大马路的几间戏院赶，间间都闭幕。她也去了天蟾戏院，最近梅兰芳回北京，因日本人逼迫，闭门谢客，蓄上胡须，声言不再唱戏。梨园失去一把好声，戏客也唏嘘。天蟾戏院连带受了影响，戏剧界有望人士学了样，都歇业在家，电影界的几位名角也如是。

或算无声的抗议，每个人用每个人不同的方式，所以汉奸走狗用了逼迫的下作手段。归凤不幸被波及。

雨愈加大，打得天地糊成一片黑沉。归云走得吃力，腿脚都湿透，千斤般重。她找得心焦了。

天蟾戏院门外的大海报被打湿，不过是塑料皮的，在风吹雨打下不会烂。上面分明是京剧的《穆桂英挂帅》，抖擞的男旦，在雨幕下有飒爽的光辉。谁说京剧男旦只有媚气，少有英气？

但归云顾不得仔细看那许多，往天蟾戏院周围边角找。

远处，有个人影成点，和重重雨幕混成一团。归云看不清，只走近又看：本是弱柳扶风的身形，在风雨中静定而立。

是归凤，归云大惊，跑过去，用伞遮住她，才发现她全身已冰凉，眼神切切，回过头来看到归云，宛然一笑。

归云焦急怒吼："你疯了还是傻了，这样的天在这里淋雨！"

归凤呆呆的，有了亲人在身边，晓得哆嗦了，虚软地靠在归云身上。

"我舍不得——不——不唱戏，但——我不能给他们再唱戏，展风——在前边会没脸。"

"不唱就不唱了，干什么要这样糟践自己！"归云紧紧抱牢归凤。

"我只是想看看戏，谁知没有戏，反倒下了雨。"归凤也抱着归云，"以前班主说，我们遇上了唱戏的好时候——可为什么这样难？"

归凤的声音气若游丝，归云暗想不好，她本就有些痴性，这回又不知淋了多久的雨，看情形必是受了风寒。

归云费劲地托住归凤边往回走，边查看有无黄包车或者出租汽车。

“我晓得你，你存心趁大风大雨跑来淋这雨，病了也就有理由不唱了，也就有法子不唱了，是不是？你这样逼着你自己干什么？”

归凤伏在归云肩头“呜呜”地哭，继而要号啕大哭，声音却干涩，发不出来。她拥有得很少，保护她的所有方法却蠢笨

归云低声哄她：“现在时机不好，我们不唱了，等日本人走了，我们再唱，不好吗？非要逼得自己这样紧，弄得自己这样惨。”

归凤叫：“你晓得我，你又不晓得我。除了唱戏，我还能干什么？我还怎么活？可我又不能丢展风的人。”

归云把持好伞，挽好归凤，在昏天黑地的雨夜里艰难前进。没有出租汽车，也没有黄包车，她费尽了自己的力气抓着归凤，要把她带出雨幕。

“归凤，再难的日子你也熬过去了，这一阵，屏牢这口气，我们一起走出去。”

一起走出去。归凤激灵了一下。

归云又说：“展风他们回来，我们把一个完整的家交还给他们。”

归凤的脚步实了，握着归云膀子的手也紧了。

“唱戏不是目前最重要的，我们要——一起，好好活下去。”

归凤和归云手挽手一起走，满面风雨不再顾虑。

回到卓家，归凤已然撑不住，昏睡过去。卓太太和庆姑手忙脚乱请了大夫来看，确诊染上风寒，大烧三天。

归云在第二天就去宝蟾戏院代归凤辞工。

袁经理正巧在，听了原委，满面不满，并不允准，直冲归云叫：“这位角儿可真难捧，当年抹了脸贴了姓方的，这回倒是软弱起来。真不知是真刁钻还是假弱不禁风？”他一手拿出归凤的合同，“白纸黑字写得清爽，哪能随便毁约？”

归云有怒，沉声道：“袁经理，您也知道归凤性子弱，经不住吓，这回没出人命已是万幸，如果归凤有个三长两短，那些戏迷和记者会怎么看？”

“你这是威胁我？”袁经理斜眼看她。

归云一句句把话说得清楚：“我们小门小户不过想要太平过日子，什么富贵名声的，我们也够不上。但如果迫得我们吃不下饭，豁出去不过贱命一条。反正早就家破人亡了，下去一起图个团聚也没什么不好！”说完，她冷冷一笑，对袁经理再道，“袁经理这样为难归凤又何必，您又不是只有戏院一项产业。”

末了，她也不拿合同，径自回头走了。

过得两日，雁飞将归凤的合同送来卓家，还携了些礼物探归凤。归凤仍气息奄奄地昏睡，看得雁飞叹息不止：“真是傻，如果他们真要迫她，岂是淋个雨弄个病能逃脱的？”

“难道不是？”归云惊问。

雁飞摇头：“我打探清楚了，这回还真不关袁经理什么事。原是一拨在戏园子混的地痞流氓，听说有人冒充七十六号的特务往女明星周璇家敲诈得了手，他们是如法炮制。”

“可恨这群趁火打劫的东西！”归云怒道。

“袁经理现在的心思都在给日本人拉皮条卖好上，哪里有空管这等闲事？归凤这些不合作的刺儿头只消不被日本人点名去文艺合演，一般他也不多理会。你上回噎得他不轻，他倒是想过要找你的碴。”

“你给摆平了？”

雁飞但笑不语，半晌只说：“也亏了你家卓记者搞的那些和租界头头合影的照片，我不过唬他一唬。他一向是保身家的。”

“我只气不过他那号人，狗仗人势，专欺负中国人。”归云口齿之间仍无法释怀。

雁飞却板一板脸：“往后少在这些得势的人前逞强。”

“我明白，会有分寸的。”

归云忽有一事想起来，拉近雁飞说：“近两个月我给桥厦送餐，收回来的碗碟里有古怪。”

雁飞问：“怎么说？”

归云用手比了比：“我送的餐有吐司面包，好几次了，收回来的碗里有剩下没吃的面包，总成一个缺条边的三角形。”

雁飞思索半天，并不能得些要领。

过得几天，归云收回来的碗碟中仍有这样形状的面包残留。她始终弄不明白，只想，可能是蒙娜体会到了他们的苦心，用这个法子来给她们信息。她便更卖力去做这些事，还将粤雅楼的管事和桥厦的门房军总等关系打点好，有时会送些格外好的菜式。

卓太太和老范一起找了离饭庄不甚远但又算偏僻的肇家浜附近一间在“八·一三”

期间就停产的荒废厂房，通了些路子经了些周折，借来一小块空地，清理干净准备做加工用的厂房。

归云见卓太太年纪一把还四处奔波，心里很痛，自责："妈，要你劳烦这些琐碎，我着实不该。"

卓太太笑着，挥手："总不能所有担子都给你。"又想起归云小产的伤痛，"先前都是我放手什么都让你做，才让你身子——往后咱们娘俩分担着来。我总要把媳妇照顾好，等卓阳回来好交还给他，那时再享清福也不迟。"

归云也笑了。这是她们共同的甜蜜渴盼。

卓太太见她手未闲，正收拾从桥厦带回来的部分餐具。其中一只碗里，正放着面包的残屑。

她问："还是有这样一个东西？"

归云道："好几个月了，总不变的，我想应该是蒙娜在想办法让我们安心。"

卓太太凝眉看，细思量，转身去了书房，拿出一本厚大的洋文字典来。她翻至最后，看半天，把字典拿到归云面前。

"你瞧这个洋文词儿。"

归云不懂洋文，只看着卓太太手指头指的那个字，叫道："好像。"

卓太太解释："这个词儿念'victory'，中文的意思是'胜利'。洋字母不比我们中国字，是好多个字母拼起来的，所以有时候用一个字母代替整个词儿的意思。"

归云如醍醐灌顶，叫："啊！那意思是，蒙娜她不单是懂了我们在暗处做的事——"

卓太太微笑："她和我们一样相信，最后的胜利是我们的。"

庆姑在灶庇间为归云的饭庄擀点心皮子，这会儿正做完手中的活儿，走进客堂间，听到卓太太说这话，就笑道："可不就是！我天天烧香给菩萨和展风他爹，让这些天杀的鬼东西快快走。咱们也就能一家团聚，过好日子了。"

她们一同望窗外，一起祝祷。

这时已值初春的傍晚，落日带着残存的寒意，周边的云，血光未散。人们都躲在自家的屋檐下，盼望这夕阳快快落下，这血光快快散去。

最后是皎洁的一轮明月，一家人可以坐在天井里，享片刻清风，聊半世坎坷。然后，她们相伴，共同度过寒冷凄清的夜。

归云在微露晨曦的时候收到邮递员送来的报纸和信件。

她终于等到了卓阳的信，看了看邮戳，信在途中走了快半年，信封旧得不成样子，好在还是完整的。

归云急急拆开，卓阳写了三四页纸。写信的时候是年初，家家都等着过年的时候，他战斗的地方，有一个村庄遭到了日军的屠杀。在屠杀过后，他带着新闻任务穿过烽火线去了屠杀现场。

卓阳在信里说：

“我在一片废墟之下，忍不住我的泪水。我用相机和钢笔记录这一切，在这里留下的每一张照片都会成为历史的证据。在不久的将来，将刽子手送上正义的审判台。为了这一天，我们要努力，不单是为无辜受难的同胞，还有我们民族被摧残得支离破碎的尊严。”

他触目所见的是遍地狼藉，支离破碎的人体冰冷地遍布大地。

卓阳最后一句话说：

“总有一天，中华民族不会再是如今的样子，我们会骄傲地站起来。”

归云把他的信贴在心口，带着宽慰，还有希望。她想，她该有同他一样的勇气去度过一年又一年。

而今，也是要临近一个新的年关。缠绵的阴雨终于停了，可是更阴冷，从骨子里透了出来。大灶里火舌“嘶嘶”冒出的声音，驱不走漫天的寒意。

归云和归凤都缩着肩膀，但是，终于是聚在一起，再次为了团圆的年夜饭做准备。

卓家的气氛暖了些，庆姑与卓太太相伴在一起，为石库门扫除。都是要过节的，需要喜气洋洋。

雁飞也在大年夜的清早携了礼物来拜年，裴向阳久不见她，欢快地凑上去问长问短。她却并不是来安心做客，抱过了江江，对卓太太和庆姑道：“我想带孩子出去转转，再买些新年的衣服。”

“晚上来吃年夜饭？”问话的是归凤，所以大家都惊讶。归凤一问之后倒腼腆了。

归云拉拉归凤的手，很高兴。雁飞细眉弯弯，笑意盈盈，说：“好呀好呀！我就趁这空当到南京路给孩子买点小衣服什么的。”

裴向阳一见雁飞要带江江出去，大感没趣，奔过来要凑热闹一块去。归云明白雁飞想要和女儿多多独处，忙把裴向阳抱住，说：“来，跟干妈妈学做蛋饺去！”

小孩到底新奇新鲜事物，一下注意力全部被吸引过去，也就不去闹雁飞了。

雁飞又多给江江加了一层棉袄，方才出门。

马路上风大刺骨，她招了出租汽车直驶南京路。江江能在大人的大腿上勉强站立，又从未坐过这样新鲜的玩意，一上车便格外活泼好动。

雁飞失笑：“你这宝宝，真好动！”干脆将江江抱好一起看窗外。

江江小小的眼睛从未见过这么飞快消逝的世界，瞪得大大的，眼珠墨如点漆，很灵巧又极端专注。

雁飞看她瞧得有趣，便向着窗外同她一起看风景。只是车驶近大世界的时候，因大世界节日游客如织，前方汽车拥堵，稍停顿了那么一下。就那么一下，雁飞一眼瞥见一人。她想一想，又想一想，说：“师傅停车。”便在路边下了车，抱着孩子吃力地关门。

那人也看到了她，站在她身后，等她转身。

雁飞转身，巧笑倩兮：“王亚飞，是不是准备去吃火锅？”

藤田智也先望望天，这时候快正午，可仍感觉冷。

上海的冬日阴湿，猛烈的正午红日都驱不开这冷。这天上的红日正如太阳旗正中一红日，此时已插遍神州大地，学习阳光遍洒，无一漏失。红日中却透着血气，蔓延阴湿，也蔓延到他心上每一寸。

他进了工部局教育处，从修改小学课本开始工作，选择日文课题，编撰日语授课大纲。原本手无缚鸡之力的文弱书生统统联合一气，坚决罢课抵制。劝解加威胁，均不为采纳，所以日本探长带着中、英、印三国巡捕去了小学，小学唤“民醒”，在沦陷区和公共租界之间。没有保护伞，便沦为开刀的对象。

其实处理起来很简单，机枪两挺，押着中国巡捕上前，那边厢是老少男女教师几十人，手把手站好，向着太阳。他们执拗，知道逃不掉，就不逃。

中国人上膛开枪，地动山摇，对面倒下的也是中国人。

长谷川带他看现场，意态悠闲：“对付不同的中国人要用不同的办法！这下还有哪间学校敢忤逆帝国的旨意？”

那一具具冰冷的尸，在阳光下直板板，宁死也是不屈的。

藤田智也心胸之中翻江倒海。

欲洁何曾洁？他看到执行日本人命令的中国巡捕在颤抖，虽然功德圆满结束任务，但是止不住颤抖。

他突然想念长崎，在长崎，他也是独自一人，静谧可安守一个世界。如今心乱了，神也随着机枪急促而强迫的声音碎了。他想要挣扎醒过来，但雁飞说，她不想醒来。

最后，他也分不清似梦还是醒，极目都见不到尽头。

但，藤田智也看到了雁飞怀里的孩子，孩子有双漆黑的目，骨碌碌盯着他瞧。

雁飞介绍："这个宝宝姓卓，叫晓江，刚从卓家抱出来玩儿的。"

江江配合地甩了甩小手，"咯咯"笑两下，阳光洒在孩子身上，真是从天而降的安琪尔。

藤田智也神情冷寂，他想，这个孩子倒像卓阳一样乐观活泼。他回答雁飞："那家火锅店拆了。"

"哦。"雁飞怀里的江江闹了起来，踢蹬两条小短腿，手指拼命指着大世界的方向，口中"咿咿呀呀"地叫。

藤田智也同雁飞一道看过去，见是大世界门前围拢了一群人，人头攒动得颇热闹。

"这孩子像卓阳一样爱多管闲事。"藤田智也道。

江江着急要看，又开始蹬腿，被雁飞抱住了腿："别闹别闹，就带你去看。"

孩子本也渐渐长大，分量沉了，雁飞弱不禁风，抱她显得格外吃力，藤田智也见了就一把抱过江江："我陪你们去。"

雁飞问："不耽误你的正经事？"

藤田智也聊赖地撇着唇角："我从来就没什么正经事。"

男人力气大，抱了孩子大步流星就往大世界方向去。江江出生以后鲜少被男人抱在怀里，这时遇到这么有力的怀抱竟也不怕，小手搭在藤田智也的肩上，"咯咯"笑了起来。

雁飞站在他们身后默默出了会儿神，便朝他们小步奔了过去。

大世界在大年夜的白天热烈营业，为弥补宵禁带来的亏损。因过年气氛浓，门前原是请了唱京剧的草台班子临时搭了戏台子，铺好大红亮缎，大光天里舞狮和演猢狲戏来添增热闹喜气，也好吸引客人光临。

露天广场，人声鼎沸，其实也听不清舞台上的演员们唱些什么。只剩周围暖融融的人气，倒是驱散了周身的寒意。身边都是同样的人，在同一片天下用同样的心情呼吸同样的空气。息息相关，所以聚在一起会温暖。

藤田智也的心也回暖。

江江是实实在在的初生刘姥姥，瞪圆了眼睛，咧开嘴巴直笑。

雁飞叹气摇头："归云怎么把这孩子的性子带得这样大大咧咧？和她一样喜欢看西洋镜。"

藤田智也瞧江江抻长了脖子看得累，干脆把孩子搁在自己的肩膀上，让她看得更舒服些。这样的视野，江江瞧见了大世界里更新奇的玩意儿，小手臂又开始扬了起来。

这回是哈哈镜。

大世界原本有名的就是哈哈镜，乐世界跟风也做了。原不过是镜子，因凹凸不平，给人生带来异乎寻常的新奇快感。

藤田智也抱了江江过来照，江江猝不及防看到凹凸镜里自己被扭曲的鬼样子，一下接受不了，小嘴一扁，立刻哇哇大哭。藤田智也不知所措，将她抱入怀中："她饿了？还是怕吵？"

雁飞拧拧江江的小鼻子："死丫头，作天作地，还以为她天生胆子大，结果看个哈哈镜都能哭成这样。"

藤田智也只抱着江江，看到她红扑扑的小脸挂上一串小泪珠，不断抽着气，心中怜惜万分，不由自主轻轻拍哄着她。转头看那哈哈镜，倒映的人被扯得怪长怪长的，面目模糊，不识庐山真面目。偏还有人争先恐后来照这样的凹凸镜，争看自己扭曲的人身，再哈哈大笑称奇。

只有孩子看到了丑，怕得大哭。哭声也渐歇，被沸腾的人声湮没。抑或，大哭在汹涌扭曲的群情里总能被忽视。

生意人不会忽视，哈哈镜的角落边有面真镜子，有人站在镜子旁兜揽生意。

"小孩子被吓哭了吧！难得节日一家人出来，来这里照张全家福带回去开心开心。"

生意人旁还竖着海报招牌，写好"王开照相馆外派"，说明来源正宗，绝非大兴。

"王开也来摆摊头？"雁飞奇问。

"凑凑新年的热闹，讨个人气的头彩。"再兜售，"大世界照个全家福，不要太灵光！"

大相机正对的位置是大世界的哈哈镜、空中环游的广告飞船、各色戏剧木偶戏滑稽戏的花牌。琳琅缤纷，目眩神迷，果真一个精彩的大世界背景。

雁飞问藤田智也："拍不拍？"

藤田智也深深看她一眼："全家福？"

雁飞说："是，全家福。"她同他站一起，还有他怀里的江江，他们一道面向哈哈镜边那面正常的镜子，在被刻意扭曲之前，游客们有权利先在正常的镜子里看到正常的自己，然后再决定是不是踏入面目全非的世界。

藤田智也听到雁飞笑着说："可不像全家福吗？"

江江拍拍手，不哭了，也笑了，鬼使神差一般也指了指那架相机。呵！她也想拍呢！藤田智也便抱着她和雁飞站在一起。

镁光灯没有亮以前，藤田智也说："在你想好之前，我都可以等。"

雁飞说："不要空等，那样做可不好。"

"你想重操旧业？"他知道，了解，问亦是肯定地问。

她却说："你走吧！陷在泥潭里干什么呢？你跟他们不一样的啊！"

藤田智也说："有什么不一样？还不是都一样。"

他的话语渐渐淡了，脸上浮出笑意，或许因为雁飞最后的那句话，也或许照相机的镁光灯正准备闪。江江及时将小手钩到他的脖子上，小脸贴上他的脸。那一触的温暖同镁光灯一起闪亮，瞬间照亮了他，也瞬间灭了。

温暖从来那样短。江江倾向雁飞，要雁飞的怀抱。他得把江江还给雁飞。

雁飞抱牢孩子，对他说："没有一个人有义务无休止等另一个人。"

她要同他告别了，在大年夜的午后。人们都准备回家过年，热闹也只留给上午。大世界里的人少了，精彩世界要落幕。

"我要谢谢你，真心诚意待我的人不多。王亚飞，我会一辈子记住你。"雁飞的离别总是干脆，从不拖泥带水。

藤田智也无力地要拉住她的手，想拉她出来："如果，有一天战争结束了，你能不能接受我？"

雁飞的头微微仰着，留给他的是个侧面，小巧倔强的下巴抬起。她向他伸出了一只手，他握住。两个人的手，都很暖。

"我收回我曾经对你的诅咒，衷心希望你能幸福。"她的笑也很暖，一向苍白的面色有一种从未见过的娇憨。

她肯给他看她幸福时候的表情。

"幸福很简单，跨一步就过去了。"她说，"我也会幸福。"

他想，是不是该高兴？她在最后，能这样为他着想地欺骗他一次？他知道她在善意欺骗，可是手里已无力，放开了她的手。

他，从不是能拉住她的那个人。他们的牵绊，不过是人声渐逝之前分手。连火锅店都拆了，更没了继续同行的理由，依然如一年之前，一南一北，回到各自的世界。

上一回两人都不回头，这回多个江江，噘着小嘴趴在雁飞的肩上看着他走远。他有那么点舍不得，频频回头，直到不见她们。

藤田智也走了一路，好不容易得到的暖，凉了个透，宿舍也到了。他还未进楼，就有下等兵来报告："您的母亲在会客室等您！"

他吃了一惊。这时候以母亲的名义来找他的，只有一个人——他父亲的妻子，他的"大娘"。这位名正言顺的藤田夫人从来是大门不出二门不迈，此刻竟赶来了上海。

藤田智也不多想，匆匆跑去了会客室。

会客室里，藤田夫人尚未将行李收妥，人胡乱地倚在榻榻米上，手里握着的手绢搅成麻花，不断拭泪的却是手指。一见藤田推门进来，扑上来叫了一声："智君！"

藤田智也扶住藤田夫人："大娘，您怎么来中国了？"

这位日本母亲满身风尘仆仆，满面风霜哀容，鬓边染了白霜，佝偻了背，只剩苍老。不过分别四年，原本记忆中温柔的日本妇人如今是这番老妪形态。

"军队的人把美代子带走了，要带她参加随军服务队。"藤田夫人抽泣着。

"什么！"藤田智也跌坐在地上。

藤田夫人抓紧藤田智也的手，就像抓住了最后一根稻草："他们说是大伯的意思。智君，你帮我劝劝你伯父，他待你最好，也许会听你的劝告。我听说，随军服务队就是做那种——"她再也说不下去，只能哭，"美代子只有十八岁啊！我们到底做错了什么？恶魔降临到我们家，他们带走了你父亲，还要带走我的美代子——"

藤田智也再也听不下去，也不想太多，换了军服，执好军刀，去寻人。他想起来，他原不是什么都没有，他还有两个异母的妹妹。

第一次进藤田家，才五岁大的美代子穿了一身小旗袍，站在八重樱下，向他鞠躬，用刚学会的中文叫："哥哥，欢迎回家！"

落在小女孩身上的樱花花瓣让他第一次感觉温暖。就像刚才的江江，好像一模一样的小面孔，让他觉得暖的面孔。

他可以对父亲冷淡，对大娘疏远，但无法对年幼的妹妹板起面孔。

美代子会在他写书法的时候替他把细长的前刘海绑住，会第一次做寿司的时候找他来品尝，会在和邻居的男孩暗生情愫的时候向兄长写信汇报。

藤田智也愤怒地踹开了藤田中将的门，中将正和长谷川一起研究上海地图，头并未抬起来。

“智君，我已经命人为你母亲买好明早的船票，请将你母亲送回日本。”

“为什么要这样对待美代子？”

“我送她去的服务队直接效力中将以上级别。作为帝国子民，应当感到光荣！”

“你送她去做妓女，还要感到光荣？”

“你也应当感到光荣！美智子已经出嫁，代替你父亲向帝国赎罪的任务只能交给美代子。”

藤田智也抽出了军刀，砍向书桌，上海地图南北一分，成了两份，是再也合不拢的世界。

“让帝国见鬼去！我的妹妹被送去做妓女我该感到光荣？！”

他扯开了军装，冲出门。第一次将愤怒爆发到顶点，原是这样翻江倒海，全然决堤。

藤田中将依然不抬头，只吩咐：“长谷川大佐，请将少佐带回来。告诉他，错误只能犯一次，不能学愚蠢的中国人。”

长谷川“嗨依”一声，带令出门，召了一名心腹上等兵追出去。

藤田智也动作很快，不带行李，扶了藤田夫人就向宿舍门外跑。正有出租汽车过来，他招了就走。

上等兵跟着长谷川追出了门，在拐角，长谷川停下。上等兵疑惑，并请示：“是否需要动用军部车辆？”

长谷川站立在宿舍门外，莫测地扬着八字胡。他长长叹气：“少佐担心胞妹，人之常情，我于心何忍？”

“中将？”上等兵脸上挨了长谷川一巴掌，腰间的刺刀被他拔出来往手臂上轻轻一划，血迹渗了出来，伤口轻重恰当。

他捂着手臂，说：“少佐剑道高明，以死相逼，我们都尽力了。”

上等兵明白了，立正，低头：“嗨依！”

后头又有兵士追来，上等兵已高叫：“回去开车，一批去火车站，一批跟我们去码头。”

他再次向长谷川立正："我明白大佐的苦心，并会妥善安排。"

长谷川捂了伤口，觉得伤口值回票价。他得意，学着商人的算计是应当的。旧拍档山田的理念很出色，靠山稳固，没有障碍，然后——升官发财。

第十九章 寒梅落

明蓝的天，近春。春季是生机勃勃的，抽芽发新，万物复苏。梨园流行《牡丹亭》，一场春梦了无痕，却有好结局的故事。

雁飞跟着一些达人出入戏院，也有随从几人，护得铜墙铁壁一般。杜丽娘方春睡朝慵起，梦见有情郎。袁经理早就恭恭敬敬朝雁飞坐的方向鞠躬，奉茶，上小食。他对她越发尊重，着实因她身边的人。其实已经不独有长谷川，还有其他更大的要人。

都是日本人。

所以进入戏院，中国观众会鄙夷会窃语，胆子大的会暗暗吐口唾沫。雁飞只管看戏台子的红漆飞金，以及戏中人的满面春色。

情调适合调情，所以她身边的人一手抚在她的大腿处，差半寸是旗袍的开衩口，位置玄妙。雁飞口齿噙笑，把手上镶了蕾丝边的檀香扇左右开合，暗香袅袅。然后她提拉扇尾，扇面不轻不重落到那只手上。

“少将，看戏。”她指着台上做春梦的杜丽娘。

女伶粉面着春，做真做假，唱念做打。人们爱这情色，遮遮掩掩的，更销魂。

有堂倌上来上茶，阻开了她和身边人。她眼尾一扫，朝坐在暗处的某个身影淡淡一笑。她的手指叩在桌面上，“笃笃笃”朝身边人的方向敲了三下。那个身影仍在那处，也有似有若无的笑。他没即刻离开，可见定力和胆量。

她知道他是谁。她是费了周折，也费了人情，才同这样的人接上头。一见面，也是熟悉的，以前跟着王老板见过。她的要求，他们当然欢迎。

陈墨当面赞她：“早就从王老板处知道谢小姐的事迹，如今一见，名不虚传。”

名不虚传的是容貌？还是勇气？雁飞毫无情绪，她只希望他们能帮她办事。

她知道他们的行动并不鲁莽，从她的信息里，渐次处理一些汉奸和日本军官，不留痕迹。他们也会保护她，在性命攸关的时候。

不过，她想，这样的机会不会多，一多，她就要露馅。她得抓紧时间，但他们并不着急处理长谷川，比他重要的人更多。

长谷川借她的力或她借长谷川的力，各自心机甚至其中一方还存了危险心思的两人竟然会合作无间，手中的猎物越来越多，也越来越重要。

陈墨曾将一条染血的手帕带给她看：“向抒磊的母亲亦是为国捐躯，舍身带着炸药包进了日军的弹药库。”

她才知道，他的母亲，年纪老大，一直窝在旅顺日军的某军营做清扫工作。跋扈的日军不曾想过，一个苍老佝偻的妇人竟然含辛茹苦，用了五六年的时间做一场自杀性爆破的准备。

“中国人的耐心无疑是世界上最好的，这是卧薪尝胆，十年生聚的力量。”她记得向抒磊说过这个故事给她听，她当时很认真听这个古老的中国人的故事。他崇拜故事的主人公范蠡，曾感叹：“大丈夫当如是。”

她那时还扎辫子，把辫子一甩，径自去洗衣服。冰冷的水滑过手掌，她说：“不痛快，用这么长时间去做一个阴谋诡计，把自己的爱人送到敌人身边，最后胜得再漂亮也不痛快。”

雁飞想，他不会是范蠡，没那种命，只有自己去做死士。雁飞又想，他更不会送她去敌人身边，虽然那处柔软她在他死后方知。是她自己选择了类似西施那样的路，同他无关，是她自己想要痛快。

她对陈墨说：“我没有那么多时间，我只想杀了长谷川。”

不是没想过自己动手，但长谷川怕死，至何处都团团一圈人。长谷川也精明，哪里那么容易沉迷女色，让枕边人下毒手？他早早撤离，只同她做合作伙伴，将她援引给更多他需要攀附的人。

他以为她喜欢财帛，钱财开路，要这个精致得如中国瓷器的聪明女人成为他除了枪以外最有力的武器，他唯一的疏漏是没有想过瓷器里暗藏一把小银刀。

雁飞冷看他的步步为营，叹气，藤田智也怎么会是这样的人的对手？想必他上战场作战也一定狡诈如狐。

现在，坐在她身边的这一位官封少将，四十好几，在南京起哄主持过“百人斩”的比赛，离开南京后，又带军北上，时间不长，很快被调回上海。因为上海的军防力量要增加，万国商团和法租界的军队逐步裁军，洋军人陆续回国，日本人急吼吼等着铠甲上阵去换防。

可戏园子依旧靡靡声不断。

长谷川在戏园子里把雁飞介绍给这位少将。她的眼能飞出桃花，让从山野里出来土气没落尽的嗜血军人看见上海的繁华。

他的眼褪了杀气多了贪欲。是她的成功，也是上海这个魔都的作用。

陈墨告诉她，这个人是他们需要干掉的，因为他手上有太多中国人的冤魂。她想，哪个日本兵手上不染中国人的血？连藤田智也也是不干净的，更别说其他人。

她会同陈墨讨价还价，需要一并干掉长谷川。

陈墨深思且沉着。

“痛快一点，就算买一送一。”雁飞摇着手里的檀香扇，在冷冰冰的天气给自己扇凉风。阵阵凉，阵阵落，身子一日比一日往下堕，自别君后，下坠的速度累增。她快要不堪负荷了。

“你——是不是想要报仇？”陈墨问得透彻。

雁飞不答，只是笑着将写好的“百人斩”少将的出行交给了陈墨：“这个要求，请务必答应。”她手心里攥的是一把冰刃。

捏着，才能生出无限的勇气。这是她送给他的，送出这样一柄锐利的刀。他再还回来，还给她无可抑制的痛，任何安慰都止不住的。

庆姑总唤雁飞时常去卓家坐坐，她会担忧地问：“钱可是存够了？还是大伙聚一处好。”

卓太太也说：“外面风霜紧了，趁早回家吧！”

江江长了牙，喜欢咬食一些坚硬的东西，竟然喜欢吃糕。归云和庆姑本是大惊的，这般小的孩子，怎么可以吃这么难消化的食物。倒是卓太太想得开，说：“偶尔喂一口，也能让宝宝磨磨牙。”

她们都说她是个坚强不怕困难的孩子，雁飞却更加少去亲近她。

这是一个在战乱年代中坚强生活的幸福家庭。雁飞深深遗憾，她没有时间走进去。

归云总不断问她：“你到底想好没有？不能去做些危险的事，不可以！”

冰雪聪明的归云，是猜到她的心意的。她只有笑着推托，也笑着解释：“你想多了。攒钱不容易的。”

归云不会相信，也就由着她，没有人可以阻挡她的步伐。

但她孤独的时候，在这个家里，是能得到温馨的。

雁飞别过陈墨，去了卓家，只是未进卓家的门，就听见江江凄厉的哭声，心里一惊，忙走进去。

归云、归凤和卓、杜两家的老太太都在，庆姑抱着江江不停哄，归凤在旁摇着拨浪鼓不停逗着她。卓太太和归云相对坐着，都傻傻的，面色仓皇。归云的手里紧紧攥着一份报纸。

雁飞赶紧抱过江江，边轻轻拍哄，边问：“这是怎么了？”

归云的眼里蓄满了泪，动了动唇，片刻，才说：“谢团长今天早上遇害了。”

卓太太长长叹了口气，神情萎靡。

雁飞轻轻“啊”了一声，心口一堵，脑中一片空白。

庆姑开始抹眼泪：“是不是日本人就要进租界了？没了谢团长我们老百姓怎么办？”

是的，孤军营的支柱倒了，上海人的希望也倒了。

天也倒了，片片成灰。

江江哭得更凶。

陆明顶着灰色进门。

他的眼中冒着火，心里窝着火，一回来就号啕大哭。女人们拿来毛巾给他擦泪和汗。

他将外出打听来的消息如实告知：“听说日本人买通了孤军营里的几个叛徒，今天早上，这些叛徒对谢团长行的凶。他们——真不是东西！”

众人唏嘘默然，归云喟叹：“为什么会是中国人？”

“听说各界筹资，要在万国殡仪馆给谢团长发丧。”

归云在又一片的沉默里站了起来，平静地说：“我们准备一下，去送谢团长一程。”

卓太太跟着站了起来。庆姑原本在擦泪，听她们这样说，立刻转身回房，从房里抱来一坛酒。

归云认得这酒，是预备给展风成亲用的。归凤从庆姑手里接过酒，放在桌上。她问归云：“我们什么时候去祭谢团长？”

雁飞哄得江江不再号哭，把江江放进屋里小床上，再转出来，裴向阳正放学回家，他的小脸上挂满落寞。他正对归云说：“老师说，谢团长倒了，但是四行精神永不倒。”说着，嘴一扁，也要哭出来的样子，却憋牢不哭。

雁飞走过去亲了亲他，说：“在家里照顾好小妹妹。”站起来对归云说，“我们去吧。”

谢晋元团长的葬礼是日本人怎么都阻止不了的，租界当局抵不过各界的强烈抗议和要求，万国殡仪馆前万人空巷。

很多人蜂拥过来，形势似比当年四行一战的南岸观战，车和人拥作一堆，悲伤也被累积成排山倒海的力量。

天是晴空万里的，但那阳光斜斜照下来，光线是暗淡的。这里的马路本就不甚宽敞，两边又林立着电线杆，人们头上盘旋着这座城市交错的电线，像一张阴灰的大网。

大网之上鸽群飞翔，振着翅膀，遨游蓝天。

可是归云抬起头，只能看见那张“网”网着鸽子。曾几何时，她也在孤军营的上空看见过这样的鸽子。叹出的一口气同泪水一同落下。

雁飞拿了酒杯，庆姑倒了满满一杯。他们隔着马路，灵堂里人多，她们便先在马路这边祭奠。

陆明是唯一的男人，拿过酒杯，正立中央，满含热泪。女人们静静站在他身后。

洒下的，是酒，是泪，也是鲜血。

灵堂里有掩面哭泣的女学生奔了出来，呜咽得像振翅难飞的鸽子发出的悲号。

“谢团长，谢团长，您走好！”这样带着悲哀带着绝望还带着愤怒的呼唤无法停歇。

巡捕房里有巡警出动，鲜少有洋警司和印度红头巡警了，现在大多是中国人。中国巡警拿着警棍，戒备中国人民。

雁飞和归云定定立着，不知是谁的手先握了对方的手，然后，用力握住了对方。

晴空的天起了风，从人群里呼啸，带着春季最后一丝寒意。云动起来，是乌云，遮蔽了太阳。

雁飞拿出手绢递给归云拭泪，说：“我们该回去了，谢团长需要休息。”

她们也不知道自己还能再做什么，只能相互扶持，逆着人流往回走。来祭奠的人均是如此，远远看一眼，燃了香烛敬了酒，更加惘然不知去处，仓皇地哀戚地来了又去。

雁飞懒懒地回到兆丰别墅，发现没了向抒磊和陈曼丽的香火，便唤来苏阿姨。

苏阿姨对她越发诚惶诚恐，嗫嚅：“外面的纸烛小店都卖完了，说是被人买了去祭谢团长。”她小心觑着雁飞，又说，“长谷川先生来过电话，要小姐晚上去虹口参加什么舞会。”

电话是在雁飞再次回到兆丰别墅的时候又装起来的，她想她依然用得到。

雁飞应了声，开始重新梳妆。

她不再穿白色，旗袍里多了大红大蓝，鞋面都是真皮或绸缎的，镶着珍珠或时兴的蕾丝花边，还有更多的貂毛狗皮的大衣，和如今的上海一样奢靡。她的发留长了，就去做了卷子，一缕一缕，似服帖似不羁，走路的时候风姿绰约。

愚园路的阿东师傅不赞同：“这样烫头发俗气了。”

她坚持，笑道：“我说过，只要你阿东师傅做出来的，又在我谢雁飞头上的，必然是摩登流行的。”

阿东师傅也不好坚持，只是说：“我也不给我自己介绍什么生意，其实谢小姐把头发留长，自己梳那个盘辫子是最好看的。”

她的笑敛了：“头发不够长，唉，没的梳了。”

又是很久以前，她第一次被唐信人有兴致做了一些台型，就是梳这样的头。女孩子爱俏，她在镜子里看得欢天喜地。

出门打水都是欢悦的，一开门，正面撞到向抒磊怀里，他怀里的书本全部掉落在地上。两人傻傻地面面相觑。她直愣愣看着他，看到他白皙的面孔上多了红晕，看到他竟然无措地蹲下来把书本一本一本捡起来。她要蹲下来帮他，手一触，不知怎么就触到他手上，他的手竟一颤，书本又掉下来了。

那个时候，他不过是个少年郎，很多情绪压抑不住，不像后来，再次相逢，诸般情绪荡涤到无形。

雁飞从虹口归来很劳累。

谢晋元死了，日本人小庆祝了一回，长谷川得意非凡。

“中国人的惨败是在于他们自杀自灭。”他用中文说，因为舞会上有不少的中国人。王少全等中国人围绕着他，听这话，也无情绪也无波动，泰然自若。

雁飞突然觉得很想呕吐。

那边“百人斩”少将嗜酒，也爱好中国戏剧，醉醺醺地问雁飞：“听说梅兰芳不唱戏了，不过天蟾戏院还有好戏本要上。”

梅兰芳不唱戏了，依然有人会唱，为生计，或为其他。

雁飞不想分清楚，这个世界上人们生存的理由本来就是千百种。她明白他只有一种，所有旁的一切不过是点缀，她抓不牢，也就不去抓。那时候她恨他，后来她不知道该恨谁，在舞会上的那刻，她笑着对少将说话，却把指甲嵌进了手掌里，狠狠地，用这痛忘了那痛。

再回到兆丰别墅，已经过了凌晨。雁飞只小睡了片刻，混混沌沌，黎明很快就到来了。雁飞又去了卓家探归云和江江。两人坐在一处，归云说着最近开厂房的事，雁飞又给了些意见。

归云说：“我要努力，小时候跟着爹一起逃亡，常常在黑夜里翻山过河，一脚踏过去就怕踏空。卓阳说，要走出一条前人没走出的道，会披荆斩棘，万分辛苦。不过他的决心给我信心。”

乱世里出现微末的生机，他们看到了，积极向上，会抓牢。雁飞微笑，有归云这样努力地活，她也安慰，心里慢慢变得宁静了。

归云把江江放在床上，任她玩儿。雁飞想要抱抱江江，江江自顾自在床上爬着玩儿，左转右转，先是不要大人抱。雁飞和归云都怕她从床上摔下来，只得往床沿坐。雁飞叹：“小东西真顽皮。”

江江也许听到大人在说她，“噌噌噌”爬过来，仰头望着雁飞，咧嘴闪出几颗乳牙，笑嘻嘻的，脸上还生出两个小梨窝。

雁飞笑着对归云说：“她和你一样爱笑。”

归云也笑，看着江江。孩子在成长，不管外面的环境有多恶劣。有些东西是止也止不住的。

这时候，江江喉咙口“咕咕”响几声，她蹭到雁飞的怀里，口齿不清，咬音不准，突然叫了一声：“妈——妈——妈。”

雁飞蓦地愣在当场。

归云推了推她，喜笑颜开：“江江叫你呢！”

江江接下来的动作更令她大吃一惊。

小小的孩子伸出肥嘟嘟的手，指着大床旁边五斗橱上摆着的那张归云结婚时候拍的集体照。她分明指着其中一个人，叫："爸——"

归云也惊了，同雁飞一起看向照片。江江指的不是站在正中央的新郎卓阳，也不是站在前边的展风，却是站在雁飞身边的向抒磊。

孩子分明又要她们听清楚她的意思，又叫一声："爸——"

只是单音节，声音响亮，振聋发聩。她这样自动自发，给她自己的身份找了一个恰当的归属。

雁飞的泪，在那瞬间凝结。她抱过江江，将脸埋在她的胸前，无声地、紧紧地抱住她的女儿。

归云愣怔了，她想不到江江会对着向抒磊的照片叫爸爸，她只知道现在应该对着雁飞说："你看，宝宝都大了，知道谁是她的妈妈，你不带她，她还是知道。离妈妈太久，她也会难过的。不要让她像我们小时候那样。"

雁飞没有点头，只无声地泣到江江被她感染，"哇哇"大哭。

这一哭，倒像雨过天晴，归云仰望碧蓝碧蓝的天空。

隔壁的铁门"哐当哐当"开合，邻居家的小孩子叫："妈妈，妈妈，我要吃晚饭。"阵阵饭菜的馨香在空气中蔓延，这里能听到坊外的主妇和小贩的讨价还价，还有电车开过时尖锐的鸣笛。

平静的生活在弄堂里流淌。

雁飞抱着江江，在卓家亲自喂了她一顿饭。归云用鸡汤煨了烂糊面，江江吃得香喷喷，吃完雁飞给她擦脸，她非要往雁飞脸上亲亲，雁飞就任她蹭乱了脸上的妆容，

归云倒水给她洗脸，又说："你想好了，我们都等你。我就信卓阳说的，日本人早晚会走的，我们的生活还很长。"

雁飞与江江依依不舍好一会儿，方拍拍归云的肩："我晓得你的心，我也理会的。"

归云摘下手腕上雁飞送她的腕带，给雁飞牢牢戴上："我信它能保护我，也信它能保护你。"

雁飞没有婉拒，戴好，笑："你放心吧！"她又将一物塞给了归云，归云一看，是童年的两个大洋。

雁飞说："这个你也替我收着。"

归云心里莫名一恸。雁飞笑了："别想多了，连同你的三个，成了五个圆，也是五福，给江江纳福。"

归云方才要自己安心收了。在雁飞走后，她又找来裴向阳，问："你教小妹妹叫了'爸爸'？"

裴向阳眨眨眼："小妹妹有妈妈，也该有爸爸。"

归云又问："你怎么教她认了爸爸？"

裴向阳说："我看到妈妈拿照片教小妹妹叫'妈妈'，我想给小妹妹找个爸爸，那位叔叔看上去像小妹妹的爸爸。"

归云莞尔，孩子的逻辑就这样简单。她感谢裴向阳，抱住他亲了一口。有孩子的地方永远会有希望。

可生活依然继续陷进黑暗，笼罩在头顶上的阴霾根本不会散。

雁飞同几个日本人的车在西区遭了枪击，死了一个少将军衔的日本军官和两个中国司机，同行侥幸逃脱的日军大佐长谷川发挥了他在租界军政商的影响。巡捕房和日本宪兵彻夜在租界各处抓了几十个嫌疑人就地正法。

他们将人头挂在沦陷区防线的灯柱子上，一溜的鲜血淋漓。南北通行就是此处，持枪的日本宪兵要中国人从中国人的鲜血下通行。

报纸发了新闻，归云看到了，归凤也看到了，私下同归云说："以前戏院里的人说谢小姐又同日本人搞在一起，专为中国商人和日本人牵线。这个死掉的去过戏院。"

归云心头乱跳，心急如焚，直奔兆丰别墅，雁飞正蒙头酣睡。她摇醒雁飞，雁飞蒙眬着双眼，先说："我同长谷川坐后排。前排的少将被射中脑袋，我没事，你放心。"她转着手上的平安腕带，眼神淡然。

归云恐惧地狠狠抓牢她的肩膀，问："雁飞，你到底在干什么？"

雁飞的房间里燃了定神的檀香，香烟萦绕。房内陈设简单，本就素然无多物，空荡了，反不能安定人的心神。

她推开了归云，从床头柜上拿了一支烟，想要点燃，看一眼归云，又放下："桥厦里有些被看成重犯的洋人要被转移关到其他地方，若是他们看成了重犯的，多半——我们不能让蒙娜被带走。"她想一想，依旧点燃香烟，"我们要想法子给蒙娜打通这关节。有钱能使鬼推磨，也能使鬼子推磨。"

雁飞吸了两口烟，再摁灭：“你瞧，我在干这些。”又靠到了归云的肩上，“你且安心，我这些日子也存了些款子，往后我要做江江合格的妈妈。”

归云惊魂不定，怀疑而忐忑地向她确定：“我能信你吗？”

“你做了多少我心里有数。”雁飞给她一个“我也不会令你失望”的眼神，再转开眼神，迎着模糊暧昧的青烟，深深呼吸。她一手攥紧了腕上的腕带，起身下了床，一把拉开沉沉的窗帘，满室光明，窗外碧绿生青，是对面小洋房满壁的爬山虎，不屈地、坚强地爬满一墙。

归云只觉眼前猛然一亮，暗亮之间，闪烁不定。

雁飞很快用了些路子通了些关系，抹了蒙娜“重犯”的名头。其中也是费周折的，关节的人物爱好中国古字画。

归云同卓太太商议，卓太太当机立断：“人命大过天，我们承担些损失不算什么。只要蒙娜活着，就是大造化。”

也就慨然决定从浙江的旧宅运出唐宋时代的两件珍品，是陆明自告奋勇避过日本的边防哨兵从浙江犯险运回来的。

庆姑和归云都忧心忡忡，为他牵肠挂肚，陆明只留一臂的身子站得很牢靠，他说：“这里里外外就我一个男人，我不做，谁去做？”

目光炯炯的，有潜藏很久积聚很久的力量。不知道陆明憋了多久。

两卷字画自是有了效果，蒙娜被留在了桥厦，同新近被抓进去的犹太人关在一起。

七八月里，公共租界的英军正式撤退，留下的美军也所剩无几，日本人对他们所谓盟友的敌人开始下手。避在大上海小弄堂离乡背井逃避纳粹迫害的犹太人首当其冲，大批大批被俘进了集中营。

日本人贪他们的财，搞了些“以金赎罪”的名头向犹太人敛财。

雁飞说：“这倒是好了，说明那里一时半刻也出不了什么意外。”

归云同老范别有忧愁。

老范说：“前一阵有通知，说公董局要颁布日本人的命令，学华界实行分米配给制，一个人一个月八斤米，在我们现状来看，一定不够吃，更不用说再做生意。”

归云道：“他们且管着大米的进出，我们多用面粉，也还过得去，只是时间长了，肯定是不行的。”

依旧愁了生计，活着就是万般艰难。

雁飞说："粤雅楼在日本人那里领了特别通商许可证，有些待遇不一样。"

归云断然正色："我们决计不会去领，这样一领，就切实了给日本做事的名头。"

雁飞起身："那就挺了身子做好熬的准备吧！"

他们的性子，也就是他们的命。

雁飞萧索地孤身上路，走得乏了，便在路边的杂货铺子歇上一歇。铺子里有卖糖果，她想江江是到了可以吃这种花花绿绿硬糖的年龄，就买下一包，随身带着。

她回到喧嚣罪恶的舞厅，如今的舞厅也都是日本人的天下。

袁经理财运亨通，又多开了一个小舞厅同一个京剧院，忙得分不开身，就委托别个人看百乐门的场子。其实也就是给日本人看场子。

今次，长谷川重兵包了场子宴请他的日本同僚和老乡，要中国舞女伴在旁边作乐子，还要台上的中国歌女唱《樱花》，唱《红蜻蜓》。

雁飞倒是并没有事先得到通知，看到场外持枪的日本兵，以及场内的日本商人和日本军官，愣怔了，心烦意乱。她稍稍理了片刻，就自觉上前，往长谷川身边坐下。

他如今也政商亨通，山田死了，少将死了，他却懂了很多在战场上学不来的道理。帝国的光辉或许永恒，他的荣誉只有一瞬，只有钞票永不会背弃他，还能让他坐在这样奢华的场子里，用累积的财富和财富累积的地位，来比过军衔。

故，他对广开财路、四通八达愈来愈精通。还有，他知道如何有效保命保身价。雁飞最暗恨的就是这一点。

这天聚在他身边的却都是日本人，他们讲日本话，仍需要炫耀帝国战争的最大热点话题。他们讲杀了多少中国人，缴获多少战利品。

雁飞用扇子掩住了口，问长谷川身边懂中文的日本兵："大佐谈什么这么高兴？"

日本兵很得意："大佐正在回忆当年东北战场的辉煌。"

"哦？"雁飞瞟了一眼那个日本兵。

日本兵受到鼓励，继续翻译："大佐当年赢得很多战役，虽然偶有失手，被敌人逃脱，但是事隔几年，最后依然抓捕归案。"

日本人都笑了，男人扬着卫生胡大声笑，女人掩着小口小声笑。

雁飞问："有什么好笑的吗？"

"有个男人十分顽强，大佐说，是他遇到的最不可思议的敌手。"

雁飞仔细倾听。

“当年东北一战，一个被惩得不能人道的中国男孩竟然成长成一个可怕的敌人，这令大佐非常惊骇。”

时间停顿了，回到血流满地的清晨。她亲眼看见他身上最深重，深重到他不得不放弃一切的那重伤口。

那副十字架像枷锁，在雁飞折下扇子的片刻，“喀”的一声，又牢牢扣住了她。

台上的日本歌谣不间歇，是用中文唱的日本歌，这是李香兰带来的新流行。

雁飞往舞厅中央去，搂住一起跳舞的男男女女，眼眸森森，光和影都挟制着她。她一步一步往门外走，那里微亮的光，照不到她。只有陈曼丽那翩然的鲜红身影，在那光亮之上。

满厅黑压压的人群，迫得她不得不退回了原位。

雁飞露出一个莫测的笑，手里多拿了一个酒杯，盛满鲜红的酒，递给长谷川。

长谷川暗暗瞅她，她坐下来敬他酒：“大佐，好夜色好美景，不喝酒怎么行？”

她一饮而尽，酒杯一放，倚到椅子背上，往长谷川身边靠了靠，看他喝下了那杯酒。她想，她得再找机会。

雁飞的麻将桌用了红灰灰的麻将灯，在白天开足瓦数。还未进夏，这时节却照得人酷烈难当，在牌桌上翻转双手的人们撸起袖子，鼻尖都生出一层汗，被火热的灯光一照，倒是沤出几分血色。

都是红了眼的。

雁飞斜睨着坐在左手边的太太，手腕上戴着绞丝缀花的手链子，看细了，是梅花，雁飞喜欢这花色，不免多看几眼。

“阿囡，我倒是忘了你是喜欢梅花的。梅花也没什么好，待到八月，桂花倒是香了。”

雁飞眼角漾着笑意：“二姨娘还记得？”

这位二姨娘从来不进王老板给她买的这栋小洋房，因为带着锐利的醋意。如今进来，已经没有醋意，是为着她依傍的新的男人。

那也是个小老板，在闸北开家炼钢厂，打仗以后迁进了租界，到了现下时节，见风向大变，慌了神。他养的女人告诉她，雁飞能拉线。他就觍着脸装好腔上门，雁飞见着他臂弯里的女人，迅速掩盖刹那的惊愕，笑意盈盈待如上宾。

她同那人一样，过手到一个男人手上，又到另一个男人手上。只是雁飞依然叫她“二姨娘”,“二姨娘”讪讪的,不多作回应,只胡扯其他:“少全那小子还不将酒酿圆子端来。”

王少全手里端牢托盘躬身笑道:“我怎么好怠慢,这不就来了?”

桌上另有两个女人,身份同雁飞及“二姨娘”相类,在牌桌上将麻将洗得“噼啪”作响,借此忘记些什么。

女人们都很放得开,这个戳王少全一把,那个将手绢丢在他脸上。

“看看看,就是这样儿子才孝顺。”

二姨娘的脸再青红不接,也得装作春风满面:“他父亲在世时就说他能干。”

“可不是呢!棉纺厂都开了六家了,年前一批土布卖得火红,丝绸旗袍很有腔调,霞飞路上的旗袍店可进了不少货吧!”

“大上海总是有大把机会在,遍地是金子的话也不算假。”王少全蹭到雁飞身边,挺直了身子看雁飞新垒的牌张,“都说现在同皇军好做钢铁生意。”

雁飞并不回身,只旁若无人地将手朝他肩上轻轻一搭,说:“人人都涂贝林油,那却俗气了。王少爷倒新奇,这桂花香的发油哪里搞来的?”

王少全在自己的发上摸一把:“都从欧洲进口来的,洋人搞这些玩意儿是在行。先前父亲送给谢小姐的梅花味香水倒是香港的胭脂水粉世家做的,我觉得不如洋人搞的芬芳。”

雁飞撑着下颌,懒洋洋摸牌。

梅花味道的香水她的梳妆台上尚留着几瓶,当初王老板待她也是尽了心意的。

她对梅花最早的记忆还是在东北,到了深冬,偌大的庭院里有株婷婷的梅树,开出的花白白小小,绽在枝头,再孤单,也是一幅充盈的景。

后来有株树开了红梅,艳得跟血一样,她闹着要剪一朵来戴,却被父母阻止了,说不可糟蹋胜景。父亲到底怜爱她,无人在时,用剪刀绞了一朵给她。她戴到花谢。

父亲说明年多弄几朵来。

那一年之后,整个东北都变成血光之城,根本不需要红梅来点缀。

雁飞再转回来,回头对王少全说:“你也该多多照应些旧家人。”

王少全满面愁容:“该做的该做的,那也是义务,不过长谷川大佐新近忙了些,总不得空,见他又见不到。”

雁飞把牌一推,伸个懒腰:“好累,我去灶庑间望望我们苏阿姨的鸡汤银丝面有没有下好。”

她把王少全按进椅子里，径自走过楼梯，往二楼一瞧。那里的几间房早先给了长谷川用，他有时带中国人来，有时带日本人来，雁飞一概好生招待，且，并不近前。

自那少将出事之后，长谷川防备之心日盛，身边多了日本浪人保镖，行动诡秘。只有他突然来找她，要她相陪些什么事。她若无为他办事的机会，那是万万找不见他人，也捉摸不出他的行程。

雁飞心里一阵凉，兜头像被摁进了冰水里。长此以往，她就掌握不住长谷川的行踪，拿不出任何线索给陈默。

她晓得他们的行动愈来愈激烈，上头下的命令是，但凡有得手的日本兵，不论军衔高低，都可以就地解决。那拨亡命之徒也真发了狠，或都晓得上海垂危，下手毒辣，常将日本人劈得面目全非，死无全尸。搅得日本兵人人自危，飞扬跋扈的日子并不好过。但这样一来，要得手的机会也不会那样多了。

她却怕他们会像淞沪战役那回，因为要撤离了，才做这最后的激烈的血债血偿。陈墨对她说："如果有机会，答应你的一定办到。他在中日商界颇活跃，聚了不少投降商贾。我们也盯他很久了，不过一切需要灵活机动。"

这话令她定心，她要伺机候着。她得继续做好外人说的中商日军间的中介人角色，用"友好"的方式促成双向合作，再引长谷川现身。

可巧，二姨娘找来了。她候着了。

雁飞倚靠在楼梯把手旁，重新思索。楼梯下的那间小房间里发出暗香，香火是不断的，平时也无人注意。她静默一阵，在小房间门前转了身，抓起独脚高几上的电话，信手就拨了号。

"烦给长谷川大佐带个话，有位钢铁厂的老板有宗业务想向工部局要个申请。"

说完，雁飞再度回到麻将桌边，站在二姨娘身后一面看她的牌张子，一面问王少全："我刚才拨了电话过去，大佐倒是不在，你多少天没出力做东道了？这回该怎么着？"

王少全会意："我早想摆一局，上回做和服赚了一票，全靠人家照顾。"

话完，二姨娘手里的万字喂给他的清一色，和了盆满钵满。二姨娘直吐唾沫星子："这手气，一年不如一年。"

王少全摆手："自家人有钱有份的一起捞。"

他瞥见雁飞怔怔盯着二姨娘手上的手链，就起身，说："来来，还是谢小姐来，今朝这个位子旺得很，把姨娘的手链也好赢过来。现在老凤祥不像先前了，可买不到这样好的货色。”

一旁的牌搭子太太摸着意思，借机起哄：“来来来，这样的赌注倒是新鲜，就赌这一次。”

二姨娘就不得不赌这一次了。

雁飞坐下来，她也要赌好这一次。

一场牌局下来，梅花金手链到了她的腕上，她对总也扯不出笑意的二姨娘讲：“那边我打过招呼，同乐会那里少全也会帮忙摆平。”

二姨娘不得不点点头，走了。

这日宴罢，雁飞把手链子戴好，一转间光艳绝伦。她这下同王少全是敲得狠了，不久就会有些流言出来，说她要收多重的礼，才会办多大的事。这是好事。

长谷川的回复没有那么快来，二姨娘倒常常来找雁飞搓麻将，一搭一唱，要王少全出钱办饭局拉长谷川的关系。

王少全被缠得没法，直叹气：“大佐最近办着同工部局洋人交接的事，还没得空理会咱们这等小事，他说待有空了通知咱们。”

雁飞眼皮也不抬，夹着细挑的女士烟，吐一口烟圈，慢悠悠道：“那就等呗！”

雁飞在夜里不得空，只在大清晨找机会去卓家。

那日江江唤了她“妈妈”之后，她每次回去，江江都能叫得顺口又响亮。不过她一向是匆匆的，抱一抱，亲一亲，就放下孩子。

归云说：“你都不肯多留，江江老抓着窗栏杆盼你。”

雁飞将现存的银元券和法币都换成金银首饰，交托给归云：“想想还是这样稳妥，我那边人多手杂，你替我存着，我回头再取。”

归云抓住她的手：“说好了要取回去的。”

雁飞笑：“当然说好的。”

她又给归云一张照片，归云拿过来，一看便起了暗疑。那照片是雁飞抱着江江同藤田智也的合影，站在大世界的哈哈镜前头，像足一家人。

雁飞道：“这也放你这里。”

归云接过照片，看半天，将话咽下去，好生将照片藏好。她又把江江放到雁飞的怀里，江江爱笑，被雁飞一抱，笑得更欢。裴向阳写作业写一半也跑来，叫着问：“雁阿姨，你什么时候回家？”

“用不了多久。”雁飞放下江江，江江还牵着她的衣角，她仔细扯开她的小手，在唇边一亲。眉宇之间，留恋不舍。

但她必须先舍。

归云在她离去的时候，追着出来，说：“我问过陈组长，你同他说做完这个就不做了。”

雁飞止步：“是的，我早就决定好的。”

她一侧身，朝阳升得正好，她从朝阳底下走出去。

满满的暖在身后，太阳高了，天热了。她走到霞飞路上，不自禁起一层汗。薄薄腻腻，黏在身上，抹不干净。

王少全终于把得意的消息带过来：“我就料定大佐抹不开我的面子，答应应我的饭局。这个礼拜天去新雅粤菜馆。”

晚上长谷川也打电话过来慰问。

雁飞说得半真半假：“呵！现在为大佐做件好事情可比见天皇还难。”

“雁飞小姐为大东亚共荣做的事我自然是不会忘记的，必将重谢。”

她嗔笑：“只要大佐别抹我面子，愿意做我的保家，就什么都有了。”

长谷川说：“为表示我的感谢，我自当亲自来接雁飞小姐。”

挂了电话，雁飞就抓紧时间写了字条，递去陈墨那处。陈墨和她一样想先下手为强，就在长谷川接她去赴宴的路上下手。

他回复字条：“你要借故中途下车，方便我们行事。”

雁飞记牢，也不想全记牢。

她将自己洗浴得干净，一寸一寸擦拭干净，手停在背后旧伤上，费力抚触。倾尽一生的，总是摸不着的。

兆丰别墅到新雅粤菜馆，应该往爱多亚路上走，那样路宽，也近。

长谷川的车开过来，雁飞晃手上的手链子：“那太太送我的少了一瓣缀饰，去霞飞路首饰店里重新配一下，不好被人见笑。”

她见长谷川看腕上的手表：“我尽快，大佐坐在车里等好了。”她钻进车里，往长谷川身边靠了靠，那边的手暗暗从身后触过来。

雁飞不躲，反倒更靠过去。

这个日本人，小心翼翼做事做人，守得狠了，总会忍不住。忍不住就好。

那小店是暗处的，拐在弄堂壁角里，在一处私家饭店旁，弄堂短浅，尽头放了大桶的火油，用木板隔着。

陈默选这家，是这地方有个角度，可让雁飞避在墙角里，不被流弹所伤。他们知道那个日本人会用避弹车，一场枪战在所难免。

她下车，还被长谷川不住叮嘱："快点，不要误点。"她望一眼前座的两个日本浪人，都认得的，他们是长谷川的得力手下，兼做保镖和司机，听说枪法都不错，在东北战场战无不胜。

他们都在东北战场战无不胜，但以后不会了。雁飞下车的时候，微微笑出声。她踏进店门，往里走，把手里的梅花手链递给堂倌，堂倌拿放大镜看，一朵一朵数梅花。

一、二、三、四——

雁飞也在心里数。她等了很久的数字，用了全力在等。

"这个倒是老凤祥精手工的，我们可以试试。"堂倌把放大镜拿下来，朝雁飞说。

这时候，外面"噼噼啪啪"响了起来，有人奔入店里躲避。堂倌手一颤，抱着头就蹲下。只有雁飞还站着，捡起手链子，认真数，她想有几朵？刚才堂倌没数完。

外面的声音总不灭，她心里燃了微温的火，渐渐升温。血气往脑门上涌，想要回头往外看。

堂倌以为她吓傻了，一把拉她蹲下："小姐，小心被误伤。"

她咬了银牙："没事。"

堂倌伏趴在水门汀上，不敢再抬头。

老听说路上无辜起枪战，这回真切遇到，双腿趴着也是抖的。老百姓真可怜，总受这些无妄之灾的折磨。

雁飞还在数那些梅花，一朵、两朵。

怎么还没完？

声音在持续，长短不一，和着她的心跳，从心底响出来。

"砰砰砰"的声音终于停了一停。

依旧没有人敢爬起来，瞬间的肃静，让伏地的人们愈加惧怕。但雁飞不，她甚至有一点受不了，心内的一团火在肃静里越发炽烈。

她忍不住了，爬起来飞奔出去。这处的马路上空无一人，只有路边的黑车起了淡白的烟，防弹玻璃的裂痕蔓延在烟雾里。一具尸从那边滑下去，是那日本浪人，拖出长长的血迹。

“快，拉我出去。”

车窗里勉力探出劫后余生的人脸，满是血污，瞠着惶恐后求生的目。那目浑浊，拼力望着即将西下的太阳，如兽的渴求。

将死的兽。

远处的鸣笛响过来，死一般静的马路上立刻有了动静，因为有这动静，那些执行的人才没了动静。他们或躲了，或跑了，来不及探现场，以为功成。

巡捕房和宪兵队在临近。竟然来得这样快！

“快拉我出去。”长谷川敲窗，他无力了，也虚弱了，从没现在这么落魄。幸好有车，幸好有得力手下，也幸好有眼线联络着巡捕房。两条命换来他一条，他佯死躲过，可身上也汩汩流了血，疼痛难忍。

他面前的女人，面色苍白，唯有双目雾蒙蒙的，看不透，眼角下还有一颗泪痣。那是一副悲伤欲绝的面具，面具里外都是如此悲伤欲绝。

突然灵光一闪，他明白过来。

“原来，你——”

有巡捕车停下来，“嗒嗒嗒”的军靴踏地声近了。

雁飞的眼里，雾遮蔽一切，她走不出来，更不想思考。她捏着梅花手链子的手从旗袍的暗袋里掏了一件东西出来，用手挥了挥靡靡的烟。

归云抱着江江，在叫她：“你答应了我的。”

只是烟雾大，世情难，声音被掩盖。

换了陈曼丽，也在叫她：“小谢，你原来也是会哭的啊！”

唐倌人转身又回头：“小雁子，我可等着你，我等了你很久了。”

她们的影子都近了，她又走得更近些。

宪兵队也近了。

她怎么可以让他们带走活生生的长谷川？

机会只有一次，失去再也得不到。

从小到大，她知道这是真理，她不能丧失一次又一次机会。

雁飞不让长谷川有更明白的机会，猛力拉开车门。长谷川要推开她，然，她全身的力都压制住了他，她冰凉的手触在他的脖子上，锐利的刀锋划开肉体，是他从没有体验过的滋味。

他佝偻着背，抬不起头，望不到天，永远望不到，扎头倒在地上，脸面侧朝着远方。他手底下的人被猝不及防的一幕惊愣住，众目睽睽之下，窈窕的中国女人，摇晃了两下。她手里有一把好刀，一下就出鞘，扎在人的喉咙上。她的腹部也扎了一把刀，满腹的血，从旗袍里浸出来，宛然鲜艳的红梅。

原来那一刻，她也中了招。

长谷川有枪，子弹已用尽，然，还有贴身的匕首，插在军靴里。拼死之前，两个人都动手。她站他坐，被她先中要害。

宪兵队跑到巡捕前面，托枪，抬起，对着她。

没有开枪，或许想要从她身上找元凶。

雁飞下一刻就又钻进了车，将里头的尸体踢了出来，白绣缎面带搭扣的皮鞋也染了血，掉落在地上。

要逃？车头对着死角的墙壁。宪兵队的头排众出来，心里计算着，他想要生擒这个女凶手。大马路上就她一个人，当街行凶，杀的是日军炙手可热的军官。多了不得？他简直惊诧了！

她还有让他更惊诧的。

雁飞不等包围她的人再发话，用高跟鞋鞋跟往油门一踩。车子拖着“嘶嘶”声滴出油，摇晃着前行。前方有几桶火油，也是栅栏，恍惚竖着十字架。

她的发，短而散乱，蓬在额上，已听不得自己的指挥，编不得当初的辫子。而当初，也只是不断被毁灭而已。

她对着前方，说：“你看，我虽性急，但也能做到这步。我们都不用等。”

该还的，一处不落。

她的耳畔没有了其余的声音，整个世界变得宁静极了。就像来上海的那条船上，她的命运悬在那条船上，漂到了上海。

从此，有爱有恨，身不由己。往事种种，似只为这刻。

雁飞慢慢吁口气，从烟雾里出来。

眼前起了红，身后有震响，世界依然嘈杂。

她朝前，泪沿着泪痣终于流下。

“归云，我最后还是对你不好。”

小时候，她对归云说：“妹妹，你对我真好，我也要对你好！”

一直到最后，她说：“江江和一总的烂摊子，也得你去收拾了。”

血色一般的残阳透过层叠的老虎天窗，歪歪曲曲地洒到这一处。是要西下的残阳，如一团火球，要湮灭了，乍起斑斓的光。

她记起来，是八月的天，只有桂花，没有梅花。人生总生出万般不如意。

雁飞一扬手，将手里的手链子丢出了车窗，紧握着的，是最初的小银刀。

太阳从这边要落山了，在那边又露了半转的光轮。

归云抱着江江，被那光轮刺得睁不开眼睛。江江扁扁嘴，想要哭的样子，归云忙哄着：“宝宝，我们买好相册就去找妈妈好不好？”

江江点点头。

归云臂弯里夹着适才买好的照相簿子，这簿子是江江挑中的，蓝色缎面的底，干干净净的，就在右角绣了朵红色的花，半开着，也半合着。似落非落，似开非开，几分着眼，倒是像梅花。归云就买了下来，想着回家将卓阳留下的林林总总的相片好好整理一下。

这回接待归云的就是教卓阳拍照的师傅，他少不得问：“那小子一去美国就没影了？放着娘子在家里照看一家大小，我真得好好教训他。”

归云委婉地笑：“他总及时来信的，在外边修学问比国内安稳，回来也是喝了洋墨水的。”心里算着日子，他何时会归？思念一寸比一寸长。

车夫撒开腿跑，卷进一阵轻风，江江小小打个喷嚏，带出了鼻涕，被归云用手绢擦了，把她抱得更紧，相依为命似的。

车速到了霞飞路某段忽然慢了，车夫想要打个回旋，后方又拥来不少人和车，旋不出去。

归云疑问：“怎么了？”

车夫道：“前头戒严了，印度人拉了警戒线，人都堵在这里。”

江江打了一个喷嚏，小脸一皱，她觉得不痛快，要哭出来的样儿。归云抱着哄了哄，对车夫说：“还能往后开吗？”

车夫嘟囔：“前前后后都堵死了，前边好像还有救火车。”

归云探直了身子，往前望，又望不出什么来。远远的只有残阳下头的一片浓烟。真是着了火的。

这边的人和车等不住，喧哗起来。前面的叫后面的往后退，后面的不明所以，还一个劲往前拥挤。这个踩痛了那个，那个就骂了这个，稀里哗啦，嘈杂刺耳。

江江在归云的怀里，触到她放在一边的相册，忽地就低低叫了声："妈妈。"

归云拍拍她的背："回家就找妈妈去。"

人声猛然间静了，一轮一轮的，从前边静到后边，像风止后的法国梧桐，一丝声响都被吞没。

一列日本宪兵粗暴地扳开人群从中间跑出来，后面有挂着太阳旗的救护车。前头还有中国巡捕吹哨子开道："闪开闪开！别挡道！"

随即就听到了枪声，震碎人心，也震慑人群。

原来有个站在路边的老人被人推倒，歪在人行道上，来不及叫疼，脑袋开了花，红红白白流到柏油路上。前边的人都能看到开枪的是宪兵队伍末尾的一个军官，恶狼恶虎的模样，正无处泄愤，仓促掏了枪。

夕阳下的人们只能安静下来，从前边静到后边，潮水般让开了条道。

归云的车夫更怕事，往后退得更多，直到一边的弄堂里头去，还同一名路人交头接耳。

"怕是又有暗杀了，日本人都开了大部队。"

"也许是军事演习，近来日本人老在南京路这些地方搞演习。"

路人想在大多人显得不明白的时候做出一副很明白的样子。

归云的心慌慌张张，跳得异常快。她想要站立起来往外看，车夫求她："太太，您别动，咱们避避就好走了。"

她便只得坐下，江江在她的怀里辗转，又打了一个喷嚏。她的心里悔了，怕江江是真不舒服，本不该带她出来的。她用手探了探江江的额，发出些微烫。她的心也跟着烫起来，看着夕阳都刺眼，像是不怀好意的火球，要熊熊燃烧一把，烧到她们身上。

又过去了一列宪兵，听前边人讲，也抬了一副担架。渐渐那些宪兵巡捕就走完了，留下的人疏通人群，清理现场，还得把路边枉死的老人拖走。

人们默默地，挨着个儿，从他们拉的警戒线旁过。过口太小，成一条苟延残喘的长蛇，呜咽着挣扎向前爬行。

归云艰苦地挨着，江江翻转小身子，怎么摆都不舒服，开始抽泣。归云拿起相册，替江江挡了风。八月的天，也这样凉。

过了警戒线就是出事的地点，那里用警戒线完全围住，尽头仍在冒烟，救火车还在那边做清洁工作。

车夫只想拉着快点跑，归云只能遥遥望去，见一辆残破的冒着青烟又淋了水的小汽车，黑色的，也或许是灰色的，卡在尽头那处，灰黑不清。

其实，有些眼熟，但也来不及细细辨认了。她只向着太阳落山的方向望去，黑色的夜起来了，风更凉。

江江在她的怀里，终是忍不住大声哭起来，声嘶力竭，让她的肝肠也跟着要寸寸断。

到了家里，归云焦急地请卓太太同庆姑看江江："怕是不好了，可会发热？"

庆姑抱来哭惨了的江江，来回踱步哄着。

卓太太道："去医馆看看，把谢小姐叫来吧？"

归凤正空了手里擀面皮子的活计，听了说："我去找谢小姐。"

卓太太便做主，携了归云带着江江去医馆，由归凤去兆丰别墅找雁飞。一家人又不得不匆忙行事，归云看着江江哭到后来声音都哑了，心里痛得不可名状，和卓太太叫了出租汽车赶着去医馆。

天色已晚下来，下午戒严的路早清了道，笔直地要往黑暗最深处去。归云看着怕，那里的汽车也不知有没有被清走，让日本人出动了宪兵队来善后，想必是大案子了。

江江哭得累了，抽泣着睡去。卓太太严严实实包紧她，说："可怜的孩子，托生在这年头，真作孽。"

车子转个弯，有绵延的煤气路灯开道，黑暗被逼走，前途有微弱的光明。

到了医馆，正有儿科大夫当值，为江江做了检查，只说是偶染风寒，给开了药，嘱咐归云："发了汗就好了，没什么大碍。"

大人终是松了口气。

大夫夜里的病人不多，或者这样的时节人们有个三病五灾的也会死死忍着，大夫便得了空，很是关照病患，看江江哭得可怜，替她按摩了好一阵，奇问："这宝宝什么事哭成这样子？又不是饿了冻了。"

归云急道："就是这样才急人。"

大夫笑道："毛病是不大的，这个放心好了。"他又逗江江，"宝宝不哭，外面豺狼多，我们要勇敢。”哄着的话也是触耳的，人人心底都生出那段愁。卓太太和归云都低垂了眼睑。

正说间，有人闯进来，护士和门房拦都拦不住。来人穿土黄制服，拿刺刀，身后照例跟着个穿短襟褂子的中国人。

“皇军有令，挂旗挂旗！”

穿短襟褂子的人手里拎好一面狗皮膏药旗，惨然的白里一抹血渍样的红，被整个张开。拿刺刀的日本人把刺刀拄在地上，踏踩在这片土地上。

个人的病痛还未医好，就要跟着自己的乡土再痛一遍。

归云和卓太太抱了江江，避开了。儿科大夫捏好那旗帜，日本兵要看着他把旗帜挂在医馆的上空。

本是夜里，夜里非要升起这样一面惨白屈辱的旗。

升好旗，还要朝日本兵鞠躬。所有在场的中国人，被押着，躬身一弯。他们都噤声，弯腰的时候，点滴的泪洒在土地里。是那儿科大夫的，也是其他一些人的。

归云就怕江江再哭，可怀里的江江这时候倒不哭了，沉沉睡去，不晓得外面的翻天覆地。这样也好，她足够小，不用向这些人低头，鞠躬。

归云和卓太太相互扶持地走回霞飞坊。夜晚的马路进行了另一轮戒严，各家商户医馆学校被挨家挨户通知挂旗，躬身。

刺刀和长枪指着手无寸铁仓皇失措的人们，逼迫他们屈节。最后一道防线，也崩溃了。

她们回到了家，归凤慌张地过来开门，眼里蓄满了泪水。一见归云，她的泪就流了下来。她说：“谢小姐，不好了。”

归云从脚底开始凉，一直到心头。她茫然地问：“什么叫不好了？”

归凤抱住她：“下午霞飞路发生枪战，死了几个日本人。谢小姐家的用人来过了——”

这是风马牛不相及的话，听在归云的耳朵里，如鸣锣响钹，整个脑仁儿都在鼓鼓地痛。卓太太怀里的江江醒了，嘴一歪，又哭了，她忙不迭哄着，也看着归凤。

庆姑流着泪冲了出来：“归云，谢小姐她去了。我让陆明去打听了，死了几个日本人，还死了一个百乐门的舞女。”

归云僵住，人恍惚了，一切声音都成了耳中的噪声，世间这样嘈杂。

她去了！她去了！她去了！

她身体上最亲密的一处被血淋淋地剥离，泪先流下来，她扶着墙，人不能倒下去。她说："她说过要回来的。"

江江的哭声像一柄钝刀，在她的心尖上来回磨，是凌迟的痛。

归云慢慢蹲下，抱住了膝盖，埋头。如孩提时代，她叫："小姐姐，你怎么能这样！你怎么能这样！"

啜泣悲鸣交汇，成了夜的序曲，是开始也是完结。

庆姑说："她竟会选这样一条路，我怎么都想不到！"

卓太太抱住泪流不止的归云，归云又抱住哭得睡过去的江江。三人成一条影，还是孤寂。

这夜，要怎么过？

陆明搬来了火盆，归凤买了纸箔，裴向阳跟着归凤烧了火，小小孩子一直忍着泪。

陆明说："听说日本人抬走了尸首。"

江江在归云怀里翻了身子，归云的泪落在她的衣领子上，她用手一抹，擦干净了。归云站起来："我不能把小雁给他们。"

大家抬起头来看她，她脸上的泪痕在努力干，只是痕迹还是这样深。

她说："小雁说过，她死了，就把骨灰朝黄浦江一撒。"她的泪痕干不了，泪又出来了，"我得为她办到。"

归云下了决心，也有死心。

心里的这一刀，受得狠了，她以为会支撑不了。可是抬头看明月，又像是回到滚地龙，小雁抱着小云，她们向往着美好。她本以为一切都会美好，但是，一切都等不到了。

归云不能等，她孤身上路，一身孤勇，沿着林荫道走，林荫道两边的梧桐在风里惊得瑟瑟战栗。路边的店铺，膏药旗"呼呼"地飘动，给千疮百孔的世界打上寒冷的补丁。

她去的是大世界，这里的繁华也萧条，门上也插了膏药旗。这里实行宵禁了，静默在黑夜里，原来曾经热闹过后的消寂更冷清惨淡。

归云持着摔进万丈深渊的心，寻了边角的门房，去小心敲了闸门。门房开了一道缝，有人探出头来。

"我找陈墨先生。"

"没有这个人。"那人咕哝着就要关门，归云立刻将几张法币塞进他的手里，"烦请通传，我是卓阳的太太。”她一着急，眼圈又红。

那人惊了一下，又看清手里花花绿绿的票子，说：“你先回去吧！”

归云无奈，抹了眼泪回头，绝处逢不了生，天地都惘然。

她走了几步，身后的门房叫了：“哎，回来。”他说，“你留张字条。”递出一张字条，像是给归云的救命稻草，此刻却并救不得命了。归云接过来，也接了笔，几番触纸，写不下去。

风更紧，也在逼迫她。每个人被迫发出最后的吼声，也许风也亦然。她写下了自己的请求，然后递回了纸和笔，手里心里都落空着。

归云迎着黑暗，走回来路，可又不是来路。她是记得这一条一条的路，当年年纪幼小，又病着，在雁飞的肩头，走过一条一条的路。

黑魆魆的，漫无尽头。雁飞背着她，往黑暗的深处走。她说：“小云，别睡，别睡，走过去天亮了就好了。”

她半梦半醒，很长时间记不住她当夜说的那些话，可是那些话又是藏在了心底的，这时候冒了出来，犹在耳畔。

“小云小云，走过去天亮了就好了。”

她问：“小雁小雁，天什么时候会亮？”

这一路过去，过了南京路，就是外滩。黄浦江在月光之下静静流淌，江堤清冷，万物都静定了。无光，是因为宵禁，归云的心里也无了光。

她迎着江风，流了一夜的泪。

回到家中，几乎成了冰人儿。老人和孩子都已入睡，为雁飞的牌位守灵的是归凤和陆明。

归凤没有睡，陆明半蜷在椅上，都困顿，都落寞。归凤一见她，又忍不住哭了，出口却是安慰：“你要好好的，是谢小姐希望的。”

她们都转头，雁飞的牌位摆得好好的。是留白的牌位，还没有写字。归凤拿了金漆，陆明拿了毛笔，都递给归云。

她本写不好毛笔字，同卓阳学了一阵，她知道她依然写不好。归云逼回了泪，发誓要写好。

她写：

谢雁飞之位

很快写好，收了金漆。漆色很快就干了，就像人生的一瞬。

归凤抱着杜家的女儿红出来，陆明又拿了杯子出来。三个人满了酒，再洒在地上。

归云动了动唇："小雁，今宵一醉，来生再聚。"

来生那样遥远，怎相聚？归云拿出了雁飞收着的两个铜板和自己的三个，拼在一起，是一个圆，是一个五福。她排在了雁飞牌位前头，看不清楚。

更夜了，打更的樵夫也休息了。裴向阳醒来，穿着单薄的睡衣，走到昏昏暗暗的客堂间，一眼看到了雁飞的牌位。他走过去，跪下来，朝着雁飞的牌位磕了三下头。

他说："雁阿姨，这是我给你磕的。"

说完，又"砰砰砰"磕了三个头。

"这是代小妹妹给你磕的。"

归云一把搂住了裴向阳，抚弄着他的发心，眼望着那牌位前的圆。

再也圆不了了。

第二十章 人独立

雁飞的骨灰还是没能回来，三天后，卓家收到一封致歉信。

归云知道是谁给她的，信外还有一包东西，是雁飞平日穿过的旗袍、向抒磊的牌位、陈曼丽的牌位，还有陈曼丽的骨灰。

在雁飞丧讯传出的当日，她的兆丰别墅就被当成戒严场所封了，她的遗物，一样都拿不出来。归云近不得，只留心里的痛。她求助的人为她把一些东西带了出来。

信中言辞恳切，为无法将雁飞的遗体带回表达了深深的歉意和遗憾。

归云是深深哀痛，望着遗物，只是物是人非。

倒是归凤这回打点了精神，协助归云从龙华买了两块墓地，在向抒磊的墓旁，同是青松之下。没有唢呐哀乐，只有简单的道别。

入墓也简单，只是一座衣冠冢。

归云在那包东西里，拣出了一件带血的红梅白旗袍，同向抒磊和陈曼丽的牌位，她将五个大洋也拿了出来，一起埋进了雁飞的墓中。

这是雁飞一生深深的悲哀，可死后，她能同他们在一起。

宁静的青松下，三座墓，终会拱。

归云突然觉得，这是一早就准备好的，让她防不胜防。她哀戚地想，她从来都不是能留住雁飞的人。而今，连她的骨灰都无法寻回。

江江趴在归云的肩头，懵懂的眼，什么都不懂，她嫩嫩的声音叫："妈妈，妈妈。"在凄冷的空气里，又是一场泪别。

归凤抬头望天，碧空万里："谢小姐，她会安息的吧？"

归云低头，一切往事埋入这里的土地中，她不知道该何处聊寄自己的哀戚。她同她的这段故事，也埋在了这里。

雁飞会不会安息？她的尸骨还不知道在哪里，可是归云知道，她的魂儿，应该已经飘到了这里——她生命的起点，她生命的终点。

而她自己，还得活下去。

现在是要仓皇地活下去。

十一月，工部局也好，公董局也好，差不多八千子弟俱散尽，日本人一路一路地设卡，替换了洋宪兵的岗。膏药旗也一家一家地挂上了平民百姓的门。

终于来到了老范饭庄，持刺刀的日本宪兵要中国百姓鞠躬拿旗。店里的大小众人，尽皆惶惶。陆明攥紧了拳，被老范按捺下来。

归云坦荡地站出来，接过了旗，对老范说："来，我们挂旗。"

他们直着腰杆子，但无可奈何，颤抖了双手把这面旗挂在门上。一片白糊糊的，蒙住了心，当中还有挡也挡不住的黑印子。

陆明愤愤的，重重地将拳头捶在木门上。他的气，他的愤，再也忍不住了，就快要喷薄而出。他在灶庇间里藏了东西，掩在菜蔬筐子下的地砖里。别人都不知道，只有他知道。

展风临别前，交给他一把枪和一个手榴弹，对他说："留着这两个东西必要时候好保命。"

陆明想，他得对不住展风了，他不是用这个东西保命的。

日本人的阅兵式，从十一月开始，连着进行了一个月，南京路、爱多亚路、霞飞路、迈尔西爱路，昔日的繁华，变成了肃杀，一处一处沦陷。

洋旗收尽了，太阳旗在上海市政大楼的上空张牙舞爪。

也有抵抗的人，在日本人阅兵的时候抗议，从南京路新世界的楼顶跃下。他跃下的时候叫："中华民族万岁！"

人如鸿雁，飘然坠地。他只是一个普通的工人，但国已破，家已亡，孑然一身，只有绝望。

陆明看到报纸上的报道，想，他也是同样绝望的。他拿好了枪，也拿好了手榴弹。

国已破，小蝶已亡，他身残，志也不能坚。

陆明趁着归云和老范不注意，往爱多亚路上去看日本人换岗。

英格兰人正哭丧着脸将手里的枪交给日本人，还得听着训。过路的中国人被勒令立正，战战兢兢地在旁注视着这一切。日本宪兵得意地肆意拍打英格兰人的脑袋。

陆明看准了，他不会静止在这里，他已经看清楚了带头的是个有军衔的日本兵。好，就是他了。

他猛拨开人群，持了枪就放一弹。先前还耀武扬威的日本兵哼都没哼一声，就倒在地上。其他人炸开了锅，日本兵一看，竟是个独臂的，又是怕又是恨，合围上来。

陆明拉了手榴弹的线，他又看准了，这边五六个，人多，他得值回票价。人冲过去，身上已挨了几颗子弹，鲜血汩汩地流出来。他已经失去了痛的感觉，只想着小蝶——化成了灰，也要在一起。

他扑了过去，一团火光，真的顷刻间就化了灰。

暮色沉沉，爱多亚路的地面上一片狼藉。地是惨白的，中心一个红，也像膏药旗。日本人灰头土脸收拾地面，将中心那点红灭去。他们决定要多做军事演习，他们没有想到中国平民也有这样与武士道相似的俱焚精神。

但中国人又多了几段痛。

卓家的门楣上，那太阳旗就像是白幡。

归云和归凤又是奔波，合葬了陆明和小蝶。残缺了的家，在乱世里飘荡。活下去的人，还得受无尽的折磨。

庆姑受不住连日的刺激，最先病倒了，卓太太的慢性喘嗽病也犯了。归云同归凤不得不分工，一个努力赚钱养家，一个在家里努力照看病患。

但是风不止，小营生也犯到了大麻烦。日伪当局搞了"米粮统制"，老范领来了米证，大半夜就拿了麻袋去买户口米。归云见他一个人不够用，也跟着去了。

可米店前人山人海，人人僵着面，被风吹得干了，成了枯燥的草，仰望生机。但米店总不开门，待日头高了，终于开了，“草”们瞬间就活了，成了一窝的蜂。

生存多可贵，要争要抢，还要自杀自灭。

来协管的日本宪兵瞧着直乐，火上浇油，拿起大竹竿子冲人群扫过去，立刻有人被绊倒，遭了身后的人的践踏。

归云被挤出人群，避开不及，胃部被竹竿狠狠捅了一下，眼泪差点就流出来了，直疼到心头。老范大急，将她护在身后。

两人千辛万苦，衣冠都被扯乱了才按制买回了五斤的米，归云才晓得当初杜班主不让她上街抢购米粮是多么袒护着她，又是暗自伤心了一阵。

老范说：“照这样，粮油都要配给了，对咱们的店大大不利。”

归云点头，她是明白的。

老范说：“那些领了日本人的证的饭店，还能经营妥当。”

归云也是明白的。

老范再说：“无论如何，咱们要好好熬过这个坎子。”

归云开了口：“咱们就花人工接他们的生意吧！不能让这家败落。”

两人先去了饭庄，将东西放妥了，归云整理了衣服头发再赶回家。才到霞飞坊的弄口，就一眼瞧见停在坊门边的巡捕车。心头又突突乱跳，有邻居走了出来，她忙上去问：“怎么了？”

邻居惨淡地笑：“在查户口本，要办良民证。”

归云心里一急，疾步往坊门冲，弄堂里有人家养狗，此时正“汪汪”乱吠，主人喝止不住，却不见邻居探头出来张望。各家的门都闭得紧紧的，严密守护住里面的人。

只有一间石库门的门是开的。归云心里“咯噔”一下，她快跑几步，又强迫自己慢下步子，小心谨慎地接近那里。

天井里赫然站了几个黑衣似乌鸦的巡捕，手里有警棍，持棍而立。有人说话如隼唳，嗡嗡嗡嗡，迫人心烦又心惊。归云发现一句都听不懂，但一边有沪语翻译。

“真只有这几口人？”

“这不都在这里吗？只有媳妇去买东西了。”

大亮的电灯白炽光下，卓太太分明还病着，但是端凝地坐在客堂间中央。庆姑抱了江江，归凤搂着裴向阳都站在她身后。他们的身后是卓汉书的遗像，遗像下是那五字遗作。白纸黑字，磊落分明。她目光澄澈，同样磊落分明。得体的翠锦宽袖棉旗袍，端丽的盘髻，优雅地将右手肘搁在桌上。她似看着所有人，又似目光高过所有人。

居高临下站她对面的带着隼相的日本兵，竟像矮了几分。

她的声音依然温柔，说："孩子还要睡觉呢！"

翻译的人睨着眼，喝："这是例行公事。"

归云这才看到满室狼藉，桌椅杂乱，书籍饰物零落四处。只有卓汉书的遗像和遗作端正在那里。

翻译又问："你家公子呢？"

卓太太的声音变得严厉而含蓄了："卓家门风森严，历代专心治学，不容这肄业的不肖子在上海无所事事耽误学业，该收他的骨头绝不容情，现在他在美国治学。"

翻译身旁的日本兵正猫着腰看卓家的摆设，竟也是个识货的，他伸手拍拍翻译的肩，指了指卓汉书遗像下的字。翻译一挥手，唤来两个伪军巡捕："拿回去充公。"

卓太太霍然站起来："这是先夫遗物。"

庆姑也忙道："自家写的，不是什么值钱的东西！"

谁知那翻译反手一推，将卓太太推坐到椅子上。庆姑怀里的江江忽然就说了话："打人，是坏人！"

翻译回头看看，身后那个日本兵倒是瞧着好笑，看他一个中国人被一个中国幼儿奚落。他成了被人取笑的狗，恼羞成怒了，冲过去就要打江江，庆姑连忙往后避，裴向阳一个箭步冲过来，拦住他。归凤慌忙道："先生，小孩子不懂事，给您赔罪了。"

他气恼发狠，立刻喝令伪军巡捕去拆卓汉书的字帖。归云这时候再也顾不得什么了，扑过去，挡在字帖前，就叫："这是先父遗作，请尊重亡者。"

恼怒的巡捕哪里管她，将她往旁边一推，她踉跄倒地，还没站稳，就被急于求功的巡捕用枪靶子在腹部捶了几下。

卓太太、庆姑、归凤、裴向阳都大急，赶着过来扶她。一众人蹲着，愤怒地瞪着那群人，他们已经将卓汉书的字帖扯了下来。翻译谄媚地笑着，双手奉给身后的日本兵。

日本兵眼里露出欣赏的意思，这时候，他身后有个人轻轻走了进来。巡捕们闪开了一条道，日本兵也转身，有些意外，但还是朝那人立正行了个军礼。

那人走近了，先将卓太太扶了起来，鞠了一躬，道："师母，您受惊了。"

日本兵受惊了，归云等也怔住了。

藤田智也转身严厉地朝日本兵"噼噼啪啪"说了大堆日本话，日本兵渐渐恐惧了，立刻立正，将手里的字帖亲自又挂回了卓汉书的遗像之下。

翻译也恐惧了，他听懂了，这是个更大的头，他正责备他们的办事不力，又是同这户人家有些交情的，他怕要糟，也立刻低头认了错。

藤田智也训斥完了，转头对卓太太说："师母，请您放心。"

卓太太心惊，可听他这样说，又心安了。她点点头："谢谢你了。"

藤田智也立正躬身，他不敢当。

巡捕三三两两撤了，没了进门的气势。翻译一脸郁闷，似无处可发泄。归云瞧见了，顾不得还疼痛的身体，站起来拿了两张钞票就暗暗塞进了翻译的手里，小声说："多有得罪了。"

翻译一愣，他原存了些报复的心思，可被花花绿绿的票子迷住了，心里的鸟气出来了，就顺了。他顺势将其塞进了自己的裤兜里，也就走了。

庆姑端了茶出来，放到桌上，嗫嚅着招呼："你——要不要喝杯茶？"

藤田智也又是躬身，说："学生不敢。"

他还是走了，走的时候，江江突然冲他挥挥手，叫："拜拜！"

藤田智也回了头。他进来到出去，一直无甚表情，整个人是木的，这时面色柔和下来，对着江江笑了一笑。

归云追了出去，叫："藤田先生请留步。"

藤田智也站住。

"你应该知道雁飞的事情了吧？"

藤田智也没有点头，也没有摇头，就在那儿站着，整个人像块要腐朽的木头。

归云朝他鞠了一躬："雁飞的尸首还没有入土。"

他似乎站了很久，归云不知道他在想什么。

夜了，天空也困倦了，星星都模糊了。每个人的面目都带着薄薄的、不可名状的悲凄。

他说："我知道了。"

归云的人事，只能尽到这里。

她的无能为力在这个乱世之中被扩大，她不知道自己还能把握住什么。所有她近身的，都在离她而去。

卓阳，如今也像断了线的风筝，渐渐无了音信。她是放心的，又是担心的。怕他的信来，被这里四伏的人们窥探到卓家的秘密。她又盼着他的信来，时时刻刻挂着他的安危。

家国飘零，就是如此。

每个人都被九蒸九焙，内外煎熬，被迫受着“良民”的待遇。支撑着，等待黎明，又不知道黎明还有多久才会来。

淡井村附近撤了洋宪兵，日本人又不太愿意打理，就给了“义务警察”去管。“义务警察”往巡捕房领了袖章，别在臂上，威风八面。他们不管秩序，只管收益。

好好的淡井村原本是临街整齐的两排铺面，如今多了破破烂烂的摊棚，把马路挤得水泄不通。都是逃难来的穷人，不知从哪里找来了竹茅雨棚，借着原本搭建好的铺子，在外面又搭了一层，起早贪黑，凭着自己一双手找活口。

老范饭庄外面多了两层小铺子。一家是卖炒米花的，摆个摇炉，整天“轰隆轰隆”的声音听着像爆破。上海大街小巷时时会有爆破案发生，多了，大伙也就习以为常了。

习惯忍耐，三年四载地下来，百忍成了精，不知道是中国人的习惯还是劣性。

还有一家是卖烘鱿鱼的，将鱿鱼在煤饼上烘得干了，脆脆的，每条鱿鱼都有一样的纹理。就像这里拥挤忍耐的人，忍得久了，面目都是一样的。藏了活的希望，只余一双死灰的眼。

甜咸霸道的香，浓郁到令人作呕。

小孩子不管不顾地顽强长大了。

江江特别喜欢门前的鱿鱼干和炒米花，裴向阳就用零花钱买了给她。她大了，会走路了，一手一把吃食，在地上划了两条线当作橡皮筋，一边“嘎崩嘎崩”吃得欢，一边自娱自乐跳着橡皮筋。

庆姑看见了，不免抓来训一顿：“腻腥的东西，吃了就不怕得病！”

江江馋，骂归被骂了，但还是忍不住要去吃。庆姑心里更抱怨，对归云说：“只见收钱，都不见有人管管。”

归云道：“都是为了活命，算了吧！”

归凤心疼江江，从灶庇间里拿出了松花团，是老范从闸北的黑市倒来的面粉新近做好的，原本预备着售给周围小洋房的客人。

庆姑见归凤喂了江江吃，又摇头叹气：“真是作孽哦！”但终究没有阻止。

江江吃得欢，笑嘻嘻地说：“还是豆沙馅的！”

裴向阳在旁边看着，咽了咽口水，归云拿了一个递给他："别饿着！"裴向阳正在长身体，也是馋痨的，握在手心里猛吃了两口。

大人们也聚在一处用午餐，归凤端了菜泡饭出来。清汤寡水的，里面只有菜末子、豆干子和胡萝卜丁子，干净透底，是稀的。老范同媳妇一起备了碗瓢，筷子是用不到了。

裴向阳看着，松花团吃不下去了。他走到归云身后，说："妈妈，我以后不吃这个了！"手里握了半只松花团。

归云怜爱他，摸摸他的头，还是将松花团一点点掰下来，送进他的嘴里："小孩子长身体，要多吃一点。"

忽然江江一声欢呼，有人走进店来，手里拎了一只纸盒子，是凯司令的奶油蛋糕。

归云忙站起来。

"打搅了！"藤田智也朝她颔首。

老范也站起来了："酸菜面是吧？稍等稍等！"

归云倒了茶过来，藤田智也品了口，微笑："是黄山毛峰？当年老师留下的？"

"也只有妈妈和藤田先生才喝得出这个茶，咱们都不太品得出。"归云说，想，其实还有一个人应该品得出。

藤田智也说："以前老师更崇尚功夫茶，只是我对乌龙不够偏好。"想，他喝过最好喝的功夫茶，已经是那个夜里朦胧的记忆了。

藤田智也把奶油蛋糕推到江江的面前，江江直摇手："我不是今朝过生日。"

"没有说过奶油蛋糕一定要过生日的时候吃的。"

江江就拉拉归云的衣角，归云朝她点点头，教她说："谢谢叔叔。"

"谢谢叔叔。"江江喜滋滋地把奶油蛋糕抱了起来，去找裴向阳，"我今晚给奶奶带好吃的，你只许吃一小块，我也只吃一小块。爸爸这几天要来信的，我们就可以在信里跟爸爸说，我们是孝顺的好孩子。"

女孩子有一副伶俐的口齿，絮絮说着，兴奋着，裴向阳拉了她的小手，两个孩子都走远了。

藤田智也听得愣怔，深深吁着气。面上来了，用熬了很久的骨头汤吊的，一锅又一锅，煎熬到底，也就香了。

多么艰难？藤田智也沉浸在这种复杂艰难的酸香之中。这是他一直想要纪念的味道，像当年娘做出来的。因为纪念，他来吃了两三年，因为可以陷在一片鲜香的回忆里。

他想，他再也找不到可以分享回忆的人了。

归云说："这几年，靠您费心了。"

这几年，他是找不到自己的心了。

当年回到日本，也找到了妹妹，但那只是妹妹的尸首。他有一个贞烈的妹妹，为了纯洁的爱情宁死不屈。

大娘疯了，他将大娘安置在长崎的疗养院。伯父的电报也到了，他必须回来。

可是回来，他更孤独。

原来当那个人真正不在了，他才发现心中被凿出了一个窟窿，空荡荡的。他的秘密，全部都交给了她。他的秘密就是他的魂，她带着他的秘密走了，他的魂也不见了，心事便无从寄托。

归云说："你送的粮食都够用。我们很感谢。"

藤田智也吃完面，站起来，说："不用谢我。"又说，"北边的前线有一份画报很有名，画报的摄影署名叫'云阳'，拍的照片大多是现场第一手资料。"

归云愣住，泪水迅速将感情吞没。她似哭或者似笑，坐在窗前，遥望一轮红日，看它渐渐西斜，它的亮遍洒她的身。

云阳，云阳。

会不会是他？用她的名字做他的姓？如果再也无法传递音信，至少这个名字能令她心安。

泪在眼眶里打个转，但归云还是得起身，她想起她的责任，老范准备去工厂督工，她拿来单子和钞票递给老范："下午这几处的款子得交了。"

手里一项一项的，"义务警察"的、流氓的、巡捕房的、商务处的等，一层层盘剥，公的私的，都是在不太平的年月里求太平。她掂量好了，世道是艰难的，一点关系一点关系去攀，让她的家平安，让她的朋友平安。

归云又拿了一封信出来，再道："再等一等，把这封信一道寄走吧？"

老范道："都这么多年了，就怕蒙娜小姐家里人收不到。"

归云叹了口气："她哥哥是个有门路的，只要有消息，一定有法子救她。"

沦陷的朋友，也是责任。卓太太用英文写了信，按照蒙娜美国家乡的地址寄了一封又一封。这样混乱的世界，等了一年、两年，总是没有回信。

信途也是坎坷的，归云想，难怪她也收不到卓阳的信了。

这些信带着希望，飘浮在路途中，因为乱世，信的本身也就没有保障了。只有一封一封，广撒渔网，总是能成的。

她默念：卓阳，卓阳。

恐怕需要风停了，树静了，才会把断了线的风筝再续上。

门响了，又有客人光临，归云出来迎客。前门没有客，那就是后门雅间那边的。那里曾给展风、向抒磊做过中转的站，如今也给旁的人做。

这回也有人受伤了，伤在手臂上。归云在地板上凿了个洞，里头放了伤药、纱布、医用剪刀等。平时上面盖了塑料地毯，缀着暗花，看着是时髦的布置，其实顶有用。

陈墨这回亲自来了，熟练地从地洞里拿了伤药、纱布出来给伤者包扎。

这样的家庭驿站在全上海有十几家，为行动做后备，也好掩护。他们都是值得信赖的人，大多受了他的恩惠。

这家也是，受过他的恩惠，只是有些恩惠他办不到。

归云待他给伤者包扎好伤口，拿了点心进来。她从不问他们到底干了什么，只是今天的陈墨眉宇之间不掩遗憾。

陈墨同受伤的同伴说："姓张的确实难办。"

归云听懂了，果真是难办的人，要陈墨亲自动手。

陈墨接过归云的点心，又顺手拿了大洋出来，归云推过去。

"陈组长，您这样做就不好了。"

陈墨笑道："卓太太同卓阳一个样。"他又摇摇头，"别同我计较这些。我都没能把你求的事办妥。"

归云神色一黯，心头酸痛难当。

"该是做三周年了吧！那天本已查探出来，可最后去找却又没找到。我也觉着奇怪。日本人应该不会对尸首做这样的处理。"

归云还是将大洋推了回去。她说："陈组长对雁飞这样费心，我已经感激不尽了。"

陈墨摇摇头，长叹："这样的奇女子！"

伤员的伤口处理好了，陈墨扶着谨慎地走了，大洋还是留下了。

过了几日，报纸上刊出了"达人张先生遇害"的讣告，说是张府的司机因不满薪水才动了手。原本威风八面的海上达人，死状恐怖。

归云叹口气，收了报纸，回到灶庑间同母亲一起煮饭。她放了咸肉末子、切碎的青菜，量是少的，但已将米饭调香了。一碗一碗盛出来。

太阳落山了，饭庄门外聚了些苦哈哈的苦力工，同当年小云的爹干同样的苦力活儿，他们席地坐了，一人捧一碗咸肉菜饭。

头顶还有一点阳光，是西下前最后的温暖。等下天黑了，他们有的还有个夜间班要做，有的赶紧回用一担米租的通铺，替下睡午觉的“同被”。真的是“同被”，一个床铺两人交替用，就成了“被窝不冷”。

归云同归凤收了碗筷，洗好摆好，夜里生意不会那么好了，上了七点就要宵禁，不给用电。幸亏有个小厂子接点粗加工的活儿，也前后打点了筱秋月同粤雅楼老板，故顺遂了点。

她无奈地坐在夕阳西下的窗前，五斗米折腰，不过是为了生活。

归云记得这样夕阳西下的情景，她同卓阳在蒙娜的客房里。他存着心，开着玩笑逗她说话。半蓝半红的天空，她的生命因此多了些色彩。

她从怀里拿出了他最后的信，斜阳些微的光，照着他的字。读了千百遍的，他在目睹死亡的痛。那之后，他就无了音信。

归云铺开了信纸，按着那上面开始写。

“母亲大人亲鉴——”

太阳光却是冷的，要下山了，归云不知何时能暖。

她写好了，拿了刻好的红章同邮票，狠狠地捏着。她说：“卓阳，我只包庇你这几回，你不能次次都靠我撑着。”

归凤将外面的门都闭了，甩了帘子进来。窗外的协管穿过弄堂，手里摇着铃，提醒要断电了。归云将手里的东西收妥，归凤在阴影里默默地坐了一阵，突然站起来。半黑半明之间，使了个眼风，摆了个兰花指。

她的水杏眼，她的桃腮脸，她的小蛮腰，又活了。

归云撑不住笑了，踱了方步过去。

“娘子——”

她的手过来，归云的手过去，相扶相携。

寂寂的弄堂里响着野猫的低叫，“呜哦——”又长又凄冷，是扭转的调子。

归凤说：“好久没有唱了。”

归云说：“你还是唱得那样好。”

“再好——也没有用了。”

归凤把报纸展开，在中缝处，归云就着初升的月光看清楚了，原来是个广告，是筱秋月的越剧电影上档，叫什么名儿是看不清的。归凤趴在灶台上，无声地抽泣。

天还是冷的，西北风无孔不入地钻进来。这里一片冰冷。

归云握着归凤的手取暖：“你怨我吧！”

归凤在黑暗里拼命摇头：“我哭一阵子就行了。”她又笑了，“展风的信来了，他挺得意的，说他们的孙将军坑杀了几千个日本兵，现在日本兵看到他们的队伍就吓得扭头跑！”

两人都笑了，捷报也是无孔不入地传了来。

毕竟有块地方是可以暖一下的。

电车踽踽地开过大马路，留下长长的一串路轨，像两条持久而绵长的伤痕，划在上海这张脂粉芙蓉面上。

铃声脆，但急促，匆匆地上客，也匆匆地下客。售票师傅依然在叫：“轧一轧，往里走走，橡皮车子轧不坏的。”

车厢就像沙丁鱼罐头，装满了认命的鱼，不过一站一站履行他们既定的人生。人生也会路过很多风景线，戏院、百货公司、舞厅、饭店，五光十色的每一站。关在车里的人看得都眼馋，可惜不能下去。

人生就像按部就班的电车滑过路轨，默默流淌在马路和弄堂里。

突然就出轨了，四处响了警报，“乌拉乌拉”的，从这头到那头，像古时传递的烽火，其实作用是一样的。

归云跟着人群奔跑，街边的店“哗啦啦”拉起了铁栅栏，电车也像定格的人生，停在路中央。车里车外的人们都蹲着，抱着头。

“呜呜呜”的，天空的高处有东西飞来，胆子大些的就抬头看了。好几架呢！秩序整齐划一，在天空盘旋，忽而低了，有人看清楚，叫：“哎！不是灰蝙蝠呢！”于是大伙都半疑着，一个两个站起来，也敢抬头看了。

归云抬起头，那几架战斗机不是日本轰炸机的颜色，时高时低的，似就是要地上的人们看清楚。它们像鸽子，还飞出了队形。

行人交头接耳小声议论。

“是飞虎队吧？”

“不是日本人呢！”

归云又仰头看了会儿，看出门道了。那是一个“V”，是蒙娜曾写给她的字幕。远远的，战斗机往龙华的方向飞去了。

巡捕来拉了带子，红色的警戒线，还鸣笛。

“龙华机场戒严。”

众人被阻了道，但不急不躁，个个快跑离开。电车却没有转弯的铁轨，进退不得，售票师傅只好同司机商量了，把车门一开，上面憋气的人们“呼啦啦”全部下来了。

售票师傅斜靠在车门前一边剔牙，一边同司机说：“今朝龙华站是开不进去了，又能少上一个钟点。”

归云望望手里提的法式面包和炼乳，想，真糟糕，好容易挨到今天得了准去给蒙娜送食品，却又碰到这样的事。

几番周折，也是托了藤田智也的帮忙，杜家终于花了些钱财把蒙娜又转去了普通犹太人被关的龙华集中营。把她“危险分子”的名头去了，杜家上下也能安下些心。

只是集中营的日子也不会好过，缺吃的缺穿的，度过这年严冬，竟还有人染了疟疾，缺少药物，只能靠食物增加抵抗力。国际红十字会与日方拼了命交涉，终于能获准送些药物去，一些难友的亲朋也能送些食物去了。

归云无奈地提着满兜的食品往回走。

隔了两个月，又有了新消息，龙华的戒严撤了，归云这回踩了自行车去。她本不会骑，自卓阳走后，她着力学了学，现在能把卓阳的车骑得飞快了。她是防备着再出上回电车被阻的事。

集中营在城郊，会面室是用了偏僻简陋的亭子间充当。国际难友一个轮着一个出来见亲友，每人只得五分钟。归云手里的东西被日本兵再三检查了，并交了探视费，才等到蒙娜出来。

蒙娜要同她拥抱，被日本兵用长长的刺刀隔开。她们隔着一柄刀，寒光之下，相视微笑。

蒙娜精神很好，说：“不久以后，我就可以谢你了。”

归云听出她的一语双关，眼前这个金发女郎，苦难没有让她的美丽减色，金色的发依然自由张扬。归云说：“你受苦了！”

“每天吃得不多，我可以维持身材。我还找到了新职业，给一群孩子做老师。”蒙娜的笑，也依然春光明媚。

这时候是晚春了，她们都能闻到夏的气息，湿润的、蓬勃的生命的气息。

“妈妈的信，有回了。”归云带给她一段春天的好消息。

蒙娜交错手指，做了个微小的动作，归云心领神会。她认得这个简写，认得这个词。

她们一直等着，熬着，希望到头，似乎已经能看见了。

回到家里，卓太太正在十字架前做祷告，她的手边放了一封信，说：“蒙娜的哥哥又来信了，他说，上帝就要施恩了。”

她同归云握手，握得紧紧的。

庆姑笑得直擦眼泪：“可不是，前两月展风在信里也说生意做得好，回家可以过个好年。”

晚上一家人聚在老范饭庄一起吃了火锅，沸腾的馄饨、面条、肉丁子、鸡毛菜、面筋，凡是能拿出来的都放进了热滚滚的水中。

老范为江江拌了满满的甜面酱，江江埋在碗里吃馄饨，忽然抬头，说：“叔叔来了。”

她跳下椅子，跑去开门，一头撞在藤田智也的怀里，软软地叫：“叔叔，吃火锅。”

卓太太站起来，招呼藤田智也：“一起来吧！”

藤田智也面上有着风尘，脸色很怪，既平静又似青筋浮凸。他按一按太阳穴，鞠了一躬，就坐到了他们之中。老范添了一副碗筷，江江兴冲冲地拿过来，递给藤田智也，随即爬上了他的膝头。

归云嗔怪：“别没规矩！”

江江“呜”了一下，小脸就蹭到藤田智也的怀里，甜面酱沾到他的中山装上。卓太太方才发觉他的衣着，怔怔看着，忽说：“唉！卓阳也是喜欢穿这么一身。”

归云点了点头，心里是暗伤的。

藤田智也低头抱了江江，拿了筷子蘸了甜面酱喂她，看她啅得津津有味，就笑了。

热气腾腾的，在微热的天里，人人吃出了满身大汗。好像一身的泪流尽了，也痛快了。

江江窝在藤田智也的怀里唱歌。

小燕子，穿花衣，年年春天来这里。

我问燕子你为啥来？

燕子说，这里的春天最美丽。

悄悄地，藤田智也从口袋里摸出了一只碧绿的镯子，问江江："喜欢吗？"

江江歪歪头，双手捏住镯子，又点点头。

"好在还有人喜欢。"藤田智也笑着，他想，原先他赠予的人是不喜欢的，他带在身边倒是多余了。她不想要的，留给他又有何用？

他拿起江江的手，把镯子套了上去。小孩的手臂细，镯子又大，套上去又滑下来。江江望望藤田智也，说："戴不上。"

藤田智也也不管，弯腰解了军刀上的穗子，原来他身后还是配了军刀。把穗子一拆，绑上了镯子，挂在了江江的脖子上。

归云瞧着镯子碧绿生青，暗暗能猜出价值几何。她想要说什么，藤田智也忽然就将另一件物事放在了她的面前。

"学弟给我的东西，我存了这几年，是帮老师存的，如今该为老师还回来。"

一卷红绸布裹着的长卷，似乎很重，藤田智也已经不堪重负，卸下来才会轻松。可是卸下来，他的头仍旧痛，是永远镇定不了的痛。

归云将东西接了过来，卓太太郑重地站起来，朝藤田智也伸出了手："亚飞，谢谢你代替汉书和卓阳做的一切。"

藤田智也也站起来，仍旧躬身："我什么都没做，也没有资格做。"他站直了，"师母，保重。"

他向大家道别，在热气未散、热情未退的时候。

江江叫他："叔叔，叔叔！"

归云想，她有一张照片，恐怕藤田智也是没有的，她想——她已经来不及想什么。他那样快地走了，甚至没有回头。他背后的军刀拖沓地跟着他，像是他身上的枷锁。

黄浦江白天舟楫往来，像是填补夜晚虚度的空虚。静静的江面毫无波澜，藤田智也知道，如果把泪流到黄浦江里，也会流得无声无息。

他俯身望着江面，其实他还剩下一个秘密，找不到人倾诉。

原来佯似狠心的女人送走了儿子，甚至不给儿子一个正面的道别，但是她在黄浦江边等了一天，从天亮到天黑，从热到冷，后来冷透了。她跨过这边的江沿，无声无息地消失在了江面上。

这样灰色的江面，会让人万念俱灰。

藤田智也走到煤气路灯下，一缕缕暗黄的光，照得前路迷蒙不清，尽头是黑暗，快要成了他的永恒。其实他是感到安全的，在这样暧昧的灯光下，他是谁，谁是他，都不重要，也不会有人看清楚。

但他不想在日光之下。

伯父沉痛地告诉他，部队在节节败退，天皇没有示弱前，他们没有理由后退。

他说："哪里是战场，我就站到中央去。"他想，双方的子弹都可以打在他的身上，也许是自己最大的痛快。

伯父照例一个耳光打过来，说要打醒他。

可是什么是梦中？什么是现实？他早分不清了。每一分，每一秒，如果白昼降临，他又得被迫去分辨。闭上眼睛，暂时忘记过去，忘记现在，也不去想象将来。

他的手伸向江面，先脱手，是一块沉重的大石被推开了。军刀被江潮卷走，半点声息也无。再脱手，涓涓汩汩，像漏壶中流出的细流，如沙如烟，有一种细致的温婉的美。

江风一吹，又随着风飞了起来，撒向这个世界。是真的自由了。

他问："这样自由的感觉，你喜欢不喜欢？"

他答："我是喜欢的。希望你也喜欢。"

他蹲了下来，留了一樽物在江沿之下，银色的钩，闪出蓝色的光辉。

藤田智也整理了一概挺括的衣裳领口，往江沿跨了一步。

那里是风口浪尖，他的发又乱了。但他知道，他的心没有气力再乱了，而发的乱，也只有这么一次了。

天亮了，路过的拾荒的孩子被吸引了，小心翼翼走过来，看清楚了，心里一阵狂喜，是把进口货呢！可以换不少钱。孩子小心捡了揣进破烂衫子的衣兜里，快乐地哼着《莲花落》跑了。

也有拾荒的小孩会额外得到旁的差事赚些外快，有人递来一个包裹加一个大洋。他就欢乐地接了，跑到弄堂里，蹑手蹑脚地往种着玉兰树的那家人家敲门。"笃笃笃"——就三下，立刻放下东西，躲到拐角的地方。

可是天才亮，亮得不够明朗，人们都还迷糊着，未睡醒。

没有人开门。他觉得自己要忠人之事，又跑回去，再"笃笃笃"三下。

这下终于有人走出来，看真切，是个穿着蓝色卡其布拼着木兰花色的年轻太太，她的头发还没梳好，长长的暂时绾成了辫子，扎了蓝色的头绳。

她先探头四处看看，正狐疑，就看到了地上的物件，也用蓝色的卡其布包好的包裹。

孩子想，到底是顺利到了收件人手里，他的任务也完成了，大洋没有白拿，也快乐地哼着曲子跑了。

归云将蓝色的包裹拿了进来，轻飘飘的，似乎无一物。她拨亮了煤油灯，照着，慢慢地打开。

不过是两张纸。

第一张略小些，泛着黄，上面有两行深黑的字，像一片迷雾中的眼睛。

天长地久有时尽，此爱绵绵无绝期。

归云的眼睁大了，不能合上。浑身颤抖，心口蒸腾。这样方寸之间，她似乎是重识旧物。

弄堂里有人醒了，推开了天井的铁门，推开了老虎天窗。阳光洒进来。

上海似乎还在睡，似乎已经醒了。这是一个懵懵懂懂的早晨，一道霞光终于划破层层云朵，漏着晨曦的晨雾，浓得散不开。

最先在清晨响起来的是“唰唰”的洗马桶的声音。

人们真的醒了。

寂静的客堂间里，归云听着自己沉重的呼吸，她的声音盖过了世间的一切杂音，她的世界变得訇然。她颓然地坐下来，不知道下一步该怎么做，眼前的一切似乎都是白的，连她的面也一点点白了出来。

白天的喧嚣才开始，应该可以扫除夜的冷寂。

偶尔一两个挑着扁担的零时摊贩，叫着：“卖糖粥喽！”

归云仓皇地想，不应该是这样叫的，应该是：“笃笃笃，卖糖粥，三斤胡桃四斤壳……”

他们为什么叫得这样凄厉？一点都不温暖。

归云抽搐了一下，身体惊跳起来。她翻过了那页苍白的纸，正面是风华正茂的新郎和新娘。

他们背后的千山万水，正如这个世间的憔悴浮生。归云的呼吸变得急促。

那之后是一张报纸。上面的字很小，是节约版面的排版，个个都像是蝌蚪。她的眼睛花了。

突然，外面的世界变得訇然了。

有人震天响地拍了卓家的铁门，庆姑、归凤和卓太太和衣出来，都迷惘着。

外面人叫："卓太太、小卓太太，天亮了！"

裴向阳从房间里一阵欢呼跑出来开门。

老范红光满面，他手里挥舞着报纸，忽然就流了泪："天要亮了！"

女人们定定地站在那里。

裴向阳呼啸一声，冲进了老范的怀里。

"日本人要投降了！"

卓太太喃喃地问："怎么？"

归凤听懂了，问："是不是展风能凯旋了？"她转个头，已经泪流满面，同庆姑头并头，庆姑也痴傻了："大清早的，这是怎么回事？"

江江揉着眼睛也出来了，卓太太一个箭步上去，抱起了江江，将脸埋在她的身上，江江迷糊地叫："奶奶，衣服湿了。"

老范流着泪笑："小卓太太呢？"

裴向阳问："妈妈呢？"

归凤才发现归云一个人偷偷走进了房间，那么快就把门关上了。

归云从床底下搬了一坛酒出来，想，她怎么动作得像块死肉一样？

她面前的五斗橱上摆着相架，有一幅集体照，每个人都在笑。

归云问："那上面写什么呢？"

"小蝶，你说？"

"小雁？"

陆明是不识字的，向先生自来是不熟悉的。

她的手指指着一个人。

"卓阳，你告诉我，那上面写的是什么？"

她将酒倒在地上，不多，那是水泥地，地毯在前两年拆下来换了钱。地上的酒立刻干了，她又倒，说道："你们告诉我，那到底是什么？"

她的天地亮了暗又暗了亮，明明暗暗的，原来是泪糊了眼。

"我为什么要流泪？变成来生的伤口我该多么不划算？"

外面的嘈杂压倒了一切，三邻五里的，好像都得了什么消息，哭泣、号叫、欢呼。弄堂里汇成了小浪，一浪接一浪，像黄浦江涨了潮。

几乎什么都听不清楚了。

归云的手无力了，怀里的酒坛子“哐当”一下掉在了地上，碎得四分五裂，弯弯曲曲的酒渍艰难地从碎片中流出来。

中国，在碎片中胜利了。

归云的房门，也被“哐当”推开了。

卓太太踉跄进来，扶着墙，一步步挪进来。她手里拿着那张相片——归云失魂落魄留在客堂间的相片。

她指着“千山万水”之下，原来还有字。她问：“归云——归云——你告诉我，什么叫作‘许你来生’？”

归云蹲在狼藉之中，再也无力去收拾那片惨败，再也收不回来。

她捂着面，泪也像酒，从指缝里流出来。弯弯曲曲，像溪流要汇流入江，就像黄浦江，纳了细流，终于被岁月吞没。

黄浦江也醒了，南边北边，霞光分散又汇集，总是分不开的。年老的人年轻的人，都从遥远莫测的年代醒过来。

滚地龙还是在的，还是黑黝黝蚕茧似的覆在地面上。霞飞坊也是屹立不倒的，整齐料峭的房顶笔直地朝一个方向耸立。房子和房子之间，还是挨得这样近，是一样整齐的心。

收拾回来的旧山河，还是拼起来了。

归云一片一片拾起了碎片，那样长，那样难，八年还是十年？她从北到南，一直走一直走，没有休息，没有停顿。

归云重新站了起来，从卓太太手里拿过了那张照片，将脸贴了上去。

泪都干了，新泪又涌出来。

卓太太坐倒在床上。

外面的喧嚣与她们无关。

清风吹进来，一掀一动的是泛黄的报纸。

云阳同志于张家口张北县一战中为掩护村民安全撤退，与敌人进行了三昼夜的激烈搏斗，最终壮烈牺牲。

云阳同志背井离乡，投身抗日，不惜牺牲个人的一切，甚至献出了宝贵生命，充分体现了优秀共产党员的高贵品德和英勇献身精神。

这里有你抗敌遇害时所流下的斑斑血迹，你的钢笔、你的相机，都是与你一同阵亡的战友。当我们看到它们的残骸，你那年轻而智慧的脸颜、沉毅而坚定的神色、清晰而响亮的声音都一一浮现在我们面前。我们抚摩着你那已经消失了温暖和热气的血迹，便记起你留给我们的最深刻印象。你唯有留下你与妻子的照片，成为我们对你不可磨灭的永恒的纪念品！

番外 庆团圆

白如洗的灶台边，开着白炽灯，切菜的时候直射下来，青菜就绿得更新鲜了。灶台上放着崭新的砂锅，“咕嘟”冒着热气，热气里有鲜香，把气候都熏暖了。案板上的面团揉了一半，软塌塌堆在那边，旁边的“喜”字章横着。光照过来，原来是旧的，但看上去如新的一般。

放下面团的老太太戴好老花眼镜仔细研究这章，她的领口绣了春花三两枝，许久没穿，压得皱了，她用熨斗烫了几回，折痕去不掉，可在亮堂的灯下看不出，也如新的一般。

她是等了好多年，才将这一件旗袍又穿上了身，带着穿新衣的喜悦。

她的下首有个十四岁的少年窝坐在矮几上专心致志做功课，头伏得低。老太太眼睛一瞥，看不过去，敲了他的桌头一记：“抬高点，别净学你爸爸的坏习惯。”

少年听话地抬高了头。

老太太仔细辨着那章，自言自语：“当初可是请了沈大成的师傅刻的，怎么就断了个横呢？”

少年扭了头，道："奶奶，重新刻一个不就好了。"

老太太不答应："那师傅走了后，再没人有这手艺的。当初你妈妈的小店做寿糕寿桃都是请他来刻这样的字。他点心做得一流，还会篆书，老漂亮挺括的，那寿桃上有这样的字，一摆就是气派。"

少年笑了："咱们家又没有人过生日，也没有人结婚，干吗一定要刻一个'喜'字？"

老太太还在研究那刻章。

"不是这样说，这是你妈妈头一回，要讨个好口彩，可都这把年纪了，也不容易。你爸爸那个粗心的人儿怎么懂这些，整天又忙，回家后除了守在床边还能干什么？都怨我从小惯他，这么些年了，在外面苦也吃惯，鬼门关也报过到，就是家事没长进，端个汤还不如你妹妹端得稳。"

少年不服气："爸爸是干大事的。"

老太太一抬老花眼镜："呵，成，倒真是干大事的料。连个被子都叠不好，你瞧瞧你舅舅，家里能做家外也是一把好手。"

"爸爸能干技术活儿。"

"那是当年他半吊子大学里学来的，换换灯泡修修自行车，那是男人该做的。"

"我们老师都景仰爸爸，说他是有五四遗风的才子。"

"百无一用是书生。"

"爸爸也是男子汉。"

"那是在外头。"

少年气馁了："奶奶，爸爸回来以后，您就没表扬过他。您看在游行大会上，陈市长都亲自给他下了委任状，还戴了大红花。"

老太太叹了口气，风霜侵染的面容温雅不变。满头的银丝，一丝不苟扎成了发髻，利落地梳在脑后。

越经年，越硬朗，磊落地度过如烟岁月。

"你也知道你妈妈这些年的苦，从十几岁守到三十多，兵荒马乱的，她身子骨亏损了又没能好好调养，最后还受那样的惊吓。你爸这辈子最亏欠的是你妈。"

少年不作声，他是知道的。

"当年她受了苦，支撑着咱们这个家，不然，还不知道这个家怎么样呢。你爸回来后又成忙人一个，三天两头不着家，这家还是由你妈来操持。她现在虚，你爸那做事手脚，哪能照顾好？”

少年“哈哈”笑开了，站起来搂住老太太：“奶奶，那您也不能封建迷信啊！蒸个糕——刻个章——也不能……”少年暗暗觑着老太太，见她只顾着发愁，又说，“奶奶，您信的是天主教啊！”

老太太敲敲少年的脑门：“你就这张嘴学你爸爸学得最像。”她发配了任务，“去去去，你也学你爸爸的毛笔字，也会刻字，给我重新刻一个篆书来。”

少年耷拉了脸，他性格跳脱，虽学了些技艺，可最没兴致做这样的耐心活儿。他又不好明着诉苦，只好悻悻地收下来。

抬眼，一个精灵女孩钻进灶庇间，冲他刮脸：“没辙了吧！我看你就是不行，哈哈！”

少年冲女孩挥手：“去去，大人说话小孩子插什么嘴。”

女孩生个瓜子脸，水杏眼。她从小是银盘脸，越大越往尖里长，人又精乖伶俐，专会哄人。走到马路上，叔叔阿姨都喜欢她。

她就是不愿意哄这个哥哥：“你就是懒，就是懒，专门学爸爸的坏习惯。”

少年气恼：“谁说的，我准能刻个漂亮的章给奶奶用。”

女孩又刮脸：“这可是你说的。”

她乖乖依偎到老太太怀里：“奶奶，还是我乖，我帮您切青菜。妈妈喜欢吃小青菜，老师说蔬菜有维生素。”

老太太笑道：“哪里是喜欢吃，你们这些孩子，那是时候不好，你们妈妈省给你们吃好的，自己吃青菜。”

女孩吐吐舌头，有点难过，又有点惭愧。她眼睛一瞅灶台，有了主意：“那我守着火，等下开了就给妈妈送鸡汤去。”

少年龇牙：“小马屁精。”他收拾了课本，决定研究字帖去。

天井的铁门“咔嗒”开了，又“咔嗒”关了，然后是洗手的声音。

他听到父母房里传来妈妈的声音：“灶庇间有点心，先吃点吧！”

爸爸进了门，风尘仆仆的，流转的阳光重新眷顾这里，一如当初的归来。

少年冲爸爸招手，他竟视而未见，笔直就进了自己房间。他走得太急，差些被客堂间的马桶凳绊倒。

“万年不变的粗心毛病。”这是妈妈常责备爸爸的。

少年贴在门后，候着爸爸。他想刻章这样的活儿，他还是缺些技术的，得请教爸爸。当然动手是要自己动的，不然没诚意。

他骄傲地笑。其实知道奶奶是要他显显本事。这哪里是妹妹那样的小丫头片子能明白的？

房里溢出晕黄的光，妈妈半躺在床头，应该开了台灯，在灯下织毛衣，说是给他织的手套。他的手容易挨冻，一到冬天就生冻疮。有人说过麻雀脑子能治好，妈妈想着办法弄到了，可还是没用。后来又上医院看，配了药膏，医生嘱咐冬日要注意保暖。于是每个冬日，妈妈都织手套给他，他青春正发育，蓬勃地长，每年都要换新手套。妈妈是不吝啬的。

他的眼温热了。

爸爸坐到床头，将妈妈抱在怀里。

“天天弄这个，伤眼睛。我去问过红房子的袁医生，过两日就有床位，咱们就过去，提前做好准备。”

“我哪里就那么弱了？还有一个月工夫呢！”

“不行，这些月我总提心吊胆，你也得让我安心。”

爸爸最喜欢的就是执起妈妈的手在下巴摩挲，妈妈就靠着他：“你呀！就是性子急。”

妈妈的手滑到爸爸的胸膛上。

“天凉了，你那旧伤有没有去瞧瞧医生？每回刮风下雨都要疼好一阵。我就想到当年的向先生，看你疼得那样——”

爸爸握着妈妈的手，一同摆在妈妈的小腹上。

“那都不如你的辛苦。”他说。

妈妈笑了：“两个孩子都大了，厂子国营以后，有老范去做一把手，我正有精力闲下来带小的。”

“其实我们可以不生，你身体一直不好，那时候还——”爸爸顿一顿，“你还算计我。”他凑到妈妈耳边，“那晚，你当我不知？灌我那么多白酒，非要把我灌糊涂。你也晓得我最受不住你这样，想当年……”

妈妈面红了，爸爸拥着吻她。少年也面红了，不敢再看。

“我都这样的年纪了，再不生，就晚了。妈妈其实很盼着，我也想……”

爸爸在低喃：“我也想的。”

妈妈说："爸爸在天之灵一定高兴。"

"其实有了向阳和江江，我已经心满意足。"

"我——还是想着以前的——"

"他终究还是咱们的孩子。"

"是呵，我也觉得是他。隔了十年，他还是回到了我们身边。"

室里无声了，少年有些经验，想来妈妈一定把头埋在爸爸的肩膀上。用他看闲书看来的话，应该是"花前月下，耳鬓厮磨"。想着，少年就脸红了，觉着自己再留在此地实在不妥当。

这时，妹妹端了鸡汤来，笑嘻嘻的，要去邀功。他拦住拽一边去："丫头片子少掺和大人的事。"

小丫头十分不屑，兴冲冲的，不能被扫兴。

"我熬了很久了。"

"是奶奶熬了很久。"

"我学着熬了很久了。"

少年就是拦着她，脑子里直转悠该怎么说。他是懂那么一点的，这个妹妹是半点都不懂的，总不能明说吧。

他抢过鸡汤："你都不知道老鸡汤是要用文火精炖一天一夜的，而且老范伯伯还放了火膧，时间不长味道怎么好？"

女孩将信将疑。

"别净糟蹋好东西。锄禾日当午知道不知道？"

女孩是知道的，立刻就驳了："母鸡不是土里种出来的。"

少年头晕，干脆就说："讲个故事给你听，鸡汤就能喝了。"

"我不听故事。"

"很多年以前，上海滩上有个大大的英雄，人人叫他'玉面罗刹'……"

"你都说过很多遍了——"

"嗯——百乐门里的红白牡丹呢？"

女孩嚷："你从来都只把红牡丹的故事讲完了，就不讲了。"

少年拉了女孩的手，一路拉到自己房里，说："今天我们就讲白牡丹的故事。白牡丹是很小很小就没了爹娘，流浪来上海的——"

鸡汤也是没有浪费的，他一口一口喂给了女孩。

“那时候，她捡一个生煎吃都是好的，你想你还能有鸡汤喝，新社会多好啊！”

女孩眼睛红了，水杏眼里蓄了水，要下雨了。

男孩扮个鬼脸：“一歇哭一歇笑，两个眼睛开大炮！”

女孩扬手就打。